I romanzi Sonzogno

HAROLD COYLE

PROVA DEL FUOCO

ROMANZO SONZOGNO

I edizione Sonzogno febbraio 1993

Titolo originale:
Trial by Fire

Traduzione di
Ilaria Carnevale Miacca

ISBN: 88-454-0518-4

Questo libro è dedicato alla memoria di tutti i soldati, marinai, avieri e marines, uomini e donne, che persero la vita durante le operazioni *Scudo nel Deserto* e *Tempesta nel Deserto*, Agosto 1990-Marzo 1991.

La nazione che dimentica i suoi difensori sarà essa stessa dimenticata.

Calvin Coolidge

PROLOGO

Al confine tra Texas e Messico
27 giugno

Nella fitta oscurità, i predatori della notte iniziavano a muoversi. Dalle tane, dalle buche e dalle crepe, le creature del deserto strisciavano, scivolavano e si affrettavano a passare dal loro habitat al fresco del tardo pomeriggio. Nelle molte ore che seguirono esse avrebbero cercato, braccato e consumato tutto quello che gli permetteva di sopravvivere un altro giorno in quel loro aspro mondo, in cui la morte di uno era necessaria per la vita dell'altro. Tutto ciò senza rispondere a un motivo o a un piano preciso. Non vi erano compassione, sentimenti o rimpianti. Solo istinto di sopravvivenza.

Da una delle migliaia di buche che costellavano lo sterile manto desertico, balzò fuori uno scorpione. Come un siluro che fuoriesce dal tubo di lancio, avanzava meccanicamente, con determinazione, inarrestabile. Una volta emerso dalla tana, si preparò a uccidere. Ancor prima che la testa uscisse allo scoperto e potesse vedere, protese la massiccia chela destra, poi la sinistra. Non vi era incertezza, né esitazione. Simile all'alettone di un siluro, la coda assunse automaticamente la posizione eretta. Diversamente dall'alettone di un siluro, però, essa non era un semplice accessorio: era l'arma principale dello scorpione. Il pungiglione all'estremità della coda era per il momento ripiegato, ma pronto.

Come se avesse saputo dove dirigersi prima di lasciare la tana, lo scorpione proseguì diritto nella fitta oscurità. Mentre avanzava, la lunga ombra di un'aquila balenò per un attimo sopra di lui. Ma lo scorpione non correva alcun rischio. L'aquila non era interessata a una creatura così piccola. Il grande uccello era alla ricerca di ciò che gli serviva per vivere. Volando alto sul deserto, scrutava attentamente il terreno arido a caccia di un'altra preda. Il piccolo scorpione dall'apparenza insignificante, che si muoveva all'ombra delle possenti ali dell'aquila, non avrebbe mai attirato l'attenzione dell'uccello.

Se l'incrociarsi dei loro cammini era stato casuale, lo scopo che li spingeva era lo stesso. Ognuno cercava ciò che gli avrebbe permesso di sopravvivere, di continuare a esistere. Che quelle due strane creature del deserto si incontrassero nuovamente, che si fronteggiassero e che i loro cammini si incrociassero ancora una volta era davvero improbabile. Ma in un mondo aspro e crudele in cui uccidere significava sopravvivere e sopravvivere era ciò che più contava, qualunque cosa fosse in grado di perseguire tale scopo lo faceva senza esitare. Di conseguenza, tutto era possibile.

E se qualcosa è possibile, allora sarà, anche solo in un sogno o in un incubo.

1

Il servizio non è più quello di un tempo e non lo fu mai.

Motto militare

Manning Mountain, Fort Hood, Texas
28 giugno, ore 06:45

Sistemato su di una roccia piatta, il capitano Stan Wittworth mangiava svogliatamente la sua colazione di prosciutto e polpette di pollo, lo sguardo rivolto a sud. Un cedro, la cui crescita era arrestata dal caldo del Texas e dalla mancanza di acqua, lo riparava in parte dal sole, ma quasi per nulla dalla calura. Il calore di un nuovo giorno texano, cominciato da meno di un'ora, era già opprimente e inzuppava di sudore la sua uniforme da campagna militare. In due ore sarebbe diventato insopportabile.

Dalla jeep Humvee parcheggiata dietro di lui, la voce potente del radiocronista annunciò l'inizio di un dispaccio. Wittworth riconobbe il segnale di chiamata radio come quello del comandante del suo 2° Plotone, smise di mangiare e si mise in ascolto. Il messaggio annunciava che il plotone aveva superato il punto di controllo uno-quattro senza difficoltà e stava ora procedendo verso nord. Wittworth consultò la mappa dell'area di manovra di Fort Hood che giaceva ai suoi piedi alla ricerca del simbolo blu che identificava il punto di controllo uno-quattro. Lo trovò all'incrocio tra la Old Georgetown Road e Cowhouse Creek. Comunemente conosciuto come Jackson's Crossing, si trattava sicuramente di un punto critico per chiunque volesse sferrare un attacco da nord o da sud. Raggiungere Cowhouse e attraversarlo senza problemi avrebbe concesso al 2° Plotone un vantaggio decisivo nello scontro imminente.

Sistemato sulla roccia il pacchetto che conteneva il prosciutto e il pollo in modo tale che non si rovesciasse, Wittworth si portò il binocolo agli occhi e cercò di individuare il 2° Plotone. Non poteva vederlo, ma le nuvole di polvere sollevate nell'aria mattutina dai cingoli dei veicoli segnalavano il suo procedere. A meno che la compagnia di carri armati sotto valutazione non raggiungesse inaspettatamente il punto in cui Wittworth si trovava nel giro di dieci minuti, il suo 2° Plotone, che ricopriva il ruolo di forza avversaria, vi sarebbe giunto per primo. In tal caso la compagnia di tank, anziché conquistare una posizione d'attacco ideale come quella in cui si trovava la Humvee di Wittworth, o affrontare il 2° Plotone allo scoperto tra la Manning Mountain e Cowhouse, avrebbe dovuto combattere nella foresta di cedri in cima alla Manning Mountain. In uno scontro sulla montagna, tra i boschi, il 2° Plotone avrebbe potuto utilizzare la sua fanteria contro i tank su di un terreno chiuso. Era quanto Wittworth sperava. Se invece lo scontro fosse avvenuto allo scoperto nel sottostante Manning Mountain Corridor, i quattro carri M-2 Bradley del 2° Plotone, con la loro fanteria, sarebbero stati letteralmente mangiati vivi dai quattordici tank che scendevano da nord.

Wittworth scrutava attentamente la Old Georgetown Road in attesa che il primo Bradley uscisse allo scoperto. Ne poteva sentire lo stridio acuto in lontananza. Quando il suono cambiò improvvisamente, quasi scemando, ispezionò le file di alberi su entrambi i lati della strada da cui doveva emergere il plotone, ma non vide nulla. Anche la grande nuvola di polvere stava scomparendo. Questo poteva voler dire solo una cosa: il tenente Shippler aveva arrestato la compagnia per raggrupparla e schierarla prima di attraversare lo spazio aperto ai piedi della Manning Mountain. Wittworth ripose lentamente il binocolo e scosse meccanicamente la testa, borbottando le parole più oscene che gli venivano in mente contro Shippler. Invece di agire con coraggio e affrettarsi a salire, quello scemo esercitava la tipica cautela da manuale. A meno che il comandante della compagnia di carri armati che da Royalty Ridge si muoveva verso sud lungo la Old Georgetown Road non fosse stato costretto a rallentare, avrebbe raggiunto per primo l'estremità meridionale della Manning Mountain e guadagnato le posizioni migliori dalle quali attaccare i suoi uomini, che si muovevano verso nord attraverso la radura sottostante.

Come evocati dai cupi pensieri di Wittworth, lo scricchiolio dei rami secchi dei cedri che si spezzavano al passaggio degli M-1 e lo stridio dei cingoli d'acciaio annunciarono l'arrivo della colonna di carri. Wittworth si voltò e intravide le chiazze verdi, marroni e nere del rivestimento mimetico di un M-1 che si faceva largo tra i cedri verso la cima della Manning Mountain. Il capocarro, visibile fino all'altezza della vita, si sporgeva in avanti per osservare il paraurti destro e contemporaneamente dirigeva il suo pilota attraverso gli alberi. Anche il cannoniere fuorusciva di molto dal suo vano situato sul lato sinistro della torretta. Come il suo comandante, si sporgeva in avanti, facendo attenzione che il paraurti sinistro sbarazzasse gli alberi. Era chiaro che il capocarro era già stato sul posto, perché non faceva uso di alcuna mappa, né inviava il cannoniere in avanscoperta.

Il capocarro ignorò Wittworth e la sua Humvee e si spostò alla sua sinistra. Quando il carro fu nel punto esatto, ordinò al conducente di fermarsi. Mentre il pilota rallentava e bloccava i cingoli, egli scomparve nel vano per afferrare un binocolo affrancato alla culla della sua mitragliatrice calibro 50, col quale si mise a scrutare con attenzione l'orizzonte. La torretta cominciò a ruotare lentamente da destra a sinistra quando anche il cannoniere cominciò la ricerca dei bersagli e si concentrò su eventuali tracce del nemico. Il movimento di uno dei Bradley di Shippler facilitò il loro compito.

Come un cane da caccia che ha individuato la selvaggina, il cannone del carro scattò improvvisamente su un lato e si arrestò quando la sua preda fu sotto tiro. Ancora prima che il cannone si fermasse, il capocarro era già scomparso all'interno del carro dove poteva servirsi del periscopio orientabile per dirigere il combattimento. Wittworth si alzò, guardando il carro armato che si preparava all'attacco. Poi si volse verso sud e scrutò la fila di alberi tra i quali era scomparso il plotone di Shippler. In lontananza, vide un Bradley che usciva dagli alberi e si dirigeva a sinistra verso la Old Georgetown Road.

Grazie a questa manovra, l'M-1 appostato di fianco a Wittworth si trovò a essere in un'ottima posizione. Il capocarro non aveva però molta fretta, perché sapeva bene che raramente i Bradley viaggiano soli. Attaccare il primo significava solo avvisare gli altri del pericolo che correvano. Così, insieme agli altri capicarro della compagnia che dopo di lui si erano sistemati in posizione d'attacco lungo la cresta della montagna, vigilava e aspettava. Non appena il primo Bradley raggiunse la Old Georgetown Road, la pazienza e la disciplina furono premiate, perché un secondo Bradley uscì dalla fila di alberi e avanzò.

Mentre li osservava, Wittworth sperava che i tank aprissero subito il fuoco. Era ovvio che Shippler stesse usando una sezione di due Bradley, ancora tra gli alberi, per coprire i movimenti dei due che stavano ora avanzando verso la strada. Se questi ultimi avevano poche speranze di sopravvivere a una prima scarica di quattordici tank, per lo meno quelli appostati in osservazione avrebbero potuto rispondere al fuoco e colpire uno o due dei tank avversari. Anche questa speranza svanì quando Wittworth e i carri, ora tutti schierati sull'estremità meridionale della Manning Mountain, avvistarono gli ultimi due Bradley che uscivano allo scoperto come se avessero tutto il tempo del mondo a loro disposizione. I due Bradley si muovevano verso la strada per raggiungere gli altri.

I tank ancora non aprivano il fuoco. Ogni secondo di attesa allontanava i Bradley dalla posizione sicura e li avvicinava ai loro carnefici. Con il sistema di attacco laser Miles, la portata ideale per centrare il bersaglio era di 1000, 1500 metri. Un equipaggio ben addestrato con un sistema Miles calibrato e azzerato e con batterie cariche poteva colpire un bersaglio a oltre 2000 metri. Ma il comandante di questa compagnia di carri non voleva correre rischi. Non ce n'era bisogno perché il plotone di Shippler, avanzando schierato a cuneo sulla strada, diminuiva gradualmente la distanza che li separava.

Per Wittworth era come guardare un brutto film o una commedia in cui gli attori cadevano in una trappola di cui il pubblico era al corrente, ma non poteva far sì che essi la evitassero. Incapace di guardare il suo plotone più a lungo, gettò un'occhiata al carro alla sua sinistra. Il capocarro era rientrato nel vano e mostrava solo la testa e le spalle. Mentre guardava i Bradley avanzare senza più bisogno di utilizzare il binocolo, parlò all'interfono. Wittworth non poteva sapere se stesse dando al cannoniere le istruzioni finali o se chiacchierasse semplicemente nel tentativo di far passare gli ultimi nervosi minuti prima di aprire il fuoco.

Con la coda dell'occhio, il capocarro vide Wittworth che lo fissava. Interrotta la conversazione con l'invisibile membro dell'equipaggio, si voltò verso di lui, lo guardò con il ghigno più largo e mordace che gli riuscì e gli mostrò il pollice verso a significare che i Bradley non avevano scampo. Il gesto irritò molto Wittworth, e il capocarro, conoscendolo bene, lo aveva fatto di proposito. Il capitano sentì il sangue che gli montava alla testa mentre lo ricambiava con un'occhiata che avrebbe potuto perforare lo scafo corazzato del carro.

La sua rabbia stava ancora crescendo quando la smorfia del capocarro scomparve. Si era spinto in avanti e aveva portato la mano destra all'elmetto rimanendo così per un secondo, ascoltando qualcosa attraverso la cuffia telefonica. Si trattava certamente di una chiamata radio, perché Wittworth notò che il pollice destro del graduato aveva spinto la levetta di trasmissione in avanti, in posizione di ascolto. Il capocarro parlò al microfono, si arrestò, spinse indietro la levetta in posizione di interfono e urlò qualcosa all'equipaggio. Wittworth, che si era nuovamente girato a guardare gli altri carri, realizzò che molto probabilmente il capocarro aveva ricevuto l'ordine di aprire il fuoco. Il plotone di Shippler stava per essere attaccato.

Dalle postazioni nascoste lungo l'estremità meridionale della Manning Mountain, fragori assordanti annunciarono l'inizio dell'attacco. Al di sotto, il plotone di Shippler avanzò ancora di qualche metro, poi i ricevitori Miles sui Bradley cominciarono a registrare i colpi segnati e quelli mancati. Ancora prima di sapere se erano "spacciati", due capicarro dei Bradley azionarono i lanciafumogeni che si trovavano a bordo e, sterzando di 180 gradi, cercarono di nascondersi nel fumo da loro stessi generato. Anche gli altri, visti i due che facevano retromarcia, lanciarono i fumogeni e invertirono la rotta.

Dalla sua postazione Wittworth ascoltava la radio della Humvee che era sintonizzata sulla stazione di comando di Shippler e attendeva il suo primo rapporto. Non udì nulla. Qualsiasi azione intrapresa dal plotone era il risultato di decisioni prese dai singoli capicarro, non da Shippler. Non che ci fosse molto che egli potesse fare. La prima raffica aveva annientato due Bradley. Non appena i comandanti dei due veicoli avevano capito che la luce arancione che segnalava la loro morte lampeggiava ormai in continuazione, si erano fermati, avevano spento i lanciafumogeni, posizionato il cannone sul retro e ora attendevano. Gli altri due comandanti fecero furiose manovre nel tentativo di nascondersi nel proprio fumo e cercare riparo ma i tank concentrarono la loro attenzione sui due fuggiaschi.

Nella sparatoria che seguì, il Bradley di sinistra fu colpito: la luce che segnalava la sua fine lampeggiava ormai senza sosta. L'ultimo Bradley riuscì a schivare alcuni colpi, segnalati da tre veloci lampi ma, nonostante i giri furiosi, i cambi di rotta improvvisi e gli sforzi del debole lanciafumogeno, fu anch'esso sopraffatto.

Disgustato, Wittworth volse le spalle al massacro del plotone di Shippler e tornò alla sua Humvee pensando a ciò che avrebbe detto al suo ufficiale quando lo avesse nuovamente incontrato. Dopo tutto, la sua manovra era stata corretta, secondo il manuale. Una volta attraversato Cowhouse Creek, egli aveva raggruppato il plotone, organizzato la ricognizione della zona scoperta e, dopo aver constatato che non sembrava esserci alcun pericolo, aveva dato ordine alla compagnia di procedere. Wittworth sperava che Shippler si lanciasse a tutta velocità verso la

Manning Mountain, ma questo non sarebbe stato ortodosso e non vi erano garanzie che funzionasse. I carri armati si erano mossi abbastanza rapidamente, e perché il piano avesse successo il comandante della compagnia avversaria avrebbe dovuto commettere un errore oppure essere più lento. Basare il proprio piano sulla speranza o su eventuali errori del nemico non era una buona abitudine. Eppure...

Quando raggiunse la sua Humvee, Wittworth aprì la portiera e si apprestò a salirvi. Il suo autista si spostò sulla destra del sedile, spense le due radio per evitare che la scarica elettrica dell'accensione le danneggiasse, avviò il motore e infine riaccese le radio. Ma, anziché salire sulla Humvee, Wittworth disse all'autista di attendere e tornò verso la roccia sulla quale si era seduto, deciso a recuperare la sua colazione. Mentre si avvicinava notò che qualcosa si muoveva sopra e tutt'intorno al pacchetto di alluminio bruno. Si fermò a guardare l'esercito di formiche che assaliva i resti del prosciutto e delle polpette di pollo. Poi, con un sospiro e un'imprecazione soffocata, prese a calci il pacchetto con tutta la forza che aveva.

Sebbene la sconfitta del plotone di Shippler e la perdita della sua colazione lo avessero molto irritato, ciò che Wittworth si aspettava di trovare al rientro al quartier generale era ancora più inquietante. Oggi era il Giorno, quello in cui il sottotenente Nancy Kozak, la prima donna nominata ufficiale di fanteria, doveva presentarsi presso la compagnia di Wittworth. Il solo pensiero che le donne fossero assegnate ai reparti da combattimento, per non dire alla sua compagnia, era sufficiente a trasformare la cieca rabbia che Wittworth aveva in corpo in uno sconforto quasi totale.

Mentre rientrava in silenzio verso le retrovie, lottava con i suoi sentimenti e le sue convinzioni. Sebbene fosse al corrente del grande esperimento da più di sei mesi, aveva fatto ben poco per prepararsi psicologicamente. I briefing tenuti dagli ufficiali e dai raccoglitori di dati del Comando di prova e valutazione, la catena di comando di Wittworth e i rappresentanti dell'Operazione uguaglianza del Dipartimento della difesa avevano spiegato come si sarebbe svolto questo esperimento della durata di dodici mesi. Avevano anche cercato di spingere tutti i partecipanti a superare i propri pregiudizi, organizzando una serie di conferenze, seminari educativi e gruppi d'incontro. La maggior parte dei loro sforzi era fallita e, invece di eliminare i pregiudizi, li avevano rafforzati in alcuni membri della compagnia di Wittworth, Wittworth compreso.

Per quanto si sforzasse, non riusciva a separare le sue emozioni dal problema in questione. Ma perché diavolo devono ammettere delle donne nei reparti da combattimento? pensava. In quel momento, alcuni bravi ufficiali di fanteria erano tenuti a restituire l'ambito distintivo dei fucili incrociati per andare a coprire i vuoti nei reparti di supporto e di servizio, unità in cui le donne operavano ormai senza problemi. Che i signori di Washington non potessero lasciare le cose come stavano e come erano sempre state dalla creazione dell'Esercito degli Stati Uniti, sconcertava Wittworth. Era come se qualcuno del Dipartimento della difesa volesse vedere quanta merda si poteva accumulare sugli ufficiali delle divisioni da combattimento prima che il loro lavoro diventasse impossibile da svolgere.

Lasciati i sentieri sconnessi, l'autista di Wittworth attraversò la pista dei carri armati e svoltò verso sud in direzione della West Range Road senza che Wittworth se ne accorgesse. La sua mente stava ancora meditando su come accogliere Kozak. Questo fatto, unito al disastro del plotone di Shippler, alla perdita della sua colazione e al caldo opprimente, cospirava a far svanire la poca diplomazia di cui Wittworth era dotato.

Comando militare, Fort Hood, Texas
28 giugno, ore 07:45

Immettendosi con la sua Chevy Suburban azzurra nella Headquarters Street dalla Hood Road, il sottotenente Kozak rallentò e si preparò a entrare nell'area di parcheggio che si trovava sul lato opposto rispetto all'edificio 108. Affermare che fosse nervosa, non avrebbe reso giustizia al suo stato d'animo in quel momento. Dopo anni di preparazione fisica e mentale, il Giorno era arrivato, quel giorno in cui avrebbe dovuto presentarsi a rapporto presso la sua prima unità. Tutti gli esercizi teorici sul comando, le esercitazioni sul "che cosa se" e gli addestramenti sul "come agire" che avevano caratterizzato la sua istruzione militare a West Point e il suo corso base per ufficiali, erano finiti. D'ora in poi, tutto sarebbe stato reale. Niente più interpretazione di ruoli, situazioni ipotetiche, né soluzioni scolastiche chiare e precise. Le sue decisioni e le sue azioni avrebbero influenzato delle persone in carne e ossa e sarebbero state giudicate da soldati professionisti come quelli affidati al suo comando, quelli che erano i suoi superiori designati e quelli che si consideravano suoi pari.

Come se il semplice fatto di presentarsi alla sua prima unità non fosse abbastanza difficile, Nancy Kozak avrebbe anche dovuto affrontare il trauma di essere la *prima* donna ufficiale di corpi da combattimento dell'Esercito degli Stati Uniti. Per un intero anno, lei e la sua nuova unità sarebbero stati i soggetti di un esperimento che intendeva accertare se le donne americane potevano in effetti prestare servizio come soldati di prima linea.

Il programma era alquanto semplice. Un certo numero di ufficiali donne e soldatesse sarebbe stato assegnato a tre diverse unità: un battaglione di mezzi corazzati, un battaglione di fanteria meccanizzata e un battaglione di artiglieria. All'interno di queste unità, alcune compagnie sarebbero state interamente maschili, le cosiddette compagnie "base". Altre, definite "unità miste", sarebbero state composte da uomini e donne. Squadre speciali del Comando di prova e valutazione dell'Esercito avrebbero osservato il comportamento dei due gruppi durante il normale addestramento e adempimento dei doveri. La prova finale, anche se nessuno la considerava tale, si sarebbe svolta al Centro nazionale di addestramento di Fort Irwing, in California, al termine dell'anno di prova. In base al rendimento delle unità durante l'anno e al Centro nazionale di addestramento e considerate le valutazioni delle squadre speciali, si sarebbe presa una decisione sul futuro delle donne nei reparti da combattimento, o per lo meno questo era quel che si sperava.

Per cominciare, un ufficiale donna sarebbe stato introdotto in ciascuna delle compagnie miste. Si pensava che esse sarebbero presto riuscite a superare lo shock e le difficoltà iniziali dell'inserimento nei nuovi reparti. Avevano tre mesi di tempo per ambientarsi e permettere agli altri di fare altrettanto, prima dell'arrivo delle soldatesse di leva. Quindi, dopo aver raggiunto un buon livello di competenza e adattamento, avrebbero potuto facilitare l'inserimento delle soldatesse.

Nelle discussioni sul programma non si accennava all'insorgenza di eventuali contrasti tra ufficiali e sottufficiali uomini e donne. Anche se il fatto che gli ufficiali donne fossero più giovani degli uomini suscitava qualche perplessità, tutti convenivano che ciò era da preferire all'inserimento di ufficiali donne di più alto rango, ma senza alcuna esperienza in armi da combattimento e addestramento in prima linea, nella valutazione. Inoltre, come avevano fatto notare gli istruttori al Pentagono, non ci si può avvicinare maggiormente al combattimento che a livello di plotone, per cui era su questo punto che la valutazione doveva focalizzarsi.

Così il sottotenente Kozak prestava molta attenzione a tutto ciò che faceva, dalla preparazione tecnica e tattica attraverso letture appropriate, al rispetto di tutte le regole del traffico interno della base. Anche il suo abbigliamento era studiato con cura. Dopo aver parcheggiato e spento il motore della sua auto, la donna attese un attimo prima di scendere. Si diede un'ultima occhiata nello specchietto retrovisore prima di lasciare la sicurezza dell'auto. I capelli castano scuro, che generalmente portava sciolti, erano raccolti sulla nuca. La lunghezza dei capelli era stata motivo di preoccupazione e di discussione, non solo per lei ma anche per le sue compagne di West Point. Molte pensavano che fosse meglio tagliarli piuttosto che sopportarne il fastidio quando indossavano l'uniforme ed erano al campo. Altre li avevano tagliati in modo che, asciutti o bagnati che fossero, non superavano mai in lunghezza la base del colletto dell'uniforme, che era appunto il limite stabilito dal regolamento. Solo poche, tra le quali Kozak, si erano rifiutate di sbarazzarsene. "Dopo tutto," aveva detto a un'amica, "tutti sanno che sei una donna, perché mai cercare di nasconderlo?" E in nome della vanità sopportavano i disagi del lavaggio, della pettinatura e dell'acconciatura necessaria per poter indossare l'uniforme. Non senza difficoltà ed errori, e grazie anche all'aiuto delle sue colleghe, Kozak aveva infine imparato ad amministrare i suoi lunghi capelli sul campo e fuori. Certo non poteva sapere cosa ne avrebbe pensato il suo comandante, ma in teoria, finché li teneva raccolti sopra il limite del colletto, non vi era nulla da obiettare. Si era comunque preparata mentalmente a un taglio drastico, se ciò fosse stato necessario.

Il trucco che portava era leggero, quasi invisibile. Anche questo, come i capelli, era stato argomento di discussione. Nelle ultime settimane era stata indecisa sul fatto di truccarsi o meno il giorno in cui doveva prendere servizio. Proprio quando si era convinta che la migliore soluzione era di non truccarsi, cambiò idea e scelse un compromesso. Il suo fondotinta era il più leggero e trasparente che avesse trovato e sulle ciglia non arricciate aveva passato una sola mano di mascara. Niente cipria sulle guance, ma solo un tocco di rosso per colorire un poco il viso altrimenti troppo pallido. Inoltre, per evitare di attirare più attenzione del necessario, aveva evitato qualsiasi tipo di colonia, profumo o altro che emanasse una fragranza troppo femminile. Aveva anche notato con rammarico, mentre si preparava, che molti dei suoi cosmetici, dallo shampoo alla crema per il viso, le lasciavano addosso un intenso profumo. Era abituata a usarli. Non se ne era mai accorta, ma, nel mondo tutto maschile della fanteria meccanizzata in cui l'odore di carburante si mischia a quello di sudore e di olio lubrificante, Kozak non sarebbe certo passata inosservata.

Più o meno soddisfatta del trucco, controllò poi i gradi sull'uniforme. Le due barrette dorate da sottotenente distavano un centimetro e mezzo dalle spalline ed esattamente a metà tra la cucitura della manica e il bottone che tratteneva la spallina vi era la mostrina di feltro verde, larga quattro centimetri, che la identificava come comandante di una unità da combattimento. La mostrina di comando era sormontata dal simbolo del 13° Reggimento di fanteria. Su ogni risvolto della giacca verde di Classe A, e precisamente un centimetro e mezzo sopra l'orlo del risvolto, vi erano le cifre US in ottone. Sempre un centimetro e mezzo sotto l'orlo del risvolto, vi era il distintivo della fanteria, e cioè due moschetti modello 1842, i famosi "fucili incrociati".

Se non fosse stato per quei due pezzi di ottone lucente, non più pesanti di un'oncia, quella mattina l'arrivo di Nancy Kozak a Fort Hood sarebbe passato inosservato. Sarebbe stata semplicemente un altro ufficiale donna, facente parte del 14 per cento del totale dell'Esercito, che si presentava a prendere servizio. Ma, per suo stesso volere, era diversa. Era infatti, e sempre sarebbe stata, la prima donna assegnata a una unità da combattimento. Il futuro delle donne nell'Esercito dipendeva da ciò che lei e cinque altri ufficiali donne avrebbero combinato nel corso dell'anno.

Oppressa da questa responsabilità, Kozak aprì la portiera dell'auto e scese. Mantenendosi eretta, si sistemò la borsa nera sulla spalla, lisciò la gonna, stirò la giacca dell'uniforme e si incamminò in direzione dell'edificio 108 per presentarsi.

Edificio 108, Fort Hood, Texas
28 giugno, ore 07:55

Seduto scompostamente su una sedia in prima fila, nella stanza in cui era stato indirizzato, il capitano Harold Cerro aspettava che gli impiegati amministrativi, soldati anch'essi, organizzassero e cominciassero il loro arduo compito di schedatura di un nuovo gruppo di ufficiali. Mentre gli impiegati maneggiavano risme di carta e infiniti tabulati di computer, Cerro sorseggiava il suo caffè e leggeva *USA Today*. A giudicare dai titoli, pensò che il giorno precedente doveva essere stato una vera noia. La notizia principale riguardava quattro omicidi a New York. Cinico come sempre, Cerro non capiva in che cosa quegli omicidi si differenziassero dai molti altri compiuti in una città che vantava una media giornaliera di sei delitti. Inoltre, per lui, la morte di quattro persone era quasi insignificante. C'erano stati giorni in cui avrebbe riferito la perdita di quattro soldati in uno scontro a fuoco con un semplice: "Poche perdite, la missione continua." Com'erano strani i civili, pensò.

Cerro non era crudele. Al contrario, la maggior parte delle persone che lo conosceva lo giudicava un bravo ragazzo. Era semplicemente un soldato e un realista. Sapeva bene che la morte è parte della vita e, da veterano quale era, non solo l'aveva vista da vicino ma le aveva anche dato il suo contributo. Come ogni soldato che abbia combattuto, aveva rischiato più volte la pelle, e la morte non aveva più misteri per lui. Era un semplice fatto della vita: le persone mangiano, respirano e muoiono. Non vi era nulla di più ovvio per la sua mente addestrata. Era anche il solo modo che aveva di razionalizzare ciò che faceva per mantenersi sano di mente.

Il risuonare di tacchi sul pavimento piastrellato annunciò l'arrivo di una donna. Cerro lanciò un'occhiata da sopra il giornale e catturò con lo sguardo il sottotenente che era appena entrata nella stanza, valutandola con il suo occhio addestrato come fosse stata una preda. In base al grado, al portamento e all'apparenza, stabilì subito che si trattava di un sottotenente nominata da poco, sui venti, ventidue anni, al massimo ventitré. Mentre si avvicinava alla scrivania degli impiegati amministrativi, Cerro calcolò che doveva essere alta un metro e settantatré, uno e settantotto al massimo, compresi i cinque centimetri di tacco. I capelli castano scuro erano raccolti e saldamente affrancati in un semplice chignon dietro la nuca. Lo sguardo inespressivo fisso sull'impiegato a cui si stava avvicinando confermava la convinzione di Cerro che il sottotenente stesse prendendo servizio presso la sua prima unità. Nonostante la mancanza di espressività e il trucco molto leggero, quel viso aveva del potenziale. Gli zigomi poco accentuati erano compensati dal bel naso, dal mento delicato, dalle labbra piene e dai grandi occhi castani.

Il sottotenente si schiarì la voce e informò l'impiegato che era venuta a presentarsi a rapporto. L'impiegato si interruppe per un attimo, la guardò, piegò la testa da un lato: "Cominciamo alle otto, signora. Se vuole avere la cortesia di sedersi, saremo subito da lei." Nel frattempo, Cerro approfittò del fatto che nessuno lo stava guardando per svolgere un esame dettagliato. Decise che il sottotenente era alta un metro e settantatré, pesava 68 chili, portava probabilmente una taglia II, forse una III, misurava 70 cm di vita e aveva un bel sedere.

Era ancora concentrato su quest'ultimo dettaglio quando il sottotenente si voltò sui tacchi e si diresse verso la fila di sedie su cui egli era seduto. Finse di leggere il giornale sorseggiando il caffè, mentre in realtà continuava a seguire il sottotenente con la coda dell'occhio. Quando si fu seduta, ritornò al suo giornale e ogni considerazione fu prontamente immagazzinata nella sua memoria con l'etichetta SOTTOTENENTE, DONNA. Non si rese conto di averla guardata nello stesso modo in cui si guarda una donna seduta al banco di un bar e girò la pagina sulle previsioni del tempo. Come giustamente gli aveva fatto notare una volta un sergente: "Comunque le impacchetti, sempre donne sono."

Alle otto precise, un'impiegata chiamò Cerro per nome e per grado. Alzato lo sguardo dal giornale, Cerro lo rivolse all'impiegata e la fissò per un attimo. "Siamo aperti ora, signore."

Cerro, fingendo sorpresa ed eccitazione, ripiegò con cura il giornale, lo ripose nella valigetta, poi si alzò lentamente e senza alcuna fretta si avviò verso la scrivania. L'impiegata gli chiese due copie dei suoi ordini e tutti gli allegati e, una volta ricevutili, sfogliò i tabulati del computer alla ricerca del nome Cerro. Quando lo trovò, fece scorrere il dito sulla riga giusta e ricopiò i dati su un modulo bianco.

Terminata l'operazione, mostrò quest'ultimo a Cerro perché potesse vederlo e cominciò a spiegargli ciò che avrebbe dovuto fare in seguito. "Questo conferma la sua assegnazione al Quartier generale e alla Compagnia del quartier generale, 2ª Brigata, 16ª Divisione corazzata. Ora deve registrarsi all'ufficio finanziario, stanza..."

Cerro non le prestava attenzione. La sua mente si era come bloccata quando l'impiegata gli aveva annunciato che era stato assegnato alla Compagnia del quartier generale, il che significava semplicemente far parte dello stato maggiore della brigata. Per la prima volta nella sua carriera militare non era stato assegnato a un reparto operativo. Invece di lavorare con dei veri soldati, avrebbe vissuto in un ambiente comandato da un tenente colonnello a caccia di gradi, popolato da maggiori scattanti e travolgenti, decisi a lasciare il segno nell'Esercito, e diretto da sergenti troppo vecchi per le unità di linea o che ne erano già stati buttati fuori. Una simile assegnazione equivaleva per Cerro a una condanna ai lavori forzati in una miniera di sale in Siberia. Mentre l'impiegata continuava a fornirgli istruzioni che non ascoltava, l'antico quesito gli risuonava nel cervello: "Padre, perché mi hai abbandonato?"

Con la mente offuscata da visioni di condanna e dannazione, Cerro non notò che il sottotenente era stata a sua volta convocata. Era scattata in piedi non appena udito il suo nome e aveva consegnato le due copie degli ordini e gli allegati. L'impiegato sfogliò i tabulati e cominciò a compilare il modulo di registrazione. La sua mano si bloccò improvvisamente sul nome dell'unità assegnata al sottotenente. Ripercorse col dito tutta la riga, controllò di non averne saltata alcuna e, non trovando errori, confrontò i tabulati con il mandato per assicurarsi che il nome e il numero di matricola coincidessero. Infine, guardò il sottotenente: "Mi spiace, signora. Deve esserci un errore. Secondo i miei dati lei è stata assegnata alla Compagnia A, 2° Battaglione, 13° Fanteria."

Il sottotenente parlò per la prima volta: "Oh, nessun errore. Sono un ufficiale di fanteria e quella è proprio l'unità alla quale sono stata assegnata."

L'impiegato guardò Kozak per un istante prima di rispondere: "Ah, dunque lei è una di quelle."

Tutti i presenti fissarono il sottotenente. Anche Cerro, sconvolto dai suoi pensieri di desolazione e sconforto, guardò la donna al suo fianco. Per la prima volta ne studiò il profilo. Ogni capello era a posto, perfettamente pettinato all'indietro e saldamente legato in uno chignon dietro la nuca. I morbidi, bianchi lobi delle orecchie erano ornati da piccole palline d'oro. Il viso, dall'espressione calma e fredda, era perfetto, anche se un po' pallido. Come timoroso di ciò che poteva vedere, Cerro esitò prima di verificare l'affermazione del sottotenente. Quando abbassò lo sguardo, un brivido lo percorse, mentre i suoi occhi fissavano i luccicanti distintivi della fanteria fissati sul colletto dell'uniforme. Era lei! Il Giorno era giunto. Erano arrivate.

Nancy Kozak fu colta di sorpresa dall'inaspettata e indesiderata attenzione che le veniva rivolta. Aveva sperato che tutta la pubblicità fatta al grande evento avrebbe attutito lo shock, permettendole di passare inosservata per lo meno all'inizio. La speranza era svanita ben presto. L'introduzione di donne nei reparti da combattimento era semplicemente troppo sconvolgente per passare inosservata. "Bene," pensò, "tanto meglio." E, ritrovando il controllo, si chinò leggermente in avanti. "Sì, i dati sono corretti. Sono Nancy L. Kozak e ho ricevuto l'ordine di prender servizio presso la Compagnia A, 2° Battaglione del 13° Fanteria." Poi aggiunse: "È proprio così, soldato. Sono una di loro."

Ci volle qualche secondo perché l'impiegato assimilasse la risposta secca e quasi provocatoria di Kozak. Arrossì imbarazzato, si scusò, confermò la correttezza dei dati e ricominciò a compilare il modulo. Soddisfatta di sé, Kozak si raddrizzò e guardò il capitano al suo fianco che continuava a fissarla. Quando i loro sguardi si incontrarono, inarcò le sopracciglia assumendo un'espressione interrogativa.

Il capitano, un ufficiale di fanteria con le alette di comandante dei paracadutisti e una collezione di nastrini davvero impressionante, la fissò dritto negli occhi per un istante, poi abbassò lo sguardo sui distintivi di fanteria e di nuovo tornò a fissarla. Non disse nulla, ma i suoi gesti e la sua espressione parlavano per lui.

Solo l'improvvisa voce dell'impiegato che aveva terminato di compilare il modulo separò i loro sguardi. "Signore, se ritira questo, potrà proseguire all'Amministrazione." Senza staccare lo sguardo da Kozak, Cerro prese il modulo con la mano sinistra, mentre con la destra afferrava la sua valigetta. La stava ancora guardando quando rispose con un "Grazie" quasi impercettibile e distratto. Poi, con una rapidità che fece trasalire il sottotenente, si voltò e lasciò la stanza.

Quando lo perse di vista, Kozak si rivolse all'impiegato che pure la stava fissando e, più irritata che imbarazzata, disse: "Cosa c'è che non va ora con i miei documenti, soldato?"

La brusca domanda lo fece sussultare: "Nulla, signora."

"Bene, allora continui, soldato." Fu grazie a quel piccolo incidente che il sottotenente Kozak passò dalla reazione alla rivendicazione.

Area di parcheggio di fronte all'edificio 108,
Fort Hood, Texas
28 giugno, ore 10:30

Non era tanto il caldo e il fatto di essere stato assegnato allo stato maggiore di divisione che irritava Cerro mentre si dirigeva alla sua auto, quanto piuttosto quel sottotenente di fanteria. Più si sforzava di ignorarne l'arrivo e più gli riusciva impossibile. Per tutta la mattina se l'era ritrovata al fianco mentre seguiva l'iter burocratico. Non era sorpreso dal fatto che le donne fossero state ammesse nei reparti da combattimento, perché anche lui, come la maggior parte dell'Esercito, aveva seguito le discussioni, i dibattiti e i procedimenti che lo avevano reso possibile. I pro, i contro e le possibili reazioni erano gli argomenti delle numerose conversazioni che Cerro aveva ascoltato un po' dovunque. Anche sapendo di non avere ormai altra scelta se non quella di accettare le decisioni prese dal Dipartimento, rimase profondamente turbato dall'incontro con il suo primo ufficiale donna di fanteria.

Si stava giusto convincendo che non valeva la pena di agitarsi tanto per qualcosa su cui non poteva avere alcuna influenza, quando improvvisamente la vide vicino alla sua auto. Si bloccò in mezzo alla strada chiedendosi che cosa mai ci facesse là e perché lo stesse seguendo.

Sfilatasi la borsa dalla spalla, Kozak cominciò a frugarvi dentro alla ricerca di qualcosa. Estratte poi delle chiavi, si girò verso la macchina parcheggiata proprio a fianco di quella di Cerro e l'aprì. Dunque non lo stava seguendo.

Cerro si sentì sciocco e proseguì verso l'auto, che era parcheggiata in modo tale che la portiera del posto di guida si trovava dalla stessa parte di quella di Kozak. Avvicinandosi, egli osservava i movimenti del sottotenente che, ormai sul punto di spalancare la portiera, vedendolo arrivare si voltò e alzò la mano destra in saluto come se avesse dovuto vibrare un colpo secco di karaté.

Sebbene non ne avesse motivo, Cerro rimase sorpreso. Avanzò ancora di un passo, ricambiò meccanicamente il saluto e nel farlo udì il rumore metallico di qualcosa che cadeva a terra. Guardò verso il basso, vide un fermaglio e, dando per scontato che si trattava di uno dei fermagli dei suoi numerosi gradi, mostrine e nastrini, cominciò a tastare l'uniforme per constatarne la perdita. Anche Kozak aveva udito il rumore e, vedendo Cerro che ispezionava la sua uniforme, fece altrettanto. Per qualche secondo continuarono il controllo in silenzio, l'uno di fronte all'altra.

Era stato Cerro a cominciare, ma fu Kozak, meno fornita di mostrine e nastrini, che terminò per prima. Afferrò il puntello del distintivo dell'unità sotto l'asola volante della spalla destra della camicia verde e un'espressione quasi deliziata le illuminò il volto, quasi avesse trovato un tesoro. "Oh, credo sia mio, signore."

Cerro smise di frugare l'uniforme e dopo aver individuato il fermaglio caduto ai suoi piedi, lo raccolse e lo ripulì tenendolo tra le dita come fosse un insetto morto. "Ecco il suo fermaglio, tenente."

Kozak lo ringraziò e cominciò a trafficare per rimetterlo a posto. Il distintivo dell'unità, situato al centro delle mostrine di pelle sull'asola volante, si trovava a metà tra la spalla e il colletto dell'uniforme e rendeva difficile l'operazione. Kozak, piegando la testa all'indietro nel tentativo di vedere ciò che stava facendo, cercava di tenere il distintivo dell'unità con la mano destra mentre con la sinistra si sforzava di riallacciare il fermaglio. Cerro seguiva la scena in silenzio, il che rendeva Kozak ancora più nervosa. Dopo due tentativi, il fermaglio le scivolò di mano e ricadde a terra. Guardò timidamente Cerro, scrollò le spalle e si accinse a raccoglierlo.

Il capitano fu più veloce e, dopo averlo raccolto per la seconda volta, le si avvicinò dicendo: "Lasci che l'aiuti, altrimenti passerà qui tutta la giornata."

Kozak si raddrizzò e guardò oltre la spalla di Cerro mentre egli riagganciava il fermaglio con facilità. Questi, non sapendo cos'altro dire, aggiunse solo: "Ecco fatto! Ora è di nuovo tutta d'un pezzo."

"Grazie, capitano. Sono solo un po' nervosa. È il mio primo reparto."

Il suo sorriso, le sue parole e i suoi modi erano disarmanti, sinceri e soprattutto umani. Cerro non sapeva cosa rispondere. La personificazione del peggiore degli incubi di un soldato si era inaspettatamente trasformata in una persona reale. Senza pensarci, reagì istintivamente trattando Kozak come un normale nuovo tenente di fanteria. "Sì, lo so. E certo non vogliamo che si presenti al suo ufficiale in comando con un'uniforme che sembra una schifezza, vero?"

Come se le avessero tolto un gran peso dalle spalle, Kozak si rilassò e il sorriso le tornò sulle labbra. "No, signore. Non è il caso. Apprezzo il suo interessamento e il suo aiuto." Ed era sincera. Per la prima volta in tutto il giorno – in verità, per la prima volta in settimane – qualcuno si era mostrato gentile, sinceramente interessato e l'aveva trattata come un vero ufficiale. Ma, cosa più importante, era stato proprio un altro ufficiale di fanteria, niente meno che un capitano, veterano dei combattimenti.

Cerro annuì e aprì la portiera della sua automobile: "La prego di scusarmi. Devo presentarmi al quartier generale della divisione."

Kozak lo salutò ancora una volta e gli augurò buona fortuna per la nuova assegnazione.

Lui ricambiò il saluto e, salendo in macchina, scosse la testa: "Temo di avere esaurito la mia fortuna. Sono diretto alla 2ª Brigata per diventare uno smidollato di stato maggiore."

Anche se non capiva il dispiacere di Cerro per essere stato assegnato a una posizione così importante, Kozak annuì e lo guardò mentre avviava il motore e se ne andava. Forse, pensò, le cose non sarebbero state poi così male come se le era immaginate.

2

Non occorre una maggioranza per fare una rivoluzione; occorrono solo pochi uomini ben determinati e una giusta causa.

H.L. Mencken

Ciudad Victoria, Tamaulipas, Messico
28 giugno, ore 15:45

La piccola delegazione che attendeva l'arrivo del presidente della repubblica del Messico era esausta a causa dei giorni passati a cercare di risolvere una crisi improvvisa e inaspettata. Il problema sembrava non avere né causa né scopi apparenti e aveva generato solo caos, sconvolgimento della routine quotidiana dello Stato e, ora, violenza. Per sette giorni i lavoratori dei giacimenti petroliferi avevano prima parzialmente, poi del tutto interrotto il lavoro nella maggior parte dei giacimenti sparsi nello Stato di Tamaulipas. All'inizio si pensò che i tumulti altro non fossero che il propagarsi delle agitazioni dei lavoratori in subbuglio nelle città industriali della repubblica. In più occasioni i lavoratori dei giacimenti petroliferi avevano chiaramente espresso la loro simpatia nei confronti dei loro fratelli che lavoravano nelle città. Di conseguenza, coloro che avevano seguito attentamente l'evolversi della situazione non erano rimasti molto sorpresi dal fatto che gli scioperi si fossero estesi anche ai giacimenti petroliferi.

Mentre i suoi assistenti e i consiglieri sedevano pazienti o conversavano a bassa voce, il governatore di Tamaulipas passeggiava nella sala riservata al gruppo dirigente, in attesa dell'arrivo del presidente e del suo seguito. Di tanto in tanto, gettava un'occhiata fuori dalla finestra sul piazzale in cui numerosi militari dell'Aviazione aspettavano, nel caldo del tardo pomeriggio, l'aereo del presidente. Su consiglio del comandante della zona militare, il colonnello Alfredo Guajardo, l'incontro tra il presidente e il governatore avrebbe dovuto essere breve e segreto. Guajardo, che sedeva ora in fondo alla stanza, aveva spiegato al governatore che un semplice incontro all'aeroporto sarebbe stato più sicuro e non avrebbe esposto il governatore a inutili rischi politici. "Dopo tutto," aveva detto Guajardo al governatore, "che cosa penserebbe la gente di Tamaulipas se sapesse che il presidente è stato chiamato ogni volta che lei ha avuto qualche piccolo problema con i lavoratori? Inoltre, *el presidente* è ormai stanco sia della sua vacanza sia della sua famiglia. Sarà felice di trovare un pretesto per volare qui e poi tornare a Città del Messico e alla sua amante."

Pur non considerando il suo un piccolo problema, il governatore si trovò d'accordo. Dopo tutto, la convivenza con il presidente o con chiunque egli avesse designato come suo sostituto sarebbe stata lunga. Non sarebbe stato nel suo interesse essere pubblicamente debitore verso il giovane presidente o permettere che fosse lui a risolvere un problema montato per danneggiarlo. Mantenendo segreto l'incontro, il governatore avrebbe potuto negare che fosse avvenuto. Tormentato da questi pensieri, il governatore non aveva pensato di chiedere a Guajardo come fosse venuto a conoscenza dell'esistenza dell'amante del presidente o di ciò che il presidente volesse o non volesse fare. Non che ciò importasse granché, perché anche il governatore preferiva passare una notte con la sua amante piuttosto che un'intera settimana con la sua famiglia.

Quando la porta della stanza si aprì, ogni movimento si arrestò e tutti si volsero a guardare chi stava entrando. Il giovane tenente dell'Aviazione che aveva aperto la porta si raggelò quando vide la stanza piena di facce solenni che lo fissavano. Insicuro sul da farsi, il tenente guardò Guajardo. Per un attimo lo fissò negli occhi, occhi che erano freddi e inespressivi come tutto il volto. Guajardo non disse nulla, ma fece un cenno con il capo all'ufficiale perché si avvicinasse.

Il tenente attraversò la stanza, mantenendosi il più lontano possibile dal governatore che aveva ripreso a camminare, raggiunse Guajardo, si chinò e gli sussurrò qualcosa all'orecchio. L'espressione sul viso di Guajardo non cambiò. Quando il tenente si raddrizzò, Guajardo si alzò aggiustandosi la camicia dell'uniforme. Giratosi verso il tenente, gli impartì nuovi ordini a bassa voce. Il governatore si avvicinò in tempo per sentire Guajardo sottolineare che il tenente era personalmente responsabile dell'aereo del presidente, come stabilito. La risposta del tenente fu un semplice, quasi brusco e solenne "Sarà fatto". Con ciò, il tenente lasciò la stanza.

Guajardo, rivolgendosi al governatore, annunciò con calma che l'aereo del presidente sarebbe atterrato cinque minuti dopo. Il governatore si fermò e, per un attimo, il suo viso assunse un'espressione addolorata. Solo dopo che questa fu scomparsa, fece distrattamente cenno di aver inteso l'annuncio e ricominciò a camminare, per fermarsi solo quando il Boeing 727 dell'Aviazione messicana fu in vista. Con un sospiro, il governatore armeggiò nervosamente con la sua cravatta nel vano tentativo di raddrizzarla. Poi, si diresse verso la porta. Tutti i suoi assistenti e consiglieri, eccetto Guajardo, lo seguirono frettolosamente.

Il governatore uscì dal terminal proprio nel momento in cui l'aereo si arrestava. Come spuntata dal nulla, una folla di guardie di sicurezza, alcune in uniforme, altre in camicie bianche con le maniche corte, confluì sulla pista e si dispose intorno all'aereo. Alle loro spalle fu agganciata una scaletta mobile, mentre un camion cisterna si muoveva rumorosamente verso la coda dell'apparecchio. Quando uscì dal Boeing 727, il presidente si fermò pochi attimi in cima alla scaletta, per abituare gli occhi alla luminosità del sole pomeridiano. Quando fu in grado di vedere, il presidente si guardò intorno in cerca del governatore: i loro sguardi si incontrarono ed egli gli sorrise con calore nel tentativo di mascherare le sue gravi preoccupazioni.

Il passo di Carlos Montalvo mentre scendeva le scale non era più scattante come lo era stato sei mesi prima durante la campagna elettorale per la presidenza. Allora, tutto era stato possibile. Aveva, o almeno credeva di avere, progetti e programmi che, una volta attuati, avrebbero messo fine ai problemi sociali ed economici che assillavano il Messico e il suo popolo. Il risanamento di un debito esorbitante, il contenimento dell'esplosione demografica, l'arresto dell'inflazione che segnava quasi quotidianamente nuovi record e, cosa più importante, il ripristino della fiducia del popolo nel partito politico al potere, tutto gli era parso realizzabile. Il suo partito, il PRI, Partito Rivoluzionario Istituzionale, per anni aveva perso terreno sia a sinistra, col PSUM, Partito Socialista Unificato del Messico, sia a destra, col PAN, Partito di Azione Nazionale. L'ultima elezione era stata vinta con il minimo dei voti, solo grazie alla semplice determinazione, alla forza di volontà e grazie alla scomparsa di molte urne nei distretti dove la supremazia PRI era in forse. Mentre scendeva dalla scaletta, Montalvo dubitava di avere ancora la forza, politica e fisica, di sostenere una sfida del PSUM o del PAN.

I problemi che la repubblica doveva affrontare erano difficili, ma risolvibili. O almeno, così aveva pensato il giovane presidente quando aveva assunto i poteri nel dicembre dell'anno precedente. La realtà del collasso sociale ed economico che minacciava il Messico aveva causato un grande shock anche in un uomo come Montalvo, che di politica era un esperto. Aveva constatato che la verità era cambiata drasticamente da quando aveva accettato la fascia rossa, bianca e verde che rappresentava la carica e la responsabilità del presidente del Messico.

Lo stesso valeva per il panorama politico. Improvvisamente i partiti politici di sinistra, prima in disaccordo, avevano ritrovato una nuova unità e popolarità. Anche se il PRI manteneva ancora la maggioranza alla Camera dei Deputati, ben quattrocento seggi, mai così tanti prima d'allora, erano andati a candidati avversari che incitavano a un ritorno alla "vera Rivoluzione". Le procedure legislative, un tempo ordinate e sicure, erano ora disgregate e compromesse. I deputati avversari, approfittando della crisi del PRI che per poco non aveva perso la presidenza, si rifiutavano di approvare la nuova legislazione che avrebbe permesso di realizzare i sogni di Montalvo. Le discussioni sollevate su ogni questione, sia alla Camera sia sui giornali, bloccavano qualsiasi iniziativa e portavano sempre più allo scoperto la corruzione, la frode e l'indifferenza verso le sofferenze del popolo messicano, spaventosa eredità del governo del PRI.

In tempi così difficili, i partiti di destra e di sinistra avevano acquistato nuova popolarità e sostegno da parte di tutti gli strati della popolazione che non si erano lasciati avvilire dai metodi tradizionali del PRI o non avevano accettato di subire i "soliti" sistemi. La destra e la sinistra sembravano darsi il cambio nel convertire i programmi di Montalvo in questioni incandescenti che dividevano, anziché unire, il popolo. La Chiesa, in una insolita coalizione con i socialisti del PSUM, vedeva i programmi di Montalvo sul controllo delle nascite come una minaccia ai suoi dogmi. Gli studenti si erano infine convinti che il protrarsi del predominio del PRI avrebbe favorito chi aveva appoggi e non chi era più meritevole. E i lavoratori avevano compreso che sarebbero stati loro, e non l'élite, a pagare per sanare l'enorme debito accumulato nei giorni delle belle speranze e degli investimenti insensati. Invece di condurre il paese verso un futuro migliore, il presidente Montalvo si trovò a lottare per mantenere il controllo della situazione mentre continue barriere venivano erette, sia fuori sia all'interno del governo, per impedirgli di attuare i suoi programmi.

Non ci volle molto perché nel paese comparisse lo spettro di una rivoluzione socialista, o peggio, comunista. Sebbene nessun indizio di insurrezione o minaccia di rovesciamento violento del governo da parte del PSUM fosse stato scoperto dai servizi segreti messicani o dai servizi speciali di sicurezza del PRI, l'Esercito insisteva nel sostenere la fondatezza di tali sospetti. Gli uomini del colonnello Guajardo, nei loro rastrellamenti a sorpresa lungo il confine del Tamaulipas, avevano scoperto dei depositi di armi, presumibilmente introdotte di frodo dal Texas. Alla retorica del PSUM, che tentava di manipolare il popolo, si contrapponevano i comandanti dell'Esercito regionale, che cominciarono a intensificare la vigilanza e fecero scattare lo stato d'allerta delle truppe. Aumentarono, di conseguenza, le misure precauzionali, mentre i servizi segreti e di sicurezza raddoppiarono i loro sforzi nella ricerca della minaccia che, secondo l'Esercito, si trovava dovunque ed era causa del crescente fermento che si stava diffondendo nel paese.

L'Esercito, a lungo escluso dalle sfere politiche e decisionali, rimaneva silenzioso e non partecipava all'agitazione politica e ai dibattiti, concentrandosi invece sui preparativi per far fronte al pericolo che era l'unico a scorgere con tanta chiarezza. Il solo commento che gli ufficiali superiori di stato maggiore concedevano al pubblico consisteva in promesse di "mantenimento delle tradizioni della Rivoluzione e dell'onore del Messico" e di difesa del popolo e della Rivoluzione da qualsiasi minaccia, sia interna che esterna. Se solo alcuni consiglieri del presidente si fossero fermati ad analizzare ciò che i colonnelli stavano cercando di dire, si sarebbero certamente resi conto che il pericolo era reale.

Fu così che il presidente e il governatore si salutarono con l'animo tormentato da preoccupazioni e difficoltà. Sebbene Montalvo sopportasse lo stress meglio del governatore, ognuno di loro sapeva che l'altro era alla disperata ricerca di soluzioni. La preoccupazione del presidente per i problemi che minacciavano il sistema con il quale il Messico era stato governato dal 1928 non era meno reale della preoccupazione del governatore per la propria sopravvivenza politica. Lo scambio di saluti tra di loro e tra i rispettivi funzionari fu quindi frettoloso. Non appena il presidente Montalvo e il governatore entrarono nell'aerostazione, le domande si focalizzarono sui problemi del momento. C'erano state nuove sommosse? La polizia era in grado di controllare gli addetti ai giacimenti di petrolio? C'erano stati atti di sabotaggio?

Dalla sala d'attesa, il colonnello Guajardo osservava con distacco la comitiva presidenziale e lo sciame di assistenti e funzionari che si dirigevano verso l'entrata dell'aerostazione protetti da uno scudo di guardie di sicurezza. Non era particolarmente interessato al corteo. Osservava, invece, il personale del camion cisterna che operava sotto il controllo degli addetti alla sicurezza. Il tenente dell'Aviazione che lo aveva informato dell'avvistamento dell'aereo del presidente era scomparso. Il colonnello non aveva però dubbi sul fatto che tutto fosse sotto controllo. Non avendo altro da fare, lasciò la sala d'attesa per dirigersi verso la sala dei congressi dove la discussione si sarebbe protratta fino a tarda notte.

Il volo di ritorno a Città del Messico sembrava tranquillo. Il presidente Montalvo aveva tentato di lavorare a un discorso che doveva tenere alla Camera dei Deputati due giorni dopo, ma non era riuscito a concentrarsi. Il ministro delle Finanze, il ministro della Difesa, il ministro del Bilancio e il direttore amministrativo, al seguito del presidente proprio per aiutarlo a preparare quel discorso, si erano addormentati, come quasi tutti gli altri. Persino l'attento capo del suo dipartimento di sicurezza, seduto vicino al corridoio dell'ultima fila della cabina, stava lottando contro il sonno. Sembrava che solo il presidente Montalvo, per quanto stanco, non riuscisse a dormire. C'era una grande confusione di riflessioni e sensazioni nella sua mente.

Il suo pensiero più assillante era quello di non poter risolvere i problemi del Messico. La conversazione con il governatore del Tamaulipas non aveva fatto altro che confonderlo maggiormente sulla ragione e la natura dei problemi che stavano tormentando la sua amministrazione. A causa di questa incapacità di mettere a fuoco con esattezza la situazione, invece di essere considerato il salvatore della sua patria, della Rivoluzione e del suo popolo, egli veniva ormai descritto come un *quemando*, qualcuno troppo ingenuo perché ci si possa fidare di lui. In sei mesi Montalvo non era riuscito a intaccare la burocrazia che si nutriva di corruzione a ogni livello e che si autoproteggeva dall'interno.

Non notando alcun cambiamento, il popolo aveva aderito agli inviti alla disobbedienza civile e agli scioperi, azioni che Montalvo considerava sfide dirette alla sua autorità. Anche se istintivamente sapeva di sbagliare, egli, pressato dai consiglieri, era ricorso alla repressione violenta e alla sospensione di alcune libertà civili. La sinistra si serviva di qualsiasi mezzo per allontanare lui e il suo partito dal popolo. Se non fosse riuscito a cambiare la situazione, per rinsaldare il governo e la nazione non avrebbe avuto altra scelta se non quella di usare metodi estremi.

Sebbene i suoi occhi faticassero a rimanere aperti, il presidente Montalvo cercò di schiarirsi le idee rimescolando i documenti che erano sul suo tavolino da lavoro. Si sforzò di concentrarsi e sottolineò alcuni passi scelti del discorso che avrebbe usato in una intervista con una giornalista americana, fissata per la tarda mattinata. L'interruzione delle sue vacanze e il suo ritorno anticipato a Città del Messico erano, dal suo punto di vista, un'occasione. Facendo trapelare alcuni dei più importanti punti del suo nuovo programma attraverso la stampa americana prima della loro presentazione ufficiale, egli, con i suoi consiglieri, avrebbe potuto valutare sia la reazione della Camera dei Deputati sia quella del popolo. Nelle settimane successive la situazione si sarebbe fatta critica. Nulla poteva essere lasciato al caso. Se la reazione dell'opposizione alle informazioni trapelate durante l'intervista si fosse dimostrata avversa, egli avrebbe sempre potuto accusare la giornalista americana di aver frainteso o male interpretato il suo pensiero. Se la reazione fosse stata favorevole, avrebbe lasciato intatti il discorso e il programma.

Si concesse una piccola pausa, pensando all'intervista che avrebbe avuto luogo sei ore dopo. Sapeva che sarebbe stata cruciale e che avrebbe dovuto usare molta cautela nel parlare e nel presentarsi, tuttavia era ansioso di iniziare il colloquio. Il pensiero di essere intervistato da un'americana del calibro e della bellezza di Jan Fields lo eccitava. Per fama, la sapeva tanto coraggiosa quanto bella e seducente. L'improvviso spasmo e il dolore all'inguine interruppero il corso dei pensieri del presidente. Scivolò sul sedile in modo da concedere alla sua eccitazione lo spazio necessario e così facendo si guardò intorno imbarazzato per controllare che nessuno lo guardasse. Se qualcuno lo avesse notato, come poteva mai giustificare il fatto di aver avuto un'erezione mentre leggeva un suo discorso?

Stava considerando questo dilemma, in verità poco presidenziale, quando il primo motore si guastò e si spense. Nell'abitacolo, l'equipaggio, distrattosi a causa dell'ora avanzata e della monotonia del viaggio, fissò per un momento la luce rossa che segnalava il guasto, quasi non credesse ai propri occhi. Il secondo pilota guardò fuori dal finestrino per controllare se il motore era in fiamme, ma non vide nulla. Il pilota cominciò a lottare con l'apparecchio, cercando di compensare la perdita del motore e allo stesso tempo di riattivarlo. Il motorista di bordo accese il segnale ALLACCIARE LE CINTURE e chiamò l'assistente di volo perché avvertisse il presidente del guasto.

Nella cabina dei passeggeri, il primo avvertimento fu un cambiamento di tono del motore, seguito da una serie di sobbalzi. Montalvo guardò verso l'abitacolo in attesa che qualcuno gli spiegasse cosa stava succedendo. Il suo aiutante, che nel frattempo si era addormentato, si svegliò di soprassalto e, dopo essersi guardato intorno, si alzò per informarsi circa la natura del problema. Il capo della sicurezza lo seguì. Entrambi erano a metà corridoio quando la porta della cabina di comando si spalancò e l'assistente di volo, quasi in preda al panico, uscì correndo verso il presidente. Stava spiegando il problema all'aiutante quando anche il secondo motore saltò, gettando a terra chi si trovava lungo il corridoio. Montalvo si aggrappò ai braccioli della sua poltrona e si spinse indietro. Rimase a guardare mentre quelli che non erano legati con le cinture di sicurezza venivano scaraventati contro gli schienali delle poltrone anteriori o giù nel corridoio. L'aereo sobbalzava da una parte all'altra mentre il pilota lottava per riacquistare un minimo di controllo, senza però riuscirci. Senza i motori non vi era nulla che egli potesse fare per ridurre l'inclinazione e la velocità di caduta. Nel giro di pochi secondi l'aereo era quasi in posizione verticale e virava lentamente verso destra.

Tutto ciò che non era stato legato, comprese le persone, il discorso del presidente, i cuscini, le coperte e le giacche finì rovinosamente sul fondo della cabina. Le grida di terrore si confondevano con i gemiti e i lamenti dei feriti. Il presidente puntò i piedi sullo schienale della poltrona che gli stava di fronte per evitare di essere anche lui trascinato verso il fondo della cabina.

La discesa sembrò durare un'eternità. Senza bisogno di conferme, il presidente Montalvo aveva intuito la sua sorte. Sapeva che stava per morire. Nella sua mente non vi era né panico né il desiderio di sapere perché l'aereo stesse precipitando. C'era solo un rimpianto, il rimpianto di morire da fallito. L' immagine di sé che avanzava in Città del Messico su un grande cavallo bianco per salvare la città e la sua gente sarebbe sfumata in una grande palla di fuoco, proprio come l'aereo.

I soli testimoni dello schianto dell'aereo sul lato di una montagna nella Sierra Madre Orientale furono due caccia F-5 che avevano seguito l'aereo del presidente a debita distanza. I piloti degli F-5 guardarono l'aereo del presidente che si accartocciava su se stesso, le ali scaraventate in avanti dopo che l'impatto le aveva divelte dalla fusoliera spargendo carburante nell'intera zona circostante. Il carburante e i suoi vapori si infiammarono immediatamente ed esplosero avviluppando l'aereo in una palla di fuoco. Il presidente Montalvo, importanti membri del gabinetto, segretari personali e i membri dell'equipaggio erano morti. Il carburante che aveva causato la loro morte incenerì i loro corpi impedendone il riconoscimento e cancellò ogni traccia del sabotaggio.

3

Molti che portan la spada han paura delle penne d'oca.

Shakespeare, *Amleto*, II, 2

Palazzo Nazionale, Città del Messico
29 giugno, ore 10:45

Nonostante l'ora, c'era poco traffico sul viale República de Brasil e ciò non poteva che far piacere al caporale José Fares, l'autista di Guajardo. Gli avvenimenti della mattina, le cattive notizie e l'umore cupo, quasi nero del colonnello mettevano Fares a disagio. Guajardo, seduto scompostamente sul sedile posteriore della berlina, non aveva detto una parola da quando era salito in macchina. Dallo specchietto retrovisore Fares guardava il colonnello seduto immobile, come in trance, che fissava dal finestrino, con aria assente, le strade quasi deserte. Anche se nessuno glielo aveva confermato, Fares sapeva che l'alto colonnello sul sedile posteriore era uno dei responsabili del colpo di stato che aveva spazzato via Carlos Montalvo e il PRI nel giro di poche ore e che ora stava assumendo il controllo del Messico. Il solo pensiero di trovarsi così vicino a una persona tanto potente quasi lo impauriva. Senza rendersene conto, Fares guidava l'auto con molta attenzione, quasi stesse trasportando una bomba e non un colonnello.

Guajardo non notò le strade deserte e neppure il modo con cui il caporale conduceva la berlina. Anche quando raggiunsero lo *zócalo*, la piazza principale della città, prestò poca attenzione alla grigia facciata in pietra e marmo della cattedrale metropolitana e alle altre massicce costruzioni che attorniavano lo *zócalo*. Anche nei suoi tempi migliori, Città del Messico offriva poco che potesse eccitare Guajardo. Il peso degli eventi delle ultime ventiquattro ore sulla sua mente stanca non cambiava certo ciò che egli provava per la capitale. Nativo di Chihuahua, Guajardo vedeva con sospetto Città del Messico e il governo che amministrava il paese. Come i suoi antenati, egli era stato allevato a essere sicuro di sé e individualista, caratteristiche queste che erano necessarie per sopravvivere sia nell'ambiente politico del moderno Messico sia nell'aspro e remoto stato del nord.

Meccanicamente, quando l'auto si fermò, Guajardo aprì la portiera e scese prima che il caporale Fares avesse il tempo di muoversi. In silenzio, il colonnello si allontanò da Fares, passò davanti alle due guardie al Cancello Sud del Palazzo Nazionale e si diresse verso gli uffici del presidente. Come Fares, anche le guardie capirono istintivamente chi e che cosa fosse Guajardo. Retrocedendo di un passo, lo salutarono con una prontezza rara e gli permisero di passare. Guajardo non sembrò accorgersi della loro presenza, come era accaduto per quella di Fares. Immerso nei suoi pensieri, timori e preoccupazioni, lasciò il sole per entrare nell'oscurità del Palazzo Nazionale. Si stava inoltrando nei meandri misteriosi del potere politico, in un mondo con il quale non aveva alcuna familiarità. Dietro a ogni suo pensiero, l'insicurezza si insinuava come un tarlo, tanto da fargli dubitare che le doti ereditate dal nonno e dal padre gli potessero consentire di uscire vincente dalla rivoluzione che lui e gli altri cospiratori avevano fatto scoppiare.

Guajardo si trascinava per i corridoi, i cortili e le sale del palazzo, attorniato da colorati affreschi e pitture che illustravano la storia del Messico. Si fermò solo per un istante dinnanzi a un affresco che ritraeva gli eroi dell'ultima Rivoluzione messicana. Fissò brevemente i volti degli eroi, cercando nei loro occhi le risposte e l'ispirazione che non gli riusciva di trovare.

Ma non le trovò. Quelle immagini colorate, più grandi del naturale ma inanimate, non lasciavano trasparire alcun segreto né risposta. Si limitavano a guardare Guajardo, un povero mortale, ricambiando il suo sguardo. Nessuna forza o conoscenza poteva essere assorbita dalle immagini sul muro. Deluso, Guajardo sospirò chiedendosi se gli uomini che le avevano ispirate avessero provato l'insicurezza, la spossatezza e la paura che egli sperimentava in quel momento. Anche quelli erano stati uomini, pensò. Ciò che importava erano le loro azioni. Si chiese se non fosse proprio quello il loro messaggio. Forse ciò che gli affreschi significavano era: "Guardaci! Eravamo dei semplici mortali. Siamo qui perché abbiamo valicato i limiti dei nostri corpi e le paure della nostra mente per poter fare ciò che era necessario." Respirando profondamente, Guajardo guardò l'affresco ancora una volta, reclinando il capo. Sì, pensò, erano solo uomini, non migliori di lui. Questa conclusione sembrò alleviare un poco quella cupa sensazione di insicurezza, e così si incamminò lungo il corridoio con passo deciso.

Entrando nell'anticamera della suite presidenziale, Guajardo si guardò distrattamente intorno mentre avanzava, senza rallentare, verso la porta chiusa dell'ufficio del presidente. L'anticamera era affollata da ufficiali dell'esercito, alti funzionari di polizia e di governo. Alcuni erano intenti in accese discussioni, altri in conversazioni a mezza voce. Altri ancora sedevano soli, persi nei loro pensieri. Era facile capire dalle loro espressioni chi credeva di "esserci dentro" e chi, non sapendolo, aspettava di scoprirlo. In quel giorno, il primo giorno della Nuova Rivoluzione, le facce degli esclusi tradivano i loro sentimenti. Dominavano preoccupazione, paura e panico.

Guajardo e i dodici colonnelli dell'Esercito e dell'Aviazione erano i soli veri inclusi. Coloro che ancora non lo sapevano lo capirono subito dal modo in cui Guajardo attraversò la stanza. L'espressione del suo viso era fredda. La sua andatura e l'atteggiamento non erano quelli di un uomo arrogante e pomposo. Al contrario, Guajardo emanava una sicurezza e una forza che facevano di lui una figura dominante. Come un'onda tagliata dalla prua, i presenti si divisero per lasciarlo passare.

Sebbene li conoscesse tutti, Guajardo non fece loro caso, perché nessuno di loro faceva parte del Consiglio dei 13. Gli ufficiali che affollavano la sala interruppero a metà le loro frasi o emersero momentaneamente dai loro cupi pensieri mentre Guajardo passava loro innanzi. Molti lo salutarono con un leggero cenno del capo. Due ufficiali, nel tentativo di attirare la sua attenzione, si mossero, ma egli li ignorò. Un civile, isolato in un angolo e strappato ai suoi pensieri dall'apparizione di Guajardo, lo guardò e fece una smorfia, come se avesse appena visto il boia. Senza eccezioni, tutti gli puntarono gli occhi addosso mentre si ritraevano per lasciarlo passare.

Solo quando raggiunse la porta dell'ufficio del presidente e cominciò a girare la maniglia d'ottone, una voce dal centro della sala chiamò: "Colonnello Guajardo, il colonnello Molina è a colloquio con il colonnello Zavala. Non penso che vogliano essere disturbati."

Guajardo si arrestò, ma non tolse la mano dalla maniglia della porta. Si girò appena in direzione della voce, sapendo anche troppo bene che apparteneva al maggiore Ricardo Puerto, l'aiutante di Molina.

Fiutando uno scontro, i presenti si ritrassero per liberare lo spazio che divideva Guajardo da Puerto, che era seduto. Solo una grande scrivania cosparsa di mucchi di fogli e di schedari separava i due uomini. Puerto non fece nemmeno il gesto di alzarsi. Si appoggiò allo schienale della poltrona fissando Guajardo.

In qualità di aiutante di Molina, Puerto aveva svolto le funzioni di segretario ogni volta che i membri del Consiglio dei 13 si erano riuniti per organizzare la Rivoluzione, o di corriere speciale ogni volta che Molina aveva dovuto comunicare informazioni riservate agli altri membri del Consiglio. Era quindi naturale che si considerasse uno di loro e che assumesse quell'aria di importanza, sconveniente e fuori luogo. Guajardo e anche gli altri colonnelli che formavano il Consiglio non avevano esitato a rimettere al suo posto il giovane ufficiale presuntuoso ogni volta che se ne era presentata l'occasione. Gli occhi di Guajardo incontrarono quelli di Puerto per un istante, mentre sulla sala era calato il silenzio e tutti aspettavano di vedere chi avrebbe avuto il sopravvento.

Perché mai, pensò Guajardo, i giovani ufficiali sentono sempre il bisogno di esagerare la loro importanza a spese di qualcun altro? Non vi era altra ragione se non una gratificazione personale nella sfida di Puerto a Guajardo. Puerto era un giovane sciocco che giocava un gioco altrettanto sciocco. Ma questo non era il momento di giocare, pensò Guajardo. Se egli avesse risposto o comunque accolto la sfida di Puerto, avrebbe solo compromesso la sua reputazione agli occhi delle persone riunite nella sala. Un comportamento così rozzo meritava di essere ignorato. Senza togliere lo sguardo da Puerto, Guajardo girò la maniglia e spalancò la porta in modo esagerato. Senza altre dimostrazioni, voltò la testa ed entrò con eleganza nell'ufficio del presidente, lasciando il maggiore a sbollire la sua rabbia.

Da dietro la scrivania, il colonnello Hernando Molina sollevò lo sguardo mentre Guajardo entrava. Dietro a Molina c'era il colonnello Salvado Zavala, il membro del Consiglio responsabile per gli affari interni. Con una mano sulla poltrona di Molina e l'altra sulla scrivania, Zavala era chino sulla spalla destra di Molina per poter leggere un documento che questi stava revisionando. Guajardo guardò i compagni e si rese improvvisamente conto dello stato della sua uniforme. Aveva avuto appena il tempo di lavarsi le mani e radersi e indossava da ventiquattro ore la stessa divisa che, oltre a essere polverosa e sporca di fango e di erba, aveva anche lo strano puzzo del lubrificante usato in aviazione, misto a sudore e a un acre odore di carne bruciata.

Ogni perplessità riguardante il proprio aspetto fu subito spazzata via dall'accoglienza del colonnello Molina, presidente del Consiglio dei 13, del governo provvisorio e padrino del figlio maggiore di Guajardo. Non appena Molina vide Guajardo, un sorriso gli illuminò il volto. "Alfredo! Amico mio! Come sono contento di vederti."

L'entrata inaspettata di Guajardo e l'improvvisa, esuberante reazione di Molina colsero Zavala alla sprovvista. Fu spinto da parte da Molina che si affrettò a stringere e a scuotere vigorosamente la mano destra di Guajardo con entrambe le sue. "Ce l'abbiamo fatta, amico mio. Ci siamo decisi a fare ciò che andava fatto anni fa."

"È solo l'inizio."

Senza notare la risposta laconica di Guajardo e la sua faccia inespressiva, Molina lo condusse a una grande poltrona di pelle superimbottita. "Sì, sì, abbiamo molto da fare, ma per lo meno stiamo finalmente facendo qualcosa. Vieni, siedi e raccontami tutto."

Prima di sedersi, Guajardo posò lo sguardo sulla fascia rossa bianca e verde che era stata l'emblema della carica di presidente. La fascia era negligentemente appoggiata allo schienale della poltrona indicatagli da Molina. Guajardo si chiese se Molina avesse scelto quel posto per disprezzo verso la carica che la fascia rappresentava o semplicemente perché trascinato dall'entusiasmo del momento e dal grande sentimento di sollievo che si prova quando un'azione permette di scaricare la tensione nervosa e lo stress. Se c'era un significato nascosto in quel gesto, questo era davvero troppo sottile per la mente pratica e affaticata di Guajardo. Girò le spalle alla fascia e si sedette comodamente.

Anche Molina, dirigendosi verso una poltrona simile a quella su cui sedeva Guajardo, prese posto. I suoi gesti, la sua espressione e i suoi modi erano quelli di un uomo eccitato, un uomo che ha molto da fare e poco tempo per farlo. La sua eccitazione non era però dovuta a panico, paura o confusione. Lo sapevano bene Guajardo e gli altri membri del Consiglio che lo consideravano un amico. Molina, colonnello di fanteria, nell'Esercito passava per un uomo che non temeva nulla e nessuno. Anche nelle più grandi avversità, sapeva mantenere la calma e agire con la stessa fredda precisione, efficacia e spietatezza di una macchina, il che gli era valso il soprannome di "lo Squalo". Guajardo pensò che fossero gli improvvisi, precipitosi eventi delle ultime ventiquattr'ore ad animare Molina, perché lui stesso si era sentito così. Senza dubbio, tutti i membri del Consiglio, dopo mesi di preparativi e progetti segreti, con la paura repressa del tradimento o della sconfitta, sentivano ora una grande eccitazione nel poter finalmente agire liberi da tensione.

"Allora, dimmi, amico mio, è tutto in ordine?"

Guajardo chiuse gli occhi e annuì lentamente. Poi li riaprì e raccontò con voce bassa e regolare ciò che aveva fatto dal momento in cui aveva lasciato Victoria. "Sull'aereo presidenziale sono saliti il presidente con il suo seguito, compresi i ministri delle Finanze, della Difesa, del Bilancio e il segretario generale. I due F-5 che dovevano pedinare il jet del presidente erano già in volo e sorvolavano la zona a nord di Victoria quando il jet è decollato. Secondo l'Aeronautica, in base al modo in cui l'aereo del presidente volava e ai contatti radio, nessuno aveva intercettato i caccia durante il volo.

"Non appena mi è stato possibile ho lasciato Victoria e ho seguito l'apparecchio del presidente col mio elicottero. Durante il volo i caccia intercettori hanno comunicato come e dove l'aereo era precipitato e hanno continuato a sorvolare la zona fino al mio arrivo. Prima di tornare, il comandante di volo ha comunicato che, per quanto ne sapevano, nessuno era arrivato sul posto prima di me. La mia squadra lo ha confermato, una volta atterrati." Quando ebbe terminato, Guajardo si rilassò sulla poltrona.

Ci fu un istante di silenzio mentre Molina aspettava che Guajardo continuasse. Poiché non lo fece, Molina, con voce calma e quasi esitante, pose la domanda che più gli premeva. "Hai potuto... potresti confermare che il presidente è morto?"

In altre circostanze, Guajardo avrebbe perso la pazienza e non avrebbe risposto a una domanda tanto sciocca, ma questa non era una situazione normale. Molina, come Guajardo, agiva sotto l'effetto del grande stress e della tensione: aveva progettato un piano complesso mirato a rovesciare il governo del Messico e a sostituirlo con il Consiglio dei 13. In una simile circostanza, dare qualcosa per scontato sarebbe stato un errore e talvolta era opportuno che anche l'ovvio venisse confermato.

Prima di rispondere, Guajardo alzò gli occhi al soffitto e continuò a fissarlo mentre parlava. "Quando l'aereo si è schiantato, era quasi in posizione verticale, a naso in giù, e ciò ha fatto sì che rovinasse su se stesso. Cerca di immaginare, se puoi, un intero 727 ridotto a un ammasso di meno di un quinto della sua lunghezza." Guajardo fece una pausa per rendere più viva l'immagine. "L'incendio scoppiato subito dopo ha disintegrato non solo l'apparecchio, ma anche tutta l'area intorno. Quando sono arrivato, stava ancora bruciando. Le lamiere contorte e i rottami accartocciati erano fusi in un unico grande ammasso incandescente. Anche se fossi riuscito ad avvicinarmi, non vi sarebbe stato modo di estrarre i resti carbonizzati del presidente." E, rivolgendo un duro sguardo a Molina, aggiunse: "Dubito che persino il migliore dei nostri patologi ci sarebbe riuscito."

Detto questo, i due uomini rimasero in silenzio, gli occhi a terra. Senza sollevare lo sguardo, Molina parlò per primo: "Non intendevo essere noioso, amico mio, ma dovevo sentirtelo dire. Tu mi capisci. Il ricordo del fallimento del colpo di stato sovietico, alcuni anni fa, mi ossessiona ancora."

Senza guardarlo, Guajardo scosse la testa prima di rispondere. "I russi erano pazzi. Non avevano lo stomaco per fare ciò che era necessario." Poi rise nervosamente e guardò Molina. "Sai, è quasi un'ironia. Gli stessi uomini che fecero un cliché del detto 'Non si può fare una frittata senza rompere qualche uovo' non ebbero il coraggio di eliminare Eltsin e Gorbaciov. Chi avrebbe mai detto che avremmo visto il capo del KGB esitare a premere il grilletto?"

Molina sospirò sorridendo e rispose: "Sì, chi l'avrebbe detto? Per lo meno, amico mio, abbiamo potuto imparare dai loro errori. A quanto pare nessuno dei nostri fratelli è di stomaco debole."

Poi Guajardo, col viso divenuto una maschera inespressiva, chiese di punto in bianco per quanto tempo ancora i membri del Consiglio dei 13 avrebbero dovuto fingere di credere che la morte del presidente era dovuta a un incidente e non al primo passo della Nuova Rivoluzione.

Molina, felice di cambiare argomento, sorrise. "Per poco, amico mio, per poco. Infatti, a mezzogiorno rilascerò un comunicato ufficiale. Nel frattempo, non diremo nulla. Il nostro piano ha funzionato. Tutti gli ufficiali superiori e i capi dei partiti di opposizione si sono precipitati nei loro uffici quando hanno saputo che l'aereo del presidente era disperso. Sembra che ognuno fosse ansioso di sapere come migliorare la propria posizione dopo la morte del presidente. Senza eccezioni, nessuno si aspettava un'accoglienza simile."

Sì, pensò Guajardo. Per molti era stato un vero shock. Poteva quasi vedere la scena, ripetutasi un centinaio di volte in tutto il Messico. Informati che il presidente era dato per disperso, i consiglieri e gli assistenti di Montalvo, come pure i capi del PSUM e del PAN, erano subito accorsi ai loro uffici dove, invece di trovare i loro uomini fidati pronti a trarre vantaggio dalla crisi, erano stati accolti da un giovane ufficiale dell'Esercito o dell'Aviazione, scelto dagli stessi membri del Consiglio dei 13. Scortato da due o tre soldati armati, l'ufficiale aveva eseguito le istruzioni alla lettera, sia arrestando il funzionario sbalordito sia, secondo la formula preferita dalla CIA, "portando a termine la missione col più grave danno possibile" senza ritardi. Pochi erano sopravvissuti abbastanza da capire che l'ufficiale e i soldati che lo scortavano erano gli stessi uomini responsabili di aver incitato i lavoratori messicani allo sciopero per far sì che la crisi che aveva posto le premesse per la Nuova Rivoluzione precipitasse. Ripensandoci, Guajardo dovette ammettere che era stato meglio agire in quel modo piuttosto che inviare per il paese bande di ambiziosi soldati armati, simili a un branco di cow-boy americani a caccia di prede.

Da dove era stato dimenticato, il colonnello Zavala spezzò l'incanto in cui erano caduti Molina e Guajardo. "Colonnello Molina, devo tornare più tardi per confermare i nomi su questa lista?"

Ricordandosi improvvisamente che Zavala era nella stanza, Molina girò la poltrona verso di lui. "No, non c'è bisogno che io confermi la lista, se dalla settimana scorsa non ci sono stati cambiamenti. La consegni pure al colonnello Obregón alla Corte Suprema. Se tutti quelli della prima lista sono stati eliminati, è tempo di cominciare con il secondo livello." Intuendo di essere stato congedato, Zavala raccolse l'incartamento dalla scrivania di Molina e lasciò velocemente la stanza. La lista conteneva i nomi dei membri del vecchio governo, degli ufficiali e dei privati cittadini che venivano considerati dal Consiglio come nemici secondari. Vi erano persone di cui ci si doveva occupare non appena fossero stati rimossi i nemici di primo livello, quali il presidente e il governatore di Tamaulipas. Alcune delle persone che attendevano fuori dell'ufficio di Molina erano sulla seconda lista.

Uscito Zavala, Molina si girò verso Guajardo. Con sua sorpresa, lo trovò in piedi, il berretto a visiera infilato sotto il braccio sinistro. "Se è tempo di passare al secondo livello, è bene che mi muova. Non dobbiamo far aspettare il señor Alamán."

Molina lo sorprese invitandolo a sedersi con un gesto.

Preso alla sprovvista, Guajardo con il berretto ancora sotto braccio si risedette sul bordo della poltrona. Che cosa poteva essere più importante dell'eliminazione di Alamán e del suo impero privato costruito sulla droga e la corruzione? Pensava che fosse stato un errore non classificare Alamán come nemico di primo livello e lo aveva sottolineato più volte. Il minimo ritardo avrebbe giocato a favore di Alamán, soprattutto dal momento che il suo esercito privato era decisamente superiore a quello messicano per quanto riguardava le armi e la segretezza. "Che cosa può essere più importante del togliere Alamán di mezzo?"

Appoggiandosi allo schienale della poltrona, Molina attese un secondo prima di rispondere a Guajardo. "Gli americani, amico mio. Gli americani e quello che pensano sono molto importanti per noi al momento."

Impaziente, Guajardo disse senza riflettere: "Sì, sì, lo sapevamo già. Ma trattare con gli americani è compito di Barreda. Come ministro degli Esteri in carica è certo più competente per trattare certe questioni. Sarebbe un errore coinvolgere me in questioni diplomatiche. Io sono incaricato della difesa e della sicurezza nazionale."

Molina attese pazientemente che Guajardo esponesse le sue obiezioni e, quando fu certo che avesse finito, rispose con tono controllato. "Certo. Ma questa mattina abbiamo scoperto che il nostro ultimo presidente aveva fissato un'intervista con una troupe televisiva di Austin, Texas. La giornalista che condurrà l'intervista è una corrispondente internazionale molto famosa, con buoni agganci, una donna di nome Jan Fields. Inizialmente pensavamo di annullare l'intervista, ma Barreda dice che potremmo sfruttare l'occasione per presentare al pubblico americano gli scopi e gli obiettivi delle nostre azioni. Per questo motivo ha contattato la Fields questa mattina e le ha offerto la possibilità di intervistare uno dei membri del Consiglio dei 13. Lei, naturalmente, ha accettato."

Guajardo ascoltava e annuiva consenziente. Sì, pensava, era tutto regolare. Ma cosa c'entrava lui?

Notando lo sguardo interrogativo sul suo viso, Molina continuò. "Dopo aver preso la decisione di concedere l'intervista, è sorto il problema di chi fosse la persona più qualificata per un tale scopo. Come tu hai fatto notare, dovrebbe occuparsene Barreda, che è responsabile degli affari esteri. Sfortunatamente, Barreda non parla inglese e non offre il tipo di immagine che vorremmo offrire di noi agli americani."

L'ultima parte del discorso di Molina, per quanto poco gentile, era vera. Barreda era di discendenza indiana, con pelle scura e lineamenti molto marcati. Affermare che Barreda non fosse fotogenico sarebbe stato dir poco.

"Inoltre, Barreda è sconosciuto agli americani. Tu, al contrario, amico mio, parli inglese come uno yankee, hai frequentato le loro accademie militari e sei quasi uno spagnolo purosangue."

A Guajardo quella proposta non piacque. "Avevamo un piano

d'azione e metodi prestabiliti per trattare questo tipo di cose. Non vedo nulla che io possa fare..."

Molina alzò la mano destra per interromperlo: "Tu, meglio di chiunque altro, sai che in ogni operazione le strategie raramente restano immutate dopo il primo contatto col nemico. Bisogna studiare di continuo la situazione e modificare i piani per approfittare delle opportunità che si presentano di volta in volta. Questa rivoluzione, la nostra rivoluzione, non è diversa."

Molina, appoggiando i gomiti ai braccioli troppo imbottiti della poltrona, si lasciò sprofondare tra i cuscini e intrecciò le mani sotto il mento. "Questa intervista e la tua presenza a Città del Messico ci offrono una di queste opportunità. In te il pubblico americano vedrà un membro del Consiglio che assomiglia loro, che parla come loro e che usa termini a cui sono abituati. Le tue esperienze con gli americani e la tua conoscenza della loro cultura saranno preziose durante l'intervista. Inoltre, i servizi segreti americani saranno in grado di accedere alle tue schede e scoprire subito che sei una persona intelligente e ragionevole. Dal momento che sei stato addestrato nelle loro accademie militari, potrebbero pensare che ci sia la possibilità di influenzare il Consiglio e le sue decisioni sfruttando la tua posizione. Ma se questa non è altro che una speranza, noi dobbiamo fare il possibile per mantenere neutrali e il governo e il pubblico americano, mentre consolidiamo il nostro potere e istituiamo le nostre riforme."

Mentre Molina parlava, Guajardo lo osservava con attenzione. Ancor prima che finisse, Guajardo sapeva che non sarebbe servito a nulla discutere o protestare per il suo nuovo incarico. Questo non tanto per le parole e la logica che Molina aveva usato, che già di per sé erano convincenti, quanto piuttosto per la sua espressione decisa e il modo in cui gli parlava. Nella sua mente non esistevano altre possibilità. Aveva individuato un problema, l'aveva analizzato da tutti i punti di vista e ne aveva elaborato una soluzione. Inoltre, pensò Guajardo, è inutile discutere con uno squalo quando ci si trova nel suo territorio. Con un'alzata di spalle, il colonnello fece intendere che accettava l'incarico. "Ebbene, mio comandante, dove e quando incontrerò il mio destino?"

Molina sorrise e si sporse in avanti per accarezzare il braccio destro dell'amico. "Non è poi tanto male. Sarà certo più divertente che ritrovarti un legnetto appuntito in un occhio."

Approfittando del buon umore di Molina, Guajardo ridacchiò. "Di sicuro, amico mio, non hai mai lavorato con delle donne americane. Avrei qualche speranza di controllo in più su un legnetto affilato."

"Non preoccuparti, Alfredo. Jan Fields è una donna bella e vivace. Trattala come un purosangue." Molina, fingendo di stringere le briglie di un cavallo, mosse il corpo delicatamente come se stesse cavalcando. "Devi assicurarti il controllo, usando una mano leggera e una voce calma per dirigere la cavalcatura."

Guajardo si alzò, scuotendo la testa e sorridendo. "Potresti vendere ghiaccio al diavolo in luglio, ma, sfortunatamente, mio coraggioso amico, non conosci per nulla le donne americane. Se cercassi di domarla come un cavallo, mi staccherebbe il braccio a morsi fin qui, se non peggio."

Molina rise. "In questo caso, tieni le mani in tasca e le gambe incrociate."

4

Non si può comprendere la verità e non crederle.

William Blake

Città del Messico
29 giugno, ore 07:00

Spesso, durante la sua carriera di corrispondente, Jan Fields si era sentita chiedere: "Qual è il segreto del suo successo? Com'è riuscita ad affermarsi in un ambiente così difficile?"

A Jan piaceva minimizzare il suo considerevole successo. Rispondeva alla domanda con lo stesso stile aggraziato e affascinante che usava per disarmare i suoi intervistati. Con un leggero, quasi impercettibile movimento del capo, spostava i lunghi capelli castani su di un lato e si concedeva una breve pausa mentre guardava con la coda dell'occhio la persona con la quale conversava. Un sorriso disarmante, quasi malizioso le illuminava il viso mentre girava la testa verso l'interlocutore. Per qualche istante ancora, distoglieva lo sguardo, guardandosi le mani come per ponderare la domanda prima di rispondere. La sua voce era lieve, quasi timida. "Ecco, sono solo stata fortunata, credo, *molto* fortunata." Poi, alzando repentinamente lo sguardo, guardava l'interlocutore, con i grandi occhi castani ora completamente spalancati e col sorriso che la illuminava. Stendeva le mani con i palmi rivolti verso l'alto e ripeteva la risposta: "Fortuna, niente altro che cieca fortuna."

Quelli che lavoravano con lei, però, la sapevano più lunga. Se la fortuna c'entrava qualcosa con il successo di Jan Fields, era perché lei se l'era cercata. Il suo attuale incarico era un buon esempio. Inviata a Città del Messico per fare un servizio sugli investimenti e sugli affari gestiti dagli americani in Messico, Jan aveva lavorato sedici ore al giorno per tre settimane al fine di fissare le interviste. Era riuscita a farsi invitare a cocktail party e cene d'affari e aveva così potuto contattare le persone che avevano poi accettato di farsi intervistare dall'affascinante señorita dagli occhi vivaci.

Nel fissare le interviste e nello svolgerle, Jan agiva come un artista attento a scegliere il pennello e il colore adatto e a utilizzare la sua abilità per ottenere ciò che voleva. Quando aveva a che fare con un ufficiale, non trattava che di affari; con un altro, era tutta sorrisi e moine; con un altro ancora, era riservata, quasi timida. Comunque, non bisognava sottovalutarla. Quando si muoveva tra i vari livelli della burocrazia, poteva essere tenace e determinata come quando aveva a che fare con qualcuno che si poneva tra lei e un servizio.

Per quel che riguarda il lato tecnico del suo lavoro, poi, Jan era diligente e perfezionista e altrettanto pretendeva dai suoi collaboratori. Riusciva a essere professionale senza però essere impersonale, a mantenere il controllo senza sopraffare, utilizzando anche verso la troupe televisiva quel suo modo di fare aggraziato e accattivante che metteva a proprio agio gli interlocutori. Aveva capito che il processo di formazione di un reportage necessitava di uno sforzo di collaborazione e agiva di conseguenza. Facendo sentire ognuno parte di una squadra, Jan era in grado di tirar fuori il meglio da chi lavorava con lei e per lei.

Quando preparava un'intervista, nessun dettaglio era insignificante e nessun espediente trascurato. Jan badava anche al modo in cui si vestiva. Se si trattava di un uomo, si procurava fotografie della moglie e prendeva nota del suo stile e persino del colore degli abiti per capirne i gusti e le preferenze. Usava qualsiasi mezzo per mettere il soggetto a suo agio.

C'era comunque un aspetto del lavoro di Jan Fields che molti dei suoi colleghi disapprovavano. Jan, più che una reporter, era innanzitutto e soprattutto un'artista. Era una creatrice di fatti. Ogni cosa – la luce, l'angolo di ripresa, la sua acconciatura, lo sfondo – veniva valutata in base a un concetto generale, a un'immagine, un'idea che lei voleva comunicare. Di tutti i suoi talenti, la capacità di tradurre figure e pensieri astratti in immagini che potevano essere filmate era la più importante e la più difficile da definire.

Nonostante tutto, non si poteva negare che la fortuna avesse avuto la sua parte. Il 29 giugno doveva essere l'ultimo giorno di riprese. Dopo l'intervista con il presidente in mattinata, Jan e la sua troupe televisiva avrebbero dovuto partire per il Texas. La morte del presidente cambiò ogni cosa.

La mattina era cominciata quando il suo basista, un messicano ingaggiato per occuparsi delle prenotazioni d'albergo e degli spostamenti nonché dei contatti con i burocrati del governo, le aveva telefonato alle sei e trenta per annunciarle che il presidente era morto. Poiché si parlava di un colpo di stato, egli le consigliò di lasciare la città al più presto. Naturalmente, Jan non ne volle sapere. Al contrario, insistette perché Juan (così si chiamava) le fissasse un'intervista con un rappresentante del nuovo governo. Questi si rifiutò di uscire di casa e cercò di dissuaderla. Jan, prima di interrompere bruscamente la conversazione, lo minacciò di revocargli l'incarico se non si fosse dato da fare. Anche se con riluttanza, Juan dovette accettare.

Aveva appena riagganciato e stava cominciando a rivestirsi quando il telefono squillò nuovamente. Senza lasciare a Jan il tempo di rispondere, una voce maschile, in un inglese impeccabile, si presentò come capitano dell'Esercito messicano che parlava a nome di un colonnello di cui Jan non aveva mai sentito parlare. Con voce rauca ma gentile, egli la informò che il colonnello, controllando l'agenda giornaliera del presidente, aveva scoperto che Jan avrebbe dovuto intervistare quest'ultimo quella mattina stessa, al Palazzo Nazionale. Jan, intuendo lo scopo della conversazione, si concesse una pausa prima di rispondere. La cautela, tuttavia, non era uno dei suoi punti forti. "Sì," rispose, "è così. Ho fissato, voglio dire, avevo fissato un incontro di trenta minuti." Poi, come ripensandoci, decise di forzare il destino e vedere quali informazioni poteva ottenere dal capitano. "C'è qualcosa che non va nell'ora o nella durata della mia intervista, capitano? Ho degli orari molto flessibili e posso facilmente spostarli per favorire il presidente."

Il capitano fece una pausa prima di rispondere alle domande inquisitorie di Jan. Poi, con voce sommessa, la informò che l'aereo del presidente Carlos Montalvo era disperso e che si sospettava un attentato. Proseguì dicendo che, per salvaguardare la salute pubblica e la sicurezza nazionale, l'Esercito messicano aveva dichiarato lo stato di emergenza e aveva imposto la legge marziale a partire dalle cinque di quella mattina.

Jan si stava eccitando. Aveva avuto la conferma, da fonte ufficiale, della morte di Montalvo. Inoltre, intuiva che il capitano non l'avrebbe chiamata a quell'ora se non ci fosse stato un valido motivo. Decisa a forzare un po' le cose, disse con voce dolce e con un leggero sospiro: "Oh, che tragedia. Non so che dire." Poi, prima che il capitano potesse rispondere, aggiunse: "Credo di non avere più motivo di venire al Palazzo Nazionale."

Il tentativo di Jan andò a segno. Quando il capitano rispose, parlò velocemente per rassicurarla: "Oh no, signorina Fields. Al contrario. Il mio colonnello mi ha incaricato di comunicarle che sarebbe un piacere per lui poterla incontrare a mezzogiorno, se è d'accordo sull'orario. Egli le esporrà gli avvenimenti delle ultime dodici ore e le iniziative prese dall'Esercito messicano per far fronte alla crisi attuale."

Jan esitò nel dare una risposta per ottenere un effetto drammatico, poi informò il capitano che avrebbe incontrato con piacere il suo colonnello a mezzogiorno. Dopo poche parole di rito, riagganciò. Eccitata per come le cose stavano evolvendo, sorrise e si concesse una breve danza di gioia per la stanza. Sapeva che fama e prosperità appartengono ai fortunati.

Dopo la telefonata, svegliò la sua troupe, comunicò a tutti le novità e li pregò di prepararsi a scendere per filmare tutto ciò che capitava a tiro. Era inutile sprecare tempo prezioso prima dell'intervista, pensò. Chiamò poi la World News Network per la quale lavorava e, allorché li informò di trovarsi ancora a Città del Messico e di essere stata contattata dai nuovi governanti, essi divennero tutt'orecchi. Sebbene la WNN avesse già due troupe televisive e un'intera squadra di produzione con attrezzature ad alimentazione diretta pronte a partire da Dallas, Jan sapeva che sarebbero passate alcune ore prima del loro arrivo e ancora di più prima che si fosse in grado di registrare. Negoziò abilmente, riuscendo a farsi riconoscere come inviato speciale in Messico per tutta la durata della crisi, con il diritto di montare il materiale raccolto prima che fosse spedito a Washington.

Ottenuto tutto ciò, Jan chiamò Juan per sentire a che punto fosse. Le sue informazioni erano scoraggianti. Non era riuscito a contattare nessuno in grado di riferirgli notizie su ciò che stava succedendo. "È un gran caos, señorita Fields. Nessuno collabora. Nessuno sa chi sono i responsabili."

Senza esitare, Jan ribatté: "In questo caso, credo che dovremmo andare direttamente presso gli uffici governativi e vedere di trovare qualche responsabile."

"*No! No!* Non possiamo farlo, señorita Fields. Si tratta di un colpo di stato, una rivoluzione. Potrebbero nascere dei guai. Non è il posto giusto per una donna."

L'ultimo commento di Juan provocò una dura risposta. "Senti, amico, è per questo che ti pago. O mi accompagni dove ti ho chiesto di andare e fai il tuo dovere, oppure di' addio al tuo incarico e alla tua reputazione."

Ci fu una breve pausa durante la quale Juan ponderò le alternative che aveva e Jan si chiese quale fosse il male peggiore, la perdita dei denari o la perdita di prestigio. Non che gliene importasse molto. Per il momento ciò che le importava era avere un servizio, qualsiasi servizio, filmato e trasmesso.

Finalmente Juan rispose. "Va bene. L'accompagnerò. Ma dobbiamo discutere del mio onorario. Le cose sono cambiate. Questo è un momento molto pericoloso, señorita. Lei capisce."

Addolcendo il tono, Jan disse: "Sì, Juan, capisco. Quale sarebbe lo stipendio adeguato a un uomo con il tuo talento, durante questa crisi?"

Consapevole di aver recuperato un minimo di controllo, Juan meditò la sua risposta ad alta voce. "Ecco, le cose potrebbero diventare pericolose. Si dice che le truppe del governo siano ovunque e che altri ufficiali della polizia governativa stiano per essere arrestati in tutto il paese. Ci potrebbero essere delle sparatorie."

Jan ascoltava e rispondeva con un "Capisco", e un "Ah-ha", mentre Juan snocciolava le sue ragioni. Quando ebbe finito, Jan gli pose nuovamente la stessa domanda.

Con la certezza di un uomo convinto che lei non avrebbe mai accettato una somma tanto esorbitante, Juan chiese il doppio della tariffa attuale. Non aveva realizzato che Jan era disposta a pagare quattro volte tanto. Infatti, senza esitare, Jan accettò e, ingiungendogli di recarsi nella hall del suo albergo in trenta minuti, riagganciò prima che lui avesse il tempo di aggiungere parola.

Pronta a scene di panico e a sparatorie, Jan rimase un poco delusa mentre girava per le strade deserte della città con la sua piccola troupe composta da Juan, un cameraman e un tecnico del suono. Filmarono per una decina di minuti angoli di strada deserti e negozi chiusi, quindi si diressero verso la piazza principale della città. Anche lì, fatta eccezione per qualche jeep occasionale piena di soldati, non vi era nulla. Lasciarono il furgone e Jan, seguita dalla troupe, si incamminò verso il Palazzo Nazionale nel tentativo di attirare l'attenzione o provocare la reazione della vigilanza militare. Rimase di nuovo delusa quando le guardie di pattuglia appostate all'entrata degli edifici governativi ignorarono lei e la cinepresa.

Decise allora di sfruttare l'invito che aveva ricevuto per intervistare uno dei colonnelli responsabili. Si fermò e guardò il gruppo di soldati in piedi davanti all'entrata principale. "Avevamo fissato un'intervista con il presidente del Messico questa mattina. Ora ne abbiamo una con il suo sostituto." Poi, con un sorriso, si girò verso il tecnico del suono, Joe Bob. "Ebbene, miei fedeli amici e collaboratori, questo significa che siamo ammessi e benvenuti. Vediamo di approfittarne per fare un reportage serio."

Joe Bob raccolse il suggerimento e si diede da fare per cercare un buon posto dove parcheggiare il furgoncino. Senza chiedere o aspettare l'opinione degli altri che erano con lei, Jan si diresse verso il Palazzo. Da quanto aveva visto, se c'era stato un colpo di stato, era stato efficiente, veloce e controllato. E se le sue impressioni erano corrette, esisteva un'organizzazione operativa che ne era responsabile; e, se c'era, questa poteva essere manovrata. Poiché le informazioni non sarebbero arrivate da sole, era tempo di andarle a cercare e quale posto migliore per cominciare se non il vertice?

Juan era molto scosso dagli avvenimenti della mattinata, dalla presenza di così tanti soldati e dall'atteggiamento sfrontato di Jan. Non si lasciava scappare una sola occasione per cercare di persuadere la giornalista a tornare in albergo ad aspettare che le cose si fossero sistemate. Lei non si lasciò scoraggiare. Irritata dalle titubanze dell'altro, si girò verso di lui, le braccia aperte, e gridò: "Sistemate? Se le cose si sistemano ancora un po', finiranno con l'accumularsi sul marciapiede!"

Sia Juan che Jan non avevano considerato che la stessa situazione era stata valutata da ognuno di loro da prospettive completamente diverse. Per Juan, la vista delle strade vuote di Città del Messico, popolate solo da soldati armati, era insolita e allarmante. Dopo tutto non ci si poteva fidare dei Federali e dei loro grassi ufficiali. Jan, d'altra parte, aveva già visto sanguinosi scontri a fuoco per le strade di città invase da carri armati e soldati e cominciava a chiedersi se i militari fossero davvero saliti al potere.

Dopo aver perlustrato le vie deserte, Jan si volse verso la sua guida. "Sistemate? Se questo posto si sistema ancora un po', moriremo di noia." Lasciò cadere le braccia e rimase ferma un istante a pensare. Lentamente, un debole sorriso le illuminò il viso. "Ciò che dobbiamo fare è provocare." Senza aspettare risposta, si girò e camminò decisa tra i soldati.

Sede del ministero degli Interni, Washington
29 giugno, ore 10:00

Con la precisione di un orologio, nell'anticamera dell'ufficio di Ed Lewis tutti sospendevano le loro attività per guardare lo schermo televisivo ogni volta che la WNN trasmetteva le ultime notizie. Anche il deputato, simile all'omino di un orologio a cucù, usciva dal suo ufficio ogni mezz'ora per ascoltare il notiziario. Da quando era stato eletto membro della Commissione per i servizi segreti interni, Lewis, un democratico del Tennessee, e il suo staff prestavano particolare attenzione alle notizie che riguardavano crisi o conflitti in paesi stranieri. Lewis, che era un avido lettore di qualsiasi cosa fosse stampata, era in grado di assorbire e assimilare incredibili quantità di informazioni. Non era solo per scherzo che i suoi collaboratori lo definivano la miglior fonte disponibile dopo la Biblioteca del Congresso.

Eppure nessuno avrebbe descritto Lewis come un divoratore di libri o un intellettuale. A quarantadue anni, assomigliava più a un allenatore di pallacanestro che non a un membro del Congresso. La sua figura alta un metro e ottantotto era asciutta, pur senza essere ossuta. I capelli castani, spruzzati di grigio, erano corti e senza un taglio particolare. Anche se spesso mostrava un sorriso caldo e amichevole, erano gli occhi, più che ogni altro particolare del viso, a esprimere il suo vero umore e a tradire i suoi pensieri. Poteva essere gentile e attraente con una nuova conoscenza, freddo e pungente con un rivale, amichevole e malizioso con un amico. I suoi occhi dicevano tutto e, come quelli di un allenatore di pallacanestro, non si lasciavano sfuggire nulla. Più di un testimone comparso davanti al banco in cui sedeva Lewis aveva parlato del modo in cui egli usava gli occhi per intimidire. Negli ambienti della CIA circolava, tra i membri dell'agenzia che dovevano presentarsi a Lewis, un promemoria che consigliava loro di leggere o far finta di leggere degli appunti qualora fossero chiamati a rispondere alle sue domande, piuttosto che guardarlo negli occhi.

Mentre ascoltava le ultime notizie sulla situazione in Messico, Lewis confrontava la cronaca con le informazioni che già possedeva e che, sfortunatamente, non solo erano scarse ma anche contraddittorie. Le dichiarazioni ufficiali e i contatti che aveva stabilito con la CIA, con la SSD, cioè i servizi segreti della Difesa, e con la SSN, cioè i servizi per la sicurezza nazionale, fornivano solo frammenti di cronaca che spesso non coincidevano. Ciò che aveva udito non era affatto incoraggiante. La CIA gli aveva fatto credere che il colpo di stato in Messico era stato un fulmine a ciel sereno. La SSD, pur fornendo pochi dettagli, descriveva il colpo di stato come un'operazione chirurgica e indolore che aveva rovesciato il governo messicano. La SSN, da parte sua, parlava di una situazione confusa e quasi caotica. Basandosi sulla sua esperienza con i servizi segreti, Lewis sapeva che, in realtà, la situazione messicana conteneva tutti questi elementi. Dopo tutto, il materiale fornito dalle agenzie dei servizi segreti nazionali dipendeva dalle fonti utilizzate dalle persone addette all'analisi dei dati. Ogni agenzia aveva le sue fonti e impiegava metodi differenti per stabilire ciò che contava e ciò che poteva essere ignorato. Anche se le loro informazioni erano buone, di altro Lewis aveva bisogno in quel momento: un quadro chiaro, conciso e completo della situazione, una visione globale che rimettesse insieme i vari pezzi. Sfortunatamente, Lewis sapeva che ci sarebbero voluti giorni prima che qualcuno dei servizi segreti fosse in grado di fornirgli una tale descrizione. Fino a quel momento, tutto ciò di cui disponeva erano semplici dati e frammenti di notizie.

Nonostante tutto, Lewis era irritato dal fatto che nessuno avesse previsto il colpo di stato. La stessa cosa era successa con la caduta di Cuba nel 1959, l'invasione della Cecoslovacchia nel 1968 e dell'Afghanistan nel 1979, la riunificazione della Germania nel 1989, l'invasione del Kuwait nel 1990, il colpo di stato sovietico nel 1991 e la caduta di altri fulmini a ciel sereno: i ministri americani si trovavano a dover affrontare una crisi senza esservi preparati e non avevano altra scelta se non quella di stabilire al più presto un piano d'azione. Ciò che rendeva questa mancanza ancora più fastidiosa era il fatto che gli USA avevano massicce forze spiegate in Messico e lungo il confine come stabilito dal piano anti-stupefacenti. Lewis era sicuro che ci fosse qualcuno che a suo tempo aveva intuito qualcosa. Nessuno, e Lewis lo sapeva, poteva intraprendere un'impresa come il rovesciamento del governo messicano, senza incuriosire qualche osservatore.

Mentre ascoltava il notiziario, pensava alla sua prossima mossa. Avrebbe concesso al direttore della Commissione per i servizi segreti interni di lavorare alle indagini fino a mezzogiorno prima di muoversi. Se, prima di mezzogiorno, nessuno lo avesse ancora fatto, Lewis avrebbe gettato qualche esca e avrebbe dato inizio alla caccia non solo per trovare informazioni, ma risposte. Con tutti i soldi che il Congresso investiva nei servizi segreti, non vi era assolutamente nessuna scusa perché la nazione dovesse dipendere da un'allocca come Jan Fields per ottenere le poche informazioni che avevano sugli eventi nel mondo.

Come per magia, nell'ufficio l'immagine della giornalista apparve sullo schermo. Con il Palazzo Nazionale sullo sfondo, la giornalista dagli occhi scintillanti faceva la sua cronaca da Città del Messico. Fiancheggiata da soldati armati e sghignazzanti, stava semplicemente ricapitolando ciò che aveva visto, affermando di aver fissato un'intervista con uno dei membri del Consiglio dei 13, il movimento degli ufficiali dell'Esercito e dell'Aviazione che aveva assunto il controllo del governo.

Lewis sentì la sua rabbia crescere e, borbottando, se ne andò. "Cristo, in poche ore ha saputo di quel che sta succedendo più che la CIA. È una farsa! Una dannata farsa!"

Palazzo Nazionale, Città del Messico
29 giugno, ore 12:35

Seduta di fronte al colonnello messicano, Jan non avrebbe potuto essere più soddisfatta. Nel giro di poche ore, aveva girato un servizio, contattato il Consiglio direttivo, fissato un'intervista e perfino ottenuto l'aiuto dell'Esercito messicano per trasmettere la sua prima cronaca ai quartieri generali della WNN a Washington.

Davanti a lei sedeva, secondo quanto le avevano detto, uno degli artefici del colpo di stato che aveva causato la fine del "corrotto governo dei pochi al servizio di uno", come un portavoce ufficiale aveva definito l'amministrazione del presidente Montalvo. Anche se l'uniforme del colonnello messicano era leggermente spiegazzata e macchiata di polvere e di sudiciume, la presenza e il portamento erano imponenti. Questo, unito all'ottima padronanza dell'inglese e alla posizione ch'egli occupava nel Consiglio dei 13, forniva a Jan la possibilità di scrivere un pezzo che, per giorni, non avrebbe subito confronti da parte delle altre agenzie di stampa. Tutto ciò di cui aveva bisogno adesso era che il colonnello le facesse rivelazioni interessanti da aggiungere ai commenti ufficiali che già aveva raccolto.

"Ebbene, colonnello Guajardo, che cosa ha definitivamente convinto lei e gli altri membri del Consiglio che il governo ufficiale del Messico non poteva più rappresentare il popolo?"

Anche se la domanda lo annoiava, Guajardo non lo diede a intendere. Guardando Jan Fields dritto negli occhi, costruì la sua risposta, traducendo mentalmente i suoi pensieri dallo spagnolo all'inglese. Una volta pronto, si sporse in avanti, verso Jan. "Temo non si possa rispondere semplicemente a questa domanda. Nelle ultime settimane, anch'io me lo sono più volte domandato." Guajardo si concesse una pausa, appoggiandosi allo schienale della poltrona prima di continuare. Quando ricominciò a parlare agitava la mano destra, a volte spostandola da un lato col palmo rivolto in alto, altre volte puntando l'indice su Jan per enfatizzare un passaggio. "Mi sono spesso chiesto se una reazione così violenta fosse davvero necessaria. C'era forse un modo migliore? Non è passato giorno che non mi sia detto: sei troppo critico. Forse, solo forse, le cose miglioreranno." Guajardo sospirò, posò la mano sulla coscia destra e abbassò lo sguardo quasi stesse studiando la propria mano. "I politici andavano e venivano. I programmi per sanare il debito pubblico, per creare nuovi posti di lavoro, per risolvere i problemi sociali venivano annunciati con grande enfasi e con pomposi discorsi ed effettivamente, anche se per poco, un certo miglioramento ci fu."

Improvvisamente, Guajardo cambiò umore e Jan ne rimase stupefatta. Quando i loro sguardi si incrociarono, gli occhi di lui parvero freddi e distanti e il suo viso si contrasse per l'ira. Anche se Jan non se ne avvide, la mano destra di Guajardo era ora stretta in un pugno, un pugno che egli, parlando con voce dura e tagliente, batteva lentamente sulla sua coscia destra. "Ma poi, col tempo, i politici ritornarono alle loro belle case e i programmi furono dimenticati. L'unica cosa che non cambiò erano i volti della gente. Nei loro occhi si poteva scorgere la fiamma della speranza che lentamente moriva, sconfitta dalla dura realtà del Messico moderno."

Jan fece una pausa, presa per un attimo alla sprovvista dalla risposta di Guajardo. Dopo trenta minuti di risposte decise, ironiche ma concise, era finalmente riuscita a far reagire il colonnello. Intuì che era il momento giusto, colse l'occasione e continuò. "Fu allora che lei e gli altri colonnelli suoi colleghi decideste di agire. Ma, mi domando, era davvero necessario eliminare l'intero governo e la direzione del PRI e quella degli altri partiti politici? Non c'era certo motivo di attaccare il PAN e lo PSUM. Non sarebbe stato meglio averli come alleati e non come rivali nel vostro tentativo di costituire un nuovo governo?"

Ancora una volta Guajardo prese tempo prima di rispondere e, mentre pensava, continuò a guardare Jan Fields negli occhi. Jan stava cercando di provocarlo. Era come se gli avesse conficcato dentro un coltello e ora lo stesse rigirando lentamente. Bene, egli pensò, se vuoi una reazione, ne avrai una. Ma il colonnello, che era pur sempre un soldato professionista, si sforzò di mantenere il controllo.

"Il PRI si è diffuso in tutta la nazione come un cancro maligno. È dovunque, tocca tutto e tutti. E chiunque ne viene a contatto resta infettato. Per decenni, uomini come mio padre hanno lottato per curare il cancro dall'interno. Egli servì bene il partito, eseguendo gli ordini nella convinzione di fare qualcosa di importante per il Messico. E per tutto il tempo chiuse gli occhi sulla prevaricazione, sulla corruzione, le elezioni truccate, l'appropriazione indebita di fondi. Posso ancora sentirlo mentre la notte diceva a mia madre che un giorno, quando ne avesse avuto il potere, avrebbe realizzato ciò che era giusto. Sarebbe arrivato come il cavaliere su un cavallo bianco e avrebbe cambiato ogni cosa."

Fermatosi un momento, Guajardo si mosse sulla poltrona girandosi per guardare il grande affresco che ritraeva gli eroi della prima rivoluzione. Poi, senza posare lo sguardo su Jan, continuò: "Penso che, nel suo cuore, egli ritenesse veramente di fare ciò che era giusto. Proprio come i politici del PAN e del PSUM. Ma il cancro lo aveva infettato e le sue radici lo avevano avvolto lentamente sottraendogli ogni traccia di compassione. Quando morì, era come un uomo che aveva fissato il sole troppo a lungo: era cieco verso la realtà che lo circondava, una realtà che rischia di distruggere tutto ciò che invece la Rivoluzione promuove."

"È così che vede se stesso, colonnello, come un salvatore su un cavallo bianco che viene a sanare tutti i mali del Messico uccidendo e seminando il terrore?"

Guajardo si sentì salire il sangue alla testa. Ebbe uno scatto in tutto il corpo e affrontò l'americana. Per un istante la guardò negli occhi, lottando per mantenere la calma. Che arroganza, pensò. Come può, seduta qui, vestita con abiti e scarpe che le saranno costati più di quanto una famiglia messicana guadagni in media in sei mesi, capire ciò che stiamo cercando di fare? Che cosa ne sa della povertà, dei sogni distrutti e delle speranze? Come osa venire nel mio paese e imporre la sua morale al nostro popolo quando non ha idea di ciò che significa essere un messicano?

Jan guardò a lungo Guajardo che la fissava. Forse, pensò, aveva esagerato.

Come in risposta ai pensieri di lei, Guajardo si alzò e le si pose di fronte. Seguì un momento di silenzio in cui tutti restarono in attesa che Guajardo annunziasse la fine dell'intervista. Guajardo, con un breve gesto della mano, chiamò un capitano che aveva pazientemente atteso in fondo alla stanza.

Mentre il capitano avanzava, Jan lanciò un'occhiata alla sua troupe. Ted, il cameraman soprannominato Theodore per la montatura in acciaio dei suoi occhiali tondi, non ricevendo alcun segnale da parte di Jan continuava a tenere l'occhio sulla telecamera mentre filmava. Joe Bob, il tecnico del suono, l'unico della compagnia che fosse nato in Texas, la guardò scuotendo la testa. Jan, imbarazzata, scrollò le spalle e alzò le mani verso l'alto. Solo Juan, in piedi contro il muro, era visibilmente scosso. Come un uomo scalzo sulla spiaggia infuocata, si muoveva nervosamente spostando lo sguardo da Guajardo alla porta che si trovava all'estremità opposta della stanza. Jan ebbe l'impressione che egli stesse misurando mentalmente la distanza che avrebbe dovuto percorrere nel caso fosse successo qualcosa. Che sappia qualcosa che noi non sappiamo? pensò Jan. Oppure stava semplicemente esagerando? Per la prima volta, considerò la situazione seriamente, ricordandosi che l'uomo che le stava dinanzi aveva avviato una rivoluzione che era cominciata con l'assassinio di quei capi ai quali, come soldato, egli aveva giurato fedeltà.

Il battito dei tacchi del capitano che si girava e se ne andava fece voltare Jan verso Guajardo. Il viso si era trasformato, gli occhi e il suo comportamento parevano cambiati. L'uomo calmo e sicuro di sé che prima sedeva in poltrona ora le stava di fronte e la sovrastava. Nella sua scura uniforme, assomigliava a un grande orso grigio. Gli occhi castani che erano stati così disarmanti erano ora scuri, vaghi e penetranti. Per quanto la riguardava non le importava che stesse cercando di intimidirla; anche se tentava di nasconderlo, lei era già intimidita a dovere.

"Signorina Fields, un minuto fa lei mi ha chiesto che cosa mi ha spinto a ribellarmi contro il governo e il sistema politico che ne deteneva il potere. Venga, le mostrerò qualcosa." Senza aspettare un assenso, Guajardo si voltò e lasciò la stanza.

Quello del colonnello era stato un ordine, chiaro e semplice. Jan non sapeva dove li avrebbe condotti, ma sapeva di aver colpito nel segno e che qualsiasi cosa lui avesse mostrato loro, questa avrebbe arricchito il materiale già raccolto durante l'intervista. Senza esitazione, si alzò e attraversò la stanza, lasciando Ted e Joe Bob occupati a raccogliere borse e cavi. Juan approfittò della momentanea confusione e decise di aver più bisogno della propria vita e della libertà che di una doppia retribuzione e così scivolò via veloce e silenzioso attraverso la porta che aveva continuamente tenuto d'occhio.

Guidati dal colonnello Guajardo, Jan e la sua troupe trottavano per corridoi e per grandi scalinate nel tentativo di tenere il passo. Nessuno notò che Juan non era più con loro, nemmeno quando entrarono nel grande cortile in cui erano ad attenderli un'auto militare e il furgoncino preso in affitto dalla troupe, con le portiere già aperte e i motori accesi. Né Jan né Joe Bob, l'autista, pensarono di chiedere chi avesse spostato il furgoncino. Al momento, certi dettagli non sembravano importanti.

La cosa più importante era sapere dove stavano andando e ciò che avrebbe mostrato loro il colonnello. Ferma davanti alla portiera spalancata, Jan vi spinse dentro Ted e Joe Bob dicendo: "Andate, andate, andate." Non appena Joe Bob fu salito, lei si accinse a fare altrettanto, ma una mano la trattenne per un braccio. Voltatasi, s'avvide che a fermarla era stato il capitano con il quale aveva parlato Guajardo. Questi, con un leggero sorriso, la informò che il colonnello Guajardo la voleva a bordo dell'auto con sé. Presa alla sprovvista, Jan cercò con lo sguardo Joe Bob e notò per la prima volta che al posto di guida del furgoncino c'era un soldato.

In un baleno, la ragazza realizzò che la situazione non era più sotto il suo controllo. Come prima reazione pensò di rivolgersi al capitano per spiegargli come fosse suo dovere rimanere con il resto della troupe, ma quel pensiero svanì quando si accorse che Juan non era più con loro. Invece di arrendersi, cercò di guadagnar tempo per poter meglio valutare la situazione.

"Juan, il mio basista, non è ancora arrivato. Dobbiamo aspettarlo."

Il capitano, sempre sorridendo e sempre trattenendola per un braccio con presa leggera ma ferma, scosse semplicemente la testa. "Mi dispiace, signorina Fields. Il suo uomo se ne è già andato. Il colonnello è molto impegnato e dobbiamo partire subito."

"Mi sembra di capire che l'uomo alla guida del nostro furgone sappia dove siamo diretti."

Il capitano annuì con un cenno del capo. "È un uomo fidato. Il furgone ci seguirà. Per cortesia, signorina Fields, dobbiamo andare. Il colonnello ci sta aspettando." Detto questo, egli premette leggermente il braccio di Jan, ma questa tentò inizialmente di resistere.

Non volle comunicare l'impressione di essersi data per vinta e, se non altro per dimostrare che li stava seguendo di sua spontanea volontà, gridò a Joe Bob e a Ted: "Io vado col colonnello. Tenete pronta la telecamera e filmate tutto ciò che potrebbe essere interessante."

Joe Bob la guardò e si chiese se Jan avesse voluto in quel modo minacciare il capitano ricordandogli che stavano filmando tutto. A parte tutto, Joe Bob cominciava a pentirsi di aver lasciato a Austin la sua 357 Magnum. Non vi era nulla di più patetico di un cow-boy disarmato circondato da una banda di messicani irascibili. "D'accordo, signorina Fields, la seguiremo." Come se potessimo scegliere di rimanere, pensò.

Il capitano la condusse verso l'auto dove il colonnello Guajardo, seduto sul sedile posteriore, la stava aspettando. Jan sperava di sedersi accanto all'autista. Preferiva porre tra lei e il colonnello una certa distanza e lo schienale di un sedile, ma il capitano la condusse verso la portiera posteriore che poi richiuse dietro di lei con un rumore breve e secco.

Guajardo, senza proferir parola, la osservò mentre si sistemava. La sua espressione fredda e dura non era mutata. Anche quando Jan sorrise e gli comunicò di essere pronta, egli non le disse nulla, limitandosi a un cenno leggero. Rivolgendosi all'autista, Guajardo gli fornì rapide istruzioni in spagnolo.

Con grande sorpresa di Jan l'uomo, invece di rispondere con un semplice cenno d'assenso o un sì, si irrigidì. Dallo specchietto retrovisore, poteva vedere l'espressione di terrore dipinta sul suo viso. L'ordine che il colonnello gli aveva impartito lo aveva sicuramente sconvolto, cosa che fece aumentare la morsa crescente che la ragazza sentiva alla base dello stomaco. Muovendo solo gli occhi, Jan osservava Guajardo e l'autista.

Poiché il caporale Fares, l'autista, non rispondeva ai suoi ordini, Guajardo si sporse in avanti e li ripeté. Fares, con il viso contorto in un'espressione di timore simile a quella che Jan aveva letto sul volto di Juan, rispose al secondo ordine di Guajardo con quella che suonava come una debole supplica.

In un lampo, Guajardo alzò la mano destra, serrata a pugno e la batté contro la coscia ripetendo l'ordine per la terza volta. Pronunciando a fatica un fievole sì, il caporale tolse meccanicamente il freno a mano, ingranò la marcia e iniziò a guidare. Soddisfatto, Guajardo si rilassò sul sedile, senza curarsi di Jan che, rannicchiata nel suo angolo, si teneva il più lontano possibile da lui.

Una volta usciti dal cortile, mentre percorrevano le strade Jan fece del suo meglio per non attirare l'attenzione del colonnello, e guardando fuori del finestrino cercò di reprimere la paura che la rodeva dentro. Sebbene si fosse trovata altre volte in situazioni pericolose, non era mai stata al centro dell'attenzione come lo era ora. Era sempre stata testimone casuale, capace di mantenere un certo distacco dagli avvenimenti narrati e dalle persone intervistate. Ciò che stava succedendo era assolutamente al di fuori del suo controllo. Il fatto di essere stata lei a porsi con la sua troupe in quella situazione, volontariamente e senza valutarne le conseguenze, non le era d'aiuto nel tentativo di calmarsi e concentrarsi.

Altrettanto preoccupante era la presenza del colonnello Guajardo. Quando ancora si trovavano nella grande sala del Palazzo Nazionale, aveva notato del fango sugli stivali di Guajardo e tracce di sporcizia e di fuliggine sulla sua uniforme. Ora che erano chiusi in macchina, colse l'insolito miscuglio di odori che emanava dalla sua uniforme.

Senza guardarlo, analizzando quegli odori Jan cercò di capire che cosa avesse fatto prima del loro incontro. L'odore dominante era quello di un uomo che era stato molto attivo e che non aveva avuto il tempo o l'occasione per farsi una doccia. Il profumo muschiato del sudore maschile le era familiare. Il suo amante, Scott Dixon, tenente colonnello dell'Esercito americano, aveva lo stesso odore quando tornava da un'esercitazione da campo. Vi era poi un altro odore di Guajardo che Jan ricordava di aver sentito spesso sulla mimetica di Scott, l'odore di liquidi idraulici. Come ufficiale addetto alle operazioni della 16ª Divisione corazzata, Scott viaggiava spesso in elicottero, per cui non di rado, quando c'erano problemi al campo, finiva per puzzare come uno di quelli. Un terzo odore, più debole degli altri, ma chiaramente distinguibile, ricordava a Jan quello di carne bruciata. Il pensiero di come Guajardo avesse potuto impregnarsi di quell'odore la intrigava e le ricordava, allo stesso tempo, che l'uomo che le sedeva al fianco non era un politicante da strapazzo. Il potere che aveva era il risultato di un'azione fulminea e brutale. Per un attimo, Jan sentì il desiderio di guardargli le mani per controllare se fossero ancora macchiate di sangue, ma subito scacciò il pensiero. Dopo tutto, l'uomo moderno aveva fatto molti progressi dall'epoca del Vecchio Testamento e si era anche abituato a lavarsi le mani.

Jan cercò di concentrarsi sulle immagini che le sfrecciavano davanti. Senza che se ne fosse accorta, avevano lasciato le strade quasi deserte del centro della città per raggiungere un quartiere residenziale e commerciale affollato di macchine, autocarri, persone, negozi, piccoli chioschi e bancarelle. Per le strade, negozianti, operai, venditori e mendicanti si spingevano gli uni contro gli altri mentre attendevano ai loro affari giornalieri come se nulla fosse avvenuto in Messico. Jan si raddrizzò una volta realizzato questo cambiamento e cercò la presenza dei soldati, così numerosi nel centro città. Non ne vide. Non vide neanche poliziotti. Per motivi pratici, qualsiasi cosa stesse succedendo al governo ancora non aveva avuto alcun effetto su quella gente.

Quando l'auto raggiunse un incrocio e si fermò al semaforo, un giovane balzò dal marciapiede e corse verso il finestrino di Jan. Ella si chiese incerta se fosse un mendicante o un venditore ambulante. Poi, improvvisamente, egli si portò un accendino alla bocca e sputò una palla di fuoco.

L'improvvisa prodezza del mangiatore di fuoco fece trasalire Jan, che sobbalzò indietro e urtò Guajardo. Questi, che guardava fuori del finestrino perso nei suoi pensieri, si voltò per vedere che cosa avesse fatto trasalire Jan. Il mangiatore di fuoco, terminato lo spettacolo, attese la ricompensa e solo allora si accorse che Jan sedeva al fianco di un colonnello dell'Esercito messicano. Lentamente, l'aperto sorriso sparì dal suo volto e si trasformò in un cipiglio interrogativo. Tuttavia rimase immobile, senza fare una mossa. Stava ancora fissando Guajardo, quando il semaforo passò al verde e l'auto ripartì.

Improvvisamente Jan s'avvide di essersi appoggiata al colonnello, si raddrizzò e si allontanò da lui, passandosi una mano tra i capelli. Non appena cominciò a riprendersi, scrutò Guajardo. Lui la stava fissando.

Capì che la stava studiando in attesa della sua prossima mossa e lo affrontò. "Mi dispiace, colonnello. Non me l'aspettavo. Mi ha preso alla sprovvista."

"In gergo li chiamano *tragafuegos*, ovvero mangiatori di fuoco."

"Perché lo fanno? Voglio dire, non è pericoloso?"

Guajardo guardò Jan e rise cinicamente. "Per vivere, mia cara signorina Fields. Fanno ciò che è necessario per vivere. Se la giornata è buona, un *tragafuego* può racimolare otto o novemila pesos."

Con qualche veloce calcolo, Jan tradusse i novemila pesos in dollari. Guajardo la osservava e ridacchiò quando Jan passò da un'espressione assorta a una di sorpresa. "Ma sono poco più di tre dollari americani."

Soddisfatto, Guajardo annuì. "Sì, qualcosa di meglio rispetto al minimo di un salario medio."

"Ma è pericoloso. Dev'essere facile scottarsi."

Guajardo ebbe la certezza di averla in pugno e ne approfittò. "Oh, se stanno attenti e usano la nafta al posto della benzina o dell'olio da cucina, possono cavarsela egregiamente." Mentre lui parlava, il viso di Jan rivelava la sua sorpresa. Con nonchalance, Guajardo continuò. "Le bruciature non sono un problema. Possono guarire. Ciò che non guarisce è il danno che subisce la loro salute. La prima cosa che perdono è il senso del gusto. I prodotti petroliferi, indipendentemente dal tipo, sono corrosivi, distruggono il tessuto umano. Col tempo, i *tragafuegos* perdono la sensibilità della bocca e anche i denti." Poi, come ripensandoci, aggiunse piano: "E, naturalmente, le ulcere sulla lingua non sono rare."

In Jan l'espressione di disgusto cresceva sempre più. "Questo, comunque, è solo l'inizio, signorina Fields. Il peggio è il danno al cervello. Con il passar del tempo questi uomini diventano incapaci di provvedere a se stessi. È un processo lento, ci vogliono otto, dieci anni. Poi spariscono semplicemente e il loro posto all'angolo della strada viene preso da uomini più giovani ancora in grado di esibirsi."

Jan si sentiva a disagio e Guajardo sapeva che stava perdendo il controllo. Come molti americani, Jan era solita gestire le cose a modo suo. Il fatto di non poterlo fare la infastidiva. E a irritarla ancora di più, era l'impossibilità di far coincidere quella realtà con immagini e idee preconcette. Non era ancora pronta, o disposta, ad affrontare la realtà del Messico. Questo aspetto, fino ad allora ignoto, la disgustava. Guajardo se ne accorse e se ne compiacque. La gita cominciava a dare i suoi frutti. "E che cosa sta facendo il governo, colonnello? Non ci sono dei servizi sociali, o di previdenza, o qualcosa che comunque migliori le cose? Sanno quello che fanno?"

Distogliendo lo sguardo da Jan, Guajardo guardò fuori del finestrino e rispose. "Sì, signorina Fields, lo sanno." Poi, guardandola nuovamente, strinse gli occhi. "Ma sono uomini, uomini orgogliosi. Ciò che lei ha appena visto è il risultato di programmi falliti o pretestuosi usati dal governo precedente per giustificare la sua esistenza. Non dubito che, per lo stesso motivo, qualche politico o qualche assistente sociale abbia trovato un mediocre posto di lavoro per il *tragafuego* che abbiamo visto. E non dubito che il *tragafuego* ci abbia lavorato finché i fondi non si sono esauriti o il programma è stato accantonato. Per quel che riguarda i sussidi, non c'è bisogno che le ricordi che siamo un popolo orgoglioso. Le vostre idee nordamericane sui sussidi sociali servono solo a demoralizzare. Quell'uomo, il *tragafuego*, preferirebbe morire lentamente e miseramente piuttosto che perdere il suo orgoglio."

Guajardo aveva appena finito di parlare quando l'auto si fermò. Jan cercò di capire dove si trovavano. Era stata talmente assorbita dalla conversazione da non accorgersi di trovarsi in una zona poco migliore di una baraccopoli. L'improvviso passaggio dai viali spaziosi e ordinati del centro allo squallore di quel quartiere povero l'aveva sconvolta. Non era pronta ad affrontare tutto ciò. Sebbene le fosse già capitato durante i suoi viaggi di visitare ghetti come quello, non era mai riuscita ad abituarsi. Trovava molte difficoltà ad accettare che esistesse qualcuno costretto a vivere in quelle condizioni e che non fosse possibile far nulla per cambiare le cose: per questo si sentiva molto agitata. Stava cercando di recuperare il controllo di sé quando Guajardo si preparò a scendere dall'auto.

L'autista saltò giù e corse ad aprirgli la portiera. Quando Jan guardò il colonnello, egli sorrise maliziosamente, simile a un gatto che adocchia un uccellino. "Al Palazzo Nazionale mi ha chiesto cosa ci ha spinto a fare ciò che abbiamo fatto, signorina Fields. Venga e glielo mostrerò." Senza attendere oltre, si girò e scese dalla macchina.

Il fetore colpì Jan ancor prima di scendere. Una combinazione nauseante di rifiuti putrefatti ed escrementi umani le aggredì il naso, irritandole le mucose e costringendola a trattenere il respiro. Istintivamente si portò una mano alla bocca e al naso. Guajardo, a qualche metro dalla macchina, la guardava divertito. Per un attimo fu tentato di fare qualche commento malizioso, ma decise di aspettare. Avrebbe avuto tutto il tempo per farle comprendere la realtà del moderno Messico.

Riacquistato il controllo, Jan scivolò con le gambe giù dalla macchina e posò i piedi sulla strada non asfaltata. Ancora una volta, l'espressione di disgusto apparsa sul suo viso alimentò il ghigno di Guajardo.

Jan capì che non solo stava dando spettacolo, ma stava reagendo come sicuramente Guajardo aveva previsto, se non addirittura desiderato. Questo fatto e l'incapacità di controllare le proprie emozioni la irritarono improvvisamente. Decisa a dimostrare di essere fatta di una pasta assai dura, respirò profondamente, per quanto ciò fosse sgradevole, e ricambiò Guajardo con un'occhiata determinata e provocatoria.

Il sogghigno scomparve dal viso di Guajardo il quale, visto che Jan era riuscita a riprendersi dalla prima emozione, decise che era tempo di rincarare la dose. Il tempo era prezioso ed egli ne aveva già perso abbastanza. Con un tono di voce che, date le circostanze, suonò artificialmente dolce e gentile, invitò Jan e la sua troupe a seguire il suo autista, il caporale Fares.

Ted e Joe Bob si avvicinarono con l'equipaggiamento pronto e si affiancarono a Jan. Joe Bob appoggiò la mano libera sulla sua spalla sinistra, si chinò e le sussurrò all'orecchio: "Tutto bene, signorina Fields?"

Stringendo leggermente la mano che Joe Bob le aveva posto sulla spalla, Jan annuì. "Sto bene. Ora andiamo a vedere ciò che il bravo colonnello vuole mostrarci." Detto questo lasciò la mano di Joe Bob e si incamminò.

Le persone che circolavano per le strade di quel povero quartiere interrompevano ciò che stavano facendo per veder passare la strana comitiva. Il caporale Fares, visibilmente nervoso, guidava il gruppo. Di tanto in tanto salutava con un cenno imbarazzato un conoscente che lo aveva riconosciuto. Dietro di lui camminava Guajardo, alto, eretto e in apparenza indifferente allo squallore che lo circondava. A qualche metro dal colonnello seguivano Jan, Ted e Joe Bob, compatti in un piccolo gruppo. Solo il soldato che aveva guidato il furgoncino della troupe non li seguì e scacciava occasionalmente i bambini vestiti di stracci che si avvicinavano troppo all'auto e al furgone.

Le baracche diroccate, le capanne e i tuguri ai lati delle strade sporche e cosparse di sudiciume erano costruite con materiali di tutti i tipi. Alcune erano fatte con blocchi di calcestruzzo di scarto posti casualmente l'uno sull'altro o cementati da muratori dilettanti con strati irregolari di calcina. C'erano anche case costruite con pezzi disuguali di compensato o assi di legno. Queste, come le prime, variavano secondo l'abilità del muratore. Non superavano mai un metro e ottanta, due metri d'altezza, avevano una sola porta, spesso senza telaio, e poche o nessuna finestra. I tetti, piatti e appena visibili, erano di assi ricoperte da un sottile strato di carta catramata oppure di strisce di metallo ondulato malamente assemblate.

Avanzavano a fatica e Jan cominciò a notare che le persone si scansavano al loro passaggio, rintanandosi nelle case o nascondendosi tra gli spazi stretti e scuri che le separavano. Da questi spazi, tra mucchi d'immondizia e scarti di materiale da costruzione, bambini e donne stavano a curiosare. Jan rimase scioccata nel vedere, in uno dei vialetti, una donna che orinava stando accovacciata su un buco aperto e voltando le spalle alla strada. Di sicuro anche questo contribuiva al fetore generale, pensò Jan. Per un attimo, si chiese perché lo stesse facendo all'aperto. Poi, notando la dimensione delle case, capì che erano troppo piccole e misere per avere un bagno all'interno. Guardò tra le case in cerca di qualche altra costruzione, ma non ne vide.

Sulle case si intersecavano ammassi disordinati di fili elettrici e cavi telefonici; tra le case, tubi di gomma di ogni colore e dimensione serpeggiavano sul terreno e sparivano in fori scavati o tagliati nei muri. Non ci voleva un grande ingegno per capire che, in quel modo, i fortunati che potevano permettersi il materiale dotavano le loro case di acqua ed elettricità.

Durante il tragitto Jan non riuscì a trovare né alcuna targa che indicasse il nome della strada né alcun numero civico sulle case. Cominciò a dubitare che ce ne fossero. Mentre rifletteva, il caporale Fares si fermò di fronte a una casa, per nulla diversa da quelle che avevano appena visto. Timidamente guardò il colonnello Guajardo, il quale, senza cambiare espressione, annuì semplicemente concedendo così a Fares il permesso, se non l'ordine, di entrare.

Voltatosi verso Jan e la sua troupe, il colonnello finalmente parlò: "Prima, signorina Fields, lei mi ha chiesto che cosa mi ha spinto a ribellarmi al governo al quale avevo giurato eterna lealtà. Ho cercato di trovare le parole che potessero descriverle tutto ciò." Si fermò, alzò le braccia verso l'alto, e distogliendo lo sguardo da Jan si voltò verso il quartiere affollato nel quale si trovavano. Lasciò ricadere le braccia e di nuovo si rivolse a Jan. "Ma non ci sono riuscito. Mi sono chiesto come avrei potuto descrivere tutto ciò con parole che una donna yankee ben educata, raffinata e colta come lei potesse capire. Ho pensato fosse meglio permetterle di vedere personalmente che cosa significa per un messicano vivere sotto il governo del PRI. Per questo l'ho condotta a casa del mio autista, il caporale Fares. Forse, ora che ha visto, potrà capire meglio ciò che ha spinto non solo me, ma milioni di altri come me a compiere passi disperati. Se vuole può filmare. Forse lei riuscirà a trovare le parole che sono sfuggite a me."

Improvvisamente, mentre si incamminavano, il silenzio nervoso e il disagio del caporale Fares acquistarono un senso. Il caporale era stato costretto a mostrare casa sua a degli estranei. Improvvisamente la donna provò un'ira profonda.

Jan si rivolse a Joe Bob e impartì le istruzioni con un tono che tradiva il disprezzo per Guajardo. "Va bene, cominciamo. Passatemi un microfono portatile."

Sistemandosi le cuffie, Joe Bob accese il registratore, rimase in ascolto per qualche secondo, poi estrasse dalla tasca un microfono. Nel frattempo, Ted si sistemò la telecamera sulla spalla e attese il segnale per cominciare la ripresa.

Senza i soliti preliminari, fatta eccezione per un veloce controllo ai suoi lunghi capelli castano-ramato, Jan diede il segnale d'inizio. Quando si accese la luce rossa di registrazione e Joe Bob alzò il pollice per indicare che il microfono era aperto, Jan cominciò senza sapere esattamente ciò che avrebbe detto. "Jan Fields da Città del Messico. Circa un'ora fa, intervistando il colonnello Alfredo Guajardo, un membro del Consiglio dei colonnelli responsabili del drammatico colpo di stato attuato oggi in Messico, gli ho chiesto perché avesse deciso di ribellarsi al governo eletto dal popolo. Ha risposto portando me e la mia troupe televisiva in questo povero quartiere dei sobborghi di Città del Messico. La casa alle nostre spalle, poco meglio di una baracca, appartiene al suo autista, un caporale dell'Esercito messicano. Poiché non è inusuale che i ribelli si proclamino rappresentanti della volontà popolare e giustifichino le loro azioni mostrando pubblicamente la condizione del paese, ho pensato fosse giusto permettere al colonnello di esporre la sua opinione. Per questo eccoci qui, a casa del caporale Fares dell'Esercito messicano."

Facendo segno a Ted di continuare a riprendere, Jan si girò per entrare nella casa. Per un attimo, si sentì bene. Il breve pezzo girato e la piccola introduzione avevano avuto su di lei un effetto calmante. Sentì di aver riacquistato il controllo e la direzione dello spettacolo. Ora, tutto ciò che le rimaneva da fare era mantenere salda quella posizione impedendo a Guajardo di guidare l'intervista. Era pronta, come un pugile che sale sul ring.

Tuttavia, la scena che le si presentò la turbò. Con l'occhio allenato dell'osservatore, colse con un solo sguardo tutto e tutti all'interno dell'unica stanza della casa, e ne fu scioccata. Una lampadina che ondeggiava precariamente appesa a un filo teso al centro della stanza era l'unica fonte di luce. Guajardo, in piedi sulla porta alla sua destra, guardava silenziosamente il caporale Fares che abbracciava una bambina di sei o sette anni. La bambina era magra, quasi pelle e ossa, con i capelli neri come l'ebano raccolti in una treccia. I grandi occhi, sbarrati per la paura, erano rivolti al padre alla cui gamba si teneva stretta.

Di fronte a Fares, sul muro alla sinistra di Jan, c'era un piccolo fornello portatile con due bruciatori: l'unico attrezzo da cucina presente nella stanza. Accanto, alcune scatole di legno accuratamente sovrapposte e saldate l'una all'altra per mezzo di assi poste su entrambi i lati, costituivano gli scaffali: l'ultimo era oc-

Si girò e fece per andarsene, poi si fermò e si voltò a guardare Jan. Mentre parlava, Guajardo respirava profondamente, lottando per controllare la rabbia e le lacrime. Le sue parole, interrotte dai sospiri, colpirono Jan come martelli. "No, signorina Fields, se ha lacrime da versare le versi per la sorella di Angela. È una bambina senza futuro. Una bambina che non può andare a scuola perché deve curare Angela mentre sua madre guadagna due dollari al giorno strofinando pavimenti e suo padre serve l'Esercito. È la sorella, non Angela, che io posso salvare. E se io fallisco, se permetteranno al vecchio sistema di tornare, sarà condannata a vivere e a morire in un buco come questo."

Avendo terminato, Guajardo trasse un altro profondo respiro, lo trattenne un attimo mentre fissava Jan, poi lasciò la stanza, scostando Ted e Joe Bob da un lato. Vedendolo uscire, il caporale Fares si chinò, disse qualcosa alla figlia, la abbracciò velocemente, poi seguì il superiore. Per un attimo, Jan rimase ai piedi del materasso, persa. La sua rabbia ricominciò a bollire.

"E lei allora, colonnello? Che cosa la rende diverso? Lei sapeva della bambina. Mi sembra che lei se la passi bene: ha il potere di aiutare quella bambina. Perché non ha fatto nulla per salvare Angela?"

Con grande sorpresa di Jan, la risposta di Guajardo non fu né affrettata né irosa. Al contrario: sorrise e scosse appena la testa. Quando parlò, la sua voce era calma. "Capisco. La soluzione che lei propone consiste nel salvare un bambino. Se lo facessi, mi sembra di capire, potrei riposare in pace, così come fate voi yankee."

Jan, ancora arrabbiata nonostante la calma di Guajardo, gli chiese perché pensava fosse sbagliato.

"Ricordo, signorina Fields, che mentre frequentavo un corso in Kansas fui invitato a cena in un ristorante che teneva una scatola a forma di pane vicino alla cassa. Il cartellino dietro alla scatola affermava che con un'offerta di cinquanta cents si poteva sfamare un bambino di un paese povero per due giorni. Quando lessi la scritta mi arrabbiai molto con il mio ospite e con i suoi compatrioti. Non potevo capire delle persone che disponevano con tanta facilità dei poveri e degli affamati del mondo e che, con una somma tanto misera, creavano l'illusione di aver compiuto un gesto buono e meritevole. Con soli cinquanta cents, si mettevano la coscienza a posto per un'intera settimana, forse un mese, e tornavano alle loro case, ai loro grassi bambini che non mancavano di nulla e che non avrebbero mai conosciuto la sofferenza della fame."

Guajardo si interruppe un attimo, guardandosi intorno prima di continuare. Jan fece altrettanto. “No, signorina Fields, c’è in gioco una posta molto più alta, come direste voi del nord. Non avrò pace finché non solo tutto questo sfascio, ma anche il sistema che lo ha generato saranno eliminati.”

Guardando Jan, il viso di Guajardo si fece improvvisamente freddo, i suoi occhi stretti come fessure. “Sì, lei ha ragione! Potrei salvare Angela. Potrei tornare indietro, proprio ora, portarla via da qui e salvarla. Ma chi salverebbe gli altri come lei? Lei, signorina Fields, con un’offerta di cinquanta cents? No, perché le grida di fame o il dolore di Angela non arrivano fino al nord affinché lei le possa sentire. Stiamo combattendo per l’anima e per l’esistenza del Messico. Noi non vogliamo niente di meno di ciò che anche voi volete: libertà, sicurezza, e una vita che valga la pena di essere vissuta. Questo, signorina Fields, è un ottimo motivo per combattere e, se necessario, per morire.”

Quando ebbe finito, Guajardo passò davanti a Jan e, spingendola da parte, si diresse verso la macchina. L’intervista era finalmente terminata. Ma la rabbia e la confusione che provava Jan non lo erano. Rimase a lungo immobile, lasciando che le parole di lui, unite alla vista, ai suoni e agli odori del *barrio* le penetrassero nel profondo. Quando Joe Bob la raggiunse, Jan era in grado di pensare lucidamente. Guajardo aveva ragione e lo sapeva. E lo sapeva anche lei. Ora non le rimaneva che decidere che cosa fare di quella rivelazione.

5

Colui che nulla rischia, nulla ottiene.

Proverbio francese

A nord di Città del Messico
30 giugno, ore 03:35

Mentre, sfaccendati, aspettavano in fila che il comandante di plotone li passasse in rassegna, gli uomini del gruppo D, cioè del Distrito Federal, si agitavano irrequieti, sbadigliavano e si stiracchiavano. Dalla parte opposta all'hangar malandato, Guajardo sollevava di tanto in tanto lo sguardo dalle mappe e dai diagrammi spiegati su un tavolo sgangherato e seguiva l'ispezione con lo stesso distacco degli uomini che la subivano. Come prestabilito, solo il capitano che fungeva da comandante di plotone era a conoscenza del luogo dove erano diretti e del loro obiettivo. Persino la maggior parte degli elicotteristi che avrebbero trasportato oltre al gruppo D gli altri tre gruppi, ignorava la propria destinazione.

Riabbassando lo sguardo sulle sue carte, Guajardo si chiese se il suo complicato sistema di depistaggi e precauzioni fosse stato realmente necessario. Di tanto in tanto, durante la progettazione, lui stesso si era trovato in difficoltà nel distinguere la finzione dalla realtà. La necessità di una grande riservatezza non era immaginaria, poiché il bersaglio era uno dei più attivi e astuti criminali del Messico. Chiamato "El Dueño", il Capo, il señor Hector Alamán aveva costruito un impero che si estendeva fino ai Caraibi e includeva nei suoi ranghi politici, poliziotti, giudici e ufficiali delle forze armate di ogni paese, compresi gli Stati Uniti.

Alamán non era direttamente coinvolto nella coltivazione, nel trasporto e commercio di droga, ma forniva servizi a chi lo faceva. Questi servizi comprendevano l'organizzazione, il coordinamento e la direzione di tutte le fasi del business per conto del cliente. Grazie a un vasto sistema di raccolta dati sulla domanda e sulla produzione di droghe, simile a quello utilizzato per qualsiasi altro mercato, Alamán e i suoi consiglieri erano in grado di fornire sia ai produttori sia ai commercianti, informazioni relative al prodotto più conveniente e al miglior prezzo. Con un piccolo extra, Alamán, attraverso i suoi contatti bancari, offriva anche una gran varietà di servizi finanziari per trasferire e investire i profitti dei mercati illegali a banche, società e mercati legittimi. Forniva anche polizze assicurative. L'assicurazione di Alamán, che altro non era se non l'espressione di un elaborato sistema di corruzione, permetteva ai suoi clienti di operare senza interferenze da parte delle autorità ufficiali.

La rete di contatti necessaria per assicurare che le operazioni e le spedizioni non fossero ostacolate era costruita con metodi che andavano dalla semplice corruzione al terrorismo. Sfruttando una rete segreta di comunicazione che forniva informazioni precise e tempestive sui rischi veri o potenziali che correva l'industria, Alamán e i membri del suo "Dipartimento d'Azione" erano in grado di neutralizzarli. Se possibile, chi costituiva una minaccia non solo era incoraggiato a cambiare idea, ma veniva anche letteralmente reclutato da Alamán. Quelli che non si lasciavano corrompere venivano eliminati in modo da servire d'esempio a chiunque volesse imitarli. Lo stesso Guajardo aveva sperimentato il potere di Alamán.

Alamán attendeva ai suoi affari da una villa situata nello stato di Tamaulipas, il comandante della cui zona militare era Guajardo. Sotto gli occhi di Guajardo, della polizia e del governo, Alamán aveva costruito una vera fortezza a 22 chilometri a sudovest di Ciudad Victoria. La fortezza, chiamata Chinampas, ospitava esperti e consiglieri di ogni tipo, la maggior parte dei quali vantava specializzazioni universitarie e anni di esperienza in banche, commerci, servizi segreti, trasporti, studi legali. Questo staff, con l'aiuto di un sistema computerizzato e di comunicazione che avrebbe fatto arrossire quello dell'Esercito messicano, non mancava di nulla, soprattutto di sicurezza. La protezione era assicurata da una guarnigione di cinquanta mercenari ben addestrati e reclutati attraverso le agenzie più qualificate, armati delle migliori armi che si trovavano sul mercato e spalleggiati da un sistema di sicurezza simile a quello utilizzato per proteggere i depositi di armi nucleari in Israele. Chinampas, le cui mura potevano resistere a un colpo diretto sparato da un cannone da 105 mm di carro armato, rappresentava una sfida formidabile per chiunque volesse mettere alla prova le sue difese.

La distruzione di Chinampas era diventata più di un semplice incarico per Guajardo: era diventata un'ossessione. Quando era venuto a conoscenza dell'esistenza della fortezza, aveva compiuto una ricognizione sul luogo accompagnato da uno dei suoi capitani di fiducia. Sebbene Chinampas fosse ancora in costruzione durante la sua prima visita, Guajardo ne aveva intuito il potenziale. Essa gli apparve come un tumore che doveva essere rimosso prima che uccidesse lo stato di cui egli era responsabile. Disgraziatamente Guajardo aveva riferito al governatore di Tamaulipas le sue convinzioni e lo aveva esortato a distruggere immediatamente la fortezza. Il governatore aveva finto una sincerità alla quale Guajardo aveva ingenuamente creduto e, ringraziandolo per la sua premura, lo aveva congedato assicurandolo che avrebbe preso i dovuti provvedimenti.

Per un mese Guajardo non aveva più sentito nulla al riguardo. Poi, un mattino, aveva scoperto di che genere fossero quei provvedimenti. Uscendo per recarsi al lavoro, aveva trovato il corpo denudato del capitano che lo aveva accompagnato durante la perlustrazione non autorizzata a Chinampas inchiodato, con la testa all'ingiù, alla sua porta. Lo stato di corruzione all'interno dello stesso governo trovò conferma il giorno dopo, quando il capo della polizia di stato entrò nell'ufficio di Guajardo e lo consigliò personalmente di lasciar perdere Chinampas. Inizialmente, Guajardo non era riuscito a capire perché fosse stato assassinato il capitano e non lui, che aveva guidato personalmente la ricognizione e consigliato un'azione repressiva contro Chinampas. La risposta gli venne fornita da un amico mentre seguivano il funerale del capitano. Guajardo, membro anziano e molto prestigioso dell'Esercito, valeva di più: Alamán non disperava di poterlo indurre a passare dalla sua parte. Se ciò non fosse accaduto, l'azione di Alamán sarebbe comunque servita a terrorizzare Guajardo fino a impedirgli ogni iniziativa.

Ci volle tempo perché superasse lo shock dell'incidente e delle ragioni che lo avevano causato, ma, quando avvenne, subentrarono rabbia e odio, non paura e arrendevolezza. Fu allora che Guajardo, ancor prima di venire a conoscenza dei piani di Molina per il colpo di stato, decise di battersi per liberare il suo paese da coloro che lo rendevano simile a una prostituta ceduta al miglior offerente. Sebbene le ragioni della sua partecipazione al Consiglio dei 13 fornite alla corrispondente della TV americana fossero sincere, esse erano poca cosa di fronte alla decisione di distruggere Chinampas con tutti i suoi abitanti. Il golpe e l'assassinio del presidente erano semplici operazioni che dovevano essere svolte prima che Guajardo riuscisse a sconfiggere Alamán, vendicando il suo orgoglio e contemporaneamente liberando il Messico da uomini siffatti.

Convinzioni e buoni propositi, comunque, non sarebbero bastati a soggiogare Chinampas. Solo un attacco ben programmato e deciso da parte di forze adeguate ci sarebbe riuscito. Lavorando per conto proprio, Guajardo aveva appreso tutto sulle azioni di Alamán, su Chinampas e sulle cortine di sicurezza che la proteggevano. Presto la sua conoscenza dell'effettiva capacità di difesa di Chinampas sarebbe stata superiore a quella di Alamán stesso.

Con visite frequenti, spesso di notte e sempre da solo, egli aveva esplorato il territorio che circondava Chinampas e censito le sue difese. Lentamente, con la determinazione di un fanatico, l'occhio esperto di un soldato professionista e la pazienza di un nativo di Chihuahua, aveva raccolto informazioni e progettato piani d'azione e quando Molina lo aveva invitato a unirsi al Consiglio dei 13, aveva avuto accesso a fondi segretamente deviati dal bilancio dell'Esercito messicano.

Usando le stesse tecniche di Alamán, Guajardo sfruttò i fondi per ottenere informazioni e acquistò i progetti originali della costruzione di Chinampas dalla ditta americana che aveva edificato la fortezza. Fingendosi un uomo d'affari colombiano, aveva facilmente ottenuto dalla ditta israeliana che aveva installato il sistema di sicurezza a Chinampas, l'originale dei progetti. Attraverso un amico mercenario, era riuscito a ottenere dossier dettagliati su ognuno dei componenti della guarnigione di Chinampas, e dalla ditta belga che si occupava della vendita di armi ad Alamán aveva acquistato copie di tutte le fatture di armi e munizioni destinate alla guarnigione.

Chinampas era stata costruita al solo scopo di proteggere i suoi occupanti. Le sua mura misuravano tre metri e mezzo e, pur non essendo eccessivamente imponenti, erano abbastanza alte da impedirne la scalata senza l'ausilio di scale o funi. Sulle mura erano stati collocati rulli di metallo levigato, simili a quelli usati sul muro di Berlino, che rotolavano verso l'esterno. Chiunque avesse cercato di arrampicarvisi avrebbe azionato i rulli e sarebbe inevitabilmente caduto. Le mura in cemento armato avevano lo spessore di un metro e venti alla base, per poi ridursi a sessanta centimetri.

A ogni angolo vi era una torre alta sei metri, mentre due torri intermedie dominavano le lunghe mura e le due entrate, a nord e a sud. Queste sei torri, in cemento armato, rappresentavano eccellenti punti d'osservazione e servivano da piattaforma per l'uso delle armi. Da esse, tutto il terreno sia all'esterno che all'interno poteva essere tenuto sotto controllo. Dispositivi per il lancio di razzi anticarro, di missili teleguidati terra-aria, installati alla base di ogni torre, erano incorporati nel progetto.

Anche le abitazioni erano costruite in funzione della difesa. Sebbene le facciate della casa padronale, delle caserme, della scuderia e del garage fossero intonacate, l'interno dei muri era in cemento armato. Le aperture ingegnosamente progettate per sembrare ornamenti di arte muraria fornivano agli occupanti le postazioni di tiro. Se anche le mura e le torri non fossero riuscite ad arrestare un attacco, ogni edificio era in grado di autodifendersi.

Per quanto eccezionali fossero queste misure di difesa, esistevano tuttavia dei punti deboli. Le sei torri erano costruite in modo da non poter tenere sotto controllo la base esterna delle mura. Una volta neutralizzate le mine telecomandate, le forze assalitrici potevano muoversi liberamente. Inoltre ogni torre, per la difesa della sua base, dipendeva dal fuoco incrociato di un'altra torre o edificio.

Soddisfatto di essere venuto in possesso di tutte le informazioni che potevano essere ottenute senza rischi, Guajardo aveva cominciato metodicamente a prendere in esame tutte le prove d'attacco possibili. Una volta selezionate quelle più attuabili, ne aveva simulato lo svolgimento, osservando i punti di forza e di debolezza e comparando vantaggi e svantaggi di ognuna prima di decidere. Questo lavoro, che si svolse in una segretezza quasi assoluta, durò molti mesi e fu sempre presente nella mente di Guajardo.

Alcuni piani vennero scartati quasi subito. Un attacco da terra non risultava attuabile. Infatti avrebbe dovuto avvenire a sorpresa durante la notte, ma l'Esercito messicano non era in possesso dei dispositivi per la visione notturna né della preparazione necessaria per rendere una tale operazione semplice e di sicuro successo. Al contrario, la guarnigione di Chinampas era abbondantemente equipaggiata per affrontare una simile minaccia. Inoltre, tutte le unità addestrate per operazioni speciali d'assalto erano spesso infiltrate da informatori sia direttamente sia attraverso i responsabili delle operazioni stesse.

Nell'impossibilità di poter agire con segretezza, Guajardo considerò allora l'eventualità di un attacco convenzionale, fulmineo e repressivo condotto da regolari unità dell'Esercito. Era un soldato professionista e quindi in grado di organizzare e dirigere un'operazione del genere. Sebbene le armi a sua disposizione non fossero tra le più sofisticate, l'Esercito messicano aveva mezzi sufficienti per spazzar via dalla faccia della terra Chinampas e tutto ciò che essa conteneva.

Un'operazione del genere, comunque, non poteva passare inosservata. Come tutte le forze speciali operative del Messico, ogni unità della zona militare, a partire dalle compagnie, aveva al suo interno informatori al soldo di Alamán o di altri boss della droga. Guajardo sapeva che qualsiasi grande movimento di truppe sarebbe stato segnalato a Chinampas ancor prima che queste avessero lasciato le caserme. E, anche se fossero riusciti a evitare la fuga di informazioni, sarebbe comunque stato impossibile celare il passaggio delle truppe attraverso San Antonio e, a nord, sull'unica strada che conduceva a Chinampas. In entrambi i casi, anche se le truppe e le armi fossero riuscite a distruggere Chinampas, Alamán avrebbe avuto il tempo di sparire molto prima che l'Esercito messicano sparasse il suo primo colpo.

Scartando l'attacco diretto da terra, Guajardo prese in considerazione la possibilità di abbattere Chinampas con attacchi aerei. Con l'aiuto di un colonnello dell'Aeronautica membro del Consiglio dei 13, studiò le dinamiche possibili. Considerata ogni combinazione tra aerei e artiglieria dell'Aviazione messicana, i due ufficiali ritennero che una simile azione, per quanto non disperata, non poteva garantire il successo.

Guajardo voleva arrivare a una soluzione semplice, diretta e rapida, ma tutti i piani esaminati fallirono il test più critico: non garantivano la cattura di Alamán e dei suoi luogotenenti. In un accesso di frustrazione, rabbia e ira, Guajardo chiuse dati, mappe, bozze dei piani e carte di lavoro nella sua cassaforte, cambiò la combinazione, se la dimenticò immediatamente e se ne andò. E lì la questione rimase per parecchi mesi.

Fu durante una conferenza a Fort Benning, in Georgia, che una possibile soluzione al problema di Chinampas cominciò a delinearsi nella mente del colonnello. In una delle sezioni che si occupavano di operazioni speciali e incursioni, l'istruttore presentò un breve resoconto sul raid americano contro Son Tay in Vietnam. Messo in atto il 21 novembre 1970, il raid aveva avuto come scopo la liberazione di sessantacinque prigionieri di guerra americani. Anche se l'operazione fu eseguita con maestria, si rivelò un fallimento, perché i prigionieri erano stati trasferiti alcuni giorni prima del raid. Mentre ascoltava la conferenza e studiava i diagrammi colorati, Guajardo non poté fare a meno di comparare molti suoi problemi riguardanti Chinampas con quelli affrontati dagli organizzatori del raid contro Son Tay. Ancora prima che la conferenza si concludesse, aveva capito di essere riuscito a trovare la chiave della soluzione. Occorreva stabilire un piano dettagliato, ma da quel momento Guajardo seppe che Chinampas e tutti coloro che vi lavoravano sarebbero caduti nelle sue mani. Ora era assolutamente necessario che qualcuno riaprisse la cassaforte che egli stesso aveva chiuso.

Consapevole del fatto che non si doveva applicare ciecamente la soluzione di un problema militare a un altro, Guajardo elaborò con cura il suo piano, selezionando tattiche e tecniche utilizzate a Son Tay. Esemplare era come a Son Tay nel 1970 furono usati gli elicotteri per neutralizzare le torri di vedetta. Allora, un CH-53 armato di mitragliette su entrambi i lati si insinuò tra le due torri di vedetta e stazionando alla loro stessa altezza aprì il fuoco. Le torri in legno, polverizzate dalle mitragliatrici che sparavano 6.000 colpi da 7,62 mm al minuto, furono infatti divelte dai loro supporti. Ciò permise al primo gruppo d'assalto di atterrare senza ostacoli in uno spazio aperto del campo.

Nonostante Guajardo non avesse a disposizione un elicottero grande quanto un CH-53, né mitragliatrici di quel tipo, poteva sempre fare affidamento sull'improvvisazione. Avrebbe usato quattro elicotteri Bell 206, ognuno con due uomini d'equipaggio e cinque passeggeri. L'Esercito messicano disponeva di pochi elicotteri, quindi solo le torri occidentali e quelle centrali sarebbero state attaccate. I quattro elicotteri coi passeggeri, chiamati in codice gruppo Z perché decollati da Zacatecas, avrebbero colpito Chinampas per primi. Da ovest, ogni elicottero si sarebbe diretto sul proprio bersaglio: una delle quattro torri. Volando rasoterra, il gruppo Z avrebbe sfruttato le colline a ovest per avvicinarsi senza essere visto e, una volta superate le colline, i piloti avrebbero avuto solo pochi secondi per orientarsi e dirigersi alla torre da colpire, percorrendo il tratto finale ad alta velocità.

Ogni pilota del gruppo Z era esposto al pericolo negli ultimi pochi metri di spazio aperto da percorrere il più velocemente possibile, in modo da superare il muro esterno e portare rapidamente l'elicottero vicino alla torre. I Bell 206, la cui pala principale aveva un diametro di 11,3 metri, potevano avvicinarsi alla torre, o ad altri ostacoli, a una distanza di sei, otto metri al massimo. Il che era comunque sufficientemente vicino.

Una volta che il pilota o il secondo pilota avessero sospeso l'elicottero in hovering, gli altri uomini dell'equipaggio, armati di fucili automatici, avrebbero aperto il fuoco dai finestrini sulla torre di vedetta. Guajardo sapeva che gli spari non sarebbero stati molto precisi, soprattutto perché l'equipaggio, per motivi di segretezza, non avrebbe potuto esercitarsi prima dell'operazione. Ma non era indispensabile che la mira fosse perfetta, perché Guajardo contava sulla sorpresa di un attacco aereo spalleggiato dal fuoco incessante degli elicotteri che lasciasse tempo ai soldati di calarsi a terra.

I soldati trasportati dagli elicotteri erano quattro squadre di genieri da combattimento armati di fucili automatici ed esplosivi. Ogni squadra, costituita da un ufficiale, un sergente e tre zappatori, era stata personalmente selezionata da un colonnello dei genieri, membro del Consiglio dei 13. Durante l'assalto, mentre gli elicotteri stazionavano in volo e il loro equipaggio faceva fuoco sulla torre, i genieri avrebbero abbandonato l'elicottero usando la tecnica dello *speed-rappel*, già utilizzata dagli elicotteri per operazioni della forza speciale dell'Esercito degli Stati Uniti, la cosiddetta Task Force 160. La corda di nylon utilizzata per calarsi era rigida e spessa 5 centimetri. I genieri, protetti da guanti di pelle, si sarebbero calati dalla fune come i pompieri dallo scivolo d'emergenza. Poiché il salto era di soli sei metri, anche se qualcuno avesse mollato la presa, le possibilità di ferirsi gravemente erano minime. Una volta raggiunta la base della torre, i genieri si sarebbero aperti un varco e l'avrebbero ripulita il più rapidamente possibile con armi ed esplosivi.

A differenza dei piloti, ai genieri sarebbe stato possibile esercitarsi nella discesa dall'elicottero e nelle tecniche di attacco alle torri. Per sicurezza, ogni squadra del gruppo Z, insieme al proprio elicottero ed equipaggio, sarebbe stata addestrata isolatamente in parti diverse del Messico. Nessuno avrebbe saputo qual era l'obiettivo reale. Ai soldati, persino agli ufficiali in comando, fu infatti detto che stavano svolgendo esercitazioni per domare le rivolte dei carcerati. Per rendere la copertura ancora più convincente, le torri modello e i campi di addestramento erano identici a quelli delle carceri della zona. Inoltre, ogni esercitazione era classificata top secret. Solo il 29 giugno, giorno precedente il raid, tutti i membri del gruppo Z sarebbero stati riuniti in un aeroporto abbandonato fuori Zacatecas e là Guajardo in persona avrebbe svelato l'obiettivo reale.

Non vi era modo di sapere quali elicotteri e quali equipaggi sarebbero stati disponibili il giorno del raid. Per proteggere la segretezza dell'operazione, egli prese l'abitudine di usare differenti equipaggi di elicottero. Un colonnello dell'Aviazione gli consigliò di includere nelle prove i piloti, ma i suoi suggerimenti vennero seccamente respinti. "Questa è un'operazione di terra," gli rispose Guajardo, "gli elicotteri servono solo per il trasporto e quindi tutto ciò che occorre ai piloti è una rotta, la velocità di crociera e la destinazione." Guajardo non lo espresse, ma nutriva una viva antipatia verso gli aviatori, una categoria che egli giudicava strapagata e poco efficiente. Per questo motivo i piloti, come molti altri partecipanti, avrebbero appreso qual era il loro ruolo all'ultimo momento.

Con le due torri a ovest e le due al centro conquistate o sotto tiro, la via per l'ingresso della forza principale era aperta. Le aree dove trovavano posto i bei prati di Chinampas, nome che deriva dagli antichi giardini acquatici aztechi, avrebbero permesso agli elicotteri di atterrare. Due gruppi d'assalto, uno proveniente da nord e uno da sud, avrebbero utilizzato questo spazio come punto d'atterraggio.

Il gruppo d'assalto proveniente da nord, designato come gruppo M perché accampato vicino a Monterrey, era comandato dal maggiore Antonio Caso, vicecomandante di Guajardo nell'operazione. Composto da due elicotteri Bell 205 e da ventiquattro soldati di fanteria, il gruppo M sarebbe atterrato nella metà settentrionale del giardino, avrebbe occupato il lato nord della casa padronale e aperto il fuoco di fucili automatici senza rinculo e mitragliatrici.

A sud, dal Distrito Federal, sarebbe piombato su Chinampas il gruppo D, formato da ventiquattro uomini trasportati da elicotteri Bell 205A, soprannominati Hueys nell'Esercito americano. Il gruppo di comando di Guajardo, a bordo di un Bell 206 uguale a quello dei genieri, avrebbe seguito il gruppo D. Costituito da Guajardo, due addetti radio e due tiratori da utilizzare come staffetta in caso di bisogno, il gruppo, una volta sbarcato a terra, avrebbe operato insieme al gruppo D. Il suo atterraggio era previsto nella parte meridionale del giardino, dopo di che avrebbe assalito il lato sud della casa padronale e da lì avrebbe bloccato gli uomini di Alamán eventualmente barricati nella scuderia e nella rimessa. Per evitare confusione, il sentiero che attraversava il giardino da est a ovest sarebbe servito da confine tra le due zone d'atterraggio e le aree di competenza dei gruppi M e D.

Un quarto gruppo d'assalto, il gruppo N, composto da ventiquattro soldati di fanteria comandati da un tenente, si sarebbe avvicinato da est. Accampato fuori Nuevo Dolores, donde la designazione "N", questo gruppo non sarebbe entrato in Chinampas: al contrario, la sua missione sarebbe stata quella di occupare il campo di aviazione a est della fortezza, ripulire tutti gli edifici e impadronirsi o manomettere tutti gli apparecchi in pista. Una volta completata l'operazione, il gruppo N avrebbe dovuto schierarsi sui lati della passerella che comunicava con Chinampas e stabilire dei punti d'attacco per prevenire la fuga di chicchessia. Sebbene l'utilizzazione di un ufficiale tanto giovane quale comandante di uno dei gruppi d'assalto destasse qualche preoccupazione, Guajardo non ne tenne conto: il tenente, fresco dell'Accademia militare messicana di Chapultepec, era stato caldamente raccomandato dal colonnello Molina.

Se tutto si fosse svolto come previsto e tutti avessero raggiunto i loro obiettivi, gli occupanti di Chinampas e i membri della guarnigione sopravvissuti all'assalto iniziale, nel giro di dieci minuti o forse meno, si sarebbero trovati disorganizzati, forse senza guida e intrappolati negli edifici lungo il muro orientale. Dopo una breve pausa necessaria per raggrupparsi e organizzarsi, Guajardo intendeva iniziare una lenta, metodica operazione di rastrellamento per eliminare ogni eventuale resistenza residua. Coperto dal fuoco incessante del gruppo N appostato nella casa padronale e dalle squadre del gruppo Z sistemate nelle torri 2 e 5, Guajardo avrebbe guidato il gruppo D, rafforzato dai genieri delle squadre 1 e 6, contro il garage.

Dopo aver fatto esplodere dall'interno il lato est della torre 5, la squadra di Guajardo sarebbe passata nello stretto varco che separava la torre 5 dal garage. I genieri, coperti dal fuoco, avrebbero attraversato il varco, creato con esplosivi un passaggio verso la rimessa e aperto la strada a Guajardo e al gruppo D. Una volta all'interno del garage, il gruppo D, se necessario spalleggiato dai genieri, sarebbe stato libero di ripulire il garage, la torre 4 e la scuderia stanza per stanza. Occupata la scuderia, se la guarnigione avesse resistito ancora dalle caserme, il gruppo D e i genieri che lo accompagnavano, sarebbero passati dalla scuderia alle caserme e alla torre 3 utilizzando le stesse tecniche usate per il passaggio dalla torre 5 al garage.

Erano in pochi, tuttavia, a pensare che si sarebbe arrivati a tanto. Non avendo vie di fuga, gli uomini della guarnigione non avrebbero potuto che arrendersi o morire. Questi uomini erano o mercenari o criminali motivati soltanto dal denaro e una volta che avessero intuito l'irreparabilità della situazione, avrebbero sicuramente cessato di combattere. Egli sperava di anticipare il più possibile quel momento. Fin dall'inizio, non aveva avuto altro scopo che la totale distruzione di Chinampas e di coloro che vivevano e lavoravano all'interno delle sue mura. Una volta cominciato, Guajardo non aveva alcuna intenzione di fermarsi.

Questi pensieri, comunque, non erano scevri di apprensione. Come in uno sposo ansioso, i ripensamenti si insinuavano nella sua mente stanca, ma non aveva senso frugare nervosamente tra le mappe, gli ordini e i diagrammi sparsi davanti a lui. Egli conosceva ogni parola, ogni dettaglio di tutte le mappe. Non vi era niente altro da fare, niente altro da dire. Dopo i due giorni di attività incessante precedente al golpe che lo aveva portato da una parte all'altra del Messico, senza tener conto dei mesi di programmazione, progettazione e preparazione, Guajardo si trovava a non aver null'altro da fare se non aspettare l'inizio dell'operazione. Avrebbe dovuto dormire, ma non gli riusciva nonostante le quattro ore scarse di sonno delle ultime quarantotto.

Si allontanò dal tavolo, si stirò e cominciò a passeggiare. Controllava continuamente l'orologio. Dopo qualche minuto tornò verso il tavolo e ricominciò a girargli intorno distrattamente.

Nella sua mente, i pensieri si confondevano con le preoccupazioni e le paure. È del tutto naturale, scrisse una volta Clausewitz, che un comandante si innervosisca quando si avvicina il momento di attuazione del suo piano. Finalmente, l'attacco a Chinampas non era più una pura operazione ipotetica. Uomini, armi e apparecchi in quel momento stavano concludendo l'ultima fase di preparazione. I 124 soldati e i piloti erano veri esseri umani con tutte le loro fragilità, vulnerabilità e debolezze. Ogni uomo, ufficiale, sottotenente e soldato semplice sapeva esattamente ciò che ci si aspettava da lui. Una sola domanda riaffiorava continuamente: erano in grado di farlo?

Nonostante la meticolosa preparazione e tutte le misure di sicurezza, molte cose giocavano a loro sfavore. Come prestabilito dal piano di sicurezza, i quattro gruppi non avevano mai lavorato insieme. Infatti, fino a poche ore prima, i comandanti di ogni gruppo non solo non sapevano quale fosse il loro vero obiettivo, ma ignoravano anche che ci fossero altri gruppi pronti all'attacco. Durante tutta la fase preparatoria, ogni gruppo si era esercitato e addestrato da solo e tutti, come i genieri, credevano di venire preparati per una missione completamente diversa. L'intera forza, compresi i piloti, si sarebbe riunita per la prima volta entro le mura di Chinampas.

Il colonnello Molina non aveva prestato molta attenzione al piano quando Guajardo lo aveva presentato per la prima volta al Consiglio dei 13. Eppure, grazie alla sua testardaggine, egli era riuscito a ottenere l'assenso degli altri membri del consiglio per agire a modo suo.

Guajardo guardò l'orologio per la seconda volta in meno di tre minuti e notò che non erano ancora le quattro. Mancava quindi più di mezz'ora al decollo. Il gruppo con cui lavorava, il gruppo D, dovendo compiere il viaggio più lungo sarebbe partito per primo. Per coprire i 483 chilometri e arrivare a Chinampas alle 07:00, ora H, dovevano decollare alle 04:24. Il gruppo Z, forse il più importante dei quattro, con 362 chilometri da coprire, sarebbe partito alle 05:15, seguito quasi subito dal gruppo M, che avrebbe lasciato Monterrey alle 05:36. Il gruppo N, il più vicino a Chinampas e con soli 121 chilometri da percorrere, non si sarebbe mosso da Nuevo Dolores prima delle 06:21, trentanove minuti prima che i genieri entrassero in azione.

Anche questo pensiero non recava alcun conforto a Guajardo. Sebbene fosse il comandante del raid, non aveva modo di sapere se gli altri gruppi fossero pronti e se, una volta giunto il momento, avrebbero saputo cavarsela. Un altro punto del piano di sicurezza imponeva un totale silenzio radio a tutti i gruppi, fino al momento in cui il gruppo Z avesse aperto il fuoco sulle torri di vedetta. I comandanti degli altri gruppi non avrebbero potuto contattare Guajardo in caso di bisogno, perché nessuno di loro, fatta eccezione per il maggiore Caso, conosceva la base di stanziamento e di decollo degli altri.

Questi pensieri indussero Guajardo a ripassare mentalmente e meccanicamente la teoria di soluzioni che aveva previsto nel caso qualche gruppo non fosse riuscito a raggiungere l'obiettivo. Quest'inquietudine fu comunque interrotta dal rumore delle pale dell'elicottero che si faceva strada nella luce ancora incerta dell'alba.

Il comandante di plotone, avendo anch'egli udito l'elicottero avvicinarsi, si rivolse al suo sottufficiale superiore e gli ordinò di preparare gli uomini all'imbarco. Con una serie di ordini brevi e rapidi, il sergente mise gli uomini in movimento.

Per Guajardo e per gli uomini che avrebbero trasformato la sua ossessione in realtà, l'attesa era finita.

Fort Hood, Texas
30 giugno, ore 06:15

Era facile intuire che era un venerdì mattina. L'intera 16ª Divisione corazzata, divisa in battaglioni e singole compagnie, stava compiendo la sua corsa mattutina. Dopo un percorso di due miglia dalla Cedar Creek Road a ovest fino alla Hood Avenue a est, le file di soldati correvano ora lungo Maintenance Row. In testa, i comandanti delle unità, i colori del reggimento e gli stendardi stabilivano l'andatura. Ai lati, i sergenti controllavano la cadenza e correggevano i soldati stanchi che sbandavano e rallentavano causando rotture e disordine nelle file. Dietro a ogni formazione, correvano altri sergenti che incitavano a loro volta chi rimaneva indietro o era caduto. Le parole usate per stimolare o minacciare i soldati trasgressori variavano a seconda del soldato o della personalità del sergente. Urla e minacce si mescolavano alla cadenza, agli ordini dei sottufficiali e all'affanno, al lamento e al brontolio dei soldati che avevano raggiunto i limiti delle loro possibilità, reali o immaginarie che fossero. Il coro disordinato riecheggiava e rimbombava sugli edifici lungo l'intero percorso di due chilometri per allontanarsi poi sul terreno ondulato, quasi volesse ricordare a tutti coloro che lo ascoltavano che quella era una base militare.

Il capitano Cerro usciva da una strada secondaria e si fermò prima di addentrarsi in quel lungo fiume di soldati in corsa. Lo spettacolo dei soldati in addestramento, sia in formazione che durante un semplice addestramento fisico, non finiva mai di entusiasmarlo. A Cerro piaceva essere un soldato e, come spesso diceva sua moglie, fare cose da soldato. Il fatto che si trovasse a osservare le formazioni schierate che passavano non era accidentale. Aveva imparato durante la sua carriera che si potevano capire molte cose su una unità osservandola durante l'addestramento. Le due unità che stavano sfilando davanti a lui gli diedero una buona idea di come sarebbe stata la 16ª Divisione corazzata.

La prima era un'unità di artiglieria in procinto di superarne una più lenta. Non si poteva fraintendere la loro vocazione. Gli artiglieri indossavano i calzoncini da corsa distribuiti dall'Esercito e le magliette rosse contrassegnate dai cannoni gialli incrociati, simbolo della loro sezione, e sembravano una vera unità. Come un'unità si muovevano. Tenevano il passo producendo un rumore particolare di colpi soffocati, ogni volta che centinaia di paia di scarpe sportive battevano il suolo all'unisono. In testa il loro comandante, seguito dai colori del battaglione, avanzava con determinazione. Dietro di lui venivano le compagnie, in solide formazioni di quattro uomini fianco a fianco, capeggiate da giovani comandanti di compagnia e dai guidoni. Ogni compagnia teneva il passo e ogni soldato sembrava avanzare senza sforzo, ripetendo le strofe cantate dai sottufficiali.

In netto contrasto, l'unità che gli artiglieri stavano superando mostrava poca coesione e orgoglio. Non vi erano guidoni né bandiere che identificassero la sezione di servizio o l'unità alla quale appartenevano. Né vi erano due soldati vestiti allo stesso modo. Le loro magliette e i calzoncini erano di colori e di stili diversi, andavano dalle magliette marrone distribuite dall'Esercito a magliette sportive senza maniche di un arancione squillante. Cerro poté notare che essi non solo non tenevano il passo ma che i loro sottufficiali non facevano alcuno sforzo per correggerli. Nessuno stava dietro alla formazione, termine che Cerro applicò liberamente a quel branco d'oche, per riordinare il gruppo di sbandati che si trascinavano stancamente. I soldati abbandonavano la seconda unità a gruppi di uno o due, senza che il loro comandante, che continuava a correre ignaro del disintegrarsi della sua unità, li notasse. Più che una unità, questo secondo gruppo era piuttosto un insieme di persone che si muovevano in un'unica direzione.

Cerro scrollò il capo con disgusto e stava per andarsene quando vide un battaglione di fanteria avanzare lungo la strada. Dal passo e dallo sguardo determinato del comandante, Cerro non aveva dubbi che avessero un solo scopo: sorpassare il battaglione di artiglieri che era appena passato. I fanti, come gli artiglieri, indossavano tutti gli stessi pantaloncini e le magliette decorate con lo stemma e il motto dell'unità. Cerro, appassionato di storia, riconobbe che lo stemma del reggimento era quello del 13° Fanteria, ma non fu in grado di individuare il battaglione dal motto "Quaranta Colpi, Signore".

Cerro attese che il battaglione sfilasse, pensando fosse poco saggio sorpassarlo. Con un passo che rasentava la corsa, i fanti gli passarono davanti, fila per fila. Mantenendo il ritmo e sporgendosi in avanti quando il comandante segnava il passo, le truppe, capeggiate dal sergente maggiore, cominciarono a battere le mani ogni volta che il loro piede sinistro colpiva il suolo. Come una locomotiva, i fanti avanzarono velocemente restringendo la distanza che li separava dagli artiglieri. Nella fretta, non si accorsero del branco d'oche che gli artiglieri avevano doppiato.

Per un attimo, Cerro ebbe un tuffo al cuore perché sapeva che non avrebbe fatto parte di una unità come quella. La sua assegnazione allo stato maggiore di brigata lo condannava a una unità che, quando correva in formazione, assomigliava sicuramente al branco d'oche superato dagli artiglieri. L'unica ragione per cui gli era riuscito di evitare di far correre la sua unità era che, appena arrivato, doveva ancora prendere servizio. Solo questo lo aveva esonerato dalla corsa di quella mattina, ma nulla lo avrebbe salvato la settimana successiva.

Mentre si lamentava silenziosamente della sua sorte, Cerro alzò lo sguardo giusto in tempo per veder passare una donna che indossava gli stessi pantaloncini e la maglietta del battaglione di fanteria. Gli ci volle qualche secondo per riconoscere in lei la ragazza che aveva incontrato il giorno precedente durante la registrazione. I lunghi capelli scuri, raccolti e trattenuti da un fermaglio, le ondeggiavano da una parte all'altra mentre correva. Questo, oltre al fisico palesemente femminile, la differenziava dal resto della formazione. La sua apparizione fece riconsiderare a Cerro la situazione in cui versava. Per quanto fosse destinato a sentirsi un pesce fuor d'acqua allo stato maggiore di brigata, le sue difficoltà, pensò, erano minime se comparate a ciò che avrebbe dovuto affrontare il sottotenente.

Passati i fanti, Cerro scrollò il capo ancora una volta prima di unirsi al flusso di soldati in corsa, aggiungendo il suono dei suoi passi pesanti a quello della divisione di passaggio.

Il sottotenente Nancy Kozak riusciva a tenere il passo con facilità, anche quando il comandante di battaglione lo aumentò per superare l'unità di artiglieria. A West Point aveva ottenuto tre punti in atletica leggera e al corso di base per ufficiali di fanteria a Fort Benning aveva superato brillantemente lo stesso test di idoneità fisica a cui erano sottoposti gli ufficiali uomini della sua classe. Si sentiva pronta fisicamente, ma non era sicura di esserlo psicologicamente. Sebbene avesse più volte ripassato ciò che doveva fare e come doveva comportarsi, nessun allenamento mentale poteva prepararla all'inserimento nella nuova unità e alla presentazione agli uomini del plotone che avrebbe dovuto comandare.

Tutti, nell'unità, a partire dal comandante di compagnia fino all'ultimo dei soldati semplici, la trattavano con il rispetto e il distacco dovuti al suo rango e posizione. La conversazione che aveva avuto con il suo sergente di plotone, l'unico sottufficiale a cui aveva avuto modo di parlare, era stata breve, tecnica e segnata da molti "Sì, signora" e "No, signora". Durante la conversazione non le era riuscito di intuire cosa il sergente di prima classe Leon Rivera pensasse di lei. I suoi modi, come la sua conversazione, erano professionali e corretti. Nulla nel suo tono di voce, nell'espressione e persino negli occhi, tradiva i suoi sentimenti. Notò solo che Rivera, come tutti nella compagnia, spesso la fissava e doveva sforzarsi per usare il termine *signora.* Più di una volta, abituato a muoversi in un mondo quasi esclusivamente maschile, aveva risposto con un "signore".

Era l'inizio che più di ogni altra cosa preoccupava Kozak. Per quanto ci provasse, non le riusciva di sentirsi completamente inserita. Per una semplice casualità biologica, scattata al momento del suo concepimento, Nancy Kozak era diventata una donna. Sebbene non fosse una sventura, ciò avrebbe sicuramente rappresentato un impedimento ai suoi sforzi di diventare un comandante militare. Questo pensiero, e mille altri, le risuonavano nella mente mentre correva al fianco del plotone con i lunghi capelli scuri che ondeggiavano da una parte all'altra.

6

La prontezza contribuisce molto al successo delle cariche e ancor più a quello delle battaglie.

Federico il Grande

Nuevo Dolores, Messico
30 giugno, ore 06:15

Dall'estremità della pista, il tenente Rafael Blasio osservava il giovane tenente di fanteria supervisionare l'imbarco dei suoi uomini sull'elicottero Bell 212. Con gesti svelti e nervosi, Blasio alternava una boccata della sigaretta mezza consumata che teneva nella mano sinistra a un sorso di caffè freddo nella mano destra. Il resto del suo equipaggio, un secondo pilota e il capo equipaggio, si agitavano intorno all'elicottero per compiere, nei cinque minuti che rimanevano prima della partenza, gli ultimi controlli e contemporaneamente aiutavano i fanti a sistemarsi all'interno dell'apparecchio. Blasio era già sufficientemente eccitato e la caffeina era l'ultima cosa di cui necessitava, ma anche l'unica cosa che lo sosteneva ancora.

Il giorno precedente aveva cominciato alle quattro, quando il suo comandante lo aveva svegliato dandogli l'ordine di mettersi a rapporto immediatamente. All'aeroporto di Tampico, lui e il suo equipaggio erano stati informati che i militari avevano assunto il controllo del governo dopo aver assassinato il presidente della repubblica e che era scattato lo stato di emergenza. Per Blasio e il suo equipaggio ciò aveva significato passare l'intero giorno a trasportare le truppe fedeli al nuovo consiglio militare su e giù per la costa orientale del Messico. Fu solo al rientro a Tampico alle otto di sera che ricevettero ulteriori informazioni. A quel punto, però, Blasio era troppo stanco per preoccuparsene. La sola cosa che gli premeva era trovare del cibo e un letto e quale dei due avesse ottenuto per primo non aveva importanza.

Presentandosi al responsabile dei dispacci militari delle operazioni di volo, invece delle indicazioni per la mensa più vicina, aveva ricevuto una busta sigillata contrassegnata SEGRETO. La busta conteneva un foglio con l'ordine di volare al campo d'aviazione di Nuevo Dolores non più tardi delle dieci di quella sera stessa. Era firmato dal colonnello Alfredo Guajardo, che si titolava ministro della Difesa. Blasio passò gli ordini all'ufficiale addetto alle operazioni di volo e gli chiese di verificarli.

Pensando che ci sarebbe voluto del tempo, il tenente si accinse a lasciare l'ufficio in cerca di cibo, ma la sua fuga fu bloccata dal comandante militare dell'aeroporto che, precipitatosi fuori dal suo ufficio insieme all'ufficiale addetto alle operazioni di volo, balzò letteralmente davanti a Blasio sventolandogli il foglio sotto il naso. "Chi diavolo crede di essere, tenente?" gli chiese il comandante. "È fuori di testa o è un traditore?"

L'improvvisa aggressione fece trasalire Blasio. Rimasto senza parole, egli fissò il comandante in cerca di una spiegazione ma, prima che potesse parlare, l'altro gridò ancora più forte: "Perché non vuole partecipare a questa missione? Non vede che è firmata dal colonnello Guajardo?"

Come un pugile raggiunto da una scarica di diretti, Blasio vacillò sotto l'impeto del comandante dell'aeroporto. Finalmente, fece un passo indietro, scattò sull'attenti e gridò con tutte le sue forze: "Signore, non desidero evitare il mio dovere. Posso spiegare, signore."

Il suo tentativo riuscì a placare il comandante, che gli concesse qualche secondo in più per formulare la sua risposta. "Va bene, tenente, si spieghi."

Esponendo la sua difesa con le parole più convincenti possibili, Blasio enumerò le attività svolte dal suo equipaggio durante la giornata e concluse il racconto affermando che gli uomini necessitavano di cibo e riposo, e per il suo elicottero urgeva un controllo di manutenzione. Il comandante ascoltò in silenzio per qualche minuto e, quando ne ebbe a sufficienza, alzò una mano e lo interruppe.

"È stato un giorno molto difficile per tutti. E domani, senza dubbio, lo sarà altrettanto. Ma questo è ancora da vedere. Ciò che so per certo è che non è ancora finita. Lei, tenente, farà subito rifornimento e partirà per Nuevo Dolores il più presto possibile. Ha qualche altra domanda?"

Arrabbiato e affaticato, Blasio salutò, si girò e lasciò l'ufficio per le operazioni di volo.

Giunse a Nuevo Dolores alle dieci meno cinque e fu accolto da un giovane tenente di fanteria che lo scortò verso l'aviorimessa all'angolo estremo della pista, mentre il personale di terra si apprestava a rimorchiare il suo elicottero. All'interno dell'edificio che serviva anche da caserma per il plotone del tenente, Blasio incontrò il maggiore Caso, pilota di un secondo elicottero Bell 212, e il sergente del plotone di fanteria. Caso, che si presentò come vice del colonnello Guajardo, era venuto a istruire piloti e fanti nell'imminenza dell'attacco contro un obiettivo chiamato Chinampas.

In circostanze normali, Blasio sarebbe stato tutto orecchi ma, come aveva sottolineato il comandante del campo d'aviazione a Tampico, quelli non erano momenti qualsiasi. Era logorato dalla tensione nervosa del volo senza scalo e dal fatto di non aver toccato cibo per tutto il giorno: solo il brontolio del suo stomaco riuscì a tenerlo sveglio durante il briefing. Non che ci fosse molto che lo riguardasse. Decise velocemente che, a parte il fatto di dover atterrare in un area circoscritta e il rischio di qualche fucilata, non si trattava che di un'altra missione di trasporto truppe. Tutto ciò che doveva fare era decollare alle 06:21, volare per trentanove minuti a sud-ovest verso Ciudad Victoria a 115 nodi, atterrare nel giardino del nascondiglio di qualche boss della droga, scaricare le truppe, lasciare la zona d'atterraggio e volare al punto di ritrovo a tre chilometri a sud-ovest, dove avrebbe atteso nuovi ordini insieme agli altri piloti. Per quanto riguardava il resto delle istruzioni, Blasio non vi prestò molta attenzione. Anche se il nome di Alamán gli suonava vagamente familiare, sonno e cibo erano ciò che più gli importava in quel momento.

Quando il maggiore Caso finì di impartire istruzioni e ripartì per Monterrey, Blasio fece ritorno al suo elicottero ormai parcheggiato nell'hangar e sorvegliato da due soldati di fanteria. Il suo secondo pilota e il capo equipaggio dormivano sull'apparecchio. Per un attimo, pensò di svegliarli per informarli della loro missione, ma decise altrimenti. Era tardi, mezzanotte passata e non vi era alcuna speranza di trovare del cibo. Avrebbe avuto tutto il tempo di farlo l'indomani, quando il plotone di fanteria li avrebbe svegliati alle cinque. Estrasse quindi una coperta dallo zaino, la stese per terra vicino all'elicottero e si coricò. Nonostante il pavimento fosse di cemento, Blasio cadde subito in un sonno profondo. Solo gli scrolloni insistenti del tenente di fanteria riuscirono a svegliarlo alle 06:10, undici minuti prima del decollo.

Chinampas, Messico
30 giugno, ore 06:15

Nonostante la bellezza del mattino, il señor Alamán non si sentiva felice. Scese la massiccia scala a spirale che dominava l'entrata principale della sua casa come se stesse portando un grande peso. Sostava a ogni gradino e si guardava intorno. Prestò poca attenzione alla guardia del corpo seduta vicino alla porta ai piedi della scala e la guardia lo ricambiò facendo altrettanto. Anche l'altro mercenario, un americano biondo e tarchiato, non si curava dell'andirivieni di Alamán e del suo staff. Ciò che facevano era affar loro. Un mercenario non ha ideali politici né lealtà morali verso principi o nazioni. Il suo dovere, come da contratto, era quello di proteggere e difendere Alamán e il suo seguito. Finché Alamán teneva fede alla sua parte di contratto, pagandolo regolarmente, il mercenario americano avrebbe rispettato la sua. Il fatto che Alamán non si curasse di loro non lo toccava.

Sebbene l'americano sospettasse che il cattivo umore di Alamán e l'aumento delle misure di sicurezza fossero dovuti al golpe militare che minacciava di porre fine alla sua attività, egli non poteva immaginare che erano la salvezza e la salvaguardia di Chinampas a preoccupare maggiormente il suo padrone. Il solo pensiero di perdere il paradiso che aveva costruito dal nulla addolorava Alamán come nulla prima di allora. Per molti versi, Chinampas era diventata la personificazione di Alamán stesso.

Nato a Veracruz, si era trasferito con la famiglia a Città del Messico quando era ancora un ragazzo. I suoi genitori, come milioni di altri messicani in cerca di una vita migliore, erano stati attirati dalla capitale e, come molti prima di loro, erano stati schiacciati dalla vita che avevano condotto nei *barrios*, i quartieri poveri della città. Dopo aver vagabondato per molti mesi in cerca di lavoro, suo padre si era trasferito nel nord degli Stati Uniti. La madre, non potendo attendere il ritorno del marito, aveva trovato lavoro come lavandaia. Alamán, abbandonato a se stesso, cominciò a costruirsi una sua vita.

Fin da ragazzo, era sempre riuscito a imporsi. Di altezza e costituzione media, avrebbe facilmente potuto tener testa alla maggior parte degli altri ragazzi del *barrio*, ma, per quanto amasse la loro compagnia, non sempre era interessato a ciò che facevano; non gli interessavano gli scontri fisici, e neppure l'obbligo di conformarsi all'immagine del macho, cioè del vero maschio messicano. Al contrario, la sua immaginazione era attratta dalla bellezza delle arti, dei costumi e dei fiori, soprattutto dei fiori. A mano a mano che cresceva, Alamán cercava il modo di lasciare il *barrio* e girava la città in cerca di cose belle da poter guardare e toccare. Trascorreva ore e ore nei musei e sui viali a osservare i pittori che dipingevano i loro quadri oppure svolgeva piccoli incarichi al mercato dei fiori per poter essere vicino a quella bellezza che tanto lo affascinava.

Queste sue attività erano spesso motivo di critica e scherno da parte dei compagni di scuola e degli amici del quartiere dove viveva. Quando gli era possibile evitava di battersi o di esporsi al pericolo, oppure riusciva a trovare chi combattesse per lui. Poiché era povero e non aveva mezzi per pagare la sua protezione, Alamán trovava altri modi per ricambiare coloro che lo difendevano. Grazie a ciò che vedeva e ai contatti che aveva stabilito girovagando per Città del Messico, egli si rese subito conto di possedere talento nell'arrangiare le cose per gli amici e soprattutto di quanto ciò potesse essere vantaggioso per lui. Senza rendersene conto, cominciò a fare un business lucroso di ciò che era cominciato come un semplice metodo di sopravvivenza.

Col passare degli anni, la sua attività era cresciuta e maturata insieme a lui. La scoperta che le persone erano disposte a pagare per qualsiasi cosa, unita alla conoscenza della città e alla mancanza di freni morali, aprì ad Alamán orizzonti infiniti. Anche se erano in molti a Città del Messico quelli che avrebbero saputo fornire una prostituta, delle droghe o perversioni di ogni tipo, Alamán possedeva un fascino e una classe personali che rendevano piacevole per i clienti locali e stranieri il trattare con lui. Sfruttando questo vantaggio, Alamán migliorò i propri rapporti sociali, il suo modo di vestire e la sua conoscenza della cultura e del mondo. Contemporaneamente, crebbero anche i divertimenti. Nessuno avrebbe potuto affermare che il señor Alamán non si occupasse delle sue necessità o non trovasse chi lo facesse per lui. Uno dei suoi più grandi divertimenti era quello di apparire in pubblico accompagnato da ragazze belle, alte e magre, alcune delle quali, si mormorava, erano delle vere donne.

Salendo sempre più i gradini della scala sociale, Alamán veniva presentato a un numero sempre più alto di uomini ricchi e potenti, che avevano vizi da coltivare. Una clientela migliore significava tariffe più alte e le tariffe più alte portavano a una maggiore ricchezza e aprivano la strada verso l'arte, la cultura e i circoli sociali. L'introduzione nei migliori circoli dava la possibilità di incontrare persone più potenti, che gli fornivano nuove e migliori informazioni, clienti e contatti. La velocità con cui accumulò potere, influenza e canali d'informazione era uguagliata solo dalla sua smania di possedere le belle cose che, da povero, aveva solo potuto ammirare.

Il golpe del 29 giugno era stato per lui uno shock. Improvvisamente, il mondo che egli aveva creato con la cura e l'attenzione che un giardiniere dedica a una rosa appariva in pericolo. Per la prima volta in molti anni, Alamán non capiva da dove venisse il pericolo e si sentiva incapace di difendersi. Molti degli ufficiali governativi che gli avevano fornito clienti, informazioni e protezione erano morti, se ciò che si diceva in giro era vero. Ancora più preoccupante era il fatto che nessuno lo avesse avvisato dell'imminente colpo di stato. Che gli informatori e gli amici che aveva tra i ranghi dell'Esercito lo avessero improvvisamente abbandonato lo stupiva e lo feriva nel suo orgoglio. Questo fatto metteva in dubbio le sue capacità e il suo prestigio.

La lenta discesa della scala a spirale rappresentava in forma simbolica ciò che avrebbe potuto accadere se non fosse riuscito a venire a patti con il nuovo governo militare. Si fermò in fondo alla scala e sbirciò attraverso le porte di vetro che davano sulla veranda del giardino, dove lo staff e alcuni soci sedevano a colazione aspettando il suo arrivo. Da dove si trovava poteva vedere che, come lui, tutti erano preoccupati. Le espressioni solenni e gli sguardi evasivi non gli ispiravano nulla di buono.

Volgendosi verso il mercenario americano Alamán chiese se, durante la notte, ci fossero stati movimenti di unità militari o di polizia tali da costituire una minaccia per Chinampas. Il biondo americano, che si chiamava Randel Childress, si alzò prima di rispondere: "Il señor Delapos in persona è volato a Ciudad Victoria e a San Antonio questa mattina per raccogliere informazioni dalla gente del luogo. Non sembra che stia accadendo nulla fuori dell'ordinario né là né in nessuna altra parte dello Stato, señor Alamán."

Delapos, capo della sicurezza di Alamán, era totalmente e perfettamente affidabile. Nel ringraziarlo, Alamán studiò per qualche istante l'americano. Il suo viso levigato, dai lineamenti fini e regolari e con una leggera traccia di barba, non si addiceva al corpo massiccio che faceva di lui un'efficiente guardia del corpo. Peccato, pensò Alamán. Peccato.

Scacciò questi pensieri dalla mente e si diresse verso le porte di vetro che conducevano alla veranda dove lo attendevano i suoi soci. Esitò ancora. Forse, pensò, il nuovo consiglio militare avrebbe aspettato a colpire Chinampas. Dopo tutto, dovevano occuparsi del vecchio governo e crearne uno nuovo. O, forse, aspettavano che fosse lui a muoversi per primo e a offrir loro un accordo. Dopo tutto, i suoi contatti erano internazionali. Egli poteva offrire molto a un governo neonato che aveva bisogno di tempo e di denaro per consolidarsi e per ottenere il riconoscimento internazionale. Gli amici che aveva al Congresso americano potevano fare molto e, se ciò che gli avevano riferito era vero, uno degli ufficiali del Consiglio dei 13 condivideva pure la sua predilezione per le "donne".

Con un sospiro, Alamán scacciò questi pensieri mentre si godeva la bellezza di quel limpido mattino. Il fatto che si trovasse ancora a Chinampas e che non ci fossero minacce all'orizzonte era un buon segno. Era certo che, col tempo, avrebbe raggiunto un nuovo accordo con i capi militari del Messico. Dopo tutto, erano uomini, con le loro debolezze, vizi e ambizioni. Se c'era qualcuno che poteva capirlo, questi era Alamán.

25 miglia a sud di Chinampas
30 giugno, ore 06:45

Il moto veloce delle pale dell'elicottero Bell 206 che volava rasoterra, unito all'odore dolciastro del liquido idraulico surriscaldato, stavano intossicando Guajardo. Osservando l'operatore radio alla sua sinistra, il colonnello intuì dall'espressione del giovane soldato che anche lui non si stava divertendo. Di fronte a loro, i due Bell 205A che trasportavano i fanti del gruppo D volavano anch'essi a bassa quota in direzione nord verso Chinampas.

Non potendo sapere se i controllori del traffico aereo e gli operatori radar di Ciudad Victoria erano al soldo di Alamán, Guajardo aveva dato ordine che tutti gli elicotteri partecipanti al raid su Chinampas volassero a bassa quota e veloci, sfruttando valli e montagne per non farsi intercettare dai radar. Nessuno al di fuori del Consiglio dei 13 e degli uomini che partecipavano effettivamente alla missione ne era a conoscenza. Guajardo, che intendeva piombare su Chinampas come un fulmine, aveva preso ogni precauzione immaginabile per proteggere il piano.

Ora che mancavano solo quindici minuti, egli poteva sentire il suo cuore che batteva all'impazzata. Come un corridore che si avvicina agli ostacoli, egli sentiva ogni muscolo tendersi nell'attesa di un'azione rapida e violenta. Nella sua mente, immaginava di poter vedere tutti gli undici elicotteri stridere insieme a cento nodi, sfiorando la superficie del terreno.

25 miglia a est di Chinampas
30 giugno, ore 06:45

Concentrato alla guida del suo elicottero, Blasio non notò la spia d'allarme finché il suo secondo pilota non gliela fece notare. Persino dopo averla vista, la sua mente affaticata non realizzò immediatamente il pericolo. Giratosi a sinistra dove si trovava il quadro delle spie di segnalazione, Blasio focalizzò la luce arancione che lampeggiava cercando di decifrare la piccola scritta che la sovrastava. Dopo alcuni secondi, capì che si trattava della spia d'allarme relativa allo schermo antischegge della trasmissione principale.

Istintivamente, spinse indietro il comando del rotore con la mano destra, abbassando simultaneamente il collettore con la sinistra ed esercitò con il piede una lieve pressione sul pedale destro per ridurre la velocità in attesa di trovare un punto dove poter atterrare. Notando la riduzione di velocità, il comandante del plotone di fanteria si sporse in avanti per chiedere al capoequipaggio se avessero raggiunto la zona d'atterraggio. Questi, avendo ascoltato la conversazione tra Blasio e il secondo pilota, riferì al tenente del problema meccanico e dell'atterraggio imminente.

Senza esitare, il tenente si fece largo passando davanti al capoequipaggio e, gridando in modo che l'altro potesse sentirlo anche attraverso il casco, gli chiese di non fermarsi, di proseguire. Lasciando il comando al secondo pilota, Blasio si girò sul sedile in modo da poter guardare il tenente: "Dobbiamo atterrare. Alcune particelle, piccole schegge di metallo si sono staccate dagli ingranaggi del rotore principale e si sono accumulate nella trasmissione. Se non ci fermiamo a pulire lo schermo antischegge, una piccola placca magnetica che raccoglie i frammenti dispersi dall'olio di trasmissione, le schegge di metallo danneggeranno gli ingranaggi della trasmissione principale e ne causeranno l'arresto. E, se ciò dovesse accadere, piomberemmo giù dal cielo come un masso e, boom, nessuno andrebbe più da nessuna parte."

Il tenente di fanteria insisteva: "No. Non possiamo fermarci. Dobbiamo continuare verso il nostro obiettivo. Non possiamo fallire."

Stanco e irritato, Blasio non aveva nessuna intenzione di rischiare la vita del suo equipaggio, per non parlare della propria, pur di eseguire ciò che egli considerava una semplice missione di trasporto truppe. Il giovane tenente, esattamente come il maggiore la notte precedente, era eccitatissimo e non riusciva a capire perché non si potessero spingere gli apparecchi e il loro equipaggio oltre un certo limite senza pagare un duro prezzo. "Ascolti, tenente," pregò, "possiamo atterrare, pulire lo schermo antischegge e riprendere il volo in dieci minuti. Volando a tutta velocità possiamo recuperare parte del tempo e arrivare puntuali per occuparci del campo d'aviazione."

Per tutta risposta, il tenente sollevò la bocca del suo fucile all'altezza degli occhi di Blasio. "Noi continueremo. Non atterreremo." Il buonsenso del pilota si tramutò in ira. Il volto gli si contorse per la rabbia, mentre gridava a pieni polmoni: "*Avanti, sparami, stupido bastardo!* Atterreremo comunque."

Senza ripensarci, Blasio voltò le spalle al tenente e, afferrando il ciclico, lo fece scattare verso destra mentre si preparava ad atterrare. Il secondo Bell 212 con il resto dei fanti del gruppo N, che viaggiava alla sinistra di Blasio, notò la manovra, ma fu troppo lento nel rispondere all'improvviso cambio di velocità e di direzione e volò oltre Blasio prima che il pilota riuscisse a invertire la rotta. Poi l'apparecchio tornò vicino all'elicottero guida, il suo pilota eseguì tutte le manovre di Blasio e atterrò a cinquanta metri di distanza da lui.

A sud di Chinampas
30 giugno, ore 06:59

Quando ebbero lasciato San Antonio alla loro destra, i tre elicotteri del gruppo D trasformarono la formazione in fila indiana in una a V, con l'apparecchio di Guajardo che seguiva i due adibiti al trasporto truppe. Incapace di trattenersi, Guajardo slacciò la cintura di sicurezza, afferrò gli schienali del primo e secondo pilota e si spinse in avanti nel tentativo di avvistare Chinampas. Alla sua sinistra, vide con la coda dell'occhio i Bell 206 del gruppo Z che aggiravano l'estremità meridionale delle colline per cominciare la corsa finale verso le torri. Per un attimo, li osservò. Erano puntualmente schierati e pronti come il gruppo D. Soddisfatto, si girò verso destra, cioè verso il luogo dove erano diretti.

Di fronte a lui, come se fosse spuntata improvvisamente dal nulla, c'era la fortezza. Con una sola occhiata abbracciò ogni cosa. Tutto era in ordine. Tutto era come doveva essere. Dopo mesi di studio e di programmazione minuziosa, il momento era giunto.

Cercò attentamente segni rivelatori di spari o di resistenza, ma non ne trovò. Nessuna traccia di mitragliatrici, nessuna nuvola di fumo che tradisse il lancio di missili antiaerei, nessuna attività frenetica sulla pista del campo di aviazione. La sorpresa sarebbe stata completa.

Guardando verso nord, al di là di Chinampas, Guajardo cercò il gruppo M, senza preoccuparsi quando non lo vide. Senza dubbio stava arrivando alla stessa velocità del gruppo D ed era già in fase di discesa. E poi, anche se le cose non fossero andate così, non potevano fermarsi ad aspettarli. Due dei gruppi erano puntuali e pronti. Non c'era più tempo per programmare e per prendere altre decisioni. Non doveva esserci alcun ripensamento. Era tempo di agire. In un modo o nell'altro, il problema del señor Alamán stava per essere risolto.

Chinampas
30 giugno, ore 06:59

Diaz Bella, da tempo coinvolto in tutti gli affari illegali di Città del Messico, dalla prostituzione alla lotta dei galli, si animò mentre discuteva con Alamán. Come la maggior parte degli uomini seduti al tavolo, uomini che avevano costruito la loro fortuna sulla corruzione, Bella si sentiva fortunato per essere scampato alla morsa del colpo militare, una prodezza questa che era riuscita a pochi dei suoi soci. I rotoli di grasso del ventre battevano contro l'orlo del tavolo facendolo oscillare mentre declamava e ululava, agitando le braccia per sottolineare la sua rabbia: "Mi dispiace di non condividere le tue aspettative, amico mio, ma non mi fido di quei colonnelli a Città del Messico. Sono dei fanatici. Credono veramente in ciò che affermano. Sono decisi, determinati e al momento hanno potere e sostegno popolare. Una combinazione molto pericolosa." Quando ebbe finito, Bella si rilassò passandosi le mani tra i capelli neri e si appoggiò allo schienale della sedia in attesa della risposta di Alamán. Come l'altra mezza dozzina di uomini riuniti intorno al tavolo, era venuto a Chinampas in cerca di aiuto e consiglio nel tentativo di trovare una soluzione alla nuova minaccia che incombeva sulla loro vita.

Alamán non rispose subito. Al contrario, sorseggiò il suo caffè osservando il verde giardino rigoglioso al di là della veranda. Erano tutti eccitati, pensò. Scossi ed eccitati. Ma gli stavano offrendo una grande occasione. Ora, se avesse potuto mantenere la calma e prevenire ogni sorpresa da parte del nuovo governo o all'interno dei ranghi dei narcotrafficanti e della malavita messicana, egli, El Dueño, sarebbe diventato il capo indiscusso del crimine organizzato di tutto il Messico.

Deliziato da quella considerazione, Alamán posò la tazza del caffè e cominciò a parlare. "Amico mio, il tempo è dalla nostra parte. Finché non perdiamo la testa e restiamo uniti, sono sicuro che possiamo raggiungere qualche compromesso con il nuovo governo." Dopo una breve pausa, osservò ogni uomo e ogni uomo, a turno, lo guardò negli occhi nel tentativo di capire se credeva veramente in quello che diceva. Sebbene una metà di loro fosse ancora scettica, Alamán era soddisfatto dell'attenzione che gli prestavano. Mentre si accingeva a continuare, il rumore di un elicottero attirò la sua attenzione. Distolse lo sguardo dal gruppo di persone raccolte intorno al tavolo e lo rivolse al muro occidentale al di là del giardino.

Per un attimo non vide nulla. Poi, come in un flash, due piccoli elicotteri dell'Esercito passarono stridendo sopra le mura puntando proprio su di loro. Non avendo mai assistito a un raid prima d'ora, Alamán e la maggior parte degli uomini seduti al tavolo rimasero pressoché ipnotizzati dalla scena che si svolgeva sotto i loro occhi. Anche quando un'altra coppia di elicotteri superò il muro occidentale, si fermò in volo stazionario e cominciò a sparare contro le torri mentre un fiume di soldati si calava dalle funi appese ai lati degli apparecchi, Alamán rimase seduto, come inchiodato alla sedia, guardando stupefatto le squadre di genieri che attaccavano le torri. Solo una forte esplosione che proveniva dal lato settentrionale e l'apparizione di Childress, il mercenario americano, scosse Alamán dalla sua immobilità.

Childress afferrò il braccio del Dueño, lo sollevò dalla sedia e lo trascinò in casa proprio mentre gli elicotteri addetti al trasporto delle truppe spuntavano dal muro meridionale e si posavano, come uno sciame di gigantesche cavallette, davanti alla veranda.

Solo quando il suo elicottero si posò sobbalzando oltre il muro meridionale, Guajardo intravide i due elicotteri del gruppo M che si avvicinavano da nord. L'apparizione del gruppo M e la scena che gli si svolgeva davanti lo resero depresso e sollevato allo stesso tempo. Tutto sembrava funzionare magnificamente. Guardando verso destra per controllare che anche il gruppo N fosse arrivato, Guajardo fu preso alla sprovvista da una palla di fuoco che esplose inaspettatamente nelle vicinanze della torre 2.

Si dimenticò per un attimo del gruppo N e concentrò la sua attenzione sul muro settentrionale. Il suo elicottero stava atterrando in giardino e la casa padronale gli impediva di scorgere la torre, per cui non riuscì a individuare la causa della massiccia esplosione. Poté, comunque, vedere la palla di fuoco e di fumo nero che si alzava nel cielo sopra la casa. Guajardo capì immediatamente che uno degli elicotteri si era schiantato o era stato abbattuto. A giudicare dalla posizione, doveva trattarsi del Bell 206 che trasportava la squadra di genieri Z-2.

Il tonfo dei pattini sul terreno lo avvertì dell'avvenuto atterraggio. Si allontanò dai sedili dei piloti, si avvicinò alla portiera destra, estrasse la pistola e, con un solo balzo, saltò dall'apparecchio e corse verso la casa padronale.

Solo allora, Guajardo si guardò intorno nel tentativo di valutare la situazione e l'andamento dell'attacco. In quel momento non era però in grado di capire se le cose stessero procedendo più o meno nel modo programmato. Tutto sembrava irreale. Sebbene stessero correndo, gli uomini del gruppo D di fronte a lui sembravano penosamente lenti. Dietro di loro, giungevano dalla casa padronale i lampi della sparatoria e ancora più lontano si intravedevano le colonne di fumo provenienti dall'incendio della torre 2. Tutte queste immagini confluivano, mescolandosi in una gran confusione, per poi trasformarsi in un'unica scena limpida come il cristallo che come un'istantanea si fissò nella mente di Guajardo. Le esplosioni soffocate provocate dai genieri riecheggiavano sulle pareti delle torri. I colpi di fucile e lo scoppiettio delle armi automatiche dei suoi uomini, gli spari provenienti dalla casa e il sibilo dei colpi mancati bucavano l'aria. Al di sopra degli spari e delle esplosioni, le urla degli ufficiali che impartivano ordini e dei sergenti che guidavano i loro soldati, mescolate alle grida dei feriti e dei moribondi, bombardavano le orecchie di Guajardo mentre cercava di orientarsi nel caos nel giardino.

Proprio vicino alla veranda, un giovane soldato che precedeva Guajardo allargò improvvisamente le braccia e cadde sul prato. Era stato colpito nel bel mezzo dell'azione. Lo slancio lo trascinò in avanti, mentre il suo fucile automatico gli volava dalle mani. Senza arrestarsi, Guajardo passò oltre il soldato morto, raccogliendo il suo fucile ed esponendosi allo stesso fuoco che aveva colpito l'uomo. Non si rendeva conto delle proprie azioni. Nella sua disperata corsa verso la casa, erano pochi i pensieri consapevoli che gli attraversavano la mente. Tutto ciò che gli importava era raggiungere la casa il più presto possibile.

Solo il pronto intervento di Childress aveva salvato Alamán dalla scarica che aveva abbattuto la maggior parte dei soci con i quali si era incontrato. La rapidità, la violenza e la ferocia dell'attacco resero impossibile l'organizzazione di un piano di difesa per la casa. Childress lo aveva subito capito e aveva agito di conseguenza. Invece di fermarsi a sparare contro i Federali che li attaccavano, aveva afferrato Alamán per allontanarlo dal pericolo nel minor tempo possibile, lasciando che gli altri sulla veranda si difendessero da soli.

L'improvvisa e violenta spinta e il peso del corpo di Childress sul suo avevano lasciato El Dueño senza respiro. Non riuscendo a capire ciò che era successo, cercò di mettersi carponi, spingendo Childress da parte.

Ma il mercenario, rialzatosi, riafferrò il collo della giacca di Alamán e lo spinse fuori dalla veranda, attraverso la casa, in direzione dell'entrata principale.

Quando la raggiunsero, Alamán cominciò a protestare: "Maria! Dobbiamo salvare Maria! È di sopra!"

Childress ignorò la protesta e, senza una parola, spinse Alamán oltre la porta principale premendogli un ginocchio sulla schiena e lanciando occhiate in direzione della veranda. La riunione d'affari organizzata da Alamán e che si era tenuta meno di un minuto prima, era ora diventata un orribile pandemonio. Molti degli uomini che vi avevano partecipato giacevano senza vita a terra o riversi sul tavolo e sulle sedie. Un uomo, un messicano grasso e scuro che Childress riconobbe come Diaz Bella, balzò da dietro il corpo di uno dei suoi compagni e si mosse pesantemente verso la porta. Un soldato, nascosto in qualche parte del giardino, pose fine alla sua fuga. Colpito alla schiena, Bella si raddrizzò inarcando l'enorme pancia come se fosse stato spinto da dietro, prima di cadere in avanti e di sfracellarsi contro le porte di vetro della veranda.

Una volta raggiunto il cortile, Alamán si guardò intorno, mentre l'americano lo spingeva verso le caserme. Alla sua sinistra, l'intera torre che fiancheggiava l'ingresso settentrionale e la carcassa contorta di un elicottero erano avvolti dalle fiamme. Il fuoco produceva un fumo denso e soffocante che invadeva il cortile. Davanti a lui, emersero dal fumo figure armate e pronte a sparare che li superarono correndo verso la casa. Erano membri della guarnigione e Childress pensò di fermarli per informarli che la casa era ormai persa, ma decise di rinunciare.

Come a sottolineare quanto fosse grave la situazione, Childress e Alamán furono presi di mira da destra. Inizialmente,

Childress pensò si trattasse delle guardie della torre vicina al portone meridionale, confuse dal fumo. Questa volta si fermò per gridar loro di cessare il fuoco. Poi notò le uniformi marrone chiaro e gli elmetti scuri dei federali che spuntavano dalla cima della torre pronti a sparare nel cortile sottostante. La torre era stata occupata. In pochi secondi, anche la casa avrebbe fatto la stessa fine e se non avessero raggiunto le caserme prima che ciò accadesse, sarebbero stati presi da un fuoco incrociato mortale.

Spingendolo con forza, Childress trascinò Alamán verso le caserme.

Guajardo, affiancato da due soldati, scavalcò i corpi dei criminali che si erano riuniti sulla veranda e dietro i mobili rovesciati. Senza fermarsi, entrò in casa attraverso le porte spalancate della veranda. Mentre raggiungevano la scala a spirale, Guajardo e i due soldati si trovarono di fronte a due soldati di Alamán entrati dalla porta principale. Sorpresi, i due mercenari gettarono le armi e alzarono le mani in segno di resa.

Sfortunatamente per gli occupanti della casa, Guajardo non aveva programmato di tenersi dei prigionieri. Con il sangue in ebollizione e il desiderio di colpire, si fermò, si voltò verso il mercenario più vicino, posizionò il fucile che aveva raccolto e sparò.

Il mercenario preso di mira ricevette l'intera scarica nel petto e fu scaraventato contro il muro. Ancora prima che il primo mercenario si accasciasse come un mucchio insanguinato sul pavimento, Guajardo si rivolse al secondo.

Questi capì che i soldati federali non erano in vena di compromessi e che la sua arma era troppo lontana per essere recuperata, quindi girò su se stesso e corse indietro verso la porta.

Il colonnello non intendeva lasciarselo scappare. Posizionando il fucile sulla spalla, questa volta prese con cura la mira prima di sparare un'altra scarica. Preso dal panico, il mercenario non fece alcuno sforzo per sottrarsi agli spari e fornì a Guajardo una facile preda.

Guajardo rimase immobile per qualche istante, come un uomo che avesse placato una bruciante arsura. Con il fucile ancora appoggiato alla guancia, fece scorrere lo sguardo lungo la canna, oltre la porta aperta, fino al corpo del mercenario che giaceva nel cortile. Per un attimo, dimenticò tutto e tutti intorno a sé. La corsa frettolosa dei soldati che lo avevano seguito in casa non lo distolse dalla sua concentrazione, né lo disturbarono i colpi degli spari e delle granate provenienti dal piano superiore

scosse, si allontanò dal corpo e raggiunse Caso evitando con cura la finestra aperta. "Signore, sono venuto a fare rapporto al colonnello Guajardo sulla nostra situazione."

"Il colonnello è impegnato. Mi esponga il suo rapporto."

Il tenente si chiese che cosa stesse facendo il colonnello Guajardo a occhi chiusi. Sembrava addormentato. Ma non fece domande e riferì il suo rapporto a Caso.

"Le torri 1, 5 e 6 sono state occupate. Abbiamo perso un sergente e un ufficiale; uno zappatore è rimasto ferito mentre li soccorreva. La squadra Z-2 è stata ridotta a un solo uomo quando l'elicottero si è schiantato contro la torre 2. Nella mia squadra sono rimasti un ufficiale, due sergenti e otto zappatori." La voce del tenente era leggermente roca, ma controllata.

Caso espresse la sua approvazione, notando che il tenente, mentre parlava, non poteva fare a meno di guardare il corpo al centro della stanza. "Questa è la sua prima missione, tenente. Presto si abituerà a questo tipo di visione."

Il tenente dei genieri guardò di nuovo il corpo e poi Caso. Chiudendo gli occhi, fece un cenno per indicare che stava bene e si chiese se ci si potesse abituare a certe cose. Riaprì gli occhi e scrutò il maggiore nel tentativo di capire se Caso credeva davvero a ciò che aveva detto. "Sì, signore. Io, io non avevo mai visto nulla di simile prima d'ora." Guardò un'ultima volta il corpo vestito di bianco dietro di loro. "È un peccato che una donna così bella sia morta in questo modo."

Caso trattenne un sorriso. "Sì, un peccato. Ma inevitabile. Il nostro compito era di ripulire velocemente e completamente l'edificio. 'Lei,' sfortunatamente, si è trovata sulla linea di fuoco. Non si poteva evitare." Si fermò, guardò il corpo e quindi il tenente dei genieri, e chiese: "A che punto sono le demolizioni?"

"Eccellente. Abbiamo usato una sola carica per torre. Tutte le porte e i cancelli erano aperti. Le guardie non hanno avuto il tempo di chiuderli."

Improvvisamente Guajardo, senza aprire gli occhi, disse: "Avete requisito qualche mitragliatrice nelle torri?"

Rivolto al colonnello, il tenente rispose affermativamente. In ogni torre avevano trovato due mitragliatrici americane funzionanti.

"Pensa che i suoi uomini sian o in grado di usarle, tenente?" chiese Guajardo.

Con la sicurezza di un giovane ufficiale che crede in se stesso e nei suoi uomini, il tenente rispose con orgoglio: "Sì, certamente. Le abbiamo già esaminate. Sono armi alquanto semplici da ..."

Guajardo spalancò gli occhi e si voltò verso il tenente, sputando ordini: "Faccia scendere la squadra della torre 1 con le due mitragliatrici M-60 e la diriga verso l'ingresso settentrionale. Anche la squadra sulla torre 6 deve scavalcare il muro con le mitragliatrici e spostarsi verso l'ingresso sud." Rivolgendosi a Caso, Guajardo continuò a impartire i suoi ordini: "Lascia il capitano Castro e metà del gruppo M nella casa per bloccare i mercenari. Tu, prenderai il resto del gruppo, attraverserai il giardino, raggiungerai il muro settentrionale, ti unirai ai genieri appostati all'ingresso nord, ti sposterai ai piedi della torre 3 e posizionerai le mitragliatrici in modo da coprire la passerella e la pista di atterraggio da nord. I genieri, se possibile, apriranno un varco nella torre 3 e la conquisteranno." Guajardo fece una pausa e aggiunse con una certa enfasi: "Qualsiasi cosa accada, posizionate le mitragliatrici e impedite a chiunque di scappare."

Caso meditò qualche secondo: "E i rulli sul muro?"

"Rotolano solo da una parte, verso l'esterno. Sono lì per tener fuori le persone, non dentro. L'atterraggio può essere movimentato, ma potete farcela. Qualche domanda?"

"Presumo, colonnello, che ordinerà la stessa cosa a sud."

Nell'eccitazione del momento, Guajardo non aveva comunicato ai suoi uomini il piano completo. "Sì. È così. Invierò metà del gruppo D con il loro comandante oltre il muro meridionale per raggiungere i genieri della torre 6 e posizionare le loro mitragliatrici sotto la torre 4. Questo dovrebbe intrappolare gli uomini di Alamán. Con il resto del gruppo D e i genieri della torre 5, inizierò lo sgombero della rimessa, delle scuderie e delle caserme, come da programma." Guajardo guardò Caso, poi il tenente. "Avete qualche domanda?"

I due uomini scossero la testa. "Bene. Ora affrettatevi. Il tempo è contro di noi."

Esausto per lo sforzo improvviso e inusuale, Alamán sedeva in un angolo delle caserme, dimenticato. Ancora sotto shock per l'attacco imprevisto, osservava esterrefatto la scena che si svolgeva davanti a lui. Tutto sembrava essere così irreale, come un incubo. La morte improvvisa e violenta dei suoi soci avvenuta davanti ai suoi occhi era poca cosa al confronto della distruzione della sua adorata Chinampas. Tutto ciò a cui teneva stava per essere distrutto pezzo per pezzo e non vi era nulla che potesse fare, nulla.

Sul lato opposto, alcuni mercenari della guarnigione sparavano a turno verso il cortile e la casa. Il fumo delle loro armi, unito a quello della torre e dell'elicottero in fiamme, invadeva la stanza bruciando i polmoni di Alamán che ora respirava a fatica. A pochi passi da lui, Delapos, il capo della sicurezza, e Childress parlavano in inglese. Sebbene fosse in grado di capire solo metà di ciò che dicevano a causa del rumore degli spari, Alamán comprese che erano concordi nel ritenere la loro situazione senza speranza e che era meglio tagliare la corda.

Avrebbe voluto protestare, chiedere che si battessero per Chinampas, ma non aveva né la forza fisica né il coraggio per fare una simile richiesta a dei mercenari armati. Per quanto fosse confuso e stordito, gli era rimasto un po' di buon senso per capire che la guarnigione non provava il suo stesso amore per Chinampas. Nemmeno l'offerta di altri soldi avrebbe potuto spingerli a tentare qualcosa per salvare il suo regno. Questo Alamán lo capiva. Era un uomo d'affari e aveva costruito la sua fortuna lavorando con i mercenari, ma il pensiero di perdere Chinampas e tutto ciò che significava per lui lo portò quasi alle lacrime.

Mentre il loro capo si sforzava di controllare le proprie emozioni, Delapos e Childress valutarono velocemente la situazione. Nessuno di loro riusciva a capire perché gli attaccanti, che sembravano essere ben organizzati, avessero tralasciato di occupare il campo d'aviazione. Questo errore permetteva loro una via di scampo. Bisognava decidere come far uscire Alamán, l'uomo che li pagava, e il maggior numero possibile di uomini dalla trappola in cui si trovavano, prima che fosse troppo tardi.

Delapos era il comandante in carica, ma Childress, Berretto verde nell'Esercito degli Stati Uniti, superava l'abilità e l'esperienza del capo. A volte Delapos trattava Childress come un suo pari e si rimetteva spesso al suo giudizio. Non fu quindi una sorpresa il fatto che Childress assumesse il comando in quel momento. "I piloti sono ancora all'aeroporto?"

Delapos scosse la testa. "Non so. Qualcuno ha riferito che sono decollati verso quella direzione non appena è iniziata la sparatoria. Io credo che siano ancora là, ma anche se non ci fossero, il problema è come raggiungere il campo."

Childress fece un cenno d'assenso: "È vero. Allora, chi si occupa del señor Alamán e chi resta invece a coprire le spalle?"

Prima di rispondere, Delapos guardò i mercenari che sparavano sul cortile. In momenti come questi era difficile prevedere come avrebbero reagito gli uomini. Sebbene desiderasse accompagnare Alamán, sapeva di dover restare per poter controllare meglio la sua squadra. Guardò Childress e gli ordinò di scegliere tre uomini, di condurre Alamán all'aeroporto e di portarlo via come meglio poteva. Lui gli avrebbe concesso due minuti, poi lo avrebbe seguito con il maggior numero possibile di uomini.

Alamán gridò dall'altra parte della stanza: "E come, amico mio, pensi di poterlo fare? Non ci sono abbastanza apparecchi al campo per trasportarci tutti."

L'improvviso intervento di Alamán sorprese Delapos che, dopo essersi alzato, appoggiò le mani sui fianchi e guardò il suo datore di lavoro: "Questo non deve preoccuparla. Se sarà necessario, scapperemo a piedi e andremo verso nord." Si voltò e continuò a impartire istruzioni, abbassando la voce per non farsi udire da Alamán: "Ora porta via da qui il nostro principale. Se non esce vivo, nessuno di noi riceverà la paga."

Childress rise: "Ah, ecco un vero mercenario." Tornato serio, chiese a Delapos dove si sarebbero ritrovati.

"Incontriamoci al vecchio campo di addestramento, quello con la pista d'atterraggio, tra cinque giorni. Se non ci vedrete arrivare, buon divertimento. Adesso, vai."

Guajardo aveva appena congedato Caso e il tenente dei genieri, quando si pentì di non essersi riservato un ruolo più attivo nel programma di distruzione di Alamán e dei suoi uomini. Non si sentiva a suo agio nel delegare compiti così importanti e pericolosi ai suoi subordinati, mentre lui se ne stava al sicuro e, cosa ancora peggiore, senza la possibilità di partecipare personalmente alle operazioni. Rimasto solo, non gli restava altro da fare che aspettare e osservare. Ci pensò su ancora qualche secondo e, dopo uno sguardo alla stanza, decise di dar sfogo alla sua tensione nervosa passando all'azione.

Lasciò la casa passando dalla veranda e girò intorno alla torre 5. Gli uomini del gruppo D, ai quali era stato ordinato di scavalcare il muro, si stavano muovendo proprio in quel momento. Gli altri, che lo avrebbero seguito nella rimessa, lo aspettavano ai piedi della torre. Guajardo ordinò al sergente in carica di aspettarlo ed entrò nella torre in cerca dei genieri.

Nel salire le scale, fu ostacolato dai corpi di tre mercenari colpiti dai genieri che avevano occupato la torre. Per la prima volta si rese conto di non aver ancora incontrato un mercenario vivo o un membro dello staff di Alamán, ma la cosa non avrebbe dovuto sorprenderlo: la stessa rabbia che lo aveva spinto pochi minuti prima a uccidere due mercenari disarmati aveva contagiato tutti i suoi uomini. Quella mattina, nella foga del combattimento, nessuno era disposto a correre troppi rischi.

Proprio mentre raggiungeva la piattaforma di tiro della torre, una scarica di armi automatiche proveniente dalle caserme attraversò il cortile e colpì il muro che li proteggeva e il tetto, facendo piovere detriti di cemento su Guajardo e i genieri. Guajardo si gettò a terra, al riparo del muro, e così facendo urtò contro la schiena del sergente dei genieri responsabile della squadra alla torre 5. Il sergente bestemmiò, ma quando vide Guajardo si scusò. Girandosi in modo da volgere le spalle al muro e al fuoco nemico, il colonnello rassicurò il sergente e gli chiese un ragguaglio sulla situazione. "Hanno aumentato il fuoco. Non hanno un obiettivo preciso. Sparano semplicemente di continuo e in ogni direzione."

Preoccupato, Guajardo si girò, si mise in ginocchio e alzò lentamente la testa per vedere cosa stava succedendo. Una scarica di pallottole, alcune delle quali colpirono il muro di fronte, convinse Guajardo che non era il caso di esporsi. Probabilmente, si stavano preparando a uscire e a fuggire. I mercenari avevano aumentato il fuoco per coprire la fuga di altri. Era tempo di agire.

"È atterrato qualche elicottero al campo d'aviazione, sergente?"

"No, signore, non ne abbiamo visti né sentiti. Naturalmente avrebbero potuto passare attraverso il portone sotto di noi, senza che noi li potessimo avvistare. In questa posizione, siamo bloccati e inutili."

Guajardo guardò i quattro genieri accucciati nel tentativo di ripararsi alla meglio. Poteva leggere sui loro volti la rabbia di essere costretti a rimanere lì, esponendo la loro vita senza possibilità di reagire. Il sergente aveva ragione. Erano inservibili in quella postazione. Rivolgendosi al sergente, Guajardo impartì i suoi ordini, ignorando il continuo martellamento di colpi sul lato opposto del muro che li proteggeva. "Sì, non c'è nulla che possiate fare qui. Prenda i suoi uomini e li conduca ai piedi della torre. Poi crei un'apertura sufficientemente grande perché gli uomini possano uscire nello spazio tra la torre e la rimessa. Quando avrà finito e prima di creare un altro passaggio nel muro della rimessa, spalanchi il cancello a sud. Ha capito tutto?"

"Sì, lo faremo." Felice di poter lasciare la piattaforma della torre e di avere finalmente qualcosa da fare, il sergente sorrise, richiamò l'attenzione dei suoi genieri e ordinò loro di scendere alla base della torre. Quando l'ultimo uomo fu sceso, Guajardo alzò velocemente la testa, si guardò intorno, poi seguì il sergente giù per le scale.

Senza più voltarsi, Childress condusse il piccolo gruppo attraverso l'uscita che portava al fiume e corse verso la passerella. Due uomini scortavano e trascinavano Alamán. Alle loro spalle, un terzo uomo attese qualche secondo, poi li seguì voltandosi di tanto in tanto per controllare che non ci fossero pericoli.

Mentre correva, Childress si aspettava di essere colpito da un momento all'altro, ma non accadde nulla. Notò che all'esterno non c'era fumo come dentro le mura di Chinampas. Fu finalmente in grado di respirare senza tossire ma la mancanza del fumo rendeva più pericolosa la loro fuga. Quando ebbero quasi raggiunto il ponte, Childress cominciò a sperare che ce l'avrebbero fatta. Aspettò di essere sull'altra sponda prima di fermarsi e voltarsi indietro.

I due uomini che scortavano Alamán si stavano avvicinando velocemente. La retroguardia, voltandosi continuamente mentre correva, seguiva a circa venti metri.

Improvvisamente si fermò, si piegò su un ginocchio e cominciò a sparare. Childress vide un gruppo di soldati messicani girare l'angolo a nord del muro di cinta, proprio sotto la torre 3. Uno degli uomini a guardia sulla torre non s'accorse che i federali erano sotto di lui finché non vide il fuoco della retroguardia e si sporse in avanti per vedere cosa stava succedendo. Un soldato messicano, preparato a tale evenienza, lo uccise con un sol colpo, facendolo cadere in mezzo agli uomini che stavano montando la mitragliatrice e, cogliendoli di sorpresa, rese vani i loro sforzi di puntare l'arma contro Childress, Alamán e la sua scorta.

Childress continuò la sua corsa verso la pista e non s'avvide della morte della retroguardia a opera dei soldati che erano finalmente riusciti ad attivare la mitragliatrice. Il sacrificio della retroguardia e l'interruzione causata dal cadavere del mercenario piombato sugli uomini permise anche al resto del gruppo di Alamán di attraversare il ponte e raggiungere il campo.

Là, Childress trovò i piloti di due elicotteri pronti a decollare e le guardie di campo radunate nell'hangar. Si affrettò verso l'elicottero più vicino e ordinò al pilota di aspettare Alamán. Si diresse poi verso l'hangar e per la fretta non notò gli zaini ammucchiati sugli elicotteri.

Sulla porta dell'hangar c'era Jean Lefleur, capogruppo incaricato di difendere l'aeroporto. Lefleur, un veterano della Legione straniera, non amava Childress e si doleva del suo rapporto con Delapos. Mentre Childress si avvicinava, Lefleur si appoggiò allo stipite della porta.

Rimasto senza forze per l'eccitazione e lo sforzo, Childress raggiunse Lefleur e cominciò a impartirgli ordini. Lefleur ascoltava in silenzio mentre Childress gli ordinava di inviare due uomini di fiducia presso Alamán e i suoi due uomini che si trovavano sul primo elicottero, mentre Lefleur stesso avrebbe dovuto guidare la fuga a piedi del resto degli uomini verso nord; poi si sarebbero ritrovati al loro vecchio campo d'addestramento, dove Delapos e i sopravvissuti si stavano dirigendo. Childress attese poi che Lefleur si muovesse.

L'improvviso arrivo di Childress mise Lefleur in uno strano imbarazzo. Se avesse obbedito avrebbe perso gli elicotteri necessari per scappare con i suoi uomini, come si era preparato a fare; se avessero abbandonato Alamán, non sarebbero stati pagati. Mentre valutava il da farsi, cercò di guadagnar tempo e chiese con indifferenza se quelle fossero istruzioni di Delapos o di Childress.

Il desiderio di colpire Lefleur in pieno viso con il calcio del fucile fu grande, ma Childress rispose che erano ordini di Delapos. Poi, facendo in modo che anche gli altri mercenari presenti sentissero, lo avvertì che se non avessero portato Alamán in salvo, non solo non sarebbero stati retribuiti ma avrebbero anche avuto poche possibilità di lasciare il Messico vivi. L'idea di uccidere Childress sul posto balenò nella mente di Lefleur, ma svanì velocemente. Dopo il commento di Childress sulla necessità di salvare Alamán per poter essere pagati, non aveva modo di sapere come avrebbero reagito i suoi uomini. Per questo optò per la soluzione più sicura. Era comunque deciso a mantenere il controllo della situazione. Si guardò attorno e attese qualche secondo prima di rivolgersi agli uomini riuniti attorno a lui: "Voi due, nell'elicottero con il señor Alamán. Il resto di voi recuperi gli zaini dall'apparecchio e mi raggiunga là, ai piedi della collina. Portate solo cibo e munizioni. Nessun oggetto personale. E ora, muovetevi." Quando gli uomini scattarono, si rivolse a Childress con un sorriso sarcastico: "Soddisfatto?"

Troppo irritato per rispondere, Childress si voltò e corse verso l'elicottero che lo stava aspettando. Prima di salire, controllò che i suoi uomini e quelli di Lefleur facessero salire Alamán sull'altro apparecchio. Solo dopo che l'elicottero con a bordo Alamán si fu staccato da terra, egli balzò a bordo e ordinò al pilota di volare sul cortile di Chinampas.

Guajardo osservava i genieri della torre 5 mentre svolgevano gli ordini ricevuti. Dopo aver aperto un varco ai piedi della torre vicino a una delle uscite, il sergente dei genieri e Guajardo notarono che il fumo nascondeva quasi completamente il muro della rimessa a soli pochi metri da loro. Con cautela, il sergente infilò la testa nella breccia per controllare se i suoi uomini potessero sgusciare senza esporsi al fuoco proveniente dalle caserme. Poi urlò a uno degli uomini di seguirlo e si inoltrò nella breccia.

Sebbene lavorassero alacremente, i genieri erano parsi a Guajardo lenti e impacciati. Da sotto la torre, egli osservava il loro andirivieni da una parte all'altra dell'apertura. Solo dopo che il sergente e i suoi genieri furono rientrati nella torre e la miccia dell'esplosivo fu accesa, Guajardo si rese conto che alcuni uomini inviati al di là del muro potevano trovarsi dall'altra parte dell'entrata. Mentre la miccia si consumava, egli maledì la sua stupidità pregando perché la fretta nel dare ordini non causasse la morte dei suoi uomini.

Il boato dell'esplosione, seguito da una pioggia di detriti, annunciò che l'entrata sud era saltata. Ancor prima che i resti del portone smettessero di cadere, Guajardo corse verso il passaggio. Uscito all'esterno, si guardò intorno e si sentì sollevato nel non trovare nessun soldato messicano morto o ferito. Quella sensazione svanì quando udì il rombo di un elicottero che stava decollando dalla pista dell'aeroporto. Sebbene sperasse che si trattasse del gruppo N finalmente arrivato, sapeva che era Alamán. Le luci di un elicottero Bell 206 bianco e rosso confermarono il suo timore. Scoraggiato, rimase immobile a guardare l'elicottero che scompariva. Tutti i suoi sforzi, i sacrifici dei suoi uomini, tutto era stato inutile. Chinampas poteva essere distrutta, ma ciò che aveva rappresentato viveva ancora. E finché Alamán era in vita, era pericoloso.

Come a sottolineare il suo fallimento, vide un elicottero dell'Esercito arrivare da est e atterrare sulla pista ormai deserta per scaricare le truppe del gruppo N esattamente alle 07:16.

Perso nei suoi cupi pensieri, Guajardo non vide l'atto finale del dramma. Childress sapeva che Delapos non sarebbe mai riuscito ad attraversare il ponte e così aveva ordinato al pilota di atterrare nel cortile. Lui e il pilota sapevano di correre il rischio di essere colpiti sia dal fuoco dei federali sia da quello amico. Nonostante ciò, egli contava sulla sorpresa per avere il tempo di recuperare Delapos e qualche uomo.

Ciò che non poteva sapere era che avrebbe avuto dalla sua parte molto più di una sorpresa. Infatti, con l'ordine di Guajardo di inviare la maggior parte degli uomini fuori le mura e con l'abbandono da parte dei genieri della torre 5, poco più di sei soldati messicani erano rimasti a protezione del cortile. Il cortile era, in quel momento, il posto più sicuro per i mercenari.

L'inatteso arrivo dell'elicottero bianco e rosso ebbe l'effetto che Childress aveva immaginato. I federali, non sapendo a chi appartenesse, sospesero il fuoco. Delapos capì immediatamente il piano di Childress: senza pensarci due volte, si rivolse agli uomini riuniti nella stanza e li incitò a raggiungere l'elicottero.

Appena i mercenari abbandonarono le caserme, i pochi soldati rimasti nella casa cominciarono a far fuoco su di loro, anziché sull'elicottero. Mentre Childress sparava verso la casa da un finestrino, Delapos spalancò la porta posteriore e saltò a bordo dell'elicottero. Altri due uomini salirono dietro di lui ed egli ordinò al pilota di decollare.

Ci fu un attimo di panico quando arrivò un mercenario che, mancando la portiera, si aggrappò al pattino. Gli altri mercenari, a metà strada tra l'elicottero e le caserme, si fermarono a guardare il decollo. Capirono di essere stati abbandonati e allora tentarono di rifugiarsi nelle caserme.

I soldati, ripresisi dalla sorpresa, spararono sui mercenari. Nessuno, comunque, sparò all'apparecchio o al mercenario appeso al pattino. Così come era arrivato, altrettanto velocemente l'elicottero se ne andò.

Persa ogni speranza, i mercenari barricati nelle caserme, nelle torri 3 e 4 e nelle scuderie decisero di aver combattuto abbastanza. La stessa cosa accadde ai soldati. L'azione finale nel cortile sembrava avesse soddisfatto il loro desiderio di uccidere. Questa volta, quando i mercenari uscirono con le mani alzate, nessuno sparò.

Chinampas era distrutta, ma il señor Alamán, vero obiettivo di Guajardo, non lo era.

7

L'Uomo sarà forgiato per la guerra e la Donna per l'intrattenimento del Guerriero. Tutto il resto è follia.

F. Nietzsche

Quartier generale, 16ª Divisione corazzata,
Fort Hood, Texas
3 luglio, ore 09:15

Dalla finestra del suo ufficio, Scott Dixon poteva vedere la piazza d'armi davanti al quartier generale della divisione. Si divertiva a guardar fuori dalla finestra, soprattutto in estate: molte unità sfilavano sul piazzale per le cerimonie di cambio della guardia. In giugno e luglio non passava settimana senza una cerimonia o i suoi preparativi. Nonostante la maggior parte delle parate dell'Esercito mancassero della precisione e della pompa tipiche delle sfilate dell'Istituto militare della Virginia, esse rappresentavano comunque il miglior spettacolo gratuito della città.

Ciò che Dixon preferiva nelle parate della 16ª Divisione era il plotone cerimoniale a cavallo e la sezione di artiglieria da campo. Dietro insistenza di un precedente comandante di divisione, la 16ª aveva costituito un plotone a cavallo sul modello di quello dell'altra Divisione corazzata di Fort Hood. Il comandante di divisione successivo, essendo un artigliere, aveva creato, ricalcando la sezione di artiglieria da cerimonia di Fort Sill, una sezione di artiglieria a due cannoni che doveva seguire il plotone a cavallo. L'unica differenza tra la sezione di artiglieria di Fort Sill e la 16ª Divisione era che la prima utilizzava cannoni e uniformi della Prima guerra mondiale, mentre la seconda usava due Napoleon a canna liscia da 5,5 chilogammi con relativi cassonetti e indossava uniformi in uso dopo la Guerra civile.

Con l'aggiunta di due unità da cerimonia, le parate della 16ª Divisione corazzata avevano un'imponenza che poche altre potevano vantare. Il plotone a cavallo, che indossava degli Stetson a falda larga, camicie blu scuro e pantaloni azzurri con larghe strisce gialle sulle cuciture, si schierava alla sinistra del battaglione o della brigata che costituiva il grosso della parata. La sezione di artiglieria, con uniformi simili ma con strisce rosse sulle cuciture, si schierava alla sinistra del plotone a cavallo. L'istituzione delle due unità da cerimonia aveva dato inizio a un'accesa disputa tra i conservatori, chiamata la grande disputa del cavallo. Per tradizione, la sezione o la divisione più anziana aveva diritto alla posizione di destra, la posizione d'onore. Gli ufficiali d'artiglieria sostenevano che fosse l'artiglieria da campo, la sezione più anziana, a doversi schierare a destra del plotone a cavallo. Gli ufficiali di corazzata, i più numerosi all'interno della divisione, sostenevano di avere loro il diritto al posto d'onore. Gli ufficiali di fanteria della divisione, come il terzo figlio di una famiglia, cambiavano opinione a seconda del momento, solo per infastidire la parte avversa. Prima che Dixon fosse nominato G3, cioè ufficiale addetto alle operazioni della divisione, la posizione dei cannoni della sezione di artiglieria e dei cavalli del plotone a cavallo si alternava spesso a seconda delle preferenze dell'ufficiale in carica durante la cerimonia.

Dixon aveva appena assunto le sue funzioni di G3 quando due maggiori scattanti e travolgenti lo avevano messo al corrente della grande disputa del cavallo. I maggiori, nello sforzo di coinvolgere il nuovo arrivato, misero Dixon con le spalle al muro e cercarono di convincerlo che l'artiglieria aveva diritto al posto d'onore. Dixon, sbalordito dalla serietà con cui essi trattavano di cose che egli considerava di poca importanza, prese una decisione improvvisa. Senza dar loro la possibilità di terminare il discorso, alzò la mano per zittirli e annunciò che, finché egli sarebbe stato un ufficiale di corazzata e la 16ª una divisione corazzata, i cavalli avrebbero sfilato sul lato destro. Fu così che, durante il suo primo giorno, egli mise fine alla grande disputa del cavallo e si presentò come un ufficiale che non tollerava discussioni inutili.

Ora, a un anno di distanza, Dixon si sentiva soddisfatto ogni volta che vedeva sfilarc il plotone a cavallo e la sezione d'artiglieria. Sebbene non l'avesse mai considerata seriamente, aveva preso la decisione giusta, o così almeno gli sembrava. I soldati a cavallo, guidati dal capoplotone e dal portaguidone, dovevano stare in testa, come aveva sempre fatto la cavalleria. Seguivano poi i pezzi d'artiglieria pesante. Infine, veniva il carro rifornimenti, immancabile retroguardia di ogni unità, con i suoi quattro muli, il carrettiere e il cane mascotte.

Dopo essere passato davanti al palco delle autorità, mentre il battaglione e la banda della divisione si spostavano su un lato, il plotone a cavallo invertiva direzione, si schierava in posizione d'attacco ed estraeva le pistole. Poi i cannoni della sezione d'artiglieria, avanzando da dietro, fiancheggiavano il plotone a cavallo per mettersi in assetto da combattimento. Ogni cannone, sotto il comando di un caposezione, avrebbe sparato due colpi. Dopo che il rimbombo della seconda scarica era svanito, il comandante del plotone a cavallo alzava la sciabola per ordinare al trombettiere di suonare la carica. Abbassata la sciabola e speronato il cavallo, gridava "Carica!" in modo che tutti potessero sentire e conduceva il suo plotone schierato attraverso il piazzale oltre i cannoni, mentre la banda intonava *Gary Owen*. La sezione d'artiglieria muoveva i cannoni subito dopo il passaggio del plotone a cavallo e lo seguiva al galoppo sventolando i cappelli verso la folla che applaudiva al loro passaggio. Come gran finale, il carro dei rifornimenti arrivava alla velocità massima consentita dai quattro muli.

Dixon amava quello spettacolo anche se lo aveva visto parecchie volte. Come molti ufficiali, trovava sicurezza e conforto nelle tradizioni, nell'ordine e nelle norme che regolano la vita militare. Come sarebbe stata meravigliosa la vita nell'Esercito se fosse stato necessario essere solo un buon cavaliere, un discreto tiratore e un valido comandante!

Appoggiato allo schienale della poltrona con i piedi sul davanzale della finestra, Dixon sorseggiava un caffè e osservava un battaglione della 2ª Brigata che si stava esercitando, quando il suo sergente maggiore entrò nell'ufficio. Con una voce tuonante che avrebbe risvegliato i morti e un'allegria che Dixon non poteva condividere a quell'ora del mattino, il sergente maggiore annunciò il suo arrivo: "Non è forse un gran giorno per essere nell'Esercito, signore?"

Senza muoversi né voltarsi verso di lui, Dixon rispose con una punta di sarcasmo nella voce: "Sergente maggiore Aiken, *ogni* giorno è un gran giorno per essere nell'Esercito."

"Ma specialmente di questi tempi, signore! Non dimentichi che per la Dolce 16ª sta per scoccare il gran giorno."

Sebbene Aiken non potesse vederlo sapeva che Dixon aveva sussultato. Lo faceva ogni volta che qualcuno si riferiva alla 16ª Divisione corazzata come alla Dolce 16ª, un soprannome utilizzato in conversazioni private da quando la 16ª Divisione corazzata era stata selezionata per essere l'unità che avrebbe effettuato la VUDC, la Valutazione di ufficiali donne in combattimento.

"Sì, è vero, sergente maggiore. Come avrei potuto dimenticarlo." E infatti non avrebbe potuto. Sarebbe stato più facile dimenticarsi di respirare che di essere membro della 16ª Divisione corazzata che stava per diventare un'unità di sperimentazione in seguito all'introduzione delle donne nelle unità corazzate da combattimento. Nella divisione, tutti, uomini e donne, ufficiali e soldati semplici, avevano la loro opinione. Persino le mogli ne avevano una. Per tre mesi, la divisione e in particolare i tre battaglioni che avrebbero accolto le prime tre ufficialesse si erano preparati alla sperimentazione. Non era stato facile.

Sebbene la maggior parte degli ufficiali e dei soldati delle unità selezionate si fossero rassegnati ad accettare l'inevitabile, c'era ancora qualche osso duro che si opponeva. Alcuni ufficiali dei reparti da combattimento avevano espresso le loro obiezioni, alcuni avevano minacciato di dimettersi, compreso il comandante di uno dei battaglioni prescelti per la sperimentazione. La cosa si era risolta quando il generale Alvin M. Malin, comandante della 16ª Divisione corazzata, era stato "avvertito" della situazione. Soprannominato ironicamente il Grande Al a causa della sua bassa statura, Malin non tollerava dissensi quando un ordine era stato dato. Poco dopo essere stato messo al corrente della minaccia di dimissioni del comandante di battaglione, il Grande Al si era recato personalmente da lui senza farsi annunciare, gli si era seduto di fronte e con voce amichevole gli aveva detto di essere venuto per raccogliere personalmente le sue dimissioni e accettarle all'istante. Sbalordito, il comandante di battaglione aveva cercato di giustificarsi, ma il Grande Al lo aveva interrotto ordinandogli di tacere e di appoggiare il programma o di dimettersi.

Il comandante del 2° Battaglione 13° Fanteria aveva fatto marcia indietro scusandosi per ciò che aveva detto e aveva assicurato che avrebbe appoggiato il programma al cento per cento.

Un attacco a sorpresa del Grande Al otteneva generalmente l'effetto desiderato. Assoluta cooperazione e gioco di squadra divennero l'ordine del giorno. Nonostante ciò, i commenti sussurrati e i dissensi continuavano a farsi sentire tra i ranghi. Anche nella sezione di Dixon c'era chi dubitava dell'inserimento delle donne in unità da combattimento. Il venerdì precedente, con sorpresa di Dixon, il capitano della sua sezione, incaricato di coordinare il programma generale della divisione, si era presentato nel suo ufficio chiedendo di essere assegnato ad altre mansioni poiché non sopportava il programma. Sebbene Dixon ammirasse la sua onestà, non poteva permettere a un ufficiale che non accettava la politica dell'Esercito e il programma dell'operazione uguaglianza di andarsene senza far commenti. Dopo tutto, gli ufficiali non potevano permettersi di scegliere ciò che volevano o non volevano sostenere.

Dixon, un allievo dell'Istituto militare della Virginia con ventun anni di servizio attivo e due guerre alle spalle, pensava che per un ufficiale si trattasse semplicemente di prendere o lasciare. Nel giro di qualche ora, l'ufficiale era stato assegnato ad altre mansioni e Dixon aveva scritto una valutazione negativa che in tempo di pace avrebbe effettivamente compromesso la carriera del capitano. L'intera questione fu resa più semplice dal fatto che il capitano aveva aspettato fino all'ultimo minuto, poco prima che arrivassero gli ufficiali donne, per esprimere la sua opinione. Il fatto che avesse scelto di farlo di venerdì, assestando il colpo di grazia a un week-end già compromesso, permise a Dixon di provare un certo senso di piacere nello scrivere giudizi piuttosto sferzanti sul rapporto di valutazione del suo sottoposto.

Due mesi prima, Dixon aveva programmato di passare un lungo week-end, quello del 4 luglio, a South Padre Island con i suoi due figli e Jan Fields, la donna con cui aveva convissuto negli ultimi tre anni. A causa del colpo di stato in Messico, però, Jan aveva dovuto rinunciare. La possibilità di essere il corrispondente principale della World News Network a Città del Messico era una tentazione troppo grande perché Jan se la lasciasse scappare. Dixon, sebbene seccato, non si lamentò. Dopo tutto, Jan aveva rinunciato a una posizione più prestigiosa presso la WNN per diventare, come si definiva lei stessa, un accompagnatore da campo. La perdita dell'ufficiale addetto al progetto VUDC aveva posto fine al week-end. Anziché sdraiarsi sulla spiaggia con i suoi due ragazzi, Dixon era rimasto seduto nel suo ufficio a Fort Hood con l'addetto al personale di divisione per tentare di trovare l'ufficiale ideale da inguaiare con il progetto VUDC. Dopo aver considerato dozzine di profili di ufficiali, entrambi concordarono nella scelta di uno appena arrivato, un giovane capitano di nome Harold Cerro.

Mentre aspettava di essere chiamato a colloquio con il G3 della divisione, il capitano Harold Cerro sorseggiava il caffè che gli avevano offerto, guardando l'andirivieni di persone intorno a lui. Era già abbastanza seccato dal fatto che avessero cambiato la sua assegnazione allo stato maggiore di brigata, allontanandolo sempre più dai "veri" soldati. Se non altro, a livello di brigata, avrebbe avuto di tanto in tanto l'opportunità di odorare sterco di cavallo e polvere da sparo. Allo stato maggiore della divisione, tutto ciò che poteva odorare era sterco di cavallo.

Quella mattina, trovandosi già in un profondo stato d'ansia a causa della sua improvvisa e nuova assegnazione, Cerro non rimase favorevolmente colpito dallo stato maggiore della divisione. Tutti, ufficiali e soldati semplici, sembravano muoversi con passo stanco, al rallentatore. Nella maggior parte delle unità di linea nelle quali era stato, aveva sempre trovato una buona dose di vivacità in tutto quello che si faceva, anche nelle conversazioni. Lì, tutti sembravano muoversi lentamente, persi nel loro piccolo mondo, bevendo caffè, frugando tra le carte e innervosendosi ogni volta che il telefono interrompeva bruscamente il loro ritmo monotono.

Mentre meditava sul suo destino, lo avvicinò un sergente maggiore con un sorriso sulle labbra e la mano destra tesa. "Capitano Cerro, sono il sergente maggiore Aiken. Benvenuto dal G3."

Preso alla sprovvista, Cerro spostò la tazza del caffè dalla mano destra alla sinistra, si alzò, afferrò la mano del sergente maggiore e mentì: "È un piacere essere qui, sergente maggiore."

Aiken lo fissò per un istante mentre si stringevano la mano e gli rivolse un sorrisetto furbo. "Sono certo che lo sia, signore. Ne sono certo."

Il sorriso e il commento non sfuggirono a Cerro, mentre l'espressione preoccupata del suo viso non sfuggì ad Aiken. "Signore, il G3 la riceverà ora." Senza aspettare, Aiken si voltò e si incamminò per condurre Cerro nell'ufficio del G3. Cerro appoggiò velocemente la tazza sul pavimento accanto alla sedia e si affrettò a seguire il sergente maggiore.

Il tempo di raggiungerlo e Cerro era di fronte alla porta del G3. Senza proferir parola, Aiken gli fece cenno di entrare e mentre Cerro gli passava davanti, mormorò: "*Vaya con Dios.*" Non rispose al commento ma si chiese perché diavolo lo avesse detto.

L'ufficio del G3 era piccolo. Da una parte, di fronte alla porta, c'era una scrivania semplice e funzionale. Appoggiato perpendicolarmente alla scrivania, c'era un lungo tavolo di legno con cinque sedie. Alla sinistra di Cerro troneggiavano una poltrona superimbottita e un tavolino sul quale era appoggiata una storia della 16ª Divisione corazzata. Alla sua sinistra, lungo il muro, c'era una libreria piena di manuali da campo, libri di storia militare e cartellette di vari colori e dimensioni. Appese al muro su cui poggiava la libreria c'erano due cartine in scala ridotta, una della Germania e dell'Europa Centrale e l'altra del Golfo Persico. Una terza cartina, appesa dietro la scrivania, era una caratteristica mappa di Fort Hood che mostrava tutti i campi e le zone di esercitazione. Dietro alla scrivania, seduto su una grande poltrona in stile dirigenziale, con i piedi appoggiati al davanzale della finestra, sorseggiando caffè mentre guardava i preparativi per la parata, c'era il G3.

Avvicinatosi al lungo tavolo, Cerro si fermò, scattò sull'attenti, salutò e si presentò: "Signore, capitano Harold Cerro a rapporto."

Dixon aveva sentito il capitano entrare nel suo ufficio. Aveva persino udito il commento malizioso del sergente maggiore. La voce tonante del capitano, artificialmente abbassata di un paio di ottave per sembrare più rauca e più maschile, non lo sorprese.

Senza voltarsi verso il capitano, Dixon assaporò un altro sorso di caffè prima di passare la tazza dalla mano destra alla sinistra e rispondere abbastanza distrattamente al saluto del capitano. "Si sieda, capitano Cerro."

Per un momento Cerro rimase sconcertato dall'atteggiamento distratto del G3. Non c'è da sorprendersi, pensò, se il suo personale si muove al rallentatore. Lo hanno imparato dal capo. Con un sospiro, abbassò la mano e si accomodò in testa al lungo tavolo in attesa che il G3 parlasse. Questi non si curò molto di lui, ma continuò ad ammirare le prove della parata. Non avendo niente di meglio da fare, Cerro posizionò la sua sedia per poter a sua volta guardare lo spettacolo.

Sulla piazza d'armi, l'unità in marcia stava completando l'ultimo giro prima di sfilare davanti al palco delle autorità. Il comandante del battaglione, seguito da quattro ufficiali di stato maggiore, si trovava davanti al palco per salutare l'ufficiale di parata. Poiché si trattava di una prova, c'era un ufficiale dell'ufficio del G3 che faceva le funzioni dell'ufficiale di parata: ricambiava il saluto e prendeva nota delle mancanze mentre i membri dell'unità gli sfilavano davanti. Seguivano poi le compagnie, capeggiate dai loro capitani e dai guidoni. Cerro osservò il comandante di ogni compagnia impartire gli ordini. Fu dato per primo il comando preparatorio "Attenti a", che era un invito per la compagnia a prestare attenzione al comando successivo. Nel momento stesso in cui il comandante dava l'ordine preliminare, il portabandiera innalzava il guidone più in alto possibile. Era una vecchia tradizione istituita ai tempi in cui i comandanti si servivano dei guidoni per trasmettere i comandi ai subordinati che non potevano sentirli a causa del frastuono della battaglia. Dopo una breve pausa, il comandante gridò un secco e breve "Destra", il comando esecutivo. La testa del comandante si girò verso destra nello stesso istante in cui la sua mano destra scattava per salutare l'ufficiale di parata. Il guidone si abbassò rumorosamente per segnalare che il comando esecutivo era stato dato. Fra i ranghi della compagnia, la fila di destra continuò a stare sull'attenti, mentre le teste nelle due file di sinistra scattarono verso destra. La compagnia mantenne quella posizione finché il suo comandante superò il palco delle autorità e raggiunse un segnale che indicava che l'elemento di coda della sua unità era passato oltre il palco. A questo punto il comandante diede l'ordine "Riposo".

Le compagnie sfilarono una dopo l'altra, con i colori nazionali e reggimentali posti tra la seconda e la terza compagnia. Mentre sfilavano davanti al palco delle autorità, i colori reggimentali erano inclinati di 45° in segno di saluto all'ufficiale di parata, mentre i colori nazionali rimanevano diritti. Era questo l'unico momento in cui l'ufficiale di parata salutava in onore dei colori nazionali.

Cerro aveva già visto tutto questo e non capiva la passione del G3 per le parate, anche perché certamente le vedeva molto spesso. Stava cominciando a spazientirsi, quando arrivò il plotone a cavallo. Sebbene la sequenza fosse la stessa, c'era più sentimento e dramma, e Cerro si sentì inevitabilmente partecipe nel momento in cui il comandante del plotone a cavallo si portò la sciabola sguainata davanti al viso e diede l'ordine preparatorio. Urlando "Attenti a" con tutte le sue forze, il comandante del plotone abbassò con uno scatto la sciabola, catturando un riflesso di sole con la lama lucente. La tenne giù, con il braccio rigido e teso, mentre impartiva l'ordine esecutivo "Destra". I cavalieri passarono a due a due davanti all'ufficiale di parata con una precisione e una disinvoltura che meravigliarono Cerro. Senza dubbio, pensò, i cavalli richiedevano tanto allenamento quanto le truppe. Dopo il plotone a cavallo, arrivò l'artiglieria da campo. Ogni cannone, trainato da quattro cavalli, aveva un equipaggio di quattro uomini: due, quelli di destra, montavano i cavalli bardati e due stavano sul cassonetto.

Sebbene la parata fosse interessante, le manovre e la finta battaglia, seguite da una carica a cavallo, erano entusiasmanti. Cerro guardava affascinato e sentiva aumentare il battito del suo cuore. Questa sì, pensò, era una cerimonia degna dell'Esercito degli Stati Uniti.

Mentre il comandante del plotone a cavallo radunava i suoi soldati, Dixon girò la poltrona e affrontò Cerro per la prima volta. "Mai vista una carica di cavalleria prima d'ora?"

Cerro, sorpreso dal G3, scosse la testa. "No, signore, veramente no."

Appoggiato allo schienale della sua poltrona, Dixon continuò a parlare mentre studiava il nuovo capitano. "Al tempo in cui l'Esercito faceva veramente queste cose, tutto era più semplice, facile, comprensibile. Il comandante, che cavalcava pochi passi avanti ai suoi soldati, poteva vedere e studiare il nemico, la zona e il suo obiettivo. Poteva coprire tutto con uno sguardo. Sfruttava ciò che vedeva, oltre alla sua preparazione, esperienza e giudizio per impartire ordini semplici e concisi. Lo poteva fare da solo, perché le unità erano grandi quanto bastava perché tutti sentissero la sua voce. E le manovre erano semplici esercitazioni, qualcosa che una buona truppa poteva eseguire più volte. Quando il comandante pensava che tutto fosse pronto, alzava la sciabola e dava la carica. Nel giro di pochi minuti, era il successo o il fallimento. Semplice, chiaro e rapido. Per usare le parole del maggiore Joel Elliott a Washita, 'O la promozione o la bara!' "

Cerro, seduto all'estremità del tavolo, aspettava che il G3 continuasse o collegasse la sua breva storia a qualche profonda considerazione. Aspettava ed ebbe la chiara impressione che lo stessero preparando a qualcosa, soprattutto perché Dixon si era servito di una citazione del maggiore Elliott. Elliott, un ufficiale del 7° Reggimento di Cavalleria degli Stati Uniti nel 1868, era stato visto vivo per l'ultima volta alla testa di diciotto soldati che inseguivano un gruppo di Cheyenne in fuga, il primo giorno della battaglia di Washita. Il suo corpo e quello dei diciotto soldati furono ritrovati dopo due settimane. Elliott aveva avuto la sua bara. Era a questo, si chiese Cerro, che il G3 lo stava preparando, a una bara o a una promozione? Il sospetto aumentò quando il G3 riprese.

"Ha mai sentito parlare del programma chiamato Valutazione di ufficiali donne da combattimento?"

Ecco di che si trattava. Senza bisogno di altro, Cerro ora conosceva il seguito. Eppure, esitò un attimo prima di rispondere. Quando lo fece, si sforzò di mantenere un tono tranquillo. "Sì, signore, ne ho sentito parlare."

Dixon raccolse un piccolo fermacarte quadrato e cominciò a

giocarci, e ciò lo spinse a chiedersi se i tenenti colonnello dell'Esercito usassero i fermacarte come i capitani della Marina usavano i caricatori.

"Ho deciso di assegnarla alla sezione addestramento del G3 come ufficiale addetto all'addestramento individuale e alle armi della divisione. Una della sue responsabilità sarà quella di controllare e coordinare il programma VUDC per la divisione. Avrà anche altri doveri, tra i quali quello di essere il punto di contatto della divisione per le prove di qualificazione, per l'addestramento alle armi leggere e ai cannoni, le scuole speciali, eccetera, ma nessuno di essi è paragonabile al VUDC. È un programma molto importante." Smise di gingillarsi con il fermacarte e guardò Cerro negli occhi prima di aggiungere: "Ha capito?"

Sebbene Cerro non avesse idea del tipo di responsabilità e dei doveri che il VUDC comportava, conosceva la delicata natura del programma, la pubblicità che aveva e che avrebbe continuato a ricevere e le controversie che sarebbero sorte quando i risultati fossero stati divulgati. Si stava concentrando per trovare una risposta adeguata. Ricambiò lo sguardo del G3 ed ebbe l'impressione che stesse aspettando un commento sulla sua nuova assegnazione. Un tocco di humour lo aveva tolto più di una volta dall'imbarazzo e, a questo ricordo, Cerro sorrise: "Gesù, signore, per un po' mi ha tenuto col fiato sospeso. Temevo che stesse per assegnarmi qualcosa di veramente difficile."

Preso alla sprovvista dal commento di Cerro, Dixon lo guardò e sorrise. Bene, pensò, se vuole fregarmi, lo ricambio subito. Si sporse in avanti, appoggiò i gomiti sulla scrivania e, giungendo le mani, lo guardò negli occhi: "In questo caso, crede di potersela cavare anche con l'addestramento alle munizioni?"

La prima cosa che balzò alla mente di Cerro fu: "Oh, merda, l'ho giudicato male." Questo pensiero dovette trasformare il suo sorriso in uno sguardo preoccupato, perché, dopo una breve pausa, Dixon ammiccò e sorrise. "La prossima volta, soldato, mediti prima di parlare. Chiaro?"

Cerro scosse la testa: "Colpito, signore, cessi il fuoco."

Dixon si alzò e si diresse verso la porta. "Il suo periodo di riposo è finito. È tempo di lavorare. Mi segua e la presenterò al maggiore Nihart, l'ufficiale d'addestramento del G3."

Quartier generale, 2° Battaglione, 13° Fanteria
Fort Hood, Texas
3 luglio, ore 09:45

Lasciando la strada su cui dava il quartier generale della 2ª Brigata per entrare nel parcheggio dietro l'edificio del quartier generale del battaglione, i soldati del 2° Battaglione del 13° Fanteria si fermarono. Per il sottotenente Kozak, l'inizio era stato buono. Esercitazioni e cerimonie, dopo quattro anni a West Point, compreso un anno come comandante cadetto di battaglione, l'avevano preparata alle parate. Ora, pensava, se il resto dell'anno prosegue allo stesso modo, ce la faremo.

Il fatto che considerasse il suo successo come una questione di "noi" e non di "io" dipendeva dal fatto che il suo successo o fallimento non avrebbero avuto conseguenze solo su di lei. Il suo rendimento e quello di altri cinque ufficiali come lei avrebbero permesso l'ammissione di ufficiali femminili nei ranghi superiori dell'Esercito. Finché le donne, sia ufficiali che soldatesse, rimanevano relegate a reparti di servizio o di supporto al combattimento, sarebbero state ostacolate nella promozione e nell'ascesa a livelli più alti. Solo diventando membri delle divisioni corazzate da combattimento esse potevano raggiungere una vera uguaglianza. Ed era per ottenere questo che Nancy Kozak sapeva di dovercela fare.

Mentre marciava nell'area di parcheggio, si voltò a guardare il suo nuovo comandante di compagnia. Il suo successo e, di conseguenza, il successo della sperimentazione dipendevano in gran parte da quell'uomo, il capitano Stanley Wittworth. Lui era in grado di aiutarla o di fregarla in una dozzina di modi diversi. A partire dai compiti che le affidava, fino ai soldati assegnati al suo plotone, il capitano Wittworth possedeva la chiave del suo futuro.

Sebbene cercasse di convincersi che la stessa cosa valeva per qualsiasi sottotenente, le conseguenze del suo fallimento sarebbero state più di un semplice caso da statistica. Preoccupata da queste considerazioni, rischiò di non sentire l'ordine d'arresto di Wittworth. Si riprese in tempo, si fermò e, eseguendo il comando, girò a sinistra. Strinse i pugni sussultando e bestemmiò silenziosamente, ricordando a se stessa che non doveva perdere la testa, ma stare all'erta. Per prima cosa doveva tenere aperti occhi e orecchie e chiusa la bocca.

Wittworth tornò al suo ufficio, dopo aver sciolto la compagnia. Non aveva fretta. Lo aspettavano solo scartoffie e una fila di soldati che volevano parlare con lui. Al momento, non aveva molta voglia di discutere di sciocchezze. Al contrario, aveva bisogno di schiarirsi le idee. Il mondo piacevole, organizzato e controllato che si era creato come comandante di compagnia aveva urtato contro un ostacolo di nome Nancy Kozak.

Sapeva che la presenza di un sottotenente donna nella sua compagnia avrebbe causato un certo disagio, ma non aveva pensato che parte di questi problemi sarebbero venuti dal suo stesso comandante. Aveva sperato di ricevere sostegno e guida, o per lo meno un po' di comprensione. Invece, non aveva ottenuto nulla.

Le prove per la parata svoltesi quella mattina, il primo dovere ufficiale al quale aveva partecipato il tenente Kozak, erano state un avvertimento per Wittworth. Nell'offrire quella che era sembrata una semplice raccomandazione, il comandante di battaglione aveva suggerito che il tenente Kozak prendesse posizione nella fila destra della compagnia durante la parata finale. Wittworth non poteva sapere che il comandante di battaglione voleva che Kozak fosse sul lato destro perché tutti, dal palco delle autorità, potessero vederla sfilare davanti a loro con il suo battaglione. In questo modo il comandante pensava di dimostrare di aver accolto il "suggerimento" del Grande Al, di essere diventato un membro della squadra e che l'integrazione nel battaglione del tenente Kozak era perfettamente riuscita, come si voleva che fosse.

Il messaggio del comandante di battaglione suggeriva a Wittworth che Kozak avrebbe ricevuto maggiore attenzione dal comandante di un normale sottotenente dell'Esercito. Il comandante e, probabilmente, l'intero personale del battaglione l'avrebbero tenuta d'occhio. Questo significava che anche Wittworth sarebbe stato controllato o, per lo meno, la sua compagnia. Il significato di tutto questo non gli era molto chiaro. La sola cosa chiara era che, in qualche modo, la sua carriera era ora legata al destino del nuovo sottotenente, di una donna. Se così era, allora era necessario scoprire quanto prima quali erano i risultati che il comandante di battaglione si aspettava. In poche parole, doveva sapere se il tenente Kozak era destinata al successo o al fallimento. Una volta scoperto ciò, avrebbe agito di conseguenza.

Lungo il Rio Salado, a nord di Monterrey, Messico
3 luglio, ore 10:35

Ai bordi della pista c'erano tre edifici fatiscenti. L'edificio principale era una struttura a un piano con il tetto in lamiera ed era servito, un tempo, da terminal. A destra c'era un hangar dove, dietro le porte scardinate, erano stati nascosti i due elicotteri. A sinistra, in una rimessa le cui assi mancanti erano più numerose delle rimaste, c'erano una jeep e due vecchi furgoni coperti da teloni. Costruito nella valle del Rio Salado da una compagnia di minatori, l'aeroporto era stato ufficialmente abbandonato per più di vent'anni. Una rapida occhiata avrebbe convinto un osservatore di passaggio che lo era tuttora. Childress e il suo piccolo equipaggio di mercenari avevano passato ore per fare in modo che il campo apparisse abbandonato. Solo il riflesso occasionale del sole sul binocolo della sentinella tradiva la loro presenza.

Il pensiero di aver perso la sua preziosa Chinampas e di doversi nascondere come un qualsiasi criminale tra un gruppo di mercenari tagliagole, faceva soffrire Alamán. In privato, avrebbe alzato gli occhi al cielo chiedendo: "Perché, mio Signore, mi hai abbandonato?" Non che si aspettasse una risposta. Sebbene sua madre avesse cercato di indirizzarlo verso le vie indicate dalla Chiesa, la durezza della vita nei bassifondi del Messico aveva trasformato Alamán in un realista. Nella sua mente, stava già prendendo forma l'idea della vendetta e del ritorno al potere.

Mentre Alamán, solo nella stanza del terminal dell'aeroporto abbandonato, faceva progetti per il futuro, Childress e il pugno di mercenari fuggiti da Chinampas erano alle prese con i problemi del presente. L'urlo della sentinella sul tetto li avvertì che qualcuno si stava avvicinando. Childress si arrampicò sulla scala sgangherata e raggiunse la sentinella. Anche senza il binocolo poteva vedere le nuvole di polvere che indicavano l'avvicinarsi di due veicoli, ancor prima che se ne potessero sentire i motori.

Passando il binocolo a Childress, la sentinella chiese: "Delapos?"

Childress si portò il binocolo agli occhi e non rispose fino a quando non ebbe la conferma che si trattava di due veicoli. "No, non credo. Delapos e Luis hanno una sola automobile. Non posso pensare a nessuna buona ragione che possa averli indotti a rubarne un'altra. Stanno solo facendo un giro di rifornimento."

"Avverto gli altri?"

Childress abbassò il binocolo. "Sì, avvertili. Ma che nessuno spari se non costretto. Chiaro?"

Con un cenno, la vedetta si diresse alla scala. "Chiaro."

Quando i veicoli raggiunsero il guado del fiume si fermarono. Un uomo alto e magro scese dal veicolo di testa, una jeep decappottata e, portandosi il binocolo agli occhi, scrutò il campo d'aviazione. Childress fece altrettanto.

Improvvisamente, Childress seppe di chi si trattava. Il berretto marrone del reggimento paracadutisti della Legione straniera e la giacca variopinta della mimetica non potevano appartenere che a Lefleur. Abbassato il binocolo, Childress pensò: bene, piccolo bastardo, sei arrivato finalmente. Non si era mai fidato di Lefleur. Da quando lo conosceva, quell'uomo mai aveva mostrato un segno di umanità, coscienza o integrità. Era un uomo, pensò, che avrebbe pugnalato la madre alle spalle.

Eppure, almeno per ora, si trovavano dalla stessa parte e lavoravano per la stessa persona. Alzatosi, agitò la mano destra, gridando agli uomini di rilassarsi perché quelli che stavano arrivando erano amici. Sull'altra sponda del fiume, Lefleur vide Childress e rispose al suo saluto prima di risalire sulla jeep. Con gli uomini di Lefleur sarebbero stati in dodici senza contare i due piloti e Alamán. Non era gran che, ma era un inizio. Childress si fermò. Un inizio per che cosa? Che cosa esattamente sarebbero riusciti a fare e perché? Fino a ora, avevano affrontato le cose una alla volta. Ora era tempo di discutere seriamente del futuro.

Quartier generale, ministero della Difesa,
Città del Messico
3 luglio, ore 10:45

Senza una parola, il berretto abbassato sugli occhi, lo sguardo fisso in avanti, Guajardo entrò nell'anticamera. Passò meccanicamente davanti alla sua segretaria e al suo aiutante e si diresse verso l'ufficio, dove, senza dir nulla, si richiuse silenziosamente la porta alle spalle. La segretaria e l'aiutante si guardarono per un attimo, poi, senza proferire parola, ripresero il loro lavoro. Entrambi sapevano che Guajardo tornava dal colonnello Molina dopo aver fatto rapporto sul raid di Chinampas e che aveva bisogno di restare solo.

Con le mani incrociate dietro la schiena, il colonnello sostò davanti alla finestra, dondolandosi avanti e indietro sui tacchi mentre guardava la strada di sotto. L'unico pensiero consolante che poteva attenuare il suo umore nero era il fatto che l'incontro con Molina avrebbe potuto andar peggio. Sapendo che Guajardo disprezzava apertamente il suo aiutante, il maggiore Puerto, Molina aveva fatto in modo che questi non fosse presente durante la conversazione. Per quel che lo riguardava, Molina non avrebbe potuto essere più comprensivo, pur senza essere accondiscendente.

Guajardo, dopo aver ignorato l'opinione di quasi tutti i membri del consiglio sul piano di eliminazione di Alamán e di Chinampas, era pronto a dimettersi. Molina gli parlò come si parla a un fratello, senza condannarlo e senza ignorare l'accaduto. Ammise chiaramente che la fuga di Alamán rappresentava una sconfitta in quella che, fino a quel momento, era stata un'azione perfetta. Questo, comunque, sottolineò Molina, non giustificava l'uscita di scena di uno dei membri più validi del Consiglio. Non era il momento di cominciare a indebolire il sistema che avevano costruito con tanta cura solo perché non erano riusciti a raggiungere la perfezione durante quel primo giorno. Molina avrebbe preso seriamente in considerazione le sue dimissioni, ma gli chiese, come favore personale, di riconsiderare la sua decisione e lo invitò a rimanere nel Consiglio. Quando i due uomini si separarono, entrambi si abbracciarono come fratelli, scossi dall'emozione.

Mentre faceva ritorno al ministero della Difesa, Guajardo aveva deciso di non dimettersi. Per quanto terribile fosse il peso del suo fallimento, abbandonare la lotta del popolo per una semplice questione di onore sarebbe stata una follia. Molina lo sapeva, e ora anche lui. Forse, pensò, era una buona cosa. Un uomo, al di là della sua identità, ha bisogno di essere umiliato per ricordarsi di essere semplicemente un uomo. Sì, devo imparare da tutto ciò.

Guajardo non udì il primo colpo alla sua porta. Il secondo, un po' più forte, attirò la sua attenzione. Senza muoversi, esclamò: "Sì?"

La porta si aprì quel tanto che permise all'aiutante di affacciarsi. "Signore, il tenente Blasio è arrivato. Devo farlo attendere?"

Guajardo guardò l'orologio e notò che Blasio era in anticipo di dieci minuti. "No, lo faccia entrare."

Udì la porta che si apriva e si richiudeva, poi quattro passi e il rumore dei tacchi che battevano. "Signore, tenente Blasio a rapporto."

Guajardo non si mosse. Non aveva ancora avuto il tempo di pensare a cosa avrebbe fatto dell'uomo che aveva compromesso l'attacco su Chinampas. Aveva letto i rapporti di Blasio e del tenente a capo del plotone trasportato da Blasio. Erano entrambi brave persone che avevano fatto ciò che credevano opportuno. Che fare dell'uomo che, per un errore di valutazione, aveva permesso ad Alamán di fuggire?

Si voltò e guardò il tenente per la prima volta. Stava ancora sull'attenti, il berretto infilato sotto il braccio, gli occhi fissi su Guajardo. Pensò: che cosa devo fare di te, amico mio?

Si portò davanti alla scrivania e vi si appoggiò, rimanendo seduto a metà. Incrociò le braccia e continuò a fissare Blasio chiedendosi quale differenza poteva esserci tra il suo errore di giudizio nella scelta di un piano troppo complicato per Chinampas e quello del tenente che aveva fatto atterrare il suo elicottero per un problema meccanico. Forse la colpa era solo sua? E perché, pensò, attribuire ogni responsabilità a Blasio? Il tenente di fanteria che comandava il gruppo N poteva procedere subito con il secondo elicottero, invece di aspettare che Blasio terminasse. Forse questo significava che il vero responsabile del fallimento era il tenente di fanteria?

Guajardo fissò le sue scarpe per qualche istante e decise che non sarebbe stato giusto punire quell'ufficiale per aver fatto ciò che gli avevano insegnato in addestramento. In qualità di aviatore scelto a bordo dell'elicottero, egli era responsabile della vita del suo equipaggio, dei passeggeri e anche dell'apparecchio, tutte cose preziose per l'Esercito messicano, che non abbondava di personale né di equipaggiamenti. Se fosse stata un'esercitazione in tempo di pace, sapeva che la decisione di Blasio di atterrare al primo segnale di pericolo sarebbe stata quella giusta.

Guajardo fissò Blasio e lo studiò ancora un momento prima di decidere cosa farne. "Lei sa perché si trova qui?"

Blasio sollevò la testa per guardare il colonnello e rispose prontamente: "Sì, signore. Per giustificare le mie azioni durante il raid su Chinampas e ricevere qualsiasi punizione lei riterrà adeguata, signore."

Guajardo esitò un attimo. Blasio, come lo era stato anche Guajardo, era pronto a pagare per il suo errore. Ma non ci si può permettere certi sentimenti. Molina aveva ragione. C'erano troppe cose da fare e troppo pochi uomini di valore. Improvvisamente, Guajardo prese la sua decisione.

"Tenente, non ho bisogno che lei mi esponga le sue ragioni. Il suo rapporto e quello dell'ufficiale di fanteria, comandante della forza d'assalto, erano soddisfacenti." Fece quindi una pausa, lasciando che Blasio sudasse ancora un po'. "Per quel che riguarda la sua punizione, lei sarà sollevato dalla sua attuale posizione e assegnato al mio staff come mio pilota personale."

Incredulo su ciò che aveva udito, Blasio si rivolse a Guajardo: "Mi scusi, signore. Devo presumere di essere il suo pilota?"

Con un'espressione che non tradiva emozione, Guajardo replicò: "Sì, è così. Ora si metterà a rapporto dal mio aiutante per ricevere ulteriori istruzioni. E si trovi un buon orologio. Esigo puntualità. Ha capito?"

Blasio, lottando per mantenere la sua dignità, rispose semplicemente: "Sissignore," e lasciò l'ufficio di Guajardo il più velocemente possibile, quasi temesse che il colonnello cambiasse idea.

Lungo il Rio Salado, a nord di Monterrey, Messico
3 luglio, ore 21:35

I tre uomini, terminato il pasto, sbocconcellavano pane e sorseggiavano caffè chiacchierando tra loro. Passavano liberamente dal francese allo spagnolo all'inglese e viceversa nel tentativo di impressionarsi a vicenda, e così facendo discutevano i loro piani per il futuro. Delapos sarebbe rimasto quasi certamente con Alamán. "Probabilmente, le cose si sistemeranno, e quando ciò sarà avvenuto di un uomo come Alamán avremo bisogno." Inoltre, disse, erano entrambi messicani. Nonostante fosse un brutto momento, era convinto che le cose non potevano che migliorare. Childress rimuginava l'idea di tornarsene al nord. Era passato troppo tempo, lamentò, da quando aveva visto della vera neve. Era tempo di tornare in Vermont e godersi i suoi soldi. Lefleur, francese in tutto e per tutto, parlava solo di Parigi, poi di un possibile lavoro in Africa, dove aveva servito nella Legione. Erano solo chiacchiere, per nulla diverse da quelle di qualsiasi soldato senza un'idea precisa su ciò che il futuro gli avrebbe riservato.

Alamán emerse dall'ombra ed entrò nell'ufficio del terminale dove sedevano i tre uomini. Era rimasto ad ascoltare inosservato la loro pigra conversazione per alcuni minuti, nel tentativo di valutare la loro fedeltà e il loro modo di agire. Quando fu certo di aver capito da che parte stava ognuno di loro, avanzò.

La sua improvvisa apparizione prese i tre alla sprovvista. Delapos si voltò verso il nuovo venuto e fece l'atto d'alzarsi. Alamán, con un movimento della mano destra, gli fece cenno di rimanere seduto e si diresse a grandi passi verso il lato del tavolo dove non sedeva nessuno. Si fermò e attese qualche istante prima di parlare. Poi, quasi timidamente, chiese che gli fosse concesso un momento di attenzione.

Era la prima volta, da quando erano arrivati, che Alamán si rivolgeva loro. L'uomo che una volta aveva considerato il suo potere in Messico pari a quello del presidente del paese si trovava di fronte a loro. Sebbene i suoi abiti fossero sporchi e sudati, erano rassettati, come i suoi capelli. Con una sicurezza che lo faceva sembrare più alto di quanto non fosse, Alamán fissò ogni uomo ed essi, intuendo che stava per proporre qualcosa, rimasero in silenzio. Quando cominciò a parlare, erano tutt'orecchi.

"Se dobbiamo credere alle notizie della radio," affermò Alamán, "non c'è speranza che io possa riprendere le mie attività sotto l'attuale regime di Città del Messico. I militari sembrano avere una solida base di potere e nessuna seria opposizione. Inoltre il Consiglio dei 13 gode di un grande favore popolare fra le classi medie e basse. Il suo piano di azione contro gli ufficiali e gli impiegati di governo corrotti, se da una parte stimola il popolo ad aiutarli nella ricerca e identificazione di questi ufficiali, dall'altra gli offre finalmente l'opportunità di sfogare la sua frustrazione contro un governo che lo ha sfruttato e ignorato a lungo, e ha fornito a noi un confortevole ambiente di lavoro."

Mentre parlava, Alamán cominciò a girare intorno al tavolo. Delapos, come sempre affascinato dalla storia del favoloso successo del suo connazionale, osservava ogni sua mossa e ascoltava ogni sua parola. Childress e Lefleur cominciavano a chiedersi dove Alamán volesse arrivare con quella conferenza. Si lanciarono un'occhiata furtiva prima di guardare di nuovo Alamán. "In queste circostanze," continuò, "c'è ben poco che noi quattro e il pugno di guardie sopravvissute al raid potremmo fare per rovesciare il nuovo governo lavorando dall'interno. Il clima," disse fermandosi e sollevando il dito indice di una mano per creare un effetto drammatico, "in questo momento non ci è favorevole. Ma ciò non significa che tutto sia perduto." A conclusione della sua tortuosa introduzione, Alamán affermò: "Se qualcuno riuscisse a rovesciare il nuovo regime, allora le cose tornerebbero normali. Spetta a noi, a noi quattro, di accelerare questo processo."

Mentre Alamán parlava, Delapos annuiva di tanto in tanto acconsentendo. Da messicano egli poteva capire. Childress sedeva impassibile e ascoltava in silenzio, intuendo che c'era dell'altro. Lefleur, pur essendo altrettanto curioso di sapere ciò che Alamán aveva da dire, ostentava indifferenza. Quando Alamán si fermò nuovamente, i tre uomini si guardarono, poi guardarono di nuovo Alamán. In qualità di capo, e tra i più leali ad Alamán, Delapos pose la domanda a cui tutti stavano pensando: "Ha qualche suggerimento da dare, señor Alamán?"

Con un sorriso che gli illuminò tutto il viso, Alamán sussurrò come se stesse pregando in una cattedrale: "Gli americani, amici miei, gli americani. Saranno loro la nostra salvezza."

Il commento di Alamán prese Childress e Lefleur alla sprovvista. Si aspettavano qualcosa di più drammatico. Solo Delapos comprese. In un lampo, balzò in piedi e abbracciò Alamán. "Brillante, señor! Brillante!"

8

La prima legge di guerra impone di salvare noi stessi e distruggere il nemico.

Mao Tse-tung

Campidoglio, Washington
3 agosto, ore 10:30

Quella mattina l'entusiasmo non sembrava al massimo. Persino i ventilatori appesi al soffitto davano l'impressione di non avere molta energia mentre giravano e giravano e giravano a mezza velocità.

Sotto di loro, il monotono borbottio del teste ricordava una luce al neon difettosa: un basso, irritante ronzio capace di urtare i nervi. Il teste, un tirapiedi di terza categoria dell'ufficio del direttore della CIA, era eccitante quanto un muro di gesso. Indossava un abito blu scuro, una camicia bianca e una sottile cravatta rossa decorata con strane forme multicolori. Il volto stretto e magro, accentuato dalla calvizie sulle tempie e dagli occhiali tondi con la montatura di corno, non era diverso da quello di quattro burocrati su cinque che si aggirano per le strade della capitale. Lewis pensò subito che quell'uomo si sarebbe trovato altrettanto a suo agio revisionando conti, portando avanti una causa di divorzio o perseguendo un misfatto. Per un attimo aveva sperato che la CIA avrebbe avuto il buon senso di inviare una donna attraente, come facevano le agenzie più astute. Se non altro, una donna ben messa e ben vestita avrebbe fornito una piacevole distrazione alla fatica di dover ascoltare con pazienza tante sciocchezze in attesa di poter demolire le affermazioni del testimone. Ma quel giorno non erano stati tanto fortunati, si lamentava Lewis mentre osservava il pagliaccio della CIA che parlava, parlava e parlava con voce monotona.

Come molti discorsi preconfezionati, anche questo era presentato con uno zelo che ricordava le lente e tediose rotazioni dei ventilatori appesi al soffitto. E soprattutto conteneva per il novanta per cento balle di prima categoria approvate dal governo. Nonostante questo Ed Lewis lo ascoltava con attenzione. Celata da qualche parte, nella babele di parole dette dal teste, doveva esserci un'idea, un granello di verità, un pensiero vero e profondo. Era compito di Ed Lewis e degli altri membri della Commissione della Camera sui servizi segreti catturare quei pochi preziosi frammenti di verità che gli passavano accanto fischiando per poi distruggerli durante l'interrogatorio che sarebbe seguito.

Le probabilità che questo accadesse nello stesso giorno, comunque, erano assai remote e il teste lo sapeva. O per lo meno lo sapevano i suoi superiori che per questo avevano mandato un semplice funzionario amministrativo di rango relativamente basso a trattare con la commissione congressuale. Con le vacanze estive alle porte, Lewis cercava di accelerare le udienze sulla crisi in Messico, combattendo la sua battaglia annuale per non rimandare le questioni a dopo l'estate. Un'opposizione su tutti i fronti, compreso il periodico lamentoso piagnucolio del suo personale, minacciava di spostare le udienze fino alla riunione del Congresso in ottobre. Solo con minacce e qualche battuta azzeccata passata alla stampa, Lewis era riuscito a convincere gli altri deputati della commissione a tenere le udienze preliminari sul fallimento dei servizi segreti nazionali nel prevedere e nel trattare con la dovuta attenzione gli ultimi avvenimenti in Messico. In periodo di elezioni, l'ultima cosa che il titolare di una carica poteva fare era quella di apparire negligente nei suoi doveri, soprattutto quando questi avevano a che fare con la crisi del giorno.

Distratti dalla micidiale noia delle rivelazioni del teste, i deputati impiegarono qualche secondo prima di realizzare che l'inviato della CIA aveva terminato. Seguirono momentanei spostamenti di posto e mescolamenti di carte mentre i presenti riassumevano un'aria di efficienza. Quando il presidente della commissione si alzò per parlare, la sua voce e i suoi commenti tradivano una totale mancanza di interesse e di concentrazione.

Il teste, seduto di fronte ai membri della commissione, li fissava attraverso i larghi occhiali tondi dalla montatura di corno. Con le mani riunite sul banco, rispondeva alle domande del presidente con risposte di repertorio, tanto povere di informazioni ed evasive, quanto prevedibili. In alcuni casi, Lewis fece molta fatica a collegare la risposta data con la domanda che era stata posta. Eppure, nessuno sembrava curarsene. Stavano svolgendo una funzione. Come i denti, le ruote e le marce di una grande macchina, l'udienza congressuale macinava come da programma.

Quando arrivò il turno di Lewis, egli fece una pausa. Guardò prima i suoi colleghi, poi il teste e considerò per un attimo la situazione. Da un lato, avrebbe potuto continuare con domande di ordinaria amministrazione per evitare controversie e permettere all'udienza di concludersi per tempo in modo piacevole, chiaro e conciso. Oppure, come gli suggeriva l'istinto, avrebbe potuto saltargli alla gola. Se avesse scelto l'ultima alternativa, si sarebbe assicurato l'attenzione della stampa, la collera dei membri della commissione che volevano chiudere la sessione e forse, solo forse, avrebbe potuto comunicare ad alcuni membri della comunità dei servizi segreti che il loro scarso rendimento in Messico, in quel momento, non sarebbe stato perdonato.

Se avesse fatto la scelta più facile, Lewis avrebbe sorpreso amici e avversari. Ex ufficiale della Guardia Nazionale e ufficiale esecutivo di battaglione nella guerra del Golfo, egli aveva sperimentato personalmente il costo di una scarsa informazione. Le persone che avevano pagato il prezzo di quella inefficienza erano amici suoi e soldati che avevano affidato la loro vita a lui. Permettere al servizio informazioni di fare ciò che voleva, senza curarsi delle conseguenze, sarebbe stato per Lewis un tradimento nei confronti di chi si era lasciato alle spalle.

Non poteva fare diversamente. Di tutte le sue funzioni congressuali, Lewis considerava quella di membro della Commissione della Camera sui servizi segreti come la più importante. Non poteva lasciar perdere il teste solo per terminare nel tempo convenuto e quindi non lo avrebbe fatto. Come un guerriero samurai che si prepara a combattere contro l'avversario, Lewis impugnò i documenti che aveva davanti con entrambe le mani, come fossero un'arma, si sporse in avanti e fissò il teste negli occhi. Sottolineando la parola *signore* per ricordare a tutti che il teste non aveva alcun titolo, particolare importante a Washington, cominciò il suo interrogatorio: "Ho letto con grande interesse la relazione presentata dalla sua agenzia, *signor* Napier. Lei ne conosce il contenuto?"

Il rappresentante della CIA si avvicinò al microfono: "Sì, onorevole Lewis, l'ho scritta io."

C'era una punta di orgoglio nella risposta di Napier che irritò Lewis. Tutti sapevano che Napier aveva scritto la relazione. La sua risposta, così pensava Lewis, altro non era se non un tentativo per mettersi in evidenza, per guadagnare prestigio a poco prezzo. Lewis guardò prima la relazione, poi, per qualche secondo, Napier, per creare una pausa d'effetto, infine grugnì: "Uh-huh." Poi tornò a guardare la relazione come se stesse formulando la domanda successiva. In realtà sapeva già cosa chiedere. "Questa relazione è assai istruttiva, signor Napier. In essa lei descrive le operazioni della CIA in Messico, fornendo date, dettagli, fatti e nomi in abbondanza. Se qualcuno dovesse leggerla non potrebbe non avere l'impressione che in Messico noi siamo ben attrezzati per il controllo della situazione e degli sviluppi potenzialmente pericolosi per il nostro paese. Eppure, i fatti dal 28 al 30 giugno di quest'anno lo smentiscono. Al confronto, le persone che si trovavano a Pearl Harbor il 7 dicembre 1941 erano perfettamente preparate e all'erta. Come spiega, signore, la discrepanza tra i mezzi a disposizione e gli scarsi risultati ottenuti?"

Napier era preparato alla domanda. Un sorriso affettato gli illuminò il viso mentre si rilassava sulla sedia prima di rispondere, ignorando la provocazione. "Ebbene, onorevole Lewis, come membro della Commissione della Camera sui servizi segreti, lei sarà sicuramente a conoscenza delle incombenze che gravano sulla comunità dei servizi informazioni degli Stati Uniti. Lei sarà anche a conoscenza, ne sono certo, del bilancio con il quale dobbiamo adempiere alla moltitudine di incarichi necessari per soddisfare queste incombenze. Esiste in effetti, e ancora una volta sono certo che lei ne sia a conoscenza, una discrepanza tra le molte esigenze e la scarsità dei fondi. È per questo che dobbiamo fare scelte difficili, concentrando i nostri sforzi su ciò che intuiamo essere le necessità più immediate del momento."

"E chi fa queste scelte, signor Napier?"

Napier rispose con un tono che enfatizzava la sua sicurezza, accompagnandosi con un gesto della mano: "Il direttore, naturalmente, basandosi sui consigli degli esperti in materia e degli specialisti di settore."

Lewis lo interruppe: "Come lei?"

Napier spinse la testa indietro e rispose con orgoglio: "Sì, signore, come me."

"Lei fornisce al direttore molte informazioni sugli avvenimenti in Messico, signor Napier?"

"Sì, onorevole, naturalmente. L'America Centrale e il Messico in particolare sono sotto la mia responsabilità. Quasi tutto il materiale che riguarda il Messico passa sulla mia scrivania perché io lo possa rivedere, esaminare e rielaborare prima di inviarlo al direttore, o più in alto ancora."

Come un abile cacciatore, Lewis si avvicinava sempre più preparandosi a intrappolare Napier come una preda, rigirando la sua stessa arroganza contro di lui. "Allora presumo, signor Napier, che lei consigli il direttore anche sulle necessità a cui far fronte e sul modo migliore per utilizzare i fondi e le risorse destinati a a far fronte a tali necessità?"

"Sì, onorevole, naturalmente. Il direttore, essendo responsabile di molte zone, generalmente accetta i nostri consigli."

Per un attimo, Lewis dovette trattenere l'impulso di inveire contro quel pomposo burocrate che sedeva di fronte a lui. Al contrario, con una certa nonchalance, colpì: "Allora, signor Napier, lei riconosce la responsabilità del fallimento della CIA nel rilevare che il governo messicano era in pericolo e l'incapacità dell'agenzia di prevedere il colpo militare che ne ha causato il rovesciamento alla fine di giugno."

L'affermazione di Lewis colpì Napier come un proiettile. Prima di rispondere, seduto rigidamente, con il viso infiammato, fissò Lewis senza espressione. La sua risposta fu immediata: "Non ho mai detto questo. Non c'è stata colpa da parte nostra. Come ho scritto nella mia relazione, gli avvenimenti dello scorso giugno non avevano precedenti ed erano totalmente imprevedibili. Non si può prevedere l'azione spontanea di un gruppo di ufficiali militari."

Toccava ora a Lewis di rilassarsi sulla poltrona e ridacchiare. "Lei vorrebbe farci credere che l'intera crisi è stata un fulmine a ciel sereno, che questi tredici colonnelli si sono svegliati un bel giorno e hanno improvvisamente deciso di rovesciare il governo?"

Napier era offeso. Lewis stava cercando di fargli fare la figura dello sciocco e la cosa non gli andava a genio. Era, comunque, troppo irritato per rispondere razionalmente e si vedeva. "Certo che no, *signor* onorevole. Non si porta a compimento un'operazione come questa senza un programma dettagliato e una buona preparazione. Queste cose necessitano di tempo e motivazione."

"E la sua agenzia non è riuscita a scoprire nulla di questi piani e preparativi dettagliati? E, inoltre, *signor* Napier, lei ha appena detto che il golpe è stato spontaneo. Allora che cos'è? Intenzionale e premeditato o spontaneo?"

Preso tra l'incudine e il martello che lui stesso aveva brandito, Napier prese tempo prima di rispondere. La risposta risultò più controllata. "Come ho già fatto notare, onorevole Lewis, i nostri sforzi erano orientati verso la raccolta di informazioni inerenti al traffico di droga. Non credo... l'agenzia non aveva motivo di mettere in discussione la stabilità del governo messicano o la lealtà dell'Esercito."

Scattando in avanti Lewis guardò Napier negli occhi. "Allora, signore, avete fallito. Avete fallito in ciò che la CIA è tenuta a fare. In un batter d'occhio il governo di una nazione che possiede millecinquecento miglia di confine in comune con gli Stati Uniti è stato spazzato via e rimpiazzato da un gruppo di uomini di cui non sappiamo assolutamente nulla. Se questo non è un fallimento, allora che cos'è?"

A Napier mancavano le parole. Annaspò sforzandosi di trovare una risposta adeguata. Lewis, comunque, non gliene diede la possibilità. Non gli interessava fare a pezzi un piccolo tirapiedi. Puntava più in alto, ai servizi segreti. Napier era solo uno stupido soldato inviato in prima linea.

Lewis si girò per affrontare il presidente della sottocommissione, in particolare, e l'intero uditorio in generale. "Come già in passato, gli Stati Uniti sono stati presi alla sprovvista e si trovano a dover reagire a una crisi internazionale. Invece di essere preparata e aggiornata, oggi, cinque settimane dopo il golpe, la direzione di questo paese non ha informazioni migliori su ciò che sta accadendo in Messico di quante possa averne un uomo o una donna qualsiasi." Lewis continuò accartocciando il rapporto di Napier come fosse un pezzo di carta straccia: "Trovo assolutamente biasimevole che Jan Fields, semplice cronista di una rete televisiva, che si trovava per puro caso a Città del Messico al tempo del golpe, sia in grado di fornire migliori informazioni sulla crisi di un'agenzia su cui rovesciamo annualmente miliardi di dollari. Ora, non mi aspetto certo che qualcuno tenti di giustificarlo, perché penso non esista una giustificazione possibile. Ciò che dovremmo appurare, signor presidente, è ciò che il signor Napier e la sua agenzia contano di fare per rimediare a questa deficienza abnorme. Questo, signore, è ciò su cui dobbiamo lavorare. Lo dobbiamo al pubblico americano e a noi stessi. Non farlo sarebbe criminale."

Sebbene la maggior parte dei membri della commissione non fosse per nulla d'accordo con la linea d'attacco seguita da Lewis, nessuno osò sfidarlo. La sua introduzione era stata perfetta e il suo discorso era del tipo che fa salire la tiratura dei giornali in periodo d'elezioni. Dopo un attimo di riflessione il presidente, resosi conto che le procedure non si sarebbero certo concluse prima della fine della sessione estiva, aggiornò l'inchiesta. Lewis era abilmente riuscito a metterlo in imbarazzo e ora, per salvare la faccia e forse per non compromettere i suoi sforzi per essere rieletto, il presidente doveva decidere fino a che punto ci si poteva spingere con l'attacco alla comunità dei servizi segreti.

Città del Messico
3 agosto, ore 11:55

Chiunque conoscesse Jan Fields e seguisse il suo lavoro sarebbe stato sorpreso dalla descrizione che ne aveva fatto Ed Lewis quando l'aveva definita una semplice cronista. Se non fosse stato per quella che alcuni consideravano un'assurda storia d'amore con un tenente colonnello dell'Esercito degli Stati Uniti, Jan sarebbe stata in grado di dimostrare il suo talento in qualsiasi network nazionale. Dopo aver trascorso tre anni in un esilio che lei stessa si era imposta come semplice corrispondente, le sue cronache sull'attuale situazione in Messico l'avevano nuovamente catapultata in prima linea. Questo le dava grande soddisfazione e le procurava il rispetto e l'invidia della valanga di reporter che scendevano a Città del Messico a caccia di notizie.

Non ci volle molto perché i giornalisti che arrivavano nella capitale capissero che, per quanto bravi fossero, nessuno poteva competere con Jan Fields. Dal primo giorno della crisi, Jan aveva dominato come se si fosse trattato di una sua esclusiva. Mentre gli altri raccontavano il golpe in modo tradizionale, dipingendo malvagi assassini e parlando della solita dittatura militare, Jan presentava al pubblico americano la storia dietro la storia. Aveva cominciato sulla WNN con un impressionante servizio speciale di dieci minuti che esponeva in termini chiari ed emozionanti la storia del colpo di stato, calamitando così l'attenzione del pubblico americano. Mentre gli altri giornalisti dovevano lottare per fare una semplice telefonata, o per fissare un'intervista con un portavoce del nuovo governo, Jan circolava tra i corridoi del potere come una brezza estiva. A suo credito c'erano una serie di tredici interviste, una per ogni membro del consiglio direttivo, un viaggio in ognuno dei trentun stati del Messico e numerosi sopralluoghi e visite in ogni angolo, anzi fessura di Città del Messico, dai *barrios* al palazzo presidenziale. Jan si trovava nel suo elemento, sicura di sé e decisa a rimanere.

Ma non tutto era facile come qualcuno poteva pensare. Per ogni intervista brillante e intrigante che faceva, ce n'erano tre che avrebbe preferito ignorare. La storia di cui si stava occupando in quel momento, la pubblica esecuzione di imputati per crimini contro lo stato, ne era un buon esempio.

Molti americani, compresa Jan, riconoscevano che in Messico c'era stato bisogno di un cambiamento. Il Consiglio dei 13 aveva dimostrato di essere molto astuto nel cercare il sostegno del pubblico americano alla loro causa, sfruttando i media e la numerosa comunità ispano-americana. Persino il più acceso oppositore del nuovo regime doveva ammettere che il Consiglio dei 13 era stato mosso da buone ragioni. Erano i metodi usati dal Consiglio che dividevano gli Stati Uniti tra coloro che insistevano perché il nuovo regime ottenesse riconoscimento e sostegno e coloro che sostenevano la necessità di restaurare il vecchio governo.

Fin dall'inizio, il Consiglio dei 13 aveva capito che il successo o il fallimento dei suoi sforzi dipendeva dall'abilità che avrebbero mostrato nell'accaparrarsi il sostegno popolare. La rivoluzione doveva sembrare una rivoluzione del popolo, non quella di un gruppo ristretto di individui, se voleva avere un senso e una possibilità di riuscita. Il Consiglio non faceva altro se non continuare la Rivoluzione del 1917, rimettendola nelle mani del popolo messicano al quale apparteneva. Molina, Guajardo, Zavala e gli altri lo avevano capito e ci credevano. Dovevano giustificare il fatto di aver abbattuto il governo che avevano giurato di difendere. Convincere anche il popolo messicano, divenuto cinico dopo decenni di governo corrotto e inefficiente, era una cosa diversa e più difficile. Da militari addestrati all'arte della guerra, avevano naturalmente cercato metodi che fossero veloci, sicuri, efficaci e che raggiungessero ogni cittadino. Lo spettro del fallito golpe sovietico dell'agosto 1991 pesava sul loro progetto mentre cercavano di non ripetere gli stessi errori commessi dai cospiratori russi.

Il Consiglio affrontò la questione in modo freddo e analitico. Le condizioni del Messico erano pessime ed essi sapevano che sarebbero peggiorate, molto peggiorate, prima che il Consiglio riuscisse a realizzare un miglioramento reale e generale per la nazione e per il popolo. Proprio come molte volte aveva fatto il PRI, il Consiglio sarebbe stato costretto a chiedere a un popolo stremato dalla povertà ulteriori sacrifici per salvare il proprio futuro. Ma se non poteva offrire da subito benessere e lavoro, poteva colpire i disonesti e i corrotti.

L'eliminazione della corruzione a tutti i livelli e in tutto il paese mediante procedure rapide e senza compromessi avrebbe portato molti benefici. Amministrando la giustizia a livello locale, in ogni stato e città, ogni messicano avrebbe avuto la sensazione che la rivoluzione era un'impresa nazionale e non ristretta alla sola capitale. L'uso di pubbliche esecuzioni sarebbe servito da monito a chiunque intendesse resistere alla volontà del Consiglio. Le notizie diffuse attraverso la radio, la televisione o la stampa potevano venire ignorate, ma non le esecuzioni.

La corruzione in Messico era uno stile di vita. Tutti, dal più alto ufficiale al poliziotto per strada, avevano un prezzo. Negli Stati Uniti, un paese che dava per scontata l'onestà dei suoi impiegati statali, l'idea di pagare un poliziotto perché investigasse su un furto era sconosciuta. Ma in Messico era necessario. Se desideravi il telefono dovevi pagare l'installazione e in più un piccolo extra per l'impiegato perché inoltrasse la tua richiesta e per il tecnico che curava l'installazione. Non pagare significava semplicemente non ricevere il servizio desiderato. Le richieste dei telefoni potevano facilmente perdersi tra le montagne di documenti. Altrettanto facilmente, il tecnico dei telefoni poteva scoprire che gli mancava un pezzo e che per ordinarlo ci sarebbero voluti mesi, oppure poteva andarsene senza saper dire quando sarebbe tornato. Jan in questo ginepraio sapeva muoversi bene. Ecco perché, come tutti i corrispondenti stranieri, si serviva di un basista, un messicano che conoscesse tutto e tutti, compresi i prezzi delle tangenti. Il basista faceva i passi necessari e riceveva una quota fissa per assicurarsi che le cose procedessero. Non avere un basista era come aggirarsi per il Paese delle Meraviglie senza una mappa.

Il Consiglio dei 13 puntava sull'eliminazione di questa malattia, e dall'esito della battaglia sarebbe dipeso il suo successo o fallimento. Inoltre, il ristabilimento della legge, dell'ordine e della disciplina attraverso un'azione diretta e immediata, attraeva istintivamente e irresistibilmente i militari.

Il sistema usato per attuare questa politica era semplice. Ogni funzionario governativo sospettato di crimine o corruzione, indipendentemente dal suo rango, poteva essere denunciato presso un rappresentante del Consiglio direttivo da qualsiasi cittadino. Il rappresentante era generalmente un ufficiale dell'Esercito o dell'Aviazione, un capitano o un maggiore che conosceva il distretto o la città ed era responsabile della supervisione delle operazioni del governo a livello locale. Se un cittadino si lamentava, l'ufficiale aveva il dovere di investigare.

L'indagine, qualunque essa fosse, si svolgeva velocemente. Si cercava anche di controllare le dichiarazioni dell'accusatore interrogando altri residenti o presunte vittime dell'ufficiale corrotto. Quando l'ufficiale era certo che le accuse contro il funzionario erano fondate, lo faceva arrestare e istruiva un processo sommario, generalmente il giorno seguente. Prima di esprimere il suo giudizio ed emettere la sentenza, l'ufficiale ascoltava e prendeva in esame la testimonianza di ambo le parti. L'esecuzione della sentenza era veloce. La tecnica più utilizzata era il plotone d'esecuzione, che traduceva in modo rapido e deciso l'accusa in condanna e serviva d'ammonimento agli altri trasgressori reali o potenziali.

Ad alcuni americani, abituati a dare la precedenza ai diritti degli accusati nei confronti della giustizia, con avvocati che applicavano la legge alla lettera per trascinare le cause e incapaci di considerare civile la pena capitale, l'uso di tribunali militari e di esecuzioni pubbliche sembrò barbaro. Anche il più fervente sostenitore del nuovo regime messicano sentiva il bisogno di condannare pubblicamente quella che veniva chiamata giustizia sommaria. Era questo, più di ogni altra azione del Consiglio dei 13, che tratteneva il governo degli Stati Uniti dal riconoscere il Consiglio come legittimo rappresentante del popolo messicano. Negli Stati Uniti era tempo di elezioni e legge e ordine erano considerati dalla maggior parte dei candidati in gara la chiave per il successo o il fallimento. Per i politici americani era impossibile parlare di legge e di ordine e sostenere allo stesso tempo un governo che istituiva tribunali straordinari. Per questo motivo avevano optato per la scelta più facile: la pubblica condanna del Consiglio dei 13. Dopo tutto, i voti da raccogliere in Messico erano pochi.

Il Consiglio sapeva che il governo degli Stati Uniti si sarebbe opposto all'uso dei processi sommari e delle esecuzioni, ma aveva sperato che la validità dei benefici ottenuti a lungo termine sarebbe servita a giustificare tali mezzi. Quando l'errore di calcolo divenne evidente, alcuni membri suggerirono di abbandonare il programma per ammansire il governo degli Stati Uniti.

Molina, sostenuto da Guajardo, non vedeva altre alternative. Anche il sostegno del popolo era essenziale. Da un lato, il programma per eliminare la corruzione stava raggiungendo il risultato sperato: quello di ottenere il sostegno popolare a una lunga lotta finalizzata alla riforma del Messico. Dall'altro, lo stesso programma ostacolava l'accordo tra gli Stati Uniti e il neonato governo. Il riconoscimento della rappresentanza ufficiale del Messico da parte degli Stati Uniti avrebbe assicurato aiuto economico e opportunità commerciali ed era quindi importante quanto il sostegno del popolo messicano. Cedere pubblicamente alla pressione degli Stati Uniti poteva però compromettere la causa agli occhi dei messicani e degli altri governi dell'America centrale e meridionale. Come aveva evidenziato Molina in un suo discorso pubblico sull'argomento: "È preferibile essere poveri, affamati e padroni della propria casa che schiavi dei capricci di un governo straniero."

Questa dichiarazione faceva appello all'orgoglio del tipico macho messicano, ma non risolveva il problema del riconoscimento da parte del governo degli Stati Uniti. Fu per questo che il colonnello Molina si rivolse ai media, come già in precedenza, per esporre il caso direttamente al popolo americano. Alcuni membri del Consiglio si erano mostrati contrari a questa iniziativa. Permettere alla stampa americana di fare il resoconto dei processi e delle esecuzioni era un rischio che poteva ritorcersi contro di loro. Tuttavia, quando furono invitati a proporre un'alternativa valida, nessuno di loro fu in grado di farlo, e con grande riluttanza si trovarono costretti ad accettare la soluzione di Molina. Questi incaricò Guajardo di assicurarsi che venisse data alla questione la priorità e l'importanza necessaria.

Guajardo, pur non ritenendosi il candidato migliore a quel compito, fece ciò che gli era stato ordinato. Molina e gli altri membri del consiglio non si sorpresero quando propose che si lasciasse via libera a Jan Fields perché studiasse il programma e scrivesse ciò che le sembrava opportuno.

Inizialmente, Jan non sapeva se accettare o meno l'incarico. Negli Stati Uniti c'era grande riluttanza a trasmettere dal vero le esecuzioni, nonostante la violenza gratuita prosperasse in televisione. Alla fine, il fatto che si trattasse di una grande occasione la portò ad accettare.

L'unico vero dubbio nei riguardi della questione era l'obbligo di lavorare con il colonnello Guajardo. Tra i suoi, Ted parlava di Guajardo come di Darth Vader, mentre Joe Bob preferiva Attila il Messicano. Il loro nuovo basista lo chiamava "il Moro". Jan trovava tutti questi appellativi azzeccati. Sebbene fosse stato lui a mettere Jan e la sua troupe nell'invidiabile posizione di potersi muovere liberamente e di poter parlare con chiunque, a Jan non piaceva lavorare con lui. Era stato ancora una volta Guajardo a trovare il nuovo basista, un giovane molto piacevole, con un'eccellente padronanza dell'inglese. Tutti avevano il sospetto che il basista appartenesse al controspionaggio dell'Esercito messicano. I suoi modi, soprattutto in presenza di ufficiali anziani dell'Esercito, rafforzavano il sospetto. Eppure, le era utile, come l'accordo con Guajardo, e, in Messico, anche necessario, soprattutto da quando era cominciata "la Purificazione".

Le storie di membri del precedente governo arrestati, processati e giustiziati il giorno stesso erano innumerevoli. Si diceva che il programma, ufficiosamente chiamato "la Purificazione", fosse molto ampio e toccasse ogni livello della società. Nessun notiziario ne parlava, né le statistiche ne delineavano la portata e l'efficacia. Semplicemente esisteva, come un'ombra che seguiva tutti. Eppure Jan e il suo equipaggio, mentre viaggiavano per il paese, avevano notato che tutti esprimevano una gioia e un'energia che non avevano mai riscontrato prima. Quando il messicano medio discuteva sulla Purificazione, lo faceva con grande entusiasmo e con il sorriso sulle labbra. Solo coloro che avevano avuto contatti con il governo precedente o coloro che potevano essere stati coinvolti in qualche modo nella corruzione tradivano un senso di preoccupazione che rasentava la paura. La Purificazione sembrava essere popolare ed efficace.

I problemi che affrontava nel raccontare della Purificazione erano enormi. Jan Fields doveva scrivere, trattando un soggetto delicato e controverso, nel modo più distaccato e oggettivo possibile. Anche la sua équipe era divisa sulla questione. Ted, il cameraman, era decisamente contrario a ciò che chiamava il governo dei vigilantes. Al contrario, Joe Bob pensava fosse fantastico e raccomandava che si prendessero molti appunti nella speranza che il presidente degli Stati Uniti si convincesse ad adottare un metodo simile. Jan, da parte sua, non si sbilanciava. Aveva una sua opinione, ma cercava di tenersela per sé e di non mostrarla davanti alla telecamera.

Il modo in cui aveva iniziato a lavorare era tipicamente suo. Cercando quello che poteva sembrare un caso esemplare, Jan aveva pescato, dall'elenco di tutte le corti del Distretto Federale del Messico, un tribunale distrettuale, e vi si recò. Non dovette aspettare a lungo.

Nel giro di un ora, un'anziana signora vestita di nero si trascinò in tribunale e chiese di vedere il capitano della guardia. Quando Jan e la troupe la seguirono nell'ufficio del capitano ci mancò poco che l'anziana signora se ne andasse senza completare la denuncia. Il capitano, un uomo cordiale, leggermente sovrappeso e con grandi baffi, la convinse a restare e, non senza esitazione, la signora raccontò la sua storia.

Secondo le sue affermazioni, un negoziante del mercato aveva l'abitudine di praticare prezzi troppo alti per i clienti. L'anziana signora, stanca di tutto questo, si era lamentata con un poliziotto, che, fingendo interesse, l'aveva seguita al negozio. In sua presenza, aveva posto alcune domande al negoziante, che aveva sostenuto una filippica contro l'alto costo dei trasporti e della produzione, e aveva mostrato al poliziotto il registro delle ricevute. A sentire l'anziana signora, il poliziotto, apparentemente soddisfatto delle risposte date, le aveva detto che tutto era regolare. Non convinta, l'anziana signora aveva lasciato il negozio, ma non era tornata a casa. Aveva attraversato la strada e aveva controllato dalla vetrina. Ciò che vide confermò i suoi sospetti e la irritò. Il poliziotto, convinto che lei se ne fosse andata, stava allegramente bevendo qualcosa con il negoziante. L'anziana donna, certa che stessero beffandosi di lei, aveva aspettato che i due si separassero stringendosi la mano, prima di recarsi alla corte distrettuale.

Il capitano, prendendo appunti e annuendo di tanto in tanto, ascoltava l'anziana signora sforzandosi di ignorare Jan e la telecamera. Quando finì il suo racconto, l'ufficiale la ringraziò e, conscio dell'importanza assunta dal caso per la presenza di Jan, cominciò subito le indagini.

Gran parte del lavoro fu svolto da lui in persona. Dopo qualche telefonata, egli seppe il nome dell'agente in servizio nella zona del negozio, presso quale stazione lavorava e quando era possibile reperirlo. Chiamò anche alcuni mercati e magazzini chiedendo quanto pagavano determinati prodotti e a quanto venivano rivenduti. Controllò poi i prezzi con un funzionario dei ministeri dell'Agricoltura e del Commercio. Terminati questi preliminari, seguito da Jan e dalla sua équipe, lasciò il tribunale per recarsi al negozio segnalato dall'anziana signora.

Strada facendo, il capitano spiegò che gran parte del loro successo nello scovare i trasgressori era dovuto alla velocità e alla sorpresa. "Quanto più dura un'indagine," fece notare, "tanto più l'accusato ha il tempo di inventarsi una storia. Se si arriva velocemente, senza preavviso e forniti di qualche prova, spesso l'accusato cede e confessa, nella speranza di ottenere clemenza."

Sul furgone Jan si sporse in avanti e allungò il microfono per registrare la risposta del capitano: "Succede spesso che vengano graziati, capitano?"

Il capitano si voltò verso il finestrino, soppesando la sua risposta. Poi si girò verso Jan: "In verità, señorita Fields, se anche conoscessi le statistiche a cui lei è interessata, non potrei risponderle. Il numero di persone coinvolte, il totale dei casi trattati, i risultati delle indagini, la quantità e il tipo di sentenze eseguite sono tutti dati da considerarsi segreti. Capisce, questo fa parte dell'aspetto negativo della Purificazione. Quando mi avvicino a una persona sotto inchiesta e comincio a farle domande, quella persona non ha nessuna idea di ciò che l'aspetta, non ha modo di sapere quali siano le sue probabilità di cavarsela. Il numero delle indagini che si sono rivelate infondate non è conosciuto o reso noto. Lo sono solo quelle che sfociano in una condanna. È per questo che la prima immagine che balza alla mente dell'accusato è quella del plotone d'esecuzione."

Jan guardò il capitano. Doveva aver letto sul suo viso molta perplessità, perché sorrise e continuò. "Vede, señorita, un uomo terrorizzato non riesce a pensare con lucidità. È difficile inventarsi una copertura credibile mentre l'immagine di un plotone d'esecuzione balla davanti agli occhi. È più probabile che quest'uomo dia risposte corrispondenti alla verità."

Jan stava ancora riflettendo su quella risposta, quando arrivarono al negozio. Fuori del furgone, il capitano si sistemò l'uniforme, respirò profondamente, spinse in fuori il petto, si avviò con determinazione ed entrò nel negozio. Con la grazia di una parata da circo, Jan e la sua équipe lo seguirono filmando.

Il negoziante, come aveva previsto il capitano, fu visibilmente sconcertato dalla sua improvvisa apparizione. Anche se Jan era sicura che avesse notato lei e il suo seguito, l'uomo tenne gli occhi puntati solo sull'ufficiale. Da parte sua, il capitano lo ignorò. Si avvicinò, invece, agli scaffali ed estrasse un piccolo taccuino dalla tasca sul petto dove aveva segnato una lista dei prezzi che alcuni prodotti selezionati avevano in altri negozi, e cominciò a cercarli. Quando trovava uno di quei prodotti, confrontava il prezzo, lo segnava e continuava la ricerca.

Il negoziante era molto preoccupato. Nel giro di pochi minuti aveva capito. Il suo nervosismo divenne palese quando si offrì di aiutare il capitano in qualsiasi modo. Da parte sua, questi continuava a ignorarlo, fatta eccezione per un'occasionale occhiata fredda e insignificante. Il tempo per il capitano di finire la sua ispezione e il negoziante tremava come una foglia. L'ufficiale, senza rivolgersi direttamente a lui, lo scostò da un lato mentre si dirigeva alla cassa, lasciò cadere il suo taccuino sul bancone di legno e chiese che qualcuno gli mostrasse il registro e le fatture della merce. Il tutto gli fu prontamente consegnato da una ragazza dalla pelle scura con l'aria decisamente preoccupata.

Rivoltosi alla ragazza con voce gentile e amichevole, il capitano le chiese di cercare il prezzo pagato dal negoziante per ogni prodotto della sua lista. A mano a mano che la ragazza trovava un prodotto, il capitano controllava sul registro l'annotazione scritta di pugno dal negoziante e le faceva un segno accanto. Soddisfatto di quanto aveva visto, si rivolse direttamente al negoziante: "Señor, lei ora mi seguirà." Detto ciò, un soldato rimasto all'entrata del negozio entrò e, afferrato il braccio del negoziante, lo scortò verso il furgone.

L'interrogatorio che seguì in tribunale fu veloce e illuminante. Jan scoprì che il negoziante non era la persona che il capitano cercava. Era solo una fonte d'informazioni e di prove. Fece il nome di altri negozi del vicinato che alzavano i prezzi oltre il limite stabilito dal governo e quello dei poliziotti che, per avere una parte del profitto, chiudevano un occhio. Il capitano, finito con il negoziante, diede istruzioni perché lo trattenessero fino a nuovo ordine, poi lasciò il tribunale, sempre accompagnato da Jan e dai suoi, per recarsi alla stazione di polizia dove si trovava l'agente sotto inchiesta.

Come il negoziante, anche il poliziotto crollò quando fu messo a confronto con l'improvvisa apparizione del capitano e le sue informazioni, e fornì i nomi di tutti i suoi colleghi che accettavano bustarelle. Nella lista c'era il nome del suo superiore, un tenente di polizia. Poi il capitano chiese di vedere un altro poliziotto il cui nome compariva sulla nuova lista dei trasgressori.

Il secondo agente introdotto nella sala dell'interrogatorio era agitato e nervoso come lo erano stati il negoziante e il primo agente. Il capitano, ormai sicuro di sé, cambiò tattica. Quando l'agente si fu seduto di fronte a lui, si sporse dal tavolo e, con voce molto bassa, informò l'uomo che era sotto inchiesta per corruzione e in particolare per avere accettato bustarelle dai negozianti del luogo. L'altro iniziò a protestare, ma il capitano, sbattendo il suo taccuino, lo interruppe gridando che se non avesse collaborato, per lui le cose si sarebbero messe male.

Durante l'interrogatorio del secondo sospetto, Jan capì molte cose. L'affermazione del capitano dell'Esercito, sull'effetto della sorpresa e dello spettro di un plotone d'esecuzione davanti agli occhi dell'accusato, era fondata. Poteva ben vedere che il poliziotto era scosso e incapace di parlare. Quando il capitano ricominciò l'interrogatorio, il poliziotto dava la prima risposta che gli capitava, senza fermarsi a considerare ciò che gli era già stato o gli sarebbe stato chiesto. In questo modo, il capitano era in grado di indagare sul suo superiore, il tenente di polizia, senza che il poliziotto se ne accorgesse.

Fu solo quando ebbe termine l'interrogatorio che Jan comprese quale fosse il vero obiettivo dell'inchiesta. Il negoziante, i due poliziotti e un terzo che sarebbe stato interrogato più tardi, non interessavano al capitano dell'Esercito. Non voleva perder tempo con quella che considerava la crosta del problema. Inseguiva un obiettivo che valeva i suoi sforzi e che sarebbe servito da esempio a più di un negoziante. A tempo debito, il tenente fu arrestato, messo di fronte alle prove e confessò la sua colpa.

Il processo, tenutosi in tribunale il mattino seguente con il capitano che fungeva da giudice, fu rapido. Il negoziante coinvolto, presente in qualità di testimone, fu multato e rilasciato. I poliziotti che comparivano sulla lista, anch'essi presenti come testimoni, furono degradati, multati e rilasciati. Il tenente di polizia fu giudicato colpevole di incoraggiare i suoi subordinati ad accettare bustarelle dai negozianti che facevano pagare prezzi troppo alti ai clienti e di godere delle relative percentuali. Fu condannato a morte. La sentenza sarebbe stata eseguita il mattino seguente. Senza aggiungere altro, la corte si ritirò e il capitano si preparò a un nuovo incarico.

Prima di lasciarla, l'ufficiale chiese a Jan che cosa pensasse dell'intera faccenda. Jan non sapeva proprio cosa rispondere. Come l'accusato, pensava che la velocità con cui si erano svolte le cose le aveva lasciato poco tempo per riordinare le idee. La sua prima risposta, e cioè che la fucilazione del tenente di polizia le sembrava piuttosto crudele e severa, rese perplesso il viso del capitano. "Señorita Fields, fucilare tutti i poliziotti e i negozianti coinvolti sarebbe stato crudele. Anche perché non avremmo munizioni sufficienti in tutto il Messico per fucilare tutti i corrotti del vecchio regime. No, al contrario, abbiamo liberato i subalterni e giustiziato i pesci più grossi che siamo riusciti a pescare, meglio se influenti e in vista. Ora tutti i negozianti e i poliziotti del distretto, e senza dubbio anche dei distretti vicini, sanno che cosa può accadere se cercano di sfruttare la loro posizione. No, señorita, dar loro un esempio semplice e memorabile di ciò che può accadere è la cosa migliore."

Se l'indagine e il processo si erano svolti con incredibile celerità, gli avvenimenti che precedettero l'esecuzione furono penosamente spiacevoli. Dal tribunale, il tenente di polizia fu trasferito per la notte in una prigione della città. Quella notte, con Jan e la sua équipe presenti, gli fu concesso un incontro con la moglie e i figli. La moglie del tenente piangeva disperatamente, mentre i bambini si aggrappavano a lui, quasi cercassero di strapparlo al suo destino. Da parte sua, il tenente rimase chiuso in un assoluto silenzio, schiacciato dagli avvenimenti degli ultimi due giorni. Jan, presa da compassione per la povera donna, non volle aspettare che si separassero. Interruppe la registrazione e se ne andò. Il giorno dopo, lo sapeva, sarebbe stato difficile.

Jan aveva ragione. Quando tornò il mattino seguente trovò il tenente di polizia sveglio. La colazione che gli era stata servita al mattino presto giaceva intatta accanto al letto. Jan sospettava che non avesse dormito, tuttavia le sembrava perfettamente cosciente e tranquillo. In una breve intervista, parlò a cuore aperto e riconobbe le sue colpe come se avesse dovuto confessarsi a un prete, nel tentativo di autoassolversi, e ammise di aver sbagliato incoraggiando i suoi subordinati a venir meno al proprio dovere e ad accettare bustarelle. Ignorare i negozianti e i commercianti che sfruttavano i poveri, disse, era stato un grave errore. Si lamentò di non essere altro che un debole mortale che, cresciuto in un sistema corrotto, aveva semplicemente fatto ciò che facevano tutti gli altri. Quando Jan gli chiese se giudicasse la sua sentenza troppo dura, la guardò per un istante prima di rispondere: "Questa, señorita, è una rivoluzione, o più esattamente, la continuazione della grande rivoluzione combattuta dai nostri avi e che ha reso il Messico il grande paese che è oggi. Io sono colpevole di tradimento verso la rivoluzione e sono pronto, come uomo, a pagare il prezzo delle mie colpe verso il popolo."

Sebbene Jan sospettasse che il tenente fosse stato istruito prima del suo arrivo, non vi era dubbio che si rendeva conto di ciò che diceva affermando che avrebbe affrontato la morte da uomo. Nel cortile c'erano quattro gruppi di persone. Al centro stava il plotone d'esecuzione. Poiché l'accusato era un ufficiale di polizia, il plotone era composto da dieci poliziotti di diversi distretti. Anche l'ufficiale che li comandava era un poliziotto, un tenente come l'accusato. Il significato della scelta non sfuggì a Joe Bob, che sospettava fosse stato il colonnello Guajardo a compierla. Il secondo gruppo era formato da ufficiali di polizia di diversi ranghi, presenti per assistere e imparare. Il terzo gruppo era formato da privati cittadini, compresa l'anziana signora che aveva denunciato il negoziante e il negoziante stesso, che volevano assistere all'esecuzione della sentenza. L'ultimo gruppo era quello di Jan e della sua équipe. Sebbene Ted preferisse filmare con la telecamera sulla spalla, quella mattina aveva montato il treppiedi. Avrebbe limitato i suoi movimenti, ma sapeva di aver bisogno di un sostegno, poiché non amava le armi e sobbalzava ogni volta che sentiva uno sparo.

Quando tutto fu pronto, il tenente di polizia che doveva essere giustiziato, accompagnato da un prete, fu condotto verso il muro di fronte al plotone d'esecuzione. Jan guardò quei preliminari senza fare commenti, mentre Joe Bob sistemava le sue attrezzature.

Come nei film di serie B, il prete disse un'ultima preghiera, l'ufficiale in carica lesse le accuse ad alta voce e il condannato rifiutò coraggiosamente una benda. Però, questo non era un film di seconda categoria. Jan continuava a ripeterselo. Questo, lo sapeva, era la realtà. L'uomo in piedi a meno di quindici metri da lei stava per morire e non c'era nulla che lei potesse fare per evitarlo. Tutto ciò che poteva fare era guardare, come chiunque altro nel cortile. Guardare e riferire ciò che vedeva era, dopo tutto, il suo lavoro. Non creava le notizie e non le manipolava. Si limitava a osservare gli avvenimenti così come si svolgevano. Questo, continuava a ripetere a se stessa, ancora e ancora, era un semplice evento, per nulla diverso da un tornado, o un incendio o qualsiasi altro fatto. Era semplicemente una notizia.

Eppure, mentre l'ufficiale comandante del plotone cominciava a impartire i suoi ordini, Jan si sentì girare la testa. Rispondendo agli ordini brevi, chiari e perentori, il plotone d'esecuzione posizionò i fucili e mirò. All'ultimo momento, prima che la detonazione dei fucili annunziasse che la sentenza era stata portata a termine, Jan si voltò e abbassò la testa. Non era solo una notizia. E Jan lo sapeva.

Da una piccola stanza che dava sul cortile, il colonnello Guajardo assistette all'esecuzione. Osservava attentamente Jan Fields mentre ascoltava i comandi e quando la vide voltarsi poco prima che fosse dato l'ordine di far fuoco, sorrise. Il grilletto non era ancora stato premuto e Guajardo già sapeva che il plotone d'esecuzione aveva fatto centro. Ancora una volta, grazie a una felice combinazione di fortuna e di sottile manipolazione, era riuscito a trasformare una situazione potenzialmente pericolosa in un risultato favorevole. Non sapeva come sarebbe sato il servizio, ma contava sulla cronaca di Jan per ottenere ciò che il Consiglio dei 13 non era in grado di conseguire da solo.

Guardò verso il limpido cielo blu e ignorò la detonazione dei fucili. Senza voltarsi verso il suo aiutante, mormorò: "Oggi sarà una bella giornata. Troppo bella per trascorrerla in città."

L'aiutante, intuendo ciò che intendeva dire il colonnello, chiese: "Che cosa sceglierà, signore, un volo o una cavalcata?"

"Una cavalcata, penso." Guajardo guardò il suo aiutante, battendosi il petto con una mano. Gli afferrò sorridente il braccio e lo condusse lungo il corridoio: "Andiamo, ce la sbrigheremo in fretta con i mostri di carta che minacciano di sbranarci e poi cercheremo un buon cavallo."

Webb County, Texas
3 agosto, ore 12:30

Durante i quindici anni passati come membro della guardia di frontiera, Ken Tinsworthy non aveva mai conosciuto un uomo che riuscisse a smarrirsi più facilmente del suo migliore amico, Jay Stevenson. Stevenson, anch'egli un veterano da quattordici anni in servizio alla guardia di frontiera, non era mai riuscito ad apprendere la raffinata arte dalla lettura delle mappe. Per questa ragione, i turni di servizio erano sempre organizzati in modo da accoppiare Stevenson a qualcuno capace di leggere una mappa o pratico della zona.

Gli eventi del Messico, tuttavia, avevano scombussolato i turni di servizio e tutto ciò che riguardava gli uomini che lavoravano per l'ufficio di Laredo. Anche se i notiziari continuavano a parlare della grande popolarità del nuovo governo messicano, il crescente flusso di messicani verso nord, diretti negli Stati Uniti, suggeriva a Tinsworthy e alle altre guardie che non tutti in Messico dovevano essere d'accordo con quell'affermazione. Molti dei messicani diretti a nord appartenevano a classi più elevate rispetto al passato. A formare la massa della nuova ondata c'erano ex funzionari di governo, poliziotti, commercianti, avvocati e persino qualche prete. L'aumento del numero degli aspiranti clandestini significava aumento delle pattuglie e ciò comportava turni più lunghi e la necessità di impiegare nuove reclute, anche se parzialmente addestrate, il più presto possibile. Tutti coloro che avevano più di dieci anni di servizio venivano affiancati a un nuovo venuto.

Per questo motivo, l'abitudine di piazzare Stevenson insieme a un esperto lettore di mappe saltò. Troppo orgoglioso per protestare, Stevenson la notte precedente era uscito con uno dei nuovi arrivati di nome Mikelsen, che faceva da autista mentre Stevenson cercava la strada più facile e più sicura per raggiungere le loro postazioni di controllo.

La mattina, quando Tinsworthy e il resto della guardia di turno vennero a sapere che Stevenson e il nuovo arrivato non erano ancora rientrati, nessuno si stupì. Qualcuno suggerì che prima di allarmarsi avrebbero potuto contattare le pattuglie stradali della Louisiana, Arkansas e Oklahoma. C'era anche chi scommetteva soldi sul motivo per cui Stevenson non rispondeva alla radio. La metà sosteneva che era troppo imbarazzato. Alcuni sostenevano che era fuori portata radio. Quando, alle nove del mattino, ancora non si era saputo nulla di Stevenson e di Mikelsen, il comandante ordinò a tutte le pattuglie di portarsi nella zona in cui i due uomini avrebbero dovuto trovarsi.

Tinsworthy stava controllando l'altopiano che si affacciava sul Rio Grande, quando il suo partner avvistò la quattro per quattro verde e bianca della guardia di frontiera su una collinetta in lontananza. Poiché erano gli unici a trovarsi in quella zona, furono certi che si trattasse di Stevenson. Lasciato il sentiero, Tinsworthy si diresse verso l'automobile mentre il suo nuovo partner cercava senza successo di contattarlo per radio.

A cento metri di distanza, Tinsworthy rallentò improvvisamente. Il suo partner lo guardò, poi guardò la macchina di Stevenson e di nuovo lui. Tinsworthy, le mani sul volante, osservava attentamente l'altro veicolo. Il nuovo compagno, che non capiva perché si fossero fermati, cercò di sapere cosa stesse osservando. "Che cosa succede?"

"C'è qualcosa che non va." Tinsworthy si fermò a cinquanta metri dalla quattro per quattro, tolse le mani dal volante e si slacciò la fondina con la mano destra. Aprì la portiera con la sinistra e si apprestò a scendere continuando a fissare il veicolo fermo sulla collinetta. "Resta qui e coprimi."

Il nuovo partner, allarmato, guardò ancora il veicolo e la collina, poi Tinsworthy. "Coprirti? Coprirti da cosa?"

Tinsworthy non aveva tempo per le spiegazioni. Come si può spiegare una sensazione a un nuovo venuto? Come si può dirgli che un brivido freddo che ti scende lungo la schiena ti suggerisce che c'è qualcosa di terribilmente sbagliato? Si limitò a ripetere le istruzioni senza staccare gli occhi dalla collinetta. "Fai solo ciò che ti ho detto. Coprimi e tieniti pronto a chiedere aiuto." Senza aspettare risposta, incominciò a salire lentamente sulla collinetta.

Nonostante facesse caldo, Tinsworthy sentiva come un brivido freddo lungo la schiena. Con la destra sul calcio della pistola, si muoveva lentamente in avanti. Continuava a controllare il veicolo fermo sulla collina, ma i suoi occhi scrutavano a destra e a sinistra in cerca di movimento. A metà strada, notò qualcuno seduto al posto di guida, la testa scoperta, reclinata sul volante come stesse dormendo. Tinsworthy si fermò e fissò a lungo l'autista del veicolo, poi si guardò intorno e si girò fino a vedere il suo partner e la sua auto dietro di lui. Il nuovo arrivato, in piedi dietro la portiera del passeggero, aveva abbassato il finestrino e vi aveva appoggiato il fucile. Tinsworthy continuò ad avanzare con la pistola ben stretta nella mano.

Si fermò a dieci metri di distanza quando vide una fila frastagliata di fori sulla portiera. Estrasse il revolver e si avvicinò al veicolo tenendo con entrambe le mani la pistola puntata verso l'alto, oltre la sua spalla destra. Sentì il ronzio delle mosche prima di vederle volare e fermarsi sulla testa dell'uomo che si trovava al posto di guida. Quando raggiunse il veicolo, diede una veloce occhiata all'interno, poi intorno. Non vide nulla di sospetto, e allora si avvicinò ulteriormente per esaminare il corpo chino sul volante. Era Mikelsen. Tinsworthy allungò la mano sinistra nell'abitacolo per tastargli il polso, mentre si teneva pronto a sparare. Sebbene il fetore del sangue esposto per ore al calore estivo e degli escrementi umani fuoriusciti quando i muscoli dell'intestino si erano rilasciati gli suggerissero che l'altro fosse morto, egli continuò a tenergli il polso. Mentre lo faceva si chiedeva perché non vedeva sangue, anche se ne sentiva l'odore. Fu solo dopo aver lasciato il polso ed essere passato sul lato opposto che lo vide.

La portiera del passeggero era aperta. Notò la radio accesa e, allungandosi per afferrare il microfono, poté esaminare il corpo da quel lato. Ai suoi piedi, gli stivali da cow-boy di Mikelsen erano inondati del suo stesso sangue. Le guarnizioni della portiera e la protuberanza che conteneva l'apparecchio di trasmissione avevano arginato il sangue.

Con un profondo respiro, Tinsworthy afferrò il microfono e chiamò la base per chiedere rinforzi e un'ambulanza. Il radiofonista, sconcertato dalla richiesta, attese un attimo prima di passargli il comandante che, con voce grave, gli chiese che cosa stava succedendo.

"Niente di buono, capo. Mikelsen è morto. Pare siano stati colpiti da armi automatiche mentre erano fermi su di una collinetta a guardare il fiume. Non ho ancora trovato Stevenson. La portiera del passeggero era aperta, ma non ci sono macchie di sangue su questo lato della macchina. Ora vado a cercarlo."

"No, non finché non arrivano i rinforzi. Resta con il tuo partner. L'elicottero è decollato ora."

"Non posso farlo, capo. Jay potrebbe aver bisogno del mio aiuto."

"Ken, lo ripeto, resta dove sei. Mi hai sentito?"

Tinsworthy non rispose. Dopo aver posato il microfono sul sedile, si girò e cominciò a cercare il suo amico. Quando lo trovò, dopo quella che gli sembrò un'eternità, avrebbe preferito aver dato retta al suo superiore.

Il corpo di Jay Stevenson giaceva in un canale vicino alla riva del fiume. La prima cosa che Tinsworthy udì fu il ringhiare di due cani selvatici che s'azzannavano. Sopraffatto dalla commozione, vide i cani che ora sbranavano il corpo di Jay, ora ringhiavano l'uno contro l'altro. Senza pensarci, abbassò la pistola e sparò due colpi, abbattendo un cane, spaventando il secondo e causando il panico del suo partner che, avendolo perso di vista, chiamò con la radio riferendo che erano sotto tiro.

Tinsworthy scese lungo il canale per osservare il corpo. Non ebbe bisogno di leggere il nome sulla piastrina di riconoscimento per sapere che il cadavere ai suoi piedi apparteneva al suo migliore amico. La vista di Jay Stevenson con i piedi e le mani legate e la testa staccata di netto, fu davvero troppo per lui. Ken Tinsworthy cadde in ginocchio, guardò verso il limpido cielo blu e cominciò a piangere. Piangeva e chiedeva a Dio perché avesse permesso una cosa così terribile; poi giurò che avrebbe vendicato la morte dell'amico, gridando forte tra le lacrime: "Dio, aiuta quel bastardo messicano che ha ucciso Jay. Dio, aiutalo."

9

Gli strumenti di battaglia sono validi solo se si sa come usarli.

Ardant du Picq

Fort Hood, Texas
8 agosto, ore 05:45

Mentre osservava il sottotenente Kozak che faceva l'ispezione finale della 2ª Squadra, prima del combattimento, il sergente di prima classe Rivera si chiedeva che cosa non funzionasse nei tenenti di fanteria. Forse era Fort Benning a renderli così. Dopo essere stato sergente nello stesso plotone per ventisei mesi, stava per imbattersi nel suo terzo comandante di plotone nuovo di zecca e uscito fresco fresco da Benning. E ognuno di loro arrivava nel plotone pronto a bruciare il mondo, determinato a guidare una carica di baionette.

Anche il nuovo tenente, una donna, era assolutamente fanatica e intollerante, come lo erano stati i suoi primi due tenenti. Solo quando diventavano capitani, o per lo meno così sembrava, scoprivano che forse i sergenti non erano poi tanto stupidi. Rivera si chiedeva se i suoi colleghi dell'artiglieria da campagna e delle truppe corazzate avessero gli stessi problemi. Probabilmente sì, pensò. Un tenente, dopo tutto, era un tenente. Forse il sergente aveva ragione quando ripeteva ai suoi soldati di risparmiare il fiato con i nuovi ufficiali. Diceva che avrebbero dovuto portarli tra i cespugli e riempirli di botte per una mezz'oretta prima di cominciare il loro addestramento. Il sergente sosteneva che fosse l'unico modo per cancellare alcune delle scemenze che gli avevano ficcato in testa a Benning e per essere sicuri di avere la loro attenzione.

L'operazione di quel giorno era un caso tipico. Compito del plotone era di stabilire un avamposto alla zona di combattimento della compagnia. L'ordine, così come era stato impartito dal comandante della compagnia, era piuttosto semplice. Una squadra doveva spostarsi fino a quando le fosse stato possibile controllare la via principale che portava all'area di combattimento. Tutto ciò che Wittworth chiedeva era qualche minuto di preavviso per poter coordinare il fuoco diretto della compagnia e quello indiretto dell'artiglieria.

Ma il tenente Kozak pensò che sarebbe stato meglio preparare un'imboscata anticorazzata, oltre all'avamposto. Rivera le fece notare che lo scopo dell'avamposto era quello di fornire protezione e preavviso alla compagnia, nulla di più. Il tenente, però, pensava che potessero farlo altrettanto facilmente anche tendendo un'imboscata che, secondo lei, avrebbe dato inizio al combattimento e forse confuso il nemico sulle effettive posizioni della compagnia. Rivera tentò di farle capire che avevano le stesse probabilità di confondersi del nemico. Non gli ci volle molto, comunque, per capire che stava combattendo una battaglia persa. Guardandola negli occhi e ascoltando il suo tono di voce mentre spiegava dettagliatamente il piano, Rivera decise che forse la cosa migliore era di lasciarla fare. A volte, egli lo sapeva, era meglio permettere ai tenenti di scoprire da soli la dura realtà della vita. Forse Kozak ce l'avrebbe fatta, ma ne dubitava. Dopo tutto, era lì per imparare e Rivera sapeva che le migliori lezioni della vita nascono dalle situazioni più difficili.

Se Rivera voleva che il tenente imparasse nel modo più severo, Kozak faceva di tutto per aiutarlo. Il piano che aveva organizzato la notte precedente piazzava una squadra armata di un solo missile anticarro teleguidato Dragon, mezza dozzina di mine anticarro e quattro lanciatori di piccoli razzi anticarro sul pendio frontale di una collina. Il Bradley M-2 della squadra era nascosto sul lato opposto, non solo senza un campo di fuoco ma anche lontano più di un chilometro dai soldati che stavano in agguato. Con molto tatto, Rivera fece notare che i soldati non sarebbero mai riusciti a risalire la collina per raggiungere il loro Bradley. La forza nemica li avrebbe raggiunti, battuti con l'artiglieria, o semplicemente avrebbe cominciato a sparare appena si fossero mossi.

Nuovamente Kozak spiegò che la fanteria appiedata, grazie alla confusione causata dall'agguato, non sarebbe mai stata avvistata dal nemico. Con un'espressione ironica Rivera rispose con un secco "Sì, signora" e si mosse per organizzare la postazione di battaglia del plotone mentre il tenente preparava l'ordine delle operazioni.

Per la prima volta, Rivera non aveva pensato a Kozak come a una donna. Al contrario, l'aveva inconsciamente considerata come ogni altro sottotenente di fanteria che aveva conosciuto e l'aveva trattata di conseguenza.

Dal sedile anteriore della Humvee di Scott Dixon, il capitano Cerro guardava il sottotenente Kozak mentre preparava la sua imboscata anticorazzata. Se anche la squadra fosse riuscita a occupare le sue posizioni prima dell'alba, lo spostamento del suo capo plotone da un posto all'altro per controllare le armi e le traiettorie di tiro, avrebbe compromesso l'intera imboscata. Anche senza binocolo, a duecento metri di distanza, Cerro poteva vedere persone che si spostavano e cespugli che si muovevano. Non aveva dubbi che anche il mezzo di ricognizione nemico, duecento metri più avanti lungo la strada, nascosto e coperto con reti mimetiche, stesse scorgendo ogni cosa.

Mentre Cerro aspettava l'inevitabile, lo specialista Eddie Jefferson, soprannominato Eddie il Veloce, gli sedeva accanto studiando attentamente la mappa e le note con i dettagli del piano di Kozak scritte sul margine della custodia. Annoiato, Cerro si girò verso Eddie il Veloce: "Che cosa c'è di così interessante?"

Eddie aggrottò le sopracciglia confuso e gli rispose senza alzare lo sguardo dalla mappa: "Questo piano, signore. Non ha nessun senso." Spiegando la mappa sul volante della Humvee Eddie indicò il simbolo blu che segnalava il luogo in cui Kozak avrebbe teso l'imboscata anticorazzata. "Guardi. Quella cagna maledetta posiziona la sua squadra qui, sul lato sbagliato della collina," e scorrendo il dito da quello al simbolo blu che indicava un Bradley, "e il Bradley a questa distanza sul lato opposto. Non ce la faranno mai a tornare indietro."

Cerro, sussultando, ricordò a Eddie che stava parlando di un tenente e che "cagna" non era la terminologia appropriata. Eddie lo guardò: "Oh, mi scusi, capitano." Poi, tornando alla mappa continuò: "E oltre tutto, quello stupido tenente posiziona il Bradley in un buco dal quale non può vedere né sparare."

Cerro scosse il capo e rinunciò a discutere. Eddie Jefferson sembrava essere un buon soldato, intelligente e motivato. Non c'era bisogno di infastidirlo. Dopo tutto, Kozak si stava davvero comportando da stupida. Cristo, pensò, forse avrebbe dovuto mandare Eddie a sistemare l'avamposto. Non avrebbe potuto fare peggio di Kozak.

Mentre continuavano a guardare, Cerro pensò che se Eddie, con l'unico aiuto di una mappa, riusciva a capire quanto fosse tremendo il posto in cui si trovava la squadra, tanto più lo dovevano sapere gli uomini della squadra. Se non tutti, almeno il sergente di plotone e il caposquadra dovevano aver capito che il piano non avrebbe funzionato. Cerro si chiedeva se i sottufficiali del plotone lo avessero fatto notare al tenente, e questi li avesse ignorati, o se avessero taciuto, lasciando che Kozak facesse la figura della stupida. Se Kozak non avesse dato retta ai suoi, avrebbe avuto tutta la sua comprensione. Anche Cerro, quando era un giovane e ambizioso tenente di fanteria, aveva pensato di poter conquistare il mondo con una sola mano. Gli ci volle qualche anno e una guerra per convincerlo di essere uno tra i tanti e di aver bisogno, occasionalmente, di un piccolo aiuto. Il suo comandante di battaglione aveva descritto quel cambiamento come la maturazione di un comandante. Il suo sergente diceva che si trattava di infilare un po' di idee nell'ottusa testa di Cerro.

Cerro non aveva niente di meglio da fare e pertanto chiese a Eddie come avrebbe organizzato l'avamposto. Stavano discutendo quando un'altra Humvee raggiunse il punto in cui era posizionata la squadra appiedata di Kozak. L'autista, lasciata la strada, cominciò a guidare lungo la fila di alberi tra i quali era stato teso l'agguato. Il passeggero della Humvee, che aveva una scatola di simulatori d'artiglieria sulle ginocchia, prendeva un simulatore alla volta, stendeva il braccio, tirava con un piccolo strappo il tappo bianco e la cordicella che attivava il simulatore e lo gettava tra gli alberi. Dopo averne lanciati una mezza dozzina, sufficienti a rappresentare tre scariche da 155 mm sparate da una batteria d'artiglieria, la jeep se ne andò, lasciando la squadra di Kozak impegnata a indossare le maschere antigas.

Avevano appena finito e stavano per riguadagnare le loro posizioni, quando una fila di quattro Bradley nemici, con un cannone da 25 mm e una mitragliatrice da 7,62 mm che sparavano a salve, uscì improvvisamente dagli alberi di fronte alla stretta valle in cui si trovava la squadra di Kozak e cominciò ad avanzare verso di loro. Sebbene gli spari fossero imprecisi, la velocità e la violenza, senza parlare della sorpresa, spaventarono Kozak, che si alzò e ordinò alla squadra di ritirarsi.

La squadra, però, non aveva molte possibilità di farcela. Un soldato di fanteria in forma, munito di equipaggiamento, poteva percorrere un chilometro di corsa in cinque minuti, o, nel migliore dei casi, quattro e mezzo. Un Bradley, muovendosi a venti miglia all'ora, poteva coprire la stessa distanza in meno di due. Come Eddie aveva previsto, non c'era confronto. Né ve ne era tra i quattro Bradley attaccanti e l'unico mezzo della squadra che si trovava sul lato opposto della collina. Il suo equipaggio intuì di essere stato attaccato dalle luci degli spari. Cerro, mentre guardava dalla jeep, si era sintonizzato sia sulla stazione radio della compagnia sia su quella del plotone di Kozak, ma non sentì nessuno parlare del combattimento. Per quanto ne sapeva il capitano Wittworth, comandante di compagnia di Kozak, al momento tutto era in ordine. A causa del fallimento di Kozak e del veloce e ben coordinato attacco nemico, Wittworth non avrebbe avuto i due minuti di preavviso su cui contava.

"Quanto ci vorrà, capitano?"

Cerro guardò l'orologio e poi la squadra di Kozak che, lasciando le postazioni, usciva allo scoperto e si muoveva maldestramente. "Tre minuti, quattro se si tiene conto dell'artiglieria."

Eddie sospirò: "Gesù, che stronzata. Quattro minuti per riempire dieci bare. Spero abbia imparato qualcosa."

"Oh, ne sono certo. Ma, per esserne certi, Eddie, avviciniamoci lentamente e parliamo un po' con il giovane tenente mentre la sua compagnia viene sconfitta."

Sogghignando, Eddie avviò la Humvee e si diresse verso il luogo dove si stava radunando la squadra di Kozak. Fece grande attenzione a evitare il resto della compagnia nemica che stava scendendo lungo la strada verso sud, nel tentativo di raggiungere i quattro Bradley che avevano annientato la squadra di Kozak. Quando Cerro arrivò, si stavano ancora togliendo le maschere, cercavano di spegnere il segnalatore acustico sulle cinture Miles che si era attivato quando i laser che simulavano il fuoco nemico li avevano colpiti, e raccoglievano armi ed equipaggiamento.

Il tenente Kozak, già infuriata per il totale fallimento della sua squadra, fu presa dallo sconforto quando s'avvide che la targa sul paraurti della Humvee in avvicinamento era quella della jeep del G3 della divisione. L'arrivo di un capitano e non del G3 in persona non migliorò il suo stato d'animo. Senza dubbio, il capitano lo avrebbe riferito al G3, che, a sua volta, lo avrebbe detto al comandante della divisione, il quale a sua volta lo avrebbe detto al comandante del corpo d'armata, eccetera eccetera. Ma non c'era nessun posto dove nascondersi e nessun modo di evitare l'inevitabile. Il piano era suo e doveva assumersene tutta la responsabilità.

Kozak si avvicinò alla jeep che nel frattempo si era fermata, salutò e si mise a rapporto dal capitano ancor prima che egli avesse il tempo di scendere. Il capitano restituì il saluto con un gesto distratto della mano, poi prese la mappa all'autista e scese senza dire una parola. Si portò davanti alla jeep e stese la mappa sul cofano, la guardò un attimo, poi si voltò verso Kozak. Fu solo allora che Kozak riconobbe il capitano in cui si era imbattuta il primo giorno a Fort Hood. Pensando alla piccola cortesia di quando aveva perso il fermaglio di un distintivo, fu sul punto di parlarne, ma poi decise di non farlo quando si rese conto che si trattava di un altro momento e di un altro luogo. In quelle circostanze non sembrava una buona idea cominciare con una futile chiacchierata.

Quando il capitano fu pronto, Kozak capì che questa volta la sua decisione era stata giusta. Il capitano Cerro, gli occhi nascosti sotto il bordo dell'elmetto, la guardava dall'alto: "Tenente Kozak, qual era la sua missione?"

Kozak osservò Cerro, assumendo una posizione di riposo: "Stabilire un avamposto con una squadra, signore."

"Qual era lo scopo dell'avamposto, tenente?"

"Fornire alla compagnia un preavviso dell'attacco nemico."

"Ed è riuscita ad assolvere la sua missione, tenente?"

Kozak esitò prima di rispondere. Forse lo aveva fatto. Forse il Bradley era riuscito a fare rapporto, o forse la compagnia aveva sentito il combattimento. Non lo sapeva e lo disse, spiegando che forse il Bradley della squadra era riuscito a scappare e ad avvisare o forse aveva fatto rapporto prima di essere distrutto.

Cerro non la lasciò finire: "Perché non lo sa, tenente?"

"Ebbene, ho perso temporaneamente contatto con il mio plotone."

Cerro si mise le mani sui fianchi e si inclinò verso Kozak portando il bordo del suo elmetto quasi a toccare quello di lei. La sua voce, quando rispose, era dura e fredda: "Temporaneamente un cazzo, tenente. Lei ha perso permanentemente contatto con il suo plotone. La sua capacità di muoversi, sparare e comunicare è stata compromessa del cento per cento. Questo perché lei è morta, ricorda? Morta, M-O-R-T-A, morta. E sa perché è morta?"

Colpita dall'aggressività di Cerro, Kozak stava per fare un passo indietro, ma cambiò idea. Rimase immobile, lasciando che il bordo del suo elmetto sfiorasse quello di Cerro. "Sì, signore. Abbiamo fatto casino."

"Correzione, tenente, *lei* ha fatto casino. E ancora, qual era la sua missione?"

Mentre Kozak pensava all'ultima domanda di Cerro, era combattuta dal desiderio di allontanarsi da lui. Sentiva il suo respiro sul viso e la pressione implacabile del suo elmetto. Quella posizione le sembrava intimidatoria. Senza dubbio, voleva esserlo. Per un attimo, guardò lo stretto spazio che separava le punte dei suoi piccoli stivali da combattimento misura trentotto dai larghi

formazioni necessarie a Delapos e ai suoi capisquadra. Il piccolo esercito di Alamán, informato su tutto, dagli orari e i percorsi delle pattuglie di confine alle armi e personalità coinvolte, sperava di raggiungere un risultato che andasse ben al di là di quanto ci si sarebbe aspettati. Ora, con questo obiettivo e in previsione di necessità future, Alamán stava cercando di stabilire contatti all'interno della Guardia nazionale del Texas, un impegno questo che gli stava procurando più noie del previsto. Nonostante ciò, egli poteva dirsi più che soddisfatto per come stavano andando le cose.

Tanto per cominciare Delapos, assistito da Childress e Lefleur, aveva reclutato, armato e organizzato sei squadre al campo d'aviazione abbandonato, lungo il Rio Salado, che avrebbero messo in atto il progetto di Alamán di ristabilizzare le sue attività in Messico.

Il piano era semplice a tavolino ma di difficile realizzazione. Gli elementi chiave erano il timore che i capi del Messico avevano nei confronti di un intervento americano nei loro affari interni e l'abitudine degli americani a prendere simili iniziative. Era un timore fondato su basi storiche. Era il risultato finale di uno scontro avvenuto nel 1836 tra gli Stati Uniti emergenti, desiderosi di portare a compimento il loro splendido destino, e un Messico da poco indipendente. Per anni, in seguito alla sconfitta dell'Esercito messicano il 21 aprile 1836 a opera di Sam Houston, gli anglosassoni si erano considerati moralmente superiori ai poveri e corrotti fratelli del sud. Dopo la guerra, gli americani non avevano esitato a intervenire ogni volta lo giudicassero vantaggioso. Oltre che da una diversità di interessi e di ricchezza, questa triste storia era segnata dalla presunta superiorità razziale della maggior parte dei *norteamericanos* nei confronti dei latinoamericani.

A poche ore dal golpe, il risveglio di queste paure era stato alimentato sia dalla stampa messicana sia da quella americana. Anche se il consiglio cercava di tener conto delle preoccupazioni americane, aveva molte scelte difficili da fare e poche buone soluzioni. Inevitabilmente, doveva compiere azioni che non sarebbero state comprese o non sarebbero state approvate dagli Stati Uniti. La stampa americana si faceva interprete del malcontento generale, esasperato dal fatto che negli Stati Uniti le elezioni erano prossime e mancava un candidato favorito. I politici americani, indipendentemente dal partito o dalla carica ricoperta, venivano martellati da destra e da sinistra. I conservatori spingevano i liberali ad assicurarsi che gli interessi commerciali americani in Messico e l'unità territoriale degli Stati Uniti fossero salvaguardati. L'immagine della rivoluzione che si propagava verso nord attraverso la numerosa popolazione ispano-americana del sud-ovest faceva rabbrividire ogni patriota convinto. Da sinistra, le richieste perché i conservatori si dessero da fare per fermare le violazioni dei diritti civili davano luogo ogni giorno a manifestazioni sia a Washington che nelle altre capitali del sud-ovest. Ciò che occorreva fare veramente per proteggere gli Stati Uniti e aiutare il povero popolo messicano oppresso e sfruttato dal regime militare era una questione seriamente e caldamente dibattuta. I piani variavano dal riconoscimento dell'attuale regime all'azione diretta e immediata per annientarlo. Era come se, faceva notare Alamán, ci fosse stata una barca in procinto di affondare e nessuno sapesse come aiutarla. Mentre i partiti discutevano, Alamán progettava di usare il suo piccolo esercito per incendiare la barca.

Le calde onde dell'oceano lambivano i loro piedi mentre passeggiavano lentamente sulla spiaggia: Alamán spiegava alla sua amante, Anna, cosa aveva escogitato perché i buffoni di Città del Messico pagassero per quello che gli avevano fatto. "In questo momento, amore mio, ho quaranta uomini sparsi lungo il confine tra Messico e Stati Uniti, uomini che non hanno altro scopo nella vita se non quello di uccidere americani e diffondere il terrore. Molti di questi mercenari, alcuni dei quali sono ex guerriglieri di sinistra, sono esperti in operazioni antiterroristiche o sono stati terroristi loro stessi. Nessuno di loro ha un briciolo di morale. Sono miei e presto daranno inizio alla distruzione che mi riporterà nel mio adorato Messico."

Da parte sua, Anna ascoltava appena Alamán parlare dei suoi progetti e delle prodezze del suo piccolo esercito di mercenari. Era contenta che la trattasse con un'attenzione che non aveva mai ricevuto prima, mentre lasciava che egli sfogasse il suo appetito sessuale e la sua megalomania, entrambe in apparenza insaziabili. Annuiva con un leggero cenno del capo mentre passeggiavano e Alamán continuava a parlare con voce monotona. "Ogni squadra di sei, otto uomini, a cui viene assegnato un settore lungo il confine del Texas o del Nuovo Messico, può gestire liberamente metodi, tempi e operazioni. Le sole restrizioni che ho imposto riguardano la scelta delle armi, i mezzi usati e la quasi totale segregazione delle squadre. Le armi, di qualsiasi calibro e tipo, sono limitate a quelle correntemente usate dall'Esercito messicano. Anche i mezzi usati dalle squadre devono essere dello stesso tipo di quelli utilizzati dall'Esercito messicano oppure equipaggiati con gli stessi pneumatici dei veicoli messicani. Comunicare, sia per radio sia per telefono, è proibito. Anche in casi di estrema necessità, le squadre non possono contattare Delapos, che ho nominato responsabile per la supervisione delle operazioni. Delapos prende ordini da me e, a sua volta, viaggia da una squadra all'altra per controllare le azioni e approvare i piani dei capisquadra, impartendo nuove istruzioni quando è necessario. In questo modo, solo io e Delapos conosciamo la posizione degli uomini e ciò che sta veramente accadendo lungo il confine."

Alamán si fermò a guardare il sole che sorgeva. "Questo, amore mio, è uno spettacolo. Ma non bello come in Messico. Lo vedrai."

Cogliendo l'occasione, Anna si chinò per baciarlo delicatamente sulle labbra e lungo il collo. Poi, facendo scorrere le mani sui suoi fianchi nudi, si mise in ginocchio, baciandogli delicatamente il petto. Quando le mani raggiunsero la sua vita, Anna infilò le dita tra la cintura dei calzoncini da bagno e il corpo di Alamán, afferrò l'elastico con i pollici e glieli abbassò fino alle ginocchia. Per tutto il tempo, Alamán continuò a fissare l'oceano mentre prendeva la testa di Anna e la attirava delicatamente verso di sé. "Lo vedrai, amore mio, te lo prometto."

Maverick County, Texas
8 agosto, ore 07:45

Sbirciando attraverso la piccola fessura tra l'estremità della rete mimetica e il terreno, Childress scrutò attentamente l'orizzonte. Non vide nessun movimento e rivolse la sua attenzione verso la strada che curvava prima di arrivare al luogo dove erano appostati, un centinaio di metri più in là. Childress fece scorrere gli occhi su tutta la lunghezza della strada, a partire dalla piccola fossa che nascondeva una carica esplosiva da quaranta libbre fino a dove la strada scompariva dietro l'orizzonte, a circa cinque chilometri di distanza. Nulla sarebbe stato in grado di muoversi sulla strada senza che i suoi uomini lo vedessero.

Childress aveva impiegato due giorni per trovare quel punto, un punto ideale per i suoi scopi. Il canalone in cui egli e due altri uomini, armati di una mitragliatrice M-1919 calibro 30, si erano imboscati, li proteggeva e li nascondeva. Era anche una via eccellente e sicura per il ritorno verso i veicoli parcheggiati più giù, lungo il canale. Un ramo del canalone offriva gli stessi vantaggi agli altri tre uomini di Childress. Se qualcosa non avesse funzionato, le due squadre avrebbero potuto raggiungere non viste i loro veicoli e avuto inoltre la possibilità di sparare sul nemico mentre si ritiravano. Questo ultimo aspetto era molto importante per questi uomini: dopo tutto, lo facevano per soldi. L'onore e la gloria non li interessavano. Una medaglia consegnata postuma ai parenti non aveva senso per loro. La cosa essenziale era avere un ricco, sano conto in banca e un corpo altrettanto sano con cui goderselo. Le vie di scampo erano quindi un elemento essenziale in ogni piano di Childress e degli altri capi squadra del piccolo esercito privato del señor Alamán.

Per ottenere l'effetto che Alamán desiderava, ogni raid doveva essere sanguinario e terribile, oltre che rapido e preciso. Lefleur, che ebbe l'onore di colpire per primo, ne aveva dettato le modalità. Niente era stato lasciato al caso. Lo scopo delle atrocità era quello di impressionare chi avesse trovato i cadaveri e la stampa che avrebbe parlato dell'incidente. Le tracce degli pneumatici che entravano e uscivano dal punto in cui Lefleur aveva guadato il Rio Grande erano state trovate e i calchi di gesso doverosamente presi. Gli esperti dell'FBI avevano anche trovato e identificato un cumulo di munizioni calibro 30, un calibro insolito, usato raramente per le mitragliatrici moderne. Per evitare che la messa in scena fosse troppo ovvia, Lefleur non aveva lasciato altra traccia. I proiettili da 5,56 mm trovati nel cranio dell'uomo giustiziato e quelli calibro 30, erano sufficienti per indirizzare l'FBI.

Childress, da parte sua, preferiva fare le cose in grande. Aveva lavorato con gli esplosivi e amava l'effetto che una piccola carica C-4 poteva facilmente raggiungere. Inoltre, giudicava la tecnica di Lefleur troppo blanda. Mentre chiunque poteva ottenere munizioni da 5,56 mm e calibro 30, poche persone potevano legalmente acquistare una carica esplosiva standard dell'Esercito. Persino il più stupido degli investigatori si sarebbe messo in allarme di fronte a una simile scoperta.

Nel caso in cui neanche questo fosse riuscito a indirizzare sulla giusta strada i loro inseguitori, Childress aveva aggiunto un particolare insolito. L'idea di colpire alla luce del sole era stata inizialmente accolta con orrore dai suoi uomini. Il doversi muovere nel deserto in pieno giorno sembrava, di primo acchito, un suicidio. Childress aveva spiegato che gli americani avevano difficoltà nel mantenere lo stato di vigilanza attivo per ventiquattro ore e che tendevano a montare la guardia di notte, per rilassarsi quando sorgeva il sole. "Il nemico," aveva spiegato, "attacca sempre all'alba nei film." Inoltre, aveva aggiunto, i contrabbandieri che facevano passare droga e profughi oltre il confine operavano soprattutto di notte, combattevano solo se messi alle strette, non tendevano imboscate e non facevano saltare le strade in pieno giorno. Solo dei soldati ben addestrati lo potevano fare.

Un colpo sulla spalla e un dito puntato a ovest avvertirono Childress che la pattuglia di confine si stava avvicinando. Come previsto, erano due le jeep che avanzavano. Entrambe erano decappottate, ma i parabrezza erano alzati. Childress lo giudicò un errore. Se fosse stato il comandante della pattuglia, avrebbe ordinato di abbassare i parabrezza per poter vedere meglio e per evitare vetri volanti durante uno scontro.

I due veicoli, che viaggiavano a cinquanta metri di distanza, avevano due guardie di pattuglia ciascuno. Persino da quella distanza, Childress poteva vedere che il passeggero di ogni veicolo teneva un fucile sulle ginocchia. Altro errore, pensò. I fucili erano perfetti per i coyote e per le prede ravvicinate. Contro le armi automatiche a lungo raggio erano inutili. Guardò l'uomo che gli stava al fianco: "Non l'hanno ancora presa seriamente."

L'uomo alzò le spalle stringendo la presa sull'impugnatura della mitragliatrice, mentre seguiva lo spostamento della seconda jeep. "Mi va benissimo, amico mio."

La loro conversazione fu interrotta dalla detonazione della carica esplosiva. Quando la ruota anteriore della jeep di testa raggiunse la buca ricoperta, uno degli uomini di Childress nascosto nell'altro canale abbassò la maniglia rossa del detonatore. Il risultato raggiunto rasentava la perfezione. La jeep di testa fu sollevata e scaraventata in mezzo a una colonna di fumo nero e di fango marrone. L'autista della seconda jeep fu preso dal panico, frenò e sterzò. L'improvviso blocco dei freni e la svolta fecero rovesciare la jeep, mentre l'uomo che maneggiava la mitragliatrice a fianco di Childress sparava una lunga scarica di colpi che la raggiunsero mentre rotolava giù per la strada verso la colonna di sporco e di fumo. L'uomo continuò a sparare finché la jeep fece un ultimo balzo finale e scomparve nel largo cratere dove una volta c'era la strada.

Prima che la jeep di testa terminasse la sua caduta libera e si sfracellasse con un tonfo, Childress seppe di essere riuscito. Seppe anche che sicuramente nessuno sulla seconda jeep era riuscito a usare la radio. Non ne avevano avuto il tempo. Il tutto era durato cinque secondi, forse dieci. Due giorni per progettare e programmare, sei ore per aspettare e pochi secondi per uccidere. Così doveva essere.

Si alzò, afferrò la rete mimetica e cominciò a smontarla mentre urlava agli altri che erano con lui di raccogliere la mitragliatrice e di andarsene. Avevano fatto ciò che si erano prefissi di fare. Ora toccava agli altri raccogliere ciò che essi avevano seminato con tanta cura.

10

Come può un uomo sapere ciò che dovrebbe fare se non sa ciò che sta facendo il suo avversario?

Henri de Jomini

Georgetown, Texas
11 agosto, ore 05:05

Scott Dixon si girò delicatamente sul lato sinistro e raggiunse una posizione comoda. Era ancora buio, non aveva bisogno di luce per quella manovra. I suoi movimenti erano esperti e il terreno di fronte a lui familiare. Con molta attenzione, sollevò la mano destra e la appoggiò sulla coscia nuda di Jan Fields. Lentamente, cominciò a far scorrere la mano verso il ventre e poi su, fino a toccare il seno. La quieta oscurità della stanza, il calore del corpo di Jan contro il suo e la morbidezza della pelle sotto la sua mano erano, per Dixon, le sensazioni più erotiche che potesse immaginare. Mentre le massaggiava teneramente il seno, sentì che si stava eccitando e aumentò gradualmente l'intensità della stretta.

L'effetto di quell'iniziativa era prevedibile. Inizialmente Jan emise un leggero, quasi impercettibile sospiro mentre si spingeva verso Dixon. Questo suo movimento aumentò il desiderio dell'uomo. Dixon, intuendo che era pronta per passare alla fase due, sollevò la testa dal cuscino e la girò fino a raggiungere con le labbra il suo collo. Con molta dolcezza cominciò a baciarla. Jan si stava risvegliando. Si rigirò, aprì gli occhi e guardò Dixon. Mentre si stiracchiava, spostò la mano dal suo seno e allontanò Dixon di qualche centimetro. C'era un sorriso malizioso sul suo viso: "E che cosa vuoi, colonnello?" La sua voce era bassa e provocante.

"Ebbene, mia cara, sto per fare quello che ogni soldato sogna di fare, sto per farmi la stampa."

"Lo sai che potresti avere seri problemi se ti cacci nei guai con la stampa. Lascia che ti ricordi, colonnello, che sono protetta dal primo emendamento della Costituzione e tu sei tenuto a rispettarlo."

Dixon spostò la gamba destra per mettersi a cavalcioni di Jan e le posò le mani sul torace. "Ah sì! È questo ciò che pensi? Allora adesso ti dimostrerò quanto mi impegno a rispettarlo." Detto ciò, cominciò a solleticarla sotto le braccia e alla base dei seni, facendola ridere spasmodicamente e dando inizio a quello che era, per loro, un gioco serio.

Dixon si aggirava in cucina in pantaloncini e maglietta. Era a piedi nudi, ma nemmeno il freddo del pavimento piastrellato riusciva a scuoterlo dal torpore mattutino. Spesso Jan osservava che era sorprendente il modo in cui Dixon, in pochi minuti, poteva trasformarsi da Tarzan, il signore delle scimmie, in un personaggio de *La notte degli zombi.* Il cibo e numerose tazze di caffè sembravano essere la sola cosa in grado di stimolarlo e sostenerlo.

Per questo Dixon superava il fastidio di un pavimento freddo pur di andare a caccia di nutrimento. Con la grazia e la determinazione di un missile anticarro teleguidato, egli si mosse verso il frigorifero. Aprì lo sportello e cominciò la ricerca: come in tutte la case abitate da bambini, le cose sistemate nel frigorifero di Dixon tendevano a migrare da un posto all'altro in modo imprevedibile. Ogni volta che Dixon si lamentava di questo fatto, Jan lo rimproverava dicendo che avrebbe dovuto essere più elastico ed esclamava: "Hai bisogno di una piccola sfida di tanto in tanto, Scotty."

Una nuova sfida era l'ultima cosa che gli serviva quando si trattava di Jan. Fin dall'inizio, entrambi avevano capito che, se la loro storia d'amore avesse funzionato, avrebbe richiesto un certo impegno da parte di tutti e due. Anche se Jan, in nome del suo amore per Dixon, aveva rinunciato a girare il mondo come corrispondente della WNN a caccia di notizie fresche, sarebbe stato troppo pretendere che abbandonasse definitivamente la sua carriera. Nemmeno nelle sue fantasie più sfrenate, Dixon poteva immaginarsi Jan sostenere la parte della brava mogliettina. L'immagine di Jan Fields che passava il giorno a cuocere biscotti per le vendite di beneficenza e che lo aspettava pazientemente a casa con la cena al caldo era la cosa più lontana che ci fosse dalla realtà.

La loro relazione e il modo in cui Jan e Scott affrontavano la vita era piuttosto anticonformista. Dixon, vedovo, non era interessato a una nuova moglie. Ne aveva già avuta una e non sentiva assolutamente il bisogno di averne un'altra. Aveva amato sua moglie ed era certo di essere stato riamato, ma sapeva che sarebbe stato impossibile trovare un'altra donna che potesse prendere il posto della prima. Le mogli, aveva detto a un sergente, non sono parti di ricambio. Non si può semplicemente consumarne una e aspettarsi poi di trovarne una nuova che possa sostituire quella vecchia. Per questo non ci aveva mai provato. Non ne aveva bisogno, perché Jan era là ogni volta che gli serviva un'amica e un'amante disposta ad accettarlo per quello che era.

Dixon cominciò a trovare le cose che stava cercando. Finalmente, infilati sotto il braccio sinistro una vaschetta di margarina, un vasetto di marmellata di uva e una brocca di succo d'arancia, chiuse il frigorifero e si diresse verso il tavolo della cucina: il rumore della televisione che si accendeva alle sue spalle lo avvertì che la sua compagna lo aveva raggiunto e stava cominciando il rituale della sua colazione.

Jan, con una larga maglietta rosa con l'immagine di Minnie, si assicurò che il televisore della cucina fosse sintonizzato sul canale giusto prima di dirigersi verso la caffettiera e cominciare con il primo caffè mentre ascoltava il notiziario del mattino.

Anche lei, come Dixon, non era a caccia di un marito. Aveva bisogno di qualcosa di più di ciò che può dare un marito. Anche lei pensava a Scott come a un amico, un amante e un confidente, ma non un marito. Quando faceva il ritratto del marito perfetto, si trovava a descrivere suo padre, che era un uomo dolce e gentile. Jan lo amava moltissimo, ma egli, o chiunque gli assomigliasse, era l'ultima persona con cui avrebbe voluto dividere la sua vita. In cuor suo sapeva che non avrebbe mai potuto rinunciare alla libertà come aveva fatto sua madre. La madre amava il marito e non si lamentava della sua vita, ma non era mai stata una donna felice. Spesso Jan aveva notato una certa tristezza nei suoi occhi. Era una tristezza che nasceva dai sogni e dalle ambizioni che non era mai riuscita a realizzare. Aveva lasciato che i suoi sogni si raffreddassero, per dedicarsi ai bisogni del marito, della casa e dei figli. Ammirava sua madre, ma sapeva che non avrebbe mai potuto essere come lei. Ed era per questo che non ci aveva mai provato.

Le ci vollero degli anni, comunque, per scoprire che non era possibile conciliare le esigenze della famiglia con le ambizioni personali. Essere una donna disinibita che faceva qualsiasi cosa le andasse di fare e che passava da una storia all'altra, non era così attraente. Scoprì di non poter essere un elettrone vagante per tutta la vita. In Scott aveva trovato una persona che poteva rispettare e con la quale essere felice, una persona molto diversa da quelle alle quali era abituata e tuttavia così confortevole che il solo pensiero di restare senza di lui era doloroso. Scott non cercava mai di dominarla o di cambiarla. Al contrario, la stimolava divertito dalla diversità e dall'imprevedibilità che Jan aveva portato nella sua vita. Allo stesso tempo Jan si divertiva all'idea di essere un'amica, più che una moglie. Quando le chiedevano perché non si sposassero, Jan rispondeva, scherzando solo a metà, che il suo amore e la sua amicizia per Scott erano troppo preziosi per impacchettarli in un matrimonio.

L'annuncio del meteorologo che quello sarebbe stato un altro giorno sereno e soleggiato, con temperature che avrebbero raggiunto i 40° in gran parte del Texas centrale, non provocò nessuna reazione in Jan e Dixon. Un interesse notevole invece lo ottenne l'annuncio che ulteriori notizie sulle incursioni della notte precedente lungo il confine sarebbero seguite dopo un break pubblicitario.

Dopo aver deposto il primo carico sul tavolo, Dixon si diresse in cerca di focaccine. "Un'altra brutta nottata per la squadra di casa?"

Jan alzò le spalle mentre preparava il caffè: "Così pare. Devo supporre che tu non abbia nessuna informazione da potermi comunicare?"

"Certo, oggi sarà un giorno caldo e soleggiato in tutto il Texas centrale. Cosa ne pensi?"

Jan stava per commentare, quando riprese il notiziario. Come ogni mattina, aiutandosi con una cartina sullo sfondo, la giornalista televisiva elencò dettagliatamente il luogo, la natura e le perdite di ognuno dei tre incidenti notturni. Jan e Scott si muovevano in silenzio, preparando la loro colazione e lanciando di tanto in tanto un'occhiata al televisore. Ripresero a parlare solo quando iniziò un nuovo servizio pubblicitario.

"Non riesco proprio a capire come la CIA e l'FBI non siano riuscite a scoprire qualcosa. Mio Dio, è come la trama di un film dell'orrore, con corpi che saltano fuori dappertutto senza una traccia, né un indizio."

Dixon grugnì: "Be', mia cara, non devi sentirti come il ranger solitario, perché ci sono molte persone a Washington, compreso il nostro caro amico Ed Lewis, che si stanno chiedendo la stessa cosa. Spero solo che quelle persone continuino a fare domande e a cercare risposte prima che qualcuno faccia qualcosa di poco intelligente e si metta d'impegno a chiedere l'intervento dell'Esercito."

"Esiste davvero il rischio di un intervento militare, Scotty?"

Dixon, fingendo di non aver sentito, tolse le focaccine dal tostapane e si preparò a spalmarle di margarina e marmellata. Jan alzò lo sguardo su di lui e vide che la stava ignorando, sintomo sicuro che aveva fatto centro. Decise però di rinunciare a quelle domande, sapendo che avrebbe continuato a ignorarla se avesse insistito. "Ti aspetta una giornata impegnativa?"

Sollevato dal fatto che Jan avesse cambiato argomento, Dixon distolse la sua attenzione dal monotono resoconto della giornalista televisiva sulle incursioni. Entro un'ora avrebbe ricevuto un rapporto dettagliato sull'argomento da un ufficiale della divisione e da uno dei servizi segreti. Si mosse verso il tavolo, si sedette, si versò un grosso bicchiere di succo d'arancia e cominciò ad addentare le sue focaccine, parlando a Jan tra un boccone e l'altro. "Oh, niente di eccitante. Solo cose di routine. Abbiamo un paio di programmi da terminare e da provare, ispezioni agli addestramenti e un incontro con alcuni membri del Congresso e il loro staff."

Anche se Scott cercava di non dar peso alla visita dei membri del Congresso, Jan sapeva esattamente di che cosa si trattava. Il deputato Harriman, presidente della Commissione della Camera per i servizi armati e il deputato Ed Lewis della Commissione della Camera per i servizi segreti si erano occupati di una sola cosa nellc ultimc settimanc: di comc l'Escrcito avrcbbc protctto il confine a sud della nazione. Le richieste di informazioni di Harriman sui piani di intervento militare erano state fino a quel momento ostacolate sia dalla Casa Bianca sia dal Pentagono. Solo l'inchiesta di Lewis sulla mancata previsione da parte della CIA del colpo di stato in Messico e ora anche sulla sua incapacità di trovare una spiegazione ai raid di confine, stava dando qualche frutto. Jan sapeva che Scotty stava lavorando su alcuni piani strategici e che, probabilmente, sia la Casa Bianca sia il Pentagono avrebbero dovuto cedere alle richieste di intervento. Solo una rivelazione clamorosa li avrebbe fermati.

Jan sapeva anche che, a suo tempo, avrebbe ricevuto le informazioni da fonti ufficiali, come ogni altro cronista. Amava troppo Scott Dixon per mettere in pericolo la loro relazione in cambio di un'informazione effimera. Decise di evitare l'argomento e chiese se il ricevimento in onore degli ospiti si sarebbe tenuto quella sera.

Dixon notò cinicamente che era proprio in quelle occasioni che i deputati cercavano di ottenere ciò che volevano. Poi, come ripensandoci, chiese a Jan se intendeva ancora rinviare il suo viaggio a Brownsville e partecipare al ricevimento.

Con un dolce sorriso, Jan piegò la testa di lato e alzò la tazza del caffè: "Tu, Scotty caro, cosa ne pensi?"

"Stavo solo chiedendo. Ti ricordi come arrivare al Club degli ufficiali?"

"Sì, caro, me lo ricordo. E, Scotty, per piacere, fammi il favore di lavarti le mani prima di venirmi incontro questa sera. L'ultima volta ho dovuto mandare tutto in lavanderia per togliere l'odore di carro dai vestiti e ci sono voluti due giorni per togliermelo dalla pelle."

Dixon sorrise: "Perché protesti? Se ricordi, in quei due giorni abbiamo fatto l'amore come poche altre volte. Tu sai quanto si eccitano i carristi quando sentono l'odore della polvere da sparo e della nafta."

"Scotty, se questo è ciò di cui hai bisogno per eccitarti, allora penso che dovremmo ripensare seriamente alla nostra relazione."

Dixon si alzò, girò intorno al tavolo e si mise dietro a Jan. Fece scorrere la mano sul collo di Jan, poi giù dentro il largo scollo della sua maglietta. Con un tocco leggero e gentile, cominciò a giocherellare con un capezzolo mentre si chinava e le baciava il lato destro del collo. "Va bene, ne parleremo, ma più tardi."

Città del Messico
11 agosto, ore 08:15

Mentre il colonnello Salvado Zavala discuteva con il ministro dell'Agricoltura circa la necessità di interrompere il razionamento del pane negli stati del sud, Guajardo si guardava intorno e considerava i suoi colleghi, membri del Consiglio. Molina aveva operato ottime scelte: il colonnello Emanuel Barreda, che curava gli affari esteri, era un esempio eccellente.

A partire dal 29 giugno, Barreda era stato quasi sempre in viaggio per visitare quasi tutte le capitali dell'America Latina, del Giappone, della Repubblica Popolare della Cina e di molte nazioni europee. Ufficialmente i suoi incontri avevano come scopo il riconoscimento del nuovo regime e la preparazione del terreno per future cooperazioni economiche. Ufficiosamente

Barreda doveva sondare gli altri leader latino-americani per tentare di capire quale sostegno avrebbe ricevuto il Messico nel caso in cui gli Stati Uniti avessero cercato di intervenire militarmente nei suoi affari. Per questo motivo Barreda aveva fatto in modo che le sue visite seguissero a distanza di giorni, a volte di ore, quelle del segretario di stato degli Stati Uniti. Le loro visite erano così vicine che a Buenos Aires la guardia d'onore che aveva accompagnato il segretario americano aveva dovuto fermarsi sul posto il doppio del tempo per dare il benvenuto a Barreda. In questo modo, poteva cercare di capire quale fosse la posizione degli Stati Uniti nei confronti della rivoluzione, e cosa ne pensassero gli altri leader politici.

Molti dei consigli che Barreda riceveva erano sorprendenti. Il presidente del Venezuela, recatosi personalmente all'aeroporto per accoglierlo, suggerì, se gli Stati Uniti avessero tentato un intervento, una richiesta d'aiuto da parte del Messico all'Organizzazione degli Stati Americani. Il presidente del Venezuela assicurò che, se il Messico lo avesse fatto, li avrebbe sostenuti. In Nicaragua il ministro degli Interni, un ex generale sandinista, si offrì di prestare al Messico tutte le armi che avevano in deposito, nel caso avessero dovuto difendersi dagli imperialisti. Persino le nazioni dell'Africa centro-meridionale, che condannavano pubblicamente il Consiglio dei 13, dichiararono in privato che, in uno scontro con gli Stati Uniti, avrebbero sostenuto il Messico. Come il presidente del Brasile aveva detto a Barreda, era "tempo che gli Stati Uniti cominciassero a trattare le repubbliche latinoamericane alla pari e capissero che il nuovo ordine mondiale americano non era l'unica soluzione possibile".

Queste promesse di solidarietà, per quanto importanti, non potevano, da sole, proteggere la rivoluzione o il Consiglio dei 13. Il Messico aveva bisogno di un valido piano di prevenzione. Ed era a questo che Guajardo doveva pensare. Ancora una volta Molina aveva dimostrato grande saggezza nel nominare Guajardo ministro della Difesa. Il fatto di aver frequentato numerose scuole militari americane aveva dato a Guajardo una familiarità e una conoscenza delle tecniche di guerra americane che pochi dei suoi colleghi erano in grado di uguagliare. La lista delle scuole era lunga e varia: gli addestramenti per truppe d'assalto e aviotrasportate a Fort Benning, Georgia, il corso avanzato per ufficiali superiori a Fort Knox, Kentucky, il Command and General Staff College a Fort Leavenworth, e la School of the Americas di nuovo a Fort Benning. E non era certo stato per caso. Sotto il vecchio regime, Guajardo era stato istruito per essere un attaché a Washington e l'esperto in affari esteri degli Stati Uniti presso il ministero della Difesa. Anche l'assegnazione di Guajardo a Tamaulipas faceva parte del piano. Qualsiasi mossa nei confronti del Messico avrebbe incluso un tentativo di occupazione delle aree di gas naturale nelle regioni a nord dello stato e dei campi petroliferi nel sud. La posizione di Tamaulipas sulla Pianura costiera del Golfo ne faceva lo stato più vulnerabile via terra e via mare. Una simile debolezza avrebbe tentato troppo un invasore a caccia di una veloce conquista.

Così Guajardo, mentre preparava il Messico a un'invasione, faceva ciò per cui era stato addestrato e che sapeva fare meglio. Come Barreda, egli passava molto tempo in viaggio. Servendosi di un paio di elicotteri Bell Huey, Guajardo e il suo piccolo staff percorrevano il Messico settentrionale per ispezionare gli addestramenti e per sorvegliare l'armamento e la riorganizzazione delle unità militari locali. Nel frattempo, egli faceva visita ai comandanti di zona e di guarnigione e li istruiva sulla parte che avrebbero sostenuto nella difesa del Messico. Il piano di difesa si basava su una vecchia versione ed era stato rielaborato da Guajardo prima del 29 giugno. Egli aveva formulato personalmente una valutazione della forza avversaria, fornendo sia al Consiglio dei 13 sia ai comandanti subordinati una visione realistica di ciò che gli Stati Uniti erano in grado di fare, di ciò che probabilmente avrebbero fatto e di come il Messico avrebbe potuto sconfiggere le forze americane. Un piano che si basava su questa valutazione e che teneva conto dei bisogni dell'Esercito e delle milizie, fino all'ultimo dettaglio, era stato preparato per essere attuato dopo che il Consiglio avesse preso il potere.

Sfortunatamente nessuno, nemmeno Molina, avrebbe potuto prevedere gli strani attacchi lungo il confine di cui si lamentavano gli Stati Uniti. Sebbene fosse certo che qualcosa stava succedendo al confine tra Stati Uniti e Messico, nessuno riusciva a capire chi ci fosse dietro e perché cercasse di provocare gli USA. Ogni membro del Consiglio aveva la sua piccola teoria basata su convinzioni personali e politiche. Zavala era convinto che i provocatori appartenessero alla sinistra e che cercassero di spingere gli Stati Uniti a fare qualcosa che da soli non potevano fare, eliminare il Consiglio dei 13. Il colonnello Angel Ruiz, ministro della Giustizia, condivideva la motivazione, ma pensava che i finanziamenti e forse anche gli uomini fossero forniti dai boss della droga.

Molina si rifiutava di sostenere pubblicamente una qualsiasi teoria. Si manteneva su una posizione pragmatica: per lui non era importante sapere chi manovrasse i raid contro gli Stati Uniti, ma si preoccupava solo del fatto che ostacolavano il riconoscimento del Consiglio da parte degli Stati Uniti, conducendo i politici americani verso l'adozione di misure estreme per la risoluzione del problema. Per riuscire, il Consiglio aveva bisogno di tempo: doveva stabilizzare la propria autorità, riorganizzare gli apparati statali e politici e, cosa altrettanto importante, risanare l'economia del Messico. Una guerra, indipendentemente dalla sua durata, avrebbe vanificato questi sforzi. Proprio per questo Molina, con l'approvazione dell'intero Consiglio, aveva dato a Guajardo carta bianca per risolvere il problema come meglio credeva. La sola restrizione imposta era la necessità di agire in fretta.

Guajardo, ascoltando distrattamente i suoi colleghi, si chiedeva in che modo poteva raggiungere lo scopo. Qualsiasi tentativo di rafforzare l'attività militare negli stati del nord avrebbe sicuramente aumentato i sospetti e le paure degli americani. Come poteva un uomo, si domandava, armarsi senza insospettire il suo vicino? Prima o poi il vicino avrebbe sentito il bisogno di fare altrettanto per proteggersi. Se non lo avesse fatto sarebbe stato un criminale agli occhi della sua famiglia. Molina, a nome del resto del Consiglio, replicò semplicemente: "Fai del tuo meglio. È tutto quello che ti chiediamo."

Quartier generale, 16ª Divisione corazzata,
Fort Hood, Texas
11 agosto, ore 09:15

Scott Dixon era pronto a mettersi al lavoro dopo la corsa mattutina e una bella doccia fresca. Mentre attraversava la sezione amministrativa degli uffici del G3 in cerca della sua prima tazza di caffè, chiese al suo vice di farsi mandare, dalla sezione piani del G3, tutti i piani VERDE e le diapositive delle strategie e di fare in modo che nessuno, pena la morte, lo disturbasse.

Sedeva alla sua scrivania smistando la pila di carte e di promemoria accumulati nel portadocumenti, quando un'impiegata della sezione piani entrò nel suo ufficio e posò sul bordo del tavolo delle conferenze, perpendicolare alla sua scrivania, uno spesso raccoglitore verde, un largo pannello portamappa e una pila di diapositive. Chiese all'impiegata di chiudere la porta mentre usciva e per un momento guardò prima il raccoglitore, poi il mucchio disordinato di appunti e documenti. Pensò di occuparsi più tardi dei documenti, ma cambiò idea. Forse, solo forse, poteva esserci qualcosa di importante nascosto lì dentro e, sbadigliando, finì di smistare il portadocumenti. Senza dubbio, il suo vice, che aveva il compito di assicurarsi che tutte le carte fossero sistemate e catalogate per tempo, si sarebbe sentito sollevato.

Completato il lavoro di routine, prese la tazza del caffè e la pila dei documenti che aveva rivisto e commentato e li portò al suo vice. Li lasciò cadere al centro della sua ordinata scrivania, poi si diresse verso la caffettiera, riempì la sua tazza e ritornò in ufficio per esaminare i piani VERDE.

Il nome dei piani strategici della divisione sull'intervento in Messico aveva una sua storia. Prima della Seconda guerra mondiale, l'esercito aveva una serie completa di piani di guerra noti come piani ARCOBALENO, che indicavano le minacce incombenti sugli Stati Uniti nel 1940. Questi piani erano basati su piani di guerra monocolori e individuali, elaborati dal Dipartimento della guerra, e prendevano in considerazione ogni nazione che rappresentava una minaccia per gli Stati Uniti. Ogni piano che si riferiva al Messico era schedato sotto il nome di piano VERDE. Il piano VERDE, il più elaborato tra i piani del Dipartimento della guerra, derivava a sua volta dal Piano di guerra generale messicano, inizialmente redatto nel 1919.

Il piano del 1919 prevedeva la chiusura dei confini degli Stati Uniti, l'occupazione dei campi petroliferi messicani in Tampico e delle miniere di carbone nel profondo sud del Texas, l'assedio dei principali porti messicani e l'isolamento del Messico dagli altri paesi centro-americani. Poiché molti degli obiettivi dei piani di guerra dell'attuale XIX Corpo d'Armata erano uguali a quelli dei vecchi piani VERDE, Dixon, laureato in storia presso l'Istituto militare della Virginia, aveva deciso di chiamare le bozze dei piani di guerra per il Messico della 16ª Divisione corazzata con il nome di piani VERDE. Il Grande Al, il comandante di divisione, che amava le cose semplici, mantenne questo nome.

In realtà i piani VERDE contenevano sei distinti piani strategici. VERDE UNO era puramente difensivo, perché considerava solo la chiusura del confine con gli Stati Uniti e la difesa da attacchi al confine tra Stati Uniti e Messico. La chiusura del confine, operazione primaria nel VERDE UNO, era solo la fase iniziale di tutte le altre. VERDE DUE comportava la chiusura del confine, ma prevedeva anche l'assistenza attiva dell'esercito messicano per permettere operazioni combinate messicanoamericane a sud del confine. VERDE TRE contemplava la distruzione delle forze ostili a sud del confine, ma presupponeva che l'Esercito messicano non partecipasse né interferisse nelle operazioni. VERDE QUATTRO ipotizzava la difesa dell'integrità territoriale del Messico nel caso gli Stati Uniti cercassero di distruggere le forze ostili a sud del confine. VERDE CINQUE richiedeva l'occupazione di determinate aree del Messico settentrionale per servirsene come cuscinetto per le incursioni contro gli Stati Uniti. VERDE SEI richiedeva l'invasione totale al fine di rovesciare il regime militare e ristabilire un governo democratico liberamente eletto. C'era anche un piano VERDE SETTE, ma poiché prevedeva l'uso di armi nucleari, era classificato come top secret, informazioni speciali non accessibili alla 16ª Divisione corazzata.

Ognuno di questi piani strategici, a sua volta, aveva almeno tre varianti. Per esempio VERDE UNO-1 includeva solo le due brigate in servizio effettivo della 16ª Divisione corazzata. VERDE UNO-2 esigeva tre brigate, delle quali la terza era la 173ª Brigata di Fanteria di Fort Benning, Georgia. VERDE UNO-3, pure con tre brigate, richiedeva la mobilitazione e lo schieramento dell'intera brigata della Guardia nazionale della 16ª Divisione corazzata, dal Mississippi.

Mentre era responsabilità della sezione piani del G3 di redigere tutti i piani e le possibili variazioni sulla base delle direttive del comandante della divisione e sulle istruzioni specifiche di Dixon, Dixon doveva assicurarsi che i piani fossero completi, logici e che fossero coordinati con le altre sezioni. Non era un compito facile, soprattutto perché gli capitava spesso di trovare insufficienti le valutazioni dei servizi segreti sulle quali si basavano i piani. La sezione servizi segreti del G2 della divisione, incapace di raccogliere le informazioni, dipendeva dalle valutazioni fornite dalla sezione del G2 del XIX Corpo d'armata. Queste, a loro volta, si basavano su quelle fornite dalle agenzie a livello nazionale, e in particolare dalla CIA e dalla SSD, di cui Dixon giustamente non si fidava. Utilizzare quelle stime per la formulazione di piani di guerra operativi era, come aveva più volte fatto notare, come costruire una casa su un mucchio di letame. Nonostante ciò, fino a quando non sarebbero state cambiate, quelle stime erano tutto il materiale che aveva a disposizione per lavorare.

Dixon, che nel pomeriggio doveva esporre il piano VERDE a un gruppo di deputati in visita col loro staff, aveva bisogno di rinfrescarsi la memoria e di prendere qualche appunto per la conferenza. In circostanze normali, non ne avrebbe preso forse nessuno, per prepararsi a parlare con una delegazione congressuale. Generalmente pochi, per non dire nessuno, erano i membri della delegazione che avevano una qualsiasi conoscenza di ciò che veniva discusso. Quel giorno, però, sarebbe stato presente il deputato Ed Lewis, veterano e membro della Commissione della camera per i servizi segreti, che quel materiale lo conosceva.

Con i piedi sul tavolo, la tazza di caffè in una mano, il raccoglitore verde sulle ginocchia, la cartina con i grafici operativi davanti e le diapositive a lato, Dixon si stava preparando per la conferenza.

Mensa per ufficiali e civili,
Fort Hood, Texas
11 agosto, ore 18:45

Jan ci era stata così raramente che dovette fermarsi tre volte a chiedere indicazioni prima di trovare il club degli ufficiali. Imbarazzata per il ritardo, decise di non confessarne il motivo. Entrò invece nella sala in cui si era riunito lo stato maggiore della 16ª Divisione corazzata, attenta a non attirare l'attenzione su di sé mentre cercava Scott. Quando lo vide che parlava con l'ufficiale della divisione addetto ai servizi segreti, fece in modo di avvicinarlo da dietro. Arrivata al suo fianco, gli infilò la mano sotto il braccio ed esercitò una leggera pressione. "Eccoti, ti stavo cercando, Scotty caro."

Dixon la guardò e ridacchiò. Era sul punto di chiederle se si fosse di nuovo persa, quando arrivò il Grande Al.

Il Grande Al la salutò con un sonoro e sincero benvenuto. "Bene, vedo che Scott l'ha liberata dai fornelli per permetterle di raggiungerci."

Jan guardò il generale, sovrastandolo di mezza testa, poi si rivolse a Dixon: "Scott caro, ce l'abbiamo noi un fornello?"

Il generale rise della battuta, mentre Dixon alzò gli occhi al cielo. Il Grande Al prese Jan sotto braccio e la scortò: "Lei, mia cara, probabilmente si disidraterà se aspetta che quel morto in piedi del suo ragazzo le porti un drink. Venga con me e lasci che un uomo vecchio e sporco gliene offra uno."

"Questo, signore, sarebbe un piacere. Scott le avrà sicuramente detto che sono specializzata in uomini vecchi e sporchi, ed è per questo che sto ancora con lui."

Ancora una volta, il generale rise rumorosamente. "Scott, questa è una donna, è troppo donna per essere sprecata con un carrista. Merita un aviere, come me."

Dixon aprì le braccia: "Come sempre, signore, lei ha ragione."

Con un sorriso, il generale rispose: "È vero, ecco perché io sono il generale. E ora, se ci vuole scusare, colonnello, vorrei presentare Jan ad alcune persone."

Partita Jan, Dixon si diresse alla cassa. Strada facendo, incrociò il capitano Cerro che aveva due bottiglie di birra. Si fermò, guardò il giovane ufficiale e la birra che teneva in mano e alzò le sopracciglia: "Un vero bevitore a due mani."

Cerro osservò le birre, poi Dixon: "Ebbene, no, non proprio. Una sarebbe per qualcun altro, ma al momento non riesco a trovarlo." Poi, come ripensandoci, ne offrì una a Dixon: "Ecco, signore, le conviene prenderla prima che si riscaldi. Spero che la Corona le piaccia. Ho sentito dire che è la bevanda ufficiale della 16ª."

"Veramente, io sono per la Coors Light, ma poiché le regole della divisione affermano che gli ufficiali di campo non possono rifiutare la birra che viene loro offerta..." Ne bevve un sorso, poi disse: "Be', sì, non è una Coors, ma chi se ne frega." Si rivolse nuovamente a Cerro e gli chiese come se la cavasse nel suo nuovo incarico.

Mentre parlava, raccontando di un incidente di alcuni giorni prima con un tenente di fanteria, Cerro si rese conto che era ormai più di un mese che si trovava con la sezione G3, eppure quella era solo la seconda volta che aveva l'opportunità di parlare personalmente con lui. Questo non perché Dixon si fosse nascosto. Dixon era sempre là. Anzi, a volte, sembrava fosse dovunque. Anche quando era fuori per ispezionare gli addestramenti o per una conferenza, la sua presenza sembrava permeare gli uffici della sezione. I suoi maggiori, e sembrava ne avesse molti, lo chiamavano El Jefe, che in spagnolo significa "Il Leader". A sua volta Dixon si riferiva a loro come ai suoi Maggiori Ninja Mutanti di Mezza Età.

L'intera sezione, e il modo che aveva di operare, rischiava di far cambiare idea a Cerro sugli ufficiali di stato maggiore e, in particolare, sul tenente colonnello Scott Dixon. L'atmosfera tranquilla e apparentemente rilassata che lo aveva negativamente colpito all'inizio, era l'aspetto esteriore di una macchina in realtà ben funzionante. Una macchina fatta a immagine e somiglianza del suo creatore. Ciò che impressionava maggiormente Cerro era l'efficienza: era poco il lavoro che andava sprecato. Nel mese trascorso lì, aveva saputo di una sola riunione tra il G3 e i suoi maggiori, durata meno di mezz'ora. Eppure Dixon sembrava essere aggiornato su tutto. Un giorno Cerro si era soffermato a guardare la sfilata di ufficiali, del G3 e di altre sezioni di stato maggiore, che entravano e uscivano dal suo ufficio. Ogni ufficiale, con un argomento o un problema diverso, si era presentato nel suo ufficio, aveva esposto ciò che voleva dal G3 e aveva ricevuto un consiglio o nuove istruzioni da Dixon. Senza perdere un colpo, Dixon aveva ascoltato, considerato e deciso ciò che occorreva fare e aveva impartito le sue istruzioni in termini semplici.

Aveva anche notato che Dixon non sopportava le persone che non sapevano pensare con la propria testa o che erano indecise. Le persone dell'ufficio del G3 erano maggiori scattanti e travolgenti. Sebbene quasi tutti si lamentassero della durezza del lavoro, dei turni lunghi e del modo in cui Dixon li trattava, sapevano che stavano imparando da un maestro e che, quando fosse toccato a loro, sarebbero stati ricompensati con un incarico in una delle unità di truppa della divisione.

Mentre parlava con Cerro, Dixon notò che un uomo alto, in un completo marrone chiaro, li stava guardando. Cercò di ignorare la sua presenza e gli sforzi che faceva per attirare la sua attenzione. Continuò anzi ad ascoltare Cerro, gettandogli solo una distratta occhiata circospetta.

Cerro, notando che Dixon era distratto da qualcuno dietro di lui, lanciò un'occhiata sopra la sua spalla destra, poi guardò Dixon che non dava segno d'essersi accorto della presenza dell'uomo alto. Anzi, col viso impassibile, continuava a parlare con Cerro. Improvvisamente capì che Dixon ignorava intenzionalmente l'uomo alle loro spalle. Egli stesso non aveva idea di chi fosse l'uomo e, prendendo esempio da Dixon, continuò la discussione. Questi, sorseggiando lentamente la sua birra, guardava Cerro e continuava a ignorare lo straniero che, da parte sua, stava cominciando ad agitarsi. Finalmente, fu Cerro che pose fine al gioco girandosi verso l'estraneo e concludendo la sua conversazione con Dixon.

Non potendo più fingere, Dixon si girò verso l'estraneo e, mutando espressione con una facilità incredibile, lo salutò: "Bene, onorevole Lewis, che piacere vederla. È qui da molto?"

Lewis scrollò le spalle, fingendo di ignorare il tentativo di mortificarlo: "Non molto, colonnello."

Dixon lo presentò a Cerro: "Vorrei presentarle un mio nuovo acquisto: Harold Cerro, uscito dall'Istituto militare della Virginia, Fanteria delle truppe d'assalto aviotrasportate, Croce Onoraria di Servizio, Stella d'Argento e Cuore Rosso."

Lewis, sapendo che anche Dixon veniva dall'Istituto militare della Virginia, colse l'occasione per vendicarsi dell'umiliazione. "Come si è guadagnato il suo Cuore Rosso, capitano, da una dei cadetti donne dell'Istituto militare della Virginia?"

Per un secondo, Cerro si sentì come un indifeso soldato di fanteria preso tra un fuoco incrociato. Non riusciva a trovare la risposta giusta e Dixon gli venne in aiuto. "Ah, diavolo, no, onorevole. Il capitano Cerro è un membro del vecchio corpo d'armata, nel tempo in cui gli uomini erano uomini e le ragazze erano appuntamenti."

Un sorriso affettato illuminò il viso di Lewis. "Vedo. Ora capisco perché ha messo il capitano Cerro a capo del programma di Valutazione dell'efficienza degli ufficiali da combattimento donne."

Il commento di Lewis colpì come un fulmine. Ecco, pensò Dixon, avrei dovuto pensarci meglio prima di cercare di far comunella con questo tipo. Con invidia riconobbe che Lewis era troppo scaltro. Fece un sorriso forzato, bevve un sorso di birra e gli chiese che cosa poteva fare per lui.

"Speravo di poter fare quattro chiacchiere in privato con lei."

"Naturalmente." Dixon congedò Cerro e scortò Lewis alla veranda. "Che cosa posso fare per lei, onorevole?"

Lewis si appoggiò a un tavolo. "Oggi, durante la conferenza, ho percepito una certa insoddisfazione, sia per i rapporti forniti dalla SSD, sia per i piani di guerra che lei ha esposto. A mio avviso, lei ha persino esagerato nell'evidenziare gli aspetti negativi del piano. Ero, a dir poco, sconcertato che un ufficiale con la sua reputazione avesse convinto il suo comandante ad accettare un briefing così cupo e pessimista."

Dixon guardò la sua birra e bevve un sorso prima di rispondere. Per un momento pensò di cavarsela con una risposta evasiva, ma abbandonò l'idea. "Il Grande Al non fa mai nulla che non voglia." Dixon lasciò che il commento rimanesse sospeso in aria per un istante, mentre beveva un altro sorso di birra. Quando si sentì pronto, guardò Lewis negli occhi: "Lei ha ragione, non sono affatto entusiasta del lavoro che dobbiamo fare. Né sono entusiasta dei nostri obiettivi strategici, e quando dico strategici, mi riferisco a obiettivi politici e oggettivi. In particolare, non mi piace l'idea che ci siano persone convinte che l'intervento dell'Esercito possa tamponare i guai combinati dalla disastrosa politica estera americana."

Preso alla sprovvista dal commento di Dixon, Lewis fece una breve pausa prima di rispondere. Sebbene avesse usato gli stessi argomenti e avesse detto la stessa cosa anche se con parole diverse, le accuse di Dixon lo colpirono come uno schiaffo sul viso. Come membro del Congresso e uomo di punta a Washington, egli era responsabile di tutte le decisioni, buone e cattive, che venivano da quella città.

Sebbene avesse voglia di sogghignare, Dixon riuscì a trattenersi. Si accorse che Lewis era rimasto sorpreso dalla sua risposta e, in qualche modo, anche imbarazzato. Lo sciocco se l'è cercata, pensò. Tuttavia, non doveva dimenticare che Lewis era pur sempre un deputato, mentre egli non era che un semplice e modesto tenente colonnello. Lewis faceva e dirigeva la politica, Dixon era un semplice portaspada del reame. Decise quindi di lasciar perdere e di allentare la tensione che c'era tra loro. "Onorevole, ha mai analizzato la campagna del Little Big Horn?"

Sollevato dal fatto che Dixon avesse cambiato argomento, Lewis lo seguì. "Ho letto qualcosa, ma non l'ho mai studiata veramente. Perché?"

"Nel 1875 c'erano persone nel nostro paese che consideravano gli indiani americani come un intralcio per i loro piani. La terra e le sue risorse erano, secondo loro, sprecate per gli indiani. Perché la nazione potesse crescere e per costruirsi una fortuna, fecero del loro meglio per rimuovere l'intralcio. L'elemento su cui contavano per far precipitare le cose era l'odio irrazionale dell'America bianca per i selvaggi rossi. Lo strumento che usarono fu l'Esercito."

Lewis alzò una mano: "Va bene, colonnello, un momento. Mi sta forse dicendo che gli odierni baroni predatori stanno cercando di provocare una guerra e che noi non abbiamo ragione di difenderci?"

Senza perdere un colpo, Dixon continuò. "No, non è così. Non ho motivo di credere che ci sia qualcuno, negli Stati Uniti, che stia cercando di far precipitare la crisi. Sto cercando di farle notare che ci sono persone, ben intenzionate in questo caso, che usano la loro influenza per esercitare una pressione politica sui nostri leader nazionali perché agiscano in modo tanto sconveniente da arrecare danno e sventura."

"Se questo è vero, colonnello, perché lei è il primo soldato che sento reagire così violentemente contro una simile prospettiva?"

Dixon guardò la sua bottiglia e ridacchiò: "Noi siamo soldati e il nostro compito è di obbedire. Il presidente e il Congresso decidono la politica da seguire, noi eseguiamo semplicemente."

"Pensa che sia sbagliato?"

"Non spetta a me dire se sia giusto o sbagliato. Il mio dovere è di far notare ciò che è possibile e ciò che non lo è. Vede, io credo nel sistema americano. Ma, detto questo, non possiamo ignorare l'ambiguità di alcuni membri dell'Esercito americano." Dixon alzò la bottiglia di birra e puntò l'indice della mano che reggeva la bottiglia contro Lewis. "Vede, onorevole, ogni volta che l'Esercito viene utilizzato, noi possiamo giustificare la nostra esistenza. Quando ci affidate una missione, noi salutiamo con una mano e allunghiamo l'altra per ricevere più finanziamenti, perché ogni volta che gli Stati Uniti non hanno un nemico o una minaccia reale, l'Esercito è considerato un inconveniente inutile e costoso. Un piccolo Esercito senza missioni da compiere significa promozioni lente e poche occasioni per la fama e la gloria."

"Pensavo che voi ragazzi foste orgogliosi dell'utilità del vostro servizio e della vostra professione."

Dixon rise: "Se lei ci crede ancora, le sarei grato se tornasse a rivedere le registrazioni dei filmati girati durante l'Operazione Giusta Causa e la Tempesta nel Deserto. Non erano pochi i comandanti e gli ufficiali che si davano un gran daffare davanti alle telecamere, per 'aiutare' il pubblico americano a capire la guerra. E, finita la guerra, hanno sacrificato la carriera militare e si sono congedati per viaggiare e tenere conferenze, naturalmente a pagamento. No, onorevole, l'ambizione e l'interesse personale non spariscono quando si indossa un'uniforme. Sebbene il Messico non sia l'impero del male che era la Russia, è l'unico gioco disponibile al momento."

"Qual è l'alternativa che lei propone? Non fare nulla? Lasciare che i raid continuino? Sicuramente, anche lei può immaginare che non un solo deputato o senatore del sud-ovest voglia restarsene seduto a far nulla a Washington mentre i suoi elettori vengono uccisi in casa propria. La richiesta di un intervento rapido ed efficace sta diventando troppo pressante per essere ignorata. Questa, colonnello, è una realtà politica."

Dixon ne convenne, annuendo con la testa. "Questo lo capisco. Proprio come fecero Terry, quando lasciò Fort Abraham Lincoln nel 1876 per cacciare i Sioux, e Pershing, quando andò in Texas per punire Pancho Villa. Noi andremo dove ci manderanno e faremo ciò che ci diranno di fare. Questo, comunque, non significa che sia la cosa più giusta o conveniente da fare".

Lewis grugnì: "Vedo che lei crede alla teoria di Pancho Villa."

"Non necessariamente. Anche se credo che quella sia la linea più logica, nessuno può confermarlo. Ed è esattamente questo, signor onorevole, il mio punto. Nessuno è in grado di confermare o smentire le teorie sulle incursioni lungo il confine. Eppure, nonostante la mancanza di elementi concreti, tutti si stanno aggrappando al poco che sanno per chiedere che venga impiegato l'Esercito. Che cosa accadrà a noi e al futuro dei nostri due paesi se dovessimo scoprire, dopo la fine delle ostilità, di aver sparato alla persona sbagliata? Mio Dio, signore! Persino per il più crudele assassino ci vogliono prove inconfutabili e schiaccianti sulla sua colpevolezza prima che sia punito. Forse il popolo messicano non merita lo stesso trattamento?"

"Qui non abbiamo a che fare con la legge penale, colonnello Dixon. Questa non è un'aula di tribunale linda e ordinata. Stiamo parlando della realtà. Ci stiamo occupando di questioni politiche e nazionali. Aggiunga a questo la paura e una certa quantità di sangue americano sparso ai nostri confini e la logica va a farsi benedire."

Dixon stava per replicare quando Jan arrivò da dietro e gli afferrò il braccio. Si chinò, gli diede un bacio sulla guancia, quindi si girò verso Lewis e sorrise. "Scotty non trova nulla di sbagliato nella nostra strategia, se questa comprende la cena, adesso. Vero, caro?"

Dixon la guardò. Il suo sguardo e le sue parole gli dissero che era brilla. Le tolse la mano dalla spalla e se la portò alle labbra, la baciò leggermente. "Tu, mia cara, sei ubriaca."

Jan protestò e ritrasse la mano: "Ubriaca? Io non sono ubriaca, signore. Il generale è ubriaco. Io sono solo affamata, anzi, sto morendo di fame. E chiedo del cibo, subito."

Divertito, Lewis li osservò per un momento prima di intervenire. "Non avevo idea che voi due foste sposati."

Dixon intravide la possibilità di liberarsi di Lewis e gli disse: "Noi, sposati? Assolutamente no, onorevole. Dormiamo semplicemente insieme."

Jan, portandosi le mani alla bocca e con gli occhi indignati da una finta rabbia, rimproverò Dixon: "Scott C. Dixon, come ti permetti di insinuare che sono una donna impegnata?" Si girò verso Lewis: "Sa che cosa significa la *C.* nel suo nome, onorevole? Significa cattivo. E se non cerca di rimediare portandomi subito a cena, significherà ciao, adios, adieu, addio."

Dixon si rivolse a Lewis e scrollò le spalle: "Sono terribilmente dispiaciuto, onorevole, ma il dovere mi chiama. Forse potremo continuare più tardi."

Jan e Dixon rientrarono nella sala, si diressero a braccetto verso la sala da pranzo e Jan, china verso Dixon, gli sussurrò all'orecchio: "Ti ho visto con le spalle al muro e ho pensato che avessi bisogno di un salvataggio."

Dixon rallentò e si girò a baciare la sua guancia: "Ecco perché, mia cara, ti amo."

Presidio, Texas
11 agosto, ore 23:55

Il turno serale non era ancora a metà e già prometteva di essere una notte lenta e noiosa. Tom Jerricks, seduto alla scrivania di fronte all'apparecchio radio, posò il giornale sgualcito che aveva sfogliato e si guardò intorno alla ricerca di qualcos'altro da leggere. Lanciò un'occhiata al tenente seduto con i piedi sul tavolo a guardare la televisione, poi verso lo scaffale dove si trovavano la caffettiera e una pila di giornali.

Al momento, c'erano solo loro; tutti gli altri erano di pattuglia. Dall'inizio di agosto avevano lavorato dodici ore al giorno per sei giorni la settimana, il che, unito alla tensione, stava cominciando a logorare un po' tutti. Sembrava che nessuno fosse in grado di aprire uno spiraglio, mentre tra i bandidos, così venivano chiamati gli attentatori sconosciuti, nessuno era stato ancora colpito, o tanto meno ucciso. Era come se stessero lottando contro delle ombre. Ombre che, Jerricks lo sapeva, avevano denti. Sulla lavagna dove erano segnate le pattuglie, una nota giornaliera ricordava a tutti questa terribile situazione. In cima al foglio si leggeva: Bandidos: 14, polizia di frontiera: 0. Non diventare il quindicesimo".

Jerricks si alzò, si versò una tazza di caffè e cominciò a cercare qualcosa da leggere fra la pila dei giornali. Girava le spalle alla radio, quando la voce acuta di un uomo della pattuglia, con rumore di vetri infranti e di spari in sottofondo, spezzò il silenzio.

"*Siamo sotto tiro. Siamo sotto tiro. Presidio Base, Presidio Base, qui è...*"

Jerricks posò il caffè e corse alla radio. Afferrò il microfono e spinse il pulsante di trasmissione per rispondere: "Ultima stazione, qui Presidio Base. Identificatevi e forniteci la vostra posizione, passo."

Mentre stava per richiamare, il tenente lo raggiunse da dietro e gli posò una mano sulla spalla, chinandosi per ascoltare. Jerricks ripeté la chiamata: "Ultima stazione, qui Presidio Base. Identificatevi e forniteci la vostra posizione, passo."

Niente. Silenzio. I due uomini rimasero a fissare il microfono in attesa di una risposta. Poiché non giungeva nessuna risposta, il tenente ordinò a tutte le pattuglie di mettersi in contatto, di indicare la loro posizione e di comunicare qualsiasi cosa potessero sapere sulla sparatoria segnalata.

Ci volle quella che a Jerricks sembrò un'eternità prima che tutte le pattuglie si mettessero a rapporto. Dopo ogni rapporto, seguiva una pausa prima che la pattuglia successiva si mettesse in contatto, nella speranza che la pattuglia attaccata riuscisse ancora a chiamare. Ma non ci furono altre comunicazioni sull'attacco. Arrivarono solo le chiamate delle pattuglie che comunicavano la loro posizione, ma che non avevano avuto nessun contatto. In tre minuti tutti si erano messi a rapporto tranne Ed Kimel e Fernando Juares. Mentre Jerricks li chiamava inutilmente, il tenente si avvicinò alla mappa e rintracciò il loro percorso di pattuglia. Stabilita una posizione approssimativa corrispondente al luogo in cui avrebbero dovuto trovarsi al momento del rapporto, ordinò alle pattuglie più vicine di convergere verso quel punto. Anche se sapeva che non ce n'era bisogno, il tenente consigliò alle due pattuglie che si erano mosse di usare estrema cautela.

A nord di Indio, Texas
11 agosto, mezzanotte

Da una distanza di due miglia, Delapos poteva vedere la jeep della pattuglia che percorreva, stridendo, la statale 170 nel tentativo di ritrovare la pattuglia dispersa. Naturalmente, Delapos sapeva già dove si trovavano le guardie. Insieme a quattro dei suoi uomini le aveva uccise circa un'ora prima. Dopo aver trascinato i loro corpi lontano dalla strada, rimosso la radio e posizionato la jeep, si erano spostati a nord e ora erano appostati. Quando tutto fu sistemato, Delapos aveva acceso la radio della jeep sulla stessa frequenza della pattuglia, aveva fatto una chiamata affrettata e angosciata e aspettato una reazione.

Mentre la jeep della pattuglia si avvicinava e i suoi uomini si preparavano a far esplodere le due mine CLAYMORE sistemate sulla strada, Delapos sorrideva. Le reazioni delle guardie erano state tempestive e prevedibili. Due pattuglie, in due diverse posizioni, attaccate dalla stessa squadra, sarebbero state solo l'inizio. Sapeva che, prima o poi, la polizia di frontiera avrebbe ammesso di aver perso il controllo della situazione. Se la doppia imboscata e il fatto che la seconda pattuglia era stata attirata da una falsa chiamata radio non fossero stati sufficienti a convincerli, niente lo avrebbe fatto.

11

Le armi devono fare ciò che le parole avrebbero potuto fare prima, se usate correttamente.

John Walker

Abilene, Texas
12 agosto, ore 18:45

Con poche precise manovre dello sterzo, Jimmy Sullivan salì in retromarcia sulla banchina di carico con il suo veicolo a diciotto ruote. A Sullivan piaceva guidare i grandi autocarri e avrebbe voluto possederne uno. Con l'ausilio degli specchietti laterali, indietreggiò con il camion finché non sentì che il retro aveva toccato lo spesso respingente di gomma della banchina di carico.

Prima di chiudere la portiera, Sullivan infilò il registratore portatile nella borsa da ginnastica, afferrò la nota di carico e scese. In quel momento il suo capo, Tom Henry, gli gridò dalla banchina: "Ehi, Jimmy, la tua signora vuole che la richiami subito. È urgente."

Ormai a terra, Sullivan gli rispose gridando: "Ha detto cosa voleva?"

"Sì, ha detto che qualcuno della Guardia nazionale ti ha cercato tutto il giorno."

Sullivan sbatté la portiera della cabina e gettò la nota di carico a terra: "Ah, meeerda."

Si fermò in piedi vicino al camion, con le mani sui fianchi e la testa penzoloni, a bestemmiare e tirar calci a rocce immaginarie con la punta dei suoi stivali da cow-boy. "Ehi, Jimmy," gridò Henry.

"*Cosa c'è?*"

Henry sorrise: "Anche tua moglie è incavolata."

"Grazie, boss, ne avevo bisogno. Ne avevo maledettamente bisogno." Raccolse la nota di carico, sistemò i fogli e si diresse verso gli spogliatoi dove c'era il telefono. Sapeva perché la Guardia nazionale lo stava cercando. Da quando erano cominciate le incursioni lungo il confine messicano, circolava la voce che avrebbero usato la Guardia nazionale per chiudere la frontiera tra il Messico e il Texas. Alcuni anziani della sua unità dicevano che era solo questione di tempo. I nuovi uomini, e cioè quelli reclutati dopo la guerra del Golfo, erano eccitati. Sullivan, che per quella guerra era stato mobilitato, non condivideva il loro entusiasmo.

Per Sullivan la Guardia era cominciata come un passatempo. Si era divertito durante i tre anni passati nell'Esercito e dopo il congedo aveva visto nella Guardia un mezzo per aumentare le entrate e, allo stesso tempo, per godere delle amicizie e dell'eccitazione che aveva provato quando era in servizio attivo. Presto, però, la Guardia era diventata più importante per Sullivan. Con una moglie, un figlio e un altro in arrivo, il suo stipendio si volatilizzava. Il suo sogno di avere un camion tutto per sé rischiava di non realizzarsi, e solo restando nella Guardia e mettendo da parte ogni centesimo guadagnato con le esercitazioni del fine settimana riusciva a mantenerlo vivo. Con l'aiuto di un piccolo prestito da parte della Associazione dei Veterani Jimmy pensava di potercela fare.

I suoi programmi, tuttavia, non erano così semplici. Sua moglie, una donna brava in tutti i sensi, non aveva nulla da ridire sul fatto che egli girasse per il sud-ovest con il camion, per conto della compagnia di autotrasporti. Dopo tutto, era lui quello che portava il cibo in tavola. Anche i trentanove giorni all'anno che Jimmy passava nella Guardia erano sopportabili, perché solo così avrebbe realizzato il loro sogno di comperare un camion. Per anni, la moglie aveva considerato quel periodo come un male necessario. Il suo atteggiamento era però cambiato quando Sullivan era stato mobilitato e spedito nel Golfo Persico, poco prima del Natale 1990.

Con nemmeno due giorni di preavviso, Sullivan aveva lasciato ad Abilene la moglie incinta per partire per la guerra. Improvvisamente il loro futuro era stato messo in discussione. Era stato qualcosa di più che sospendere semplicemente i loro sogni. Questo lo avevano già fatto in precedenza. Quando Sullivan si era rotto una gamba e non aveva potuto guidare per dei mesi, tutti i loro progetti avevano dovuto essere rimandati. La guerra nel Golfo era una cosa diversa. Con una gamba rotta ci si poteva arrangiare. Il dottore aveva detto quando togliere il gesso e prescritto la terapia necessaria per una completa guarigione. Ma la guerra era stata come un enorme abisso profondo, misterioso, apparentemente infinito e molto, molto nero. La chiamata alle armi non solo aveva sospeso il loro futuro, aveva anche messo in discussione le stesse basi del loro rapporto. Da quel momento, il loro matrimonio non era più stato quello di prima. La sola speranza di Sullivan, l'unico piano possibile per salvarlo e ricominciare da capo, era l'acquisto di un camion che gli permettesse di diventare padrone di se stesso. Come un uomo sul punto di affogare cerca di aggrapparsi a qualsiasi cosa, così Sullivan vedeva in quel sogno la zattera che lo avrebbe salvato. E quella zattera, finché non avesse ottenuto il prestito, era la Guardia nazionale.

Sullivan entrò nello spogliatoio, afferrò il telefono e si fermò indeciso su chi chiamare per primo. Poiché c'erano vantaggi e svantaggi a chiamare sua moglie per prima, decise che sarebbe stato più saggio chiamare per prima la caserma. Forse non stavano mobilitando l'unità. Forse lo chiamavano per le esercitazioni del week-end successivo o per qualche problema amministrativo relativo alla sua retribuzione. Forse non c'era nessun problema. Se non altro, chiamando la caserma, avrebbe scoperto esattamente con che cosa aveva a che fare.

Rispose Mike Lodden, l'ufficiale addetto all'addestramento dell'unità: "Sullivan, dove sei stato, ragazzo? È dalle otto di questa mattina che cerchiamo di contattarti."

Sullivan non aveva voglia di chiacchierare né di menare il can per l'aia. "Ero fuori a guadagnarmi da vivere. Che diavolo c'è di così importante per avere bisogno di me?"

Lodden mise da parte i convenevoli e passò al sodo: "Il governatore ha mobilitato la Guardia. Una pattuglia di confine è stata colpita la notte scorsa. Questa mattina alle sei, il comandante della zona che va da Brownsville a El Paso ha informato il suo capo a Washington che la situazione gli è sfuggita di mano e che i suoi ragazzi si rifiutano di uscire in ricognizione. Finché non arriveremo noi, la frontiera rimarrà incustodita. Persino i doganieri si stanno ritirando."

Sullivan emise un lamento che anche Lodden poté udire: "E l'Esercito?"

"Jimmy, non ascolti la radio?"

"No, Mike. Sono un ignorante, va bene? Ora dimmi, se non ti è di troppo disturbo, cosa diavolo stanno facendo quelli dell'Esercito."

"Ecco, secondo il notiziario e secondo quello che ci ha detto il colonnello, il presidente e il Consiglio di sicurezza nazionale si sono riuniti questa mattina per discutere il problema e considerare le alternative. Nel frattempo, secondo il notiziario, il presidente non vuol far nulla che possa irritare o provocare i messicani."

"*Provocarli! Provocarli!*" Lodden fu costretto ad allontanare il telefono dall'orecchio a causa delle grida di Sullivan. "Quel folle, che cosa diavolo crede che stiano facendo i messicani quaggiù? È impazzito?"

"Bene, ecco che cosa abbiamo ottenuto eleggendo un liberale del New England dal cuore troppo tenero. In ogni caso, avresti dovuto trascinare il tuo deretano quaggiù ieri. Il vicecomandante del battaglione parte stasera con il primo scaglione."

Sullivan fece una pausa. "Sai, Mike, Marta non la prenderà bene."

Lodden ridacchiò: "Non l'ha presa bene, infatti. Mi ha quasi rotto un timpano quando ho chiamato per la seconda volta."

Per un secondo, Sullivan si agitò: "Glielo hai già detto?"

"No, no, certo che no, non ce n'era bisogno. Sembra che le donne certe cose le sappiano. Sono come un radar. Riescono a intercettare le cattive notizie a un chilometro di distanza."

"Già. Va bene, arrivo appena posso. Quando dobbiamo muoverci?"

"Non so, Jimmy. Ma una volta arrivato, non pensare di tornartene presto a casa. Il comandante della milizia territoriale e il governatore sono alle strette. Dicono che tutti i parlamentari e i sindaci delle grandi città vicino all'area di confine telefonano ogni cinque minuti per sapere dove sono le truppe. Come ti ho detto, ci volevano già ieri."

Non avendo altro da dire, Sullivan riagganciò e stava per chiamare casa, ma si fermò. Era meglio comunicare di persona una notizia tanto spiacevole a sua moglie. Si allontanò dal telefono e si trascinò all'ufficio di John Henry per avvertirlo che, per qualche tempo, non sarebbe stato disponibile.

La Sauceda, Messico
12 agosto, ore 20:45

Nessuno prestava attenzione all'alto gringo biondo che sedeva nell'angolo in fondo, con due messicani. In quella taverna non era consigliabile fissare qualcuno troppo a lungo. Nessuno sembrava aver notato l'ingresso del gringo dalla porta posteriore e tutti fingevano di non vedere la pistola che spuntava dallo stivale, nonostante il gringo si fosse dato un gran daffare per essere certo che tutti la notassero.

Dei due uomini seduti di fronte a Childress, solo uno era un vero messicano. L'altro era un ex colonnello dell'Esercito nicaraguese la cui cittadinanza messicana si basava solo sul passaporto e sui documenti di identità falsi in suo possesso. Sandinista per la vita, il nicaraguese aveva scoperto non solo di essere tagliato per la guerriglia, ma di poterne anche trarre vantaggio.

Inizialmente inviato in Messico come membro di una delegazione che si occupava del trasferimento di missili antiaerei e anticarro telecomandati al nuovo governo messicano, il nicaraguese era stato in seguito reclutato da Alamán perché fornisse lo stesso servizio all'esercito di Delapos. Era grazie a quell'uomo che Delapos poteva avere un po' di fiducia nella capacità del suo gruppo di continuare, con qualche speranza di successo, la campagna di terrorismo contro la Guardia nazionale del Texas. Lo scopo dell'incontro era di stabilire quale tecnica avrebbero adottato di fronte alla nuova minaccia e cosa fare mentre la Guardia si stava organizzando e il confine era ancora incustodito.

Il colonnello nicaraguese, pur dominando la discussione con grande autorità e sicurezza, era nervoso. Childress, da parte sua, parlava poco: si limitava a starsene appoggiato allo schienale della sedia, con la mano destra penzoloni e la pistola che spuntava dallo stivale destro, sempre a portata di mano. Con la mano sinistra faceva girare lentamente la bottiglia di birra sul tavolo, guardando il nicaraguese con occhi inespressivi. Sapeva che l'uomo stava dicendo cose sensate, ma era indeciso se approvarle oppure no.

Anche Delapos, il terzo uomo al tavolo, aveva dubbi e riserve sui suggerimenti del nicaraguese. L'idea di colpire obiettivi civili, anche se logica, lo infastidiva. Era un mercenario ma non un assassino. Anche se molti suoi uomini avrebbero considerato una distinzione così sottile puramente accademica, Delapos per anni aveva seguito delle regole di condotta che gli avevano permesso di mantenere l'integrità mentale e di giustificare il suo lavoro. La proibizione di uccidere civili innocenti era uno di questi imperativi. Ora sembrava che dovesse violare quel divieto, perché la logica gli suggeriva che, al di là delle sue convinzioni personali, questo tipo di azioni era indispensabile per raggiungere lo scopo desiderato. Dopo tutto era stato l'attacco di alcuni uomini di Pancho Villa contro i civili, nel 1916, a portare l'Esercito americano a sud del confine. Quando Delapos e Alamán avevano stretto il loro patto, all'inizio di luglio, avevano sperato di provocare proprio una simile reazione. E lui aveva assicurato la propria fedeltà ad Alamán e alla sua causa. Ritirarsi ora sarebbe stato disonorevole e disdicevole per un mercenario professionista. E poi, con o senza di lui, il piano sarebbe andato avanti lo stesso.

Senza alzare lo sguardo dalla bottiglia di birra, Childress riassunse i punti principali della discussione. "Per come la vedo io, il colonnello fa considerazioni molto valide. Anche con le armi migliori che ci fornirà e con le informazioni che Alamán è in grado di ottenere sulle operazioni americane, la Guardia nazionale riuscirà di tanto in tanto a dimostrarsi superiore a noi. La Guardia nazionale può permettersi di perdere sia uomini sia materiale. Noi non possiamo." Childress fece una pausa, sollevò la bottiglia di birra e ne bevve un sorso. "Si può addebitare alla sfortuna la perdita di una squadra. Ci saranno sicuramente incidenti e tutti lo sanno. Ma, se cominciamo con le perdite, avremo guai seri. Dopo tutto, siamo uomini d'affari, non patrioti. Non si trae nessun profitto dal diventare un eroe morto."

Delapos, guardando il drink che teneva con entrambe le mani, grugnì: "Non ho niente da obiettare. Dobbiamo rimanere un passo avanti rispetto agli americani." Delapos guardò prima Childress, poi il nicaraguese. "Come voi, amici miei, vedo che non abbiamo scelta." Poi sollevò il bicchiere e propose un brindisi per sigillare il loro accordo. "È ora di concludere questa discussione. C'è molto da fare, e prima si comincia, meglio è."

Sia il nicaraguese che Childress alzarono il bicchiere, lo accostarono a quello di Delapos e bevvero un lungo sorso, mentre ognuno di loro guardava l'altro con la coda dell'occhio perché ognuno sapeva che, nella migliore delle ipotesi, erano soci riluttanti, temporaneamente uniti dalla necessità. Tutti e tre sapevano che gli altri, compreso Alamán, avevano un loro piano: in caso di necessità, l'uno avrebbe tradito l'altro. Dopo tutto, erano uomini d'affari.

Austin, Texas
13 agosto, ore 10:30

In sala riunioni l'ostilità avvelenava ogni conversazione, ogni commento. Anche quando nessuno parlava, Dixon aveva l'impressione che il suo corpo fosse dilaniato da una pioggia di invisibili pugnali lanciati dal governatore e dal suo staff. Per lui e per la maggior parte degli istruttori di Fort Hood, quella era una situazione molto difficile. Un combattimento, pensò Dixon, era da preferirsi alla violenza verbale e psicologica che stavano subendo. Se non altro, in combattimento, si può agire. Lì, alla presenza del governatore del Texas, del suo comandante della milizia territoriale e del loro seguito, la sola cosa che potevano fare quelli di Fort Hood era sostenere la linea di partito, rassegnarsi ed esibire un sorriso.

Il briefing riguardava il modo di affrontare i problemi del confine messicano da parte dell'Esercito regolare. Avrebbe dovuto tenersi a Fort Hood, tra cinque giorni: un vero spettacolo da circo, destinato a rassicurare i governatori degli stati sudoccidentali che il governo federale non li stava ignorando e aveva anzi un piano per affrontare il problema messicano. Il ritiro unilaterale della polizia di frontiera americana e lo spiegamento della Guardia nazionale del Texas per chiudere le frontiere avevano però mandato all'aria il programma. Invece di tenere sotto controllo la situazione e fornire una soluzione, il governo federale si trovava ora a dover reagire alle iniziative del governatore del Texas. L'invio del comandante del corpo d'armata e di alcuni ufficiali scelti per informare il governatore del Texas sui piani strategici dell'Esercito in merito al Messico era parte di quella reazione. Il Grande Al, Dixon e l'ufficiale addetto alle informazioni della divisione ne facevano parte.

La mossa del governatore Wise era un azzardo. In un suo discorso alla televisione, egli aveva affermato: "L'azione, solo l'azione può proteggere i cittadini del Texas e le loro proprietà. Un'azione diretta e risoluta è quindi il solo imperativo del Texas. Ed è per questo motivo che ordino alla Guardia nazionale del Texas di fare ciò che il governo federale sembra incapace di fare."

La Guardia nazionale del Texas, comunque, non era in grado da sola di chiudere la frontiera con il Messico. Al massimo avrebbe potuto stabilire degli avamposti nei punti di transito cruciali lungo il confine e pattugliare il resto. Già questo sarebbe stato difficile, perché il grosso delle unità non erano strutturate per operazioni di questo tipo. L'unità più grande, la 36ª Divisione di Fanteria meccanizzata, era equipaggiata per far fronte a un nemico altamente tecnicizzato, su un moderno campo di battaglia, con carri armati, artiglieria pesante ed elicotteri da combattimento impegnati in manovre rapide e a lungo raggio. La sua struttura, l'equipaggiamento e l'addestramento non si adattavano al compito di pattugliare e proteggere il confine. E se anche la 36ª Divisione, insieme alle altre unità della Guardia, avesse potuto farlo, il costo di gestione e di retribuzione delle truppe avrebbe presto portato lo stato alla bancarotta. Senza il supporto dei fondi federali, il Texas non poteva compiere da solo ciò che il governatore aveva pubblicamente dichiarato di voler fare.

Ecco dove cominciava l'azzardo del governatore Wise. Politicamente egli non poteva permettersi l'inazione. Sapeva che, senza l'aiuto federale, lo stato non era in grado di sostenere lo spiegamento di tutta la Guardia nazionale, ma sapeva anche che il presidente e la maggior parte del Congresso non potevano non reagire se degli americani venivano uccisi e il confine meridionale della nazione impunemente violato. Così si proponeva di far precipitare le cose. Coinvolgendo il Texas, egli sperava di forzare il presidente a prendere una decisione. L'invio della Guardia nazionale al confine era una sfida che il presidente non poteva ignorare.

E non poteva ignorarla nemmeno il governo messicano. Un'ora dopo l'annuncio dello spiegamento della Guardia nazionale lungo il confine del Texas, il rappresentante messicano alle Nazioni Unite, spalleggiato da tutti i governi centroamericani e dalla maggior parte di quelli sudamericani, chiese che fosse indetta una riunione d'emergenza dell'Organizzazione. Due ore dopo, un rappresentante del governo messicano era al Dipartimento di Stato per avere una spiegazione sui motivi che avevano spinto gli Stati Uniti a militarizzare la frontiera. Quando il segretario di stato spiegò che si era trattato di un'azione unilaterale da parte del governatore del Texas, che il presidente degli USA non aveva approvato, l'ambasciatore messicano gli rispose con le stesse parole che il segretario di stato aveva spesso usato nei suoi confronti, nelle ultime settimane: "Se il suo governo è incapace di controllare ciò che sta succedendo lungo i confini, allora il mio governo non avrà altra scelta se non quella di agire per tenere sotto controllo la situazione dalla nostra parte di confine." La CIA comunicò che anche l'Esercito messicano stava cominciando a muoversi.

Da parte sua il presidente aveva preferito aspettare per lasciare al governo messicano il tempo di affermarsi e di consolidare il proprio confine. Come molti a Washington, egli e i suoi consiglieri più vicini erano disorientati dai raid. In privato egli appoggiava la teoria che fossero delle forze ostili al nuovo regime a tentare di far precipitare la crisi tra Stati Uniti e Messico.

Era un'idea diffusa, nota come la teoria di Pancho Villa: ma era anche vero che il fatto che il governo messicano non fosse in grado di controllare i suoi confini e di impedire le incursioni non poteva essere ignorato. Il presidente era sempre più bombardato da richieste per fare ciò che il nuovo governo messicano non era in grado di ottenere: mettersi in moto per proteggere il confine. Con il congresso nazionale del suo partito a meno di una settimana e quello del partito d'opposizione il giorno seguente, era necessario prendere delle decisioni.

La mossa del governatore Wise non poteva, quindi, arrivare in un momento peggiore. In un sol colpo il governatore del Texas e la reazione da parte del governo messicano avevano eliminato la possibilità di un accordo diplomatico. Come aveva detto uno dei consiglieri presidenziali, sarebbe stato un matrimonio d'armi, con il dito del governatore Wise premuto sul grilletto.

Il comandante del Decimo Corpo d'Armata fece un cenno al Grande Al il quale, a sua volta, si chinò e sussurrò a Dixon il ritornello del vecchio gladiatore: "I morituri ti salutano."

Dixon si girò e lo guardò negli occhi: "Dopo di lei, capo."

Mentre il Grande Al e Dixon si alzavano e avanzavano nella stanza, il comandante del corpo d'armata stava spiegando che la 16ª Divisione corazzata, con tre brigate attive e nessuna unità dislocata per esercitazioni, era quella più adatta a essere spostata sul confine per prima. Il governatore del Texas lo interruppe, ricordandogli seccamente che la 36ª si era già mossa e che la 16ª sarebbe quindi stata la seconda.

Ciò che il comandante del corpo d'armata non disse al governatore Wise era che la 16ª era la sola divisione ad aver seriamente valutato quella particolare circostanza e che, pertanto, era l'unica a possedere piani completi e aggiornati per un'operazione di quel tipo. Inoltre il Grande Al e Scott Dixon formavano una coppia imbattibile quando si trattava di condurre un briefing. Se non riuscivano loro a soddisfare i texani, nessuno lo poteva fare.

Mentre Dixon trafficava con una montagna di diapositive, di grafici e di mappe, il Grande Al prese la parola. Cominciò affermando che l'Esercito degli Stati Uniti avrebbe dovuto occuparsi dell'intero confine con il Messico, non della sola porzione riguardante il Texas. Spiegò che si trattava di un totale di 3111 chilometri che includeva montagne, deserto e zone urbane. Dixon proiettò una diapositiva per mostrare quale lunghezza del fronte un tipico plotone, compagnia e battaglione potevano difendere e consegnò fotocopie della diapositiva al governatore e al comandante della milizia territoriale.

Il Grande Al espose accuratamente i problemi che l'Esercito avrebbe affrontato al confine. "Come può notare, governatore, un battaglione di fanteria meccanizzata incaricato di difendere una determinata zona, può coprire effettivamente dieci chilometri di fronte. Scaglionare ulteriormente il battaglione significherebbe lasciare passaggi e aperture sulla linea. Anche con questa densità, comunque, ci sarebbe un soldato ogni trentatré metri. Se fossimo attaccati da un nemico meccanizzato, armato di carri armati, veicoli blindati per il trasporto e via dicendo, questa densità sarebbe sufficiente a fermarlo. Sfortunatamente, però, ci troviamo di fronte a una minaccia di fanteria leggera, una forza di guerriglia non diversa da quella dei Vietcong. Anche usando barriere estese come filo spinato, mine, fosse anticarro, sensori attivi e passivi e una pattuglia d'assalto, la migliore unità di fanteria non riuscirebbe a fermare un nemico deciso a infiltrarsi attraverso le nostre difese. Noi stessi ci addestriamo a questo scopo, e il nemico ha dimostrato di essere abile e intelligente. A complicare il tutto c'è il fatto che in una tipica divisione di fanteria meccanizzata, come la vostra 36ª, ci sono solo sei battaglioni di fanteria, mentre gli altri quattro sono battaglioni corazzati. Nella mia divisione, al contrario, ci sono sei battaglioni corazzati e quattro di fanteria. Se i battaglioni corazzati sono la pietra angolare delle operazioni d'attacco, funzionano invece miseramente in posizione di difesa. L'avversario che abbiamo di fronte non avrebbe difficoltà a trovare dei punti deboli e a infiltrarsi a suo piacere."

Spostandosi sulla sedia, il governatore Wise brontolò: "Avversario un cazzo, sono dei maledetti assassini. Ed è la mia gente che stanno uccidendo."

Prima di continuare, il Grande Al fece una pausa per permettere al governatore di sfogare il suo malumore. Quando Wise si ricompose e parve disposto ad ascoltare, il Grande Al continuò: "Gli ordini che abbiamo ricevuto dal Decimo Corpo d'Armata dicono che la mia divisione deve essere pronta a sigillare la frontiera tra Stati Uniti e Messico da Laredo a Rio Grande City. Noi presumiamo che 'sigillare' significhi impedire il passaggio di qualsiasi forza ostile a nord del confine."

Il governatore Wise si intromise nuovamente: "Una deduzione molto brillante, generale. C'è arrivato da solo o ha avuto bisogno di qualche aiuto da Washington?"

Il Grande Al ignorò la provocazione e continuò come se il governatore non avesse detto una parola. "Non possiamo compiere la missione, viste le forze a nostra disposizione e la lunghezza di confine assegnataci."

L'ultima frase, pronunciata in modo freddo e impassibile, quasi sfuggì al governatore Wise. Gli ci volle un attimo per capire ciò che il Grande Al aveva detto. Quando lo intese, scrollò la testa ed esplose: "Intende dire che non può fare ciò che il suo stesso comandante le ha ordinato di fare? E che l'Esercito degli Stati Uniti non è in grado di difendere i suoi confini?"

Nello stesso modo controllato e impassibile, il Grande Al rispose senza esitare: "Sì, signore, esatto. Mi lasci spiegare. Per sigillare la frontiera saremmo costretti a disporci come vede in questo schema, usando gli spiegamenti e le densità che abbiamo visto. Ora, non tutti i battaglioni possono essere inviati al fronte. Dobbiamo presumere che questa sarà una missione a lungo termine che richiederà all'Esercito di rimanere posizionato per mesi, forse anni. Non si può tenere per sempre un'unità in prima linea. Per questo sarebbe necessario usare un sistema di rotazione delle unità, dal fronte alle retrovie. Si potrebbe fare in modo che ogni brigata con una media di tre battaglioni ne tenga uno di riserva. Questo battaglione di riserva, libero dai doveri del fronte e dallo stress che tali doveri comportano, sarebbe in grado di ritemprarsi, esercitarsi, rimpiazzare i soldati che hanno terminato il servizio, ed essere pronto a reagire a ogni penetrazione dei battaglioni di prima linea. Il battaglione di riserva garantirebbe un settore più ampio e profondo da attraversare per qualsiasi forza nemica sia riuscita a penetrare la linea frontale. Ammesso che ogni brigata sia composta da tre battaglioni, anche la divisione dovrebbe tenere un battaglione, il Decimo, come riserva, per gli stessi motivi. Usando questo sistema, una divisione verrebbe ad avere sei battaglioni impegnati sul fronte, il che permetterebbe a ogni divisione di coprire sessanta chilometri di fronte."

Il governatore Wise, intuendo dove voleva arrivare il Grande Al, si intromise ancora. In un briefing dei suoi militari, la settimana precedente, gli era stata riferita più o meno la stessa cosa. "D'accordo, quindi quello che lei sta cercando di dire è che l'Esercito degli Stati Uniti non è in grado di svolgere la sua missione più fondamentale, proteggere i confini."

Il Grande Al respirò profondamente e guardò prima il comandante del corpo d'armata, poi il governatore Wise. "Sì. Non abbiamo abbastanza truppe e unità per chiudere la frontiera tra

Stati Uniti e Messico, includendo anche la Guardia nazionale e le riserve dell'Esercito." Dixon, anticipando quel che sarebbe seguito, mostrò una diapositiva con il numero totale delle divisioni e dei soldati necessari all'Esercito per proteggere il confine. "Come potete vedere dalla diapositiva, stabilire un sistema difensivo come quello che ho appena esposto, e che, ripeto, non è assolutamente inoppugnabile, richiederebbe cinquantadue divisioni, o un esercito di circa due milioni e seicentomila soldati. Questo corrisponde, più o meno, a cinque volte la consistenza attuale dell'Esercito in forze oggi. E questo non permetterebbe a nessuna unità di occuparsi di altre contingenze nazionali e internazionali. Due divisioni in Europa, una in Corea, una in Medio Oriente e una forza di pronto intervento composta da tre divisioni farebbero aumentare il numero delle divisioni a cinquantanove e la forza totale dell'Esercito a poco meno di tre milioni di soldati."

Prima che l'impressione provocata da quelle cifre diminuisse, Dixon proiettò un'altra diapositiva, intitolata "Materiale Barriera". Il Grande Al guardò la nuova diapositiva, poi il governatore Wise. "Ora, noi tutti sappiamo che non possiamo distribuire semplicemente le truppe in posizioni difensive senza qualche barriera che protegga le loro postazioni e copra gli spazi liberi tra l'una e l'altra. Generalmente, quando la minaccia è costituita da personale appiedato, si usa una barriera composta da un triplo filo spinato e mine antiuomo. La diapositiva elenca la quantità di materiale necessario per costruire una semplice barriera che dal Golfo del Messico arrivi al Pacifico.

"La prego di tener presente, governatore, che queste cifre sono solo approssimative e probabilmente calcolate per difetto. Molte zone, come quella montagnosa intorno al Parco nazionale del Big Bend, richiederebbero più materiale e più tempo di una zona piatta e aperta." L'accenno al Parco nazionale del Big Bend fece fremere il governatore, come il Grande Al si era aspettato. L'idea delle mine installate e del filo spinato tirato attraverso un parco nazionale era, per la maggior parte degli americani, molto fastidiosa. Se prima a qualcuno era sfuggito il significato attribuito dal Grande Al all'espressione "sigillare la frontiera", l'ultima serie di diapositive non lasciò dubbi sull'entità di quell'impresa e sul costo sia finanziario sia politico.

Il Grande Al fece una pausa per lasciare che le cifre penetrassero nella mente di tutti e aspettò che il governatore Wise intervenisse. "Sia lei che io sappiamo, generale, che il popolo americano e il Congresso non le daranno un esercito di tre milioni di uomini. D'altra parte lo stesso popolo americano e il Congresso non accetteranno, non possono accettare, che non si faccia nulla. Sicuramente, lei è consapevole di tutto ciò."

Il Grande Al, incrociando le braccia sul petto e guardando verso il pavimento, annuì. "Sì, signore, lei ha ragione. Si chiederà all'Esercito di fare qualcosa se i nostri diplomatici e i messicani non riusciranno a risolvere il problema." Poi il Grande Al alzò lo sguardo e fissò il governatore negli occhi. "Sappiamo questo e conosciamo la realtà politica. Ma lei, signore, e tutti quelli di Washington, dovete capire la realtà militare. Se non ci forniscono un esercito sufficientemente grande per difendere gli Stati Uniti lungo i suoi confini, allora dovremo o spostare questi confini a sud, stabilendo una zona di sicurezza molto vasta che possa essere pattugliata dalle piccole forze mobili in nostro possesso, oppure dovremo rimuovere l'attuale governo del Messico e sostituirlo con uno che sia in grado di controllare i suoi confini. Comunque la si metta, le uniche soluzioni militari possibili comportano tutte un'invasione del Messico."

Per la prima volta, durante il briefing, il governatore Wise rimase in silenzio, mentre il Grande Al lasciava che il significato della sua ultima affermazione mettesse radici. Durante questa pausa il comandante del corpo d'armata catturò lo sguardo del Grande Al e, con un lieve sorriso e un piccolo cenno del capo, si congratulò con lui per aver neutralizzato il progetto del governatore Wise e averlo predisposto ad ascoltare. Il comandante del corpo d'armata sapeva che il resto del briefing si sarebbe svolto senza problemi.

Nuevo Laredo, Messico
14 agosto, ore 12:30

Dalla porta dell'ufficio del comandante, il colonnello Guajardo osservava i soldati della compagnia di guarnigione locale mentre distribuivano le nuove armi ai membri del Corpo di Difesa Rurale. Nello scontro imminente il Corpo di Difesa Rurale, una forza di oltre 120.000 uomini, avrebbe giocato un ruolo importante per la sorte del Messico. Questi uomini, tutti contadini della campagna circostante, formavano il cuore di una forza d'appoggio che avrebbe fornito informazioni sulle attività dell'invasore e impegnato le sue retrovie.

Organizzati in unità di undici uomini chiamate *pelotones*, con un addestramento limitato, un equipaggiamento quasi inesistente e un comando che conosceva solo le tattiche più rudimentali, era ben poco in confronto a un'effettiva forza di guerriglia. In uno scontro aperto contro un esercito moderno, ben addestrato e altamente tecnicizzato, sarebbero stati spazzati via come mosche. Anche con i loro nuovi fucili H-53 fabbricati in Germania e con le mitragliatrici RM-2 di produzione messicana non potevano sperare di tener testa alla fanteria meccanizzata americana. Guajardo, comunque, non aveva intenzione di contrapporli alla fanteria americana.

Avevano a disposizione dei nuovi fucili e una mitragliatrice da 2000 colpi per ogni *pelotón*. Ciò che mancava in armamenti e addestramento quegli uomini lo recuperavano in spirito e volontà. Gli uomini del Corpo di Difesa Rurale avrebbero combattuto anche senza le nuove armi. Erano loro, e non i politici di Città del Messico, i veri pronipoti e pro-pronipoti di Juarez e della Rivoluzione. Fin dall'infanzia erano cresciuti onorando le gesta e le imprese dei loro avi, proteggendo gelosamente la loro terra e i loro diritti. Quasi a tutti era stata mostrata la fotografia di un parente che aveva combattuto per la Rivoluzione. L'immagine di quell'antenato fiero, con un largo sombrero, le bandoliere incrociate sul petto orgogliosamente spinto in fuori e il fucile in posizione, rimaneva stampata nella loro mente. Alcuni conservavano ancora i vecchi fucili Mauser che i nonni mostravano con fierezza nella fotografia. Quegli uomini potevano impegnare forze nemiche molto superiori alla loro.

Lo spiegamento della Guardia nazionale del Texas al confine non era stata una sorpresa. Ogni membro del Consiglio dei 13 sapeva che gli Stati Uniti avrebbero agito. La sola sorpresa era che la mossa fosse stata compiuta dal governatore del Texas.

Tutti i membri del Consiglio erano d'accordo nel ritenere necessaria una risposta alla provocazione americana. I dubbi riguardavano solo il tipo e la portata della reazione. La sessione del 12 agosto, convocata nel tardo pomeriggio per discutere il problema, era degenerata in un lungo, acceso dibattito che creò la prima spaccatura dal golpe del 29 giugno all'interno del Consiglio.

Il colonnello Barreda, ministro degli Esteri, aveva aperto la sessione con un resoconto delle informazioni che aveva ricevuto attraverso canali diplomatici all'ONU e a Washington. Non si poteva negare che lo spostamento delle truppe americane lo stesse ostacolando nelle trattative con il governo americano. "Come possono sperare di essere creduti se ci offrono una mano amica e parlano di pace, e con l'altra nascondono un'arma dietro la schiena?"

Barreda terminò il suo intervento con un discorso appassionato che voleva anche essere un ammonimento: "Una volta che la spada è sguainata," disse, "è difficile rimetterla nel fodero senza aver ottenuto qualche vittoria. E quella vittoria può solo venire a nostro svantaggio." Barreda girava intorno al tavolo, gesticolando, trascinato dalla passione del momento, poi continuò: "Il governatore del Texas, sicuramente con l'approvazione del presidente e nel tentativo di mettere alla prova la nostra risolutezza, ha dichiarato, per usare le sue parole, una 'guerra santa' contro di noi, definendoci malvagi e assassini." Barreda concluse ammonendoli che, se non avessero fatto qualcosa, se avessero permesso agli Stati Uniti di imporre la loro politica, avrebbero perso la faccia e avrebbero fallito. Preso dalla foga, Barreda dimenticò il suo invito alla moderazione e, anziché ammonirli contro eventuali azioni precipitose, parlò di chiamata alle armi. "Come fecero i nostri progenitori nel 1846, anche noi dobbiamo inviare il nostro esercito al confine. Fare qualcosa di meno sarebbe da codardi. E così, come il generale di divisione Mariano Arista nel 1846, il colonnello Guajardo, a capo dell'Esercito messicano, deve essere inviato a nord, al Rio Grande, per affrontare l'Esercito americano."

Il discorso appassionato di Barreda cominciò a conquistare alcuni moderati del Consiglio. Mentre il ministro degli Esteri pronunciava la sua orazione travolgente, erano sempre più numerosi i membri del Consiglio che facevano cenni d'assenso. Per contrastare questo crescente assenso a favore di un'azione militare, Guajardo pensava fosse meglio mostrarsi freddi, pratici realisti. Cominciò il suo resoconto sulla situazione militare del Messico ricordando loro ciò che era successo quando il generale Arista si era spinto a nord, reagendo allo spiegamento dell'Esercito di Zachary Taylor in Texas ordinato dal presidente Polk. Arista, pur al comando di una forza maggiore, era stato sconfitto da Taylor nelle battaglie di Palo Alto e di Resaca de la Palma, lasciando l'esercito sconfitto e il Messico aperto all'invasione. Il compito di Guajardo, come ministro della Difesa, era di proteggere il Consiglio da tutte le gravi minacce, sia interne sia internazionali.

La mossa del governatore del Texas, ammonì Guajardo, poteva essere una prova per vedere come il Consiglio dei 13 e il popolo messicano avrebbero reagito a una chiara minaccia militare.

Se questo era vero, allora il Consiglio dei 13 doveva subito fare qualcosa, ma non doveva inasprire la crisi. Guajardo affermò: "In questo caso, dobbiamo assumere il ruolo di vittima innocente. I nostri sforzi di autodifesa devono essere misurati, ma non provocatori. Altrimenti rischiamo di alienarci le simpatie delle altre nazioni e di fornire agli americani nuove giustificazioni per i loro attacchi."

Guajardo concluse affermando che ogni movimento dell'Esercito verso nord non avrebbe che aumentato la tensione ormai montante: "Può essere vero che gli americani tengono una pistola dietro la schiena, ma ciò non significa che dobbiamo essere noi a infilare i proiettili per loro."

Infiammato dal discorso di Barreda, il colonnello Zavala si mise a capo della fazione che chiedeva una mobilitazione totale. Le manovre di Guajardo per proteggere le frontiere a nord e il suo invito alla moderazione erano, secondo le parole del collega, timide, insufficienti e pericolose. "Fare come ci suggerisce Guajardo," affermò Zavala, "equivale a lasciare il nostro confine settentrionale indifeso. Come possiamo aspettarci di meritare il rispetto del nostro popolo, senza parlare di quello degli americani, se non facciamo nulla per difendere noi stessi? Questo non è il momento per le mezze misure." La conclusione dell'appello di Zavala ai suoi colleghi del Consiglio fu commovente: "Il nostro onore di messicani e la Rivoluzione chiedono che ogni centimetro del suolo patrio sia protetto. È la sola cosa coraggiosa che possiamo fare in un momento come questo."

Per tutta la notte, Guajardo continuò ad appellarsi alla ragione e alla moderazione. "Non possiamo impedire agli americani di venire, se lo vogliono, così come loro non possono occupare tutto il Messico. Inviare l'intero Esercito al confine per difendere il nostro orgoglio è assurdo e inutile. No, dobbiamo evitare reazioni sproporzionate. Dobbiamo agire con calma e cautela, oppure rischiamo di perdere tutto quello che abbiamo guadagnato dal 29 giugno." Anche se Molina condivideva la posizione di Guajardo, come presidente del Consiglio si tenne al di fuori del dibattito lasciando che questi esponesse le sue ragioni. Solo se si fosse arrivati a un pareggio nella votazione, Molina avrebbe dato il suo voto a Guajardo.

Non fu comunque necessario. Appena prima della mezzanotte, sette membri del Consiglio votarono per una mobilitazione totale e per affrontare la sfida dal nord nel miglior modo possibile. Così, quando quel mattino il presidente Molina annunciò da Città del Messico che era con cuore rattristato che ordinava la mobilitazione totale dell'Esercito e delle milizie verso la frontiera settentrionale, era sincero.

Il riarmo del Corpo di Difesa Rurale, progettato prima della crisi, si conformò al piano difensivo che Guajardo aveva sviluppato dopo la richiesta di una completa mobilitazione da parte del Consiglio. Anche prima della crisi Guajardo aveva ipotizzato la necessità di un riarmo, e così aveva impartito gli ordini necessari.

Il Corpo di Difesa Rurale, a cavallo e a piedi, integrato da unità di cavalleria meccanizzata dell'Esercito messicano, avrebbe pattugliato il confine fornendo anche preziose informazioni. L'ultimo punto, la raccolta di informazioni, era cruciale e, per il Consiglio dei 13, difficoltoso. La Purificazione, allorché si era trattato di epurare gli apparati dell'Intelligence messicana e le forze di polizia statali e nazionali, aveva agito troppo in fretta. Se i membri dei servizi segreti e della polizia arrestati non erano molti, il numero di quelli sospesi era assai grande e comprendeva più di un terzo di tutti i funzionari di quelle agenzie. Inoltre, molti di coloro che erano stati colpiti da simili sanzioni avevano disertato ed erano scappati verso gli Stati Uniti, o erano tornati ai loro paesi d'origine. Questi formavano un altro terzo delle forze. Il morale di quelli che rimanevano era sotto le scarpe e la loro attendibilità ancora più in basso. Dopo tutto, come aveva fatto notare il colonnello Zavala, per i servizi d'informazione e per le forze di polizia messicane gli interessi del Messico e del PRI erano stati tutt'uno. "Come possiamo fidarci di persone che devono tutto ciò che possiedono a uomini che stiamo per giustiziare?" aveva chiesto Zavala prima del 29 giugno.

Forse aveva avuto ragione, meditò Guajardo mentre guardava un *pelotón* del Corpo di Difesa Rurale che si riuniva dopo aver ricevuto le nuove armi. Gli uomini, con il sorriso sulle labbra, chiacchieravano tra di loro mentre provavano i fucili e la mitragliatrice e puntavano i mirini su lontani bersagli del cortile. Quegli uomini, anch'essi un tempo parte della struttura di potere del PRI, dovevano essere ora ciò che i professionisti addestrati e organizzati erano stati un tempo. E il loro compito sarebbe stato complicato dalla necessità di tenere sotto controllo sia i movimenti a nord del confine sia dalla loro parte. Forse, pensava Guajardo, proprio loro sarebbero riusciti a scoprire chi stava lavorando così alacremente per provocare una guerra tra Messico e Stati Uniti. Qualsiasi informazione, indizio, piccolo spiraglio erano di vitale importanza per la soluzione della crisi.

Ma, quanto a Guajardo, il tempo e la speranza stavano esaurendosi. Il conflitto aperto tra le due nazioni era un rischio quotidiano. E, mentre il cerchio si stringeva, diminuiva la possibilità di provare agli Stati Uniti che il Consiglio dei 13 non era responsabile delle incursioni al confine.

12

Il paese deve avere un esercito numeroso ed efficiente, in grado di combattere il nemico all'estero, per non doverlo affrontare in casa propria.

Sir Arthur Wellesley Duca di Wellington

Strada statale americana 83,
10 chilometri a nord di San Ygnacio, Texas
29 agosto, ore 17:45

La Humvee della sezione di ricognizione del sergente Jimmy Sullivan percorreva la statale deserta verso il posto d'osservazione assegnato. Duecento metri più indietro, la seconda jeep della sezione, una Humvee blindata, armata di una mitragliatrice M-60, la seguiva. Se il soldato semplice Tod Alison non glielo avesse saltuariamente ricordato, Sullivan sarebbe andato ancora più veloce, seminando il veicolo più pesante e più lento che seguiva. Perdere il secondo veicolo era la minore delle sue preoccupazioni. Sullivan premeva sull'acceleratore nel tentativo di recuperare il tempo perso nei preparativi al campo base del battaglione. Sul sedile posteriore Andy Morrezzo, un pattugliatore, teneva la cartina con una mano e il microfono della radio con l'altra, controllando il percorso e depennando le stazioni di controllo che superavano.

Sullivan aveva a disposizione molte scuse per giustificare il ritardo alla partenza. Dopo tutto quello era solo il loro terzo giorno di guardia al confine, con un equipaggiamento che conoscevano appena, ed era la prima volta che lavoravano in squadra. Anche nelle migliori condizioni, durante il campo estivo annuale, ci voleva gran parte della prima settimana perché gli uomini del 1° Battaglione, 141° Fanteria, si abituassero alle operazioni tattiche. Non si possono prelevare ottocento uomini dalle loro case e aspettarsi che siano un battaglione scattante e pronto all'azione il giorno dopo.

Affermare che le condizioni in cui lavoravano erano lontane dall'essere ottimali sarebbe stato ancora poco. Per cominciare, invece di andare a Fort Hood, dove c'era il loro equipaggiamento, il battaglione si era riunito a Camp Mabry, in Texas. Là, erano stati riorganizzati e, al posto dei loro veicoli blindati, erano state assegnate loro Humvee e jeep M-151. I veicoli a ruote erano più facili da gestire e più adatti alla ricognizione della vasta striscia di confine posta sotto il loro controllo, ma non erano mai stati usati dagli uomini ed era quindi necessario un po' di addestramento. A Camp Mabry, Sullivan aveva scoperto che la sua sezione di ricognizione, abituata ad avere cinque uomini e un veicolo da combattimento Bradley-3, aveva ora sei uomini e due Humvee. Una delle Humvee assegnate era priva di tutto tranne che di una radio. Poteva trasportare quattro uomini col loro equipaggiamento. La seconda Humvee, avuta in prestito da una unità della polizia militare, era una versione blindata con il tetto preparato per la mitragliatrice M-60. Le radio sui veicoli, due VRC-64, costruite negli anni Sessanta, con una lunghezza d'onda di venticinque chilometri, erano completamente inadatte allo scopo. Sullivan, giunto al posto di confine assegnatogli, non era ancora riuscito a capire come sfruttare al meglio il materiale che aveva a disposizione.

La condizione dei suoi soldati era altrettanto disastrosa. Dei tre uomini assegnati alla sua pattuglia prima della mobilitazione, uno comunicò di non essere disponibile perché già impegnato nella polizia di stato. Questo ridusse la sezione a tre, Sullivan compreso. Dopo l'arrivo a Camp Mabry gli vennero assegnati altri tre uomini. Uno di loro, il migliore, aveva appena lasciato il servizio attivo da artigliere nell'Esercito e, se non altro, era addestrato. Degli altri due, uno non aveva ancora frequentato il corso di addestramento base; l'altro, Jack Lyttle, era sospettato di essere un incapace trasferito da una delle compagnie di fanteria. Jack era un bravo ragazzo, ansioso di piacere, ma apparentemente incapace di fare qualsiasi cosa senza essere tenuto d'occhio.

Con queste premesse, Sullivan non aveva bisogno di inventare una scusa per giustificare il suo ritardo. Per usare le parole del suo primo sergente, il plotone di ricognizione non era altro che una mina vagante.

Anche se con quelle scuse Sullivan sapeva di potersela cavare, non voleva giustificarsi se non fosse stato necessario. Farlo così presto non sarebbe stato saggio. La storia del bravo ragazzo non funzionava nel 1° del 141°: sia il comandante di compagnia sia il comandante di battaglione valutavano i loro uomini in base al rendimento. Venivano premiati coloro che erano ritenuti validi; gli altri venivano riaddestrati o cacciati. Sullivan sapeva che un giorno avrebbe avuto bisogno di un favore, per esempio un paio di giorni di licenza per tornare dalla sua famiglia. Quando quel momento sarebbe arrivato, l'ultima cosa che desiderava era che qualche ufficiale gli rinfacciasse che il 29 agosto era arrivato con trenta minuti di ritardo. E il capitano Terry Wilkes, suo comandante di compagnia, era proprio quel tipo di persona. Era per questo che Sullivan aveva ordinato all'autista di passare sul sedile del passeggero e si era messo alla guida per precipitarsi verso il luogo in cui, quella notte, avrebbero stabilito la loro prima postazione di vedetta. Lungo il percorso aveva deciso di ridurre da sei a tre il numero delle fermate di controllo agli incroci e aveva ispezionato gli altri solo superficialmente. Era un rischio che pensava valesse la pena di correre.

La verità era che non faceva alcuna differenza. Anche se Sullivan si fosse fermato a tutti i sei punti d'incrocio del suo settore, né lui né la sua sezione avrebbero trovato tracce di Lefleur e della sua squadra. Essi, con tutte le altre squadre, erano già a nord del confine e si preparavano a operare da nuove basi negli Stati Uniti, non in Messico.

In un lampo di genio, Delapos aveva ordinato alle sue truppe di trovare campi base a nord sulla riva americana del Rio Grande, in attesa che la Guardia nazionale texana fosse in grado di chiudere la frontiera e di rimpiazzare la Guardia di frontiera degli USA. I vantaggi di una simile azione erano numerosi. Operando negli Stati Uniti, gli uomini di Delapos avrebbero eluso le pattuglie messicane e avrebbero evitato di attraversare il confine, sempre più sorvegliato. I loro attacchi contro la Guardia di frontiera avevano confermato abbondantemente l'opinione che i raid venissero da oltre il confine. Non era quindi necessario spargere altri indizi. Era invece indispensabile continuare a vincere senza fallimenti o perdite. Le reazioni del governo messicano e del Texas rendevano tutto più difficile. Delapos e Childress credevano che ogni loro nuovo successo avrebbe gettato gli americani nel panico, inducendoli a raddoppiare i controlli sul confine e a sud di esso, ma non a nord. Delapos pensava che, se ciò si fosse avverato, i suoi traffici sarebbero stati facilitati, perché gli sforzi delle truppe si sarebbero spostati sul confine.

Non più costretto ad attraversare il confine, Delapos sarebbe stato in grado di rifornire, pagare, rinforzare i suoi uomini e comunicare con loro con più facilità. Dopo il 29 giugno non era stato un problema muovere uomini, armi e soldi attraverso il Messico perché la Purificazione stava decimando le agenzie d'informazione e di polizia messicane. L'intervento del Corpo di Difesa Rurale, l'invio dell'Esercito regolare al confine e il sostegno decretato dalla popolazione al Consiglio dei 13 avevano reso pericolose le operazioni a sud del confine.

Oltre alla maggiore possibilità di essere scoperti mentre operavano sul confine, c'era anche il fatto che il Consiglio dei 13 stava cominciando a controllare il paese in modo capillare. Le banche limitavano la quantità di capitale che poteva essere trasferito dentro e fuori il paese. L'epurazione dei funzionari di dogana, della polizia portuale e aeroportuale era terminata: quelli che si erano salvati avevano fatto tesoro delle lezioni impartite dalla Purificazione e, almeno per il momento, erano incorruttibili: e poi gli incarichi assegnati agli ufficiali di dogana e di polizia subivano una rotazione casuale, a intervalli irregolari, per rendere difficile la corruzione e il contrabbando di munizioni. Alamán e Delapos non potevano fare un granché contro queste misure. Persino le comunicazioni e gli spostamenti stavano diventando molto difficoltosi. I passaggi degli stranieri venivano sorvegliati e registrati e anche la rete telefonica era soggetta a controlli. I blocchi stradali itineranti, disposti senza preavviso e a intervalli irregolari, rendevano difficile programmare gli spostamenti delle squadre.

Negli Stati Uniti la situazione era diversa e lo spostamento delle operazioni semplificava le cose. Sebbene i raid avessero creato il panico in Texas e la Guardia nazionale fosse stata mobilitata, nessuno, neppure il governatore del Texas, aveva l'intenzione di sospendere le libertà civili dichiarando la legge marziale o limitando i movimenti dei cittadini. Era quindi possibile agli uomini di Delapos, soprattutto ai nordamericani o europei, viaggiare lungo il confine, scovare i luoghi adatti alle successive imboscate e studiare l'attività della Guardia nazionale. Alcuni, come per esempio Childress, si erano persino avvicinati alle guardie. Childress le abbordava, offriva loro della birra e, dicendosi molto felice di vederli al lavoro, chiacchierava con loro di storie di guerra. Mentre le guardie bevevano la sua birra, Childress osservava il loro equipaggiamento, faceva domande apparentemente innocenti sulla loro missione e ascoltava i loro racconti. L'idea di essere spiati non li sfiorava nemmeno. Dopo tutto Childress parlava la stessa lingua, era simile a loro ed era anche stato nell'Esercito. I nemici, secondo i loro comandanti, erano piccoli messicani striscianti. Childress era semplicemente un bravo ragazzo che si dava da fare per sostenere le truppe. Per assicurarsi che il confine fosse sufficientemente protetto e che le operazioni militari non interferissero con quelle civili, tutti i piani americani di controllo, i blocchi stradali e le postazioni operative dovevano essere programmati in anticipo e approvati dalle autorità statali e locali. Se una delle postazioni operative doveva essere sistemata su una proprietà privata, il proprietario del terreno doveva esserne avvisato. In questo modo ogni giorno una grande quantità di informazioni diventava di dominio pubblico. Non era difficile per Alamán entrare in possesso di questi dati poiché alcuni funzionari statali e locali che avevano accesso alle informazioni militari lavoravano con lui da molto tempo.

Spostare uomini, capitali e materiale militare non era un problema: anzi, sfruttando i contatti di Alamán, risultava incredibilmente facile. I suoi agenti acquistavano armi di seconda mano, ormai inservibili ai governi nicaraguese e cubano, e le spedivano in Colombia. Di là, insieme al traffico regolare di droga, venivano inviate via aerea negli Stati Uniti. Una volta negli Stati Uniti, il tutto era affidato a una compagnia di autotrasporti, il cui proprietario era uno dei soci di Alamán. In questo modo Delapos, nel giro di poche settimane, era in grado di rifornire le sue squadre di missili guidati anticarro e missili terra-aria trasportabili.

Anche se non modernissime, le armi pesanti ad alta precisione davano alle squadre di Delapos un vantaggio sulla Guardia nazionale. Anche se lo avessero scoperto e i servizi d'informazione americani avessero cominciato a occuparsi della faccenda, avrebbero trovato ben poche informazioni, perché i nicaraguesi stavano fornendo le stesse armi anche all'Esercito regolare messicano. Si contava così di aumentare la confusione dell'Intelligence americana sul ruolo giocato dal governo messicano.

Delapos aveva quindi poco da temere dalla Guardia nazionale. Con la Guardia organizzata secondo una routine nota e con le sue squadre riarmate e posizionate a nord del confine, il comandante era pronto a dare inizio alla seconda fase del regno terroristico di Alamán.

Dall'elicottero di comando del comandante di divisione, Scott Dixon guardò giù verso le due Humvee, prima di rivolgere l'attenzione a sud del confine. Era la sua terza ispezione in dieci giorni e, data la crescente pressione esercitata sul governo federale perché giocasse un ruolo attivo nella protezione del confine, sapeva che non sarebbe stata l'ultima.

Le ispezioni di Dixon e degli altri ufficiali superiori della divisione dovevano preparare ciò che alcuni consideravano l'inevitabile spiegamento della divisione a sud. Ma, anziché migliorare la sua conoscenza della zona, ogni ricognizione serviva solo ad aumentare in Dixon un senso di disagio e apprensione. Anche Jan, durante i loro brevi incontri, aveva notato che egli affrontava la questione sull'opportunità di spostare le forze militari americane verso il confine con grande ansietà. In una zoppicante discussione a cena, egli ribadì più volte la necessità di trovare una "vincente strategia di guerra" per non sprecare tempo e fatica impantanandosi in una situazione confusa. In cuor suo Dixon sapeva che se l'Esercito si fosse schierato al confine, qualcuno, prima o poi, avrebbe trovato una scusa per invadere il Messico. E, se ciò fosse accaduto, nei due paesi confinanti non ci sarebbe più stata pace per anni. Con la densa popolazione spagnola negli Stati Uniti sud-occidentali e il forte sentimento anti-americano del Messico e dell'America Centrale, la confusione che ne sarebbe risultata avrebbe fatto sembrare il problema israeliano-palestinese un gioco da ragazzi.

Dixon guardò fuori dalla portiera aperta, dimenticando l'aspetto politico del problema per tornare alla situazione militare. La zona sottostante, il luogo in cui avrebbe operato la 16ª, era un vero disastro. Dixon guardò la carta perché aveva perso il controllo della loro posizione.

Alzando lo sguardo dopo aver ripiegato la mappa, vide un elicottero UH-1 che volava parallelamente a loro a sud del confine. Dixon parlò nell'interfono: "Chi è quello?"

Il pilota, un giovane sottufficiale, gli rispose senza pensare: "È un elicottero, signore."

Colto di sorpresa dalla risposta, Dixon cercò di capire se l'aviere faceva il furbo o se non capiva quello che gli si chiedeva. In ogni caso, avrebbe dovuto dargli una risposta più sensata e, per questo motivo, gli sarebbe arrivata una lavata di testa. "Di' la verità, Sherlock. Ci sei arrivato da solo o ti ha aiutato il secondo pilota?"

Ci fu una pausa durante la quale il pilota cercò di capire che cosa ci fosse che non andava nella sua prima risposta. In modo più rispettoso e con tono meno disinvolto, si corresse: "Mi scusi, signore. Sembra un Bell 212 dell'Aviazione messicana. È arrivato da sud, a ore sette, qualche secondo fa e si è posizionato parallelamente a noi. È ancora in territorio messicano e viaggia a circa cento nodi."

Dixon rispose con un semplice grugnito continuando a guardare l'elicottero nel tentativo di identificarlo. L'elicottero dell'Aviazione messicana, come il suo, aveva i portelli spalancati. Poteva vedere chiaramente il pilota e il secondo pilota, il capo equipaggio e i tiratori alle porte. Sulla destra del vano di carico, sedeva un passeggero che, come Dixon, teneva una mappa sulle ginocchia e che a sua volta lo guardava. Senza dubbio, pensò, quel passeggero era un ufficiale che come lui faceva un sopralluogo prima dello spiegamento delle sue forze lungo il confine. Non si lasciò sfuggire l'ironia della situazione. Attraverso l'interfono istruì il pilota perché aumentasse lentamente la velocità. Voleva vedere fino a che punto il messicano, chiunque fosse, si sarebbe lasciato abbindolare.

Il colonnello Guajardo era certo che l'elicottero americano UH-60 parallelo al suo fosse un apparecchio di comando. Il simbolo dalla 16ª Divisione corazzata vi era dipinto a colori vivaci. Questo, il passeggero seduto di fronte a un enorme apparecchio radio nel vano di carico e la presenza di tiratori sulla porta dell'elicottero, lasciava pochi dubbi sul fatto che l'anonimo americano stesse facendo la stessa cosa che faceva lui.

Mentre guardava il tiratore americano che gli stava di fronte, Guajardo notò che teneva le impugnature a forma di vanga della sua mitragliatrice M-60 con la mano rivolta verso il basso. Sapeva ciò che il tiratore americano stava pensando. Anche se aveva la visiera abbassata poteva sentire gli occhi dell'americano che lo trapassavano, mentre il tiratore annotava la distanza e calcolava l'angolo di deviazione necessario per colpire l'elicottero di Guajardo.

Il pensiero di volare tanto vicino a un gruppo di uomini pronti a ucciderlo era sconsolante. Guajardo pensò a quanto sarebbe stato facile per il tiratore americano mettere l'arma in posizione di tiro e attaccare l'elicottero. Un semplice movimento del braccio destro per portarsi le impugnature al petto, il sollevamento della mano sinistra, una pausa per mirare e un movimento verso il basso dei due pollici erano le poche cose che il soldato doveva fare per dare inizio a una guerra. Molto semplice, molto facile. Ma l'americano non lo avrebbe fatto, non ancora, per lo meno. Era rimasta ancora qualche mano da giocare tra i politici e i diplomatici.

Un aumento delle vibrazioni del suo elicottero riportò Guajardo al presente. Guardò l'apparecchio americano e notò che sembrava guadagnare terreno. Guardò il suo pilota e vide che la testa del tenente Blasio era voltata in direzione del pilota americano per controllare ogni sua mossa e fare altrettanto. Guajardo si rese conto che l'americano stava intenzionalmente aumentando la velocità, e sapeva che Blasio non sarebbe riuscito a tenergli testa per molto. Per risparmiargli un'umiliazione non meritata, Guajardo ordinò a Blasio di tenersi pronto a eseguire la virata a sinistra più stretta che potesse per poter mostrare agli americani il didietro di un elicottero dell'Aviazione messicana.

L'ordine fu accolto da Blasio con molto piacere perché anche lui sapeva che presto sarebbe stato superato dall'americano. In quel modo, poteva almeno mostrare all'americano la sua abilità di pilota. Quando fu pronto, avvertì Guajardo e tutti gli altri di tenersi stretti. "Molto bene allora, tenente. Al tre. Uno...due...tre..."

Al tre, Blasio scattò su un fianco, girò il collettivo per portare la potenza al massimo e spinse il ciclico a sinistra, con tutta la forza che aveva. Guajardo si sentì come schiacciato da una mano gigantesca contro lo schienale del sedile a causa dell'aumento di velocità e di inclinazione. Il tempo di tornare all'altezza di volo e l'elicottero americano era scomparso.

Soddisfatto che l'orgoglio di Blasio fosse salvo, Guajardo lo istruì perché invertisse la rotta e si dirigesse nuovamente verso Nuevo Laredo. Era ansioso di arrivare al quartier generale della guarnigione e di parlare con gli ufficiali di cavalleria prima che uscissero per le ricognizioni notturne. Come già aveva fatto con le altre unità lungo il confine, voleva ricordare agli ufficiali e ai soldati la gravità della situazione. Anche se ogni uomo era tenuto a compiere il proprio dovere, dovevano fare tutto il possibile per evitare di provocare gli americani. Per guadagnarsi la solidarietà internazionale e dell'opinione pubblica nell'eventualità di un confronto, il Messico doveva apparire la parte offesa.

Nuevo Laredo, Messico
29 agosto, ore 19:25

Rimasto solo, il tenente Austin Martí guardò l'elicottero del colonnello alzarsi nella nuvola di polvere sollevata dai suoi rotori e dalle turbine. Anche quando l'apparecchio si fu allontanato, Martí rimase immobile, come se aspettasse che il colonnello Guajardo tornasse indietro. Ma sapeva che non sarebbe successo. C'erano troppe cose che il colonnello doveva fare e il tempo era poco. Un uomo così importante non poteva permettersi di spiegare ogni cosa nei dettagli a ogni tenente dell'Esercito messicano. Non spettava a lui farlo perché, se così fosse stato, non ci sarebbe stato bisogno dei tenenti. No, pensò Martí, era compito suo interpretare ciò che il colonnello aveva detto e agire di conseguenza.

Mentre tornava al plotone, desiderò di essere abbastanza intelligente da capire esattamente ciò che il colonnello si aspettava da lui e dai suoi uomini. Che la situazione lungo il confine fosse seria, era evidente. Bastava ascoltare i notiziari, sia da fonti messicane che da stazioni radiotelevisive americane di lingua spagnola, per sapere che tra le due nazioni c'era molta diffidenza e tensione.

Perché allora, continuava a chiedersi Martí, il colonnello aveva ritenuto importante trovare il tempo di venire fin lì da Città del Messico per trasmettere un messaggio come quello che gli aveva appena dato? Dubitava forse della capacità dell'Esercito di comportarsi correttamente? O c'era forse qualche significato nascosto in ciò che gli aveva detto? Forse era proprio così. Forse, pensò Martí, il colonnello voleva che essi facessero il loro dovere, ma non con troppo zelo. O forse voleva che lo facessero solo nella misura in cui questo non interferiva con gli americani? E che cosa avrebbe dovuto fare se gli americani avessero violato il territorio messicano? Martí capiva che non bisognava in alcun modo provocare i gringo. Ma significava forse evitarlo fino al punto di arrendersi? Come avrebbe dovuto comportarsi se gli americani lo avessero provocato? E che cosa costituiva una provocazione, si chiese?

Martí si fermò proprio vicino al plotone e si girò a guardare nella direzione in cui era sparito l'elicottero di Guajardo. Perché non gli aveva posto quelle domande quando ne aveva avuto l'occasione? Perché se ne era rimasto là, come uno stupido, fingendo di aver capito quello che non aveva capito? Si chiese se fosse tanto orgoglioso da sacrificare se stesso e il suo plotone piuttosto di porre domande necessarie, per quanto elementari fossero. Era quello? Una semplice questione d'orgoglio?

Scrollò la testa, si girò e guardò il suo plotone. I suoi sergenti stavano già radunando gli uomini per prepararli ad ascoltare le istruzioni finali. Bene, pensò scuotendo il capo, il colonnello se ne è andato. Ora tocca a me. Sussurrò una breve preghiera alla Vergine di Guadalupe perché proteggesse lui e il suo plotone, si incamminò con passo sicuro, sforzandosi di mascherare i suoi dubbi, e si preparò a compiere il proprio dovere nel modo che gli sembrava più giusto. Dopo tutto, che cos'altro poteva fare? Era rimasto lui, solo lui. In fondo, pensò Martí, così era sempre stato: l'orgoglio e la sicurezza di una nazione affidati alle mani e alle decisioni di un giovane ufficiale e dei suoi uomini.

Mensa ufficiali e civili, Fort Hood, Texas
29 agosto, ore 19:25

Era stato un grosso errore quello di andare al club degli ufficiali. Nancy Kozak ora lo sapeva. Non che andare altrove avrebbe fatto molta differenza. La solitudine e l'insicurezza l'avrebbero seguita ovunque. Aveva solo sperato che forse, al club degli ufficiali, avrebbe potuto evitarli o, se non altro, dimenticarli per un po'.

Non poteva farlo nel suo piccolo monolocale, un posto che non riusciva ancora a chiamare casa. Era un luogo dove dormire, dove custodire le sue cose, dove fare una doccia e cambiarsi d'abito, ma non era una vera casa, un luogo dove poter lasciare il mondo fuori della porta, lasciarsi andare, rilassarsi. Invece di essere un comodo rifugio, un'ancora di salvezza, a volte le sembrava una prigione, con i muri che si chiudevano su di lei, aumentando la sua solitudine. Il suo appartamento era diventato un altro posto da evitare.

Scappare, che pensiero. Mentre fissava distrattamente il piatto, infilzando il pollo con la forchetta, Kozak si chiedeva da che cosa stesse cercando di scappare. La solitudine, certo, era quello che voleva evitare. Ma scappare non serviva a risolvere il problema, rimandava solo la soluzione. Ecco che cosa voleva, ecco ciò di cui aveva bisogno: una soluzione. Ma per avere una soluzione bisogna avere un problema ben definito. E Kozak sapeva che questo era il punto cruciale della questione. Nei due mesi passati a Fort Hood, non aveva mai avuto il tempo di organizzarsi, di fermarsi per assimilare ciò che aveva imparato, di trovare un modo per affrontare efficacemente il suo nuovo mondo.

Aveva scoperto che nell'Esercito tutto era molto diverso da quello che aveva sperimentato a West Point. Anche se tutti sapevano che il vero Esercito sarebbe stato un'altra cosa, pochi dei suoi compagni di corso avevano veramente intuito quanto lo sarebbe stato. Sebbene il 2° Battaglione, 13° Fanteria, fosse una unità disciplinata, la sua disciplina era diversa da quella di West Point. A volte, anziché agire come un gruppo inserito in un sistema gerarchico, il suo plotone sembrava essere una libera associazione di sergenti e soldati organizzati in equipaggi, squadre per semplice cooperazione e mutuo consenso. In quei momenti, i giovani soldati sembravano essere più validi e capaci dei loro sergenti. Questo non avrebbe dovuto sorprendere Kozak, ma sapere queste cose e conviverci erano due questioni completamente diverse.

Poi c'erano le persone. Nessun manuale e nessun corso per allievi ufficiali avrebbe potuto insegnare a trattare con persone reali che avevano problemi reali. Dal sergente che beveva troppo e picchiava la moglie, al soldato sposato che aveva una crisi di nervi ogni volta che il plotone si muoveva per le esercitazioni, Kozak si era trovata a dover affrontare problemi completamente nuovi per lei. E ogni situazione, ogni uomo del suo plotone e ogni problema richiedeva una soluzione equa ed efficace.

Per colmare la misura, arrivò l'ordine di tenersi pronti a un'immediata partenza per il confine messicano. Come era possibile occuparsi, nello stesso tempo, dei suoi problemi e di quelli del mondo, pensava Kozak.

Sollevò lo sguardo e scrutò la sala. C'erano ufficiali, alcuni in uniforme, altri no, distribuiti in gruppi o in compagnia delle loro mogli. L'età e il comportamento rendevano facile l'identificazione dei rispettivi gradi. C'erano giovani ufficiali di compagnia, tenenti e capitani, che sedevano a gruppi. Le risate e le conversazioni erano rumorose e sboccate. I loro modi tradivano una certa arroganza e spavalderia propria dell'inesperienza e della giovinezza, inesperienza in cui anche Kozak poteva identificarsi. Dall'altro lato della sala c'erano i tenenti colonnelli e i colonnelli. Sedevano tranquillamente con le loro mogli, e il loro modo di fare era frutto di maturità e saggezza acquisite con l'esperienza e la tenacia. Un terzo gruppo di capitani e maggiori era sparpagliato per la sala, a riempire gli spazi tra i colonnelli e i tenenti e a fare da cuscinetto, fisico e psicologico, tra i due gruppi. Sebbene non fossero inesperti come i tenenti, i capitani non avevano però ancora acquisito quelle capacità che permettevano di affrontare il mondo con il contegno freddo e distaccato dei colonnelli.

Meditare su tutto questo era molto interessante, ma non serviva a liberare Kozak dalla sensazione di solitudine e inadeguatezza. Kozak si chiedeva se anche i colonnelli avessero, un tempo, provato ciò che lei provava ora. Si erano mai sentiti oppressi dalla grandine di problemi derivanti dal dover comandare e apprendere allo stesso tempo? Forse sedevano là, tranquilli e rassegnati, perché lo stress degli anni passati ad affrontare quei problemi aveva consumato la loro giovinezza e la loro energia? Kozak si chiese se un giorno anche lei si sarebbe seduta là tranquillamente, guardando il mondo con occhi inespressivi, quasi indifferenti.

Mentre era intenta a queste considerazioni, vide il capitano Cerro entrare nella sala con una donna che doveva essere sua moglie. Il suo arrivo le diede coraggio. Di tutti gli ufficiali con cui aveva avuto a che fare fino ad allora, lui era l'unico a essersi dimostrato un vero professionista, onesto e sincero con lei. Sembrava essere l'unico in grado di spezzare la barriera che impediva agli altri ufficiali di fanteria di trattarla nel modo che riteneva appropriato per un sottotenente come lei. Alcuni dei loro incontri erano stati poco piacevoli, ma franchi e, visti in retrospettiva, adeguati alla situazione. Peccato, pensò, che non ci fossero più ufficiali come il capitano Cerro. Forse alcuni dei problemi che si trascinava appresso non sarebbero esistiti.

Mentre guardava Cerro e la moglie dirigersi verso il loro tavolo, Kozak pensò di attirare la sua attenzione e di salutarlo. Ma si trattenne. Non sapeva come ci si dovesse comportare in queste occasioni e, incerta sull'identità della donna, decise di non farlo. Senza dubbio la moglie, o la ragazza, del capitano Cerro si sentiva sicura sapendo che egli, ufficiale di fanteria, lavorava in un mondo fatto di uomini. La comparsa di Kozak poteva distruggere quell'illusione che, sorprendentemente, continuava a esistere nonostante la presenza di Kozak e delle sue colleghe in altre unità da combattimento.

Kozak ritornò al suo pranzo. Meglio risolvere i propri problemi prima di crearne ad altre persone, soprattutto a coloro che capivano i suoi sforzi per diventare il migliore ufficiale di fanteria a cui fossero mai stati appuntati i fucili incrociati.

Mentre faceva accomodare sua moglie, Cerro notò il tenente Kozak, seduta sola a un tavolo, in un angolo della sala da pranzo. Per un momento pensò di andare a salutarla, forse anche di presentarla a sua moglie, ma non lo fece. Non sapeva come Ann avrebbe reagito davanti a un'ufficiale donna. Se fosse stata la moglie di un altro ufficiale a essere seduta a mangiare da sola, Cerro non avrebbe esitato ad attraversare a grandi passi la sala per invitarla a unirsi a loro. Ma la situazione era diversa. Ci sarebbero stati problemi anche solo a presentare le due. Ann aveva avuto a che fare con l'Esercito per anni, conosceva bene l'etichetta e il protocollo militare e sapeva come comportarsi con le altre mogli e gli altri ufficiali. Le era stato insegnato che ognuno di loro richiedeva un approccio diverso, adatto sia al grado dell'ufficiale che alla moglie. Il contatto con ufficiali donne era una cosa completamente nuova. Harold e Ann Cerro non avevano mai affrontato l'argomento né avevano elaborato una serie di regole da seguire.

Per Cerro non era né il momento né il luogo per cominciare. Dopo aver fatto accomodare sua moglie, si sedette a sua volta. Mentre lo faceva, Ann si sporse verso di lui: "Qualcosa non va, caro?"

Cerro la guardò, rifletté, poi scosse la testa: "No, niente, perché?"

Ann si raddrizzò e lo guardò di traverso. "Con me non funziona. Mi accorgo quando hai la testa tra le nuvole. Vuoi dividere i tuoi profondi e cupi pensieri con me, oppure no?"

Continuando a guardarla Cerro raccolse il menu, lo aprì e sorrise: "Cara, mi dispiace. Sono cose segretissime. Se te le dicessi, dovrei ucciderti e questo, mia cara, mi rovinerebbe l'appetito." Senza aggiungere altro, guardò il menu.

Ann, lasciandosi scivolare sulla sedia, allungò una gamba sotto il tavolo e gli tirò un calcio. "Te la do io qualcosa che rovinerà il tuo appetito."

Facendo del suo meglio per ignorare il calcio, Cerro alzò lo sguardo: "Hai detto qualcosa, cara?"

Ann, sporgendosi in avanti per farsi più vicina, socchiuse gli occhi, arricciò il naso e sussurrò: "Harold Cerro, a volte puoi essere un vero stronzo."

Cerro le pizzicò la guancia, sorridendo. "Ci provo, cara, ci provo davvero."

Al passaggio di frontiera di Brownsville, Texas
29 agosto, ore 20:25

Nonostante il sole fosse quasi tramontato, faceva ancora molto caldo. Jan Fields, riparata all'ombra della dogana americana, sudava. Il sudore che le colava giù per la schiena rigava di macchie scure la sua camicetta di cotone giallo sgargiante con le maniche corte. Dio, pensò, come detestava sudare. Slegò il fazzoletto di cotone giallo che le legava i capelli dietro la nuca, lo arrotolò intorno alla mano destra e cominciò ad asciugarsi le stille di sudore sulla fronte e sulle guance. Si girò verso Ted e Joe Bob e chiese se avessero finito. Ted, che le dava le spalle, si limitò a sollevare la mano destra e a farle un cenno. Joe Bob gridò: "Ehi, Jan, Ted vorrebbe sapere se c'è qualcosa di veramente importante che devi fare o se si tratta solo di una di quelle cose da donna."

Jan, con le mani sui fianchi, alzò il mento e rispose seccamente: "Va bene, ragazzi, che ne direste di riportare i vostri glutei alla piscina dell'hotel?"

Joe Bob si limitò a scoprire i denti in una buffa smorfia mentre reggeva un pannello bianco che Ted usava per calcolare l'intensità della luce. "Dio, Jan, sei davvero dolce quando ti arrabbi."

Ted, chino sull'esposimetro, guardò Joe Bob negli occhi. "Carino, davvero tanto carino. Ora che ne dici di tenere fermo quel maledetto pannello così ce ne possiamo andare tutti quanti via di qui?"

Joe Bob, spostando lo sguardo da Jan a Ted, finse sorpresa. "Ehi, che cosa ti prende? Hai le tue cose?"

Senza guardarlo, Ted continuò a maneggiare l'esposimetro. "Joe Bob, se non tieni fermo quel pannello e la bocca chiusa, ti ficco questo esposimetro nel didietro, giusto per controllare se è vero che là non ci batte mai il sole."

Joe Bob mormorò: "Gesù, come odio questo periodo del mese."

Jan si concentrò sul servizio che avrebbero girato l'indomani. La sequenza d'apertura sarebbe stata girata lì, sul ponte che separava il Messico dagli Stati Uniti. Alcuni sopralluoghi preliminari avevano dimostrato che quello era il miglior posto di Brownsville per ottenere un'inquadratura che abbracciasse gli uomini della Guardia nazionale del Texas e i soldati dell'Esercito messicano che si fronteggiavano, ognuno sul suo confine.

Jan avrebbe cominciato ricordando il discorso pronunciato dal presidente Ronald Reagan all'inizio degli anni Ottanta, quando aveva ammonito gli americani che, se non avessero fatto qualcosa per arrestare il comunismo nell'America Centrale, Brownsville sarebbe diventata la linea del fronte. Era stato Scott a insegnarle a usare le citazioni storiche: diceva che in quel modo si dava l'impressione di aver fatto delle ricerche e, quindi, di essere ferrati su ciò di cui si stava parlando. Sebbene a Jan piacesse dedicarsi al lavoro di ricerca, non sempre c'era abbastanza tempo per documentarsi su tutto: Jan, come gli altri suoi colleghi, doveva arrangiarsi raccogliendo notizie qua e là e sfruttando le risorse che si trovavano a portata di mano.

Prese dalla tasca un piccolo taccuino e una penna e buttò giù qualche appunto. Sul ponte avrebbe parlato ai soldati in servizio e raccolto le loro impressioni e i commenti. Da lì, lei e la sua équipe sarebbero passati al quartier generale della 1ª Brigata, 36ª Divisione di Fanteria per intervistare il comandante. Poi sarebbero andati in municipio per intervistare il sindaco e infine nelle strade della zona commerciale per raccogliere le opinioni degli abitanti di Brownsville.

Controllò la tabella di registrazione prima di rimettersela in tasca e notò che il sudore della mano aveva lasciato un'impronta umida sulla pagina del taccuino, sbavando l'inchiostro. Guardò Joe Bob e Ted e gridò: "Volete finirla di fottervi in pubblico e decidervi a darvi una mossa?"

Joe Bob sorrise e fece un cenno mentre sussurrava a Ted: "Meglio sbrigarsi, amico. Sua altezza si sta surriscaldando. Qualsiasi cosa ti serva, amico, puoi prenderla domani. Ci sarà un sacco di tempo."

13

Uno sparo sibilò nella giungla
Qualcuno rise e se ne andò.
E gli uomini del Primo Shikaris raccolsero il subalterno morto,
Con un grande foro blu sulla fronte
E la nuca divelta dalla testa.

Rudyard Kipling,
La tomba dei cento morti

10 chilometri a nord-est di San Ygnacio, Texas
30 agosto, ore 01:15

Incapace di continuare a leggere il romanzo di Louis L'Amour, il tenente Ken Stolte, ufficiale operativo di una batteria di obici da 155 mm, spostò i piedi dal tavolo a terra e appoggiò il libro sulla scrivania. Mentre si alzava, spinse indietro la vecchia sedia pieghevole su cui era seduto: la sedia si chiuse e cadde con un rumore metallico che sorprese il sottufficiale di servizio seduto a sonnecchiare davanti all'apparecchio di comando aerotattico TAC sistemato sul furgone corazzato M-577. Stolte notò lo sguardo sorpreso del suo sergente e, con le mani sopra la testa, si spinse indietro, si stiracchiò e sorrise: "Che c'è, Buck?"

Il sergente Buck Wecas vide il tenente che si stiracchiava, la sedia richiusa a terra dietro di lui, tirò le somme e si rilassò sorridendo: "No, no. Ho solo creduto che fossimo attaccati dai musi gialli."

"Musi gialli? Dove l'hai sentito, in un film di guerra?"

Wecas stava per dire qualcosa a Stolte quando la radio squillò: "Mike uno Victor tre due, Mike uno Victor tre due, qui è Charlie quattro Charlie otto otto Bravo, passo."

Stolte guardò Wecas: "Chi diavolo è Charlie quattro Charlie otto otto?"

Wecas bevve un sorso di caffè e si diresse al furgone per prendere una piccola tabella con tutti i segnali di chiamata radio e le frequenze in uso quel giorno. "Secondo questa, Charlie quattro Charlie otto otto è un plotone scout del 1° della 141ª. Bravo deve essere una delle squadre scout."

Mentre Stolte e Wecas meditavano sul da farsi, la voce alla radio ripeté: "Mike uno Victor tre due, Mike uno Victor tre due, qui è Charlie quattro Charlie otto otto Bravo, passo."

"Senti che cosa vuole, altrimenti continuerà a chiamare e chiamare..."

Wecas appoggiò la tabella e borbottò in modo che Stolte potesse sentire: "Sì, è odioso che qualcuno, per motivi di lavoro, chiami e disturbi la tua lettura."

Wecas raccolse il microfono e accese la radio. "Charlie quattro Charlie otto otto Bravo, qui è Mike uno Victor tre due, siete sulla frequenza giusta?"

"Sì, Victor tre due. Non riesco a contattare il mio superiore, Tango sette Kilo sei nove, per comunicare la situazione. Potresti farlo per me?"

Wecas, controllando la sua tabella vide che Tango sette Kilo sei nove era il segnale di chiamata per il posto di comando del 1° Battaglione, 141ª Batteria. "Charlie otto otto Bravo, qui è Victor tre due. Ci proverò. Se li contatto, c'è qualcosa che dovete riferire, passo?"

"Sì, Victor tre due, di' loro che non posso contattarli da qui. Ci ho provato negli ultimi quindici minuti. Di' loro che mi trovo ancora al punto di controllo Quebec cinque due e non c'è nulla di nuovo. Sarei felice se provassero a contattarmi, passo."

Wecas soppesò la richiesta per un momento e decise di soddisfarla. Non era insolito che i reparti si servissero di altre stazioni per trasmettere messaggi radio quando perdevano il contatto diretto. Ancora più comune era l'abitudine di usare le unità di artiglieria, come quella di Wecas, per trasmettere. Le unità di artiglieria sembravano avere sempre dei sistemi di comunicazione migliori rispetto alle unità di linea: forse, pensò Wecas, dipendeva dal fatto che, senza un buon sistema di comunicazione, la batteria di pronto intervento sarebbe stata inutile. O forse, pensò, l'artiglieria attirava persone come lui, veterani che sapevano come far funzionare il loro vecchio apparecchio radio. Qualunque fosse la ragione, Wecas sapeva di dover aiutare quel povero diavolo. Informò Charlie otto otto che avrebbe chiamato il suo superiore, mise fine alla conversazione, poi guardò la sua tabella per cercare la frequenza del 1° della 141ª. Wecas fece scattare i pulsanti per cambiare frequenza, si sintonizzò sulla rete radio del comando del 1° della 141ª e comunicò il messaggio di Charlie quattro Charlie otto otto Bravo a un operatore telefonico mezzo addormentato.

5 chilometri a nord di San Ygnacio, Texas
30 agosto, ore 01:21

Andy Morrezzo riappese il microfono al gancio di un attaccapanni appeso alla barra di sicurezza della jeep, si appoggiò allo schienale del sedile posteriore e si stiracchiò. Attraverso l'unità d'artiglieria aveva fatto rapporto al comando del battaglione con venti minuti di ritardo e ne sarebbero passati altri quaranta prima del prossimo rapporto. Questa volta avrebbe dovuto essere puntuale. Si poteva scusare un ritardo di tanto in tanto, ma mancare due rapporti di fila era imperdonabile, anche se i servizi di comunicazione erano pessimi. I pattugliatori, secondo il loro comandante di battaglione, dovevano essere intraprendenti e tenaci. Morrezzo guardò l'orologio e decise che era difficile essere intraprendenti all'una e mezzo del mattino. Al diavolo, pensò, era già abbastanza dura stare svegli.

Aprì la portiera e decise di andare a fare due passi. Avrebbe dato un'occhiata per vedere se il nuovo arrivato, quello dell'Humvee blindata, era ancora sveglio.

Allungò con cautela il braccio e appoggiò la mano sinistra sul tubo di un lanciarazzi leggeri AT-4 per raggiungere gli occhiali per visione notturna AN-PVS 5, appoggiati sulla radio della Humvee. Cercò di non svegliare Sullivan e Alison, entrambi addormentati sui sedili anteriori, mentre afferrava la custodia degli occhiali. Non c'era bisogno di tanta cautela poiché dormivano profondamente. Morrezzo non prese l'elmetto e non s'accorse neppure di non aver rimesso la radio sulla frequenza del comando di battaglione, lasciandola così su quella dell'unità di artiglieria che aveva appena contattato.

Scese dalla jeep e, con un profondo respiro, si stiracchiò. L'aria fresca della notte era piacevole. Si guardò un po' intorno per permettere agli occhi di adattarsi all'oscurità. Alla pallida luce di un quarto di luna, poteva distinguere la sagoma della Humvee blindata, parcheggiata cento metri più a destra di quella di Sullivan. Tra le due vetture si trovava una tettoia che riparava tavolini da picnic. Il punto di controllo Quebec cinque due – scelto dall'ufficiale addetto alle informazioni del battaglione perché permetteva di controllare strada e confine – era stato adibito molti anni prima dalla forestale ad area di sosta o di picnic.

Morrezzo si incamminò verso i tavoli e si sedette su uno di essi. Coi piedi su una panchina e i gomiti appoggiati alle ginocchia, aprì l'astuccio di plastica che conteneva gli occhiali per la visione notturna e li estrasse. Non era ancora completamente sveglio e dovette armeggiare a lungo per trovare la levetta dell'interruttore. Quando finalmente la trovò, la fece scattare in posizione ON e attese finché non vide il pallido bagliore verde emanato dalle lenti. Poi indossò gli occhiali e cominciò a scrutare il versante del confine messicano in cerca di bandidos e altri teppisti.

La vista di due veicoli blindati sull'altra riva del Rio Grande, con le armi puntate proprio su di lui, era, a dir poco, imprevista. Morrezzo sussultò come se avesse ricevuto una scossa elettrica alla base della spina dorsale. Si premette gli occhiali sul viso e osservò per qualche istante quello che sembrava essere il più vicino dei due veicoli blindati. Anche se non gli era possibile identificare il Panard Erc-90 Lynx di fabbricazione francese, sapeva che non era americano e, cosa più importante, che si trovava sull'altro lato del fiume. Doveva quindi trattarsi del nemico.

Rimase ancora un po' a osservare il veicolo blindato poi, spostate le gambe a lato, saltò giù senza mai togliersi gli occhiali per la visione notturna. Solo dopo essersi assicurato che i veicoli nemici erano immobili e che sembravano non averlo notato, si girò e si diresse verso la Humvee di Sullivan per informarlo dell'avvistamento.

L'improvvisa e rapida partenza del suo obiettivo non preoccupò Lefleur, che continuò a seguire attentamente il bersaglio con la canna del suo fucile da 7,62 mm. Quando fu soddisfatto della mira, premette il grilletto e sparò un solo proiettile a carica cava.

Morrezzo non udì la detonazione del fucile di Lefleur, né sentì l'impatto del proiettile a carica cava che lo colpì alla base del cranio. E se lo sentì, fu solo per un brevissimo istante, perché il proiettile lo centrò in pieno e fece ciò che doveva fare. Il morbido piombo del proietto penetrò nelle ossa del cranio con un angolo d'entrata leggermente inclinato verso l'alto e spinse in avanti un pezzo dell'osso frantumato. Mentre avanzava, il proietto rallentò e si espanse in una borra grande quanto un quarto di dollaro, formando un insieme unico e compatto che lacerò il soffice tessuto cerebrale. Quando la pressione della massa in continua espansione formata dal proietto, dall'osso e dal tessuto cerebrale, si fece troppo intensa, le ossa della fronte di Morrezzo, dall'attaccatura dei capelli fino alla base del naso, esplosero, liberando il proiettile dalla massa di materiale che ne aveva ostruito il tragitto. Questo subì una leggera accelerazione e avanzò ancora un poco prima di cadere a terra. Morrezzo era comunque morto prima che tutto ciò accadesse.

Lefleur aveva così dato inizio a una sparatoria che, nella miglior tradizione della Legione straniera, fu tanto veloce quanto violenta. Il secondo bersaglio della squadra capitanata da Lefleur fu la Humvee blindata. La prima scarica centrò il motore frontale. Una saetta di fuoco incandescente, sottile come una matita, mancò i due uomini addormentati sui sedili anteriori della jeep, ma penetrò nel tubo in fibra di vetro che conteneva uno dei razzi anticarro AT-4 e ne incendiò il propulsore. L'esplosione che ne seguì, a sua volta attivò la testata esplosiva del secondo razzo AT-4 che giaceva vicino al primo. Da dove si trovava la squadra, sembrava che la Humvee blindata fosse andata in pezzi con le porte spalancate, un velo di fuoco che fuorusciva dal portello aperto sul tetto e il cannoniere di vedetta inghiottito dall'esplosione. Per lui, e per gli altri due uomini all'interno della jeep, la struttura rafforzata e la blindatura del veicolo erano state fatali, perché avevano moltiplicato l'effetto dell'esplosione. I tre uomini morirono nel giro di pochi secondi.

Una grandinata di proiettili di mitragliatrici e di fucili automatici spazzò il fianco della jeep di Sullivan, che fu colpito in pieno dalla prima scarica della mitragliatrice. Tod Alison, sul sedile accanto, fu in parte protetto dal corpo di Sullivan. Nonostante ciò, fu raggiunto alla spalla sinistra e al ginocchio destro da alcuni proiettili e da numerosi frammenti di vetro e di metallo. Il dolore e lo shock per l'improvvisa sparatoria lo paralizzarono temporaneamente. La sua prima reazione fu di scappare ma quando allungò la mano destra per afferrare la maniglia della portiera, una seconda esplosione fece tremare la jeep e illuminò la notte. Si voltò per assistere alla fine della Humvee blindata e capì di non avere via di scampo nemmeno in quella direzione. Il primo pensiero che gli balenò mentre guardava il cannoniere della Humvee blindata avvolto dalle fiamme contorcersi per il dolore, fu la certezza di essere prossimo a morire. Il pensiero successivo fu quello di avvertire il comando. Si agitò sul sedile, con il corpo che rispondeva spasmodicamente per via delle numerose ferite, dello shock e del panico, e afferrò il microfono della radio. Era necessario che qualcuno ne fosse informato. Qualcuno doveva aiutarli.

L'improvviso bagliore, seguito dall'esplosione di una delle Humvee americane, sorprese il tenente Martí. Dapprima pensò che a sparare fosse stato il veicolo Lynx che lo precedeva in ricognizione; controllò dal portello aperto sul tetto della sua Lynx, ma non vide traccia di spari. Non si era ancora riavuto dalla sorpresa, quando udì dall'altra parte del fiume le detonazioni di armi leggere. Guardò verso la postazione americana e vide i lampi delle armi che vomitavano fiumi di proiettili.

Martí afferrò il microfono della radio e se lo portò vicino alla bocca. Stava per accendere la radio e trasmettere un primo rapporto, ma esitò. Che cosa poteva riferire esattamente? A che cosa stava assistendo? Incapace di rispondere a queste domande, che probabilmente sarebbero state le prime a essere poste dal suo comandante, Martí ripose il microfono e ordinò all'autista di accendere il motore. Dovevano avvicinarsi e indagare più a fondo prima di far rapporto. Pensò fosse meglio trasmettere un rapporto completo, in grado di chiarire la situazione, piuttosto di informazioni confuse che avrebbero allarmato inutilmente il quartier generale.

Mentre la macchina si preparava a partire, la sparatoria sulla riva americana del fiume si stava esaurendo. Martí ordinò alla seconda Lynx di coprire i suoi movimenti poi, attraverso l'interfono, ordinò al suo autista di avviarsi. Uscirono dalla bassa gola in cui erano riparati mentre Martí scrutava attentamente la riva del fiume in lontananza. Qualsiasi cosa fosse successa, pensò, era tutto finito. Forse ora sarebbe stato più facile rendersi conto dell'accaduto.

"A tutte le stazioni, a tutte le stazioni! Qui è Charlie otto otto Bravo. Ci stanno attaccando! Ripeto, ci stanno attaccando! Abbiamo bisogno di aiuto e di rinforzi!"

Per alcuni secondi il sergente Wecas, ritornato al comando aerotattico TAC, rimase a fissare la radio. Il tenente Stolte, sulla sedia pieghevole e con i piedi sul tavolo, abbassò il libro che stava leggendo e guardò Wecas all'interno del veicolo di comando. Stava per chiedere informazioni sulla chiamata, quando s'udì ancora: "A tutte le stazioni! Qui è Charlie otto otto Bravo. Ci stanno attaccando, abbiamo bisogno di aiuto, al più presto possibile! Rispondete, qualcuno per favore risponda!"

Wecas, scioccato, afferrò il microfono e accese la radio: "Charlie quattro Charlie otto otto Bravo, qui è Mike uno Victor tre due. Datemi la vostra posizione, passo".

Seguì una pausa. Mentre aspettava, Wecas rimase immobile a fissare la radio di fronte a lui. Stolte, che aveva finalmente capito che stava succedendo qualcosa, posò il libro sul tavolo, tirò giù i piedi ed era pronto a salire sul veicolo di comando, quando la voce della radio tornò: "Ci stanno attaccando, maledizione. Il sergente è morto e io sono ferito. L'altra Humvee è saltata in aria. Ho bisogno di aiuto. Dio, ti prego. Ho bisogno di aiuto."

Anche se Wecas non comprendeva esattamente ciò che stava succedendo, sapeva che, chiunque stesse chiamando, era ferito, spaventato e bisognoso di aiuto. In Vietnam aveva sentito molte chiamate come quella: giovani soldati, spesso al loro primo combattimento, che chiedevano aiuto. Il fatto che la voce che si identificava come Charlie otto otto Bravo non fosse la stessa che aveva chiamato in precedenza non aveva importanza. Chi aveva chiamato per primo poteva già essere morto, o ferito. Wecas non poteva saperlo né gli importava: la paura, l'eccitazione, la rabbia che fuoruscivano dalla radio erano reali. Qualcuno, un altro soldato americano come lui, si trovava nei guai. Ed egli non aveva intenzione di lasciarlo morire solo.

"Charlie quattro Charlie otto otto Bravo, qui è Mike uno Victor tre due. Potete segnalarmi la vostra posizione e quella del nemico? Posso ordinare un intervento armato in un minuto, ma ho bisogno della vostra posizione e il riferimento del bersaglio."

La sparatoria si era interrotta. Per un momento, ci fu uno strano silenzio, rotto solo dal sordo crepitio delle fiamme che divoravano la Humvee blindata e da un intermittente scoppiettio causato dalle munizioni per armi leggere che esplodevano nel suo interno. Riconoscente verso chi aveva risposto alla sua chiamata, Alison si calmò e si concentrò sul passo successivo. Non sapeva chi li avesse attaccati e aveva solo una vaga idea della provenienza degli spari. Aveva l'impressione che gli assalitori fossero da qualche parte di fronte a lui, non lontani, ma non poteva esserne certo. Chiunque fosse stato, si trovava sicuramente ancora là e forse stava anche avvicinandosi. In questo caso, doveva scendere dalla jeep e nascondersi o, per lo meno, mettersi in una posizione che gli consentisse di difendersi. Lasciò cadere il microfono sulle ginocchia e cercò di recuperare il suo fucile M-16, con il corpo torturato da fitte acute. Appoggiò il fucile sulle ginocchia e si rese conto di non poter fuggire. Non sapeva quanto fossero gravi le sue ferite ma intuiva che non sarebbe riuscito a scendere dalla jeep per sfuggire agli aggressori.

"Charlie quattro Charlie otto otto Bravo, qui è Mike uno Victor tre due. Ripeto, datemi la vostra posizione e quella dell'obiettivo. Ho bisogno di sapere la vostra posizione e quella dell'obiettivo, passo."

Alison guardò la radio e capì che la sua sola salvezza era di riuscire a dare le informazioni richieste ai soccorritori. Lasciato il fucile, afferrò con la destra il microfono e con la sinistra la mappa infilata sotto la radio. Sistemò la mappa sulle ginocchia e accese la radio: "Ultima stazione, qui è Charlie otto otto, datemi un minuto, passo."

Ora che si sentiva più calmo sapendo che qualcuno era pronto ad aiutarlo, Alison staccò la lampada elettrica portatile dal gancio sulla cornice del parabrezza frontale, l'accese e cominciò a cercare sulla mappa un segno che indicasse dove si trovavano. Quando trovò il punto, tenendo il segno con l'indice sinistro, accese il microfono con la mano destra.

Stava per parlare, quando la portiera della Humvee si spalancò. Nel buio non poteva vedere nessun tratto del viso, nessun dettaglio, solo la forma scura delle spalle e della testa. Non vide nemmeno la pistola automatica che l'ombra gli puntò in faccia. Tutto ciò che il soldato semplice Tod Alison sentì fu l'improvviso colpo della fredda canna metallica che urtava la sua mascella prima che l'ombra premesse il grilletto.

Wecas vide la luce arancione della chiamata radio che si accendeva a segnalare l'inizio di una trasmissione. Pronto a trascrivere le informazioni, fu preso alla sprovvista dall'improvvisa detonazione che sentì al microfono e dallo spegnersi della spia di chiamata. Per un secondo non si mosse, in attesa che si riaccendesse. Stolte, che si trovava ora alle spalle di Wecas, guardò la radio e poi Wecas: "Che cos'era?"

Wecas lo sapeva, ma non rispose. Accese il microfono della radio: "Charlie quattro Charlie otto otto Bravo, qui è Mike uno Victor tre due. Ripeto, datemi la vostra posizione e le coordinate del nemico. Ho bisogno della vostra posizione e delle coordinate del nemico, passo."

Poi Wecas prese il microfono dell'apparecchio radio sintonizzato sulla rete della batteria operativa e diede l'ordine al centro direttivo aereo di prepararsi a eseguire una vera missione di fuoco.

Lefleur stava per infilare la pistola automatica nella fondina quando la luce di chiamata della radio sulla Humvee si accese e una voce chiese la posizione e le coordinate del nemico. Guardò la radio, poi il corpo di fronte a lui e notò la carta topografica. Raccolse la lampada elettrica e illuminò la mappa. Nel frattempo, uno dei suoi uomini si era avvicinato.

"Nell'altro veicolo sono tutti morti. Una Lynx si sta avvicinando."

L'accento dell'uomo, che era quello di un mercenario ispano-americano, suggerì a Lefleur un'idea. Si voltò verso l'uomo e sbottò: "Amigo, ricordi come si dirige una missione di pronto intervento dell'artiglieria?"

L'ispano-americano si raddrizzò e, gonfiando il petto, rispose con orgoglio: "Sono stato con le truppe da ricognizione dei marines per tre anni. Tutti i marinai delle truppe da ricognizione sanno come richiedere e dirigere una missione di pronto intervento d'artiglieria. È un gioco da ragazzi, un semplice gioco da ragazzi."

Lefleur si sporse all'interno della Humvee e prese il microfono dalla mano della guardia uccisa. Si girò e passò il microfono all'ispano-americano: "Allora, ti divertirai. Ecco, chiama Mike uno Victor tre due e di' loro che ti trovi a ..." Lefleur si fermò per illuminare con la lampada portatile la carta, in cerca delle informazioni di cui aveva bisogno: "Ah, eccoci qui. Di' loro che ti trovi al punto di controllo Quebec cinque due e che i nemici, due mezzi blindati messicani, sono vicino alla posizione... Sì, la posizione Bravo Tango zero uno cinque. Hai afferrato?"

L'ispano-americano scrollò le spalle. "Nessun problema." Attivò il microfono e chiamò.

Prima che parlasse, Lefleur coprì il microfono con una mano. "Quando parli, cerca di sembrare eccitato, spaventato, amigo. Parla come se ti stessero attaccando. E richiedi le submunizioni potenziate a doppia azione. Nessun giro di prova. Vediamo di azzeccarla subito."

L'ispano-americano rispose nuovamente con un semplice: "Nessun problema, capo."

Stolte, che si trovava ancora alle spalle di Wecas, capì improvvisamente ciò che stava succedendo, ma non poteva crederci. Per un attimo, rimase inchiodato dov'era, guardando e ascoltando Wecas che urlava al responsabile della sezione armi di tirar fuori gli uomini dai sacchi a pelo e di prepararli a combattere. Il responsabile della sezione armi, come Stolte, faticava a credere di dover eseguire una vera missione di fuoco. Stolte stava per chiedere a Wecas se fosse una buona idea quella di far partire una missione di pronto intervento senza il permesso del battaglione, quando Charlie otto otto Bravo tornò in linea. Invece di interferire, rimase a guardare Wecas che prendeva nota dei dati trasmessi, ma notando che la voce era diversa. Era più bassa, più calma, più tranquilla. La voce cambiò tono quando si udirono tre colpi di fucile seguiti dal grido "Gesù" e dal silenzio. Apparentemente, l'attacco non era ancora finito.

L'improvvisa detonazione dei colpi di fucile alle sue spalle fece letteralmente saltare l'ispano-americano, che lasciò cadere il microfono. Si voltò, gli occhi spalancati, e vide Lefleur sorridere con in mano l'M-16 della guardia uccisa, fumante e puntato verso l'alto. "Perché cazzo lo hai fatto, stupido bastardo?"

Lefleur sogghignò: "Amico mio, non eri abbastanza agitato. Non eri convincente e ho pensato di darti un piccolo aiuto."

L'ispano-americano si chinò per raccogliere il microfono e, tenendo Lefleur sott'occhio, lo avvisò che se avesse fatto un'altra bravata del genere, gli avrebbe ficcato l'M-16 nel culo.

Quando tornò alla radio, la voce di Charlie otto otto Bravo sembrava alterata e un po' tremante. Wecas confermò la posizione del nemico e diede il segnale di fine trasmissione. Stava inserendo i dati nel computer del comando aerotattico, quando Stolte intervenne per la prima volta. "Buck, non credi dovremmo chiedere a qualcuno il permesso prima di sparare?"

Wecas lo zittì mugugnando che non c'era tempo. Stolte insistette. "Non mi piace, Buck. Dobbiamo avvertire qualcuno di ciò che sta accadendo, prima di agire. L'obiettivo si trova al di là del confine."

Wecas si girò e gridò: "C'è gente che muore là fuori, tenente. La nostra gente. E noi siamo i soli in grado di aiutarli. Che io sia dannato se me ne resterò seduto lasciando che li ammazzino." Senza aspettare risposta, Wecas ritornò al computer e finì di inserire i dati. Poi si alzò, prese in una mano il microfono collegato con la sezione armi e quello sintonizzato sulla frequenza di Charlie otto otto Bravo nell'altra. Quando il responsabile della sezione armi avvertì che la prima scarica era stata sparata, Wecas passò l'informazione a Charlie otto otto Bravo, mentre Stolte osservava in silenzio dietro di lui.

Le submunizioni potenziate a doppia azione caddero a meno di cinquanta metri dal muso della Lynx di Martí. La sorpresa e lo shock causati dalle esplosioni e dagli improvvisi lampi accecanti davanti a lui, fecero sterzare l'autista a sinistra. L'improvvisa e rapida manovra fece perdere l'equilibrio all'ufficiale proprio mentre stava scendendo nella sicura torretta della Lynx. Gli ci volle un secondo per rimettersi in equilibrio e qualche secondo in più perché l'autista riprendesse il controllo del mezzo. Nel frattempo tre obici da 155 mm sparati dal plotone che aveva risposto alla missione di fuoco di Wecas esplosero sulla Lynx, facendovi piovere una doccia di submunizioni perforanti.

Lefleur e il mercenario ispano-americano osservarono l'esplosione della prima scarica dell'artiglieria. Quando la Lynx fu inghiottita da tre scariche, il mercenario si girò verso Lefleur con un ampio sogghigno. "Visto, capo, ti avevo detto che i marines americani fanno centro al primo colpo, come sempre."

Lefleur grugnì: "E così fai anche tu. Nella Legione, comunque, non usavamo mai quattro colpi quando ne bastava uno." Sollevò gli occhiali per visione notturna che aveva preso alla guardia nazionale uccisa e guardò verso ovest, oltre il fiume. "Inoltre, amigo, hai svolto l'incarico solo a metà. C'è un altro veicolo da ricognizione laggiù, trecento metri a ovest dal veicolo che hai appena colpito. Vediamo come te la cavi ad aggiustare il tiro."

Il mercenario ispano-americano, orgoglioso del lavoro svolto nonostante il commento di Lefleur sullo spreco di colpi, aggiustò il tiro. "Trecento metri, dici. Ne sei sicuro?"

"Sì, trecento metri, a ovest."

Il mercenario si era appena preparato per il colpo successivo, quando un lampo, seguito dalla scia di un proiettile tracciante, annunciò che la seconda Lynx messicana stava rispondendo al fuoco. Lefleur abbassò gli occhiali e disse: "Penso sia tempo di andare."

Quando il colpo sparato dalla Lynx esplose a sinistra della Humvee di Sullivan, l'ispano-americano si gettò a terra. Alzò lo sguardo e, vedendo Lefleur in piedi, che guardava verso ovest, scosse il capo: "Va bene, hai dimostrato di avere le palle. Ora andiamocene prima che sia troppo tardi."

La seconda missione di fuoco fu più veloce e più facile. Il ghiaccio era stato rotto. Non ancora tranquillo per quel che stava accadendo, Stolte non fece nulla e continuò a guardare Wecas che richiedeva un nuovo, più preciso intervento. Si chiedeva come avesse fatto a perdere il controllo della situazione. Non intervenendo aveva lasciato ogni iniziativa al sergente che, istintivamente, aveva agito come se si fosse trovato in Vietnam: ricevere e rendere esecutive le richieste di pronto intervento armato. Come sarebbe stato terribile, pensò, terribile e tragico, se ciò fosse stato tutto un errore, un unico, tragico e terribile errore. Chi, si chiese, ne sarebbe stato responsabile? Chi? Quel pensiero era ancora vivo nella sua mente, quando il comandante della batteria annunciò che la seconda salva era stata sparata.

Il comandante della seconda Lynx, vedendo che la prima scarica aveva mancato il veicolo americano, interruppe il rapporto al comandante di truppa e si preparò ad aggiustare il tiro del cannoniere. Poteva sentire le urla del comandante di truppa attraverso la cuffia dell'elmetto, ma le ignorò e con calma diede le indicazioni al cannoniere. Una volta distrutti i veicoli nemici, ci sarebbe stato tutto il tempo per fare rapporto.

Quando si sentì pronto, il cannoniere avvisò che stava per sparare, concedendo al resto dell'equipaggio il tempo di proteggersi dallo sparo e dal rinculo. Chiuse gli occhi, la fronte contro il paraocchi del mirino, e premette il grilletto. Sentì la Lynx che sobbalzava all'indietro, poi in avanti; aprì gli occhi e, trattenendo il fiato, guardò il proiettile tracciante curvarsi e cominciare la sua lenta discesa. Si rilassò e riprese fiato solo dopo averlo visto colpire e distruggere il nemico con un'accecante esplosione accompagnata da grandi nuvole di fumo e polvere. Non poteva sapere che tutti gli occupanti della Humvee erano già stati uccisi, né si rese conto che il respiro che stava prendendo sarebbe stato l'ultimo. Infatti il calcolo di Lefleur sulla distanza era stato molto accurato e il centro direttivo degli obici da 155 mm aveva fatto uno splendido lavoro.

Dal margine della gola che aveva nascosto i furgoni, Lefleur guardava verso ovest. Quando il secondo veicolo di pattuglia dell'Esercito messicano cominciò a bruciare, si rivolse al mercenario ispano-americano. "Hai visto, trecento metri. Proprio come avevo detto."

14

In questo paese non ci può essere americanismo al cinquanta per cento. In questo paese c'è posto solo per un americanismo al cento per cento.

Theodore Roosevelt

Brownsville, Texas
3 settembre, ore 10:15

Gli abitanti di Brownsville erano abituati agli ingorghi estivi soprattutto durante i fine settimana, quando moltitudini di turisti si riversavano a South Padre Island per sfuggire al caldo texano, oppure varcavano il confine, verso Matamoros, in cerca di affari. Il week-end del Labour Day, alla fine dell'estate, era per tradizione quello più affollato. Quell'anno non fu la quantità di traffico a variare: fu piuttosto il tipo di traffico che bloccava e preoccupava le persone che stavano a guardare. Pochi texani erano preparati a vedere un Bradley da venticinque tonnellate, in assetto da combattimento, parcheggiato davanti a casa. E non erano neanche molto preparati a dividere Main Street con una colonna di carri armati M-1A1, i cui cannoni principali da 120 mm avevano sconfitto la Guardia repubblicana irachena.

La vista dei soldati armati fino ai denti era intimidatoria. I loro corpi erano in gran parte nascosti sotto dodici chili di elmetto, speciali occhiali protettivi, giubbotto antiproiettile, equipaggiamento portatile, mimetica da deserto e stivali pesanti. Più che amichevoli difensori, i soldati della 25ª Divisione di Fanteria Meccanizzata sembravano invasori. Fu così che l'arrivo dell'Esercito americano a Brownsville, durante il week-end del Labour Day, non contribuì a tranquillizzare gli abitanti del Texas meridionale. Invece di porre fine al panico e al terrore che aveva attanagliato le comunità situate sul confine, l'improvvisa apparizione dell'Esercito regolare, unita alla catena di incidenti occorsi alla Guardia nazionale, servirono solo ad aumentare le paure e le preoccupazioni dei texani.

Non avrebbe dunque dovuto sorprendere nessuno il fatto che le persone abituate a vivere in pace, vicino a un confine stabile, si dessero alla fuga piuttosto che affrontare la prospettiva di vivere in una zona di fuoco libero. Né i funzionari avrebbero dovuto sorprendersi quando le loro esortazioni perché gli abitanti delle aree di confine rimanessero al loro posto rimasero inascoltate. L'incapacità della Guardia nazionale di risolvere i problemi lungo il confine avrebbe provocato inevitabilmente le lamentele del governo federale. E l'immagine, trasmessa in tutta la nazione dai mass media, di una batteria di obici da 155 mm parcheggiata in un parco pubblico, con granate altamente esplosive ammucchiate al riparo di una altalena per bambini, non calmò di certo il pubblico. Così mentre i convogli militari si muovevano verso sud, seguendo le orme di Zachary Taylor e di John J. Pershing, carovane di texani spaventati si muovevano verso nord.

Nel bel mezzo di questo pasticcio, come era solito chiamarlo Joe Bob, si trovava Jan Fields. Lei e la sua équipe si erano recati a Brownsville per fare qualche intervista quando il presidente degli Stati Uniti annunciò che stava per federalizzare la Guardia nazionale del Texas, del Nuovo Messico, dell'Arizona e della California, e inviare quattro divisioni dell'Esercito e una della Marina a guardia del confine. La telecamera di Ted catturò l'immagine del primo distaccamento della 52ª Divisione mentre entrava in Brownsville all'alba del giorno precedente il Labour Day. Il registratore di Joe Bob raccolse le fredde conversazioni formali degli ufficiali dell'Esercito regolare che stavano sollevando quelli della Guardia nazionale dall'incarico e impartivano loro i primi ordini sotto il controllo federale. L'onnipresente Jan Fields fu seguita e ascoltata, quella notte e ogni notte, in tutta la nazione. In un'inquadratura la si vedeva accanto agli ufficiali dell'Esercito messicano, nella parte meridionale del ponte che attraversava il Rio Grande, intenta ad ascoltare i loro commenti sui soldati americani che erigevano recinti di filo spinato e barriere di sacchi di sabbia nella parte settentrionale del ponte. In un'altra inquadratura, girata meno di due ore dopo, Jan stava discutendo con il comandante della 1ª Brigata, 52ª Divisione, della sua missione. Anche Joe Bob, un uomo difficilmente impressionabile, era meravigliato per la formidabile capacità di Jan di muoversi in quel caos e di saper scegliere le immagini che potessero fornire al suo pubblico una visione d'insieme chiara ed esaustiva.

Jan era brava. E ciò che la rendeva brava, ed era sempre stata la prima ad ammetterlo, erano la fortuna e il grande impegno. Dopo una settimana a Brownsville, Jan e la sua équipe conoscevano tutta la città e il circondario, per non parlare dei punti strategici per ottenere le migliori inquadrature, delle persone da blandire e di quelle che potevano essere d'aiuto. Mentre le altre squadre di giornalisti prendevano d'assalto l'aeroporto di Harlingen Jan, Ted e Joe Bob stavano già filmando. Una troupe televisiva di New York, nel tentativo di recuperare il tempo perduto e guadagnare un certo vantaggio, cercò di pedinare il furgone di Jan. Quando Joe Bob, che era alla guida, si accorse di essere seguito dai newyorkesi, decise di seminarli. Si fermò in mezzo alla strada, sporse la testa dal finestrino e gridò: "Mangiate la mia polvere, froci di yankee." Lanciata la sfida, partì a tutta velocità, guidando contromano giù per i vicoli e su per le strade a senso unico. Dopo dieci minuti di guida spericolata e dopo aver passato due semafori rossi, tre segnali di stop e un passaggio a livello che si stava chiudendo, Joe Bob riuscì a seminare i rivali e ad arrivare anche in anticipo al successivo appuntamento di Jan. Mentre tutti gli altri perdevano tempo cercando di capire quali fossero le notizie buone e quali quelle inutili, Jan Fields lavorava senza sosta.

Ciò che la telecamera di Ted e il microfono di Joe Bob non potevano registrare erano la crescente preoccupazione e il turbamento di Jan. Parte del suo successo era dovuto alla capacità di afferrare e di capire il senso generale dell'evento che stava seguendo e di riuscire a comunicarlo al pubblico americano. La maggior parte delle volte Jan riusciva a mantenersi emotivamente e intellettualmente distaccata da ciò che stava trattando. Ora, però, questo stava diventando sempre più difficile.

I cambiamenti all'interno del Messico, ora lo capiva, erano necessari, così come lo era lo spiegamento di alcune forze, sia messicane sia americane, lungo il confine: gli Stati Uniti si difendevano dalle misteriose incursioni e il Messico rispondeva allo schieramento militare americano.

Diventava sempre più difficile per Jan riuscire a lavorare in modo imparziale. Come poteva lei, americana, continuare a produrre servizi obiettivi sul Consiglio dei 13 quando sapeva che, in quel momento, essi stavano studiando il modo migliore per uccidere i suoi connazionali? La preoccupava soprattutto il colonnello Guajardo, che per Jan impersonava la nuova rivoluzione. Anche se lo considerava un uomo istruito, distinto, padre di famiglia e, a modo suo, abbastanza attraente, sapeva anche che in lui vi era un lato oscuro.

Oltre alle difficoltà professionali c'era il fatto che l'uomo che amava, Scott Dixon, era ora sceso in campo. Se Guajardo, ai suoi occhi, rappresentava il Consiglio dei 13, ora Scott personificava il soldato americano al fronte. Da quando era scesa in campo la Guardia nazionale, ma ancor più negli ultimi due giorni, Jan si era trovata circondata da spettacoli che non facevano altro che aumentare le sue preoccupazioni e il suo disagio. Gli americani assegnati alla frontiera di Brownsville non erano più un semplice scenario per i servizi televisivi, ma erano persone vere, soldati. Soldati come Scott. Quando intervistava i comandanti e gli ufficiali superiori di stato maggiore, non poteva fare a meno di pensare a Scott perché essi parlavano, agivano come lui e avevano persino il suo stesso odore. Lo humour pungente e sottile e l'atteggiamento impertinente dell'"io posso farlo" sfoggiato dagli ufficiali quando venivano intervistati, avrebbero benissimo potuto essere quelli di Scott. Lentamente e inesorabilmente quella storia stava prendendo un risvolto personale che inquietava Jan.

Così, durante il week-end del Labour Day, Jan si chiedeva per quanto tempo ancora sarebbe riuscita a trasmettere la visione distaccata e oggettiva della crisi che tutti si aspettavano da lei. Si chiedeva come avrebbe potuto tornare a Città del Messico e trattare con i membri del Consiglio dei 13 in modo professionale e civile. Perché a preoccuparla non era solo il ricordo delle critiche che erano state fatte ai giornalisti di stanza a Bagdad, durante la Guerra del Golfo, dagli altri americani. Jan era stata criticata altre volte e, a suo modo, apprezzava le piccole controversie. Non era quello. Era l'idea di sedersi di fronte a un uomo che, per quanto lei ne giustificasse la causa e i principi, poteva causare la morte dell'uomo che amava. Questo, più di qualsiasi altra cosa, la sconvolgeva e le faceva dubitare di essere in grado di andare avanti in quell'impresa.

Città del Messico
3 settembre, ore 13:15

Inquieto, il colonnello Guajardo si alzò e attraversò la stanza per osservare la carta topografica appesa al muro di fronte. Rimase immobile per alcuni minuti, le mani dietro la schiena, a studiare attentamente le indicazioni e la posizione dei simboli che rappresentavano le unità americane spiegate lungo il confine. Poi si recò dal viceaddetto alle informazioni, intento a revisionare i rapporti e a prendere appunti per sé e per i suoi subordinati. L'ufficiale, ormai abituato al colonnello, lo ignorò e continuò a scribacchiare mentre esaminava i messaggi in arrivo.

Guajardo, stufo di essere ignorato, andò dal vice alle operazioni. Questi, come l'altro, stava esaminando i rapporti ricevuti per preparare un sunto delle attività svolte dalle Forze armate messicane nelle ultime dodici ore. Anche lui ignorò Guajardo. Non che gli ufficiali fossero irriverenti, ma sapevano che se avessero parlato con Guajardo ogni volta che si avvicinava e guardava sopra le loro spalle, non sarebbero mai stati in grado di concludere nulla. Entrambi capivano perché Guajardo fosse inquieto e ansioso di fare qualcosa. Girovagare per il centro operazioni, guardando qua e là, era un modo di sfogare il suo nervosismo. Per chi lavorava poteva essere irritante, ma poiché il colonnello era anche ministro della Difesa, e quello era il suo centro operazioni, tutto ciò che faceva era giusto e, di conseguenza, doveva essere accettato.

Dopo aver girovagato per il centro operazioni, Guajardo si avviò verso la porta che dava sul corridoio principale, si fermò sulla soglia e si voltò a guardare la stanza. Tutti, pensò, erano indaffarati. Tutti tranne lui. Doveva pur esserci qualcosa di cui si dovesse occupare e che solo lui era in grado di fare. Ma che cosa? In quel momento, non gli veniva in mente nulla. Finché gli americani non avessero palesato le loro intenzioni, non c'era motivo di agire. Tutte le unità dell'Esercito messicano erano spiegate o stavano per completare lo spiegamento. Ognuno dei suoi comandanti subordinati sapeva quello che doveva fare e lo stava facendo. In effetti, pensò Guajardo, aveva programmato tutto così bene che, per il momento, si trovava disoccupato. Ma se era così, perché si sentiva tanto inquieto?

Si voltò e si incamminò lungo il corridoio in direzione della latrina. Sebbene ci fosse un gabinetto privato vicino al suo ufficio, appena fuori dal centro operazioni, preferiva usare la latrina comune. Un suo amico americano, ufficiale di fanteria, una volta gli aveva detto che, per conoscere il pensiero delle sue truppe, si recava alla latrina usata dai suoi soldati e leggeva i loro graffiti: in pochi minuti riusciva a sapere il nome degli ufficiali impopolari della sua unità e i motivi dello scontento. Inoltre, a volte poteva ottenere numeri di telefono molto interessanti. Una volta tornato in Messico Guajardo aveva adottato la stessa tecnica scoprendo che, in effetti, era non solo utile ma anche divertente.

Mentre era nella latrina sentì aprirsi la porta alle sue spalle. Il viceaddetto alle operazioni lo chiamò attraverso la porta parzialmente aperta: "Colonnello Guajardo, mi spiace disturbarla, ma c'è il colonnello Molina al telefono. Vorrebbe parlarle."

"Ha detto al presidente che avevo le mani occupate, maggiore?"

Seguì una pausa. "Ah, ecco, no, signore. Gli ho detto che una faccenda urgente richiedeva la sua personale attenzione."

Guajardo si girò, andò ai lavandini e si lamentò: "Santo cielo, ragazzo! Ora il colonnello Molina penserà che mi stavo facendo una segretaria su quella bella scrivania in mogano che c'è nel mio ufficio privato. Vai a dirgli che sto arrivando."

Con un rapido "Sì, signore", il maggiore scomparve, lasciando Guajardo a ridere tra sé e sé.

Per poter parlare liberamente, decise di prendere la telefonata nel suo ufficio privato dove si sedette alla grande scrivania di mogano. Alzò il ricevitore e appena Molina cominciò a parlare lo interruppe: "Amico mio, prima che tu dica qualcosa, sappi che ero andato a orinare."

Udì la risata di Molina dall'altra parte del filo. Quando finalmente parlò, Molina chiese a Guajardo se non avesse la coscienza sporca, ma questi rispose di no, aveva solo la vescica piena. Di nuovo ci fu una risata che durò parecchi secondi.

"Sono certo, Hernando, che non mi hai chiamato per goderti una pausa durante la noiosa routine di governo. Come posso servire il mio presidente?"

"Veramente hai già fatto meraviglie per me, Alfredo. Oggi c'è stato ben poco da ridere."

Guajardo, sapendo che presto la conversazione si sarebbe fatta seria, non riuscì a trattenersi dallo scherzare ancora un po' col suo amico. "E quando hai bisogno di un pizzico di distrazione, chiami l'Esercito?"

Dal tono di voce di Molina Guajardo capì che la conversazione si era fatta seria. "Be', se fossi in cerca di humour, decisamente non chiamerei Barreda agli Affari Esteri".

Guajardo capì immediatamente che cosa significasse quella frase e chiese: "Salvado si sta ancora arrampicando sui muri?"

"No, Alfredo, è ben più in là. Il nostro ministro degli Esteri ha sfondato il soffitto. Sembra che l'ambasciatore americano avesse appena lasciato il suo ufficio dopo aver affermato che lo spiegamento dell'Esercito americano era solo precauzionale, quando un notiziario speciale della televisione americana ha annunciato che un gruppo di deputati americani ha presentato una delibera per autorizzare il presidente degli Stati Uniti a invadere il Messico."

Guajardo si irrigidì nella poltrona: "Stai scherzando? Il Congresso americano che lascia al solo presidente la facoltà di impiegare le forze armate? Ha detto quali sono i deputati che hanno aderito all'iniziativa?"

Quando Molina lesse il nome dei senatori e dei deputati favorevoli a quella risoluzione, Guajardo rimase senza parole. Aveva sperato, come Barreda, che il Congresso americano facesse da freno a quella che veniva giudicata come un'azione precipitosa da parte del presidente americano. Ma, se ciò che Molina aveva detto era vero – e non aveva motivo di dubitarne – allora il Congresso americano si era fatto promotore dell'uso della forza.

Ci fu un momento di silenzio mentre i due uomini cercavano di capire il vero scopo di quell'ultima iniziativa americana. Volevano forse intimidirli o era un avvertimento? Guajardo, come Molina, sapeva che una delibera di quel tipo era stata approvata dal Congresso americano poco prima che gli americani dessero inizio alle operazioni militari contro l'Iraq, nel 1991. Forse, a modo suo, il Congresso stava comunicando loro che era scoccata l'ultima ora. Ma per che cosa? Guajardo finalmente parlò: "Di cosa hai bisogno da me, *el presidente*?"

"Per quanto l'idea possa non piacerti, per te è giunto il momento di contattare personalmente i capi militari di Guatemala, Honduras, El Salvador, Nicaragua, Costa Rica, Panama, Colombia, Venezuela e Cuba, e concordare le procedure di comando e controllo per l'integrazione delle loro forze nei nostri piani di difesa. Il colonnello Barreda sta per spedire a quei governi una richiesta ufficiale di cooperazione."

"E l'ONU e l'Organizzazione degli stati americani? Ha fatto richiesta per una sessione di emergenza?"

"Sì, Alfredo, lo ha fatto. Ma questo riguarda loro. Ora la difesa della repubblica è la tua sola preoccupazione, amico mio."

L'ultimo commento di Molina era un ordine. Da quel momento Guajardo doveva tenersi fuori dalla politica internazionale. Eppure non poté fare a meno di aggiungere un avvertimento: "Tu ti rendi conto, amico mio, di quanto ci costerà questa cooperazione. Ognuno dei nostri nuovi alleati avrà un prezzo. E non si aspetteranno solamente denaro. Soprattutto i cubani, e tu sai che non mi fido dei cubani."

"Nemmeno io, Alfredo, nemmeno io. Ma cos'altro possiamo fare? Pregare perché accada un miracolo? Sperare che gli americani si accorgano dei loro errori e ci trattino alla pari? No, non è nel loro stile. Fino a che saremo considerati esseri inferiori, bambini cattivi a cui si deve dare una lezione di tanto in tanto, non ascolteranno ragioni. Per quanto lo detesti, non vedo altra via di scampo se non la lotta armata per la difesa del nostro confine."

Ci fu un'altra pausa prima che Guajardo ponesse la domanda che doveva inevitabilmente porre. Parlò lentamente, in modo chiaro e conciso. "Devo quindi supporre che ordinerai all'Esercito di respingere tutte le incursioni americane, con l'uso della forza se necessario."

"Sì, Alfredo, questi sono i miei ordini. Hai altre domande?"

Guajardo non ne aveva. Non c'era altro da chiedere. Tutto era stato discusso, tutto era stato considerato. Per rimanere al potere e riuscire a ricostruire il paese, il Consiglio dei 13 doveva dimostrare di essere in grado di difendere la Repubblica del Messico e il suo popolo. Tirarsi indietro e lasciare che gli americani occupassero anche un solo metro quadrato di Messico sarebbe stato interpretato come una debolezza e il Consiglio avrebbe perso la faccia di fronte al popolo. Non c'erano altre domande da porre e Guajardo, riagganciato il telefono, si appoggiò allo schienale della poltrona e fissò per un momento le pareti spoglie.

Poi si sorprese a fare quello che non aveva più fatto da quando era ragazzino. Nel silenzio del suo ufficio spoglio e freddo, cercò conforto nella preghiera.

Washington,
3 settembre, ore 17:15

L'improvviso pugno del senatore Jimmy Herbert sul tavolo da picnic fece volare un cucchiaio, rovesciò due bicchieri di carta pieni di tè freddo e creò un silenzio sbalordito tra le persone sedute ai tavoli vicini. Herbert, tuttavia, non si accorse di nulla perché tutta la sua attenzione era rivolta all'unica persona seduta di fronte a lui: il deputato del Tennessee Ed Lewis. Lewis, abituato a simili reazioni da parte dei suoi colleghi, mantenne la calma: raddrizzò uno dei bicchieri rovesciati e tamponò con cura il tè con un tovagliolo. "Senatore Herbert, ho solo detto che la sua delibera è l'esempio di legislazione più stupido dal tempo della delibera del golfo del Tonchino. La sola differenza sta nel fatto che coloro che formularono la delibera del Tonchino sapevano a che cosa andavano incontro."

Herbert si sporse verso Lewis e, con la faccia ancora congestionata per la collera ringhiò: "Dannazione, onorevole Ed Lewis. Ho sentito ciò che hai detto la prima volta. E sii dannato anche per aver affermato che ciò che accadde nel sud-est asiatico ha qualche attinenza con la situazione attuale del Messico. La guerra del Vietnam è finita. È storia. O non lo sai?"

Con calma Lewis riordinava il tavolino. “Ah, sì, ricordo l’accenno dell’ultimo presidente.” Poi smise di trafficare e guardò Herbert. “Ma non credo che intendesse consigliarci di dimenticare la guerra e le lezioni che questa ci ha impartito sui rischi di un intervento militare.”

Herbert, più calmo, disse: “Quale intervento militare? Non abbiamo alcuna intenzione di intervenire negli affari interni del governo messicano e la mia delibera non autorizza simili azioni.”

Ora toccava a Lewis arrabbiarsi. Gettò a terra il tovagliolo inzuppato che aveva usato per tamponare il tè freddo. “Oh, la finisca, senatore! Chi sta cercando di fregare? Il guaio di tutti voi, maledetti legislatori del Congresso, è che siete convinti che le belle parole usate per nascondere il vero scopo delle vostre azioni traggano in inganno la gente. Ascolti: pensate veramente, lei e tutti i suoi sostenitori, che la delibera che autorizza il presidente, e sto citando, a ‘usare qualsiasi mezzo necessario lungo e al di là dei confini degli Stati Uniti per proteggere il popolo americano e garantire l’integrità territoriale del paese’, spaventerà i messicani e li farà retrocedere? Lei può definire come vuole l’azione che ha autorizzato, ma le dirò come la definiranno i messicani. La chiameranno invasione.”

Herbert, con la disinvoltura del politico professionista, lasciò che un sorriso gli illuminasse il viso. “D’accordo, è un’invasione. E allora? Che cosa faranno i messicani? Ci bombarderanno con bombe al borotalco?”

Mentre il primo scoppio d’ira era stato preparato, quello che seguì veniva dal cuore. “Lei non si rende conto di ciò che sta facendo, vero? Spero capisca che il golfo di cui stiamo parlando è il golfo del Messico, non il golfo Persico. Questi non sono arabi, sono messicani. Nostri vicini. Gente imparentata per il cinque per cento circa con la nostra popolazione. Non se ne staranno impalati a guardare le truppe americane che scorrazzano nel loro paese. Faranno ciò che hanno sempre fatto ogni volta che siamo scesi verso sud: combatteranno.” Lewis fece una pausa e distolse lo sguardo da Herbert. Poi, come ripensandoci, aggiunse: “Inoltre, non sappiamo neanche se l’attuale regime del Messico sia responsabile delle incursioni lungo il confine. Per quanto ne sappiamo potrebbero essere organizzate nel tentativo di mettere in difficoltà il Consiglio dei 13 e dare avvio all’invasione, proprio come fece Pancho Villa nel 1916.”

“Che differenza fa, Ed, sapere chi è il responsabile dei raid? Nessuna, assolutamente nessuna. Ciò che conta è che gli americani stanno morendo, proprio qui, nel loro paese. Quando si tratta di difendere la tua casa e la tua famiglia non ha importanza chi sia realmente responsabile dell'aggressione." Herbert si alzò e si preparò ad andarsene mentre terminava il suo discorso. "Nemmeno i tuoi alti ideali contano. Ciò che conta, caro ragazzo, è il fatto che qualcuno sta minacciando gli Stati Uniti e noi, i responsabili della nazione, dobbiamo fare qualcosa per fermare questo pericolo."

Lewis finse un applauso. "È un ottimo discorso per la campagna elettorale, senatore. Ha solo dimenticato di menzionare la mamma, le torte di mele e la ragazza della porta accanto. I nostri elettori lo apprezzano molto."

Herbert, infuriato, stava per mandare Lewis a farsi fottere ma serrò invece i pugni e se ne andò velocemente, lasciando Lewis solo e, per il momento, incapace di impedire il disastro che si stava compiendo.

15

Non esiste una soluzione valida per qualunque problema tattico.
George S. Patton

Laredo, Texas
7 settembre, ore 09:05

Alvarez Calles e suo fratello Julio non avevano alcuna intenzione di dar inizio a una guerra. Tutto ciò a cui erano interessati quel mattino era la rapina a una banca, un lavoro che sembrava abbastanza facile in America. Infatti il Texas meridionale era zeppo di banche, tutte poco sorvegliate e attigue alle vie principali e alle strade statali. Sarebbe stato uno scherzo, dissero ai loro due amici, entrare in una delle filiali di periferia, minacciare gli impiegati con armi automatiche e raccogliere in cinque minuti più soldi di quanti ne potessero guadagnare in un anno consegnando pizze a domicilio.

Alvarez, il maggiore dei due fratelli, convinse facilmente il fratello e anche i loro due amici, stanchi di vivere nei bassifondi del Texas meridionale, non si fecero pregare. In quei due anni negli Stati Uniti la vita non era stata certo facile. Per prima cosa, nonostante fossero colombiani , non sarebbero mai stati considerati di razza bianca. Ma con soldi in abbondanza, soldi che sembravano essere a portata di mano per chi avesse abbastanza coraggio da prenderseli, anche loro avrebbero potuto vivere agiatamente come i bianchi.

La presenza delle truppe americane non preoccupava i fratelli Calles e i loro soci. Dopo tutto, in Colombia, le truppe armate erano in servizio permanente. Con due fucili d'assalto, un fucile da caccia e tre pistole automatiche, Alvarez Calles sapeva di poter scoraggiare la polizia locale se avesse deciso di seguirli troppo da vicino. C'erano poche persone disposte a sacrificare la vita per difendere la ricchezza altrui.

Mentre i fratelli Calles si preparavano al grande salto verso la fama e la ricchezza, il capitano Stan Wittworth svolgeva i suoi controlli mattutini, o per lo meno ci provava. Aveva parcheggiato la Humvee di fronte a un negozio di frittelle e, con l'autista, aspettava che il vicesceriffo Glenn Briscoe ne uscisse. Guardò l'orologio, poi in direzione del negozio e di nuovo l'orologio, sempre più impaziente. Non aveva molto tempo da perdere.

Nonostante l'uniforme che indossava, Wittworth considerava Briscoe un civile. L'uomo sapeva fare il suo lavoro, su questo non c'era niente da dire. Nell'ultima settimana si era rivelato molto utile perché conosceva la zona, la configurazione del paese e la gente del posto. Wittworth era rimasto favorevolmente impressionato da come svolgeva il suo lavoro, ma lo giudicava troppo trascurato, sia nell'abbigliamento sia nel comportamento, quando era fuori servizio. Wittworth capì subito che Briscoe considerava il suo incarico di vicesceriffo come un lavoro qualsiasi, un mezzo per guadagnarsi da vivere. Secondo lui mancava della particolare dedizione al dovere che distingueva un professionista da un civile. Per questo lo tollerava e se ne serviva, quando necessario, ma aveva deciso che, qualora fosse arrivato il momento, si sarebbe servito solo dei suoi uomini, uomini che erano volonterosi, ben addestrati e disciplinati.

Mentre Briscoe era occupato a chiacchierare coi due proprietari del negozio di frittelle, Wittworth studiò la carta che aveva sulle ginocchia. Su una facciata c'era una cartina stradale con una sezione della zona sud-orientale di Laredo, dove il suo 1° e 2° plotone erano spiegati. Sull'altro lato c'era una carta topografica della campagna a sud e a est di Laredo, dove il 3° plotone montava di pattuglia e controllava un blocco stradale. Le due cartine erano ricoperte da un foglio di acetato trasparente, sul quale erano disegnati dei triangoli neri contrassegnati da lettere indicanti i punti d'osservazione, e dei quadrati numerati, corrispondenti ai punti di controllo e uniti da linee tratteggiate a indicare i percorsi delle pattuglie della compagnia. Per quanto necessari, i simboli militari avevano il difetto di coprire alcuni nomi di strade e simboli della cartina che si trovavano sotto l'acetato. Comunque, si vedeva abbastanza perché Wittworth, anche senza Briscoe, riuscisse a orientarsi dentro Laredo.

Guardò di nuovo il negozio di frittelle e vide che Briscoe, con un piede appoggiato a una sedia, continuava tranquillamente la sua chiacchierata. Guardò l'orologio e decise di concedergli altri cinque minuti prima di andarsene senza di lui.

Giunto davanti alla banca, Julio Calles si fermò. Dalla portiera laterale del furgone bianco, con la scritta pubblicitaria della pizzeria per la quale lavoravano, Alvarez Calles emerse con un largo contenitore termico per pizza nella mano sinistra. Lasciò la portiera aperta e, prima di entrare, guardò a destra e poi a sinistra. Vide i suoi due amici avvicinarsi da direzioni opposte, fece un cenno col capo e varcò la soglia della banca. Si guardò rapidamente intorno poi si diresse verso l'ufficio del direttore della filiale. La guardia, un uomo di circa cinquant'anni, lo soppesò per un attimo con uno sguardo interrogativo, poi chiese a uno degli impiegati vicini come fosse possibile mangiare una pizza di mattina presto. La guardia non notò l'entrata dei due complici di Alvarez. Uno di loro, alto e smilzo, i capelli neri come ebano, teneva in mano una borsa di plastica: non avanzò e rimase sulla porta. L'altro, piccolo e tarchiato, gli occhi che guizzavano da una parte all'altra, attraversò la stanza per raggiungere la parete più lontana e si girò in modo da poter vedere contemporaneamente Alvarez, la guardia e l'uomo alto fermo all'entrata.

Alvarez entrò sicuro nell'ufficio del direttore e non aprì bocca quando questi, un uomo di circa quarant'anni, lo guardò. In un primo momento l'uomo si limitò a fissarlo chiedendosi perché mai un fattorino di pizzeria si trovasse di fronte a lui. Stava per chiederglielo, quando Alvarez con un'agile mossa estrasse dal contenitore termico una pistola automatica, con l'enorme caricatore che sporgeva dal calcio.

Wittworth stava ancora osservando la carta quando il suo autista grugnì: "Pare ci siano problemi nel negozio di frittelle, signore."

Wittworth, senza capire, guardò l'autista che indicava al di là del parcheggio. Si girò e vide Briscoe, senza cappello, uscire di corsa dal negozio. Mentre correva verso la Humvee con la radio portatile all'orecchio aveva un'espressione molto allarmata. Wittworth pensò che mai, durante la settimana, lo aveva visto muoversi tanto in fretta. Con un balzo il vicesceriffo saltò sul sedile posteriore della Humvee decappottata, gridò all'autista di avviarsi e di svoltare a sinistra verso la prima strada dopo il parcheggio.

L'autista mise in moto e si accinse a partire quando Wittworth con la mano sinistra gli fece cenno di aspettare e chiese a Briscoe: "Dove stiamo andando, amico?"

Briscoe spinse la testa tra Wittworth e l'autista, la fronte imperlata di sudore, e urlò: "Dei messicani hanno tentato di svaligiare una banca a due isolati da qui. C'è stata una sparatoria e un agente è stato colpito."

Wittworth considerò velocemente la situazione. Una rapina in banca era un problema essenzialmente civile. Anche se Briscoe, funzionario di polizia civile di supporto, si sentiva obbligato a intervenire, egli, ufficiale dell'Esercito, non era certo di dover portare Briscoe sul posto. Ma il fatto che fossero coinvolti dei messicani cambiava la situazione.

La vista di Wittworth che se ne stava lì a meditare sul da farsi, infuriò Briscoe. "Che cosa diavolo aspetta, capitano? Un invito del governatore? Degli americani stanno per essere uccisi dai messicani. Pensa di restarsene lì seduto senza fare nulla?"

Briscoe aveva ragione. Indipendentemente dal motivo o da questioni di giurisdizione e competenza, il fatto era che degli americani stavano per essere uccisi e lui, con la sua compagnia, era stato inviato laggiù per impedire che questo accadesse. Il raid dei messicani divenne improvvisamente un affronto personale fatto a lui, alla sua compagnia e all'Esercito degli Stati Uniti, un affronto che non poteva rimanere impunito.

Senza pensarci oltre, ordinò all'autista di seguire le indicazioni di Briscoe. Una volta in strada afferrò il microfono e cominciò a impartire ordini ai suoi plotoni.

A sud di Laredo, sulla statale 83, il tenente Kozak stava terminando la sua colazione seduta sul ciglio della strada, vicino al posto di blocco stabilito dal suo plotone. Stava punzecchiando con la forchetta un oggetto commestibile non identificato che il primo sergente della compagnia le aveva scodellato al centro del piatto, indecisa se mangiarlo o gettarlo, quando il sergente Tyson, seduto in cima al Bradley, la chiamò: "Ehi, tenente, una chiamata urgente dall'ufficiale in comando. Vuole che la compagnia si raddrizzi."

Kozak lo guardò e stava per perdere le staffe, quando capì che quello non era un doppio senso volgare, ma un gergo sempliciotto. Lasciò perdere e si occupò del problema. "Raddrizzarsi? Perché?"

"L'ufficiale non ha detto un gran che; solo che la polizia di Laredo era impegnata in città in una sparatoria con dei messicani."

Kozak lo guardò per un momento. Non ha detto un gran che? C'era una sparatoria in atto e Tyson pensava che l'ufficiale non avesse detto gran che. Posò il piatto e pensò fosse meglio contattare personalmente l'ufficiale per scoprire ciò che stava succedendo. Il suo pranzo poteva aspettare. Dopo tutto, pensò, qualsiasi cosa le avesse servito quel mattino il sergente, era morta da parecchio e non poteva che migliorare col tempo.

Dalla Guadalupe Street la Humvee svoltò a destra verso la Cedar Avenue tanto velocemente che Wittworth dovette aggrapparsi, per non essere scaraventato contro la portiera. Erano a metà della curva, sulla carreggiata di sinistra, quando un furgone bianco con una pizza di plastica issata sul tetto piombò a tutta velocità sulla stessa curva, puntando nella direzione opposta. La velocità e la svolta spinsero il furgone con la pizza verso il centro della strada. Con uno sforzo l'autista di Wittworth sterzò il più possibile a destra, mancò il furgone di pochi centimetri e finì sul marciapiedi travolgendo due distributori di giornali. Wittworth notò sul furgone che passava zigzagando due uomini armati dalla pelle scura, appostati vicino alla portiera aperta.

Il furgone scomparve come un fulmine lungo la strada che avevano appena percorso. Wittworth capì che era quello il furgone che stavano cercando e, rivolto all'autista, gli ordinò di inseguirlo. L'autista, però, con le mani appoggiate al volante, gli occhi sbarrati e la bocca aperta, respirava affannosamente nel tentativo di riaversi e calmarsi. Wittworth tentò inutilmente di attirare la sua attenzione urlando. L'uomo era sconvolto. Allora allungò la mano, gli afferrò il braccio e gridò nuovamente. L'autista, ancora ansante, voltò lentamente il capo verso di lui e lo fissò con grandi occhi inespressivi. Wittworth lo scrollò e ripeté gli ordini. Ci fu un momento di esitazione prima che un timido, stridulo "Va bene" uscisse dalla sua bocca.

Mentre Kozak saliva sul Bradley e indossava l'elmetto corazzato, Wittworth impartiva ordini attraverso la radio, cercando disperatamente sulla carta stradale di individuare la loro posizione. Gli venne in soccorso Briscoe che gli comunicò che si trovavano sulla statale 83, diretti verso l'uscita sud della città.

L'autista, riacquistato il sangue freddo, sfruttava la maggior agilità del suo veicolo salendo sui marciapiedi e attraversando giardini. A una svolta, mentre Wittworth osservava la carta stradale, le portiere posteriori del furgone si spalancarono e Briscoe urlò "*Gesù Cristo! Giù!*"

Wittworth alzò lo sguardo giusto in tempo per vedere il lampo che proveniva dalla bocca di un mitra puntato proprio su di lui. L'autista, sollecitato dal grido di Briscoe, reagì sterzando su un lato, finendo contro un lampione. Per un istante la Humvee si impennò, quasi volesse arrampicarsi sul palo, poi il suo peso abbatté il lampione mentre Briscoe veniva scaraventato sul cofano. La stessa brusca frenata scagliò Wittworth contro il parabrezza proprio mentre si abbassava per evitare gli spari.

L'autista saltò giù dalla Humvee e si rivolse a Wittworth che, liberato il suo elmetto dal parabrezza, si stava rimettendo in sesto. "Ecco fatto, capitano. Ecco fatto. Due avventure in un giorno sono più che sufficienti per me. Non credo che potrò sopportarne una terza."

Stordito, Wittworth abbassò lo sguardo e notò che le ruote anteriori erano scoppiate. Afferrò il microfono, accese la radio e ordinò a tutti i comandanti del suo plotone di inseguire e bloccare a tutti i costi il furgone bianco di una pizzeria con a bordo dei messicani. Quei bastardi, pensò, non sarebbero riusciti a farla franca dopo aver messo in difficoltà l'Esercito degli Stati Uniti.

Kozak e il suo equipaggio stavano aspettando al posto di blocco del 3° Plotone. La 3ª Squadra, di servizio al momento della chiamata, era rimasta a custodirlo con il Bradley, il motore acceso, il cannoniere e il capocarro all'erta e il cannone principale puntato verso nord di Laredo, che bloccava la carreggiata destra della strada. Il Bradley di Kozak era sul lato opposto, anch'esso con il motore acceso e il cannone puntato verso Laredo. Le altre due squadre, guidate dal sergente maggiore Rivera, erano pronte a muoversi, con i Bradley parcheggiati fuori strada a cinquanta metri più a sud di quello di Kozak e della 3ª Squadra. Mentre aspettavano, Kozak cercò di contattare Wittworth che, per chissà quale ragione, non rispondeva. Non era molto sicura delle istruzioni ricevute. Gli ultimi ordini, di "inseguire e bloccare" il furgone, non le sembravano chiari. Non capiva se doveva soltanto affrontare le persone a bordo del furgone per sottoporle a una perquisizione dopo averle costrette ad arrendersi, o se doveva far fuoco. Se avessero mostrato qualche segno di resistenza o se avessero cercato di fuggire, era autorizzata a usare le armi? Che cosa aveva in mente Wittworth ordinando di bloccare il furgone della pizzeria? Un semplice blocco stradale? Qualche scarica intimidatoria di armi leggere? O forse si aspettava che usasse delle cariche altamente esplosive da 25 mm?

Mentre tutte queste domande le affollavano la mente, Tyson gridò nell'interfono: "Eccoli! C'è un furgone bianco che viene verso di noi. E a tutta birra."

Kozak alzò il binocolo e scrutò la strada verso nord. Il furgone bianco che Tyson aveva avvistato si stava avvicinando a tutta velocità. Sul tetto del furgone una pizza rossa di plastica lo identificava come quello che stavano cercando. Non c'era più tempo né per domande né per chiarimenti. Era sola. L'insicurezza e il disagio erano scomparsi e ora si sentiva preda di un fremito di nervosismo e d'eccitazione.

Lasciò cadere il binocolo agganciato alla cinghia che aveva intorno al collo e si sporse fino a vedere il sergente John Strange, caposquadra della 3ª Squadra. Strange, appoggiato al fianco del Bradley, stava parlando con uno dei suoi soldati quando udì la voce di Kozak richiamarlo. Raccolse il fucile e trottò verso di lei.

Kozak impartì i suoi ordini. "Sergente Strange, deve fermare il furgone bianco che sta arrivando. Ma non spari, ripeto non spari, se non provocato. È chiaro?"

Strange, con il suo M-16 nella mano sinistra, annuì. Tornò al suo posto e, con voce tonante, richiamò la sua squadra. "Va bene, 3ª Squadra, ci siamo. È tempo di muoversi. Voglio vedervi tutti dritti e scattanti. E non sparate, a meno che io o il tenente ve lo ordiniamo." Guardò i soldati mentre indossavano gli elmetti, si accucciavano dietro la barriera di cemento del blocco stradale e si preparavano. Per sicurezza ripeté l'ultima parte del suo ordine: "Non sparate finché non sentirete il mio ordine o quello del tenente."

Soddisfatta, Kozak sintonizzò la radio sulla frequenza del plotone. Dal portello aperto guardò a sud, verso gli altri due Bradley del suo plotone, avvertì Rivera che il furgone si stava avvicinando istruendolo perché si tenesse pronto a muoversi con la 2ª Squadra. Rivera rispose con un "Ricevuto, chiudo" e chiuse la comunicazione. Con il plotone pronto a intervenire, Kozak si calò nella torretta per sintonizzare la radio sulla frequenza del comando della compagnia quando la voce di Tyson uscì dall'interfono: "Ci hanno visti e si sono fermati, tenente."

Kozak dimenticò la radio della compagnia e si alzò fino all'altezza del periscopio. Tyson aveva già il furgone sotto tiro, le tacche di mira puntate sul veicolo fermo a circa cinquecento metri, a nord della strada. "È sicuro che ci abbiano visti, sergente Tyson?"

Tyson si staccò dal mirino e guardò Kozak, seduta alla sua destra, pensando che in un raggio di cinquecento metri persino un orbo avrebbe visto i due Bradley da venticinque tonnellate, alti tre metri e posteggiati proprio dietro il blocco stradale. Frenò la lingua e rispose semplicemente: "Sì, tenente, ci hanno visti."

"Stanno facendo marcia indietro."

Tyson catturò nel mirino l'immagine del furgone proprio mentre completava una brusca inversione a U in mezzo alla strada. Ancor prima che il furgone terminasse la manovra, Kozak uscì dal vano e gridò al sergente Strange: "Sergente Strange, rimanga qui con la 3ª Squadra. Io prendo il resto del plotone e inseguo il furgone."

Mentre Rivera preparava il resto del plotone, Strange ordinò ai suoi uomini di aprire un passaggio attraverso il blocco. Freedman, il conducente, uditi gli ordini di Kozak a Strange, anticipò l'ordine successivo. Tolse il freno a mano, ingranò la marcia e si preparò a partire.

Senza aspettare il resto del plotone, Kozak gli ordinò di muoversi.

Gli uomini della 3ª Squadra si scansarono appena in tempo prima che il Bradley di Kozak si precipitasse tra il filo spinato e le barriere, abbattendone una. Il Bradley superò il blocco e si avviò sulla strada. Qualche secondo più tardi passarono a tutta velocità gli altri due veicoli, con Rivera appollaiato nel vano di comando del primo.

Kozak vide tre macchine della polizia all'inseguimento del furgone. Poi controllò la sua mappa e vide che si trovavano in Masterson Road, diretti verso est, proprio vicino al Rio Grande. Concentrata per evitare i rami bassi degli alberi e meditando su ciò che avrebbero fatto del furgone, se e quando lo avessero preso, non si accorse della macchina della polizia di Laredo messa di traverso in mezzo alla strada. La portiera dell'autista era spalancata e vicino a essa un poliziotto teneva un microfono in mano guardando verso est, oltre il fiume. Kozak e il poliziotto si videro nello stesso istante, gli occhi sbarrati per la sorpresa. Anche Freedman s'avvide del pericolo, sterzò a sinistra e sentì il veicolo slittare di qualche metro sulla strada sudicia, prima di girare. Mancò il cofano dell'auto della polizia di pochi centimetri, distrusse i cespugli sul ciglio della strada e si diresse verso l'argine dove si trovavano i poliziotti.

Il pilota aveva mantenuto il controllo del mezzo e stava già frenando, ma i poliziotti e i vicesceriffi non lo sapevano: come polli che scappano perché una volpe è entrata nel pollaio, essi fuggirono quando videro il Bradley travolgere l'argine e gettare ovunque terra, polvere e pietre.

Quando finalmente Freedman fermò il carro, tutti lo guardarono sgomenti. Kozak, ancora sconvolta per il mancato scontro, uscì dallo sportello e si voltò per accertarsi che nulla o nessuno fosse stato investito, e poi si rivolse al poliziotto più vicino: "Dov'è andato il furgone bianco?"

Il poliziotto, ancora scosso per l'incontro ravvicinato con il Bradley, si limitò a fissarla. Il fatto che il comandante di un potente veicolo da combattimento fosse una donna era altrettanto scioccante quanto l'aver sfiorato la morte. Kozak ripeté la domanda: "Dov'è andato il furgone bianco?"

Il poliziotto capì che non si trattava di un fantasma e indicò il fiume. "Hanno tentato di guadare il fiume. Il furgone si è incagliato e allora hanno proseguito a piedi verso il Messico."

Kozak guardò il fiume e vide il furgone con le portiere spalancate incagliato al centro del Rio Grande. Respirò profondamente, intuendo che il nemico le era sfuggito. Sconfitta, si calò nel vano e sintonizzò la radio sulla frequenza del comando di compagnia. Doveva dare la cattiva notizia all'ufficiale in comando.

Wittworth camminava su e giù per smaltire la rabbia e il nervosismo quando giunse la chiamata di Kozak, nello stesso istante in cui un soccorritore stava estraendo il corpo di Briscoe dal cofano della Humvee. Corse alla jeep per afferrare il microfono, lo accese e rispose usando il segnale di chiamata standard della compagnia.

"Alpha trentasei, qui è Alpha sei. Parlate, passo."

"Alpha sei, qui trentasei. Stavamo inseguendo il furgone bianco. Lo hanno abbandonato e sono scappati a piedi. Abbiamo interrotto l'inseguimento e stiamo ..."

Il fatto che Kozak avesse abbandonato l'inseguimento solo perché i messicani erano scappati a piedi, lo fece imbestialire. Prima che Kozak avesse finito il rapporto, premette con tutta la sua forza il pulsante del microfono e urlò: "Dannazione, trentasei. Uscite dai carri e seguiteli, passo."

Kozak mollò la levetta di comunicazione incorporata nel suo elmetto da combattimento e la voce infuriata di Wittworth la colse di sorpresa. Udì solo l'ultima parte del messaggio di Wittworth, quella che le ordinava di inseguire i messicani. Ovviamente, pensò, non ha capito che i messicani hanno attraversato il fiume per rifugiarsi in Messico. Riaccese la radio e cercò di metterlo al corrente della situazione.

"Alpha sei, qui Alpha trentasei. Non credo abbia capito la situazione, passo." La sua risposta cancellò quel poco di autocontrollo rimasto a Wittworth. Strinse il microfono come se cercasse di stritolarlo e gridò: "Qui Alpha sei. Uscite dai carri e prendete quei bastardi, e se non ci riuscite non fatevi più vedere. Chiudo." Con ciò, Wittworth gettò il microfono sulla Humvee e se ne andò, alla ricerca di un modo per sfogare la sua rabbia.

Kozak stava ancora tentando di contattarlo per radio quando il Bradley di Rivera si affiancò al suo. Il tenente si tolse l'elmetto da combattimento e gli urlò: "Stava ascoltando la stazione del comando di compagnia?"

Rivera annuì: "Sì, ho sentito. Che cosa facciamo, tenente?"

"Non credo abbia capito che i messicani hanno attraversato il fiume."

Rivera abbassò lo sguardo, ci pensò su e la guardò di nuovo. "Deve. Deve saperlo. Per quale altro motivo ci ordinerebbe di inseguirli? Inoltre, le regole di guerra non dicono forse qualcosa a proposito degli inseguimenti in cui si rischia la vita?"

Aveva ragione, pensò Kozak. Kozak accettò la logica di Rivera, guardò oltre il fiume, e decise di fare ciò che le avevano ordinato di fare.

"Sergente Rivera, faccia smontare la prima e la seconda squadra di fanti e li faccia schierare sulla riva del fiume. Li seguiremo a piedi." Scese nel vano della torretta, raccolse il suo giubbotto di salvataggio, il fucile e l'elmetto e ordinò a Tyson di restare sul carro a controllare la radio.

Kozak si diresse verso la riva del fiume dove Rivera aveva già schierato le due squadre. Calcolò la larghezza del fiume, vide il furgone impantanato al centro, e decise che non sarebbe stata un'impresa impossibile. La calda estate aveva fatto abbassare il livello dell'acqua e i numerosi banchi di sabbia avrebbero facilitato la traversata. Per un secondo pensò di lasciare Rivera con i carri sulla riva. Avrebbe dovuto farlo. Secondo la prassi comune dei plotoni di fanteria meccanizzata, mentre il comandante di plotone guidava i fanti appiedati, il sergente doveva rimanere con i carri. Ma, in quella situazione, Kozak intuì che era meglio portarselo dietro. I carri non correvano alcun pericolo e i soldati si sarebbero sentiti più tranquilli se Rivera fosse rimasto con loro ad affrontare lo scontro.

Improvvisamente il suo cuore perse un colpo. Si era resa conto che stavano effettivamente andando a combattere. Avrebbero violato una frontiera internazionale all'inseguimento di un nemico armato. Non si trattava di un'esercitazione. Non era una prova. Quando avrebbero premuto il grilletto sarebbero stati sparati dei veri proiettili e non dei raggi laser. Raggiunse il fiume, guardò le due squadre di soldati, la 1ª a destra e la 2ª a sinistra. Aveva tutti gli occhi addosso. Ricambiò gli sguardi e, poiché la maggior parte dei suoi uomini erano più alti di lei, fu costretta a guardare in su. Tutti stavano aspettando i suoi ordini. Rivera, che aveva capito la gravità dal momento, non disse nulla.

Senza pensarci ulteriormente, Kozak ordinò alla 1ª squadra di disporsi in fila e di seguirla. A Rivera ordinò di seguirla con la 2ª squadra. Quando il sergente Roger Maupin finì di schierare la 1ª squadra, Kozak entrò nell'acqua fino al ginocchio e si diresse verso il Messico.

16

Guerra significa combattere e combattere significa uccidere.
Nathan Bedfort Forest

Nuevo Laredo, Messico
7 settembre, ore 09:25

Kozak guidò la 1ª squadra attraverso il fiume e poi sul ripido argine messicano. Attraversò l'argine coperto da boscaglia e cespugli ma non tardò a capire di aver commesso un errore. Superati i cespugli si ritrovò sola, in campo aperto, sola col suo fucile M-16 pronto a sparare. Dai cespugli fino a una fila di case alla sua destra, a circa cento metri, non c'era più una copertura o un nascondiglio. Esitò per alcuni lunghi secondi, incerta se tornare tra i cespugli o proseguire. Tra i cespugli, avrebbe potuto aspettare che le due squadre si avvicinassero, e lasciare poi la 2ª a coprire i movimenti della 1ª mentre raggiungeva le costruzioni attraverso lo spazio aperto. Tatticamente, quella sarebbe stata la scelta più saggia. L'altra possibilità era di proseguire non appena la 1ª squadra l'avesse raggiunta, separando temporaneamente le due squadre. Era una soluzione di maggior rapidità, ma mentre permetteva di recuperare parte del tempo perduto, comportava anche dei rischi. Se la 1ª squadra avesse ingaggiato una sparatoria mentre la 2ª scalava l'argine, quest'ultima non avrebbe potuto fare da copertura e sostegno.

Stava per tornare sui suoi passi, scegliendo la soluzione più sicura, quando la 1ª squadra sfilò attraverso i cespugli. Il caposquadra le si avvicinò e le sussurrò: "Spiacente, tenente. L'argine era un po' scivoloso. Mi ci è voluto qualche secondo per radunare la squadra."

Kozak si rese conto che raccogliere la squadra e farla tornare tra i cespugli avrebbe complicato le cose e cambiò idea. "Nessun problema. Andiamo." Si incamminarono verso le case.

Incrociarono una strada che correva perpendicolarmente alla loro linea di avanzamento e che conduceva, a destra, alla fila di case e a sinistra verso un complesso di edifici che sembrava essere una scuola. Esitò e riconsiderò la situazione. Molto probabilmente si trovavano alla periferia di Nuevo Laredo. Era certa che i messicani inseguiti fossero andati verso destra perché le case erano più vicine e offrivano maggiori possibilità di nascondersi e mescolarsi alla popolazione. Segnalò alla squadra di prendere la strada di destra.

Kozak tornò indietro di qualche passo e vide che Rivera aveva schierato la 2ª squadra tra i cespugli dell'argine. Senza nessun ordine egli aveva fermato la squadra per coprire l'avanzata della 1ª verso l'area edificata. Ecco perché, pensò Kozak, aveva portato il sergente Rivera: per rimediare agli errori che stava facendo. Almeno per il momento, il pericolo era cessato. "Va bene, 1ª squadra, vediamo di aumentare il passo." Si incamminò più svelta. Aveva risolto un problema e non doveva più preoccuparsene, ma improvvisamente fu assalita da una nuova inquietudine. Mentre osservava gli edifici ai quali si stavano avvicinando velocemente, si rese conto della gravità della situazione. Lei, il sottotenente Nancy B. Kozak, stava guidando le truppe d'assalto americane in un paese straniero, contro una forza ostile di incerta composizione. E nulla li separava, se non i cinquanta metri di spazio aperto e il suo fucile M-16. Eppure non era paralizzata dalla paura. I suoi pensieri e le sue preoccupazioni, fino ad allora, erano stati rivolti a questioni pratiche, tecniche e tattiche. Solo ora, nel bel mezzo dell'inseguimento, quando tutto sembrava procedere nel migliore dei modi, con gli schieramenti fissati e le decisioni prese, cominciò a porsi delle domande.

Si avvicinavano sempre più, e Kozak si chiedeva se il suo atteggiamento e la noncuranza nei riguardi della sicurezza personale fossero sinonimi di coraggio. O forse non si era resa conto del pericolo a cui andava incontro? Che cos'erano il coraggio e l'eroismo? Che differenza c'era tra questi e la stupidità e la pazzia? Era forse stato saggio, da parte sua, dare la schiena agli edifici che potevano essere occupati dal nemico, per controllare se Rivera era arrivato? Ora, con uno sguardo retrospettivo, le sembrava un'azione dissennata. Era tutto lì? pensò. Coraggio ed eroismo significavano fare semplicemente ciò che sembrava essere giusto in una situazione pericolosa? Strani pensieri. E strane domande. Ma presto raggiunsero la prima fila di edifici e nuovi problemi richiesero la sua attenzione.

Senza bisogno di ordini, il sergente Maupin dispose i suoi cinque uomini. Ne posizionò tre e si fermò con loro sulla destra dell'angusta via, appiattiti contro i muri delle case, e gli altri due sulla sinistra, insieme a Kozak e all'addetto radio. Si mossero lentamente in fila indiana lungo la strada: dopo che ebbero fatto circa cinquanta metri, Kozak fece cenno di fermarsi. Maupin trasmise subito il segnale e i suoi uomini si acquattarono con le spalle al muro, o si ripararono sulla soglia degli edifici.

Quando fu certa che tutto era calmo e non si correvano pericoli immediati, Kozak decise fosse tempo di aggiornare Wittworth sulla loro avanzata e quindi di aspettare Rivera e la 2ª squadra. Scrutava gli edifici di fronte e si chiedeva come mai, in pieno giorno, non ci fosse nessuno per le strade, né alcun segno di attività. Fece scorrere la mano destra lungo la gamba per afferrare da una grande tasca sulla coscia una carta topografica ma si rese conto di averla dimenticata sul Bradley. Per un brevissimo secondo le apparve l'immagine della carta infilata sotto il mirino del Bradley, dove si trovava di solito quando era a bordo. Nella foga se l'era dimenticata.

Tolse la mano dalla tasca vuota e la serrò in un pugno che sbatté contro la coscia. Stupida, pensò. Stupida! Non faceva che passare da un errore a un altro. Grazie a Dio, pensò, non c'era stato scontro. Questo pensiero fece scattare un nuovo allarme. Dall'inizio di questa selvaggia caccia all'uomo non avevano avuto nessun contatto con gli inseguiti. Allora a chi, si chiese, stavano dando la caccia? Per la prima volta si rese conto di non avere la minima idea di quanti fossero, che aspetto avessero, come fossero armati e se fossero tutti uomini o ci fosse anche qualche donna. Quello che sapeva era che si trovava, insieme a quattordici soldati, alla periferia di una città messicana, distante più di duecento metri dal fiume e dalla barriera di cespugli che la separavano dal resto dell'Esercito americano.

Non sapevano esattamente dove si trovavano, chi stavano inseguendo e che cosa li aspettava: l'assurdità della situazione le divenne improvvisamente lampante. Per quanto il pensiero di tornare a mani vuote fosse ripugnante, si rendeva conto che sarebbe stato stupido continuare. Dopo tutto avrebbe potuto giustificare la ritirata. Persino Wittworth avrebbe capito. Non c'era ragione di continuare se non per appagare il proprio ego ed eseguire ordini che fin dall'inizio erano stati poco chiari. Senza pensarci oltre, decise che non aveva più senso andare avanti. Ordinò al sergente Maupin di inviare due uomini in avanscoperta che li coprissero e avvertissero in caso di pericolo. Ne avrebbero avuto bisogno mentre impartiva gli ordini necessari e raggruppava i soldati prima di tornare sulla riva americana del Rio Grande.

Rimase a guardare lo specialista Ron Cody e il soldato semplice John Gunti che si muovevano sui due lati opposti della strada. Erano appena scomparsi dietro una leggera curva quando Rivera la raggiunse da dietro e la urtò leggermente. Kozak, che non se lo aspettava, perse l'equilibrio e per poco non ruzzolò con la faccia a terra. Recuperato l'equilibrio, notò che Rivera, nonostante la fatica e l'eccitazione, respirava senza affanno. Sudava appena. Mentre egli scrutava la zona, Kozak sbirciò la tasca sulla sua coscia destra e, con grande sollievo, notò il bordo della carta ripiegata che spuntava. Ora doveva solo escogitare il modo per fargli estrarre la carta senza rivelare che lei non aveva la sua. Distrattamente, quasi con nonchalance, chiese: "Sergente Rivera, dove pensa che ci troviamo?"

Senza guardarla, egli estrasse la cartina e la studiò per un momento. Trovò il punto giusto, lo mostrò a Kozak. "Qui. Ci troviamo proprio qui."

Kozak prese la carta, guardò il punto e fece scorrere il dito lungo il percorso seguito per arrivare dal fiume. Nel frattempo Rivera le si fece più vicino e le sussurrò: "Ehi, tenente. Dobbiamo parlare. Non credo più che sia una buona idea."

Quando lo guardò, un sorriso illuminava il viso di Kozak. "Ah, ci sono arrivata, sergente Rivera. Ancor prima di lei. Ha ragione. Infatti, è ora di tornare."

Rivera ricambiò il sorriso e si allontanò di qualche passo. "Bene, ci sono buone speranze per lei, dopo tutto. Va bene, riporto la 2ª squadra ai cespugli, mentre la 1ª ci copre da qui?"

Le parole di Rivera erano più di una domanda, erano una raccomandazione fatta con molto tatto. Kozak aveva pensato di invertire l'ordine di ritirata e muovere la 1ª squadra, ma cambiò idea riconoscendo il buonsenso di Rivera. La 1ª squadra era già sul posto con due uomini in avanscoperta per coprire la ritirata e muoverla per prima avrebbe creato un'inutile confusione. "Bene, io resto con la 1ª squadra. Quando è pronto, torni indietro con la 2ª, noi vi seguiremo non appena ci saremo allineati."

Rivera, sollevato dal fatto che la loro breve e dissennata scorreria in Messico stava per concludersi, si dichiarò d'accordo. Stava ordinando al sergente Russel Poer, capo della 2ª squadra, di guidare questa verso l'argine del fiume, quando un rumore di spari lo sorprese. Seguì un silenzio di morte mentre le due squadre rimanevano inchiodate al loro posto. Kozak e Rivera si guardarono e si resero conto che il fucile o i fucili che avevano sparato i due colpi non erano degli M-16. Kozak guardava in direzione degli spari e stava per dire qualcosa a Rivera quando una grandinata di spari ruppe nuovamente il silenzio. Questa volta fu possibile udire il caratteristico rumore dell'M-16, insieme alla detonazione di un potente fucile di grosso calibro. Cody e Gunti erano entrati in contatto col nemico. Finita la sparatoria Kozak impartì i suoi ordini, senza neanche consultare Rivera. "1ª squadra, negli edifici. 2ª squadra, tornate al fiume e preparatevi a coprire la ritirata della 1ª squadra."

Senza farselo ripetere, Maupin si alzò e gridò ai suoi uomini: "Rupp, Salas, in quella casa con il tenente. Tutti gli altri qui dentro con me. Muovetevi!"

Poer si alzò, il fucile spianato, e corse verso il fiume. "Va bene, gente! Avete sentito il tenente. E vediamo di svegliarci e di darci una mossa, *ora!*"

Per parecchi secondi Rivera rimase alle spalle di Kozak a guardare lei, il comandante della squadra e la reazione dei soldati agli ordini impartiti.

Soddisfatto della reazione dei suoi uomini e del fatto che Kozak aveva in pugno la situazione, le afferrò un braccio. "Starò io qui con la 1ª squadra, tenente, e coprirò la 2ª. Le do due minuti per raggiungere il fiume, poi me ne andrò da qui."

Kozak ribatté: "No, starò qui io con la 1ª squadra."

Rivera stava per protestare ma Kozak lo interruppe: "È compito mio, sergente Rivera. Primo a entrare, ultimo a uscire e tutte le altre sciocchezze. Lo sa. E ora si muova."

La guardò e rinunciò a protestare. Non era il momento di discutere. Inoltre, aveva ragione. Se fosse stata un uomo, non le avrebbe mai dato quel consiglio. La sua proposta era stata istintiva. Aveva pensato a lei come a una donna, non come a un ufficiale di fanteria. Avrebbe dovuto stare più attento in futuro. In silenzio seguì la 2ª squadra, poi si fermò e gridò a Kozak: "Non perda tempo e non si ficchi in una sparatoria, tenente. Due minuti, non di più." Detto ciò, partì.

Kozak rivolse nuovamente la sua attenzione verso la direzione degli spari e si chiese dove fossero Cody e Gunti. Si stava preoccupando sempre più, quando udì un rumore sordo di passi che si avvicinavano. Guardò verso la leggera curva a destra e vide frammenti di cemento e di gesso schizzare dai muri colpiti dai proiettili un attimo prima di udire la detonazione dei fucili. Non ci fu risposta dagli M-16 e udendo il rumore dei passi che si faceva più forte, Kozak diede per scontato che Cody e Gunti stessero tornando.

Abbassò il fucile all'altezza della vita, fece scattare con il pollice il selettore sulla posizione di scarica automatica a tre colpi e si preparò ad avanzare per coprire Cody e Gunti. Non aveva fatto più di due passi quando Cody, seguito da Gunti, girò l'angolo correndo, inseguito da un'altra scarica di fucile. Si appiattì contro il muro e, sollevata la canna del fucile, vide Gunti che si voltava, abbassava il fucile e sparava tre colpi contro un nemico che Kozak non poteva vedere. Il fuoco fu interrotto abbastanza a lungo da permettere a Gunti di precipitarsi verso Kozak.

Kozak, indicando una porta aperta dietro di lei, urlò: "Qua dentro." Senza fermarsi Cody le passò davanti e infilò la porta. Con Cody sano e salvo, essa rivolse tutta l'attenzione a Gunti. Gunti si era arrestato un secondo sulla curva per affrontare i suoi attaccanti. Kozak osservò Gunti che si girava verso di lei e verso la salvezza. Improvvisamente, a metà della curva, i suoi occhi si spalancarono, come sorpresi. Nello stesso tempo, il suo corpo si piegò di lato, ruotò sul piede d'appoggio, voltando lentamente le spalle a Kozak, e le sue braccia si aprirono come a cercare di bilanciarsi. Ma non recuperò l'equilibrio, al contrario, cadde all'indietro, le braccia sopra la testa, il fucile in aria e una gamba ripiegata sotto il corpo. I gesti di Gunti ricordavano a Kozak un uomo che scivolava sul ghiaccio. Ma non c'era ghiaccio. Gunti era stato colpito.

Senza pensarci, Kozak balzò in avanti, abbandonando la discreta sicurezza del muro e corse verso il suo soldato. Ancora non aveva pensato al da farsi una volta arrivata. Correva spinta solo dall'adrenalina e dall'istinto.

Quando lo raggiunse, impugnò il fucile con la sinistra e allungò la destra verso Gunti. Afferrò la spallina della giubba, si voltò spingendolo verso la porta aperta alla sua sinistra. Gunti non si mosse. L'inerzia di un corpo di ottantotto chili fece resistenza agli sforzi di Kozak che dovette mollare la presa. L'improvviso scatto, combinato alla resistenza, le fece perdere l'equilibrio e cadde all'indietro. Non lo sapeva, ma fu la sua salvezza, perché l'improvvisa e inevitabile caduta la sottrasse ai proiettili sparati contro di lei dai soldati messicani. Cadde pesantemente all'indietro e l'impatto la lasciò senza fiato. Rimase aggrappata al fucile solo per pura fortuna.

Rimase sdraiata per quella che le sembrò un'eternità, guardando il cielo nel tentativo di riprendere fiato. Per la prima volta da quando aveva lasciato gli edifici, pensò a ciò che aveva fatto e al pericolo in cui si trovava. Sapeva che la sua non era una buona posizione. In mezzo alla strada, con il corpo inerte di uno dei suoi soldati a pochi passi di distanza e sotto il fuoco nemico, era incapace di spostare se stessa e il soldato. Per correre in aiuto a Gunti, aveva dimenticato di ordinare a Maupin o a qualcun altro di coprirla. E, come se non bastasse, sentiva voci spagnole avvicinarsi. No, pensò, non è una bella situazione.

Respirò profondamente e rotolò su un fianco. Infilò il braccio sinistro e la testa nella cinghia del fucile e se lo mise a tracolla sulla schiena. Afferrò con entrambe le mani l'uniforme di Gunti e puntò saldamente i piedi mentre tirava. I primi sforzi furono deludenti: lo trascinò per qualche decina di centimetri, ma dovette fermarsi per indietreggiare un poco, prima di riprovare. Il secondo tentativo ottenne lo stesso risultato. Riuscì a smuoverlo ancora di trenta centimetri. Mentre si riposizionava, con un'occhiata controllò quanto spazio dovevano ancora percorrere. I tre metri che li separavano dalla porta aperta le sembravano dieci chilometri. Ma non aveva scelta. Decisa a portare a termine ciò che aveva cominciato, si voltò e si preparò allo sforzo successivo.

L'ombra che le coprì la vista del cielo e degli edifici di fronte fu il primo segnale della sua presenza. Come un'apparizione spuntata dal nulla, di fronte a lei, il più grosso messicano che avesse mai visto li guardava dall'alto. Il messicano, col fucile spianato, sembrava alto più di tre metri e pesante mezza tonnellata.

Per una frazione di secondo si guardarono. Kozak, gli occhi spalancati e la bocca aperta, sedeva con le gambe aperte, aggrappata a lui e pronta a tirare. Il soldato, il fucile premuto contro il fianco, guardava Kozak dall'alto, sorpreso quasi quanto lei nel vedere una soldatessa americana nel bel mezzo di una sparatoria. Era come se, trascinati dal fervore della battaglia, si fossero trovati in una situazione a cui non erano preparati. Kozak, con il fucile dietro la schiena, poteva fare ben poco per difendere se stessa e Gunti.

Il messicano, spinto dalla passione e dall'odio, era pronto a tagliare la gola dei gringo invasori, ma la situazione lo spiazzò. Proprio non sapeva come comportarsi con l'uomo ferito e con la donna stesa ai suoi piedi. Quelli, pensò, non erano i *norteamericanos* che minacciavano la sua casa e la sua famiglia. Erano semplicemente persone, un uomo ferito e una donna indifesa impegnata a salvarlo. Come si poteva ucciderli a sangue freddo? Si mise il fucile sulla spalla, si chinò, afferrò le mani di Gunti e se lo caricò sulle spalle. Senza guardare Kozak, il messicano corse verso la porta aperta.

Lei, sforzandosi di riprendersi dalla sorpresa, lo guardò sbalordita mentre sollevava Gunti e lo portava via. Ripreso il controllo, si alzò e li seguì. Anziché impugnare il fucile, sfoderò la pistola da 9 mm, caricò il carrello e seguì il messicano all'interno dell'edificio, pronta a liberare Gunti.

Momentaneamente accecata nel passare dalla luce del sole all'ombra della stanza, non vide il corpo di Gunti abbandonato vicino alla porta. Inciampò contro una sua gamba e cadde a faccia in giù, urtando con violenza il naso e il mento sul pavimento piastrellato. Si sollevò carponi, scrollò la testa e si guardò intorno. Con la vista annebbiata dall'oscurità e dal colpo non vide subito il soldato messicano che la guardava dall'alto al basso. Incerto sul da farsi, il messicano, con il fucile nella mano sinistra, le fece un cenno con la destra e sussurrò: "*Vaya con Dios*," e scomparve in un passaggio buio sul retro della casa.

Kozak era ancora sul pavimento a fissare il punto in cui era scomparso il messicano, quando qualcuno entrò precipitosamente. Anche il nuovo arrivato non vide il corpo di Gunti e, come Kozak, inciampò e cadde disteso. Fortunatamente per lui, la caduta fu attutita da Kozak che batté nuovamente la faccia per terra. Imprecò e cercò di rialzarsi ma non ci riuscì perché il nuovo arrivato giaceva su di lei.

"Gesù, tenente! Mi dispiace, non l'ho vista." Kozak si girò e vide il sergente Maupin.

"Accetto le scuse."

In un lampo Maupin si rialzò e aiutò Kozak, guardandosi intorno. "Dov'è il messicano? Il messicano che ha trasportato Gunti."

Kozak puntò la mano destra che ancora impugnava la pistola verso il passaggio, mentre con la sinistra si tastava delicatamente il naso. "È andato di là."

Egli corse verso il punto indicato, ma non vide nessuno. Si voltò verso Kozak e Gunti. "Vuol dire che lo ha portato fin qui e poi se ne è andato? Gli ha sparato?"

Era rotto. Kozak si rese conto che il suo naso era rotto. Inclinò la testa all'indietro e strabuzzò gli occhi sforzandosi di vedere quanto fosse malconcio. Non ci riuscì, ma sentì che il dolore si diffondeva. E, ancor peggio, sentiva il sangue colare dalle narici sul labbro superiore. Con il naso rotto e otturato dal sangue, parlava come una persona molto raffreddata. "No, non gli ho sparato. Cosa diavolo sta succedendo là fuori?"

"Al momento nulla. Ho lasciato la 1ª squadra schierata a coprirci."

Kozak raggiunse la porta e scrutò con prudenza dietro l'angolo, in direzione dei messicani. "Nessun segno dei cattivi?"

Maupin, dal lato opposto della porta, sbirciò fuori poi guardò

Kozak. "No. L'unico che abbiamo visto è quello che ha trasportato Gunti, ma ce ne devono essere altri là fuori, e senza dubbio si stanno avvicinando."

Kozak guardava ancora la strada, mentre con la mano sinistra si copriva il naso. "Sì, sicuramente. Dobbiamo andarcene da qui." Poiché non si muoveva una foglia, si rivolse a Maupin: "Riesce a portare Gunti indietro o ha bisogno di aiuto?"

Maupin guardò il corpo di Gunti, ci pensò un attimo e annuì: "Ce la posso fare. Nessun problema." Poi, guardando di nuovo il corpo di Gunti steso sul pavimento, le chiese se fosse ferito gravemente.

Improvvisamente lei si rese conto di non essersi ancora preoccupata delle ferite di Gunti. E non sapeva neppure se era ancora vivo. Per la prima volta notò la pozza di sangue su cui giaceva. Oh mio Dio, pensò, probabilmente sta morendo dissanguato e io non ho fatto nulla per lui. "Non lo so. Veda se può far qualcosa per lui prima di uscire. Ma si sbrighi."

Maupin si avvicinò al soldato senza proferir parola e mentre Kozak si rimproverava per la grave dimenticanza.

Dopo alcuni secondi Maupin grugnì: "Gesù, tenente, questo ragazzo è conciato davvero male. Non posso fare niente per lui qui. Dobbiamo portarlo immediatamente da un medico."

Kozak, dalla soglia, guardò prima Maupin, poi Gunti e di nuovo Maupin. Mentre riponeva la pistola nella fondina e si sfilava il fucile dalla schiena, pensò alla prossima mossa. "Va bene, sergente Maupin. Quando è pronto, lo porti fuori da qui. Io vi coprirò e vi seguirò non appena sarete in salvo. Se non vi sparano addosso prima di raggiungere il resto della squadra, proseguite. Gli altri li radunerò e li guiderò io. Qualche domanda?"

"No, nessuna domanda, tenente. Mi dia solo un minuto." Gettò il fucile dietro le spalle e, chinatosi, caricò Giunti sulle spalle e informò il tenente che era pronto.

Kozak puntò il fucile, premendolo contro la porta per tenerlo fermo, e ordinò a Maupin di partire. Mentre il sergente, chinatosi, passava sotto la canna del fucile, Kozak si chiese se doveva sparare qualche colpo a caso, per forzare i messicani a nascondersi, oppure se conveniva sparare solo se fossero i messicani ad aprire il fuoco e a rivelare le loro posizioni. Prima che prendesse una decisione, Maupin, con Gunti sulle spalle, era già sparito.

Rimase appostata, contando fino a dieci e scrutando attentamente la strada per captare segni di reazione all'apparire di Maupin. Contò fino a dieci e, non avendo visto né udito nulla, uscì e si diresse verso la 1ª squadra.

Il resto della 1ª, avvertito da Maupin, era pronto quando Kozak arrivò correndo. "1ª squadra fuori e via verso il fiume, ora!"

Mentre uscivano dagli edifici, Kozak, in piedi al centro della strada con il fucile spianato, controllò che nessuno li stesse seguendo. Si erano scambiati i ruoli, pensò. Il suo plotone era entrato in Messico all'inseguimento dei messicani e ora erano loro a scappare. Guardò da sopra la spalle e incitò i suoi uomini a sbrigarsi. Solo quando il rumore degli stivali andò scemando, si voltò e li raggiunse di corsa, respirando con la bocca e tentando di impedire al sangue e al muco, che colavano dal naso rotto, di entrarle in bocca.

L'incursione dell'Esercito degli Stati Uniti si concluse con il sottotenente Nancy Kozak che, con il naso storto e sanguinante, scivolò dall'argine nel Rio Grande e attraversò il fiume per finire nell'onnipresente occhio della telecamera di Ted.

Il pubblico americano non prestò molta attenzione al commento di Jan Fields. Ma l'immagine del tenente di fanteria, sola, col sangue che colava sul mento mentre guadava il fiume sconvolse gli spettatori più di qualsiasi commento. Sangue americano. Avevano visto un soldato ferito trasportato attraverso il fiume; avevano visto i medici darsi un gran daffare per salvarlo; poi, quando ogni speranza era svanita, avevano visto i medici allontanarsi disgustati dal loro fallimento; e, infine, era apparso il giovane ufficiale donna che aveva guidato i suoi uomini nel tentativo di punire il nemico, ferita, ma non sconfitta. Quelle immagini scatenarono le passioni della nazione e spazzarono via gli ultimi rimasugli della logica e della ragionevolezza. Se l'incidente della Guardia nazionale poteva essere un errore, pochi avrebbero potuto trovare un'attenuante o una giustificazione per quest'ultimo sacrificio del sangue americano. Nella mente di milioni di americani la guerra con il Messico era diventata una realtà inevitabile.

17

Quando scoppia una guerra, la prima perdita è la verità.

Senatore Hiram Johnson

Municipio, Laredo, Texas
7 settembre, ore 19:05

Farsi strada attraverso gli ostacoli faceva parte del lavoro di Jan Fields quanto filmare un evento. Battagliera per natura, non considerava mai il no una risposta definitiva. Era piuttosto il segnale che la tecnica usata non funzionava e che era necessario trovare un'altra strada per spingere il suo interlocutore alla cooperazione. La polizia militare non faceva eccezione. Forse era solo un po' più facile da avvicinare. Bene addestrati al combattimento, i giovani soldati dei corpi della polizia militare mancavano della profonda esperienza che invece aveva la polizia civile quando si trattava di affrontare la stampa. Per questo Jan fu in grado di usare tutto il suo repertorio di trucchi e pretesti per ottenere ciò che voleva.

Il giovane sergente di stato maggiore era una facile preda. Jan esordì affermando di avere un appuntamento con il tenente colonnello Dixon, il G3 della 16ª Divisione corazzata. Quando il sergente rispose di non sapere chi fosse Dixon e di dubitare che si trovasse lì, Jan fu felice di indicare la Humvee di Dixon parcheggiata nelle vicinanze. Colto alla sprovvista e non credendo che l'insistente giornalista avesse davvero un appuntamento, il sergente inviò in municipio uno dei suoi uomini per controllare. Jan, con il sorriso sicuro del gatto che sta per piombare sul topo braccato, attese pazientemente.

Il suo sorriso svanì quando l'uomo tornò e riferì al sergente che non solo il colonnello Dixon non aveva un appuntamento con una giornalista ma sembrava non ricordare neppure il nome di Jan Fields. Jan uscì dai gangheri. Dixon stava barando, ma lei non aveva voglia di stare al gioco. Gli occhi ridotti a due sottili fessure e la fronte aggrottata per la rabbia, si voltò verso il sergente e gli puntò l'indice contro. "Senta, soldato, faccia dietrofront e dica a quello stronzo sbruffone che, se non trascina fin qui le sue chiappe in due minuti, farà freddo all'inferno prima che vada ancora a letto con questa donnaccia. Ha afferrato?"

Il sergente la guardò sbalordito per qualche secondo, poi guardò il suo uomo in cerca di aiuto. Il sergente non sapeva come comportarsi con quella donna inviperita. Se avesse rispedito il soldato dal G3 con il messaggio di Jan senza che il G3 conoscesse veramente la giornalista, correva il rischio di una punizione. Se non avesse inviato l'uomo con il nuovo messaggio, avrebbe dovuto vedersela con la pazza che aveva di fronte. In quel momento Jan sembrava essere la minaccia più grande, quindi si rivolse al soldato perché riferisse al G3 che la giovane giornalista lo minacciava di gravi rappresaglie familiari se non avesse risposto alla sua richiesta. Questi, sforzandosi di trattenere una smorfia, scosse la testa e scomparve nell'edificio.

Quando Dixon la raggiunse sui gradini, Jan si era ormai calmata. L'arrivo di Dixon, in tuta mimetica da deserto, il giubbotto da campo, la fondina e la pistola, la maschera protettiva e l'elmetto, la lasciò sorpresa per un attimo. Facevano sul serio, pensò. L'arrivo di Dixon a Laredo in assetto da combattimento dimostrava che il governo degli Stati Uniti pensava seriamente alla guerra.

Tuttavia, era ancora un po' stizzita per lo scherzo che Dixon le aveva giocato. Lui le andò incontro a braccia aperte, con un largo sorriso e facendo finta di nulla: fu come soffiare sul fuoco. "Jan, che piacevole sorpresa."

Le mani sui fianchi, le spalle curve in avanti e i piedi divaricati, Jan lo accolse con un ringhio rabbioso: "Scott Dixon, a volte sei davvero uno stronzo. E non fare quella faccia da 'Che cosa ho fatto ora?'."

Si fermò per ammirarla, in piedi sui gradini, con quella sua posa provocatoria. I lunghi capelli castani erano raccolti sulla nuca in uno chignon. Il viso ovale, sebbene alterato dalla rabbia, era abbronzato da ore e ore passate a filmare servizi nel Texas meridionale. Se si era truccata, lo aveva fatto con tanta abilità da dissimularlo amabilmente. La camicetta di cotone che indossava, non più fresca e linda dopo un torrido giorno d'estate texana, aveva i primi tre bottoni slacciati. I bermuda color cachi le arrivavano al ginocchio. Dixon alzò le braccia a simulare la resa, e scendendo lentamente gli ultimi gradini che lo separavano da lei disse: "Va bene, cessate il fuoco, mi arrendo."

Ancora imbronciata per la beffa e decisa a fingersi ancora per un po' indignata, incrociò le braccia sul petto e si girò dall'altra parte. Dixon si fermò un gradino sopra quello di Jan e guardò in basso verso la fessura dei seni, sollevata e accentuata dalle braccia incrociate. Rimase un momento ad ammirarla: sapeva che non era veramente arrabbiata, toccava a lei prenderlo un po' in giro. L'aveva messa in imbarazzo davanti alla polizia militare e sapeva che lei avrebbe preteso delle scuse adeguate all'offesa.

Le girò intorno e scese di due gradini così da poterla guardare dal basso, si tolse l'elmetto, lo infilò sotto il braccio sinistro e la guardò: "Cara Jan, chiedo umilmente scusa per essermi preso gioco di te. È solo che è così facile farlo. E inoltre, non ne posso fare a meno."

Jan lo guardò, pensando a ciò che aveva appena detto. Stava ancora scherzando, ma non doveva calcare la mano. Dixon era evidentemente di buonumore, ma lei non se la sentiva di dargli corda. I suoi capelli, radi sulle tempie e brizzolati, erano comicamente corti. Jan gli passò la mano tra i pochi capelli rimasti sulla sommità. Le piaceva passare la mano tra i suoi capelli quando li aveva sufficientemente lunghi e si rattristava quando se li faceva tagliare. Sospirò con rassegnazione, poi lo guardò negli occhi: "Vedo che sei stato dal barbiere."

Con la mano destra Dixon asciugò le stille di sudore sopra l'orecchio destro. "Be', finché qualcuno non trova il modo di migliorare la ventilazione all'interno degli elmetti, i capelli corti sono l'unica soluzione."

Jan appoggiò le mani sulla sua testa, facendole scorrere sulle tempie e fermandole sulle guance. Tenne il suo viso tra le mani e lo inclinò verso di sé. "Abbiamo circa un'ora prima che il presidente vada in onda e ci illumini con le sue ultime perle di saggezza. Ti sarà perdonato tutto se mi offri qualcosa di fresco e dissetante. Muoio di sete."

"I tuoi desideri, mia cara, sono ordini. C'è un piccolo centro commerciale, proprio a pochi isolati da qui, dove vendono le più grandi bibite di questo lato del Rio Bravo."

Si incamminarono verso il centro commerciale: Dixon rimase quasi sempre silenzioso, mentre Jan gli parlava delle registrazioni fatte negli ultimi giorni e dei programmi futuri. Voleva raccontare a Dixon delle ricerche che aveva fatto sulla storia del Texas per i suoi servizi. In un servizio girato fuori Meir, in Texas, Jan parlava di un piccolo gruppo di texani, intenzionati a invadere il Messico nel 1842, e catturati invece dall'Esercito messicano. Il racconto introduceva un servizio sui difficili rapporti delle repubbliche del Texas e del Rio Grande con il Messico dopo la Guerra d'Indipendenza del Texas. Gli incidenti, spiegò, uniti alle forti pressioni politiche esercitate dal Texas, avevano portato a quella che Jan chiamava la Prima guerra messicana. Questa aveva peggiorato i rapporti tra Messico e Stati Uniti, che non migliorarono mai, anzi, spesso portarono a incomprensioni e a incidenti come quello appena accaduto a Laredo. In un altro servizio Jan raccontava alcuni di questi piccoli incidenti di confine tra l'Esercito americano e le truppe messicane all'inizio della Prima guerra messicana. Non lontano da McAllen, in Texas, Jan e la sua troupe avevano visitato e filmato il luogo dove una pattuglia di sessantatré dragoni americani, capeggiati dal capitano Seth Thornton, fu intercettata e assalita dal generale messicano Anastasio Torrejón, il 23 aprile 1845. Jan spiegò che avrebbe utilizzato quel breve pezzo come introduzione al suo servizio sull'incursione di quel mattino in Messico da parte delle truppe americane.

Stavano tornando in municipio con le loro bibite quando Jan disse che non tutto andava per il meglio. Con la sua troupe aveva programmato un viaggio in Messico nei giorni successivi, per visitare alcune località storiche e per una serie di interviste. Dopo l'incidente di quel mattino, fece notare, non sarebbe stato facile.

Dixon era ammirato dalla personalità di Jan. Il lavoro di un giornalista, in casi come questo, poteva essere pericoloso quanto quello di un soldato; e molto più difficile. Dixon, almeno, operava all'interno dell'Esercito che stabiliva i suoi doveri e le sue responsabilità, gli forniva l'addestramento per poter compiere quei doveri e, nella maggior parte dei casi, gli diceva cosa, dove e quando farlo. Era assistito da un gran numero di soldati che, come Dixon, avevano compiti ben definiti e la preparazione e l'equipaggiamento adatti a svolgerli. Inoltre l'Esercito provvedeva ai bisogni materiali di Dixon e dei suoi soldati fornendo pasti, abbigliamento ed equipaggiamento personale, articoli sanitari e assistenza medica. C'erano addirittura delle unità speciali che avrebbero schedato, insaccato e sepolto Dixon o uno qualsiasi dei suoi uomini, se fossero morti in combattimento. Nell'Esercito i soldati ricevevano dalla nazione e dal governo tutto il sostegno e l'aiuto possibile.

Jan, al contrario, nel suo lavoro era sola: tutto dipendeva da lei. A lei e alla sua troupe veniva fornita solo l'apparecchiatura necessaria per filmare e trasmettere i servizi. Tutto il resto, dal vestiario all'alloggio, era a carico loro.

Inoltre, Jan e la sua troupe erano spesso esposti a pericoli dai quali dovevano difendersi da soli. Dixon invece era relativamente al sicuro, lontano dalla prima linea e protetto da unità come quelle della polizia militare, addette alla difesa del posto di comando della compagnia e del comando generale. Jan, costretta ad affrontare ogni tipo di situazione per realizzare un servizio, non aveva niente e nessuno che la proteggesse. Dixon rifletté sulla stranezza del fatto che egli, incaricato di difendere e sostenere la Costituzione, in pratica non poteva far nulla per proteggere la sua amante dai pericoli a cui si esponeva.

Jan e Dixon si sedettero sui gradini del municipio, il più lontano possibile dall'entrata principale. Ci fu una pausa durante la quale entrambi si sforzarono di trovare un argomento di conversazione che non toccasse il problema del Messico. Dixon conosceva perfettamente la situazione sulle due rive del Rio Grande e ciò che il presidente avrebbe annunciato tra meno di trenta minuti, ma doveva fare attenzione a ciò che diceva, o lasciava intendere. Jan doveva controllarsi per reprimere il desiderio di carpire le informazioni in possesso di Dixon. Ma parlare non era importante: erano insieme, potevano sentire il suono delle loro voci e guardarsi negli occhi. Il tempo passato sui gradini del municipio di Laredo era, per entrambi, un momento di riposo e di scambio di energie in attesa della prova imminente.

Dixon udì alle sue spalle lo scalpiccio di stivali da combattimento sui gradini. Il passo era affrettato e questo significava che il proprietario degli stivali non era venuto per recapitare un invito mondano. Cercò di ignorare i passi che si avvicinavano nella speranza che fossero diretti altrove, ma non ebbe fortuna. Il rumore dei passi era a pochi metri di distanza quando la voce dell'aiutante del generale lo chiamò: "Colonnello Dixon, il generale ha bisogno di vederla subito."

Dixon si voltò e l'aiutante del comandante di divisione si piazzò davanti a lui e a Jan. "Mi spiace disturbare, signore. Ma abbiamo appena ricevuto questo." Allungò un foglio di carta giallo, piegato in due, che Dixon riconobbe come un modulo di chiamata immediata a rapporto.

Dixon spiegò il foglio e lo lesse. Jan era curiosa di conoscerne il contenuto ma, fingendo indifferenza, bevve un lungo sorso della sua bibita. Lui ripiegò il foglio e lo restituì all'aiutante comunicandogli che sarebbe arrivato in un minuto. L'aiutante salutò e risalì velocemente le scale. Dixon allungò la mano e la posò sulla gamba di Jan: "Ebbene, mia cara, il dovere mi chiama."

Jan si strinse a lui e lo vide guardare in lontananza. "Un appuntamento con il Grande Al?"

Le accarezzò la gamba e si voltò per guardarla negli occhi: "Be', credo lo scoprirai presto. Sembra che i nostri amici, a sud del confine, non intendano approvare il piano del presidente."

Jan era incuriosita: "Quale piano?"

Dixon distolse lo sguardo da lei e tornò a fissare un punto in lontananza prima di darle una spiegazione: "Tra venti minuti il presidente degli Stati Uniti annuncerà al pubblico americano la sua proposta per risolvere il piccolo problema di confine, una soluzione che l'ambasciatore americano a Città del Messico ha presentato al Consiglio dei 13 più di quattro ore fa." Dixon si fermò e bevve prima di continuare. "In poche parole il presidente sta per annunciare che le Forze armate degli Stati Uniti stabiliranno una zona di sicurezza a sud del Rio Grande pattugliata da noi, con o senza la collaborazione del governo messicano."

Jan rimase immobile per parecchi secondi, pensando a ciò che le era appena stato detto. "Come sai che il Consiglio dei 13 rifiuterà? Hanno fatto una dichiarazione?"

Dixon, il cui viso non tradiva segni di preoccupazione, giocherellava con la cannuccia della bibita mentre rispondeva: "No, non che io sappia. Ma i soldati usano metodi sottili per trasmettere le loro intenzioni. Prendi il rapporto di prima, per esempio. Veniva dallo squadrone di cavalleria divisionale che controlla il ponte internazionale numero 1, a cinque isolati da qui. In questo momento, mentre parliamo, i messicani si stanno preparando a demolire il ponte dalla loro parte." Si voltò a guardare Jan: "Chiamami paranoico, ma a me sembra che i nostri amici a sud del confine ci stiano dicendo qualcosa, e non si tratta di un 'Benvenuti'."

Mercy Hospital, Laredo, Texas
7 settembre, ore 20:25

Mentre il medico finiva di curare il tenente Kozak, Cerro rilesse il suo rapporto sulla scorreria in Messico di quel mattino per la terza volta. Grammaticalmente era molto corretto, cosa insolita per un giovane ufficiale dell'Esercito. Il tono e il contenuto, invece, erano umili e contriti al massimo. Se l'inchiesta sull'incidente di confine si fosse basata unicamente sulle affermazioni di Kozak, si poteva pensare che solo lei era responsabile di tutto quel che era successo dalla sconfitta di Alamo, nel 1836, al rovesciamento del governo messicano, in giugno. Non c'era da meravigliarsi che il colonnello Dixon lo avesse mandato da lei, sia per valutare il suo stato psicologico sia per convincerla a riconsiderare il suo rapporto e a riscriverlo.

Cerro non gradiva il ruolo di ufficiale addetto ai "progetti speciali" – che tradotto significa "piccole stronzate" – ma preferiva questo allo starsene seduto nel veicolo di comando a rispondere al telefono e a guardare i maggiori che si agitavano e si arrampicavano sui muri. In giorni come quello anche le cose più banali mandavano tutti quelli del comando in orbita, soprattutto perché nessuno sapeva con sicurezza che cosa sarebbe successo. Gli ufficiali di stato maggiore delle brigate subordinate, in particolare gli ufficiali addetti alle operazioni, telefonavano ogni ora chiedendo aggiornamenti su ordini incerti e variazioni di piani. Gli ufficiali di stato maggiore dei posti di comando del corpo d'armata erano quelli che chiamavano più frequentemente per avere informazioni sull'incidente di confine. Le domande erano irritanti, la cosa peggiore era che gli ufficiali del corpo d'armata sembravano non passarsi le informazioni. Una volta due ufficiali che Cerro sapeva seduti l'uno accanto all'altro, chiamarono nel giro di soli dieci minuti per porre la stessa domanda. Così quando il colonnello Dixon gli aveva portato il plico contenente i rapporti sull'incidente, le impressioni del comandante generale e le istruzioni per convincere Kozak a modificare le sue dichiarazioni, Cerro esultò.

"Capitano Cerro, ora può seguirmi. Il medico ha appena finito con la sua amica."

Egli sollevò lo sguardo dal rapporto appoggiato sulle ginocchia e vide l'infermiera del pronto soccorso con la quale aveva parlato in precedenza.

Lo condusse all'infermeria, dove entrò dopo aver guardato dalla finestrella di vetro sulla porta. Lo fece entrare e se ne andò, senza una parola, verso un nuovo impegno. Il tenente Kozak giaceva sul lettino, le gambe penzoloni, le braccia dietro la testa, i gomiti in fuori e gli occhi chiusi. Cerro la osservò. Gli stivali e i pantaloni dell'uniforme erano ricoperti del fango ormai secco che proveniva dal Rio Grande. Dalla vita in su indossava solo una maglietta marrone striata da macchie bianche di sudore che facevano pensare a una maglietta a righe. Le braccia erano alzate e i seni, premuti contro la maglietta, sembravano due solide collinette, perfette e tonde. Cerro ne valutò la misura approssimativa: aveva sempre pensato che portasse la 2ª misura, ma ora, senza l'ingombrante uniforme verde o la tuta mimetica da combattimento, poteva dichiarare con sicurezza che il giovane tenente Kozak portava una sana 3ª misura.

Stava ancora valutando le caratteristiche più notevoli di Kozak, quando la porta alle sue spalle si spalancò: un medico entrò nell'infermeria e, senza alzare lo sguardo dalla cartella che aveva in mano, disse: "Bene, è in gran forma, tenente. Nessuna commozione cerebrale, nessun segno di fratture, nulla di rotto, tranne il naso."

L'improvvisa apparizione del dottore fece abbassare le braccia a Kozak che, aggrappandosi alle sponde del lettino, si mise a sedere. Solo allora notò Cerro, in piedi vicino alla porta, leggermente imbarazzato, come se fosse stato sorpreso a fare qualcosa di male. Non immaginò che fosse rimasto a guardarla mentre riposava.

Cerro guardò il dottore, poi di nuovo il tenente. Era stato così occupato a guardarle il seno che non aveva notato la faccia. Ciò che vide non assomigliava affatto al fresco e morbido viso che era solito associare al giovane tenente. I lineamenti delicati erano alterati dal naso gonfio e coperto da un largo cerotto. Usciva dal cerotto solo la punta, tumefatta, graffiata e arrossata. Dalle narici spuntavano i lembi di cotone bianco della medicazione. I cerchi bluastri sotto gli occhi la facevano sembrare un pugile fuori combattimento. Senza pensarci, Cerro scosse la testa e mormorò: "Gesù, sembra un mostro."

Impossibilitata a girarsi perché il medico le aveva inclinato la testa all'indietro per visitarle il naso, Kozak stava per rispondere con un cinico "Grazie" al commento poco felice, ma ci ripensò. Era convinta di non avere un solo amico al mondo e non voleva rischiare di alienarsene uno possibile.

Il medico terminò la visita e, pensando che Cerro fosse venuto a prelevarla, prima di uscire gli disse: "Bene, capitano, è tutta sua. Dovrebbe tenere la medicazione per ventiquattr'ore." Sulla porta si rivolse a Kozak: "La prossima volta che succede qualcosa del genere, non aspetti dieci ore prima di venire. Sarebbe stato molto meno doloroso se avessimo potuto medicare il suo naso subito dopo l'incidente." E partì senza aggiungere altro. Kozak attese che Cerro dicesse qualcosa.

Costui, imbarazzato, prese tempo dirigendosi verso una sedia. Prese l'elmetto da sotto il braccio destro e lo lasciò cadere sul pavimento, producendo un forte rumore che rimbombò nella piccola camera. Seduto sull'orlo della sedia di fronte a Kozak, infilò i piedi sotto la sedia e allargò le ginocchia. Con entrambe le mani, teneva la cartelletta con il rapporto sulla scorreria in Messico contro lo stomaco e, guardando Kozak, pensava come fare per rompere il ghiaccio.

Kozak fissava Cerro come un uccellino guarda un gatto che gira intorno all'albero su cui si è posato. Lui continuava a osservarle la faccia che, senza dubbio, doveva essere mostruosa. Durante la prima visita un'infermiera l'aveva guardata con compassione e, stringendole le mani con un sospiro, le aveva detto di non preoccuparsi più di tanto perché il blu e il nero se ne sarebbero andati presto. Anziché calmarsi, Kozak sentì il bisogno di trovare uno specchio per capire perché tutti la fissavano in quel modo.

Cerro, visto che Kozak non facilitava il suo compito iniziando per prima la conversazione, decise che tanto valeva avviarla. Era apprezzato dai superiori per il modo diretto, franco e senza compromessi di affrontare qualsiasi problema, ma desiderò che la natura lo avesse fornito di un po' più di tatto e di delicatezza. Dubitò che a preoccuparlo fosse Kozak in quanto donna. No, sicuramente non era quello. Il giorno in cui aveva assistito alla sconfitta della squadra di Kozak l'aveva consigliata senza nemmeno prendere in considerazione la diversità di sesso. No, non era quello il motivo del suo disagio. Forse perché era ferita? Poteva essere. Dopo tutto si era sentito così ogni volta che aveva visto uno dei suoi uomini ferito o menomato. Ma non era solo quello, perché in passato era sempre riuscito a parlare ai feriti. Anche quando un uomo della sua unità aveva perso un arto, era riuscito a vincere l'emozione e aveva avuto per lui parole di conforto. Ora, invece, era imbarazzato di fronte a un tenente col solo naso rotto e gli occhi blu.

Ecco cos'era. Improvvisamente il motivo della sua insolita incapacità a comunicare lo colpì come un fulmine. Senza rendersene conto, mentre leggeva i rapporti si era immedesimato nella situazione di Kozak. Le sue emozioni ora non erano quelle di un maschio che cerca di proteggere una donna. Né erano quelle di un essere umano rammaricato perché un suo simile è ferito. Al contrario, aveva trovato difficile trattare con Kozak perché conosceva bene la fase emotiva che lei stava attraversando, la stessa sperimentata da lui dopo il suo primo combattimento.

Ormai capace di controllare le sue emozioni, parlò al tenente

Kozak: "Il G3 mi ha mandato a parlare con lei dopo aver revisionato le dichiarazioni e i resoconti sulla traversata del confine da parte del suo plotone questa mattina."

Appena Cerro cominciò a parlare, Kozak tirò un sospiro di sollievo. Si era sentita a disagio e vulnerabile mentre la fissava, quasi esaminata al microscopio, e quindi incapace di fare qualsiasi cosa. Ora, se non altro, poteva rispondere alle sue affermazioni e ai suoi commenti. Afferrò l'orlo del lettino e con un flebile "Sì, signore", aspettò che Cerro facesse la prima mossa.

Cerro decise che era tempo di arrivare al sodo: tolse i piedi da sotto la sedia e li piantò ben fermi sul pavimento, si sporse in avanti e appoggiò i gomiti alle ginocchia. Guardò Kozak negli occhi: "Il G3 pensa che lei debba riscrivere la sua relazione: ritiene che sia stata troppo critica verso se stessa. Se questo rapporto dovesse procedere così com'è, potrebbe esporsi a critiche immeritate e a possibili azioni disciplinari ingiustificate."

Dopo una breve pausa Kozak chiese a Cerro che cosa ne pensasse. Cerro capì che chiedeva la sua opinione sulle azioni compiute come comandante di plotone, come fante, come soldato. Non era quello il momento per discussioni filosofiche o per sottili disquisizioni, quindi avrebbe parlato a Kozak come avrebbe voluto che qualcuno avesse parlato a lui dopo la sua prima battaglia. Lasciò cadere la cartelletta sul pavimento e disse: "Tenente Kozak, lei ha fatto un buon lavoro."

Kozak s'era aspettata da Cerro una vaga valutazione del suo operato ed egli la sorprese con quella dichiarazione così categorica. Rimase seduta sul lettino, in silenzio, lasciando che Cerro continuasse.

"Ciò che sta provando non è diverso da quello che provano quasi tutti i sottotenenti sopravvissuti alla prima sparatoria. Oh, certamente esiste anche il tipo che affronta la sua prima battaglia e ne esce senza provare emozioni, ma queste creature sono rare e, se esistono, sono pericolose. Vede, West Point e l'Esercito le hanno riempito la testa con un sacco di idee e di teorie sulla guerra e sul comando. Ma se è vero che è possibile insegnare le tecniche necessarie per utilizzare armi e dirigere gli uomini e dare un'idea di ciò che saranno gli addestramenti, non c'è nessuna possibilità che West Point, nel suo splendido isolamento sopra l'Hudson, o l'Esercito, o chiunque altro, possano prepararla all'esperienza di essere presi di mira e di vedere degli uomini, i suoi uomini, morire."

Kozak, che si aspettava rimproveri, accolse con sollievo il discorso di Cerro. Ma poi cominciò a chiedersi se si trattava solo di formalità, del solito "Vai bene, ragazzo, ora prosegui" propinato a ogni tenente dopo la sua prima azione. Volle sapere come si era sentito Cerro dopo la sua prima sparatoria.

Cerro scivolò sulla sedia, incrociò le gambe e appoggiò le mani sullo stomaco. Abbassò lo sguardo e sul viso gli si accese un debole sorriso mentre si lasciava sfuggire una risatina: "Sa, il colonnello Dixon e io ne stavamo parlando proprio prima che venissi da lei. La mia prima azione..." Guardò Kozak e il suo sorriso si aprì. "Fortunatamente accadde nel mezzo di una guerra e non, come per lei, mentre ero solo e ripreso dalla televisione nazionale, perché fu un maledetto disastro." Fece una pausa. "Ancora oggi, dopo anni, non riesco a capire come ne sia uscito indenne insieme a tutti gli uomini del mio plotone." Improvvisamente il suo sorriso scomparve. Quando la guardò Kozak vide nei suoi occhi una grande freddezza, e quando parlò usò un tono neutro, privo di sentimento, di emozione. "Era un lancio notturno per occupare un campo d'aviazione. Volavamo a cinquecento piedi. Rimasi sospeso in aria per meno di due minuti ma, con tutti i proiettili traccianti che volavano intorno, mi sembrarono un'eternità. Atterrai sulla pista di cemento come una tonnellata di mattoni, cadendo in modo ridicolo. Per parecchi minuti non riuscii nemmeno a sganciarmi dall'imbracatura. S'immagini, trovarsi in mezzo a una sparatoria, circondati da esplosioni, da gente che grida, da ufficiali e sottufficiali che urlano gli ordini e il tuo plotone è là fuori, da qualche parte nell'oscurità e nella confusione, a correre e a combattere. E io era là, sdraiato sulla schiena dopo essermi incasinato con la più semplice delle manovre di volo, incapace anche di mettermi seduto."

Guardò il soffitto mentre respirava profondamente. "In quei pochi secondi, mi convinsi di essere il più stupido, il più incompetente, il più inutile stronzo che Dio avesse mai piazzato sulla faccia della terra. Dio, non riesco a immaginare nulla che possa paragonarsi a ciò che provai in quel momento." Quando tornò a guardarla, Kozak notò che aveva gli occhi umidi, come se stesse per piangere, e si rese conto che non era più con lei. Anche se la stava fissando, sapeva che non la vedeva. Davanti ai suoi occhi danzavano immagini che lei poteva solo vagamente intuire, immagini impresse nella sua mente dalla paura e dall'orrore e che le parole non avrebbero mai potuto spiegare.

Cerro continuò il racconto. Scelse le parole con molta cura, spinto più che altro dal desiderio di rendere giustizia a quel momento. "Perdemmo il nostro ufficiale in comando quella notte. Qualcosa non funzionò e lui cadde sulla pista. Non ritrovammo il corpo fino al mattino seguente. Persi anche il mio primo uomo. Un ragazzo nero del Jersey. Si era arruolato per togliersi dai quartieri poveri e dalle bande. Il soldato scelto Ellis J. Johnston non era certo la persona più furba del mondo né il miglior soldato. A volte, anzi, era una spina nel fianco, ma era mio. E l'ho perso. È stato spazzato via da un cannone antiaereo da 23 mm mentre io me ne stavo sdraiato sulla pista."

Si chinò in avanti, i gomiti sulle ginocchia e l'indice della mano destra puntato su Kozak. "Oggi, in retrospettiva, so che non c'era nulla che potessi fare per evitare che Johnston si facesse ammazzare. Atterrò a trecento metri da me e fu crivellato dal cannone antiaereo prima di sganciare l'imbracatura. Se fossi stato con lui, sarei morto anch'io. Sono cose che succedono. Ma una simile logica, quel tipo di logica fredda e intransigente, il giorno dopo non valeva un cazzo per me, quando tutto era finito e il comandante del plotone infilava i resti del soldato scelto Ellis J. Johnston nel sacco nero. Mi ci vollero più di tre anni per capire che non era colpa mia."

Improvvisamente raccolse la cartelletta da terra e si alzò. "Johnston era un soldato: ciò che accadde a lui non era diverso da quello che era successo a molti altri ragazzi in quella guerra, e in ogni altra guerra. Anch'io lo sapevo. L'Istituto militare della Virginia, Fort Benning e tutti gli ufficiali e sottufficiali che mi avevano addestrato me lo avevano insegnato. Sapevo che gli uomini morivano. Sapevo di poter morire. Ma in quel momento, quando guardai i resti di un uomo che aveva avuto fiducia nelle mie capacità di guidarlo e portarlo in salvo, mi sentii un fallito. Tutte le lezioni sulla tecnica di comando, tutti gli esempi dei famosi 'eroi' che in combattimento si erano salvati, tutto l'addestramento del mondo, tutto ciò non significava un cazzo per me o per il soldato scelto Ellis J. Johnston. Lui era morto e io ero vivo."

Ci fu un'improvvisa, imbarazzante pausa quando Cerro si rese conto che non stava più pensando a Johnston, ma tenendo una conferenza a Kozak. Il viso di Kozak era impassibile. Non era venuto a impartirle una lezione né a raccontarle storie. Voleva solo convincerla a riscrivere il rapporto: non sapeva se ci era riuscito o se aveva fallito. Ma quella non era più la questione importante. Aveva inciampato, era caduto e si era bruciato su ricordi che pensava di aver sepolto per sempre. Incapace di continuare, fece cadere la cartelletta sulla sedia e la guardò per un momento prima di rivolgersi a Kozak. "Ha fatto un ottimo lavoro, tenente Kozak, considerata la situazione in cui si trovava. Non ha nulla di cui vergognarsi e nulla da rimpiangere. Le consiglio di fare come le raccomanda il G3 e di riscrivere il rapporto togliendo tutte le recriminazioni, i piagnistei, le stronzate autolesioniste e di attenersi ai fatti."

Si avviò alla porta, l'aprì, fece per uscire, poi si fermò. "Se lei è solo metà dell'ufficiale di fanteria che credo sia, lo riscriverà." Senza altri commenti uscì, lasciando Kozak seduta sul lettino, le lacrime che le rigavano le guance e inzuppavano la medicazione di cotone che le fuorusciva dalle narici.

Ponte internazionale numero 1, Laredo, Texas
7 settembre, ore 22:10

Dalla riva destra del fiume, Guajardo guardava i genieri, precariamente appesi a corde sopra di lui, che si preparavano a demolire il ponte. I genieri estraevano blocchi di esplosivo da sacche o da portacarichi sospesi e li assicuravano ai pilastri e alle traverse orizzontali che sostenevano la strada soprastante. Quando un sufficiente quantitativo di esplosivo fu sistemato alle traverse, un geniere prese con cautela i detonatori da un'altra sacca e li sistemò sulle cariche esplosive. Sistemati i detonatori, un altro geniere li collegò con del filo. Non era un compito facile. Dal filo principale ne dovevano partire di secondari, da collegare ai singoli detonatori, che dovevano avere la stessa lunghezza perché tutte le cariche sistemate su una sezione del ponte esplodessero simultaneamente. Il filo doveva essere sistemato in modo che la parte di ponte più lontana dal congegno esplosivo che doveva dare inizio alla demolizione saltasse per prima, seguita dalla parte del ponte più vicina. Se avessero azionato per prime le cariche più vicine, l'esplosione e la caduta dei detriti avrebbero potuto staccare i fili collegati alle cariche più lontane e bloccare la sequenza.

Oltre alla precisione richiesta per la sistemazione degli esplosivi, per la scelta di ogni carica e per l'installazione del filo erano anche necessarie coperture che impedissero i sabotaggi. I genieri avevano cominciato il lavoro da meno di un'ora, quando un gruppo di ufficiali dell'Esercito americano si piazzò sulla riva nord per osservare ogni loro mossa. Guajardo notò che uno di loro, un tenente colonnello, portava un berretto verde. La comparsa del tenente colonnello americano con il berretto verde era una sfida arrogante. Sapeva che gli americani avrebbero usato uomini dei reparti speciali per ostacolare la distruzione del ponte, ma si aspettava, per lo meno, che fossero un po' più discreti. Il tenente colonnello, infatti, non cercava di mascherare la sua presenza. Se ne stava là col suo berretto verde, come se stesse urlando a Guajardo: "Eccomi qui. Ti impedirò di far saltare il ponte e tu non potrai opporti."

Se quella era l'intenzione del tenente colonnello, Guajardo e i suoi genieri non avrebbero accettato la sfida senza rispondere. Per complicare qualsiasi tentativo di sabotare la distruzione del ponte, stava per essere installato un sistema di esplosione con doppio innesto, uno elettrico e l'altro no. Inoltre i genieri attrezzarono una serie di cariche coperte, alcune agganciate tra loro, altre indipendenti in modo che sembrassero far parte dell'impianto del sistema esplosivo principale. Guajardo sapeva che le forze speciali americane sarebbero probabilmente riuscite a impedire la distruzione del ponte, ma sapeva anche che non avrebbero potuto farlo senza pagarne un alto prezzo.

E quello era lo scopo dell'intera operazione: rendere la vita difficile agli americani. Tutta la loro strategia di vittoria si basava su questo. Nessuno del Consiglio dei 13 si faceva illusioni sul risultato di uno scontro tra Stati Uniti e Messico. L'Esercito, l'Aeronautica e la Marina americana erano in grado di arrivare ovunque e di fare ciò che volevano. Le forze di Guajardo non potevano competere con gli armamenti e la tecnologia americani.

Ma se gli americani potevano andare ovunque, non potevano rimanerci a lungo. Mentre il colonnello Barreda urlava al mondo intero la sua giusta indignazione e chiedeva che si costringessero gli americani a lasciare il Messico, il colonnello Zavala, ministro degli Interni, mobilitava il popolo per la più grande lotta patriottica contro gli americani invasori. Con le forze che già possedeva, insieme a quelle che Barreda poteva raccogliere nei paesi latino-americani e a quelle che Zavala sarebbe riuscito a mobilitare all'interno del Messico, Guajardo avrebbe intrapreso una lunga lotta il cui unico scopo era di riempire sacchi neri con i morti americani. Prima o poi gli americani si sarebbero stancati di seppellire la loro gioventù. Anche molti messicani sarebbero morti ma, perlomeno, loro sapevano per che cosa stavano combattendo. Alcuni americani, al contrario, stavano già mettendo in discussione gli obiettivi e i metodi dei loro comandanti. Guajardo avrebbe offerto loro altri motivi di discussione. Sapeva che il malcontento sarebbe raddoppiato quando le bare coperte dalle bandiere fossero comparse in tutti i paesi e le città degli Stati Uniti.

Al colonnello Ruiz, ministro della Giustizia, che li ammoniva citando il fallimento di Saddam Hussein in Kuwait, Guajardo ricordava che loro non erano arabi. E proseguì rivolto a tutti, dicendo che si sarebbe dovuto combattere come avevano fatto i loro padri e i Vietcong. "La nostra sarà una guerra giusta, combattuta per difendere le nostre case e il nostro onore contro il colosso del nord. Finché non ammetteremo la sconfitta, non possiamo essere battuti. Ricordatevi che il nostro popolo non ha nulla da perdere se non l'orgoglio. E questo anche il più sofisticato e il più grande dei missili, il più moderno carro armato non possono togliercelo. Solo noi possiamo gettarlo via. E io, per primo, morirò alla testa dei nostri uomini, prima di permettere che questo accada."

Anche se un discorso tanto melodrammatico non era nelle sue intenzioni, non se ne pentì. Ogni parola era sincera. Dopo tutto erano un popolo passionale, portato a sfogarsi al momento giusto. Se non altro i suoi compagni sapevano da che parte stava e presto lo avrebbero saputo anche gli americani. Se gli americani volevano invaderli, lo avrebbero fatto. Inizialmente non avrebbero trovato nulla, solo poveri villaggi, vecchi e desolazione. Il primo successo americano nel Messico settentrionale certamente sarebbe stato paragonato dai media e dai loro "esperti" pseudomilitari alla vittoria riportata in Iraq. Guajardo aveva fatto l'impossibile per schierare le sue truppe in modo da creare quell'illusione. Ma sarebbe stato all'erta e avrebbe atteso. Come i grandi predatori dell'Africa seguono le tracce della mandria, così le sue truppe avrebbero tenuto d'occhio gli americani. Quando costoro si fossero sentiti vincitori e l'euforia per il loro successo fosse stata al massimo, le sue truppe si sarebbero gettate sui randagi che vagavano troppo lontano dal branco.

Col tempo avrebbero avuto la meglio. Lo avevano sempre fatto. Gli americani erano già venuti e, quando si erano stancati del Messico, se ne erano andati. Questa volta non sarebbe stato diverso. E quando se ne fossero andati, il Messico col suo popolo sarebbe rimasto ancora là.

18

Evviva, ragazzi, li abbiamo presi!

George Armstrong Custer
prima della battaglia di Little Big Horn, citato
da Giovanni Martini

Arlington, Virginia
9 settembre, ore 00:35

Amanda Lewis allungò il braccio destro, e le ci vollero parecchi minuti di infruttuosa ricerca prima di capire che la sola cosa che poteva trovare tastando la parte di Ed erano lenzuola stropicciate e un cuscino vuoto. Aveva la mente ancora intorpidita e non molta voglia di risolvere il mistero del marito scomparso: si rotolò perciò su un fianco e stava lentamente riaddormentandosi quando una voce che proveniva dal piano di sotto la risvegliò. Aprì gli occhi, come se questo potesse aiutarla a sentire meglio, e rimase in ascolto. Dalla provenienza e dal tono della voce, sapeva che Ed era di nuovo al telefono e sbraitava contro qualcuno. Cercò di leggere le cifre digitali sulla sveglia, indecisa se rimanere a letto lasciando che Ed sfogasse la sua bile o scendere per dargli un sostegno morale. Ascoltò ancora per un minuto e, non notando alcun cambiamento nel tono della voce, decise di scendere. Poteva almeno cercare di calmarlo, ma ne dubitava. Quando Ed Lewis partiva a caccia di mulini a vento, solo un pugno sul naso o un attacco di ipertensione poteva fermarlo. Non poteva evitare il primo, ma poteva almeno cercare di far qualcosa per la sua pressione sanguigna.

Si infilò una vestaglia e scese silenziosamente in cucina per preparare del caffè decaffeinato. Non si fermò neppure davanti alla porta dello studio di Ed. Dalla cucina poteva udire chiaramente le parole del marito. Lasciò che sfogasse la sua ira, interrotto di tanto in tanto dall'interlocutore, e si dedicò alla preparazione della bevanda. Quando tutto fu pronto si diresse verso lo studio, e si trovava proprio davanti alla porta quando Ed sbatté giù il ricevitore. Si chinò per origliare, ma non udì nulla. Bilanciando il vassoio su una mano, aprì la porta con l'altra.

Avanzò con aria indifferente cercando un piano sgombro

dalle pile di libri, cartelle, carte e giornali. Si diresse verso un tavolino che sembrava offrire uno spazio ragionevolmente sicuro in cima a una pila di libri. Avanzando, dovette fare attenzione a non pestare una valigetta, libri vari e una delle scarpe di Ed. Attraversando la stanza guardò il marito con la coda dell'occhio.

Seduto alla scrivania, la poltrona girata verso il telefono, Lewis non si era ancora accorto della sua presenza. Se ne stava semplicemente appoggiato all'indietro, le mani intrecciate sullo stomaco, a fissare il telefono. Non la guardò nemmeno quando Amanda, preparata la sua tazza di caffè, si sporse sulla scrivania per porgergliela. Allungò meccanicamente la mano, prese la tazza e se la portò lentamente alle labbra, trattenendola per un momento con entrambe le mani, sempre fissando il telefono.

Ed non era né ingrato né sgarbato: era un marito affettuoso e un padre comprensivo. Dopo ventidue anni di matrimonio l'unico rimpianto di Amanda era di avergli permesso di candidarsi al Congresso. Persino la campagna militare nel Golfo Persico in qualità di ufficiale esecutivo di battaglione non le era pesata come i cinque anni che egli aveva dedicato al Congresso. In quel periodo aveva visto il marito diventare cinico e cupo. Quei cambiamenti e la crescente minaccia dell'ipertensione, accentuata da una dieta squilibrata e dalle troppe ore di lavoro, rischiavano di distruggere l'unico uomo che Amanda avesse mai amato, l'uomo al quale aveva dedicato tutta la vita. Prese la sua tazza di caffè, si diresse verso una poltrona dalla parte opposta della stanza e si chinò per togliere le cartelle che si trovavano sul cuscino. La signora Lewis si sedette, sorseggiò il caffè e attese pazientemente che il deputato Ed Lewis finisse di pensare.

Quando il telefono squillò, Amanda ebbe un sussulto. Lewis si sporse, spostò il braccio sinistro che reggeva la tazza verso la scrivania e l'appoggiò precariamente su una disordinata pila di carte. Amanda stava per dire qualcosa quando Lewis rispose alla chiamata. "Sì, attendo."

Amanda si rilassò sulla poltrona e lo guardò, gettando di tanto in tanto un'occhiata alla tazza di caffè che minacciava di rovesciarsi dal suo scomodo piedistallo. Lewis ricominciò a parlare.

"Sì, signor presidente, sono Ed. Mi spiace svegliarla a quest'ora, ma volevo chiederle ancora una volta di riconsiderare la sua decisione."

Gli occhi di Amanda si strinsero. Sciocchezze, pensò. A Ed non dispiaceva affatto di aver svegliato il presidente. E nemmeno a lei.

"Sì, signore. Capisco la sua posizione e capisco la necessità di fare qualcosa in merito ai raid del confine. Signor presidente, preferirei essere laggiù, al fronte, che restarmene a Washington."

Lewis continuò: "No, signore, non ho cambiato opinione. È e rimarrà un errore attivare un'azione militare contro il governo messicano. Sono sicuro che sono ansiosi quanto noi di porre fine ai raid."

Mentre abbassava la tazza sul grembo, Amanda scosse la testa. Non la smetterai mai, pensò. Non la smetterai mai di combattere contro i mulini a vento, vecchio pazzo.

"No, signore, non credo a ciò che dicono la CIA, la SSD, la SSN o l'FBI. Sono inaffidabili, e lei lo sa."

Amanda guardò l'orologio dietro la scrivania di Ed e capì che la conversazione si sarebbe presto conclusa. I presidenti, dopo tutto, non sono obbligati ad ascoltare le sciocchezze dei deputati all'una del mattino.

"In primo luogo, hanno degli archivi che fanno schifo. Secondo, i messicani combatteranno. Sappiamo entrambi che non riusciremo ad abbattere il Consiglio dei 13. Neppure con tutto il sostegno e le forze del mondo siamo riusciti a liberarci di Saddam. Che cosa le fa credere che questa volta andrà meglio?"

Probabilità, pensò Amanda. Ogni scommettitore di Las Vegas sapeva che se si tirano i dadi, prima o poi si ottiene il numero vincente. Dopo la Corea, Cuba, il Vietnam e l'Iraq, qualche presidente doveva pure aver fortuna. Improvvisamente, si rese conto che cominciava a diventare cinica come Ed. Scosse la testa, si alzò e si avvicinò al vassoio per versarsi un'altra tazza di caffè.

"Lei, signor presidente, può essersi già impegnato, ma io non sono obbligato a seguirla. È una mossa stupida, una mossa per la quale né io né lei pagheremo, alla fine. Prego solo che la settimana prossima, quando i sacchi neri cominceranno a tornare indietro, lei sarà in grado di spiegare alla madre di Johnny Jones che il figlio è morto per necessità politiche." Dopo aver ascoltato per un altro minuto, Lewis tirò un sospiro. "Sì, signor presidente. Sarà un lungo giorno, ma mai quanto lo sarà per i soldati che invaderanno il Messico."

Senza aspettar risposta, Lewis interruppe la conversazione. Amanda si girò e lo vide, seduto là, sporto in avanti con il ricevitore ancora nella mano destra, a fissare il pavimento in silenzio.

Aveva perso ancora una volta. Amanda sospirò profondamente e sentì il bisogno di prenderlo tra le braccia. Ma sapeva che non era il momento giusto. Quindi prese la caffettiera e si diresse alla scrivania.

Quando s'accorse che stava versando altro caffè nella sua tazza, ancora in bilico sulle carte dove l'aveva appoggiata, Lewis si raddrizzò e si rivolse alla moglie. Per la prima volta notò il viso sorridente incorniciato dai lunghi capelli spettinati. Quando Amanda ebbe finito di versare e tornò al suo posto, riponendo la caffettiera sul vassoio, egli allungò la mano e bevve un sorso prima di dire qualcosa. Quando parlò, lo fece con tono dimesso, quasi malinconico. "Questa, mia cara, non è una grande notte per un americano."

Amanda riprese il suo posto e la sua tazza, rivolgendogli un sorriso affettuoso. "Ho sentito, caro. Che ne dici di raccontarmi tutto?"

A est di Las Josefines, sulla riva del Rio Grande
9 settembre, ore 04:05

In un lampo, il cielo di Laredo si illuminò. Anche se non aveva sentito l'esplosione a causa del cigolio del suo Bradley, Kozak sapeva che qualcuno aveva fatto saltare in aria qualche cosa. Non sapeva che si trattava dell'esplosione che aveva ucciso il primo americano. La guerra di logoramento, una guerra che i messicani non volevano perdere, era cominciata.

Kozak si concentrò nuovamente sulla strada che stavano seguendo e socchiuse gli occhi per cercare tra la polvere sollevata dai veicoli di testa le luci fluorescenti del Bradley che le stava di fronte. Le ci volle qualche secondo per individuare il bagliore soffuso delle tre luci rosse appese verticalmente sul retro della torretta del Bradley della 1ª squadra, alla testa del suo plotone. Ogni compagnia del 2° del 13° Fanteria usava colori diversi per identificare i veicoli. La sua compagnia, la Compagnia A, usava delle strisce rosse dipinte alla base del cannone da 25 mm come segno di riconoscimento durante il giorno, e delle luci fluorescenti rosse o delle luci intermittenti a filtro rosso durante la notte. La Compagnia B le aveva bianche, la Compagnia C blu, la Compagnia D gialle e i veicoli del quartier generale verdi. All'interno della compagnia i plotoni erano contrassegnati dal numero di strisce o di luci utilizzate. Il 1° Plotone aveva una striscia o una luce, il 2° Plotone due, il 3° Plotone, il suo, tre e il Bradley del comandante di compagnia quattro. Con questo sistema i comandanti, con una sola occhiata, potevano individuare di chi si trattava se, nel mezzo della battaglia, fossero stati affiancati da un veicolo amico.

Soddisfatta della debita distanza tenuta dal suo conducente, Kozak si girò per guardare il Bradley della 2ª squadra che avrebbe dovuto seguirli. La 3ª squadra, con il sergente Rivera, faceva da retroguardia al plotone e alla compagnia. Mentre guardava, si rese conto di aver preso l'abitudine di assegnare le missioni e di stabilire l'ordine di marcia del suo plotone in modo tale che la 1ª squadra si trovasse sempre in testa, la 2ª nel mezzo e la 3ª in coda. Il sergente di stato maggiore Maupin era il più esperto e competente dei suoi comandanti di squadra, ma non era giusto che fosse sempre lui a condurre. Le avevano insegnato che una simile tattica tendeva a rendere gli altri comandanti di squadra indolenti, dipendenti dall'abilità di Maupin nel leggere la carta e tranquilli nel sapere che, in uno scontro a fuoco, il Bradley di Maupin, e non il loro, avrebbe beccato la prima mina o scarica anticarro. Gli uomini della 1ª squadra erano invece sotto stress e sotto pressione. Se ne rese conto quando vide due tiratori della squadra di Maupin scarabocchiare "Primi a cadere" sulle strisce mimetiche del loro elmetto. Quelle scritte erano un ingegnoso metodo usato dai soldati per comunicare il loro disappunto nei confronti del comando, della politica o del lavoro dell'unità. Il fatto che Maupin, che sicuramente aveva visto la scritta, non avesse ripreso i due uomini, significava che anch'egli condivideva quei sentimenti.

Kozak non li poteva biasimare. All'inizio aveva approvato l'abitudine di Wittworth di sistemare il suo plotone in coda: la considerava una possibilità di imparare il mestiere, senza sottoporla alla tensione di stare alla testa della colonna. Ma quando Wittworth ruotò il 1° e 2° Plotone, tenendo quello di Kozak in coda o lanciandola in missioni che richiedevano un plotone distaccato dalla compagnia, Kozak cominciò a chiedersi se Wittworth volesse scoraggiarla o tenerla a distanza: forse stava comunicando al 3° Plotone che non era ancora sufficientemente preparato per far parte della compagnia.

Essere il plotone di coda, inoltre, significava mangiare la polvere dell'intera compagnia durante le lunghe marce su strada. Quando viaggiavano su sentieri sconnessi, soprattutto sui percorsi per carri armati di Fort Hood dove la terra era stata ridotta a un impalpabile pulviscolo dalle migliaia di veicoli cingolati che vi passavano dal 1940, le nuvole di polvere non li abbandonavano un istante. Non era insolito, finita una marcia su strada, ritrovarsi coperti da uno spesso strato di polvere che otturava tutti i pori, e faceva diventare quasi bianche le verdi tute mimetiche. Per Kozak, col naso ancora pieno di ovatta e costretta a respirare con la bocca, la cosa era particolarmente fastidiosa. Aveva anche considerato l'idea di scarabocchiare un suo motto sull'elmetto, qualcosa come "I diavoli della polvere" o "Gli ultimi dei minori". Ma Nancy Kozak era un ufficiale, fresca di nomina e giovane, controllata e giudicata da tutti i superiori. Per questo si mordeva la lingua e ubbidiva. Sapeva che il suo giorno sarebbe arrivato. Fino a quel momento tutto ciò che poteva fare era restare in coda e, per il futuro, mangiare polvere, un prodotto che il 2° Plotone distribuiva in abbondanza mentre avanzavano a sud verso il Messico.

Sheraton Hotel, South Padre Island, Texas
9 settembre, ore 08:15

Per quanto cercasse di nasconderlo, il documento appoggiato sul tavolo scoraggiava Childress. Quando gli chiese come se lo fosse procurato, Delapos sorrise: "Il Consiglio dei 13, amico mio, non pensa più all'unisono." Se il documento che stava leggendo era autentico, Delapos diceva la verità e Alamán era riuscito a penetrare le cinture di sicurezza che circondavano il Consiglio.

L'invito a raggiungere Delapos a South Padre e l'annuncio che le forze americane erano entrate in Messico quel mattino, avevano rallegrato Childress come da tempo non accadeva. Mentre aspettava di incontrarsi con Delapos al ristorante, Childress si era presto reso conto che la sua improvvisa euforia era qualcosa di più della soddisfazione che si prova quando un lavoro difficile e ben remunerato sta per concludersi. Aveva portato a termine molti altri incarichi e non si era mai sentito così. La sua euforia non dipendeva neanche dal ritorno anticipato alle sue adorate montagne del Vermont, per quanto l'idea di tornarci durante l'autunno era eccitante. Solo quando incontrò Delapos e seppe che Alamán aveva deciso che la campagna di provocazione e di sabotaggio, anziché concludersi, doveva entrare in una fase nuova e più violenta, Childress comprese finalmente perché era stato sopraffatto dalla gioia al pensiero che il suo ruolo di provocatore era finito. Sebbene lo negasse a se stesso, Childress non era mai riuscito ad accettare di buon grado il fatto che le sue azioni provocassero la morte dei connazionali. Le considerava riprovevoli. Il documento e le nuove istruzioni di Alamán rafforzarono quell'idea.

Il documento consegnato a Childress riassumeva quella che il colonnello Guajardo chiamava la strategia di guerra vincente del

Consiglio dei 13. Scritto da Guajardo, ministro della Difesa, e dal colonnello Barreda, ministro degli Esteri, tracciava il loro piano strategico, non solo per la difesa del Messico ma anche per il consolidamento del potere e il riconoscimento del Consiglio come unico e legittimo corpo governativo del Messico.

Il documento dichiarava che, salvo un intervento divino, il Messico non aveva alcuna speranza di vittoria sulle truppe americane. Il rapporto affermava anche che, finché il Consiglio dei 13 e il popolo messicano agivano con prudenza e avvedutezza, la vittoria politica finale, quella che contava, sarebbe stata loro. Guajardo, citando l'esperienza americana in Vietnam, faceva notare che, nonostante l'Esercito americano non avesse mai perso un importante combattimento sia contro i Vietcong sia contro l'Esercito del Vietnam, politicamente nell'Asia sud-orientale avevano perso tutto. Il rapporto sminuiva il valore dei recenti successi militari americani a Grenada, Panama e nel Golfo Persico facendo notare che, in tutti e tre i casi, i governi rivali avevano sopravvalutato la propria potenza militare. Cosa più importante, Guajardo dimostrava che ai governi rivali era mancato il sostegno popolare e la disponibilità della gente a sopportare un simile sacrificio, elementi necessari per condurre una guerra di logoramento prolungato. Usando le parole di Guajardo, "gli americani vinsero nel Golfo Persico non distruggendo i mezzi ma la volontà dei soldati e della gente che combatteva. In Messico gli americani troveranno, come fecero in Vietnam, pochi mezzi da distruggere e un popolo che non può essere sconfitto. Un popolo che non ammette la sconfitta non può essere battuto."

Il rapporto era un astuto miscuglio di piani politici e militari, molto realistici. Barreda sapeva anche troppo bene che il presidente americano non sarebbe mai riuscito a ottenere il sostegno necessario per una dichiarazione di guerra e sapeva anche che il presidente americano avrebbe giustificato l'invasione in nome della sicurezza nazionale. Guajardo, a sua volta, faceva notare che, come Winfield Scott nel 1848 e John J. Pershing nel 1916, le milizie americane mancavano delle forze necessarie per occupare tutto il Messico: l'Esercito americano avrebbe occupato solo le zone ritenute indispensabili per la sicurezza del popolo.

Tre importanti considerazioni avrebbero determinato quali e quanti territori si dovessero conquistare. La prima era l'entità della forza necessaria agli americani per occuparli e difenderli. Inizialmente questo compito sarebbe stato affidato all'Esercito regolare, con le sue dodici divisioni, e ai Marines con due. Di queste, solo sette divisioni dell'Esercito e una dei Marines potevano essere impiegate poiché due divisioni dell'Esercito si trovavano ancora in Europa, una in Corea e le uniche divisioni aviotrasportate e da combattimento aereo americane non potevano essere coinvolte senza indebolire la capacità degli Stati Uniti di far fronte a emergenze inattese fuori dell'Europa.

Una volta insediatisi in territorio messicano avrebbero dovuto aprire nuove vie di rifornimento che dagli Stati Uniti, attraverso i territori occupati, rifornissero le unità americane più avanzate. Nel 1848 Winfield Scott aveva rischiato grosso quando, intenzionalmente, aveva interrotto le vie di comunicazione marittime a Veracruz e aveva marciato via terra su Città del Messico per porre fine alla guerra. A differenza di quelli moderni, il suo esercito era formato solo da uomini, muli e cavalli, che potevano rifornirsi direttamente mentre avanzavano. Una simile decisione, data la grandezza e la potenza tecnologica del moderno Esercito americano, era fuori questione. Un carro armato M-1A1 poteva consumare più di 500 galloni di gasolio al giorno. A confronto, le razioni consumate dall'equipaggio erano trascurabili. Una divisione, dotata di oltre trecento veicoli, avrebbe richiesto 150.000 galloni al giorno solo per i carri. Oltre al carburante necessario ai carri, ai veicoli da combattimento della fanteria, agli obici a propulsione automatica, agli elicotteri e ai veicoli di rifornimento, occorrevano lubrificanti speciali, parti di ricambio, rifornimenti sanitari, materiale meccanico, munizioni, acqua, cibo e una moltitudine di altre cose indispensabili al moderno esercito. L'Esercito americano avrebbe richiesto, per ogni giorno di permanenza in Messico, il trasporto da trenta a sessanta chili di rifornimenti per ogni soldato.

Un ultimo limite, considerato da pochi al di fuori dell'ambiente militare, era la difficoltà per gli americani di controllare, nutrire e amministrare gli abitanti rimasti nel territorio occupato. Conquistato un territorio, era compito delle forze d'occupazione gestire, sfamare e occuparsi della sua popolazione. Lo richiedevano le leggi, le convenzioni internazionali e il codice morale. Poiché tutte le unità civili-militari degli Stati Uniti erano unità di riserva, ed erano poche, le zone che potevano essere effettivamente governate, amministrate e rifornite erano limitate. La sola Matamoros aveva circa 400.000 abitanti e Monterrey quasi 4.000.000. Queste popolazioni avrebbero dovuto essere controllate dai conquistatori americani.

Guajardo ipotizzò che gli obiettivi americani fossero limitati alla costituzione di una zona di sicurezza e stimò che il limite dell'avanzamento americano in Messico sarebbe stato a nord della linea che univa Tampico, Ciudad Victoria, Monterrey, Chihuahua, Hermosillo e Kimo Bay. Che le città menzionate fossero o non fossero incluse nella zona di sicurezza dipendeva dalla capacità americana di sostentare la popolazione locale e dall'importanza del controllo della rete stradale e ferroviaria che vi confluiva. Sebbene l'occupazione di Veracruz non potesse essere esclusa, un simile fatto avrebbe contraddetto gli obiettivi. A questo punto del rapporto, interveniva Barreda. Il Messico, faceva notare, avrebbe dovuto permettere agli Stati Uniti di definire i parametri del conflitto. Una volta stabiliti gli obiettivi, gli americani avrebbero avuto molte difficoltà nel modificarli. L'occupazione di Veracruz, situata sulla costa orientale del Messico a sud del Rio Bravo, sarebbe stata in contrasto con la dichiarata intenzione di stabilire solo una zona di sicurezza per il confine americano. Simili incoerenze, sottolineava Barreda, sarebbero state utili per creare una spaccatura tra il presidente americano e i suoi sostenitori. Se il Consiglio fosse riuscito ad alimentare il contrasto politico e morale che già esisteva all'interno degli Stati Uniti, il sostegno in favore della guerra sarebbe presto sfumato e le richieste per un accordo negoziato sarebbero state solo una questione di tempo.

A livello internazionale l'ONU, l'Organizzazione degli Stati Americani e una coalizione dei paesi centro-americani sarebbero state usate per esercitare pressione sugli Stati Uniti. Era già stato costituito un comando militare sotto il controllo messicano, che includeva le forze di Guatemala, El Salvador, Nicaragua, Honduras, Panama, Colombia e Venezuela. Sebbene il contributo di questi paesi fosse insignificante, la formazione di una simile coalizione, faceva notare Barreda, non poteva essere ignorata né dagli Stati Uniti né dalla comunità internazionale.

Come enfatizzava Barreda, tutto ciò avrebbe necessariamente consentito il riconoscimento del Consiglio dei 13 come legittimo governo del Messico. Barreda concludeva affermando: "Assegnandoci il ruolo degli oppressi e assicurandoci che le nostre operazioni militari siano conformi a tutti gli accordi internazionali e ai protocolli che disciplinano la guerra, indurremo lo stesso sistema internazionale manipolato nel passato con tanto successo dagli Stati Uniti a concederci la vittoria finale."

Childress si fermò a questo punto e notò che la frase "assicurandoci che le nostre operazioni militari siano conformi a tutti gli accordi internazionali e ai protocolli che disciplinano la guerra" era sottolineata due volte. Senza bisogno di spiegazioni, sapeva ciò che Alamán aveva in mente di fare. Mise il documento in una busta e alzò lo sguardo su Delapos. "Che certezza hai che questo documento sia autentico?"

Delapos bevve un sorso di caffè e si guardò intorno prima di rispondere: "Come ho detto, il Consiglio dei 13 non pensa più all'unisono. C'è chi pensa che la scelta di manipolare la politica interna americana sia troppo pericolosa. Come ha detto uno dei membri del Consiglio, è come tirare la coda al toro. Inoltre questi uomini si vergognano di quella che chiamano una strategia da codardi. Sì, amico mio, il documento è autentico."

Sebbene Childress avesse già capito quale fosse la strategia di Alamán, voleva che fosse Delapos a dirglielo. In fondo sperava che il piano non fosse spietato o crudele come se l'era immaginato. Delapos spiegò a Childress come lui e Alamán vedevano il futuro: "Gli americani invaderanno, anzi, hanno invaso il Messico e si muovono a sud, verso una linea simile a quella descritta da Guajardo. L'Esercito messicano opporrà all'avanzata solo una resistenza simbolica, quel che basta per placare il machismo messicano e avere nuovi eroi e martiri da sfruttare per raccogliere la nazione intorno al Consiglio dei 13. Il Consiglio eserciterà pressioni diplomatiche e manipolerà il malcontento che c'è negli Stati Uniti, nel tentativo di cacciarli fuori. Il señor Alamán prevede che, durante i negoziati, gli Stati Uniti pretenderanno di aver raggiunto i propri scopi e si ritireranno. Da parte sua il Consiglio dei 13 sarà in grado di cantar vittoria per aver impedito la sconfitta totale e l'occupazione del Messico. Infine, verrà ristabilito uno *status ante bellum* e i rapporti tra le due nazioni riprenderanno con il Consiglio dei 13 formalmente riconosciuto, dal popolo messicano e dalla comunità internazionale, come unico governo legale del Messico."

Delapos si fermò e attese la reazione di Childress. Quando vide che l'americano rimaneva impassibile, continuò: "Per evitare che questo accada, il señor Alamán intende spostare di nuovo a sud le nostre squadre, una volta che gli americani avranno raggiunto il limite di avanzata. Opereremo da campi base posti dietro le linee messicane e condurremo dei raid contro gli avamposti isolati e lungo le vie di rifornimento usate dagli americani. Ci aspettiamo che l'Esercito messicano faccia altrettanto, ma le nostre incursioni saranno brutali e contrassegnate dalle atrocità peggiori. Costringeremo così gli americani a reagire con la violenza e a modificare i loro obiettivi includendovi il rovesciamento del Consiglio dei 13."

Childress si manteneva calmo mentre Delapos era infervorato

dal suo stesso discorso. Parlava in modo sempre più concitato agitando la mano destra. "È possibile ottenere una simile reazione dagli Stati Uniti. Molti americani pensano che sia stato un errore lasciare Saddam Hussein al potere. Le sue atrocità contro i ribelli curdi al nord e i rifugiati iracheni al sud erano una vergogna che rovinava la brillante impresa dell'Esercito americano. Se riusciremo a far apparire il Consiglio dei 13 malvagio quanto il dittatore iracheno, gli americani potrebbero chiedere che vengano presi provvedimenti per evitare il ripetersi del fallimento del Golfo Persico, soprattutto perché, questa volta, le vittime sarebbero americane."

Delapos si aspettava una reazione. Childress aveva ascoltato in silenzio evitando risposte impulsive, ma ora doveva dire qualcosa. Molti pensieri gli si affollavano nella mente. Innanzi tutto egli era ancora americano. L'idea di essere un senza patria, idea che lo aveva affascinato in gioventù, stava svanendo e cominciava a desiderare una vita che offrisse qualcosa di più del pericolo, dell'eccitazione e dell'avventura. A trentacinque anni voleva far pace con se stesso e con il paese che aveva a lungo ignorato.

Aveva capito che come lui si sentiva americano, così Delapos si sentiva messicano e questo li spingeva a vedere le cose in modo completamente diverso. Delapos ora considerava Alamán come un grande patriota messicano e non si rendeva conto dei pericoli a cui sarebbero stati sottoposti i mercenari nel caso in cui il piano di Alamán fosse stato realizzato. Childress invece temeva che sarebbe stato troppo facile per Alamán far cadere nelle mani della CIA o dell'Intelligence messicana le informazioni riguardanti la posizione dei campi base mercenari. Se ciò fosse accaduto, tutte le forze, dai bombardieri alle truppe speciali, sarebbero state usate per estirpare le bande di mercenari, e Alamán non sarebbe stato obbligato a pagarli.

Nonostante le sue riserve, Childress si trovò a considerare seriamente l'idea di continuare. Sapeva che un'avventura così rischiosa sarebbe stata profumatamente retribuita da Alamán. Non ci sarebbe voluto molto per convincerlo a pagare in anticipo. Vide quindi l'occasione per un ultimo incarico che, se fosse sopravvissuto, gli avrebbe permesso di lasciare la professione e di ritirarsi nelle sue adorate montagne. Anche se l'idea di costruire il suo futuro sui cadaveri dei suoi compatrioti lo tormentava, riuscì a mettere a tacere gli scrupoli. Si sentiva come i politici di Washington che portavano avanti la loro carriera inviando gli americani a combattere una guerra che era, in ogni senso, ingiusta, immorale e impossibile.

35 chilometri a sud di Nuevo Laredo, Messico
9 settembre, ore 13:10

Dopo il passaggio dell'elicottero di pattuglia, tornarono tranquilli verso l'*arroyo*, l'alveo asciutto del fiume. Il fatto che avessero ancora una volta evitato l'intercettazione degli americani sorprendeva e spaventava Guajardo. Sapeva infatti che l'equipaggiamento e l'addestramento dei suoi uomini erano scarsi quanto i sensori e gli strumenti ottici degli apparecchi americani erano efficienti. Non che i suoi uomini fossero negligenti o indisciplinati. Al contrario. Il morale e lo spirito dei soldati erano alti, quasi euforici. Guajardo sapeva che negli uomini che aveva selezionato per combattere nelle retrovie c'era un reale desiderio di far bene. No, non era colpa loro se le cose non erano perfette. Dipendeva piuttosto dal fatto che non erano ben addestrati come avrebbero dovuto essere e mancavano dell'esperienza necessaria per concentrarsi durante il combattimento.

Per un certo verso dava la colpa a se stesso, perché il plotone di cavalleria meccanizzata che tendeva l'imboscata proveniva dalla zona militare di cui egli era stato responsabile prima del 29 giugno. Era naturale che si sentisse agitato ora che i suoi soldati stavano per affrontare la loro prima prova. Era anche naturale che vedesse solo gli aspetti negativi e si immaginasse il peggior risultato possibile. Durante gli addestramenti in tempo di pace, aveva detto ai suoi subordinati che la perfezione in guerra è un'illusione ma, al momento, ciò non lo aiutava a superare l'ansietà, perché sapeva che l'uomo paga con la propria vita e con l'insuccesso in battaglia i propri errori.

Nonostante le sue preoccupazioni non c'era nulla che potesse fare. Tecnicamente, aveva fatto tutto ciò che ci si attende da un comandante. Aveva elaborato una strategia, ottenuto l'approvazione del Consiglio, impartito gli ordini necessari per metterla in atto e fatto tutto ciò che era in suo potere per assicurarsi che i suoi uomini li eseguissero. Ora non gli restava che aver fiducia nel lavoro compiuto e osservare lo svolgersi dei piani. Si rendeva conto che la parte più difficile del comando era fidarsi dei comandanti subalterni, lasciandoli liberi di svolgere il loro lavoro. Eppure doveva pur esserci qualcosa che potesse fare, qualcosa che servisse alla battaglia. Anche in passato aveva spesso sentito lo stesso bisogno. Durante la sua carriera aveva conosciuto molti comandanti, messicani e stranieri, che cercavano di esercitare il potere, di controllare e di influenzare i propri subordinati col pensiero, le parole, le azioni. Ma, fin da giovane, aveva ripudiato i metodi e le tecniche dei suoi colleghi messicani perché ispirati a interessi egoistici. Le gesta dei suoi antenati sul campo di battaglia potevano essere dei modelli da imitare, ma gli fornivano pochi consigli per vincere una guerra. Il mito del giovane cadetto che corre incontro alla morte avvolto nella bandiera del Messico durante la battaglia di Chapultepec, il 13 settembre 1847, era una bellissima leggenda ma non forniva certo a un comandante soluzioni per risolvere i problemi su un moderno campo di battaglia.

In un primo momento aveva pensato di avvalersi dei metodi americani di comando, ma presto si rese conto che i comandanti americani disponevano di un equipaggiamento sofisticato che l'Esercito messicano non avrebbe mai posseduto. Inoltre questa tecnica, a un esame più attento, presentava delle falle. La dottrina e le riviste specializzate predicavano una politica di programmazione centralizzata e di esecuzione decentralizzata in cui i subordinati, in teoria, sarebbero stati liberi di decidere come assolvere i compiti loro assegnati. In pratica, però, i sofisticati sistemi di comunicazione fornivano ai comandanti più anziani, la cui carriera dipendeva dal successo o dal fallimento dei loro subordinati, la possibilità di intervenire nelle operazioni affidate ad altri. I comandanti americani, anziché essere liberi di combattere, erano condizionati da richieste di rapporti frequenti e dettagliati e troppo spesso erano vittime di raccomandazioni e consigli dati da superiori troppo lontani dalla realtà della guerra.

Scartata la tecnica di guerra americana, Guajardo aveva preso brevemente in considerazione quella sovietica che, per molti aspetti, era attraente. Basata su esercitazioni standardizzate e su una teoria chiara e precisa, essa permetteva di eliminare gran parte della soggettività dalle decisioni dei giovani comandanti. Ma scartò anche questa perché troppo inflessibile. La docilità richiesta dalle tecniche sovietiche era inadatta al temperamento messicano. Guajardo sapeva che i suoi uomini erano uomini di carne e di sangue, e di passione. Uomini simili non potevano essere trasformati in macchine come avveniva nell'Esercito sovietico. Solo dopo molti anni aveva capito che non avrebbe mai trovato una tecnica che potesse essere trapiantata nel suo esercito. Aveva quindi optato per un sistema ibrido che combinasse i potenziali dei suoi uomini con tecniche e pratiche di altri. Di tutti i sistemi analizzati, prediligeva quello tedesco. Era il sistema che gli americani pretendevano di seguire, ma Guajardo sapeva che lo avevano modificato con pratiche e idiosincrasie americane. Aveva scelto soprattutto due aspetti del sistema tedesco. Il primo riguardava la costituzione di uno staff piccolo e ben addestrato che creava i piani, li dirigeva e poi forniva il coordinamento necessario per perfezionarli. Il secondo era il comando dal fronte. Egli sapeva che solo stando al fronte gli ufficiali potevano vedere e capire ciò che succedeva. Un uomo chiuso in un bunker sicuro e confortevole, a chilometri dal pericolo, non era in grado di capire come si stesse svolgendo la battaglia. Solo un comandante piazzato spalla a spalla con i suoi uomini poteva valutare ciò che era possibile fare e ciò che non lo era. Per questo, Guajardo non aveva avuto problemi nel giustificare la sua presenza in una trincea frettolosamente scavata in prima linea. Dopo tutto, come poteva pretendere che i suoi subordinati comandassero al fronte se non lo faceva lui stesso?

Un giovane capitano, a capo delle unità di cavalleria meccanizzata della zona, gli batté leggermente sulla spalla per richiamare la sua attenzione, poi indicò la strada, a nord. Guajardo sfoggiò una calma che non sentiva mentre si portava il binocolo agli occhi e scrutava nella direzione indicata dal capitano.

All'inizio, non vide ciò che il capitano gli indicava, poi, come spuntato dal nulla, avvistò un veicolo verde scuro che si avvicinava. Era un Bradley, probabilmente in missione di pattugliamento. Doveva essercene un altro nei paraggi, ed egli lo cercò a nord della strada. Forse era nascosto e copriva il veicolo in testa.

Guajardo grugnì. Forse, disse al capitano, il veicolo da ricognizione era coperto da elicotteri da combattimento. Anche il capitano ci aveva pensato, ma non vedeva né polvere sollevata né vegetazione scossa, segni che generalmente tradiscono la presenza di un elicottero in volo. Guajardo rispose con un altro grugnito. "Forse," disse, "si tratta di una pattuglia incauta."

Il capitano di cavalleria abbassò il binocolo e scrutò l'orizzonte: "Forse, colonnello, è così. Il solo modo per esserne certi, signore, è sparare."

Guajardo, il binocolo ancora fisso sul veicolo da ricognizione nemico, non reagì subito. Poi, intuendo che il capitano aspettava il suo consenso, girò la testa e parlò da sopra la spalla, senza abbassare il binocolo: "D'accordo, capitano."

Il capitano non conosceva il cerimoniale richiesto per cominciare una battaglia, quindi scattò sull'attenti, salutò e rispose con un sonoro "Agli ordini, colonnello."

Guajardo sorrise vedendo il capitano di cavalleria impartire l'ordine di aprire il fuoco: col tempo, indurito dalla guerra, quell'entusiasmo sarebbe scomparso.

Sapeva dove erano nascosti i veicoli da ricognizione Panard, ma non li poteva vedere mentre uscivano dai loro nascondigli per mettersi in posizione di tiro. E non li vide nemmeno dopo che i due veicoli ebbero sparato, sollevando pennacchi di fumo bianco e polvere dalla bocca del cannone.

Nemmeno gli americani erano in grado di vederli. I due Panard avevano entrambi mancato il bersaglio. La scarica di uno dei Panard cadde sulla strada proprio davanti al Bradley americano, mentre quella del secondo colpì il ciglio della strada alla sinistra del Bradley. Ancor prima che il terriccio sollevato dai colpi mancati ricadesse a terra, il Bradley sobbalzò sulla sinistra. Per un secondo Guajardo vide il comandante scomparire nel vano e richiudere lo sportello. Evidentemente il pilota aveva visto l'esplosione davanti a sé, ma non quella sulla sinistra, e doveva aver reagito istintivamente perché la sua manovra stava portando il Bradley proprio a tiro dei Panard messicani.

Il Bradley cominciò a eruttare fumo dal generatore che aveva a bordo. Invece di nascondere il mezzo, cosa che l'intenso fumo bianco avrebbe fatto se i Panard fossero stati dietro di lui, il fumo disegnava ora il profilo del Bradley, facendone un bersaglio ideale. La prima scarica, caduta davanti al Bradley, era stata troppo corta per un errore di calcolo del comandante del Panard ma il Bradley, avanzando, aveva accorciato la distanza. Il comandante del Panard sparò una seconda scarica senza fare correzioni. L'avanzamento del Bradley e la mancata correzione del comandante del Panard crearono una perfetta soluzione balistica per la seconda scarica.

Il colpo anticarro altamente esplosivo da 90 mm del Panard colpì il Bradley proprio sotto il vano dell'autista ed esplose. Un siluro di questo genere ha una testata a carica sagomata che, quando esplode, crea una corrente di getto formata da molecole metalliche fuse e incandescenti. Queste molecole, provenienti dal cilindro di metallo nella testata che crea la corrente di getto, possono esercitare, in un solo punto, una pressione di più di trenta tonnellate per metro quadro. Nel caso del Bradley, questa forza superò facilmente la resistenza dell'armatura di alluminio del veicolo. In meno di un secondo le molecole incandescenti della corrente di getto spazzarono letteralmente via l'armatura del Bradley. Una volta all'interno del Bradley, le molecole del siluro, ora mescolate a quelle dell'armatura del carro, attraversarono ogni cosa incontrata, compreso il petto del conducente. Mentre squarciava il vano-equipaggio, la corrente di getto forava tutto ciò con cui veniva a contatto, appiccando il fuoco sul suo cammino. Quando colpì uno dei missili telecomandati anticarro all'interno del Bradley e penetrò il sottile rivestimento di alluminio della testata, iniziò una reazione a catena.

Da dove si trovava Guajardo, l'impatto della carica da 90 mm sulla rampa frontale del Bradley, seguito da esplosioni secondarie, parve spettacolare. Un secondo prima il carro era là, a caricare i Panard, poi, in un attimo, ci fu un lampo improvviso e un grande sbuffo di fumo denso e nero lo avvolse. Prima che il fumo fosse scomparso, il Bradley fremette ed eruttò una nuvola di polvere. Subito dopo i portelli sulla torretta e sul retro si spalancarono, liberando grandi fiammate che si esaurirono in mezzo secondo. Nonostante ciò, il Bradley continuò ad avanzare, lasciando una scia di denso fumo scuro. Una seconda serie di detonazioni interne, causate dall'esplosione di altre testate immagazzinate a bordo, fece fremere nuovamente il carro. Questa volta, quando apparvero le fiamme alimentate dal combustibile dei due missili, il carro rallentò, svoltò a sinistra e si fermò.

La scena eccitò il capitano di cavalleria. "Ce l'abbiamo fatta, colonnello Guajardo. Abbiamo distrutto il Bradley. E con soli tre colpi!"

La risposta di Guajardo, mentre guardava il carro bruciare, fu fredda: "Quattro colpi, capitano. I suoi Panard hanno sparato quattro colpi. Il secondo colpo dell'altro Panard è passato al di sopra del Bradley. Il comandante del veicolo ha esagerato nel correggere il tiro, o non ha preso in considerazione il fatto che l'americano, diretto verso di lui, stava riducendo la portata arma-obiettivo." Si girò e guardò il capitano di cavalleria: "Deve parlare ai comandanti dei Panard. Erano appostati. Avrebbero dovuto sapere l'esatta distanza dalla strada prima che gli americani arrivassero. In futuro un simile errore potrebbe costarci caro. È chiaro?"

Il capitano scattò sull'attenti, confuso per ciò che riteneva un rimprovero, e rispose con un rapido "Sì, colonnello."

Dopo un attimo d'imbarazzo, Guajardo appoggiò la mano destra sulla spalla del capitano: "È stata una buona azione, capitano. Non le rimprovero niente. Ma non era che un Bradley. La sola 16ª Divisione Corazzata ne ha 316. Lei capisce, non è vero?"

Il capitano di cavalleria abbassò lo sguardo, poi lo sollevò su Guajardo: "Sì, colonnello, capisco. Mi perdoni per essere stato così sciocco. Vede, questa è la mia prima battaglia."

Guajardo afferrò la nuca del capitano e la scrollò: "Non deve scusarsi. È un'esperienza nuova per tutti noi. Ora, muova velocemente i suoi uomini prima che gli altri 315 Bradley ci piombino addosso tuonando."

20 chilometri a sud di Nuovo Laredo, Messico
9 settembre, ore 13:15

"Colonnello Dixon, il 9° Cavalleria è entrato in contatto col nemico!"

L'improvviso annuncio, uscito dall'interfono dell'elicottero, svegliò Dixon che si era appena appisolato. Era attivo dalle 02:00 di quella mattina, dopo meno di due ore di sonno. Era a Laredo quando i messicani avevano fatto esplodere due dei tre ponti sul Rio Grande, in barba alle squadre delle Forze speciali che avevano cercato di prenderli all'ora H, le 04:00. In seguito, si era spostato a sud di Laredo per assistere all'attraversamento del fiume da parte del 2° del 13° Fanteria, l'unità di testa della 2ª Brigata. Sicuro che tutto procedesse per il meglio, era volato a Roma, dove la 1ª Brigata aveva il suo posto di comando più avanzato, per controllare le prime operazioni. Soddisfatto, era ritornato al posto di comando tattico situato fuori Laredo, per seguire la battaglia e consultare il corpo d'armata G3 su una sicura linea di terra.

Era arrivato al posto di comando tattico poco dopo le 10:00, e alle 12:00 era già ripartito, dopo aver ricevuto un aggiornamento dal suo attuale ufficiale addetto alle informazioni della divisione e aver consultato il Grande Al, comandante generale.

Non c'era da sorprendersi se il battere monotono delle pale dell'elicottero e la vibrazione ritmica del motore lo avessero fatto addormentare. Sbatté gli occhi, si guardò intorno per orientarsi e, quando ebbe la mente sufficientemente lucida, premette il pulsante dell'interfono. "Ripeta l'ultimo rapporto, comandante."

Il pilota, il sottufficiale capo 3 Bomaster, capì dalla voce che Dixon si era addormentato. "Abbiamo appena sentito sulla rete del comando di divisione che il 1° del 9° Cavalleria è entrato in contatto. Nessuna coordinata o particolare sono stati comunicati, signore."

Dixon respirò profondamente, cercò la frequenza della rete del comando di Squadrone del 1° del 9° Cavalleria e sintonizzò l'apparecchio di comando e controllo dell'elicottero su una delle stazioni radio.

Il silenzio fu rotto da una serie di conversazioni animate. L'uso di codici personalizzati di chiamata facilitava l'identificazione delle voci. Il comandante dello squadrone, che usava il soprannome Scout 6, stava tempestando di domande il comandante della sua Truppa A, che rispondeva al nome di Alpha 6. Di tanto in tanto l'ufficiale addetto alle operazioni dello squadrone, identificato come Scout 3, interveniva con una domanda, ma veniva quasi sempre ignorato.

"Alpha 6, ripeta la posizione dell'imboscata, passo."

"Qui Alpha 6. Non ho le coordinate a sei cifre. Abbiamo ricevuto solo il rapporto di contatto avvenuto, passo."

"Qui Scout 6. Per quanto ne sappia, un rapporto di avvenuto contatto include la locazione e la natura del contatto. Se avete queste informazioni, passatele. Altrimenti, ditelo, così mi levo la divisione dai piedi, passo."

Ci fu una pausa. Dal tono della voce e dalle domande del comandante dello squadrone, Dixon intuiva che stava per perdere le staffe. E non lo biasimava. Era evidente, dalla breve conversazione udita, che il comandante della truppa stava cercando di prendere tempo, che uno dei suoi elementi di testa era stato colpito e che lui stava cercando di coprire un proprio errore o quello di uno dei suoi subordinati. Dixon poteva quasi immaginare il comandante della Truppa A, seduto al posto di comando, mentre cercava qualche cosa da dire che potesse rabbonire l'adirato comandante di squadrone. Dixon capiva che il comandante voleva proteggere se stesso e i suoi soldati. Questo sentimento era lodevole e accettato in tempo di pace, ma non poteva trovar posto durante la guerra, quando un rapporto tempestivo e accurato poteva fare la differenza tra il successo e il fallimento. Fallire significava perdere inutilmente delle vite e ciò, secondo Dixon, era intollerabile.

"Alpha 6, qui Scout 6. Va bene, giovanotto, rispondi, sì o no. Sai dove ha avuto luogo il contatto, passo?"

"Qui Alpha 6. Negativo."

"Siete in contatto con l'elemento attaccato o con qualcuno che possa vederlo, passo?"

"Qui Alpha 6. Negativo."

"Avete idea della grandezza, della posizione o del tipo della forza nemica, passo?"

"Qui Alpha 6. Negativo."

Ci fu una pausa. Quando il comandante dello squadrone parlò, non si preoccupò di nascondere la sua rabbia. "Alpha 6, cosa cazzo sapete? Passo!"

Ci fu un'altra pausa prima che il comandante della truppa replicasse e quando lo fece la sua voce era bassa, quasi impacciata. "Qui Alpha 6. Un carro da ricognizione dal gruppo Alpha due uno in movimento verso sud ha chiamato dicendo di essere attaccato. Alpha due uno non è più riuscito a contattarlo dopo il rapporto. Passo."

Il comandante di squadrone tradusse in parole la rabbia di Dixon. "Mi sta dicendo che avevate un Bradley tutto solo lungo la strada maestra? Che potreste aver gettato via la vita di cinque uomini solo per scoprire che ci sono dei messicani là fuori, pronti a combattere?"

Dopo un momento, un momento che Dixon capì sarebbe stato il più difficile nella vita del giovane comandante della Truppa A, questi rispose al suo comandante di squadrone. "Qui Alpha 6. Affermativo. Passo."

Dixon spense la radio, aveva ascoltato abbastanza. Guardò fuori del finestrino la scarsa vegetazione del Messico settentrionale che gli passava davanti. Perché ogni guerra doveva iniziare allo stesso modo, pensò? Perché i comandanti dovevano imparare il proprio mestiere sacrificando la vita di giovani soldati? Per quanto fosse dispiaciuto per il giovane comandante, sapeva che questi doveva andarsene. Non solo aveva sbagliato inviando un solo veicolo in ricognizione, ma aveva anche cercato di occultare il proprio errore. Non potevano essere tollerati gli ufficiali, soprattutto quelli di cavalleria, che ritenevano lecito presentare rapporti falsi o incompleti durante il combattimento. Troppe vite dipendevano dalle decisioni prese in base ai loro rapporti. Inoltre, dopo l'umiliazione subita pubblicamente sulla rete radio aperta, Dixon sapeva che la credibilità del giovane comandante era irreparabilmente compromessa. Per questo, ai cinque pattugliatori feriti o uccisi, Dixon aggiunse una sesta perdita, il comandante di truppa.

Sul mezzo operativo, situato nel posto di comando centrale della divisione, Cerro cambiò frequenza dalla rete radio del comando dello squadrone di cavalleria a quella del comando di divisione.

Aveva ascoltato il comandante dello squadrone, e, come Dixon, si sentì depresso. Cerro riteneva il comandante della Truppa A incredibilmente stupido. La sospensione sarebbe stata una punizione troppo dolce. L'idea di inviare una pattuglia da sola in territorio nemico era semplicemente criminale.

No, non era la sorte dei pattugliatori o del comandante di truppa a preoccupare Cerro. Era la fine dell'illusione a deprimerlo. Fino all'ora H, poco prima che i messicani facessero crollare i ponti sul Rio Grande, c'erano stati, nella divisione, ufficiali di stato maggiore convinti che i messicani, ritenendo inutile ogni resistenza alle iniziative militari americane, non avrebbero fatto nulla. Dopo tutto, come aveva fatto notare il G2 della divisione, nel 1916, quando Pershing diede la caccia a Pancho Villa in Messico con tre brigate dell'Esercito americano, l'Esercito messicano aveva solo finto uno schieramento di forza. Questo fatto, insieme ai rapporti dei satelliti J-Stars e delle squadre di pattuglia a lungo raggio, secondo i quali le maggiori unità messicane si erano già ritirate a sud, aveva rafforzato l'opinione che quest'operazione sarebbe stata una bazzecola. L'ufficiale addetto ai piani del G3 aveva pensato che la divisione avrebbe raggiunto Monterrey, a sud, senza incontrare opposizione e occupato e pattugliato il settore assegnato, mentre i due governi negoziavano. Secondo lui, quando tutto il clamore suscitato si fosse esaurito, e le due parti avessero raggiunto un accordo senza perdere la faccia, le forze americane avrebbero dichiarato il successo dell'operazione ritirandosi a nord.

Lo spargimento di sangue rendeva improbabile questa conclusione. Come aveva dimostrato l'affondamento della *Sheffield HMS* e dell'incrociatore argentino *General Belgrano* durante la guerra delle Falklands, una volta che il sangue è stato versato e, di conseguenza, le passioni nazionali divampano, la logica e il buonsenso vengono sommersi dalle grida di vendetta e di vittoria, indispensabili per giustificare il sacrificio. Il sangue versato in nome di Dio e della patria può essere riscattato solo con altro sangue. L'aver pensato che i messicani lasciassero entrare liberamente nel loro paese gli americani era stato, secondo Cerro, molto sciocco. Ora restava da vedere quanto valeva l'orgoglio messicano, quanto il governo americano fosse disposto a pagare per una scelta politica sbagliata e quanto sacrificio avrebbe tollerato il popolo americano scoprendo che una vittoria pulita e decisiva era impossibile.

Cerro si alzò e si guardò intorno. A volte questi pensieri erano sconvolgenti, soprattutto per un capitano di fanteria non più tanto giovane. Chiese al sottufficiale addetto alle operazioni che cosa c'era per pranzo. Il sergente pescò un sacchetto di plastica marrone da un contenitore alimentare sotto il suo tavolo e lesse l'etichetta.

"Gesù, signore. È fortunato." Allungò il pacchetto a Cerro e aspettò che lo afferrasse prima di annunciare, con grande sussiego: "E il capitano si becca... polpette di maiale."

Cerro fece una smorfia e lesse a sua volta la scritta nera sul pacchetto. Poi, rivolto agli altri uomini del furgone, disse: "Qualcuno deve pur mangiarle." Detto ciò si rigirò sui tacchi e scese dal furgone in cerca di un posticino tranquillo dove poter consumare il suo pranzo, lontano dai pensieri e dal rumore della guerra.

19

Il vero capo è quello che sa come unire la fermezza alla saggezza, la conoscenza professionale alla risolutezza in combattimento, l'arte dell'organizzatore a quella dell'esecutore. È in questo modo che acquista la sicurezza.

Il maresciallo Pétain

Città del Messico
11 settembre, ore 09:00

Jan Fields era rimasta molto sorpresa dalla richiesta del colonnello Guajardo di vederla da sola, senza il resto della troupe, prima di lasciare Città del Messico. Anche se poteva escogitare una dozzina di scuse per non andare, il modo in cui il colonnello aveva fatto la sua richiesta l'aveva convinta ad accettare. Aveva comunicato la sua imminente partenza dal Messico da meno di un'ora, quando un maggiore dell'Esercito si era presentato nella sua stanza d'albergo. Le aveva consegnato una busta e l'aveva informata di essere stato incaricato personalmente dal ministro della Difesa di restare in attesa della risposta.

La busta conteneva un semplice pezzo di carta gialla, del tipo usato per annotare i messaggi telefonici. Scritto in una grafia bella e scorrevole, il messaggio era semplice e diretto:

Señorita Fields,
le sarei grato se alle otto e trenta di domani mattina mi onorasse della sua presenza a colazione. Significherebbe molto per me se mi concedesse l'opportunità di salutarla, in privato.
Rispettosamente suo,
Guajardo

Quando, sorprendendo se stessa, aveva detto all'ufficiale che accettava, il maggiore l'aveva informata che sarebbe passato a prenderla il mattino dopo per scortarla dal ministro della Difesa. Joe Bob cercò di fare l'impossibile per dissuaderla. "Gesù Cristo, Jan. Perché mai dovresti vedere il colonnello da sola? Nel caso non lo sapessi, i nostri paesi sono in guerra e lui, oltre tutto, è il numero uno dei capi militari messicani. A volte, non so proprio che cosa ti passi per la testa."

Jan non gli diede retta. Si era impegnata e aveva intenzione di andare all'appuntamento. Questa, secondo lei, era un'occasione su un piatto d'argento.

Consumarono una colazione leggera nell'ufficio di Guajardo. Panini, frutta, caffè e succo di frutta. Mentre mangiavano, parlarono poco e Jan notò che Guajardo appariva riposato e rilassato, come non si sarebbe aspettata da un uomo il cui paese era stato di fatto attaccato dagli Stati Uniti. Sembrava controllato, calmo e sicuro di sé. In un certo senso questo fatto la preoccupava. Se l'uomo che era il numero uno dei capi militari messicani, non mostrava segni di preoccupazione nonostante l'Esercito americano gli stesse per piombare addosso, allora, forse, la convinzione dei funzionari del Pentagono che questa sarebbe stata un'operazione facile e veloce poteva risultare infondata. Mentre gli parlava, Jan lo guardava negli occhi, occhi che – come quelli del suo amante, Scott Dixon – non lasciavano trapelare segreti o emozioni.

Quando ebbero terminato il pranzo, Jan e il colonnello si spostarono su grandi poltrone imbottite, dove sorseggiarono il loro caffè. Guajardo spiegò che non poteva permetterle di partire senza averle espresso la sua personale gratitudine, e quella del presidente del Messico, per aver trattato la rivoluzione del 29 giugno e il Consiglio dei 13 in modo imparziale e oggettivo. Il giorno precedente era giunto a Città del Messico per un'importante riunione del Consiglio e aveva deciso di ringraziarla di persona: "Pochi suoi colleghi," spiegò, "hanno trovato il tempo di guardare dietro i sanguinosi avvenimenti del giorno e di valutare i fatti che li hanno resi necessari. A suo modo, señorita Fields, lei ha dimostrato che è possibile superare la distanza culturale che separa le nostre nazioni e capire i nostri problemi."

Abituata alle critiche, Jan rimase momentaneamente senza parole. La sincerità del complimento, rivoltole in un momento come quello, le fece vibrare una corda nel cuore. Quello, pensò, era un uomo di grandi passioni e ideali. Pensò a lungo per trovare una risposta adeguata, ma non ci riuscì. L'unica cosa che disse fu un semplice grazie, sussurrato in modo tale da far capire a Guajardo che le sue parole erano cariche di emozione.

Ci fu un silenzio carico di tensione, poi Guajardo si schiarì la voce e offrì a Jan un'altra tazza di caffè. Sebbene non la desiderasse, lei accettò. Guajardo balzò dalla poltrona e si diresse prima alla caffettiera, poi verso la poltrona di Jan. Mentre le versava il caffè, passò al secondo argomento.

"Si rende conto, señorita Fields, di essere l'unica americana che si è valsa dell'opportunità di parlare con i membri del Consiglio, dal 29 giugno?"

Jan non ci aveva pensato. In un certo senso, l'idea le andava a genio. Le piaceva quel punto di vista. Poi, un istante dopo, quell'affermazione la colpì come uno schiaffo in pieno viso. Il suo paese, la sua adorata America, che in quel momento stava invadendo il paese del colonnello, non si era presa la briga di sedersi e discutere con le persone che considerava suoi nemici. A Guajardo, che riprendeva il suo posto di fronte a lei, fece notare che il segretario di stato aveva incontrato in tre differenti occasioni il ministro degli Esteri Barreda, e che un inviato speciale della Casa Bianca era stato due volte in visita dal colonnello Molina, presidente del Consiglio.

Guajardo ridacchiò, appoggiandosi allo schienale. "Lei non ha prestato attenzione a ciò che ho detto, señorita. Ho detto, *parlato* con noi. I vostri rappresentanti non hanno parlato con noi. Ci hanno dettato legge, ci hanno minacciato, hanno cercato di imporsi. Ma parlato, come noi due in questo momento, mai. Mai. Non si può stabilire un dialogo significativo tra uomini quando da una parte non c'è che l'arroganza basata su una presunta superiorità culturale e sociale. Tutti i rappresentanti del suo presidente non potevano non pensare che le persone con cui parlavano, fratelli miei, erano poveri soldati corrotti, ignoranti in politica e in diplomazia. I suoi rappresentanti ci vedono come piccoli dittatori buffoni, come Lyndon Johnson considerava Ho Chi Minh un contadino e un terrorista."

Guajardo, resosi conto che il suo tono si era fatto amaro e duro, fece una pausa. Respirò profondamente e cercò di calmarsi. Infine guardò Jan che sedeva con gli occhi spalancati e aspettava.

"Mi perdoni, señorita Fields, ma questi sono tempi molto difficili. Non intendevo spaventarla o sfogare su di lei la mia frustrazione. Temo che il piacere della sua visita sia stato rovinato dalla mia mancanza di autocontrollo."

Jan scosse la testa e si strinse nelle spalle, assicurandolo che non c'era problema, che capiva.

"Señorita Fields, vorrei che lei facesse un'ultima cosa per me, un piacere personale."

Jan disse che lo avrebbe fatto, qualsiasi cosa avesse chiesto.

"La CIA sa di certo che lei questa mattina si trova qui. Non ho fatto nulla per mantenerlo segreto. Sicuramente la contatteranno. Quando lo faranno, dica loro che ha un messaggio da parte del presidente del Messico, un messaggio personale che è rivolto al presidente americano."

Jan ammiccò. Dio, pensò. Joe Bob aveva ragione. Avrebbe dovuto starsene lontana. Ora stava per finire immischiata in storie di messaggi segreti. Eppure annuì semplicemente e disse che avrebbe fatto del suo meglio. Che cos'altro poteva fare? In quel momento era poco più che una prigioniera.

E l'idea che le fosse offerta l'opportunità di far qualcosa di concreto per porre fine alla guerra la stuzzicava molto. Le veniva offerta la possibilità di fare qualcosa che poteva togliere Scott dal pericolo, che avrebbe protetto l'uomo che amava dal rischio in cui volontariamente si era gettato. Quella era la valida giustificazione per consegnare il messaggio di Guajardo.

"Parli di noi al suo presidente. Gli dica ciò che pensa. Crei nella sua mente l'immagine di ognuno di noi come persone, non come membri del governo nemico. Poi gli riferisca ciò che ha visto e ciò che pensa di noi, del Messico, e di ciò che stiamo facendo. Se lui la ascolterà fino in fondo, allora aggiunga questo messaggio. Noi non vogliamo avere problemi con gli Stati Uniti. I nostri futuri, come le nostre storie, sono intrecciati. Uno non può esistere senza l'altro. Sotto molti aspetti, siamo una cosa sola. Entrambi ci consideriamo un grande popolo, orgoglioso della nostra tradizione. Tutto ciò che chiediamo è lavorare per il nostro avvenire, in pace, come ci sembra giusto. Non chiediamo nulla che già non abbiamo, se non la pace e il rispetto. E gli dica, señorita Fields, che se non vuole garantirci la pace, allora non abbiamo altra scelta se non quella di combattere in nome di quel rispetto, su un campo di battaglia che sarà lui ad aver scelto."

5 chilometri a ovest di Sabinas Hidalgo, Messico
11 settembre, ore 18:30

Guajardo arrivò nel tardo pomeriggio per prepararsi al primo grande confronto tra le forze del suo paese e quelle americane. Guardò l'ora e si rese conto che presto sarebbe stato buio: era tempo per i suoi soldati di cominciare a muoversi, come i predatori del deserto.

Da un posto d'osservazione nascosto vicino a una vecchia miniera, poteva scorgere le unità americane che si schieravano.

Molto di quello che gli americani gli permettevano di vedere era per trarlo in inganno.

Ma quello che facevano gli americani non era importante. Ciò che il comandante americano aveva intenzione di fare in quel settore, nelle poche ore che precedevano e durante l'imminente scontro, non avrebbe cambiato i piani di Guajardo per la difesa di Monterrey. Dopo essere avanzata con estrema cautela verso sud, la 16ª Divisione corazzata americana si era fermata, concentrando le forze a nord e a nord-est di Monterrey. Con una brigata riunita a nord di Monterrey, intorno a Lampazos, un'altra a sud di Vallecillo e la terza a sud di Agualeguas, la 16ª Divisione era pronta per attaccare Monterrey.

La distanza tra le brigate americane suggeriva a Guajardo che il comandante della divisione non fosse preoccupato da un contrattacco delle forze messicane. Se lo fosse stato, avrebbe tenuto le brigate più vicine, spiegate in modo tale da poter contare su un mutuo supporto. Gli ottimi sistemi di comunicazione, nonché le numerose unità dell'aviazione in grado di pattugliare gli spazi tra le brigate, offrivano agli americani la possibilità di frazionare le loro truppe da combattimento e di attaccare Monterrey da tre direzioni. Qualsiasi azione contro una delle brigate isolate condotta da parte di una unità meccanizzata sarebbe stata facilmente neutralizzata da aerei ed elicotteri da combattimento molto prima che la forza messicana fosse riuscita ad avvicinarsi alle unità americane.

Guajardo però non aveva nessuna intenzione di sprecare le sue preziose unità meccanizzate in un inutile contrattacco, almeno non ancora. Aveva deciso di cedere questa mano, la battaglia di Monterrey, agli americani.

Ma se non aveva intenzione di sprecare nessuna carta nella difesa di Monterrey, non era neanche disposto a perdere a basso prezzo. Non poteva battere gli americani, ma poteva ferirli, e forse intimorirli. Durante la battaglia, avrebbe avuto l'occasione di infliggere serie perdite al nemico.

Istruì i suoi uomini alla luce di questo progetto. Due battaglioni di fanteria furono schierati a nord, all'interno e intorno alla città di Villaldamo. Lì, sarebbero stati in grado di contrastare un attacco sulla valle, da nord, da parte della brigata americana distaccata a Lampazos. Sul Passo del Mamulique, due battaglioni di fanteria, uno di milizie e uno dell'esercito regolare, col rinforzo di una compagnia anticarro, coprivano la via che da Laredo, verso nord-est, arrivava a Monterrey. A nord-est di Monterrey c'era la Sierra Picachos, con il Passo di Mamulique a ovest e pianure a est e a sud-est. In quell'area, al centro della quale sorgeva una città chiamata Nuevo Repueblo, una piccola brigata dell'esercito regolare con un battaglione di fanteria meccanizzata, un battaglione di milizie, due batterie d'artiglieria e la cavalleria meccanizzata, erano spiegati nell'eventualità di un attacco a sud della Sierra Picachos. Era qui, a est, che Guajardo si aspettava che la 16ª Divisione americana concentrasse i suoi sforzi. Uno spostamento da Lampazos avrebbe costretto gli americani ad avanzare attraverso una valle lunga e stretta, punteggiata da villaggi e cittadine. Un attacco attraverso il Passo di Mamulique li avrebbe costretti a combattere su un terreno che favoriva i messicani. Solo a sud, intorno a Nuevo Repueblo, il terreno era favorevole alle ampie, travolgenti manovre delle forze meccanizzate. Fino a oggi il comandante americano aveva fatto tutto il possibile per evitare un attacco diretto contro postazioni che potevano essere difese facilmente. Guajardo non si aspettava che cambiasse tattica.

Per questo motivo posizionò a sud della città, nella cittadina di Marin, l'unica grande forza che era disposto a sacrificare in difesa di Monterrey, un battaglione di carri armati nicaraguesi T-72. Da lì, i carri potevano muoversi sia a nord, per colpire una unità americana diretta a sud dal Passo di Mamulique, oppure a est, per colpire una forza americana che si spostasse attraverso Nuevo Repueblo. I trenta carri che componevano il battaglione erano arrivati dal Nicaragua in gran segreto ed erano stati spostati durante la notte, lungo le vie secondarie. Era stato un grande sforzo, uno sforzo troppo grande secondo alcuni, e anche Guajardo si aspettava che gli elicotteri d'attacco americani li avrebbero presto annientati. Ma non era sulla loro forza in combattimento che Guajardo contava. Egli puntava sull'effetto sorpresa che l'apparizione dei carri nicaraguesi avrebbe provocato.

Non tutti erano d'accordo per utilizzare tanto presto i nicaraguesi nel conflitto. Alcuni membri del Consiglio dei 13 si erano opposti alla decisione di Guajardo. Qualcuno temeva che, usando i nicaraguesi, avrebbero spinto gli americani ad allargare il conflitto. La minaccia di un'invasione del Messico meridionale, o di una campagna di bombardamenti attraverso il Messico per isolare il paese dal resto dell'America Latina, spaventava alcuni membri del Consiglio. Essi avevano osservato che non era saggio irritare gli americani. Altri insistevano perché la parte iniziale del conflitto fosse un affare esclusivamente messicano, lasciando fuori dal combattimento le altre forze straniere. In caso contrario, insistevano, avrebbero dato ai loro avversari del sud l'impressione che il Messico non fosse in grado di combattere le sue battaglie.

Sia Guajardo che Barreda, invece, pensavano che sarebbe stata una buona cosa lasciare che i nicaraguesi scendessero subito in campo. Anche loro pensavano che una simile azione avrebbe allargato l'area del conflitto ma speravano anche che questo potesse essere un ammonimento per gli americani. Dopo tutto, erano venuti in Messico in cerca di sicurezza, non per cominciare un conflitto intercontinentale. Inoltre, se il Consiglio avesse coinvolto subito i suoi alleati, e lasciato che un po' del loro sangue fosse versato, questi si sarebbero impegnati maggiormente. Finché gli altri paesi latino-americani erano lasciati fuori dalle battaglie, c'era il pericolo che cambiassero idea e ritirassero le loro forze e il loro sostegno.

Ma Guajardo, in privato, ammetteva un'altra ragione valida per coinvolgere i nicaraguesi. Sapeva di non poter vincere la battaglia di Monterrey e che lo scontro sarebbe stato rapido e sanguinoso. Una sconfitta che investisse solo forze messicane sarebbe stata umiliante e avrebbe messo in dubbio l'abilità dell'Esercito messicano. Con il coinvolgimento del vantato Esercito nicaraguese e la condivisione della responsabilità della sconfitta, Guajardo avrebbe potuto umiliare alcuni ufficiali sandinisti che insistevano per dargli consigli, e mostrare a loro, e agli altri alleati, che la tecnologia e la potenza militare americana non dovevano essere prese alla leggera.

Adesso che la strategia era stata messa a punto, il ruolo di Guajardo nello scontro imminente sarebbe stato semplice. Doveva solo prendere due decisioni. La prima: dove e quando inserire i carri armati nicaraguesi nella battaglia. Saputo dove gli americani concentravano i loro sforzi, avrebbe preso la decisione e pronunciato la parola in codice stabilita per lanciare il contrattacco. La seconda decisione sarebbe stata presa quando, a suo giudizio, le sue forze avessero fatto tutto ciò che potevano fare e un ulteriore sacrificio sarebbe stato inutile. Quando si fosse giunti a quel punto, avrebbe fatto trasmettere la parola in codice che autorizzava i suoi comandanti subordinati a interrompere il contatto con gli americani. Essi si sarebbero quindi ritirati su nuove postazioni a sud e a ovest di Monterrey, si sarebbero raggruppati e avrebbero atteso, mentre l'iniziativa tornava nelle mani dei politici e dei diplomatici.

12 chilometri a sud-ovest di Vallecillo, Messico
11 settembre, 18:40

Il Grande Al e Dixon sedevano nel furgone del G3 e rivedevano le loro previsioni sullo sviluppo della battaglia del mattino successivo. Delle tre possibilità a disposizione della divisione, Dixon prediligeva quella di un'avanzata della forza principale attraverso il Passo di Mamulique. Aveva il vantaggio, fece notare, di essere la scelta meno prevedibile e la più diretta per Monterrey. Un attacco al passo era comunque necessario, poiché le colline ai suoi lati dovevano essere ripulite. La divisione aveva una potenza di fuoco diretto e indiretto più che sufficiente a sbaragliare i difensori del passo, mentre la fanteria appiedata veniva aviotrasportata sui fianchi e dietro i difensori, per isolarli. Una volta ottenuto il controllo dell'altopiano, la fanteria appiedata sarebbe stata libera di sbaragliare i difensori che ancora resistevano.

Era importante, aveva fatto notare Dixon al Grande Al, dimostrare subito l'efficacia della potenza bellica americana attaccando la posizione meglio difesa e più difficile. In una battaglia circoscritta come quella che Dixon auspicava, tutto lo sforzo della divisione poteva essere concentrato su un unico punto. La tecnica di attaccare il punto apparentemente più forte era spesso utilizzata dalla Brigata di forza d'opposizione, al Centro nazionale di addestramento a Fort Irwing, per scuotere la sicurezza delle unità che là si addestravano. Dixon, che era stato vittima di uno di quegli attacchi, capiva il valore psicologico di una simile azione.

Il Grande Al invece era un sostenitore delle grandi manovre, un soldato che preferiva usare i cingoli dei suoi carri armati piuttosto che i cannoni. Lo interessava l'ultimo tratto a sud della Sierra Picachos, dove il terreno era più aperto e quindi più favorevole ai movimenti delle forze meccanizzate. I difensori messicani, notoriamente scarsi di forze meccanizzate e assolutamente privi di moderne armi controcarri, sarebbero stati rapidamente travolti da un attacco di mezzi corazzati. Inoltre la preferenza del Grande Al coincideva con la direttiva generale del Dipartimento dell'Esercito perché fossero evitati, quando possibile, i grandi scontri, con conseguenti perdite e combattimenti prolungati. L'ordine irritava Dixon. Egli affermava che era come se gli avessero ordinato di uccidere i messicani, ma non troppo. Anche il Grande Al pensava che era ridicolo stabilire certe restrizioni, proprio ora che avevano iniziato una guerra ma, come comandante, non aveva altra scelta se non di ubbidire.

Il tempo per i dibattiti e le decisioni era finito e il successo o il fallimento delle operazioni del giorno seguente erano nelle mani di capitani e sottotenenti, e il Grande Al e Dixon confrontavano la loro campagna a quella di Zachary Taylor, nel 1846. Si lamentavano del controllo esercitato da persone estranee al teatro delle operazioni. Se Taylor avesse avuto gli obblighi di comunicazione che ora venivano imposti a loro, fece notare Dixon, la 16ª Divisione corazzata si sarebbe preparata alla conquista di Kansas City, non di Monterrey.

5 chilometri a nord-est di Martínez, Messico
12 settembre, ore 00:50

La prospettiva di un'azione nei dieci minuti successivi, dopo un'imprevista e improvvisa marcia su strada, non entusiasmava più il sottotenente Nancy Kozak. Questo era in parte dovuto alla marcia su strada che aveva portato il 2° del 13° Fanteria dalla riserva della divisione, a Vallecillo, alla sua attuale posizione, alle spalle della 3ª Brigata. Avevano marciato tutta la notte ed erano giunti nella nuova zona di raduno proprio mentre il sole si affacciava all'orizzonte, a est. Invece di gettarsi nella battaglia in corso, nei pressi di Nuevo Repueblo, come si era aspettato il comandante di battaglione, il 2° del 13° era stato nuovamente piazzato in riserva. La situazione era completamente cambiata da quando si erano mossi. Invece di riuscire a sfondare, il comandante della 3ª Brigata aveva incontrato una resistenza tanto inattesa da parte dei messicani che aveva cambiato l'intero quadro della situazione.

Nancy Kozak venne a sapere, da un aggiornamento del capitano Wittworth, di ritorno dal comando del battaglione, che, piuttosto che cedere il territorio senza combattere, i messicani che contrastavano l'avanzata della 3ª Brigata a sud della Sierra Picachos si erano spostati su altre posizioni, protetti dall'oscurità. Gli elementi di testa dell'attacco della 3ª brigata, trovando vuote le posizioni occupate in precedenza dai messicani, pensarono che questi si fossero ritirati. Nel tentativo di catturare il nemico in fuga, i due battaglioni di testa stavano cambiando formazione quando inaspettatamente si scontrarono con le maggiori postazioni da combattimento messicane. La conseguente combinazione di sorpresa, dura resistenza nemica e cambio di formazione durante una battaglia notturna, portò a una confusione che rallentò e poi fermò l'avanzata degli americani. Invece di continuare a battersi col buio, il comandante aveva ordinato di interrompere il contatto e di prendere immediate posizioni di difesa. L'attacco, aveva detto Wittworth ai suoi comandanti di plotone, sarebbe ricominciato dopo l'alba, con i soli elementi che erano già stati impiegati. Fino a quel momento, quando cioè la situazione si fosse completamente stabilizzata, il 2° del 13° sarebbe rimasto in riserva, come era stato dall'inizio dell'invasione del Messico.

A Kozak non andava poi così male. Il motivo per cui accettava ancora il ruolo di riserva era che aveva la sensazione che le cose nel suo plotone non andassero per il verso giusto. Anche se non avrebbe saputo razionalizzare questa sensazione, sapeva che c'era qualcosa che non andava tra i suoi uomini. Era psicologicamente pronta al combattimento, ma non era certa che il suo plotone e il suo sergente di plotone Rivera fossero pronti.

Quando, il giorno precedente, aveva riferito le sue impressioni al sergente Maupin, egli aveva ammesso, in una conversazione stranamente franca, che sperava di poter partecipare al combattimento. La prospettiva di essere ferito o ucciso non entusiasmava né lui né la squadra. Ma tutti desideravano ugualmente avere la possibilità di sparare, la possibilità di tornare vincitori.

Che i suoi uomini la pensassero così fu una rivelazione per il giovane tenente Kozak. E che anche lei provasse la stessa sensazione fu una sorpresa. L'idea di partecipare attivamente alla battaglia, e il pensiero che stava per avere l'occasione di dimostrare a se stessa e agli altri che possedeva "la stoffa giusta", l'affascinava come nulla prima d'ora. Il fatto che alcune persone dovessero morire per soddisfare questo bisogno sembrava una considerazione remota, insignificante.

Il comportamento del sergente Rivera la preoccupava più di ogni altra cosa. Anche se il capitano Wittworth aveva parlato della possibilità che alcuni soldati di origine ispanica potessero essere riluttanti ad affrontare il combattimento, Kozak non aveva mai dubitato che il suo sergente, la pietra angolare del plotone, avrebbe avuto dei ripensamenti. Ma che li stesse avendo, diventava ogni giorno più evidente. Il suo cambiamento risaliva all'incidente di confine del 7 settembre. Svolgeva i compiti che gli venivano assegnati, ma lo faceva in modo meccanico, impersonale, senza entusiasmo. Anche i soldati cominciavano ad accorgersi dello strano atteggiamento del sergente.

Era quindi necessario fare qualcosa, e farlo subito, ma Kozak non aveva idea di come affrontare il problema. L'unica volta che aveva fatto cenno in presenza di lui a un cambiamento nel suo modo di fare, c'era mancato poco che non l'azzannazze, chiedendole di enumerare esattamente le cose che non andavano. Gli aveva risposto che non vi era nulla di veramente sbagliato, e fu sorpresa quando lui aveva ribattuto che, se c'era qualcosa di cui non era soddisfatta, allora doveva esonerarlo e trovarsi qualcun altro che le andasse a genio. Frustrata dall'affronto, aveva riferito la conversazione e le sue preoccupazioni al primo sergente della compagnia, che non si rivelò di grande aiuto. Con un'alzata di spalle le aveva detto di non preoccuparsi, che tutti in guerra diventano un po' strani, e le aveva assicurato che, una volta cominciata la sparatoria, il vecchio sergente Rivera sarebbe tornato a galla, come per magia, e tutto sarebbe tornato normale. Forse, pensò, aveva ragione lui perché, in fin dei conti, era un primo sergente e un veterano.

Guardò l'orologio, poi i veicoli davanti a lei, e decise che non c'era molto altro da fare. Tutto era pronto. Si toccò con delicatezza i lati del naso con le dita. Dannazione, pensò, quando finirà di farmi male questo maledetto naso?

Mentre il sottotenente Nancy Kozak si sforzava di capire gli umori del suo plotone, i suoi pari, nei due battaglioni di testa della 3ª Brigata, avevano problemi più immediati da risolvere. Dopo aver controllato tutte le informazioni a disposizione sulle postazioni messicane, comprese le informazioni ottenute da una veloce ricognizione della pattuglia aerea divisionale, il comandante della 3ª Brigata ordinò ai battaglioni di testa di muoversi alle 06:00. La sua intenzione, dichiarata in un ordine verbale impartito ai comandanti del suo battaglione alle 04:00, era di trovare e fermare il nemico. Una volta che i comandanti di brigata e di battaglione avessero individuato con certezza le principali postazioni nemiche, avrebbero distrutto tutto ciò su cui potevano mettere le mani. Senza rendersene conto, il comandante della 3ª Brigata aveva perso di vista l'intenzione del comandante della divisione, e abbandonava un'operazione di manovra per intraprenderne una incentrata sul confronto diretto e sull'uso di armi micidiali. Era un approccio alla guerra più consono ai soldati americani e assomigliava a quello di Dixon.

Una delle cose più importanti era riuscire a motivare e a smuovere i soldati. Anche un soldato professionista si stanca. Nessuna esercitazione, nessun beneficio, reale o immaginario, poteva cambiare il fatto che il corpo e la mente umana non possono resistere più di tanto senza sonno, vero sonno. I soldati della 3ª Brigata stavano raggiungendo quel limite.

Il giorno precedente, per sconfiggere i messicani, la brigata era stata radunata in una zona a est di Nuevo Repueblo e solo quando l'oscurità era calata, nella notte dell'11 settembre, era stata spostata sulle attuali posizioni d'attacco. Lo spostamento era stato orchestrato in modo che, mentre l'ultima unità si avvicinava alla posizione d'attacco, gli elementi di testa attraversassero la linea di partenza e si lanciassero in avanti. Programmato per le 22:00, inizialmente l'attacco sembrava procedere bene. Il primo scontro, avvenuto alle 22:15, era stato leggero e lungo la linea dove la brigata si aspettava di trovare il nemico. Alle 22:35, quando il contatto era stato interrotto e, come i rapporti iniziali riferivano, le unità di testa stavano già oltrepassando molte posizioni abbandonate, il comandante di brigata aveva ordinato loro di passare dall'attacco deciso all'inseguimento.

Fu a questo punto, mentre i battaglioni si riunivano in formazioni adatte a un inseguimento, abbandonando la posizione d'attacco, che ebbe luogo lo scontro con le principali postazioni messicane, postazioni che non erano state precedentemente identificate. Inizialmente le si erano credute abbandonate. Solo poco dopo le 23:00, probabilmente alle 23:20, si era scoperta la verità. A quel punto, le compagnie allineate in colonne di plotoni, con le unità di artiglieria schierate e raccolte in testa, furono coinvolte in un combattimento ravvicinato.

In molti casi i comandanti di compagnia reagirono spiegando nuovamente le loro unità e conducendo veloci attacchi improvvisati. Alcuni di questi attacchi ebbero successo e permisero al comandante di compagnia di avanzare a sud-ovest, verso il suo obiettivo. Ma altri fallirono, ricacciando indietro la compagnia. Alcuni comandanti, incapaci di valutare la situazione, raccolsero le loro unità in una stretta posizione difensiva e attesero gli ordini. Nel giro di pochi minuti il controllo e il comando effettivo a livello di battaglione, e più su ancora, cessò di esistere.

La confusione non era limitata a quei livelli. Il comando e il controllo cessarono di esistere anche all'interno di alcune compagnie. Un attacco notturno fallito può assomigliare incredibilmente a un incubo. I mezzi cingolati incendiati gettano una strana luce sul campo di battaglia, dominato dal fuoco che proviene dalle posizioni nemiche e dall'artiglieria che non è stata distrutta nell'attacco. In questa zona devono agire i medici e le squadre di soccorritori, sotto il controllo del primo sergente della compagnia, per salvare i feriti e recuperare i veicoli danneggiati.

Mentre ha luogo tutto ciò, il comandante di compagnia, se non è morto, deve cercare di radunare i sopravvissuti, contarli per sapere chi gli è rimasto, capire ciò che è successo per poter inviare un rapporto tempestivo e accurato al comandante di battaglione e riorganizzare la sua unità. Questo sforzo è generalmente complicato dal fatto che a volte i comandanti, compreso il comandante di compagnia, sono tra le perdite che il primo sergente deve recuperare. Quando ciò si verifica, i sergenti di plotone – o, se anche loro sono morti, i capisquadra – devono assumere i doveri del comandante di plotone e fare, nelle peggiori circostanze possibili, cose per le quali non sono mai stati addestrati.

Un attacco fallito sembra quasi sempre essere peggiore di quel che è in realtà. Ci vuole, comunque, tempo per rendersene conto. E, anche quando una unità si è finalmente ripresa e riorganizzata, l'impatto psicologico del fallimento, unito all'indebolimento dovuto allo sforzo fisico, allo stress e al trauma causato dalla confusa battaglia notturna, è sufficiente per rendere l'unità inattiva per ore. È a questo punto, nel mezzo di una situazione apparentemente impossibile, che i giovani ufficiali che conducono le compagnie e i plotoni si guadagnano la paga. Inevitabilmente, infatti, la voce di qualche invisibile ufficiale di stato maggiore arriva, uscendo dall'oscurità, attraverso la radio, al giovane capitano o tenente e gli impartisce nuovi ordini che richiedono che la sua unità si esponga nuovamente agli orrori ai quali è appena scampata.

È in questo momento, nel breve spazio di tempo che separa l'accettazione dei nuovi ordini da parte del comandante e l'imposizione di questi all'unità, che molti giovani comandanti sperimentano una solitudine e una disperazione che non ha confronti. Esausto, il comandante dell'unità deve trovare, nel profondo della sua anima, non solo il coraggio e la forza di ritornare a combattere ma anche il modo di convincere circa cento uomini a seguirlo.

L'intera 3ª Brigata era in fermento. Alcune compagnie, senza controllo, stavano avanzando verso Monterrey. Altre, dopo aver tentato attacchi affrettati e aver fallito, erano disperse e si stavano riprendendo. Poiché si facevano sempre più alte le possibilità che alcune unità rimanessero isolate o che, nella confusione della notte, si sparasse su unità amiche, il comandante dovette accettare il fatto che la sua brigata si stava sgretolando. Una volta compresa questa realtà, non volendo esporre le unità a inutili rischi, fu facile per il comandante ordinare, poco dopo mezzanotte, di interrompere il contatto, di assumere velocemente posizioni difensive e di prepararsi a una nuova azione alle 06:00.

In quelle sei ore non ci fu tempo per riposare. I comandanti dovevano scorrazzare per il campo di battaglia per valutare lo stato delle loro unità e del personale, organizzare e supervisionare il riarmo e il rifornimento, ricevere e impartire nuovi ordini per l'operazione successiva. Tutto questo, fatto al riparo dell'oscurità, dopo un attacco fallito, prosciugava ogni forza fisica e psicologica. Lo stesso comandante della brigata, accusando gli effetti della lunga e difficile notte, sapeva che la sua unità aveva ancora solo qualche ora buona prima di arrivare allo sfinimento: era necessario un battaglione di riserva. In una conversazione a tre con il comandante della divisione e il G3, il comandante della 3ª Brigata spiegò che intendeva sfondare tutte le posizioni messicane che incontrava con i suoi battaglioni. Una volta assicuratosi che la principale linea difensiva fosse stata sgombrata, intendeva servirsi della riserva, spingendo il 2° del 13° Fanteria attraverso le aperture create dai battaglioni di testa verso Monterrey.

Sebbene al Grande Al non piacesse l'idea di tuffarsi a capofitto nelle difese messicane, aveva la sensazione che la 3ª Brigata fosse troppo avanzata per interrompere il contatto, un'impressione creata dai rapporti provenienti dal personale della 3ª Brigata. Dixon, che vedeva la situazione sotto la stessa luce del comandante della brigata, era arrivato alla stessa soluzione, e quindi sostenne la sua iniziativa. Il Grande Al si fidò del giudizio del comandante e, anch'egli sofferente per mancanza di sonno e per l'eccessiva tensione nervosa, approvò il piano che avrebbe gettato il plotone del sottotenente Kozak, pronto o non pronto, nel cuore della battaglia.

20

Il nostro odio non conosce limiti e la guerra sarà combattuta sino alla morte.

Simon Bolívar

5 chilometri a nord-ovest di Nuevo Repueblo, Messico
12 settembre, ore 09:40

La manovra del plotone di Kozak rappresentò un'esperienza triste. I primi veicoli che incontrarono furono ambulanze cariche di feriti. Poi seguì il campo di battaglia vero e proprio. L'asse d'attacco seguito dalla 3ª Brigata era punteggiato di veicoli in fiamme. Qua e là, deposti ordinatamente ai lati dei veicoli, c'erano sacchi neri, pieni dei resti degli equipaggi morti.

La colonna, in cui si trovava anche il plotone di Kozak, fu rallentata dai genieri da combattimento, che dirigevano gli elementi di testa del 2° del 13° verso percorsi segnati in mezzo a campi minati. Rallentando quasi fino a fermarsi, Kozak ebbe più tempo per ispezionare il punto in cui la 3ª Brigata si era scontrata con le forze messicane. Mentre si avvicinavano alle posizioni nemiche, aumentava il numero dei veicoli americani distrutti o danneggiati: era una bella smentita dei rapporti dell'ufficiale addetto alle informazioni del battaglione secondo il quale i messicani avevano poche armi anticarro. Alcuni veicoli bruciavano furiosamente, eruttando grandi nuvole di fumo nero. Altri, i cannoni puntati verso lo spazio aperto, restavano là, miseri e abbandonati. L'unico movimento era quello delle bandiere verdi, gialle e rosse, lasciate dai sopravvissuti dell'equipaggio sui veicoli colpiti per aiutare le squadre di soccorso a determinare la natura del danno e a verificare se c'erano feriti a bordo.

Kozak, intenta a osservare un veicolo da traino che agganciava un Bradley, non notò i sistemi di difesa messicani finché il suo Bradley, improvvisamente, colpì un dosso. Guardò in giù per vedere che cosa avessero investito, quando scorse una trincea coperta di cadaveri. Prima che potesse reagire, il movimento in avanti del Bradley coprì l'immagine e la sostituì con quella di un veicolo di soccorso americano parcheggiato dietro la trincea.

Questo era circondato da soldati feriti, americani e messicani, alcuni sdraiati su barelle o coperte, la maggior parte sul terreno nudo. Su un lato del veicolo, squadre di medici lavoravano senza sosta mentre i feriti meno gravi aspettavano il loro turno. Sul lato opposto del veicolo, un cappellano, col paramento rosso attorno al collo sopra la tuta mimetica, era inginocchiato davanti a una figura immobile e amministrava gli ultimi sacramenti.

Molto impressionata, Kozak distolse lo sguardo e scrutò l'orizzonte. Ma questo non le portò alcun sollievo, perché l'orizzonte era punteggiato da altri veicoli in fiamme, altre stazioni di soccorso e altre fosse piene di morti. Questo era il vero volto della guerra, un volto che, fino ad allora, era stato per lei solo una fredda nozione teorica. Ora, e per il resto della sua vita, sarebbe stato una realtà.

Appena il suo carro ebbe superato il percorso segnato, un soldato che Kozak riconobbe come l'autista di Wittworth, le fece segno di fermarsi. Ordinò al soldato scelto Freedman di fermarsi, si tolse l'elmetto e si sporse per sentire quali novità ci fossero. Egli, indicando un gruppo di tre Bradley sulla destra, gridò sopra il rimbombo del motore che l'ufficiale in comando si trovava là per impartire un "immediato", cioè un ordine sintetico. Gli mostrò il pollice alzato a significare che aveva capito, si rimise l'elmetto e comunicò al sergente Rivera che sarebbe andata dall'ufficiale in comando per ricevere un "immediato" e che pertanto, fino al suo ritorno, lui sarebbe stato al comando. Rivera le chiese dove parcheggiare il plotone. Kozak non rispose e si diresse a passo veloce verso il carro dell'ufficiale in comando. Rivera bestemmiò tra sé e sé e cercò un punto libero in cui fermare il plotone, il più lontano possibile dal fetore della morte e dalle unità della 3ª Brigata che ancora combattevano l'ultima resistenza.

Non appena Kozak ebbe raggiunto il circolo di tenenti raccolto intorno a Wittworth, questi li guardò e chiese: "Ci siamo tutti?"

Dopo che il suo vicecomandante ebbe risposto che tutti erano presenti, Wittworth si girò verso la rampa frontale del suo Bradley, dove aveva spiegato la carta topografica. Durante il briefing indicò con una penna i simboli e le posizioni di cui parlava. "Al momento ci troviamo qui, sul limite settentrionale dell'Obiettivo Amanda. Il resto del battaglione è sparso a sud, rispetto a noi. Questa mattina l'attacco della 3ª Brigata è riuscito a sfondare la principale linea di difesa del nemico e a sconfiggerlo."

Kozak rivolse una breve occhiata al panorama desolante che li circondava e si chiese chi veramente fosse stato sconfitto.

"Il battaglione," continuò Wittworth, "dopo aver completato il passaggio di linee attraverso la 3ª Brigata, condurrà un'azione di contatto verso l'Obiettivo Beth, posto a sud di questa città, chiamata Marin, e poi verso l'Obiettivo Carrie. Schierati in formazione a diamante, con la Squadra Charlie al comando, la Compagnia B sulla destra..."

L'improvviso rumore del cannone da 25 mm di un Bradley a meno di cento metri alle loro spalle fece sobbalzare Kozak. Si girò e vide il Bradley, sul bordo di una trincea, che sparava verso l'interno. I membri della 3ª Brigata stavano svolgendo l'orrendo compito di rastrellare le posizioni nemiche raggirate. Il Bradley sparava per sostenere un carro armato M-IAI che, con una lama apripista sul davanti, spingeva il fango nella trincea, a partire dal lato opposto al Bradley. Il carro M-IAI, senza fretta, abbassava la lama e spingeva cumuli di terra fin dentro la trincea. Nel retrocedere, il carro si girava un poco, avvicinandosi al Bradley, e ricominciava. Di tanto in tanto, mentre l'M-IAI si ritraeva, il Bradley sparava qualche scarica sulla parte di trincea ancora non coperta.

Curiosa di sapere perché si sprecavano tempo e munizioni in un simile lavoro, Kozak si rivolse a Wittworth e glielo chiese. Wittworth respirò profondamente: "Be', credo che i messicani nascosti nella trincea non vogliano arrendersi."

Gli occhi di Kozak tradirono lo sgomento. Gettò una breve occhiata alla trincea, giusto in tempo per vedere il carro armato che spingeva un altro carico di terra oltre il bordo. Di nuovo rivolta a Wittworth, gli chiese se qualcuno avesse cercato di convincere i messicani ad arrendersi. Wittworth ridacchiò: "Dubito, tenente Kozak, che qualcuno nella 3ª Brigata fosse in vena di provarci. È una regola generale che più ti difendi e meno probabilità hai che l'attaccante sia in vena di accettare la tua resa."

Dopo un'ennesima lunga occhiata alla trincea, Kozak voltò le spalle a quello scempio. Lo sforzo del motore del carro, mentre spingeva altra terra sulla trincea, e il saltuario frastuono del cannone del Bradley, le ricordavano ciò che stava succedendo. Come definire degli uomini che preferiscono essere sepolti vivi piuttosto che arrendersi, si chiese. Erano eroi? O pazzi? Erano il coraggio e l'orgoglio che li spingeva a fare simili cose? O era follia? Gettò un'ultima occhiata furtiva verso la scena e decise che avrebbe preferito prendersi un proiettile da 25 mm nel petto che lasciarsi seppellire in quel modo.

Era così turbata da quelle immagini che perse la maggior parte del briefing di Wittworth. Non che facesse alcuna differenza. La Compagnia B si sarebbe attestata sulla destra, la sua normale posizione quando il battaglione era schierato a diamante, e il suo plotone, il 2°, sarebbe stato di guardia sul lato destro, a 1500 metri dal resto della formazione. Wittworth la avvertì che il suo plotone sarebbe passato attraverso una serie di corsi d'acqua asciutti che l'avrebbero costretto a procedere più lentamente rispetto al corpo principale del battaglione che si muoveva invece su un terreno piano, ma lei non fece caso a ciò che le disse. Era alle prese con la fredda, spietata realtà della guerra.

10 chilometri a nord-ovest di Nuevo Repueblo, Messico
12 settembre, ore 09:55

I carri armati americani e i veicoli da combattimento che si accanivano sulle trincee della brigata che proteggeva Nuevo Repueblo erano sempre più numerosi, e Guajardo sapeva che la fine era vicina. E lo sapeva anche il colonnello che comandava la brigata che stava per essere travolta da quei veicoli. Incapace di guardare più a lungo quel disastro o di ascoltare le richieste di aiuto dei suoi subordinati, richieste che non poteva soddisfare, il comandante della brigata tolse lo sguardo dalla fenditura di osservazione del bunker e si volse verso Guajardo. Con le lacrime che scorrevano lungo le guance e il petto che ansimava, il comandante di brigata faceva fatica a guardare il superiore negli occhi. Infine, con grande sforzo, lasciò uscire il suo debole: "Perdonami, Alfredo Guajardo, perché ho deluso te e il popolo messicano."

Sopraffatto dalle emozioni, Guajardo strinse il comandante di brigata in un forte abbraccio. Poi, sempre tenendo il comandante per le spalle, indietreggiò dicendo al collega che non c'era di che vergognarsi. Lui e i suoi uomini avevano combattuto magnificamente in una situazione di terribile disparità. I suoi uomini, gli disse Guajardo, avevano mostrato agli americani, e al mondo intero, che il Messico non avrebbe mai abbassato la testa di fronte a nessun uomo e a nessuna nazione. La loro, disse, era una vittoria del cuore e dello spirito.

Quando il comandante di brigata si fu un po' calmato, Guajardo gli ordinò di rompere il contatto e di ritirare più unità possibili. Per il momento, il loro compito era finito. Era importante che quelli in grado di farlo si radunassero e si preparassero per la battaglia successiva. Con rinnovata sicurezza, il comandante di brigata salutò Guajardo, si girò verso i suoi uomini e cominciò a impartire gli ordini.

Guajardo li osservò per un momento. Sapeva che era stata una lunga e dura battaglia. Tutti, lui compreso, stavano raggiungendo i limiti della loro resistenza. Anche se quello che lui e il comandante di brigata avevano sopportato non reggeva il confronto con ciò che i fanti dovevano affrontare nelle trincee più avanzate, lo stress e la tensione del comando, associati alla mancanza di riposo, si facevano sentire, soprattutto sui più anziani. Sapeva che era tempo di cessare la battaglia. Era stato un buon combattimento, al di là di tutte le sue aspettative. Avevano respinto un attacco notturno, ne avevano contenuto un altro quasi sino alla fine e, più importante, avevano mantenuto le loro posizioni. Avevano fatto il loro dovere.

Soddisfatto da queste considerazioni, si rivolse al suo assistente: "Contatta il comandante nicaraguese. Digli che può iniziare il suo attacco verso Nuevo Repueblo. E, Juan, digli che raccomando la strada settentrionale, attraverso i fiumi in secca. È più lenta, ma offre più protezione."

15 chilometri a est di Marin, Messico
12 settembre, ore 11:10

Kozak non poteva più sopportare il calore del sole che picchiava sul Bradley. Uscì dal portello della torretta e si gustò la fresca brezza prodotta dall'avanzamento del carro. Non pensò che, fuori del portello e con l'elmetto alzato sulla testa, si esponeva incautamente, dalla vita in su, al fuoco nemico. Tutto ciò che le importava, in quel momento, era la brezza fresca e il fatto che potesse goderne.

Il suo piacere fu interrotto da un rapporto del sergente Maupin – il cui Bradley si trovava sull'estremità destra del plotone schierato a cuneo – che segnalava una grande nuvola di polvere sul fronte destro del plotone. Kozak guardò in quella direzione, e la scorse. Si chiese che cosa potesse produrre una nuvola tanto grande: si trattava sicuramente di polvere, ma da chi era sollevata? Guardò la carta ed ebbe conferma che nessuno avrebbe dovuto trovarsi di fronte o a destra del suo plotone. Secondo gli ordini di Wittworth e i grafici che le aveva consegnato, era il suo plotone a trovarsi sul lato destro. Alzò lo sguardo dalla carta e contò i suoi mezzi. C'erano tutti e quattro. Poi, guardò a sinistra, verso la pianura sottostante. A una distanza di circa millecinquecento metri, poteva vedere gli altri veicoli della Compagnia A. Sebbene fossero un po' più avanti di lei, a causa del terreno sconnesso con cui doveva lottare il suo plotone, tutto sembrava essere in ordine, laggiù. Si girò nuovamente a destra e studiò la nuvola di polvere per un momento, prima di prendere una decisione.

Convintasi che la nuvola non fosse causata da forze amiche, ristudiò la carta. Qualsiasi cosa sollevasse la polvere, questa doveva trovarsi nell'*arroyo* successivo, quasi parallelo a quello in cui si trovava il plotone. Secondo la carta, era relativamente grande e serpeggiava scendendo a valle. Stretto in cima, si allargava una volta raggiunta la campagna aperta sottostante. Non sarebbe stato saggio, secondo lei, far uscire l'intero plotone dal fiume in cui si trovavano ed esporlo alla fonte della nuvola di polvere, quindi ordinò al plotone di fermarsi. Contattò Rivera per dirgli di restare dov'era mentre lei si sarebbe incamminata con l'addetto radio per dare un'occhiata.

Senza attendere una risposta, si tolse l'elmetto. Aprì la porta della torretta che separava il vano equipaggio dal resto del Bradley, e urlò all'addetto radio di smontare. Sicura che l'avesse sentita, prese il fucile, l'elmetto da combattimento e il giubbotto antiproiettile e li gettò fuori dal portello in cima alla torretta. Si arrampicò, si alzò, indossò il giubbotto, lo sistemò e cominciò a scendere con cautela.

In passato, era solita saltare a terra dal fianco del veicolo, ma da quando si era rotta il naso si muoveva con più cautela perché una leggera scossa era sufficiente a causarle uno spasmo di dolore che le arrivava fino al cervello. Non andava certo fiera della sua ferita, né di come se l'era procurata, ma aveva i suoi vantaggi, pensò. Era venuta a sapere che, nel giro di pochi giorni, il suo soprannome all'interno del plotone, era cambiato da "tenente Labbra" a "il Naso". Non che ne fosse entusiasta ma se non altro era un soprannome che non faceva distinzioni di sesso.

A terra fu accolta dal soldato scelto Billy Bell, l'operatore radio. Aveva l'uniforme inzuppata di sudore, ma il sorriso sulle labbra: "Che cosa succede, ST?"

Anche il fatto che tutti la chiamassero ST, l'abbreviazione di sottotenente, non la disturbava più. All'inizio i soldati del suo plotone, abituati a lavorare in un mondo esclusivamente maschile, le rispondevano chiamandola "signore" e ciò, in più occasioni, aveva causato vergogna e imbarazzo, accompagnati da scuse che, a volte, erano sincere. I soldati del 2° Plotone sembravano incapaci di pronunciare la parola "signora". Così, fu raggiunto un tacito accordo: i soldati, usavano ST e lei non se ne lamentava.

Infilò la sua cartina nella grande tasca dei pantaloni e osservò prima la nuvola di polvere, che sembrava avvicinarsi, e poi Billy Bell. Indicò col fucile: "Saliamo la collina per vedere chi sta sollevando quella polvere."

Bell sospirò: "Dobbiamo proprio trottare, ST? Fa più caldo che all'inferno."

Ignorò il commento spiritoso di Bell e cominciò a scalare di buon passo la riva del fiume, gridando: "Andiamo, Bell. Un po' di esercizio ti farà bene."

Bell si guardò la pancia e scrollò la testa. Dannazione, pensò mentre si arrampicava dietro di lei. Avrebbe mai smesso di criticare la sua pancetta? Non era poi così grossa.

Usciti dal fiume, Kozak si orientò e si diresse verso la nuvola. Nessuno dei due fu particolarmente cauto mentre procedevano verso la cresta della collinetta che separava il fiume del suo plotone da quello da cui sembrava provenire la nuvola. In cima Kozak si fermò per riprendere fiato e per scrutare il terreno davanti a lei. S'inginocchiò e posò l'orecchio a terra: poteva udire il cigolio e lo scoppiettio di veicoli a ruote dentate e il basso rombo dei motori diesel.

Carri armati! C'erano dei carri armati davanti a loro. Ma di chi? Il rombo rauco dei motori non assomigliava alla turbina di un M-IAI. Sebbene il posto, il calore e la distanza potessero alterare il rumore, Kozak aveva l'impressione che non si trattasse di amici. Bell le arrivò alle spalle e gridò: "Eccomi, ST. Meglio tardi..."

Kozak si voltò e si portò l'indice alle labbra, per zittirlo. Bell si fermò e guardò prima lei, poi la nuvola di polvere, ascoltando il rumore dei motori dei carri. Capì immediatamente cosa stava succedendo. Si accovacciò accanto a lei, il fucile in posizione, e attese la mossa successiva del suo comandante.

Kozak rimase ancora qualche secondo inginocchiata a osservare e a pensare. Sentiva lo stomaco che si contraeva mentre i battiti del cuore acceleravano. Il sudore le colava giù per la schiena in piccoli rivoli e il suo corpo si preparava a combattere o a fuggire mentre la sua mente studiava la prossima mossa. Si alzò con calma e cominciò ad avanzare, gli occhi fissi sulla cima dell'argine antistante. Bell la seguì in silenzio, lo sguardo che saettava dalla schiena di Kozak alla cima dell'argine e alla nuvola di polvere sollevata degli invisibili carri armati.

A circa due metri dall'orlo, Kozak si gettò a terra e cominciò a strisciare. Bell fece altrettanto. Dal bordo dell'argine videro quello che sembrava il più grande tank del mondo passare a meno di due metri sotto di loro. Bell boccheggiò: "Gesù Cristo! Cosa cazzo sono quelli?"

Kozak, nello sforzo di controllarsi mentre vedeva i carri passare sotto di loro, non rispose subito. Quando fu in grado di parlare, tutto ciò che le uscì fu: "È un carro armato." Poi, come ripensandoci: "Un T-72."

Dopo poco secondi fece la sua comparsa un secondo carro armato. Apparve, come dal nulla, sul bordo del fiume, leggermente spostato a destra, a una distanza di circa cento metri. Il nuovo arrivato, raggiunto l'orlo, rallentò fin quasi a fermarsi. Il capocarro, sporto in fuori dal portello, dirigeva le manovre: il pilota avanzò molto lentamente finché sentì il carro in bilico sulla cima. A questo punto, toccò l'acceleratore con estrema delicatezza per dare al carro la spinta sufficiente a superare il bordo e raggiungere il fondo del fiume. Dal suo punto di osservazione, Kozak notò la torretta e il retro del carro esposti per pochi secondi. Raggiunto il fiume, il carro girò a destra e passò sotto di loro, seguendo il primo che stava ora scomparendo avvolto dalla polvere.

Kozak non aveva idea di chi conducesse i carri né da dove venissero, ma sapeva che non erano amici e, peggio, che erano diretti a valle, e puntavano proprio al fianco destro del 2°. Kozak e Bell si spostarono dal bordo e si sedettero. Con una mano Kozak estrasse la carta, mentre con l'altra afferrava il microfono della radio e riferiva l'avvistamento a Rivera, con la voce più calma possibile. Sapeva che nel giro di pochi minuti il nemico avrebbe raggiunto il resto della compagnia e, non volendo perdere tempo aspettando gli ordini dell'ufficiale in comando, impartì gli ordini a Rivera. Dopo tutto, era la guardia laterale, incaricata di proteggere il battaglione da un attacco. Toccava a lei prendere l'iniziativa.

Secondo la carta, l'*arroyo* si apriva proprio a sud rispetto a loro. Pensò che i carri, prima di colpire il 2°, si sarebbero schierati proprio là. Poiché i cannoni da 25 mm e i missili Tow dei Bradley non sarebbero serviti a quella distanza, decise di inviare i Bradley, al comando di Rivera, a sud, verso lo spazio aperto, dove avrebbero potuto attaccare i carri armati da una certa distanza. E piuttosto che coinvolgere i fanti appiedati in un combattimento a lungo raggio in cui sarebbero stati inutili, ordinò che essi la raggiungessero con le armi anticarro portatili. In questo modo, avrebbe potuto spezzare la colonna in due, mentre Rivera si sarebbe occupato dei carri che avevano già superato la posizione in cui si trovava, colpendoli lateralmente e da dietro mentre si raggruppavano per l'attacco al battaglione. Pregava solo che l'artiglieria, e gli elicotteri, che sperava Wittworth avrebbe inviato, sarebbero stati sufficienti per fronteggiare il numero di carri che ancora dovevano arrivare.

Impartiti gli ordini, restituì il microfono a Bell. Notò che la stava osservando e si sforzò di sorridere. "Sembra che stiamo per ficcarci in un bel pasticcio."

Bell annuì: "Già, è un grande momento."

"Sei pronto, Bell?"

La guardò negli occhi. Se aveva paura, non lo dimostrava. Sorrise: "Cazzo se sono pronto, ST."

Con il sergente Maupin in testa, Kozak spiegò le sue tre squadre di fanti. Posizionò Maupin e la sua 1ª squadra sulla destra e gli raccomandò l'uso dei missili anticarro telecomandati Dragon, spiegandogli che se avesse aspettato a sparare fino a quando il tank iniziava la discesa verso il fiume, la sottile armatura in cima sarebbe stata esposta. Dalla distanza da cui avrebbero sferrato l'attacco, il missile avrebbe avuto giusto il tempo di colpire. Il tempo di volo del missile, meno di tre secondi, non avrebbe concesso al conduttore del carro il tempo per reagire. Come immaginava Kozak, la spinta in avanti del carro e la conseguente perdita di controllo al momento di scendere verso il fiume, avrebbe impedito all'equipaggio di evitare il missile teleguidato anche se lo avessero avvistato. La 1ª squadra avrebbe sparato per prima, dando inizio all'imboscata. Quando Maupin mostrò di aver capito, Kozak lasciò che si portasse in posizione e si diresse verso un altro caposquadra.

Al centro posizionò il sergente Strange e la sua 3ª squadra. Erano troppo vicini per usare i Dragon, perciò ordinò che venissero usati i razzi anticarro leggeri AT-4. Disse a Strange che, strisciando in cima al fiume, dove erano stati lei e Bell, la squadra avrebbe potuto sparare sul carro nemico che passava al di sotto. Lo avvertì di lasciare che il carro cominciasse la sua discesa, prima di far fuoco, per evitare che i frammenti dell'esplosione volassero e colpissero il tiratore.

Quando arrivò il sergente Zeigler con la sua 2ª squadra, li posizionò sulla sinistra. La loro missione era di attaccare i carri che fossero riusciti a superare le squadre di Maupin e di Strange.

Poiché la polvere avrebbe potuto causare dei problemi con i Dragon, lasciò a Zeigler la scelta delle armi più adatte da usare. Partiti anche questi, Kozak rimase a guardare i tre capisquadra che schieravano rapidamente i loro uomini.

Il pensiero della sconfitta, e delle sue conseguenze, non attraversò mai la sua mente. Affrontava i problemi uno alla volta, a mano a mano che le si presentavano. In quel preciso momento, la sua unica preoccupazione era che le squadre si posizionassero prima che l'ultimo carro nemico li avesse superati. Con i capisquadra al lavoro, Kozak raggiunse la 3ª squadra al centro.

Tornò in cima al fiume e strisciò al fianco di Strange che stava scrutando oltre l'orlo. Quando la vide, si chinò e le sussurrò: "Quando è pronta, ST..."

Kozak indietreggiò di qualche passo, si alzò sulle ginocchia e guardò alla sua destra. Maupin le fece un cenno con la mano. Era pronto. Guardò a sinistra e attirò l'attenzione di Zeigler che pure le fece segno. Si girò verso Maupin e gli diede il segnale. Maupin accolse l'ordine con un saluto enfatizzato, dopo di che si sporse sul fiume, appoggiando una mano sulla spalla del cannoniere. Kozak osservò i due uomini, il caposquadra e il cannoniere, che aspettavano il momento giusto. Quando vide la mano di Maupin che si alzava a colpire la schiena del cannoniere, seppe che l'attacco era cominciato.

Il cannoniere si chinò sul mirino, prese un ultimo profondo respiro e premette il grilletto. Lo sfrecciare del missile e lo scoppiettio dei piccoli razzi guida, ai suoi lati, fecero sobbalzare gli uomini della 2ª squadra. Sul lato opposto del fiume, solo il capocarro vide il missile che arrivava. Come Kozak aveva previsto, non vi fu nulla che poté fare per evitarlo. Aggrappato al bordo del portello aperto, non poté fare altro che guardare incredulo, gli occhi e la bocca spalancati, il missile di Maupin che si avvicinava al suo carro.

Il Dragon colpì il tetto piatto della torretta proprio di fronte al capocarro. Il portello fece da scudo al suo corpo, ma la testa non aveva alcuna protezione quando la testata a carica sagomata del missile esplose. Se le ferite causate dall'esplosione non furono fatali, lo fu la successiva esplosione delle munizioni di bordo. Tutte le munizioni del cannone principale di un T-72 sono protette, disposte in circolo, sotto il fondo della torretta. L'angolo d'attacco usato dal cannoniere di Maupin, tuttavia, annullò il sistema di difesa. La corrente di getto della testata a carica sagomata del Dragon si diresse direttamente sulle munizioni immagazzinate.

Maupin e il resto della sua squadra rimasero a guardare mentre si alzava una gran fiammata che inghiottì il capocarro. Poi, con loro grande sorpresa, il carro armato tremò ed esplose, sradicando la torretta e scaraventandola in aria. Incuranti dei frammenti volanti e delle granate lanciate dall'esplosione, gli uomini di Maupin alzarono la faccia al cielo. Era la prima volta che vedevano la fine di un carro armato.

Le squadre di Strange e Zeigler stavano utilizzando i razzi anticarro AT-4 contro il loro obiettivo. Poiché la 1ª squadra aveva dato inizio all'imboscata e la 3ª squadra non poteva sparare finché l'obiettivo si trovava sotto di loro, si creò, per parecchi secondi, una strana situazione di stallo tra la 3ª squadra e il comandante del veicolo sotto di loro. Questi si voltò a guardare ciò che era successo al carro che lo seguiva, poi si guardò intorno e poi in direzione degli uomini della 3ª squadra.

Se non ci fosse stata la guerra, la situazione sarebbe apparsa comica, con il capocarro a bocca aperta e gli occhi spalancati, che guardava gli uomini di Strange mentre puntavano due razzi anticarro AT-74 contro il suo mezzo. Gli uomini di Strange udirono le grida di panico del capocarro altrettanto chiaramente quanto il suo equipaggio. Solo quando il comandante impugnò la mitragliatrice, qualcuno si decise a fare qualcosa. Senza pensarci due volte, Strange puntò il suo M-16, fece scattare la sicura con il pollice e sparò una raffica di tre colpi. Colpito alla schiena e alla spalla, il capocarro cadde all'interno del portello della torretta, fuori portata, mentre il carro avanzava lungo il fiume, allontanandosi dalla squadra di Strange. Quando pensò ci fosse una giusta distanza tra il carro e i suoi uomini, Strange diede ordine di far fuoco. Entrambi i razzi andarono a segno e colpirono il vano motore. Anche se il loro sforzo produsse un risultato meno spettacolare di quello della 1ª squadra, i danni e l'incendio causato dai razzi anticarro furono sufficienti per bloccare il carro. Gli uomini di Strange guardarono e attesero a lungo, i fucili e le armi automatiche pronte a sparare sull'equipaggio che abbandonava il carro incendiato. Ma nessuno uscì. Dal carro colpito uscirono solo le grida degli uomini dell'equipaggio che bruciavano vivi, grida che sembravano bestiali più che umane. Che gli uomini dell'equipaggio avessero scelto di morire in quel modo fu quasi una delusione per la squadra di Strange. Era un sentimento simile a quello di un cacciatore a cui viene negato il piacere di uccidere una preda che ha snidato.

Kozak guardò a sinistra e vide che la squadra di Zeigler aveva attaccato un altro carro. Per chissà quale ragione, fu sparata contro il carro una seconda scarica di razzi anticarro AT-4. Dietro di loro poteva vedere solo colonne di fumo nero. Doveva trattarsi di Rivera e dei Bradley che combattevano.

Fece segno a Bell di avvicinarsi e, mentre lo aspettava, guardò la riva opposta da cui erano arrivati i carri nemici. Il timore di non riuscire a schierare il plotone in tempo per affrontarli era ora sostituito dallo sgradevole presentimento che, molto probabilmente, c'erano altri carri che in quel medesimo istante si stavano raggruppando per un attacco. L'artiglieria di sostegno richiesta avrebbe già dovuto essere arrivata. Quando Bell le allungò il microfono, accese la radio e chiamò Rivera.

Rispose invece il sergente Kaszynski, l'assistente capo della 1ª squadra. Kozak ne fu sorpresa: "Alpha due uno, qui Alpha due sei. Siete in contatto con Alpha due quattro? Passo."

Seguì una pausa prima che Kaszynski rispondesse: "Due sei, qui due uno Alpha. Il veicolo di due quattro è stato colpito. Passo."

Le ci volle un secondo per assimilare le parole di Kaszynski. Il Bradley del suo sergente di plotone era stato colpito. "Alpha due uno. È stato colpito gravemente? È ancora operativo? Passo."

Mentre attendeva, si guardò intorno. Dell'artiglieria nessuna traccia. Dalla sua parte, tutti i suoi uomini, come lei, stavano controllando la sponda opposta del fiume, in attesa di altri carri. "Due sei, qui due uno. Il veicolo di due quattro si muove ancora. Hanno alzato una bandiera rossa. Non posso parlare ora. Stiamo attaccando un tank. Passo."

Bandiera rossa significava che c'erano feriti a bordo. Kozak valutò attentamente la situazione. Pensò che era inutile parlare a Kaszynski mentre guidava l'attacco, ma si rese conto che, così facendo, rinunciava al controllo di una metà del suo plotone. Non che potesse fare molto dalla sua posizione. I Bradley erano da qualche parte alla sua sinistra, fuori vista, guidati dagli assistenti dei capisquadra, per la prima volta in combattimento contro un numero imprecisato di carri armati. Questo fatto lasciava gli uomini che si trovavano con lei senza altro modo di spostarsi se non a piedi esposti al pericolo di un imminente attacco proveniente dalla parte opposta del fiume. Inoltre non aveva modo di sapere se Rivera era riuscito a fare rapporto al comandante della compagnia. Concluse di essere riuscita a incasinare le cose nel peggiore dei modi e decise fosse tempo di contattare direttamente Wittworth.

Disse a Bell di spostarsi per poter cambiare la frequenza su quella della rete radio della compagnia. Cercò sulla tabella plastificata che teneva appesa alla catenella della piastrina di riconoscimento la frequenza della compagnia e sintonizzò la radio. Poi prese il microfono, premette il pulsante e tentò di contattare Wittworth.

"Alpha sei, qui Alpha due sei. Passo."

La risposta di Wittworth la fece sussultare: "Alpha due sei, qui Alpha sei. Dove diavolo siete finiti? Cosa diavolo state facendo? Passo."

Decise che era meglio fare un rapporto completo, ma fu interrotta: "Due sei, qui sei. Lo ripeto, che cosa diavolo sta succedendo? Passo."

"Alpha sei, qui Alpha due uno. I fanti sono posizionati alle coordinate uno punto tre a nord del punto di controllo Charlie tre tre. Abbiamo attaccato e distrutto tre T-72 nemici in quel punto. Stop. Alpha due uno sta attaccando altri T-72 nelle vicinanze del punto di controllo tre tre. Alpha due quattro è stato colpito. Passo."

"Alpha due sei, qui Alpha sei. Richiedo conferma sull'attacco a dei T-72. I messicani non hanno T-72. Passo."

L'ultimo commento di Wittworth colpì Kozak come una mazzata: allontanò il microfono, guardò sbigottita il vuoto. Il sergente Strange, che aveva ascoltato e osservato la scena, le chiese che cosa non andasse. Kozak lasciò cadere il microfono in grembo e lo guardò: "Wittworth dice che i messicani non hanno T-72. Vuole la conferma che stiamo attaccando dei T-72."

Strange si sporse sul fiume e guardò il T-72 in fiamme a meno di dieci metri dalla sua postazione, poi si rivolse a Kozak: "Ebbene, ST, ora ce li hanno."

Kozak ridacchiò mentre raccoglieva il microfono: "Alpha sei, qui Alpha due sei. Affermativo. Stiamo attaccando dei T-72. Passo."

Wittworth sbottò subito dopo: "Qui Alpha sei. Non è possibile. Non ce li hanno. Passo".

Prima di realizzare ciò che stava facendo, Kozak premette il pulsante della radio: "Sei, qui due sei. Ebbene, ora ce li hanno. Se attende un momento la faccio parlare con uno dei loro capicarro. Passo."

Strange e gli altri membri della squadra, che avevano ascoltato la conversazione, cominciarono a ridere. Mentre attendeva una risposta, Kozak li guardò e, incapace di trattenersi, scoppiò in una risata. Che imbecille, pensò. È lontano dal combattimento e viene a dire a me ciò che vedo. Che imbecille!

La voce che uscì dalla radio colse di sorpresa sia lei che Wittworth. Blu sei, il comandante del battaglione, aveva ascoltato la rete radio della compagnia.

"Alpha due sei, qui Blu sei. Ho monitorato il suo rapporto e ho avvistato i suoi Bradley e i T-72. State facendo un ottimo lavoro, due sei. Stanno per arrivare una squadra di pronto intervento aereo e i 'serpenti'. Avete dei razzi fumogeni per segnalare la vostra posizione? Passo."

Sebbene non avesse la più pallida idea di cosa fossero i "serpenti", chiese a Strange se c'erano dei razzi fumogeni colorati. Egli ne estrasse uno dalla cartucciera e glielo mostrò: "Le va bene il viola, ST?"

Kozak informò il comandante del battaglione che i razzi fumogeni c'erano.

"D'accordo, Alpha due sei. Il controllo aereo chiede che ne lanciate uno adesso. La squadra di pronto intervento aereo arriverà da sud-est. Passo."

Kozak esitò, chiedendosi se fosse una buona idea quella di segnalare la loro posizione. Se le truppe amiche potevano vedere il fumo, lo avrebbero visto anche le nemiche. Ma il comandante del battaglione glielo aveva ordinato. Senza pensarci oltre, ordinò a Strange di lanciare il razzo fumogeno alle loro spalle perché servisse da segnale per un attacco aereo. Attese finché la nuvola di fumo fu ben sviluppata e poi richiamò.

"Roger, Alpha due sei. Abbiamo avvistato il vostro fumo. La squadra di pronto intervento è partita in questo istante. Quando loro avranno finito, voglio che catturiate dei prigionieri, immediatamente. Dobbiamo scoprire chi guida quei carri armati. Passo e chiudo."

"Blu sei, qui Alpha due sei. Ricevuto per i prigionieri. Vi avviseremo quando li avremo presi. Passo e chiudo".

Quando né il comandante del battaglione né Wittworth risposero alla sua ultima chiamata, pensò che per il momento non avevano più bisogno di lei. Giratasi verso sud-est, gridò ai suoi capisquadra di spargere la voce di un imminente attacco aereo. Bell fu il primo ad avvistarli: "Eccoli là, ST".

Kozak vide due punti che si avvicinavano velocemente. Nel giro di pochi secondi i punti neri divennero delle macchie nere, poi apparvero le ali e, infine, appena prima che passassero sopra di loro, le due macchie assunsero la caratteristica forma degli F-16. Quando li vide sganciare il carico prima di superare la postazione del suo plotone, pensò: Cristo, ci colpiranno! Trattenne il respiro mentre guardava le bombe che cadevano dai jet. Riprese fiato solo quando le bombe a grappolo passarono oltre il plotone e cominciarono a esplodere sulla riva opposta del fiume. Una serie di esplosioni secondarie le disse che gli F-16 avevano fatto centro. L'apparizione di una compagnia di elicotteri da combattimento Apache, un secondo dopo, fu come una doccia rinfrescante. Ce l'avevano fatta. Il 2° Plotone, Compagnia Alpha, i "Diavoli della polvere", ce l'avevano fatta. Ora non le restava che scoprire quanto fosse costata la loro piccola vittoria.

10 chilometri a sud-est di Vallecillo, Messico
12 settembre, ore 22:45

Il capitano Nino Garza stava osservando i mezzi del comando centrale della 16ª Divisione corazzata che avanzavano lungo la strada diretta a sud-est di Vallecillo. L'informazione, avuta sei ore prima, che il posto di comando della divisione si sarebbe spostato, era esatta: il capitano aveva poi indovinato lungo quale strada. Se avesse sbagliato, sarebbe stato colpevole di aver inutilmente esposto i centocinquanta membri della Forza di Difesa Rurale, spiegati lungo la strada in attesa di sorprendere il posto di comando americano. Tentò ancora una volta di reprimere le vertigini che provava al pensiero della battaglia imminente.

Quando si sentì pronto, scese dalla roccia dalla quale aveva osservato la strada e raggiunse i suoi comandanti adunati per ricevere le istruzioni finali. "Ricordate, nessuno deve sparare prima del lancio dei razzi, che si alterneranno alle cariche altamente esplosive in modo da illuminare la colonna. E ricordate ai vostri uomini che il segnale verde è il segnale d'attacco alla colonna. Lo lancerò solo in condizioni ideali. Non attaccate la colonna di vostra iniziativa, per quanto le condizioni vi appaiano buone dalla vostra posizione."

Fece una pausa e guardò i comandanti che annuivano alle sue parole. Garza non doveva dimenticarsi che gli uomini affidati al suo comando erano semplici contadini: gli ordini che impartiva dovevano essere semplici e chiari. Erano uomini patriottici e pronti a morire per difendere le loro case e il Messico, così come lo erano stati i loro progenitori, ma Garza non dimenticava mai l'ammonimento del colonnello Guajardo ai comandanti della guerriglia: "Abbiamo bisogno di patrioti per combattere questa guerra, ma non dimenticatevi mai che solo dei messicani vivi possono costruire il nostro futuro." Per questo, si assicurava che ogni uomo sotto il suo comando avesse ben chiaro il piano di ritirata e il segnale d'inizio. "Indipendentemente da ciò che succede o da ciò che state facendo," aveva sottolineato, "quando io, o il mio vice, spareremo un segnale luminoso rosso, la compagnia dovrà disperdersi. Non aspettate me, né nessun altro. Riportate i vostri uomini al punto di raccolta, fate pulire le armi prima di seppellirle e rimandateli a casa. Vi contatterò non appena mi sarà possibile. Avete capito?"

Con un ultimo cenno d'assenso, i suoi comandanti si dispersero nell'oscurità per raggiungere le proprie unità e attendere con loro il segnale d'inizio.

Il capitano Cerro era sistemato sul sedile posteriore del veicolo del maggiore Nihart. Per lui, *convoglio* e *sonno* erano sinonimi. Il procedere lento di un convoglio, unito al ronzio regolare del motore, era sempre stato per lui il miglior sonnifero che avessero mai inventato. Poteva resistere dieci, quindici minuti al massimo, prima di addormentarsi. Purtroppo non era considerato opportuno che gli ufficiali dormissero in servizio e Cerro stesso si dichiarava d'accordo con questa opinione ma non poteva controllare questa sua inclinazione naturale. Non volendo rinunciare al suo sonnellino ma non desiderando di essere rimproverato per aver dormito, aveva ordinato ai suoi autisti di stare all'erta e di svegliarlo nel caso avessero visto profilarsi qualche ufficiale.

Quella notte ci sarebbe voluta più di una gomitata per svegliarlo. Aveva avuto una giornata difficile e faticosa. Non avevano corso pericoli, ma lo sforzo fisico e psicologico lo avevano provato. Quel giorno, persino il colonnello Dixon era crollato. Aveva raggiunto il limite durante un'accesa discussione che aveva concluso scaraventando il telefono, mancando Cerro di un pelo e raggelando i presenti. Si era poi guardato intorno, un po' imbarazzato mentre tutti lo fissavano, e aveva mormorato: "La stupidità non conosce confini." Nessuno sapeva cosa volesse dire, ma tutti si rimisero al lavoro senza pensarci due volte. Scene di quel genere erano sempre più frequenti.

Impossibilitato a sfogare lo stress e la frustrazione di quel giorno con l'esercizio fisico, come soleva fare quando era al comando di una compagnia di fanti aviotrasportati, Cerro si era rifugiato nel sonno. Un sonno che nulla poteva disturbare. O almeno, così credeva lui.

Non aveva fatto i conti con il capitano Garza e gli uomini della Forza di Difesa Rurale.

Quando il convoglio raggiunse il luogo dell'imboscata, Garza sparò il segnale che dava inizio al fuoco dei razzi. Cinquecento metri alle sue spalle, un uomo, che poteva esser suo padre, calzolaio di professione, guardò il bagliore chiaro che si alzava nel cielo prima di ordinare ai suoi uomini di sparare. Il razzo di sinistra, manovrato da un contadino e dai suoi due figli, ebbe l'onore di essere sparato per primo.

Gli occhi di Cerro si spalancarono quando il razzo da 60 mm esplose a meno di cento metri davanti a loro. Al razzo seguirono scariche di armi leggere: nell'oscurità Cerro poteva vedere i bagliori dei fucili e delle mitragliatrici. Mentre cercava il suo fucile, nascosto tra la confusione di equipaggiamenti e munizioni, udì un frastuono sul fianco del veicolo, seguito dal grido del maggiore Nihart: "Cristo, mi hanno colpito, mi hanno colpito!"

Cerro vide Nihart, chinato in avanti, che stringeva con entrambe le mani la coscia destra. Non vide sangue, ma la smorfia sul viso di Nihart gli disse che era stato ferito gravemente. Si rivolse all'autista: "A sinistra, vai a sinistra e togliti da questa strada. Subito."

L'autista lo guardò come se non avesse capito. Cerro ripeté l'ordine: "Togli questo pezzo di merda dalla strada adesso, prima che crepiamo tutti."

Quando l'autista vide esplodere un altro furgone recuperò il controllo di se stesso: girò il volante a sinistra, premendo contemporaneamente sull'acceleratore. Il veicolo con un sobbalzo si bloccò nel fosso che correva lateralmente alla strada. Cerro sbatté la testa sul cruscotto. Nihart emise un grido acuto.

L'autista, in preda al panico, schiacciò inutilmente l'acceleratore a tavoletta. "Siamo bloccati! Siamo bloccati!"

Cerro si rivolse con tutta la calma di cui era capace all'autista e gli consigliò di lasciare l'acceleratore e di inserire la trazione a quattro ruote. Il finestrino posteriore del veicolo fu scosso da un'altra scarica di fucile, ma l'autista eseguì l'ordine. Questa volta, uscirono dal fosso e si inoltrarono nel campo a sinistra della strada.

Il sergente maggiore Aiken, il sottufficiale anziano di Dixon addetto alle informazioni, si trovava nella cabina del veicolo dietro a quello di Nihart. Stava per rivolgere la mitragliatrice calibro 50 girevole, montata sulla cabina, verso gli aggressori, quando vide il veicolo di Nihart passare il fosso e muoversi lentamente nel campo, a sinistra. Pensò fosse più saggio seguire il maggiore e si sporse per gridare al conducente di seguire il veicolo di Nihart. Sapeva che potevano esserci delle mine o altre truppe nemiche che li aspettavano sul lato sinistro del campo, ma pensava di avere migliori possibilità di muoversi in un campo aperto che non sulla strada.

La mossa di Cerro provocò una reazione a catena. Ogni veicolo che riuscì a svoltare a sinistra li seguì. Il passaggio attraverso il campo era quasi insopportabile per il maggiore Nihart, perché ogni sobbalzo gli provocava una fitta di dolore, ma a Cerro premeva allontanarsi dalla zona dell'imboscata e dal fuoco dei razzi. Si rese conto di essere seguito solo quando si girò. Dopo essersi allontanati di qualche centinaio di metri dalla strada, un tratto che sembrò durare un'eternità, ordinò all'autista di fermarsi. Quindi gli affidò il maggiore, mentre lui organizzava uno schieramento di difesa a cerchio.

Scese e si diresse verso il primo dei carri che lo seguivano. Aiken lo vide e, pensando fosse il maggiore Nihart, ordinò all'autista di fermarsi e balzò giù prima ancora che il carro si arrestasse, andandogli incontro: "Se lei comincia a formare il cerchio, maggiore, io dirigerò gli altri veicoli verso di lei."

Cerro ignorò l'equivoco: "Mi sembra una buona idea, sergente maggiore."

Aiken si avvicinò e, visto di chi si trattava, disse: "Mi scusi, pensavo fosse il maggiore Nihart, signore."

"Il maggiore è ferito. Per il momento, è fuori combattimento."

"C'è nulla che possiamo fare?"

Cerro si guardò intorno mentre rispondeva: "No, penso che il maggiore se la caverà. Il suo autista se ne sta occupando. Inoltre, lei e io abbiamo molto da fare qui fuori. Se si sposta laggiù, sergente maggiore, e dirige i mezzi verso di me, io comincerò a disporli in cerchio."

Aiken stava per rispondere quando un razzo rosso esplose sulla colonna ancora sulla strada. "Che cosa crede significhi quello, capitano?"

Cerro guardò il bagliore e notò che il fuoco degli aggressori stava aumentando. "Non lo so, sergente maggiore. Ma ho il brutto presentimento che lo scopriremo presto. Per adesso vediamo di sbrigarci e di formare il cerchio."

Aiken guardò un'ultima volta la strada e sospirò: "Il Grande Al non sarà contento."

"Perdoni la mia apparente mancanza di rispetto, ma il Grande Al può andare a farsi fottere. Al momento sono più preoccupato per quell'animale che sta dirigendo l'imboscata e per quel che pensa di fare."

A qualche chilometro di distanza, sul lato opposto della strada, il capitano Garza decise di interrompere l'attacco. L'improvvisa divisione del retro della colonna era giunta inaspettata. Da dove si trovava sembrava che gli americani fossero meno sorpresi di quanto sperava e reagivano meglio di quanto si aspettava. Non c'era modo di sapere come si sarebbero messe le cose. Piuttosto che forzare la fortuna, decise di interrompere il combattimento.

Sparò il razzo rosso e attese la reazione dei suoi uomini. Come da ordine, alcuni aumentarono il fuoco, mentre altri, guidati dai loro comandanti, si ritiravano verso i punti di raduno.

Soddisfatto, si rivolse al suo operatore radio: "Ci siamo comportati bene, questa sera. Domani, molte famiglie di gringo piangeranno."

Nella luce fioca dell'ultimo razzo, poté vedere il viso dell'uomo. Il giovane contadino, un ragazzo di sedici anni, sorrideva: "E noi, *capitán*, avremo molto da festeggiare."

21

La morale dell'assassinio, generalmente, non è qualcosa di cui il soldato professionista si preoccupa.

John Keegan, *Il volto della battaglia*

Washington, D.C.
15 settembre, ore 10:45

Lo shock causato dalla battaglia di Monterrey fu grande sia a Washington sia tra le truppe che vi avevano preso parte. I soldati che si aspettavano la semplice, ordinata occupazione di una zona di sicurezza, si trovarono coinvolti in una guerra vera e propria. Tecnicamente la battaglia fu una vittoria, poiché i messicani erano stati costretti a ritirarsi e le truppe americane avevano più o meno raggiunto il limite meridionale della zona di sicurezza, ma erano pochi coloro che la consideravano tale. Durante quell'attacco l'Esercito degli Stati Uniti aveva subito più perdite che durante l'intera Guerra del Golfo.

Per i civili, la conferma che si trattasse di una guerra venne dai reportage televisivi, una volta tanto non censurati. L'Esercito, infatti, anziché controllare l'informazione come era successo durante la Guerra del Golfo, aveva pensato che, vista la natura delle operazioni in Messico, la censura non fosse necessaria. Presto, però, sia l'amministrazione sia il Pentagono si erano pentiti di una simile decisione. In contrasto con le dichiarazioni dei portavoce del Pentagono, tendenti a rassicurare la popolazione sulla vittoria tecnica riportata nella battaglia di Monterrey, i notiziari trasmettevano in diretta filmati che ne mostravano la desolazione. Una rete televisiva montò la colonna sonora di un briefing al Pentagono su un cortometraggio che mostrava veicoli americani in fiamme, file di sacchi neri gettati sui camion, affollatissime stazioni di pronto soccorso e soldati esausti che si trascinavano verso le retrovie. Queste immagini, unite a interviste di soldati freschi di battaglia e ancora scossi per la perdita di un amico, facevano suonare le dichiarazioni dei funzionari militari ridicole e lontane dalla vera realtà dello scontro.

Per coloro che al Congresso si erano opposti al progetto le

notizie dal Messico rappresentavano una rivincita. Deputati che si erano tenacemente opposti, come Ed Lewis, non perdevano occasione per sottolineare che più le truppe degli Stati Uniti fossero rimaste in Messico, più gravi sarebbero state le conseguenze. L'intero affare, aveva fatto notare Lewis, era stato male organizzato perché ci si era fidati di informazioni rivelatesi false.

In questo clima di crescente tensione fece la sua comparsa Jan Fields, latrice del messaggio del Consiglio dei 13 per il presidente. Quando un solerte impiegato di terza categoria alla Casa Bianca la informò che non avrebbe potuto consegnarlo di persona, come richiesto dal colonnello Guajardo, e che il presidente non poteva riceverla, Jan decise di non prendersela troppo e, sulla World News Network, trasmise il testo del messaggio durante un servizio speciale di quindici minuti. Il messaggio del colonnello Molina fu preceduto dal riassunto degli eventi e dal commento di Jan, basato sulle interviste fatte a rappresentanti di ambo le parti. Il risultato superò ogni aspettativa. Fu come gettare benzina sulle braci. Nel giro di poche ore il Congresso, con Ed Lewis in testa, aprì un'inchiesta formale sul comportamento dell'amministrazione nei confronti del Messico, a partire dalla rivoluzione del 29 giugno.

L'essere stato convocato alla Casa Bianca per un briefing speciale, insieme a due dozzine di deputati e senatori, non aveva sorpreso Ed Lewis quanto il fatto di essere invitato a tornare, da solo.

Mentre si domandava a che cosa dovesse questo invito, il consigliere addetto alla sicurezza nazionale William Hastert uscì dalla Sala Ovale e gli si fece incontro. Lo salutò con freddezza e farfugliò che sia lui sia il presidente erano lieti che avesse trovato modo, nonostante tutti gli impegni, di venire subito. Prima d'entrare nella Sala Ovale Lewis cercò di carpire al consigliere qualche informazione sull'argomento. "Chi ci sarà, signor Hastert?"

"Nessun altro, onorevole Lewis. Il presidente vuole parlarle in privato."

"E allora, non dobbiamo far aspettare il presidente, signor Hastert. Dopo di lei."

Lo seguì, facendosi strada tra i tavoli dell'anticamera e le due guardie di sicurezza che piantonavano l'ufficio. Il presidente, immobile, in piedi davanti alle porte-finestre dietro la scrivania, fissava l'esterno con aria assorta. Quell'uomo non è felice, pensò Lewis. Le braccia incrociate sul petto, le spalle curve in avanti e la testa bassa, il presidente sembrava un uomo molto preoccupato. Hastert annunciò che Lewis era arrivato, ma il presidente esitò prima di girarsi verso i due uomini. Quando lo fece, mantenne le spalle curve e il capo abbassato, e guardò il deputato con occhi gonfi e cerchiati di scuro. "La ringrazio per essere venuto subito, Ed." Quando lasciò cadere le braccia per offrire a Lewis una poltrona, il suo capo rimase abbassato, il mento quasi appoggiato al petto. "Si accomodi, prego. Gradisce del caffè?"

Lewis stava per rifiutare, ma ci ripensò. Da quando sua moglie si era fissata sul decaffeinato, non aveva mai perso l'occasione di prendere una vera tazza di caffè quando gli veniva offerta. Amanda era persino riuscita a infiltrarsi nel suo ufficio, al palazzo congressuale, e aveva istruito il personale perché gli fosse servito solo decaffeinato.

Quando tutti furono seduti il presidente cominciò: "Ed, mi trovo in una posizione critica, e lei lo sa."

Lewis alzò lo sguardo dalla tazza e sorrise: "È come quel tale che rimane impigliato con le parti intime nella cerniera lampo. Sa di dover fare qualcosa, e subito, ma sa anche che, indipendentemente da quello che farà, la soluzione non sarà indolore".

Hastert aggrottò le sopracciglia e il presidente rise. "Ecco che cosa mi piace in lei, Ed. Ha un modo tutto suo di esprimere le cose." Poi, in un baleno, il sorriso scomparve. "Naturalmente, ha ragione. Siamo in una posizione critica e dobbiamo fare qualcosa, e in fretta."

Lewis lo guardò per un momento. Non condivideva né la sua politica né i suoi metodi. Non gli piaceva nemmeno come uomo. Eppure, oltre a essere il presidente, era una persona che si trovava nei guai. Nei suoi occhi lesse una richiesta d'aiuto e decise di andargli incontro. Non sarebbe stato giusto sfruttare un difficile momento per scopi politici o personali. "Che cosa posso fare per aiutarla, signor presidente?"

Sollevato da quell'atteggiamento collaborativo, il presidente lanciò la sua proposta: "Ho bisogno che qualcuno vada in Messico, qualcuno che non faccia parte dell'Esercito ma che abbia una certa esperienza militare, imparziale e oggettivo."

Lewis lo guardò di sbieco: "Mi sta dicendo che non si fida del suo governo?"

"Ed, non è che non mi fidi. Credo solo che non possano più essere oggettivi a questo riguardo. Come la CIA, anche loro sono stati colti alla sprovvista dallo scontro nei pressi di Monterrey e dalla partecipazione dei nicaraguesi. Impegnati come sono a cercare di giustificare il loro fallimento, hanno perso di vista l'obiettivo a lungo termine: la sicurezza nazionale. Ho bisogno di soluzioni, soluzioni valide, non di imbrogli. E, per riuscire a trovare queste soluzioni, ho bisogno di informazioni solide, nude e crude." Si sporse in avanti per guardare Lewis negli occhi, i gomiti sulle ginocchia, le mani giunte, quasi a supplicare: "Ed, lei ci andrebbe?"

Lewis considerò la proposta per un momento. Che bel modo di liberarsi di un avversario, pensò. Stava forse prendendo tempo, nella speranza di riuscire a placare i dissenzienti e a sottomettere il governo messicano? Oppure era sincero? Stava veramente cercando una soluzione? "Chi invierebbe con me, signor presidente, a chi dovrei rispondere e a quali restrizioni sarebbero sottoposti i miei spostamenti in Messico?"

Il presidente allargò le mani: "Può portarsi chi vuole; risponderà a me e sarà libero di andare dove vorrà e di parlare con chi riterrà opportuno. Le do carta bianca."

Questo sì, pensò Lewis, che è invitante. Riconsiderò la proposta mentre beveva un lungo sorso di caffè e decise di calcare ancora un po' la mano. Se doveva essere coinvolto, voleva entrare nel vivo del gioco e non fare come al solito la pedina. Guardò la tazza: "Se c'è da credere a quella giornalista, Jan Fields, forse non si è fatto tutto il possibile per capire e valutare la situazione affrontata dal Consiglio dei 13." Lanciò un'occhiata a Hastert e continuò: "È molto significativo il fatto che un governo straniero sia costretto a usare una corrispondente televisiva per farci avere dei messaggi." Mentre Hastert cercava di dominare la rabbia per lo schiaffo ricevuto, Lewis si rivolse al presidente: "Qualsiasi soluzione necessita il coinvolgimento dei messicani. L'azione unilaterale, come si è visto, non funziona. Perciò, se vado in Messico, voglio poter andare a Città del Messico con questa Jan Fields, e aprire un dialogo con il Consiglio dei 13."

Come se avesse già considerato quella richiesta, il presidente rispose senza neanche guardare Hastert: "Questo, Ed, è più di quanto avessi in mente, ma ha ragione lei." Il presidente si rilassò sulla poltrona. Non gli piaceva l'idea di Lewis che scorrazzava per Città del Messico, al seguito di una giornalista intraprendente come la Fields, ma non aveva scelta. Come Lewis aveva detto, la soluzione non sarebbe stata indolore, e aveva già deciso, prima dell'arrivo del deputato, di accettare qualsiasi proposta. "Ha ragione. Quando è arrivato stavamo proprio discutendo sul modo migliore di rispondere al messaggio del Consiglio. Potrebbe essere così gentile da portare lei il mio messaggio personale al governo messicano. Quando può partire?"

"Le andrebbe bene stasera?"

"Stasera sarebbe perfetto. Oltre alle disposizioni necessarie e ai preparativi, c'è altro che possa fare per aiutarla?"

Lewis stava rispondendo di no, ma cambiò idea. "Sì, signor presidente. Potrei avere un'altra tazza di caffè?"

Quartier generale, 16ª Divisione corazzata,
Sabinas Hidalgo, Messico
15 settembre, ore 17:05

L'ordine di interrompere tutte le operazioni offensive e di evitare il contatto con le truppe messicane non sorprese il Grande Al e Scott Dixon. Era ora, aveva commentato seccamente il Grande Al, che qualcuno a Washington si accorgesse che i messicani forse la pensavano diversamente sulla presenza delle forze americane in Messico. Ma il prezzo pagato per la battaglia di Monterrey e il successivo e improvviso cambiamento di rotta della politica governativa mettevano il Grande Al e tutti gli altri comandanti di campo americani in una posizione difficile.

Aver sopravvalutato le proprie capacità non aveva preparato i soldati americani in Messico al tipo di guerra che stavano invece combattendo. Erano pronti a fare il proprio dovere, aveva riferito un soldato a un giornalista, e tutto ciò che chiedevano era che "qualcuno dicesse la verità, una volta tanto". Sfortunatamente, con "la verità" che cambiava di minuto in minuto, c'era ben poco che il Grande Al o gli altri comandanti potessero fare. A ogni nuova direttiva, a ogni cambiamento di politica, dava la stessa risposta: "Ci risiamo, come in Vietnam." Faceva ciò che poteva e chiedeva ai suoi soldati di pazientare con lui.

Una cosa poteva fare: proteggere la sua truppa, spiegandola in modo da non lasciare nessuno esposto a rischi inutili. Ma, con la 16ª Divisione corazzata sparpagliata, neanche questo compito sarebbe stato facile. L'imboscata contro lo stesso comando della divisione e numerosi altri attacchi nelle retroguardie, dimostravano che i messicani avevano sì perso terreno ma non avevano mollato per nulla.

Quando le truppe furono disposte in posizione difensiva, la 3ª Brigata ricevette l'ordine di rimandare il 2° del 13° Fanteria al posto di controllo divisionale, in qualità di riserva. Poiché la minaccia di piccole, sporadiche scorrerie nelle zone di retroguardia era maggiore di un grande attacco da parte delle forze messicane, gli elementi del 2° del 13° Fanteria furono smistati nelle basi delle retrovie per scoraggiare le incursioni.

Sebbene non tutti siano disposti ad ammetterlo, a volte gli interessi personali e politici influenzano il processo decisionale delle unità di truppa quanto quello di Washington. Ne è un esempio il modo in cui il 2° Plotone, Compagnia A, 2° del 13°, fu trasferito al comando per assicurare protezione. Quando al maggiore Tod McQuirer, addetto alle operazioni, fu chiesto di inviare un plotone al posto di comando per motivi di sicurezza, questi intravide subito l'occasione per poter aiutare il suo amico e compagno di bevute, il comandante della Compagnia A. Chiamò Wittworth al comando del battaglione e discusse la questione con lui.

"Stan, abbiamo appena ricevuto l'ordine di distaccare un plotone al comando della divisione." Con un sorriso furbo, guardò Wittworth negli occhi: "Hai qualche suggerimento?"

Wittworth, vedendo l'occasione di liberarsi del 2° Plotone e del suo comandante, il sottotenente Kozak, disse: "Certo. Sarà dura, ma penso di poter fare a meno del 2° Plotone."

McQuirer sapeva che Wittworth stava mentendo, ma stette al gioco, nel caso qualche ufficiale o sottufficiale del comando ascoltasse la conversazione. Wittworth stava cercando di liberarsi di Kozak da quando lei aveva cambiato la dichiarazione sull'incidente del 7 settembre. La seconda versione, infatti, non solo lo aveva messo in difficoltà, ma aveva anche dimostrato che lei non aveva il minimo senso di lealtà nei confronti del suo comandante. McQuirer era d'accordo, soprattutto dopo aver visto la parte della dichiarazione in cui Kozak affermava che i suoi ordini "non erano stati chiari e sembravano non prendere in considerazione la situazione della postazione". E inoltre "Nonostante i ripetuti tentativi per informare il comandante della situazione in cui ci trovavamo, egli non fece che ribadire l'ordine iniziale." Questa affermazione procurò lo scagionamento a Kozak e un rimprovero scritto per lui.

Per quanto increscioso fosse stato quell'incidente, non reggeva il confronto con ciò che era successo il 12 settembre, nei pressi di Monterrey. Su una rete radio aperta, ascoltata non solo da tutti i comandanti della Compagnia A ma anche dal comandante di battaglione, la mancanza di rispetto che Kozak aveva avuto nei suoi confronti era di per sé abbastanza grave. Il fatto poi che il comandante di battaglione non solo avesse ignorato il suo commento malizioso ma si fosse addirittura congratulato con lei era ancora più grave. Quando, il 13 settembre, Wittworth si era recato dal comandante di battaglione per protestare, era stato nuovamente rimproverato per la sua condotta e, questa volta, anche per la sua meschinità. Kozak doveva andarsene.

Con una strizzatina d'occhio, McQuirer consolò la falsa preoccupazione di Wittworth. "Sono davvero spiacente, ma temo che dovrai arrangiarti con due plotoni." E perché sembrasse una scelta basata sulla necessità e non sull'amor proprio ferito, spiegò le sue ragioni ufficiali: "Senza un sergente, e con un Bradley privo del sistema di controllo del tiro, il tuo 2° Plotone è quello meno adatto al combattimento. Al comando della divisione, non sentiranno la mancanza del sergente e del Bradley."

Wittworth finse un sospiro rassegnato: "Bene, signore, lei ha ragione. Penso di non avere scelta. Quando devono partire?"

La nuova assegnazione non dispiacque a Kozak. Abituarsi al sergente di stato maggiore Maupin come sergente di plotone e al sergente Kaszynski, come capo della 1ª Squadra, non era un grande problema. L'unico problema che doveva affrontare riguardava se stessa. In meno di una settimana, tutto il suo mondo era stato rivoltato.

Fino al 7 settembre, quando si erano recati in Messico dopo la rapina alla banca, aveva pensato che nulla potesse essere peggiore dei suoi primi sei mesi a West Point. La fatica e lo stress, fisico e psicologico, di quei sei mesi le sembravano ora poca cosa in confronto alle responsabilità del comando durante un combattimento. Dopo lo scontro a Nuevo Laredo era quasi svenuta quando Rivera aveva chiuso la cerniera del sacco nero contenente il soldato semplice Gunti. Non era più riuscita a chiudere la cerniera del suo sacco a pelo senza lasciarsi prendere dal panico. E poi, dopo lo scontro con i carri armati, la vista del sergente Rivera sdraiato su una barella, il viso pallido come un lenzuolo per lo shock e la perdita di sangue. Il commento, apparentemente freddo e cinico del cannoniere seduto al fianco di Rivera quando il loro Bradley era stato colpito, le risuonava ancora nella mente: "Oh, credo che se la caverà. È stato fortunato. Ha perso solo un braccio."

Così, quando ordinarono al 2° Plotone, Compagnia A, di mettersi agli ordini del comandante del quartier generale della divisione, Kozak mascherò a stento il suo sollievo. Al comando di divisione, al sicuro nella retroguardia, avrebbe avuto tutto il tempo di riprendersi. Aveva bisogno di tempo per dimenticare gli orrori della guerra. Come il suo naso, le ferite dello spirito e della mente avevano bisogno di tempo per guarire.

20 chilometri a ovest di Sabinas Hidalgo, Messico
15 settembre, ore 19:35

Le truppe che avrebbero tolto a Kozak il tempo di riprendersi si muovevano come nuvole nere che, dal lontano orizzonte, preannunciano la tempesta.

La pausa operativa per consentire ai capi di Washington la riorganizzazione della propria linea di condotta fu un dono di Dio per il señor Alamán: per le squadre di Delapos sarebbe stato un gioco da ragazzi attaccare le avanguardie americane isolate. I messicani sarebbero stati accusati degli attacchi e delle atrocità commesse dagli uomini di Delapos. Gli americani avrebbero allora soffocato ogni richiamo alla diplomazia e alla ragione dando libero sfogo al loro desiderio di vendetta. Come per i raid sul confine texano, Alamán esortò Delapos a preparare accuratamente la scena prima di agire. "Sarebbe un peccato," ripeteva a ogni occasione, "arrivare fino a questo punto e perdere per la troppa fretta. Finché riusciremo a essere pazienti, le occasioni di successo ci verranno incontro."

Tutto questo, quella sera, era discussione puramente accademica per Jean Lefleur. Raramente si preoccupava dei dettagli delle imprese o degli scopi dei suoi capi. I suoi unici bisogni erano il denaro e la soddisfazione sul lavoro. Fino a che qualcuno glieli forniva, era felice. Comodamente seduto sulla sua nuova 4x4, i piedi sul cruscotto e la testa rivolta verso Sabinas Hidalgo, canticchiava vecchie marcette della Legione Straniera.

In quel momento sembrava non mancargli nulla. Alamán aveva triplicato la paga ai mercenari perché continuassero il loro lavoro in Messico. Inoltre Lefleur era passato di grado all'interno del piccolo esercito di Delapos. Childress, l'americano, già vice ufficioso di Delapos e suo consigliere, non godeva più del suo favore. Lefleur non conosceva la vera causa dei dissapori tra

Childress e Delapos: in parte era dovuto al fatto che Childress era restio a compiere quel che chiamava assassini.

No, pensò Lefleur. Il nocciolo del problema non era quello. Aveva il sospetto che il vero problema fosse un altro: Childress, nonostante l'addestramento e gli anni da mercenario, era e sarebbe sempre stato americano, proprio come Delapos non poteva esser altro che messicano. Il paese e la cultura che li avevano generati e allevati avevano lasciato su di loro un segno che nessuna somma di denaro avrebbe mai cancellato. Childress faceva poco per nascondere la sua irritazione ogni volta che Delapos vantava il modo in cui l'Esercito messicano aveva battuto gli arroganti gringo. Delapos da parte sua non poteva sopportare che Childress usasse parole spregiative come pezzenti e straccioni parlando dei messicani. Più la guerra tra le loro due nazioni si espandeva, più aumentava il dissidio tra i due uomini. Ed era in quel dissidio che Lefleur intendeva inserirsi.

Non fidandosi di Childress, Delapos cominciò a chiedere consigli a Lefleur perché, impegnato com'era ad assecondare Alamán, faticava a prendere tutte le decisioni da solo. Anche le snervanti perlustrazioni, le lunghe ore al volante per raggirare gli avamposti e intrufolarsi tra le linee americane e messicane, offrivano a Lefleur un'occasione per mostrare le proprie capacità a Delapos. Mentre Childress non doveva far altro che organizzare e difendere il campo base, Lefleur usciva in ricognizione, familiarizzandosi con il territorio, in cerca di strade adatte alle infiltrazioni e di punti vulnerabili agli attacchi. Con la sua profonda conoscenza del luogo e degli schieramenti delle unità militari, Lefleur avrebbe potuto influenzare Delapos e le operazioni future.

Munito di passaporto falso che lo identificava come Paul Perrault, nome di un autentico corrispondente della rete televisiva nazionale francese, non incontrava nessuna difficoltà a muoversi nel settore americano. Poiché gli uomini che lo accompagnavano avevano documenti simili al suo e telecamere ed equipaggiamento sufficienti a sostenere la parte, erano pochi gli americani che ai blocchi stradali o ai posti di controllo si preoccupavano di perquisirli. Anche se avessero trovato la mitragliatrice MP-5 sotto il sedile, Lefleur sapeva che sarebbe riuscito facilmente a giustificarne la presenza. Dopo tutto la situazione era pericolosa e lui e la sua équipe avevano il diritto di difendersi.

Quando Lefleur arrivò con i suoi uomini a un posto di blocco controllato da una mezza dozzina di uomini della Polizia militare, all'inizio di una gola tra le montagne che portava a Sabinas Hidalgo dove era posizionato il posto di comando della 16ª Divisione corazzata, non si preoccupò più di tanto. Istintivamente soppesò la situazione e valutò le possibilità di fuga.

Si erano fermati a doverosa distanza dalla barriera di filo spinato che bloccava la strada quando un poliziotto, armato di un fucile M-16, si avvicinò dal lato di Lefleur. Dai gradi sull'elmetto e sul colletto Lefleur capì che si trattava del comandante. Dietro, vicino alla barriera di filo spinato, c'erano due poliziotti; una donna portava un M-16 sulla spalla, l'altro aveva un M-203, equivalente a un M-16 con lanciabombe da 40 mm attaccato al copricanna. I due veicoli della Polizia militare, due Humvee corazzate, erano parcheggiati ai lati della barriera. Avrebbero facilmente protetto i poliziotti americani dalle armi automatiche che lui e i suoi uomini nascondevano, ma, al momento, nessuno dei poliziotti si serviva di quella protezione. Anche quelli addetti alle armi piazzate sul tetto delle Humvee, una mitragliatrice M-60 sulla sinistra e un lanciabombe M-19 da 40 mm sulla destra, erano completamente esposti, seduti com'erano sul tetto dei loro veicoli per sfuggire al calore dell'interno. Un sesto poliziotto, una donna, sedeva all'ombra del veicolo sulla destra. Senza elmetto e con il fucile appoggiato alla Humvee, stava consumando la sua colazione e non prestava loro attenzione. Ancora prima dell'arrivo del sergente, Lefleur aveva calcolato che, se necessario, avrebbero facilmente avuto la meglio sugli americani.

"Buongiorno, gente. Qual buon vento vi porta da queste parti?"

La disinvoltura dei soldati americani nei riguardi della guerra e della loro professione non finiva di stupire Lefleur. Nella Legione Straniera, se avesse comandato un posto di blocco a quel modo e accolto un veicolo non identificato con un simile saluto, sarebbe stato frustato. Il fatto che gli americani vincessero così spesso le guerre dimostrava a Lefleur che non c'era giustizia.

Al sergente della polizia militare che gli si avvicinò, mostrò un documento che lo identificava come corrispondente. "Mi chiamo Paul Perrault. Sono un corrispondente della rete televisiva nazionale francese." Poi indicò, uno per uno, gli altri che erano con lui: "Ecco il cameraman, il tecnico del suono e l'autista interprete." Tutti, mentre Lefleur li indicava, sorrisero e salutarono con la mano sinistra, tenendo il braccio destro accostato al fianco.

Il poliziotto sorrise cordialmente alla risposta di Lefleur. "Oh, allora lei dev'essere al seguito del deputato Lewis."

Il nome di Lewis fece scattare un campanello nella mente di Lefleur. Era uno dei deputati americani incaricati di fare da intermediario in Messico. Non sapeva esattamente di che cosa stesse parlando il poliziotto, ma intuendo la possibilità di affrettare il loro passaggio attraverso il posto di blocco, Lefleur rispose di sì.

Il poliziotto sorrise nuovamente: "Bene, amico, sei fortunato. Il deputato e il suo seguito sono passati di qui meno di cinque minuti fa. Se vi affrettate, riuscirete a raggiungerli prima che entrino in città."

Lefleur colse l'occasione al volo. Guardò la strada, verso est, e valutò le informazioni ottenute tanto facilmente. Mentre pensava al modo migliore per utilizzarle, il sergente sembrò stupito dal suo titubare: "Non avete mica molto tempo, sapete. Presto sarà buio e li perderete."

Nella Legione, Lefleur aveva imparato a fidarsi del proprio istinto, che ora gli diceva che da qualche parte, più avanti sulla strada, un premio lo stava aspettando, un premio da afferrare al volo. Se si doveva iniziare una campagna terroristica, pensò, quello era il momento migliore e il miglior luogo per cominciare.

Guardò il sergente e sorrise: "Sì, è vero, non ho molto tempo. Ma ne ho più di te."

Perplesso, il sergente continuò a guardarlo negli occhi, senza notare che allungava la mano destra sotto il sedile.

L'improvvisa detonazione sorprese tutti. I poliziotti vicini alla barriera rimasero esterrefatti nel vedere il loro caposquadra volare all'indietro, lontano dal veicolo al quale si era avvicinato. Ci vollero parecchi secondi perché si rendessero conto che gli avevano sparato, secondi che l'autista del veicolo non mancò di sfruttare. Si sollevò, estrasse il mitra e sparò una breve scarica sui due poliziotti accostati alla barriera di filo spinato. La prima scarica colpì il poliziotto con l'M-203 proprio mentre lo stava puntando sul veicolo di Lefleur. L'altra donna poliziotto, lottando per togliersi il fucile a tracolla, fissò il collega che cadeva all'indietro, poi tornò a guardare gli uomini che avevano sparato e cercò ancora di impugnare il fucile. Non ne ebbe il tempo. L'autista, soddisfatto di aver abbattuto il primo poliziotto, spostò leggermente a destra la sua MP-5, prese la mira e sparò. Come era successo per il primo poliziotto, centrò il bersaglio e l'impatto scaraventò a terra la terza vittima.

I due uomini sui sedili posteriori non ebbero bisogno di istruzioni. Entrambi cominciarono a sparare agli uomini che cercavano di attivare le armi delle Humvee. Solo la donna poliziotto con l'M-6 riuscì a usare il suo fucile prima di essere colpita. Fortunatamente per Lefleur, la sua prima scarica non colse nel segno. Il mercenario, sparando al suo veicolo, non le permise di aggiustare il tiro. La sua avversaria, al di là della strada, col lanciabombe M-19, cadde ancor prima di riuscire a togliere la sicura all'arma.

Lefleur, soddisfatto d'aver neutralizzato le minacce più immediate, rivolse la sua attenzione all'ultima donna poliziotto. Quando guardò verso il punto dove prima l'aveva vista, vide solo il sacchetto della colazione e l'elmetto. Per la prima volta, si preoccupò. Non poteva essere lontana e cominciò a scrutare la zona intorno alla Humvee.

Una scarica di tre colpi e il grido di dolore dell'uomo colpito alle sue spalle annunciarono la sua presenza. Pur sapendo che, alle sue spalle, uno dei suoi uomini era caduto a terra, non si curò affatto di lui. Intravide la bocca dell'M-16 scomparire dietro la ruota anteriore sinistra della Humvee, balzò giù e corse verso il fianco destro del veicolo. Coprì la distanza con quattro o cinque lunghi passi e continuò passando dietro al veicolo. Improvvisamente vide la donna poliziotto indietreggiare verso la parte posteriore del veicolo e, senza pensarci due volte, spianò il mitra e le sparò alla schiena, a meno di un metro di distanza. La raffica le salì su per la schiena, a partire dalla base della spina dorsale fino alla spalla destra.

Rimase a guardarla per qualche istante. Che brava donna sprecata, pensò. Fu tentato di violentarla, ma scartò subito l'idea. Un fatto simile sarebbe stato in armonia con le atrocità programmate, ma aveva qualcosa di più importante da fare. Abbassò il mitra e le scaricò addosso il caricatore. Per il momento, sarebbe bastato, pensò mentre correva verso il suo veicolo.

L'autista, con il motore acceso, era pronto a partire. Dietro il veicolo, c'erano gli altri due membri della squadra. Uno di loro, un colombiano, giaceva in una pozza di sangue, mentre l'altro, un canadese, gli era inginocchiato accanto. Lefleur si avvicinò, guardò il colombiano e chiese come stava. Il canadese lo guardò e scrollò la testa: "Perché diavolo ti sei messo a sparare? Avremmo potuto passare e non si sarebbero accorti di nulla."

Non era abituato a giustificare le sue azioni. Inoltre anche il canadese sapeva che non potevano permettersi di lasciare testimoni. Il sergente della polizia militare lo aveva visto in faccia e, senza dubbio, avrebbe tirato le sue conclusioni quando il deputato fosse stato dato per disperso. Ignorò la domanda del canadese e chiese notizie del colombiano.

"Sta sanguinando come un maiale sgozzato. Non ce la farà se non fermiamo l'emorragia e non ci affrettiamo a farlo curare seriamente."

Lefleur guardò il colombiano, poi verso est: "Va bene, allora prendigli la carta d'identità e il fucile. Dobbiamo sbrigarci."

Il canadese esitò: "Lo lasciamo qui?"

Lefleur lo guardò: "Tu stesso hai detto che morirebbe senza il soccorso di un medico. Non abbiamo modo di farlo. Quando gli americani troveranno il suo corpo, penseranno che è messicano e daranno la colpa a loro. Aiuterà i nostri sforzi. Ora, muoviti. Dobbiamo raggiungere il deputato prima che faccia buio".

Il canadese guardò prima il compagno ferito, privo di sensi e col respiro irregolare, poi Lefleur. Si rese conto che aveva ragione e quindi recuperò i documenti del colombiano e saltò in macchina. Lefleur diede un'occhiata al ferito un'ultima volta prima di seguirli. Aveva pensato di finirlo, ma aveva deciso altrimenti. Non sarebbe stata una buona idea farlo davanti agli altri due. Non si ispirava fiducia e lealtà sparando ai moribondi. Inoltre gli americani avevano posto una restrizione tassativa ai movimenti notturni non giustificati. Se qualcuno non fosse arrivato al posto di blocco prima dell'alba, il colombiano sarebbe morto comunque, da solo. Lefleur montò al suo posto e ordinò all'autista di dirigersi verso est, a tutta velocità.

5 chilometri a ovest di Sabinas Hidalgo, Messico
15 settembre, 19:45

Quando l'autista della Humvee sulla quale si trovava Ed Lewis vide i fari lampeggianti di un veicolo che si avvicinava da dietro, rallentò.

Lewis notò la riduzione di velocità e si sporse in avanti per chiedere quale fosse il motivo. L'autista, controllando dal finestrino se anche il furgone di Jan Fields e della sua troupe stesse rallentando, non rispose subito. Lewis ripeté la domanda. L'autista accostò la vettura al ciglio della strada prima di rispondere: "Spiacente, signore, ma qualcuno dietro di noi sta arrivando ad alta velocità e vuole sorpassarci oppure bloccarci."

Il giovane tenente, un ufficiale addetto agli affari pubblici che faceva da scorta a Lewis, si era addormentato e si rese conto del rallentamento solo quando il veicolo passò sulla ghiaia del bordo della strada. "Perché ti fermi, Jackson?"

Il soldato scelto Jackson, l'autista, ripeté la spiegazione al tenente che, aperta la portiera, vide la 4x4 avvicinarsi, suonando il clacson e lampeggiando. Erano già fermi e il tenente non ritenne pericoloso chiedere ai nuovi arrivati che cosa volevano. Chiese a Lewis il permesso di farlo: "Se per lei va bene, onorevole, chiedo a quella gente che cosa vuole."

Lewis, che era stato nella Guardia nazionale, capiva queste cose e si limitò ad annuire. Inoltre, aveva bisogno di scendere, stiracchiarsi un po' e orinare.

Nel furgone dietro la Humvee, Jan pose la stessa domanda. Joe Bob, alla guida, scosse la testa: "Non so, capo. Si sono fermati e ho pensato fosse una buona idea fermarci anche noi."

Non le piaceva che Joe Bob la chiamasse "capo", ma non disse nulla. Aprì la portiera e stava per scendere, quando la 4x4 sfrecciò accanto a loro. Saltò dentro al furgone e richiuse la portiera, poi guardò dal finestrino per controllare che non ci fossero altri veicoli in arrivo prima di ritentare l'uscita.

"Ha capito ora perché si sono fermati, capo?"

Jan rivolse a Joe Bob un'occhiataccia: "Me la pagherai, furbone."

Sul sedile posteriore Ted si svegliò e chiese che cosa stava succedendo. "Fermata per pisciare, amico mio."

Jan ignorò la risposta. "Scendiamo e andiamo a vedere che diavolo c'è di così importante."

Gli sconosciuti della 4x4, parcheggiati sul lato opposto della strada, non smontarono subito ma aspettarono che l'ufficiale addetto agli affari pubblici si avvicinasse a loro. Nel frattempo Lewis e Jackson si erano spostati dietro al loro veicolo per orinare. Joe Bob e Ted scesero e fecero altrettanto dietro il loro furgone.

Mentre guardava l'ufficiale americano avvicinarsi, Lefleur valutò le sue possibilità. La logica gli suggeriva che il modo più rapido ed efficiente di liquidare la questione era di ucciderli tutti e andarsene. Questo sarebbe stato conforme alla sua strategia e alla sua tattica. Ma sapeva che quelli non erano americani qualsiasi. Se fossero stati semplici soldati, come i poliziotti del blocco stradale, non ci avrebbe pensato due volte. Ma un deputato e una giornalista erano qualcosa di totalmente differente.

La scomparsa di uno di loro poteva indurre i deputati americani ad accantonare i loro disaccordi e a insistere perché nuove e più severe misure di sicurezza venissero adottate, misure che sicuramente la stampa avrebbe appoggiato, dal momento che una collega era stata coinvolta. Inoltre, pensò Lefleur, se le cose non avessero funzionato, poteva sempre farli uccidere e abbandolarli in un luogo compromettente per il governo messicano.

Jan attraversò la strada per vedere chi fossero gli stranieri. Due degli occupanti dell'automobile erano già scesi, e stavano fermi sul fianco opposto del veicolo. Jan pensò che forse anche loro dovevano orinare. Si stava chiedendo se fosse l'unica in grado di controllare la vescica, quando udì il passeggero della 4x4 presentarsi come Paul Perrault. Si raggelò. Guardò attraverso la crescente oscurità, sicura che, chiunque fosse, quell'uomo non era Paul Perrault. Paul era stato il suo amante quando, anni prima, aveva lavorato a Parigi. Quando lo sconosciuto affermò di essere un corrispondente della rete nazionale francese, seppe che erano nei guai. Potevano esistere due Paul Perrault, ma le probabilità che fossero entrambi corrispondenti della stessa agenzia erano davvero scarse. Senza indugiare oltre, cercò di tornare al furgone il più velocemente possibile, senza farsi notare.

Il canadese, tuttavia, notò il suo strano comportamento e avvertì Lefleur che erano stati scoperti. Dopo una rapida occhiata per valutare la situazione, Lefleur estrasse il mitra e sparò al tenente.

L'improvvisa detonazione colse tutti di sorpresa. Anche Jan che in quel momento voltava le spalle alla 4x4, sobbalzò prima di precipitarsi verso la portiera aperta del furgone. Il canadese, tenendo d'occhio anche il furgone, alzò il mitra e lo crivellò, dalla testa alla coda, con una lunga scarica. Mancò Jan di un pelo e non colpì Joe Bob e Ted che si trovavano sul lato opposto. Tuttavia, la scarica produsse l'effetto desiderato, perché tutti gli uomini che erano dietro i veicoli si abbassarono in cerca di riparo, dietro le gomme sulle quali avevano orinato.

Il canadese e l'autista di Lefleur attraversarono la strada e puntarono le armi. Con voce decisa e chiara, Lefleur ordinò loro di alzarsi e di spostarsi al centro della strada. Lewis e Jackson, come Joe Bob e Ted, si mossero lentamente. Jackson tremava e guardava l'autista di Lefleur e la Humvee con il suo fucile nel portabagagli. Lewis si sforzò di controllare la paura mentre si alzava guardando l'autista di Lefleur.

Il canadese ripescò Joe Bob e Ted da dietro il furgone di Jan. Joe Bob, più imbarazzato che spaventato, guardò il canadese valutando che possibilità avesse di aggredirlo e disarmarlo. Ted, molto scosso dall'incidente, si alzò lentamente, tremando come una foglia.

Jan, distesa sul sedile anteriore del furgone, vide l'impugnatura della pistola di Joe Bob spuntare da sotto il sedile. Per un momento considerò l'idea di prenderla, ma la voce del mercenario che aveva affermato di essere Paul Perrault la fermò: "Mademoiselle, vuole essere tanto cortese da unirsi a noi?"

Si trovava proprio alle sue spalle. Jan guardò la pistola per un'ultima volta e rinunciò al suo proposito. Le reazioni repentine non erano mai state il suo forte. Scese lentamente dal furgone.

Quando Lefleur, scortando Jan, raggiunse gli altri al centro della strada, Lewis intervenne: "Chi comanda qui?"

Lefleur, senza una parola, si avvicinò a Jackson e gli premette la bocca del mitra sotto il mento: poi sparò una breve raffica, spruzzando Lewis di sangue, frammenti ossei e tessuto cerebrale, prima che potesse reagire.

Jan cominciò a urlare e quasi non s'accorse dell'orina che le correva giù per le gambe.

Lefleur ignorò le sue grida e sorrise a Lewis: "Questo risponde alla tua domanda, amico?"

Lewis, gli occhi sbarrati, perse il controllo: "Perché diavolo l'hai fatto? Sei impazzito?"

Lefleur ridacchiò: "Non hai forse chiesto chi comandava?"

"Non avevi bisogno d'uccidere un uomo per provarmelo!"

Lefleur guardò il corpo di Jackson e poi Lewis: "Vero, ma doveva andarsene in ogni caso. Bagaglio in eccesso. Adesso, se volete per cortesia salire sul furgone, possiamo andarcene."

Jan, finalmente in grado di controllare la sua voce, chiese ciò che tutti stavano pensando: "Che cosa ci volete fare?"

Lefleur le si avvicinò e la squadrò per un momento, una smorfia sul viso. Joe Bob, incapace di dominarsi, fece un passo in avanti e borbottò: "Non pensarci neppure, maiale schifoso."

Con un semplice movimento del busto, Lefleur puntò il mitra contro Joe Bob. Jan gridò ancora: "No! Joe Bob! Quel bastardo ti ucciderà!"

Joe Bob si fermò, guardò la canna del mitra di Lefleur e indietreggiò.

Lefleur tornò a guardare Jan e notò che i suoi pantaloni erano bagnati. "Devo scusarmi con la signora. Sembra che il mio melodramma le abbia fatto, come dire, perdere il controllo." Il viso di Jan si fece rosso di rabbia. Li stava esasperando, stava giocando con loro e li costringeva a reagire per poter ammazzare qualcun altro.

Quando capì che nessuno avrebbe risposto, Lefleur guardò il tramonto: "Stiamo perdendo tempo. Ci attende un viaggio lungo e, per lei mademoiselle, scomodo." Detto ciò, fece cenno al canadese e al suo autista di spingerli verso il furgone. Jan, Lewis, Ted e Joe Bob furono legati, imbavagliati e gettati nel retro. Lasciandosi alle spalle i corpi del tenente e del suo autista e la loro Humvee, Lefleur si diresse al campo base con i suoi trofei. Se tutto questo non avesse indignato gli americani, nulla avrebbe potuto farlo.

22

Il combattente che crede onestamente di essere un mercenario che lavora solo per i soldi, dovrebbe vigilare sulle sue convinzioni, come qualsiasi ateo.

Generale Sir John Hackett

4 chilometri a sud est di Ejido de Dolores, Messico
16 settembre, ore 06:15

Childress irruppe furiosamente nell'edificio a un piano che un tempo ospitava gli uffici della miniera ormai abbandonata, scaraventando un mercenario irlandese contro il muro. L'irlandese, recuperato l'equilibrio, stava per reagire colpendolo, ma l'altro spalancò la porta dell'ufficio di Delapos, vi entrò e si chiuse la porta alle spalle.

Sorpresi quanto l'irlandese dell'improvvisa e irruente entrata, Delapos e Lefleur interruppero la discussione per fissare l'americano con le narici dilatate e il viso stravolto dall'ira. Senza prestare attenzione a Lefleur, si diresse subito verso Delapos. "Che cosa credi di fare, in nome di Dio? Gli ostaggi non hanno mai fatto parte del piano. E perché diavolo non sono stato avvertito quando li avete portati qui?"

La sorpresa di Delapos si trasformò in rabbia: "Come osi entrare nel mio ufficio in questo modo e parlarmi come fossi un tuo subordinato?"

Troppo adirato per farsi intimidire dalle sue parole, Childress sollevò la mano destra, il dito indice che spuntava dal pugno ben stretto: "Ti ho fatto una domanda, Delapos. Che cosa diavolo ce ne facciamo di quegli ostaggi? Hai perso la testa?"

Se era una sfida, Delapos era pronto ad accettarla. Alzatosi, scalciò la sua sedia e si mise in guardia: "Non me ne starò qui a farmi minacciare in questo modo né da te né da nessun altro. La tua unica preoccupazione deve essere la difesa dei due campi base e, finché resteranno qui, la custodia dei prigionieri." Non ancora intimidito dal messicano infuriato che aveva di fronte, Childress continuò a urlare, avvicinandosi sempre di più a Delapos: "Hai perso la testa? Tutto questo è stupido, stupido. Quando..."

Delapos reagì istintivamente ed estrasse un coltello dallo stivale. Automaticamente, Childress si chinò per afferrare la sua pistola, ma non la trovò. Nella fretta, aveva dimenticato di legare la fondina alla caviglia. La sorpresa gli si lesse sul viso, lo bloccò e lo fece indietreggiare.

"Hai dimenticato qualcosa questa mattina, *mon ami*?" disse Lefleur.

In preda alla rabbia, Childress aveva ignorato il francese. Sempre tenendo d'occhio Delapos, si voltò verso destra. Lefleur era seduto col gomito sinistro appoggiato a un tavolo, le gambe incrociate, e sorseggiava lentamente una birra. Fece schioccare le labbra e ruttò prima di rivolgersi a Childress: "Sembra che tu sia venuto a mani vuote, amico mio. Vuoi che ti presti il mio coltello?"

Disarmato e preso alla sprovvista, Childress indietreggiò di un altro passo. Abbandonò la sua posizione minacciosa, si raddrizzò, e, sempre in guardia, si girò leggermente a destra per poterli osservare tutti e due. "È stata una tua idea, stupido figlio di cagna?"

Lefleur non accettò la provocazione. Al contrario, giocherellò con la bottiglia di birra parlandogli senza guardarlo: "All'inizio, non sapevo proprio cosa avrei fatto degli americani. Avremmo potuto ucciderli subito, ma sembrava un vero peccato. Sai, i deputati e i giornalisti famosi sono così rari da queste parti."

Childess cercò di controllare la rabbia. "Allora perché non li hai uccisi? È quello che avresti dovuto fare. Che cosa ne farai ora?"

Lefleur posò la bottiglia sul tavolo e liberò le gambe, piantando i piedi per terra. Respirò profondamente e batté le mani sulle ginocchia, mentre guardava Childress: "Oh, suppongo che prima o poi li uccideremo. Infatti, era di questo che il señor Delapos e io stavamo discutendo quando tu hai deciso di unirti a noi. Il dilemma è come farlo nel modo più sensazionale possibile. Dal momento che nessuno di noi ne sa quanto il señor Alamán sull'affascinante arte del terrore, abbiamo deciso di chiedere il suo parere su questa faccenda piuttosto delicata."

"Lefleur, sei pazzo."

Lefleur rise: "Sì, può anche essere. Ma se non altro, *mon ami*, sono armato."

"Esci di qui," ringhiò Delapos. "Ritorna ai tuoi doveri e non provarci mai più. Hai capito?"

Childress tornò a guardare il messicano, che non si era mosso di un centimetro né aveva cambiato espressione. Era ancora in guardia, coltello alla mano, pronto a colpire. Senza una parola, tenendo gli occhi su Delapos, Childress allungò la mano e afferrò la maniglia della porta. L'irlandese lo stava aspettando nella stanza. Si scansò e lo lasciò passare, quando vide Delapos col coltello in una mano e uno sguardo assassino negli occhi. Qualsiasi cosa fosse successa, questa non lo riguardava e non aveva nessuna voglia di essere coinvolto in una disputa tra il capo e i suoi luogotenenti. La paga era troppo buona.

Quando Childress se ne fu andato e Delapos si fu rilassato, Lefleur si alzò: "Sembra che il tuo amico americano non sia d'accordo con noi."

"Ha i nervi a pezzi. Non ci si può fidare di lui."

Lefleur sospirò e aggiunse: "Forse, il nostro amico ha perso il gusto per il sangue americano."

Delapos ripose il coltello e grugnì: "Forse. Qualunque sia la ragione, non ci si può fidare di lui."

Lefleur lasciò sospeso per un momento l'ultimo commento, poi sorrise: "Ebbene, si sta facendo tardi. Devo andare. Non ho ancora finito la ricognizione e c'è poco tempo. Forse, quando tornerò, sarà già arrivata la risposta del señor Alamán. In ogni caso, mi faresti il piacere di lasciare a me gli americani?"

Mentre respirava profondamente per calmarsi Delapos considerò la richiesta: "Sì, lo farò, a una condizione."

"Ma certo, sì. Qualunque cosa tu dica, *mon ami*."

"Prima di occuparti del deputato e del suo seguito, devi liberarti di Childress. Non ci si può più fidare di lui."

"Ah, capisco," scherzò Lefleur. "Il piacere prima del dovere. Ma che bello."

Nella piccola baracca ricoperta di lamiera in cui Jan era stata gettata la notte precedente, il caldo era soffocante anche se i raggi del sole che filtravano dalle fessure del muro le suggerivano che era mattino presto. Mentre giaceva sul pavimento sporco, legata e imbavagliata, Jan si pentì di non aver preso la pistola di Joe Bob. Se lo avesse fatto, per lo meno, i suoi problemi sarebbero finiti. Sarebbe stato rapido, semplice e definitivo. Questo, pensò mentre guardava la baracca non più grande di uno stanzino, era l'inferno. Dal loro arrivo al campo base, come l'aveva chiamato il francese, nessuno si era fatto vivo, nessuno le aveva parlato, nessuno si era preoccupato di slegarla. Non le avevano dato nulla da mangiare. Avevano semplicemente aperto la porta, l'avevano gettata all'interno e richiuso la porta, lasciandola per terra a sudare e a giacere nei suoi stessi escrementi. Dubitava che la porta della baracca fosse chiusa con un lucchetto. Non che importasse. Era imbavagliata e legata come un vitello in un rodeo, le mani unite ai piedi. C'erano fessure e spaccature intorno alla porta e sui muri dalle quali entrava la luce, ma non erano sufficientemente grandi da permettere alla brezza di entrare. Da quelle fessure entravano solo insetti e mosche e una polvere, che, depositandosi sul suo corpo ricoperto di sudore, si trasformava in una sottile poltiglia. Per quanto tutto ciò la innervosisse, sapeva che non sarebbe passato molto tempo prima che se ne dimenticasse. La mancanza di acqua la faceva passare da stati di semincoscienza ad attacchi di nausea: probabilmente sarebbe impazzita o morta.

Quando la porta della baracca si spalancò, la luce le colpì il viso e gli occhi costringendola a girarsi su un fianco. Sentì qualcuno afferrarle il bavaglio, stirando ulteriormente i lati disidratati della sua bocca. Per un secondo ebbe la sensazione di essere sfiorata da un metallo freddo vicino all'orecchio, poi il fastidioso bavaglio fu tagliato e Jan tossì.

Stava ancora tossicchiando, sforzandosi di riprender fiato e schiarirsi la gola, quando l'uomo tagliò anche la corda che le teneva legati mani e piedi. Libera infine dai lacci, si rese conto di non avere più il controllo degli arti, diventati insensibili come quelli di una bambola di pezza. A lungo non poté far altro che giacere a braccia e gambe divaricate sul pavimento, fissando il soffitto in attesa che diminuissero gli spasmi muscolari e il dolore alle braccia, ai polsi, alle gambe e alle caviglie. Non si curava né dell'uomo che l'aveva liberata né degli insetti, degli scarafaggi e delle mosche che ancora sciamavano sul suo corpo. L'unica cosa che contava era il fatto di non essere più legata e imbavagliata. L'idea di fuggire era la cosa più lontana dalla sua mente. Tutto ciò che desiderava in quel momento era la cessazione del dolore e acqua da bere.

Poco dopo, una mano le si infilò dietro il collo e la sollevò. Prima di capire quel che stava succedendo, lo sconosciuto le portò una tazza alle labbra, versandole dell'acqua in bocca. Jan desiderava berla, ma tossì e la sputò. Lo sconosciuto attese un secondo, per permetterle di riprendere fiato, e gliene versò dell'altra. Questa volta lei riuscì a deglutirla. Quando l'altro scostò la tazza, fu presa dal panico e cercò di afferrarla per berne ancora, ma le sue braccia erano come paralizzate. Riuscì solo a tremare e a dimenarsi, rovesciandosi l'acqua sul viso e sul collo.

"Ehi, calma, signora. Si rilassi. Ce n'è ancora."

La voce era quella di un americano. L'Esercito! La Forza Delta! Erano venuti a salvarla! Aprì gli occhi. Ancora accecata dalla luce che entrava dalla porta, non riuscì a vedere né il suo volto, né i suoi vestiti. Vide solo il profilo della testa di un uomo. I capelli erano troppo lunghi per essere quelli di un soldato americano. No, non era stata liberata. Non era Scott col 7° Cavalleria. Ma aveva dell'acqua e, per il momento, era tutto ciò che desiderava.

Dopo un minuto lo sconosciuto la fece sedere e le offrì nuovamente la tazza d'acqua. Finalmente in grado di controllare le braccia tremanti, la bevve avidamente. Rimasta seduta in silenzio, assaporando la libertà e il sapore dell'acqua, cominciò a guardarsi intorno e a chiedersi chi fosse il suo salvatore e, cosa più importante, che cosa sarebbe successo in seguito.

Childress la anticipò e le disse tutto ciò che poteva, prima di essere aggredito da un migliaio di domande. "Non c'è molto che le possa dire. Anzi, meno ne sa, meglio è per lei. Almeno per il momento, i suoi amici stanno bene. Qualcuno si sta prendendo cura di loro. Secondo, non posso dirle chi siamo, dove ci troviamo o che cosa facciamo. Come ho già detto, è meglio che lei non sappia. Da ultimo, non ho la più pallida idea di quel che vi succederà."

La donna sul pavimento giocherellò un momento con la tazza prima di guardarlo: "Vuol dire che non sa come saremo uccisi?"

Childress avrebbe preferito essere schiaffeggiato. Ma la donna aveva ragione. Childress sapeva che Delapos non avrebbe avuto altra scelta se non quella di ammazzare lei, il deputato e la troupe televisiva. Non era possibile che continuassero a vivere dopo aver visto Lefleur e i suoi uomini. Non potevano permettersi di essere di manica tanto larga. Inoltre, il rapimento di un deputato, seguito dal suo brutale assassinio, calzava a pennello col piano di Alamán di indignare l'Esercito e il popolo americano. Lo stupro e la mutilazione di una reporter televisiva, soprattutto di una come Jan Fields, recentemente schieratasi in favore dei messicani, era una cosa a cui non si poteva rinunciare.

Rimase immobile a guardarla: le parole di lei e i suoi pensieri gli laceravano le pareti dello stomaco come un gatto selvatico chiuso in un sacco. Che creatura ripugnante era diventato. Un serpente che striscia sul ventre aveva più orgoglio di quanto potesse averne lui. Il serpente uccideva le sue vittime velocemente e solo per sfamarsi o per difendersi. Lefleur, Delapos e gli altri, compreso lui, uccidevano per denaro e per dimostrare di essere veri uomini.

La sua non era una crisi di coscienza. Era stato mercenario troppo a lungo per questo. Sotto molti aspetti era simile a Lefleur: smanioso di dimostrare a se stesso e ai suoi simili di essere un abile professionista dell'arte della guerra. A differenza di Lefleur, tuttavia, egli preferiva lavorare a distanza: da una distanza di seicento metri, era impossibile vedere gli occhi della vittima. Anche con un potente mirino, tutto era remoto, impersonale, irreale. Non si sentivano le grida. Non era necessario guardare il viso sconvolto della vittima mentre la sua vita defluiva. Mancava anche l'odore della paura, mischiato alla dolce fragranza del sangue caldo. Era più come tirare a un bersaglio.

Guardò Jan negli occhi e vi lesse la paura e l'odio che provava per lui. Quando sarebbe giunto il momento, e sapeva che sarebbe arrivato, non ci sarebbe voluta nessuna abilità per uccidere quella donna. Sarebbe stato un assassinio, un puro e semplice assassinio.

Incapace di continuare a sostenere il suo sguardo e sapendo di essere responsabile della sua morte quanto l'uomo che infine avrebbe premuto il grilletto, Childress si alzò e si voltò dall'altra parte. Era incredibile a quale distanza da Dio e dal suo adorato Vermont si fosse spinto. Indipendentemente da quanto l'avrebbero pagato o da come avrebbero camuffato il massacro, ciò che stava per accadere non gli avrebbe procurato nessun orgoglio, nessuna soddisfazione.

Senza dire una parola lasciò cadere la borraccia sul pavimento, uscì dalla baracca e fece cenno all'uomo di guardia di chiudere a chiave.

Arlington, Virginia
16 settembre, ore 16:15

Megan Lewis sapeva che i suoi sforzi sarebbero stati inutili, ma chiese a chi chiamava di attendere un attimo per controllare se sua madre era disponibile. Appoggiò il ricevitore e lasciò la cucina per avvicinarsi in punta di piedi a quello che era stato lo studio di suo padre. Aspettò prima di bussare e rimase in ascolto. Non udì nulla e allora bussò con delicatezza alla porta: "Mamma, è ancora la Casa Bianca. Il segretario del presidente vorrebbe parlarti. Vuole farti le sue condoglianze."

I suoi tentativi furono accolti dal silenzio. "Mamma, per favore, di' qualcosa. È la terza volta che chiama. Non ti costa nulla ascoltare ciò che ha da dire." Le suppliche non ottennero risposta. Dopo aver atteso qualche secondo, Megan sospirò: "Dirò loro che adesso non puoi rispondere e che richiamino domani. Va bene così, ma'?"

Poiché neanche stavolta ottenne risposta, Megan tornò lentamente verso la cucina. Sapeva che sua madre poteva essere impossibile come suo padre, quando voleva.

Nel suo rifugio, Amanda Lewis stava sulla poltrona di fronte alla scrivania di Ed, su cui era solita sedere. Sapeva che sua figlia, nonostante i tre anni di università e i voti che le avrebbero permesso di entrare in qualsiasi scuola di medicina, non avrebbe capito. Non poteva. Era giovane e cominciava allora a conoscere il mondo. Megan doveva ancora amare, come lei aveva amato. Doveva ancora scoprire che i titoli altisonanti e l'età servivano ben poco per rendere più saggi e più compassionevoli. Persino Ed, con tutta la sua forza, era solo un uomo che cercava di mettere un po' d'ordine in un mondo che, di tanto in tanto, si rivoltava contro i suoi figli e li divorava, in un eccesso di insensata passione.

Quando la luce rossa che lampeggiava sul telefono di Ed si spense, Amanda continuò a fissare l'apparecchio. Era stato così anche per Ed, pensò? Un minuto prima, c'era il palpito della vita, una fiamma ardente di vita, e poi, nulla? Ed era tutto qui, ciò che la vita di Ed era stata, un breve, modesto tremolio di luce? Guardò le pile di carte, le schede e i libri, e si chiese se tutti i suoi sforzi, i sogni e le speranze nascoste tra quelle carte sarebbero improvvisamente scomparsi come il tremolio di una luce.

No, pensò. No, Ed si meritava qualcosa di meglio. C'era un vero scopo dietro tutto ciò che Ed aveva fatto nella vita. Quel che aveva fatto non era stato un'illusione, un sogno. I suoi sforzi per portare pace ed equilibrio potevano essergli costati la vita, ma questo non significava che essi non potessero sopravvivere. Senza sapere esattamente che cosa fare, decise che i sogni e i progetti, per quanto irreali sembrassero a volte, non sarebbero morti. Una persona non deve limitarsi a denunciare un'ingiustizia, deve fare qualcosa per trasformarla. Il rifiuto di consentire al presidente di alleggerirsi la coscienza consolandola era una protesta, ma una protesta che non avrebbe avuto senso se non l'avesse sostenuta con l'azione.

Girò intorno alla scrivania e si sedette al posto di Ed, aprendo distrattamente la prima scheda che le capitò sotto mano. Lesse le note scritte a mano e cominciò a cercare il modo per evitare che altre mogli e madri sperimentassero quel che stava provando lei. Forse poteva attirare l'attenzione di qualcuno su ciò che Ed aveva cercato di dire. Forse poteva cambiare qualcosa. Non sapeva se sarebbe stata in grado di farlo, ma ci poteva provare, se non altro per dare un senso, un valore alla morte di suo marito.

Santa Genoveva, Messico
16 settembre, ore 18:45

Dopo aver lasciato due uomini di guardia al blocco stradale, Fernando Naranjo tornò sul ciglio della strada dove gli altri due uomini del piccolo distaccamento si davano da fare per accendere un fuoco per il caffè, sperando che li tenesse svegli durante la notte. Nessuno si aspettava che rimanessero svegli perché, dopo tutto, erano contadini e mandriani. Il loro ruolo nella difesa del Messico era importante, ma la necessità di guadagnarsi da vivere e di provvedere alle proprie famiglie lo era di più. Come migliaia di altre squadre della Forza di Difesa Rurale, Naranjo e i suoi quattro uomini erano solo soldati provvisori, che facevano quel che potevano, quando potevano. Quella notte gli ordini e le istruzioni erano semplici: stabilire un posto di blocco dietro le linee messicane e impedire a chiunque di passare, fatta eccezione per i soldati dell'Esercito messicano.

Naranjo avrebbe preferito fare qualcosa di più utile, ma sapeva che il suo posto non era là, dietro le linee americane, con i figli e i nipoti. Lui era troppo vecchio, troppo lento. E poi qualcuno doveva pur restare a proteggere le fattorie e le donne. Per questo era rimasto, e faceva quel che poteva per la Forza di Difesa Rurale, quando il suo vecchio corpo e i lavori alla fattoria glielo permettevano.

Si stava sedendo con il suo Mauser 1898, si stava sedendo su una coperta, quando udì un'auto che si avvicinava. Appoggiato al fucile, guardò la strada in direzione del rumore e poi del blocco stradale. I suoi due uomini, udito il rumore, si erano anch'essi voltati verso la strada, i fucili spianati. Decise di aspettare a rilassarsi e ordinò ai due uomini di lasciar perdere il caffè. Non si aspettava guai, ma voleva che fossero pronti ad aiutare i due uomini del blocco, se necessario.

Si raddrizzò con uno sforzo e si diresse al posto di blocco proprio mentre un veicolo, superata una curva, giungeva in vista.

Lefleur stava dormendo e non vide il posto di blocco finché il suo autista non rallentò e si fermò poco lontano. Si stiracchiò e, accortosi che non si trovavano al campo base, chiese il motivo della fermata. Il mercenario canadese, sul sedile posteriore, rise: "Non è nulla. Solo qualche vecchio a guardia di un blocco stradale."

Lefleur si raddrizzò per guardare la barriera e i due uomini coi fucili spianati. Quando s'avvide che erano armati di fucili a ricarica Mauser 1898, rise anch'egli: "Quali credi siano più vecchi?" scherzò. "I fucili o gli uomini?"

Quando il vecchio, che sembrava essere il capo, si avvicinò al veicolo, seguito dai due uomini che erano dietro la barriera, il canadese ridacchiò: "Gli uomini. Sicuramente gli uomini. Quanto scommettete che resteranno senza fiato prima di arrivare fin qui?"

Mentre si avvicinava, Naranjo vide che i gringo ridevano e la cosa lo irritò, perché egli faceva seriamente il suo dovere e decise che gli stranieri dovevano pagare per la loro arroganza. Puntò il fucile su Lefleur e chiese che tutti mostrassero i documenti d'identità.

L'improvvisa reazione del vecchio e la bocca del fucile a mezzo metro dalla faccia tolsero il sorriso a Lefleur. Il vecchio pazzo, pensò, era pericoloso. Alzò la mano destra e fece un cenno al vecchio, mentre con la sinistra estraeva dalla tasca la sua falsa carta d'identità francese e il passaporto. Decise che non c'era bisogno di contrastare il vecchio sempliciotto e gli porse i documenti.

La carta d'identità, naturalmente, non significava molto per Naranjo. Deciso a far valere la sua autorità e a dare una lezione agli arroganti stranieri, informò Lefleur che doveva tornare al villaggio e consegnare i documenti all'ufficiale dell'esercito, comandante della sua compagnia, perché li controllasse.

Improvvisamente, la situazione non ebbe più nulla di ridicolo. Lefleur e il canadese, ammutoliti, si prepararono a impugnare le armi. Naranjo e i compagni notarono il cambiamento e si prepararono a reagire quando l'autista di Lefleur tentò di prendere la sua arma da sotto il sedile. Senza indugio, l'uomo che aveva tenuto d'occhio l'autista sparò. Se lo fece per nervosismo o per aver visto l'arma dell'autista, non si saprà mai, ma lo fece. Colpito, l'autista estrasse il suo mitra. Naranjo lo vide e spinse il fucile contro lo stomaco di Lefleur, mentre il terzo uomo, da dietro il veicolo, puntò la bocca del fucile all'orecchio del canadese.

Naranjo e gli uomini che lo avevano aiutato ad arrestare Lefleur ricevettero in premio i mitra dei prigionieri. Le nuove armi non solo sarebbero state utili a Naranjo in futuro, ma costituivano, per figli e nipoti, la prova della sua impresa. Il mitra sarebbe diventato un cimelio di famiglia, degno di essere tramandato al figlio, così come il Mauser 1898 che aveva ereditato.

Il dono che Naranjo e i suoi uomini presentarono a Guajardo fu apprezzato oltre misura. Con Lefleur Guajardo aveva una chiave che, se usata nel modo giusto, gli avrebbe concesso ciò che più desiderava: Alamán.

23

Che cosa me ne importa dei loro litigi o se l'aquila sotto la quale cammino ha una sola testa o due?

William Thackeray, *Memorie di Barry Lyndon*

Città del Messico
17 settembre, ore 19:35

Solo, seduto in fondo a un lungo tavolo, Lefleur fissava i due messicani vicini alla porta. Anche se le celle della prigione messicana erano migliori di quanto avesse immaginato, questo non bastava a placare la sua rabbia e la vergogna di essere stato catturato da contadini. Era stata una cosa molto stupida. Stupida e irritante.

Quando bussarono alla porta, uno dei soldati sbirciò dallo spioncino per vedere chi fosse. Richiuso lo spioncino, sganciò il chiavistello e aprì per permettere al visitatore di entrare. Il soldato tornò al suo posto e scattò sull'attenti, ordinando all'altra guardia di fare altrettanto. Prima d'allora Lefleur non aveva mai visto le guardie reagire in quel modo e ne dedusse che stava per incontrare un personaggio importante.

Il colonnello dell'Esercito messicano che entrò, seguito da un tenente, era alto e slanciato. Lefleur lo esaminò rapidamente. C'erano pochi nastrini sul suo petto, segno che il colonnello non aveva fatto nulla di speciale per meritare il suo grado, oppure si trattava di un uomo modesto, cosa assai dubbia. Non era possibile che un colonnello fosse modesto. Questo portava il berretto con la visiera tanto abbassata da nascondere gli occhi. Forse era venuto per intimidirlo. Sorrise tra sé: che cosa poteva fargli un colonnello messicano che già un buon sergente della Legione e una mezza dozzina di esperti professionisti non avessero tentato di fare?

Intento a studiare il colonnello, Lefleur non notò il tenente che, dopo aver congedato le guardie, aveva richiuso e serrato la porta alle loro spalle. Poi, fermo accanto alla porta, aveva fatto cenno al colonnello di essere pronto.

Guajardo si tolse il berretto e lo posò sul tavolo, poi passò lentamente davanti a Lefleur fino a porsi dietro di lui. Rimase in silenzio per un momento, come se stesse ponderando la sua prima domanda. Quando finalmente parlò, lo fece in inglese: "Conosco il motivo che l'ha portata in Messico, señor Lefleur, perciò possiamo saltare i preliminari."

Senza guardarlo, Lefleur decise di giocare con il colonnello. Incrociò le braccia sul petto e protestò: "Il mio nome, *señor colonel*, è Perrault, Paul Perrault. Sono un corrispondente della rete televisiva nazionale francese. Non ho nessuna idea del motivo per cui mi trovo qui e chiedo che mi sia permesso di vedere un rappresentante dell'Ambasciata francese."

Udì il colonnello respirare profondamente prima di riprendere a parlare: "Non faccia il furbo con me, señor Lefleur. Il suo amico canadese è stato molto loquace."

Incapace di trattenersi, Lefleur scherzò: "Bene, se il canadese è stato loquace, allora lei non ha bisogno di me."

Seguì una pausa. Poiché non poteva vedere il viso del colonnello, non sapeva quale effetto avesse sortito il suo commento. Il tenente, sempre accanto alla porta, con ancora il berretto in testa, non reagì.

"Ah, bene, señor Lefleur, come ho già detto, il suo amico è stato molto loquace. Ma non lo sarà più. Ahimè, non era resistente come pensavamo. Il suo fisico ci ha ingannati. Vede, il suo amico è morto un'ora fa."

Per la prima volta, Lefleur rabbrividì. Cercò di autoconvincersi che il colonnello stava bluffando. Non potevano aver picchiato e torturato un uomo a morte. Erano soldati professionisti, quelli. Eppure sapeva che era vero. Non aveva idea di chi fosse quel colonnello, né che cosa volesse, ma sapeva che il Messico era un paese in piena rivoluzione e in guerra con gli Stati Uniti. Date le circostanze, e se il colonnello aveva detto la verità, tutto era possibile. Era tempo di cominciare a cooperare, un poco: "Che cosa vuole, colonnello?"

Il colonnello rispose senza esitare: "Voglio Alamán."

Lefleur esitò. Il canadese doveva aver parlato parecchio. Ancora indeciso se collaborare, si strinse nelle spalle: "Mi dispiace, colonnello. Non posso aiutarla. Non conosco nessuno che si chiami Alamán."

Guajardo sapeva che il francese avrebbe usato dei trucchetti con lui, ma il suo atteggiamento e la sua arroganza lo irritarono. Guardò il tenente e sbottò: "Juan, la tua pistola."

Juan marciò verso Guajardo, passando davanti a Lefleur, estrasse la pistola dalla fondina e gliela porse. Al rumore del carrello spinto indietro e poi rilasciato per caricare un colpo, Lefleur sussultò. Vide il tenente girare sui tacchi e tornare accanto alla porta. Notò un lieve sorriso sul suo volto, un sorriso maligno, che aumentò la sua preoccupazione.

"Señor Lefleur, se è così gentile da mettere entrambe le mani sul tavolo, le palme rivolte verso il basso e le dita allargate, possiamo continuare la conversazione."

Non avendo idea di quel che stava succedendo, Lefleur lo assecondò. Posò le mani sul tavolo e sentì il sudore che cominciava a imperlargli la fronte.

Senza una parola, senza un avvertimento, la pistola gli balenò vicino alla testa. Prima che potesse reagire, Guajardo posò la bocca della pistola sull'ultima falange del mignolo della mano destra e premette il grilletto.

Poi si spostò da un lato mentre Lefleur ululava come un animale ferito. Quando vide la sedia scivolare all'indietro, bloccò col piede la gamba posteriore e la fece inclinare. La sedia si rovesciò e Lefleur finì disteso sul pavimento, col sangue che schizzava dal moncone della sua mano destra, dove una volta c'era stato un dito.

Riavutosi dallo shock e dalla sorpresa, Lefleur afferrò il polso destro e si guardò il moncone. Osservava la ferita e respirava a fatica. Guajardo, che aveva fatto un passo indietro, lo guardava sorridendo. "Señor Lefleur, se vuole, può continuare a essere testardo. Ma la devo avvertire, resisterò più di lei. Vede, mi sono rimasti quattordici proiettili. A lei, solo nove dita."

Lefleur ne aveva abbastanza. Dopo tutto, era un mercenario. Non era un onore morire per Alamán. Non vi era nulla che valesse il sacrificio della sua vita. Non era nel suo interesse continuare con quella pazzia. Si ricompose e affermò di non sapere dove si trovava Alamán, perché, spiegò, lui era solo uno dei tanti mercenari.

Guajardo gli si avvicinò e lo guardò: "Sì, questo può essere vero, ma lei mi porterà dall'uomo che sa dove si trova Alamán. Lei, amico mio, mi porterà dal señor Delapos. Se non lo farà, mi assicurerò di persona che la sua morte sia lenta e dolorosa, quel tipo di morte in cui la vittima grida ininterrottamente per giorni prima che il corpo muoia. Ci siamo capiti, señor?"

Quartier generale, 16ª Divisione corazzata,
Sabinas Hidalgo, Messico
18 settembre, ore 06:35

La calma ostentata da Dixon non ingannava nessuno. Il Grande Al aveva pensato di concedergli una licenza di una settimana, forse di due. Poi aveva considerato che il riposo avrebbe solo aumentato il suo smarrimento. Con il tempo, Dixon sarebbe finalmente riuscito ad accettare la morte di Jan Fields.

Non che gli altri si fossero rassegnati. Al contrario, il presidente, pressato dal Congresso e dalla stampa, e dalla rivolta di Amanda Lewis, stava facendo tutto il possibile per ritrovare il deputato Lewis, la giornalista e la sua troupe. Dall'ufficio della Croce Rossa che si occupava dei prigionieri di guerra, alle Nazioni Unite, i rappresentanti americani chiedevano al governo messicano di riconoscere la sua responsabilità in quell'incidente e di liberare immediatamente gli ostaggi. Il governo messicano, da parte sua, negava di aver preso parte al fatto o di essere in possesso di qualsiasi informazione sull'incidente. A dire il vero, la CIA non era riuscita a provare che stessero mentendo. Al contrario, i suoi agenti riferivano che anche i servizi segreti e la polizia messicani erano impegnati nella ricerca del deputato Lewis e del suo seguito. Alcuni credevano che questi sforzi fossero solo una finzione atta ad avvalorare le dichiarazioni del governo messicano, ma certamente esse non potevano essere ignorate.

Le pattuglie terrestri e aeree della 16ª Divisione erano alla continua ricerca degli attentatori, di Lewis e del seguito, o di qualsiasi indizio che potesse essere utile alle ricerche. Che Lewis e gli altri potessero essere morti era un'ipotesi da non trascurare: fra le istruzioni consegnate alle pattuglie, c'era l'ordine di tenere gli occhi ben aperti sulle buche che sembravano scavate di recente.

Il Grande Al, pur favorendo le ricerche, temeva che i soldati, esasperati da quello che i mass media chiamavano il brutale assassinio degli uomini della polizia militare e della scorta di Lewis, si vendicassero su messicani innocenti. C'erano già stati due episodi in cui le guardie, irascibili, i nervi tesi per gli attacchi sempre più frequenti, avevano sparato sui civili.

Cerro entrò nel furgone operativo pronto a dare il cambio al suo sostituto, il capitano Mark Grumpf, per il turno di notte. Stava per dare una pacca sulla spalla di Grumpf quando vide Dixon seduto a un tavolo d'angolo. Solo, la testa appoggiata alla mano destra, stava esaminando i rapporti giornalieri senza tralasciare la più piccola nota. Cerro sussurrò a Grumpf: "Da quanto tempo è lì?"

Grumpf guardò Dixon, poi Cerro: "Se n'è andato alle due di questa mattina ed è tornato alle cinque."

Cerro si raddrizzò e guardò Dixon per un momento. Qualche anno prima Dixon aveva perso la moglie in un bombardamento mentre si trovava di stanza in Medio Oriente. Sebbene i rapporti tra i due fossero tesi da tempo, la perdita doveva essere stata dura per lui. Ora, in mezzo a quella guerra perdeva la sua...

Cerro esitò. Non sapeva bene come chiamare Jan Fields. Che cos'era Jan Fields per Dixon? Un'amante? Un'amica? Una convivente? Era una strana relazione, almeno per l'Esercito, che si vantava di essere l'ultimo baluardo dei valori tradizionali e cose di questo genere. Nessuno parlava della loro relazione, ma sicuramente essa significava molto per Dixon, che non aveva mai cercato di nasconderla o giustificarla. Jan era una bella donna, pur essendo abbastanza matura e, sotto molti punti di vista, era la donna ideale per Dixon. E aveva molta personalità.

Cerro scrollò la testa e stava per raggiungere Grumpf, quando il G2, l'addetto alle informazioni della divisione, irruppe nel furgone. "Scotty, li abbiamo trovati."

Confuso, Dixon lo guardò incredulo: "Trovato chi?"

"Ricordi come giudicai strano il fatto che non mancassero armi sul luogo dell'imboscata?"

Dixon non se ne ricordava, ma annuì sperando che il G2 arrivasse al sodo.

Questo continuò: "In tutte le altre imboscate, quelle compiute dalle squadre di guerriglia o dall'Esercito messicano, mancavano sempre pezzi d'equipaggiamento e armi di un certo valore. Persino quando sconfissero l'unità che avevano attaccato, secondo i rapporti dei comandanti di campo, le squadre messicane rischiarono grosso pur di raccogliere quanto potevano prima di ritirarsi. Vedi, l'Esercito messicano, e in particolare le unità di guerriglia, sono ancora carenti di armi e di equipaggiamenti, e non perdono certo l'occasione per procurarsele." Anche se il G2 parlava troppo velocemente perché Dixon potesse stargli dietro, non lo interruppe. Era troppo stanco e desiderava solo che l'altro finisse. "Inoltre, nei due casi in cui i messicani fecero dei prigionieri, la Croce Rossa Internazionale riuscì ad avere i loro nomi, gradi e numeri di matricola nel giro di ventiquattr'ore."

"D'accordo, quindi questa imboscata non è come le altre. E che cosa significa?"

Un sorriso gli illuminò il viso: "Non è stato l'Esercito messicano a tendere l'imboscata alla polizia militare e a Lewis. Quando l'Esercito e il governo messicano dicono di non sapere nulla dell'imboscata, sono sinceri. Non sono stati loro."

Dixon scosse la testa: "Senti, mi sono perso. Le rilevazioni sulle armi che si sono lasciati alle spalle sono interessanti, ma non significano molto di per sé. Chiunque può fare un errore."

Il G2 gli allungò una cartella gialla con documenti top secret. "Il messicano ferito, trovato al posto di blocco della polizia militare, è stato interrogato."

Dixon, ora completamente sveglio, si raddrizzò: "E allora?"

"Be', ciò che ha detto, di per sé, non significa molto. Molte cose erano incomprensibili. Era in uno stato pietoso. I medici dicevano che in quelle condizioni avrebbe dovuto essere già morto. Ma ora questo non importa. Importa invece che si possano sommare le poche informazioni che ci ha dato ad altri piccoli indizi, come il fatto che le armi non siano state portate via."

Dixon si stava facendo impaziente e il G2 iniziava a vaneggiare: "Si sommano a cosa?"

Per essere più chiaro, il G2 si servì delle dita per enumerare le sue teorie: "Primo, l'uomo ferito non è messicano e non lavora nemmeno per il governo messicano. Questo lo sappiamo per certo. È un mercenario colombiano. La CIA lo ha confermato qualche ora fa. Sembra che lavorasse per qualche boss della droga che continuava a chiamare El Dueño, in spagnolo 'signore'. Non sappiamo esattamente perché lo chiamino così, ma questo, al momento, non è importante."

Dixon ebbe un moto di stizza: "Guarda, ragioni meglio di me. Potresti, per cortesia, dirmi che cosa *è* importante?"

Il G2 si guardò intorno per vedere chi c'era nella stanza. Poi avvicinò la cartella a Dixon. "Non posso dirlo. Non qui. Sono informazioni segrete, speciali. Puoi leggerle oppure venire nel mio ufficio dove ti dirò quel che pensiamo sul ruolo di questo tizio, 'El Dueño'." Quando Dixon prese la cartella, il G2, incapace di trattenersi, aggiunse: "Se la metà delle porcherie che ci sono lì dentro è vera, sarà meglio che il nostro coraggioso capo alla Casa Bianca e metà degli agenti della CIA si trovino un altro lavoro."

Palazzo Nazionale, Città del Messico
18 settembre, ore 09:15

L'incontro stava per finire e Molina si rivolse a Barreda: "Allora siamo d'accordo, Felipe. Devi agire per tempo in modo da assicurarti che il colonnello Guajardo possa fare tutto il possibile. Credi ci possa essere qualche problema?"

Barreda scosse la testa: "No, non ci sono problemi da parte nostra. Tutto dipende da ciò che il comandante della 16ª Divisione corazzata americana decide di fare. Mi terrò pronto in ogni caso. Se l'americano non accetta l'incontro che Alfredo sta organizzando o se, dopo l'incontro, si precipitano dal loro governo e lasciano cadere la cosa nelle mani del Dipartimento di stato, allora contatterò l'addetto agli affari pubblici e gli consegnerò tutto il materiale a nostra disposizione. Se invece il comandante della divisione americana accetta di cooperare con Alfredo, allora aspetterò a contattare l'incaricato fino alle sette del giorno 20."

Molina annuì chiudendo gli occhi: "Le cose andranno meglio sia per te che per noi, se questa va in porto."

"Carlos, come abbiamo già detto Alfredo e io, tutto dipende dagli americani."

Molina aprì gli occhi e si rivolse a Guajardo: "Non c'è modo di occupare e distruggere la base dei mercenari e di liberare gli ostaggi senza l'intervento degli americani?"

Guajardo, senza alzare gli occhi dalla cartella che aveva di fronte, rispose: "Sì, potremmo provare. Ma non posso garantire l'incolumità degli americani, soprattutto sapendo che ci sono traditori fra noi, anche nel Consiglio."

L'accenno di Guajardo ai traditori fece indietreggiare Molina. Lui, e solo lui, aveva invitato i singoli membri a formare il Consiglio. Il pensiero d'aver sbagliato nel giudicare, cosa che avrebbe potuto portare al completo fallimento dei loro sforzi, lo feriva duramente. "Che cosa ti fa pensare che i soldati americani possano far meglio dei tuoi uomini?"

Guajardo guardò prima Barreda, poi Molina, e rispose lentamente e con fermezza: "Nulla, assolutamente nulla. Anche loro, come noi, andranno alla cieca. L'unica differenza è che saranno loro ad avere il controllo. Essenzialmente, si tratterà della loro riuscita o, Dio ce ne liberi, del loro fallimento, se gli ostaggi dovessero morire durante l'assalto."

Molina si alzò, guardò i documenti che Guajardo gli aveva consegnato, lanciò un'occhiata al ministro della Difesa, e sospirò. Guardò il soffitto prima di abbassare nuovamente lo sguardo sull'altro, e sospirò di nuovo. Poi voltò le spalle alla scrivania e si avvicinò alla finestra. Con le mani dietro la schiena, lanciò uno sguardo distratto sul piazzale sottostante. Dopo un paio di minuti girò leggermente la testa verso Guajardo: "Se tu mi avessi detto che un marziano mi aspettava fuori dal mio ufficio, non avrei potuto essere più scioccato."

Tornò a guardare fuori dalla finestra, incrociò le braccia e sospirò: "Penso che la soluzione migliore e più sicura sia quella di annunciare pubblicamente quel che sappiamo, oppure quella di consegnare agli americani le informazioni che abbiamo sui mercenari. Questa tua operazione militare, Alfredo, e la politica diplomatica 'del rischio calcolato' di Felipe sono pericolose." Si girò su se stesso e guardò Guajardo: "No, credo dovremmo semplicemente informare gli americani di ciò che sappiamo e farla finita con questa storia."

Guajardo si guardò le mani unite in grembo: "Dobbiamo essere realisti e vedere la realtà per quella che è, non per come vorremmo che fosse. Sappiamo tutti che, appena passate le informazioni attraverso i canali ufficiali, indipendentemente dal nostro sforzo per salvaguardarle, Alamán ne verrà a conoscenza. Mio Dio, non possiamo nemmeno fidarci dei nostri fratelli del Consiglio." Guajardo alzò lo sguardo e lo fissò su Molina: "Certo, questo comporta grandi rischi. Ma se vogliamo finirla, dobbiamo accettare i rischi. E parte di questi rischi includono l'intervento dei soldati americani per liberare la loro stessa gente."

"Tu sei d'accordo, Felipe?"

"Non dobbiamo dimenticare il fatto," fece notare il colonnello Felipe Barreda, "che un eventuale successo di questa operazione fornirà alle nostre due nazioni la possibilità di chiudere questo conflitto in modo onorevole. Sono pienamente d'accordo con Alfredo. La posta è troppo alta per giocarla solo sulla nostra abilità di portare a termine l'azione. Perfino il fallimento degli americani mi fornirebbe l'opportunità di aprire un dialogo con loro."

Molina tornò alla scrivania, raccolse il rapporto dei due colonnelli e lo porse a Guajardo. "Voi due vi renderete conto che, se gli americani rifiutano di crederci, potremmo non avere un futuro? Il futuro che abbiamo offerto al popolo messicano sarà un futuro di patimenti e di schiavitù. Un futuro dominato dai gringo e dai narcotrafficanti. È a questo che ci porteranno i nostri sforzi?" Lasciò cadere i documenti e si allontanò di nuovo dalla scrivania.

Guajardo, con voce calma e ferma, replicò: "Intendo assicurarmi di persona che le cose si svolgano come sono state programmate."

Molina gli si avvicinò e lo guardò dall'alto: "Mi dispiace, amico mio, non posso permetterti di far questo."

Guajardo si alzò lentamente, lo guardò negli occhi e sorrise: "Carlos, amico mio, non ti sto chiedendo il permesso. Cerco solo la tua benedizione."

Molina sbatté le palpebre perché si rese conto che faceva sul serio: "È già abbastanza grave, Alfredo, agire senza consultare gli altri membri del Consiglio. Quando lo scopriranno, avrò bisogno di averti qui, al mio fianco."

Il sorriso scomparve dal viso di Guajardo: "Poiché questa operazione riguarda la sicurezza nazionale e, come tale, rientra nelle mie competenze di ministro della Difesa, è mio dovere assicurarmi che tutto si svolga come da programma."

Seguì una pausa durante la quale i due uomini si fissarono. Infine, Molina afferrò le braccia di Guajardo. "Sei un pazzo, Alfredo, un vecchio pazzo testardo." Poi, lentamente, un sorriso affiorò sul suo viso: "Non sai quanto mi piacerebbe venire con te. Quando parti, amico mio?"

"Partirò per Saltillo non appena avrò dato istruzioni al mio aiutante per la consegna della lettera agli americani."

Mentre i suoi occhi si inumidivano, Molina abbracciò Guajardo: "*Vaya con Dios*, fratello. *Vaya con Dios*."

3 chilometri a nord-est di Monterrey,
lungo la Pan American, Messico
18 settembre, ore 11:30

"Ehi, sergente! Si sta avvicinando qualcuno e pare che vada di fretta."

La maggior parte degli uomini del blocco stradale non distinsero le parole del soldato scelto Terry Alison, ma capirono dal tono della voce che stava succedendo qualcosa.

Gli uomini si affrettarono a prendere armi e giubbotti e corsero alle loro postazioni mentre il sergente di stato maggiore Jefferson raggiunse Alison di corsa. Come un giocatore di baseball che tocca una base, Jefferson scivolò nella stretta apertura del bunker sfiorando Alison con gli stivali.

Alison lo sentì arrivare, ma non si mosse. Curvo in avanti, seguiva con l'M-16 appoggiato ai sacchi di sabbia il veicolo che si avvicinava. Non si mosse nemmeno quando arrivò Jefferson al suo fianco e parlò.

"Che cosa succede?"

"Una jeep."

Jefferson estrasse un binocolo da un contenitore posto vicino all'apertura frontale del bunker, appoggiò i gomiti sui sacchi di sabbia e si portò il binocolo agli occhi per osservare il veicolo in avvicinamento. "Vedi una bandiera bianca?"

"Ne vedo due, sergente, una su ogni lato del paraurti."

Jefferson abbassò il binocolo e borbottò: "Sì, le vedo anch'io. Pensi che vogliano parlare?"

La jeep rallentò e si fermò a circa cento metri dal bunker dove si trovavano Jefferson e Alison. Entrambi poterono vedere, seduti nella jeep scoperta, due soldati messicani che, rivolti verso il bunker, attendevano un segno dagli americani.

"Be', se non è così, quelle persone hanno davvero voglia di morire." Dopo un secondo, Alison si girò verso Jefferson: "Allora, sergente, che cosa facciamo?"

"Tu rimani qui. Io vado a vedere che cosa vogliono."

Uscì dal bunker e ordinò agli uomini della sua squadra di non sparare. Poi, dopo averne chiamato uno perché lo seguisse, si incamminò verso il lato destro della jeep, facendo segno al suo compagno di stargli dietro.

Raggiunta la jeep, appoggiò il calcio del fucile sul fianco, la canna rivolta verso il cielo. Il passeggero, un ufficiale vestito di una linda uniforme, era apparentemente disarmato. Presumendo che parlasse inglese, Jefferson decise di saltare le formalità, perché, dopo tutto, si trattava di un ufficiale nemico. Inoltre, non conosceva il suo grado. Per quel che ne sapeva, poteva essere un semplice sottotenente. "Che cosa volete?"

"Sono il maggiore Antonio Caso. Sono mandato dal colonnello Alfredo Guajardo, ministro della Difesa delle Repubbliche del Messico. Ho un messaggio personale del colonnello Guajardo per il comandante generale della 16ª Divisione corazzata."

Per un momento Jefferson guardò l'ufficiale messicano. Il suo primo pensiero fu dettato dalla paura: merda, perché diavolo questo genere di cose capita sempre a me? Controllare un posto di blocco era una cosa. E sapeva come farlo. Parlare al nemico e ricevere messaggi personali per il comandante generale era qualcosa che andava oltre le sue capacità. "Mi faccia vedere la lettera."

Senza battere ciglio, Caso scrollò la testa: "Spiacente, sergente. Non posso mostrarle la lettera. Ho ricevuto l'ordine di consegnarla personalmente al suo comandante di divisione."

Jefferson non vide né timore né incertezza negli occhi del maggiore e si rese conto che stava facendo sul serio. Pensò che era tempo di passare la faccenda a qualcuno pagato per occuparsi di quel genere di sciocchezze. "Va bene, maggiore, lei e il suo autista restate qui. Vado a chiamare il comandante. Lui saprà cosa fare."

63 chilometri a nord di Monterrey, Messico
18 settembre, ore 22:30

Il Grande Al, seduto accanto a un vecchio tavolo di legno, fissava distratto il pavimento e Dixon passeggiava nervosamente: stavano aspettando il colonnello dell'Esercito messicano. L'unico rumore era il sibilo della lampada a cherosene posata sul tavolo, unica fonte d'illuminazione della stanza.

Che si fosse lasciato coinvolgere in quella faccenda sorprendeva sia Malin stesso sia il suo staff. Il Grande Al sapeva bene che ciò che stava facendo andava molto al di là dei suoi poteri. Sia lui che Dixon sapevano che, quando l'incidente fosse stato riferito a quelli di Washington, comodamente seduti in uffici con l'aria condizionata, dopo una notte di sonno in un letto pulito seguita da una abbondante colazione, nessun ragionamento sarebbe stato in grado di aiutarli. L'intera questione sembrava più la sceneggiatura di un giallo che un'operazione militare.

Dall'arrivo del maggiore messicano fino all'incontro segreto in una vecchia cascina dietro la linea del fronte, tutto era stato irreale e inaspettato. Anche il modo in cui avevano contattato il ministro della Difesa messicano era stato strano, quasi comico. Quando Dixon aveva chiesto a Caso come recapitare la loro risposta a Guajardo, questi lo aveva informato che l'ufficio postale di Sabinas Hidalgo aveva una linea segreta, usata dal capo della guerriglia locale per ricevere ordini e comunicare gli spostamenti delle truppe americane. "Terremo la linea aperta," aveva detto Caso sorridendo all'americano, "così, quando sarete pronti, potrete comunicare direttamente con il comando di Saltillo e col colonnello Guajardo."

Nonostante tutto, il Grande Al aveva deciso che era un'occasione da non perdere e, senza una parola al comandante del corpo d'armata, insieme a Dixon si era recato alla cascina adibita a comando per incontrare il colonnello Guajardo, ministro della Difesa e membro del Consiglio dei 13, e scoprire ciò che sapeva del deputato Lewis e di Jan.

Quando la porta si aprì, un soldato di fanteria, l'M-16 in mano, entrò e si scostò per lasciar passare l'alto ufficiale messicano che lo seguiva. Il Grande Al e Dixon riconobbero il visitatore. Egli si avvicinò al tavolo, di fronte al Grande Al, e salutò: "Colonnello Alfredo Guajardo, al suo servizio, generale Malin."

Preso alla sprovvista, il Grande Al si alzò, ricambiò il saluto e, senza pensarci, allungò la mano destra verso Guajardo, che gliela strinse meccanicamente. Per un breve istante, mano nella mano, i due comandanti avversari si fissarono negli occhi. Era come se volessero valutare la reciproca forza e onestà.

Il Grande Al e Guajardo si sedettero. Dixon, in piedi in un angolo, attirò l'attenzione del fante che aveva scortato Guajardo: "È tutto, soldato. Chiudi la porta quando esci."

Senza esitare, il soldato salutò il Grande Al con il fucile e con movimenti rapidi e bruschi lasciò la stanza. Chiusa la porta, il Grande Al indicò Dixon: "Questo, colonnello Guajardo, è il tenente colonnello Dixon, il mio ufficiale addetto alle operazioni."

Guajardo e Dixon si guardarono e ammiccarono. Che strano, pensò Guajardo, avere finalmente l'opportunità di incontrare l'amante di Jan Fields in tali circostanze. Il Grande Al, non comprendendo l'interesse di Guajardo per Dixon, si affrettò a giustificarne la presenza: "L'ho portato con me perché prenda qualche nota, null'altro. Sa, colonnello, la mia memoria non è più quella di un tempo." Poi lanciò a Dixon un'occhiata che significava: "Tieni la bocca chiusa e le orecchie aperte".

Guajardo annuì: "Capisco. Non c'è problema." Poi, sporgendosi, posò due cartelle davanti al Grande Al. "Le sono debitore di aver acceduto alla mia richiesta. Date le circostanze, se lei avesse rifiutato, avrei capito."

Il Grande Al borbottò: "Diavolo, colonnello. Dopo la mazzata che i suoi uomini mi hanno dato nei pressi di Monterrey l'altro giorno, la mia carriera è comunque andata a farsi friggere."

Guajardo apprezzò il complimento e il tentativo del Grande Al di metterlo a proprio agio. Forse, pensò, non sarà difficile come pensavo. "La cartella che ha davanti, generale, contiene una copia del rapporto da me redatto dell'interrogatorio di un mercenario al servizio di un certo Alamán."

Al sentir parlare di Alamán, il Grande Al voltò di scatto la testa e guardò Dixon. Guajardo notò la reazione e la sorpresa nei loro sguardi. Ne sanno già qualcosa, pensò. Ma come? La CIA era davvero tanto efficace? Quando il Grande Al si voltò nuovamente verso di lui, continuò: "Piuttosto che tentare di spiegarvi, sarebbe meglio che leggeste i rapporti. La traduzione è di gran lunga migliore del mio inglese."

Il Grande Al prese una copia per sé e ne allungò una a Dixon. Mentre i due uomini leggevano, Guajardo li osservava per cogliere le loro reazioni. Non notandone alcuna, capì che gli americani sapevano già qualcosa di Alamán e dei suoi mercenari. Per un istante, fu preso dal panico. Gli americani erano forse d'accordo con Alamán? Si erano forse serviti di Alamán per provocare una guerra con il Messico e per occupare i suoi territori settentrionali? Erano capaci di una simile azione?

Stava ancora arrovellandosi con questi dubbi, quando Dixon e il Grande Al, finito di leggere il rapporto, richiusero le cartelle. Dixon gettò la cartella sul tavolo e disse al Grande Al: "Corrisponde a ciò che gli uomini del G2 hanno saputo dal colombiano."

Il Grande Al annuì, poi, notando lo sguardo interrogativo di Guajardo, spiegò: "Al posto di blocco attaccato da Alamán, a dieci chilometri dal punto dove abbiamo trovato il veicolo del deputato Lewis e i cadaveri dell'ufficiale di scorta e dell'autista, abbiamo raccolto un mercenario colombiano ferito. Anche se non ha fornito tanti dettagli quanto questo Lefleur, tutto quel che ci ha detto corrisponde." Fece una pausa e trasse un profondo respiro prima di continuare: "Noi e le nostre nazioni siamo stati ingannati. La domanda è, colonnello Guajardo: che cosa si aspetta da noi? Perché il vostro governo non ha recapitato questo documento al nostro governo attraverso canali diplomatici? Perché passare attraverso di noi?"

"Il vostro governo verrà informato, a tempo debito. Ma ci sono cose che devono essere fatte prima che Alamán e i suoi uomini vengano a conoscenza di quanto sappiamo di loro. Per fare questo, ho bisogno del suo aiuto, generale Malin. E lei del mio. Vede, il mio governo è stato corrotto da Alamán. Ci sono membri del Consiglio dei 13 che non sostengono più i nostri sforzi e hanno passato informazioni a quel bastardo. Potrei mettere insieme una unità di soldati leali, ma ci vorrebbe troppo tempo. I miei comandanti migliori e più capaci sono sparsi per tutto il Messico e molti stanno operando dietro le vostre linee, a capo di unità di guerriglia. Il tempo di radunarli, e il deputato e Jan Fields sarebbero morti."

Il nome di Jan fece irrigidire Dixon: "Sa dove si trova?"

Guajardo annuì: "Lefleur ha accettato di condurci al loro campo base."

Il Grande Al guardò prima Dixon, poi Guajardo: "Quell'uomo ha tradito il suo capo e i suoi comandanti. Ci si può fidare?"

La risposta di Guajardo fu secca e fredda: "Lefleur è un mercenario. La fiducia non ha alcuna importanza per lui, data la situazione. Le sue sole preoccupazioni sono il denaro e la sopravvivenza. Deve sopravvivere per godere dei frutti del suo lavoro. Lefleur non è leale verso Alamán perché non otterrebbe alcun vantaggio morendo per lui. Lefleur non ha né onore né ideali. È un uomo d'affari, un uomo che fornisce un servizio ed è pagato per questo. Adesso non è più in grado di prestare quel servizio, né di esserne retribuito. È nel suo interesse collaborare." Poi, mentre un fugace sorriso affiorava sul suo viso, aggiunse: "Inoltre, Lefleur e io abbiamo fatto un patto."

Dopo aver ponderato la risposta, il Grande Al guardò Dixon, poi di nuovo Guajardo: "Ovviamente lei ha un piano, colonnello."

"Sì, infatti. Secondo Lefleur, il deputato e la signorina Fields sono ancora vivi. Ma non per molto. Quando i mercenari si accorgeranno che Lefleur non torna, penseranno al peggio e sposteranno il campo base. È indispensabile agire subito se vogliamo salvare la vostra gente e trovare il modo di catturare Alamán. Per un attacco a sorpresa, vi offro Lefleur come guida e un sicuro passaggio attraverso le nostre linee di frontiera."

Dixon si avvicinò al tavolo e si sporse verso Guajardo: "Se sa dove si trova il campo base, e ha Lefleur come guida, perché ha bisogno di noi?"

Impassibile e freddo, Guajardo spiegò: "I mercenari hanno fatto prigioniero un importante membro del vostro Congresso e una nota giornalista televisiva. Come pensate reagirebbero il vostro governo e la popolazione se, durante una nostra incursione, gli ostaggi dovessero soccombere?"

Dixon si raddrizzò. Jan aveva spesso ripetuto che il colonnello Guajardo era un freddo bastardo calcolatore. Quello che diceva era vero, ma era poco piacevole. Se l'Esercito messicano, nel tentativo di salvare Lewis e Jan, avesse fallito, si sarebbe dovuto assumere ogni responsabilità. Coinvolgendo gli americani, i messicani si sarebbero sbarazzati dei mercenari e, soprattutto, non avrebbero avuto responsabilità per la sorte di Lewis e Jan. Guajardo aveva giocato una carta vincente.

Il Grande Al, tratte le stesse conclusioni di Dixon, valutò l'offerta di Guajardo: "Che cosa si aspetta in cambio, colonnello?"

"Primo: parteciperò all'attacco. Porterò Lefleur con me. Sarà utile per trovare la strada. Secondo, utilizzerò il mio elicottero.

Mi rendo conto che il mio Bell 212 è più lento dei vostri Blackhawk, ma è importante che partecipi alla battaglia con uno dei nostri apparecchi e non con uno americano."

Dixon lanciò un'occhiata al Grande Al facendogli capire che l'idea di includere un elicottero messicano nelle operazioni non gli andava a genio. Ma il Grande Al, che aveva lavorato con altre forze militari, sapeva esattamente ciò che Guajardo aveva intenzione di fare. Come ministro della Difesa, comandante delle forze armate messicane e membro del Consiglio dei 13, Guajardo era un uomo importante e, come tale, aveva un'immagine che doveva mantenere. Se avesse combattuto su un elicottero americano, avrebbe dato l'impressione di non fidarsi dei suoi piloti e del suo equipaggio e, cosa più grave, di dover dipendere in tutto e per tutto dagli americani.

"Infine, al termine del raid, voglio che mi sia consegnato vivo l'uomo che si chiama Delapos, il comandante dei mercenari."

Il Grande Al attese altre richieste, ma non ne giunsero. "È tutto? E dopo il raid?"

Guajardo sorrise: "Siamo soldati, colonnello. Del dopo raid è meglio che si occupino i politici e i diplomatici. Sarebbe una follia lasciarci coinvolgere da ciò che non ha attinenza con il problema immediato."

Il Grande Al e Dixon si trovarono d'accordo. Mantenendo la cosa a quel livello, sarebbero riusciti a giustificare il loro operato. Nonostante le regole di guerra proibissero alle forze degli Stati Uniti l'attraversamento del fronte messicano, tuttavia prescrivevano ai comandanti qualsiasi azione ritenuta necessaria per la salvaguardia degli americani. Il Grande Al quindi pensava d'avere l'autorità e il potere di fare ciò che Guajardo proponeva e, senza pensarci oltre, decise di farlo. Quando si alzò, Guajardo fece altrettanto.

"Quando partiamo, colonnello Guajardo?"

"Domani."

Quartier generale, 16ª Divisione corazzata,
Sabinas Hidalgo, Messico
19 settembre, ore 01:05

Il Grande Al e Dixon cominciarono a far progetti già sulla via del ritorno al comando centrale della divisione. Studiarono attentamente i dati riguardanti la zona delle operazioni e la dislocazione delle forze messicane, le informazioni fornite da Lefleur e trasmesse dall'aiutante di Guajardo, e ipotizzarono e discussero numerose possibilità. Quando l'elicottero di comando e controllo del generale atterrò, avevano già stabilito un piano di base e alcune regole per dirigere l'operazione. Entrambi concordavano sul fatto che si dovesse informare e coinvolgere il minor numero possibile di persone.

Una volta a terra, convocarono il G2 della divisione. In un furgone che fungeva da ufficio del comandante generale, Dixon e l'ufficiale addetto alle informazioni redassero un piano che fu approvato dal Grande Al. Poi affrontarono il problema delle forze da utilizzare e di chi le avrebbe comandate. Dixon propose che il capitano Cerro, già alla guida di numerosi attacchi aerei, fosse designato comandante delle forze di terra. Il Grande Al approvò la scelta e inviò il suo aiutante a buttare Cerro giù dal letto.

Poi affrontarono il problema delle truppe. Decisero poi di impiegare un solo plotone di fanteria, spalleggiato da elicotteri da combattimento. Poche persone a terra e pochi elicotteri in aria avrebbero creato meno confusione. Con il poco tempo a disposizione, era imperativo che ci si sforzasse di realizzare un piano essenziale. Inoltre la divisione, dovendo limitarsi alle sue sole risorse, non aveva a disposizione molti Blackhawk UH-60 per il trasporto delle truppe. Un plotone, possibilmente rinforzato, era il massimo che si potesse trasportare. L'ufficiale di aviazione della divisione era d'accordo. Poiché sarebbe stato lui a programmare e a coordinare il movimento aereo, era stato ammesso alla riunione, sempre più numerosa. Egli fece notare che gli equipaggi non avrebbero avuto il tempo di esercitarsi prima dell'attacco e questo consigliava di mettere in campo meno apparecchi possibile.

Quando Cerro arrivò, Dixon lo mise velocemente al corrente della missione, del suo ruolo e di ciò che era stato discusso fino a quel momento. Quando gli chiesero se avesse qualche suggerimento sulla scelta del plotone, egli non esitò a proporre a Dixon il 2° Plotone, Compagnia A. Si trovavano già al comando della divisione, avevano già combattuto comportandosi bene, ed erano riposati. Quando il Grande Al gli chiese chi fosse il comandante del plotone, calò il silenzio.

Cerro sbirciò Dixon rivolto verso il Grande Al che, a sua volta, guardava Dixon. Fissò il Grande Al e, senza tanti preamboli, affermò che Nancy Kozak era sufficientemente brava e, se doveva partecipare all'operazione, voleva che lei e il suo plotone lo seguissero. Il Grande Al sorrise guardandosi intorno: "Bene, questo mi basta. Scott, manderesti il mio aiutante a cercare il tenente Kozak?"

Profondamente addormentata, Kozak impiegò un minuto prima di capire che l'uomo che la stava scuotendo era l'aiutante del generale. Le ci volle ancora di più per capire ciò che le stava dicendo. Strisciò fuori dal sacco a pelo, rovistò a lungo in cerca del suo giubbotto, e cercò di sistemarsi alla meglio mentre l'aiutante attendeva pazientemente. Finalmente pronta, Kozak lo seguì verso il furgone del generale.

Aveva già visto i furgoni del comando generale della divisione, ma non vi era mai salita. Per lei, fu come entrare in un mondo sconosciuto. Le radio, i telefoni, i computer e gli altri strumenti tecnici facevano sembrare le radio del suo plotone piccole cose insignificanti. Mentre superavano furgoni e rampe, sorpassavano ufficiali di stato maggiore e scrivanie con alte pile di documenti, Kozak non vide neanche un ufficiale che avesse un grado inferiore a quello di capitano. Finalmente, arrivarono al furgone del comandante generale. L'aiutante bussò e, senza aspettare risposta, aprì la porta. Non entrò, ma si scansò per permetterle di entrare. Kozak, con l'elmetto e il fucile a tracolla, si sentì come un cristiano nell'arena. Gli sguardi che si fissarono su di lei servirono solo a rafforzare quella sensazione. Afferrò la cinghia del fucile con la mano sinistra e salutò con la destra: "Signore, tenente Kozak a rapporto."

Il Grande Al la guardò per un momento. Aveva l'uniforme sporca e malandata, il viso mostrava ancora i segni della frattura al naso e del risveglio in piena notte: chiazze nere e blu e borse sotto gli occhi. Si rivolse a Cerro e commentò freddamente: "Mi sembrava d'aver capito che erano riposati."

Cerro alzò le spalle: "Signore, questo è l'aspetto di un fante ben riposato."

Mentre Dixon, il G2 e l'ufficiale dell'aviazione ridevano, Kozak guardò Cerro, poi il generale. Quando parlò, sorprese tutti, eccetto Cerro. Le sue parole non avevano molto senso, ma il significato e l'entusiasmo con cui vennero pronunciate furono chiari a tutti: "Signore, il 2° Plotone è pronto."

Ci fu una risata generale. Il Grande Al guardò Cerro e approvò con un gesto del capo: "Se il resto del plotone è come lei, va benissimo."

Poi, dopo aver guardato Cerro e il generale, Kozak chiese, con meno entusiasmo: "Mi scusi, ma che cosa dovremmo fare esattamente, signore?"

24

Gli spartani non chiedono quanti siano i nemici, ma dove siano.

Agis di Sparta

7 chilometri a nord-ovest di San Lazaro, Messico
19 settembre, ore 06:00

Con cautela, Childress si fece strada tra le rocce scoscese della gola ed esitò prima di lasciare il suo nascondiglio. Davanti a lui, il terreno si faceva finalmente piatto. Le sparse macchie di vegetazione, che sembravano estendersi senza fine, apparivano desolate e poco allettanti, ma sicuramente più ospitali delle aride colline alle sue spalle. Era contento di andarsene, pensò, perché quella terra, come la sua professione, non gli si addiceva più. Un'improvvisa brezza turbinò intorno a lui, e un brivido guizzò lungo la sua schiena. Vide il sole spuntare sulle cime della Sierra de la Garia alla sua sinistra. Ma non era un sole festoso. Il bagliore proiettato sulla pianura ricopriva ogni cosa di una lugubre tinta rosso sangue. Mentre osservava questo insolito paesaggio, affiorò nella sua mente stanca e turbata una vecchia canzoncina infantile sul cielo. Le strofe gli martellavano in testa come se qualcuno, da dietro, gliele sussurrasse: "Rosso di sera, bel tempo si spera. Rosso di mattina, la tempesta s'avvicina."

Diede un'occhiata dietro la spalla destra per assicurarsi che nessuno lo seguisse. Non c'era alcun segno, né movimento. Era stato attento a evitare le sentinelle piazzate intorno ai campi base di Delapos. Organizzare la difesa dei campi base era stato compito suo, perciò conosceva l'esatta posizione di ogni sentinella e di ogni avamposto.

Quando aveva organizzato i campi, la minaccia più grande sembrava provenire dalle colline che dominavano le miniere e i campi minerari dove si erano insediati. Se durante un'incursione gli assalitori fossero riusciti a occupare l'altopiano e a bloccare i sentieri che portavano ai campi base, la fuga sarebbe stata, nel migliore dei casi, difficoltosa. Poiché l'attacco dall'alto era una tecnica privilegiata sia dagli americani sia dai messicani, Delapos aveva attivato le guardie contro un eventuale attacco dalle colline. Anche il passaggio attraverso il villaggio di Ejido de Dolores avrebbe offerto a un attaccante una via facile e veloce verso i campi base, quindi anche quella zona era ben sorvegliata. A sud e a est i punti deboli erano pochi e nessuno dei due uomini giudicava probabile un attacco da quella direzione. Entrambi si aspettavano piuttosto che l'aggressore sarebbe stato attratto dai vantaggi logistici offerti dall'avvicinamento da nord e da ovest.

Fu per questi motivi che Childress, dopo aver deciso che era giunto il momento di troncare i suoi rapporti con Delapos, Alamán e i loro piani, aveva scelto di andarsene da sud. Aveva approfittato anche troppo a lungo dell'ospitalità messicana. Era un mercenario ma non era un terrorista. Avrebbe lasciato fare a uomini come Lefleur, che non vedevano la differenza tra la professione militare e il mestiere del sicario.

Davanti a lui la macchia rossa del sole mattutino cominciava a scolorire. Childress si aggiustò le bretelle dello zaino e si avviò verso San Lazaro, puntando a sud, fino a Saltillo. Si sarebbe lasciato tutto – Delapos, Lefleur, il paesaggio desolato e la guerra – alle spalle. Con un po' di fortuna sarebbe arrivato nel suo adorato Vermont giusto in tempo per veder cadere le foglie e la prima neve.

Quartier generale, 16ª Divisione corazzata,
Sabinas Hidalgo, Messico
19 settembre, ore 07:15

Kozak non aveva detto agli uomini del suo plotone di quale missione si trattasse, ma tutti lo avevano capito. Ognuno sentiva che stava accadendo qualcosa. Mentre seguiva il capitano Cerro nella ispezione ai ranghi prima dell'attacco, Kozak leggeva l'emozione sul loro volti. Molti mostravano una sicurezza che sfiorava l'arroganza. Altri, nonostante gli sforzi per nasconderlo, tradivano piccoli, inconfondibili segni di paura. Qualcuno era addirittura impaziente. Non sapevano dove stavano andando, quando sarebbero partiti, cosa avrebbero fatto una volta giunti a destinazione, né perché, ma tutto ciò che volevano era cominciare la missione, qualunque essa fosse.

Mentre passava da un soldato all'altro seguendo Cerro nell'ispezione, Kozak avrebbe desiderato che un po' della sicurezza dipinta su alcuni volti, come per magia, si trasmettesse a lei. Ma sapeva che queste cose non succedevano. La sicurezza di cui aveva bisogno quel mattino le doveva venire da dentro. Nessuno, non il generale con tutti i suoi gradi e l'autorità, non il colonnello Dixon con i suoi piani e la sua reputazione di combattente, e neanche Cerro con quell'aria sicura da professionista, potevano darle ciò di cui aveva maggiormente bisogno. Solo la prova del fuoco poteva dirle se era ciò che aveva a lungo preteso di essere: un soldato.

Per quanto desiderosa di credere in se stessa, i due scontri ai quali aveva partecipato non le avevano dato le certezze di cui aveva bisogno. I due scontri, uno a Nuevo Laredo e l'altro a nord di Monterrey, erano stati molto diversi, ma da un certo punto di vista simili. In entrambi i casi, Kozak aveva semplicemente reagito e non aveva mai avuto l'opportunità di pensarci con più di uno, due minuti in anticipo. Tutto si era svolto rapidamente, in modo inaspettato e imprevedibile. Assomigliavano più a incidenti stradali che a battaglie vere e proprie. Sebbene si fosse comportata bene, o almeno così le avevano detto, le mancava ancora la sicurezza che viene dal sapere di avere ciò che occorre per essere un buon capo.

Per questo era impaziente e, allo stesso tempo, temeva l'imminente incursione. Nessuna simulazione di guerra o esercitazione, nessun manuale o lezione teorica, nessun distintivo o nastrino, nessun test militare o attitudinale potevano dire a lei, o a qualsiasi soldato di fanteria in procinto di combattere, se fosse un vero comandante da combattimento. E non lo avrebbe saputo con certezza finché non fosse salita in vetta per affrontare lo scontro alla baionetta.

Vicina alla coda dell'ultima fila, si chiese quanti bravi soldati erano caduti in battaglia perché, all'ultimo momento, i loro comandanti avevano scoperto di non avere la stoffa giusta. Quante tombe erano colme di soldati fiduciosi, traditi da un sistema che permetteva a comandanti inesperti e incapaci di guidarli in battaglia. Si voltò a guardare le file di militari appena superate, pregando tra sé che la sua vanità e il suo egoismo, la sua ostinazione nel voler essere la prima donna ufficiale di fanteria non costassero la vita di quegli uomini.

Dall'ombra di uno dei furgoni del comando, Dixon osservava Cerro e Kozak che terminavano l'ispezione. Avrebbero fatto una buona coppia, pensò. Cerro aveva sicurezza sufficiente per entrambi, e Kozak un modo di fare quieto e deciso che era perfetto per piccole, delicate operazioni di quel tipo.

Il battito delle pale degli elicotteri nella tranquilla aria mattutina annunciò l'avvicinarsi dei Blackhawk, da est. Dixon socchiuse gli occhi e scrutò il cielo finché non avvistò i cinque elicotteri. L'operazione ne richiedeva solo quattro ma Dixon aveva deciso di aggiungerne un quinto, come margine di sicurezza. Avevano una sola possibilità di riuscita e non voleva che, quella notte, si ripetesse quello che era successo durante il raid di Teheran.

Gli elicotteri avevano appena toccato terra quando Cerro diede ordine di cominciare a imbarcarsi. Oltre al plotone di Kozak, ci sarebbero stati anche due medici e un operatore radio per Cerro, Eddie il Veloce. Eddie, come il plotone di Kozak, non conosceva la sua destinazione, ma era lieto di uscire un po' dal quartier generale della divisione.

Oltre alle razioni di cibo e di acqua necessarie per le successive ventiquattro ore e alle munizioni, Cerro aveva fatto caricare anche nove lanciarazzi anticarro AT-4 da distribuire alle tre squadre, e due mitragliatrici M-60 da 600 colpi l'una. Anche se i mercenari non possedevano nulla di più grande di un furgone, i lanciarazzi e le M-60 sarebbero stati utili sia per espugnare le postazioni delle mitragliatrici sia per stanare i banditi rifugiati in un edificio che le granate da 40 mm e le armi automatiche da 5,56 mm del plotone non potevano raggiungere. Da perfetto soldato americano, Cerro amava le armi: più ce n'erano, meglio era.

Gli elicotteri avrebbero portato le truppe di Cerro in un luogo isolato dove egli avrebbe istruito le forze di terra, organizzato qualche prova, si sarebbe unito al colonnello Guajardo e al suo elicottero e avrebbe fatto riposare le truppe. Per mezzogiorno avrebbe avuto tutto sotto controllo, fatta eccezione per gli elicotteri da combattimento Apache, avrebbe tenuto un briefing sulla missione e portato a compimento almeno una piccola prova. Se necessario, avrebbe avuto tutto il pomeriggio per perfezionare il piano oppure far riposare gli uomini.

"Sapevo che ti avrei trovato qui, Scotty."

Dixon si girò, ma non salutò il Grande Al che gli si era messo al fianco. Stava guardando le truppe che si preparavano a partire. Rimase immobile per un secondo, poi parlò: "Ha riconsiderato la mia richiesta, signore?"

Senza voltarsi verso Dixon e non volendo riaffrontare l'argomento, il Grande Al rispose semplicemente di no, ma in modo da non lasciar dubbi sul fatto che la discussione era da considerarsi definitivamente chiusa. Tuttavia, dopo un breve silenzio, durante il quale si sentì un essere spregevole, il Grande Al si rivolse a Dixon: "Senti, Scotty, sei troppo vecchio per strisciare sulla pancia, al buio, come una matricola di truppa d'assalto di ventidue anni. E non servirà a nulla ricordarmi che il colonnello messicano è più vecchio di te. Non sono responsabile di lui." Fece una pausa e riprese con un tono più dolce: "Inoltre, questa sera, l'ultima cosa di cui abbiamo bisogno è una persona coinvolta emotivamente, come lo sei tu, che brancola nel buio. Visto il tuo attuale stato mentale, e la tua mancanza di riposo, non saresti di alcun aiuto alla missione o a Jan, per non dire a te stesso. Anche se mi piacerebbe lasciarti andare, Scotty, ti ordino di restare."

Dixon si era aspettato una simile risposta. Sapeva che il Grande Al aveva ragione e che sarebbe stato inutile partecipare. Come aveva fatto notare il Grande Al, sarebbe stato un pericolo, non un aiuto. Ma il pensiero di restare inerte mentre altri partivano per salvare l'unica persona al mondo che contava realmente per lui lo feriva profondamente. Mentre Cerro si spostava da un elicottero all'altro assicurandosi che tutti fossero al loro posto e che tutto fosse pronto per il decollo, le lacrime cominciarono a rigare le guance di Dixon. Il Grande Al finse di non vederle e rimase accanto al suo G3, a guardare gli elicotteri che, uno dopo l'altro, si sollevavano e scomparivano verso sud.

4 chilometri a est di Ejido de Dolores, Messico
19 settembre, ore 12:00

Delapos si allontanò dalla finestra e ricominciò a passeggiare per la piccola stanza che fungeva da ufficio. Il pensiero di aver perso sia Childress sia Lefleur lo tormentava. Non capiva perché Lefleur, scaricati il deputato americano e i suoi compagni, fosse partito lasciando a lui la responsabilità di decidere sul da farsi. Pensava che sarebbe stato meglio se quel pazzo li avesse semplicemente uccisi. Se Lefleur e Childress non fossero tornati e se non avesse ricevuto qualche suggerimento da parte di Alamán, avrebbe dovuto decidere come risolvere la faccenda.

Mentre passeggiava gli balenò il dubbio che quei due, Childress e Lefleur, fossero d'accordo per disertare e per tradirlo, ma scacciò subito l'idea. L'unica cosa che li accomunava era l'odio viscerale che provavano l'uno per l'altro, un odio che egli, di tanto in tanto, aveva manovrato a proprio vantaggio.

C'era anche la possibilità che fossero stati catturati, ma Delapos era sicuro che, se così fosse stato, lo avrebbe già saputo o, peggio, avrebbe già ricevuto una visita dell'Esercito messicano: solo che non vi era nulla che segnalasse questo pericolo. Tuttavia, per precauzione, aveva ordinato che fosse raddoppiato il numero delle avanguardie e dei posti di osservazione sulle colline a nord e a est. Aveva anche inviato degli uomini ai villaggi per scoprire se l'Esercito messicano aveva incrementato i controlli o le perlustrazioni. Era sicuro che, se ci fossero stati problemi, lo avrebbe saputo in tempo utile per mettersi in salvo.

Questo, tuttavia, non diminuiva la sua preoccupazione e il suo malumore per la scomparsa dei suoi due uomini migliori. Si fermò di nuovo davanti alla finestra e guardò assorto verso ovest, cercando di schiarirsi le idee. Avrebbe aspettato fino a sera prima di avvertire Alamán della loro scomparsa e cominciare i preparativi per spostare la base delle operazioni. Aveva investito troppe energie nel programma terroristico di Alamán per permettere che gli errori di alcuni suoi uomini lo fermassero. Se fosse riuscito a fare ciò che Alamán desiderava e questi avesse riacquistato il potere e la posizione avuti prima della rivoluzione del 29 giugno, Delapos avrebbe posto fine alle sue peregrinazioni: si sarebbe ritirato per godersi il frutto del suo lavoro.

Al mattino, se Childress o Lefleur non fossero ancora arrivati, avrebbe cominciato a inviare uomini ed equipaggiamenti verso basi alternative. Quanto agli americani, li avrebbe aggregati alla prima squadra e fatti uccidere da qualche parte lungo il percorso.

Si allontanò dalla finestra e riprese a passeggiare, ma si bloccò improvvisamente, colto da un'ispirazione. Avrebbe potuto inviare a Saltillo, prima dell'alba, la squadra perché abbandonasse i corpi degli americani, avvolti nel giornale del mattino, sui gradini della guarnigione militare. Un fatto simile sarebbe stato un degno inizio per la loro campagna terroristica. In questo modo il governo messicano avrebbe dovuto affrontare un problema che nemmeno i membri più astuti del Consiglio dei 13 sarebbero stati in grado di risolvere.

10 chilometri a sud di Sabinas Hidalgo, Messico
19 settembre, ore 17:58

Il tenente Blasio sospirò e guardò il gruppo di piloti americani prima di raggiungerli. Sarebbe stato difficile, pensò, lavorare con quegli uomini. Dopo tutto, fino a poche ore prima erano stati nemici e, forse, lo sarebbero stati ancora il giorno dopo. Ma se il colonnello si sentiva a suo agio con gli americani, e riusciva a lavorare con loro, altrettanto avrebbe fatto lui.

Si avviò verso i piloti americani che interruppero la conversazione quando lo videro avvicinarsi. Quando si unì al cerchio di aviatori in attesa del briefing finale, il silenzio era totale. Il colonnello americano, ufficiale dell'aviazione della 16ª Divisione corazzata, incaricato di tenere il briefing, diede un'occhiata all'orologio prima di guardare i suoi uomini, e poi Blasio. Soddisfatto che tutti fossero presenti, cominciò.

"Va bene, dato che siamo tutti qui, cominciamo. Tutti avete già avuto l'opportunità di controllare il percorso e gli ordini. Per il successo di questa operazione sono necessarie semplicità e sincronismo. Anche se gli elicotteri impegnati sono relativamente pochi e voi dovrete solo seguire il comandante, ognuno deve essere pronto a prendere il comando in qualsiasi momento. Alle 21:00, fra tre ore, il Blackhawk di testa, l'apparecchio di comando e controllo del comandante generale, decollerà con il capitano Cerro, il suo operatore radio e due squadre di esploratori di due uomini ciascuna. Il colonnello Guajardo dell'Esercito messicano e una guida li seguiranno con un loro elicottero. Volerete a una velocità di centottanta chilometri all'ora, a una altezza di dieci metri, seguendo le asperità del terreno. Arriverete al punto LZ, a ovest di San Lazaro, alle 22:10. Una volta che il capitano, una squadra di esploratori e il colonnello saranno sbarcati, gli elicotteri proseguiranno per il punto di raduno e attenderanno là."

Con l'aiuto di una mappa e di una bacchetta telescopica d'argento, il colonnello indicava i percorsi e i punti critici. "Il capitano, con un operatore radio e con il colonnello Guajardo come guida, anticiperà il grosso delle forze per studiare il percorso e il campo base dei banditi. La squadra di esploratori si fermerà al punto LZ per assicurare copertura, mentre la seconda squadra proseguirà per presidiare il punto di raduno. Alle 22:00 partirà il grosso delle forze, guidate dal tenente Kozak, su tre Blackhawk seguiti da un'ambulanza aerea. Usando lo stesso percorso, velocità e altezza raggiungeranno il punto LZ alle 23:10. Ci sono domande o dubbi fin qui?"

Un ufficiale seduto in prima fila alzò la mano: "Scusi, signore, ma, se mi è permesso chiedere, perché scaricare i fanti così lontano dai campi e verso sud? Non sarebbe meglio avvicinarsi e sbarcare in mezzo al campo o, volendo agire di nascosto, sbarcarli a nord dei campi usando le colline per coprire l'avanzata?"

"Ha ragione. Ma sono le due soluzioni più dirette e più ovvie. Ecco perché facciamo quel che facciamo. Se le informazioni che ci hanno trasmesso i messicani sono corrette, i banditi hanno già preso in considerazione le due ipotesi e sono preparati ad affrontarle." Il colonnello indicò sulla mappa le posizioni nemiche conosciute. "Ci sono tre mitragliatrici calibro 50, qui, qui e qui. In ognuna di queste postazioni, ci sono almeno due missili terra-aria. Da lì i banditi hanno la possibilità di colpire gli elicotteri che attaccano il campo. I posti di osservazione, qui e qui, li avvertirebbero subito del nostro arrivo da nord. Le possibilità di superarli senza essere avvistati, anche al buio, sono nulle. E poiché sospettiamo che gli ostaggi si trovino nella Base Nemica Est, non ha senso aggirare le colline a ovest e passare per la Base Ovest, oppure attraversare le colline e passare sui nidi delle mitragliatrici. Entrambe le soluzioni richiederebbero uno scontro a fuoco e darebbero ai banditi la possibilità di disporre degli ostaggi. Avvicinarsi a piedi richiederà più tempo, ma avremo più possibilità di sorprenderli.

"Il capitano Cerro lascerà 5 ore a disposizione per la marcia di 5 chilometri su per la collina e giù per la valle, dove si trova il campo nemico: la marcia potrebbe essere particolarmente difficoltosa, soprattutto perché questa notte avremo meno del venti per cento di illuminazione. L'incursione vera e propria, che dovrebbe durare complessivamente meno di trenta minuti, comincerà poco dopo le 04:00, appena prima dell'alba. Quindi dobbiamo essere pronti a partire dalle 04:00 in poi. Il piano è di raccogliere tutti al punto PZ, qui. La situazione a terra e le condizioni degli ostaggi tuttavia potrebbero richiedere un intervento diretto contro le basi nemiche, per liberarli. Se dovesse succedere – ripeto, se dovesse succedere – assicuratevi che i vostri razzi siano carichi e pronti. In questo punto, sulla collina a nord che domina la loro base, i banditi hanno sia missili SA-7 sia Redeye antiaerei."

Blasio respirò profondamente: il suo elicottero non aveva lanciarazzi con cui ingannare i missili autoguidati a infrarossi. Se ci avesse avuto a che fare, per difendersi avrebbe potuto contare solo sulla velocità, le manovre repentine e la fortuna.

Il colonnello batteva nervosamente la sua piccola bacchetta d'argento contro la gamba mentre aggiungeva un ultimo avvertimento: "I jolly del mazzo saranno gli Apache, che opereranno indipendenti arrivando nell'area delle operazioni appena prima delle 04:00, per prendere posizione vicino al punto LZ. Da lì risponderanno alle richieste di fuoco d'appoggio da parte del comandante delle truppe di terra. Il che potrebbe includere la soppressione del fuoco del nemico nel momento in cui lo attaccheremo. Ciò significa che potrebbero essere dovunque. Per questo tenete aperti occhi e orecchie. Dovete prestare attenzione alla posizione degli Apache e a che cosa stanno facendo, perché una volta che avranno attaccato, non avranno tempo di badare a noi."

Il colonnello americano richiuse la bacchetta, premendo la punta contro il palmo della mano sinistra: "Se tutto procede bene, saremo di ritorno per colazione. Signore e signori, quali sono le vostre domande?"

Per qualche secondo tutti guardarono i loro appunti, le loro carte topografiche e i compagni. Quando si rese conto che nessuno avrebbe posto domande, il colonnello augurò loro buona fortuna e congedò il gruppo.

25

La carica di baionette nelle mani del prode è irresistibile.

Generale di divisione John Burgoyne

4 chilometri a sud-est di Ejido de Dolores, Messico
20 settembre, ore 04:15

La marcia su per la collina, attraverso il valico tra le due vette verso est fino al campo dei mercenari sul lato opposto, era stata più difficoltosa di quanto Cerro non si fosse aspettato. Le cinque ore concesse agli uomini per lo spostamento erano parse più che sufficienti quando aveva controllato la carta topografica. Ora, guardando l'orologio, Cerro si rese conto che non sarebbe riuscito a rispettare il programma stabilito. Avrebbe avuto troppo poco tempo per scoprire dove si trovavano gli ostaggi, tornare dove Kozak lo aspettava col plotone e condurre tutti al campo base prima dell'alba.

Non che ciò fosse molto importante, pensò. Non aveva impegni urgenti al comando di divisione. Inoltre, date le circostanze, un attacco poco dopo l'alba non era poi da considerarsi una cattiva idea. Il pensiero degli elicotteri da combattimento che sfrecciavano tutt'intorno, in piena notte, lo preoccupava. Sapeva che i piloti e i tiratori erano bravi e che gli Apache avevano mirini a infrarossi, ma sapeva anche che le persone, viste attraverso l'innaturale immagine verde e nera di un mirino a infrarossi, sembrano tutte uguali. Alla luce del giorno, invece, gli elicotteri sarebbero stati in grado di usare i mirini normali, controllando prima di sparare. Almeno, questo era quanto sperava.

Quando furono pronti a lasciare la copertura della gola attraverso la quale avevano strisciato nell'ultima mezz'ora, Cerro si voltò verso il colonnello Guajardo e gli fece un cenno col capo. Era tempo che Guajardo e la sua "guida" prendessero il comando.

Guajardo tolse il cerotto dalla bocca di Lefleur e lo minacciò ancora una volta, nel caso Lefleur se ne fosse dimenticato: "Collabori e rivedrà il sole. Si opponga e sarà un uomo morto. Ci siamo capiti?"

Lefleur annuì.

Guajardo estrasse la pistola dalla fondina e la puntò verso il campo: "Dopo di lei, amico."

Con Lefleur in testa, seguito da Guajardo, da Cerro e da Eddie il Veloce, i quattro uomini uscirono dalla gola e si avvicinarono alla parte posteriore dell'edificio che Lefleur aveva detto essere un magazzino. Situato sul lato orientale di quella che tutti chiamavano la Base Nemica Est, il magazzino serviva da mensa per i mercenari. Sul lato meridionale del campo un grande capannone e un'officina erano adibiti ad alloggi. Un edificio amministrativo, a ovest del campo, fungeva da quartier generale di Delapos e ospitava altri mercenari.

Mentre Guajardo era interessato all'edificio amministrativo, dove dormiva Delapos, l'attenzione di Cerro era rivolta al capanno degli attrezzi e al garage, sul lato nord del campo. Era lì che, secondo Lefleur, erano tenuti gli ostaggi americani. Il compito di Cerro era di accertarsene. Se ci fosse riuscito, avrebbe facilitato di molto le cose a Kozak e al suo plotone al momento di attaccare il campo. Forse, con un po' di fortuna, qualche soldato di Kozak avrebbe potuto addirittura portare in salvo gli ostaggi prima che cominciasse la sparatoria. In quel caso, sarebbe poi stato facile disporre il plotone di Kozak in linea e farlo marciare sul campo dei banditi, sparando a chiunque si fosse trovato davanti a loro.

Raggiunto il retro del magazzino, i quattro uomini, appiattiti contro il muro, si accucciarono per riprendere fiato e osservare il movimento delle guardie. Poco dopo Guajardo si rivolse a Cerro: "Bene, mio giovane compagno. A questo punto ci dobbiamo separare."

Perfino nella fitta oscurità del magazzino, Guajardo riuscì a notare la sorpresa di Cerro, che solo con un grande sforzo riuscì a controllare la voce: "Che cosa significa?"

"Do la caccia al loro capo. Non posso rischiare che il suo delizioso tenente e i suoi uomini comincino a sparare per stanare il señor Delapos. Perciò, insieme alla guida, vado a cercarlo per metterlo al sicuro. Lei capisce, vero?"

Cerro non ci poteva credere. Si rese conto che il colonnello aveva progettato tutto fin dall'inizio. Quel bastardo. Quel fottuto bastardo. Va bene, pensò, se vuole giocare duro, giocheremo in due. "No, non capisco. Questi non sono i piani. Deve capire, colonnello, che se si avventura nel buio, da solo, non posso essere responsabile della sua sicurezza. Quando comincerà la sparatoria, non posso garantire che lei, con la sua guida e l'ostaggio, non sia colpito dal nostro fuoco."

Guajardo annuì: "Lo capisco, ma sono sicuro che lei farà del suo meglio. *Vaya con Dios.*"

Senza aggiungere altro, Guajardo afferrò Lefleur per il colletto e lo spinse avanti, verso il retro del capannone. Eddie il Veloce, non avendo sentito la conversazione tra i due, si sporse in avanti e bisbigliò: "Dove stanno andando, signore?"

Deluso, stanco e irritato, Cerro mormorò una bestemmia che Eddie non udì, poi sussurrò sopra la spalla: "Hanno deciso di andarsi a cercare la gloria."

Cerro si rigirò lasciando Eddie esterrefatto. Proprio non capiva ciò che il capitano intendesse dire. E non ricordava d'aver sentito che il messicano dovesse agire per conto proprio. Non che la cosa gli importasse. Dopo tutto, pensò, lui era solo un soldato di fanteria. Nessuno gli diceva mai nulla. Il suo compito era semplicemente quello di portare la radio e seguire il capitano.

2 chilometri a sud-est della Base Nemica Est, Messico
20 settembre, ore 04:20

Erano in ritardo. Kozak guardò l'orologio e si rese conto che avevano ancora due chilometri da percorrere. Se la ricognizione del capitano Cerro si era svolta come previsto, e non c'era motivo di sospettare il contrario, in quel momento stava aspettando lei e il suo plotone nel punto d'incontro prestabilito, a est della base nemica. Se non avessero fatto qualcosa e subito, non sarebbero riusciti a raggiungere il punto d'incontro, ricevere le informazioni di Cerro sull'organizzazione del campo e attaccare prima dell'alba.

Alzò la mano destra per ordinare al plotone di fermarsi. Formando una specie di onda, a partire dall'uomo che la seguiva, ogni soldato ripeté il gesto, si acquattò e si guardò attorno, in attesa di ulteriori ordini. Solo il sergente di stato maggiore Maupin continuò ad avanzare. Dopo aver anch'egli detto all'uomo che lo seguiva di fermarsi, Maupin raggiunse Kozak che, in piedi e in testa alla colonna, scrutava verso nord e verso ovest. Fece altrettanto, poi si chinò e le sussurrò: "Che c'è, tenente?"

Kozak guardò verso il campo base, i cui edifici si intravedevano in lontananza, e sospirò: "Siamo in ritardo."

Maupin guardò l'orologio: "Ci è voluto più di quanto il capitano avesse previsto. Probabilmente anche lui è in ritardo."

Kozak scrollò la testa: "Non posso contare su questo. Se non ci muoviamo velocemente, non arriveremo in tempo per prepararci ad attaccare prima dell'alba."

Maupin stava per chiederle che intenzione avesse, ma si rese conto che stava già valutando le varie possibilità e rimase in attesa al suo fianco. Pensò di darle un consiglio, ma ci ripensò. Da quando avevano lasciato Fort Hood per il confine messicano, quella le aveva imbroccate tutte. Persino Rivera era rimasto sorpreso dal suo comportamento e, dopo l'incidente a Nuevo Laredo, aveva assicurato che non avrebbe potuto fare di meglio. Maupin attese in silenzio.

Tra loro e il campo non vide nulla che sembrasse una postazione di avanguardia e ricordando il mercenario francese che aveva parlato di difesa concentrata soprattutto a nord e a ovest, Kozak decise di rischiare, di rischiare grosso. Si rivolse a Maupin: "Va bene, sergente Maupin. Vediamo di uscire da questa fossa e di raggiungere di corsa il punto d'incontro. Una volta usciti allo scoperto vi disporrete in formazione a cuneo. Prima Squadra al centro, Seconda a sinistra, Terza a destra. Consegni una mitragliatrice alla 2ª e alla 3ª Squadra. Io starò in testa, lei si metta in coda. Passi parola."

Senza esitare, Maupin stava tornando in fondo alla colonna per trasmettere l'ordine ai capisquadra, quando Kozak gli afferrò una spalla. "Sergente Maupin, passi parola. Inastare le baionette."

Base Nemica Est, Messico
20 settembre, ore 04:22

Quando finalmente raggiunsero il retro dell'edificio amministrativo, Guajardo e Lefleur si fermarono per riprendere fiato. Poi, Lefleur sussurrò sopra la sua spalla: "Questa è la porta che dà sul retro. All'interno vi è un corridoio che attraversa tutto l'edificio. Ci sono due stanze su ogni lato del corridoio. L'ufficio di Delapos è la seconda stanza a destra. Ci dorme anche." Si voltò e attese. Sapeva di aver portato a termine la sua parte: aveva condotto Guajardo da Delapos. Ora aspettava che il messicano lo lasciasse andare, come accordato.

Ciò che avrebbe fatto una volta libero e a distanza di sicurezza dal messicano, era una domanda che si era posto tutta la notte. Il messicano aveva un mitra HK-53 a tracolla, e gli puntava una pistola da 9 mm alla schiena: era troppo ben equipaggiato per essere aggredito. No, pensò, era inutile rischiare la vita in una lotta tanto impari. Avrebbe atteso e, se l'occasione per toglierlo di mezzo non si fosse presentata, non avrebbe perso nulla. Dopo tutto, era stato pagato in anticipo.

Il bagliore di una lama attirò la sua attenzione proprio nel momento in cui la mano sinistra di Guajardo si chiudeva sulla sua bocca, come una morsa. Con un solo, agile movimento, Guajardo spinse indietro la testa di Lefleur e portò la baionetta davanti al suo viso. Premette la lama proprio sotto l'orecchio sinistro e diede uno strappo con tutta la forza che aveva e gli lacerò la gola appena sopra la trachea, da un orecchio all'altro. L'unico suono fu il gorgoglio del sangue dell'arteria recisa mischiato all'aria dei polmoni che fuoriusciva dal taglio sul collo. Il corpo di Lefleur diede qualche guizzo, poi si irrigidì per lo shock e la sorpresa. Quando finalmente si rilassò, Guajardo tolse la mano dalla sua bocca e lasciò che il corpo si accasciasse ai suoi piedi.

Sicuro di non aver attirato un'indesiderata attenzione, Guajardo si chinò sul corpo del mercenario, gli sfilò la camicia dai pantaloni e la usò per pulire la baionetta, prima di riporla nel fodero. Poi fece del suo meglio per ripulirsi le mani dal sangue. Si guardò di nuovo intorno mentre prendeva il mitra e spingeva indietro l'otturatore. Quando fu pronto, passò sopra il corpo di Lefleur ed entrò nell'edificio.

All'interno si appiattì contro il muro di sinistra cercando di adattare gli occhi all'oscurità. Nel giro di qualche secondo individuò le quattro porte menzionate da Lefleur. In fondo al corridoio un filo di luce filtrava da sotto la porta della stanza che doveva essere l'ufficio di Delapos. Notò che, di tanto in tanto, qualcosa impediva alla luce di filtrare. Qualcuno era sveglio e si muoveva nella stanza.

Si tenne con le spalle al muro e, puntando il mitra verso la porta di Delapos, avanzò lungo il corridoio. Superò una porta e si lanciò una rapida occhiata alle spalle prima di concentrare nuovamente la sua attenzione sulla porta da cui filtrava la luce. Quando la ebbe di fronte, impugnò il mitra con la destra e allungò la sinistra verso la maniglia. Afferratala saldamente, cominciò a girarla pian piano, attento a ogni rumore e fissando la luce sotto la porta. Quando la maniglia non ruotò più, si immobilizzò e rimase ancora un po' in ascolto. Respirò profondamente e si preparò a entrare.

Delapos era intento a tirarsi su i pantaloni, quando la porta della sua stanza si spalancò. Alzò lo sguardo, stupito di vedere sulla soglia un militare alto, con una tuta mimetica tigrata, il mitra puntato su di lui. Immobile come una statua, Delapos guardò l'uomo con il mitra avanzare di un passo, poi spostarsi di uno sulla destra e infine richiudersi la porta alle spalle. L'uomo si appoggiò al muro e portò la mano sinistra sul copricanna frontale dell'arma prima di far segno a Delapos, muovendo su e giù la canna del mitra, di raddrizzarsi.

Delapos si raddrizzò e, ripresosi dallo spavento, studiò il viso dell'uomo per parecchi secondi prima di capire che aveva di fronte il colonnello Guajardo, ministro della Difesa, membro del Consiglio dei 13, "il Moro". La scoperta non fece che aumentare la paura. Se lui, il Moro, si trovava lì, nel suo ufficio, allora erano circondati. Tutto era perduto. Tutto era finito, compresa la sua vita.

Dietro il magazzino, Base Nemica Est, Messico
20 settembre, ore 04:24

Dopo aver girato intorno agli edifici e aver individuato quelli che, secondo la dichiarazione del mercenario francese, ospitavano gli ostaggi, Cerro ed Eddie il Veloce si prepararono a tornare al punto d'incontro. Cerro si voltò un momento verso il capanno degli attrezzi mentre riconsiderava la decisione di partire senza liberare gli ostaggi. Non ci sarebbe voluto molto, pensò. Cinque minuti al massimo. Senza gli ostaggi di mezzo, il resto dell'operazione sarebbe stato una bazzecola, uno scherzo. Ma avventurarsi così, con Eddie il Veloce come copertura, era un rischio troppo grosso, un rischio che non si sentiva preparato a correre. Avrebbe fatto come aveva stabilito: avrebbe aggiornato il plotone di Kozak, li avrebbe guidati, disposti e poi, quando tutto fosse stato pronto, avrebbe dato inizio all'attacco. Fare tutto ciò avrebbe richiesto tempo, ma sapeva che, in fin dei conti, era la cosa più saggia.

Proprio mentre Cerro ed Eddie stavano per lasciare il riparo del magazzino, la porta del capannone al centro del campo si aprì. Cerro ed Eddie si buttarono a terra, rimanendo immobili a guardare tre mercenari che uscivano dall'edificio e si dirigevano verso un furgone scoperto parcheggiato di fronte. Tutti e tre avevano un'arma in una mano e con l'altra trasportavano dei pacchi. Cerro sospirò di sollievo quando capì che non erano stati scoperti.

Il sollievo non durò a lungo. Posati i pacchi sul retro del furgone, un uomo, il più basso dei tre, aprì la portiera dalla parte della guida, mentre gli altri due si dirigevano verso il garage dove erano tenuti gli ostaggi. Entrati nel garage, un mercenario dalla camicia mimetica verde accese le luci sia esterne che interne nello stesso momento in cui il piccolotto accendeva i fari del furgone. L'intera area al centro del campo era ora illuminata.

Nascosto dall'ombra del magazzino, Cerro osservò che il mercenario dalla camicia mimetica verde stava uscendo dal garage. Con il fucile a tracolla sulla spalla destra, spingeva in avanti uno degli ostaggi, trascinandone uno da dietro. I due ostaggi, le mani legate sul davanti, uscirono riluttanti. Cerro capì che il gioco era cambiato.

Guardò Eddie e prese una bomba a mano dalla giberna: "Riusciresti a lanciare una bomba a mano sul retro del furgone?"

Eddie si sporse e guardò il furgone: "Può esserne certo. Perché?"

Il mercenario con la camicia mimetica, invece di portare gli ostaggi verso il furgone, li fece addossare al muro del garage. Si allontanò e fu raggiunto, al centro del cortile, dal piccolotto che aveva acceso i fari del furgone. Il mercenario con la camicia mimetica prese il fucile dalla spalla e ritrasse l'otturatore senza perdere di vista gli ostaggi. Cerro guardò Eddie il Veloce, poi i mercenari e di nuovo Eddie il Veloce, e gli passò la bomba: "Perché lo dico io. Quando dico vai, butta la bomba sul furgone. Quando esplode, punta al garage, fai rientrare gli ostaggi e rimani là. Io vado a cercare la donna nel capanno degli attrezzi. È chiaro?"

Mentre si sfilava la radio dalla schiena e studiava il furgone, Eddie il Veloce annuì: "D'accordo. Ma non sarebbe meglio aspettare gli altri?"

Cerro vide che anche il mercenario piccolotto stava maneggiando il fucile, gli occhi puntati sui due ostaggi addossati al muro del garage. Non stavano spostando gli ostaggi, stavano per ammazzarli. "Non c'è tempo. E poi, sono certo che il tenente Kozak arriverà non appena avrà udito gli spari." Almeno, questo era quanto sperava. Il fatto che fosse ancora sulla collina, troppo lontana per arrivare in tempo, non importava granché. Importava invece che lui ed Eddie il Veloce riuscissero a impedire ai mercenari di uccidere gli ostaggi.

L'improvviso splendore di luci al centro del campo allarmò Kozak. Senza pensarci, tenendo con la mano sinistra il copricanna del fucile, alzò la mano destra aperta in direzione del plotone. In silenzio, tutti, compresa Kozak, si piegarono sui ginocchi in attesa di nuovi sviluppi. Erano a meno di cinquanta metri dal punto d'incontro, ma Kozak intuì che le cose stavano prendendo una piega diversa. Le luci rivelavano che alcuni mercenari erano svegli e in movimento. La possibilità di raggiungere Cerro e di effettuare un avvicinamento silenzioso era svanita.

Kozak guardò indietro da sopra la spalla e osservò il suo plotone per un momento. Gli uomini, inginocchiati o accucciati nel punto in cui si trovavano quando aveva dato il segnale di stop, impugnavano le armi e aspettavano. Era buio e i loro occhi erano nascosti dalle tese dei loro elmetti, ma Kozak sentiva gli occhi di ogni soldato fissi su di lei, in attesa dell'ordine che li avrebbe gettati di nuovo nella mischia. Non c'era bisogno di lunghi discorsi melodrammatici e commoventi. Una volta presa la decisione, poche parole, un rapido comando, era tutto ciò che occorreva. Sapeva che erano pronti a seguirla e, cosa più importante, sapeva di essere in grado di guidarli.

Respirò profondamente e diede un'ultima occhiata ai suoi uomini prima di voltarsi per scrutare e ascoltare. Se non altro, pensò, la loro formazione d'assalto si sarebbe prestata un po' a tutto.

Cerro sollevò il fucile, fece scattare la sicura col pollice e mirò al mercenario dalla camicia verde. Ignorò l'arrivo sulla porta del garage di un altro mercenario che spingeva in avanti il terzo ostaggio. "Va bene, Eddie, lancia." Alle sue spalle, udì lo scatto del cucchiaio e della levetta di sicurezza e il rumore del percussore che colpiva l'innesco. Sentì persino Eddie che contava fino a tre prima che lo scricchiolio del terreno e il grugnito di Eddie gli dicessero che la bomba era per strada. Senza attendere l'esplosione, Cerro sparò due colpi. La detonazione del fucile di Cerro e il crollo del mercenario dalla camicia mimetica verde al suo fianco colsero di sorpresa il piccolotto. Si chinò verso l'amico caduto ai suoi piedi proprio quando esplose la bomba. Saltò e piroettò su se stesso cercando l'aggressore dell'amico, quando Cerro gli sparò. Colpito al petto e alla spalla sinistra, il secondo mercenario cadde all'indietro, sopra il corpo del compagno.

Cerro balzò in piedi e avanzò di qualche passo gridando, mentre si portava il fucile alla spalla: "Vai, Eddie, vai!"

Il terzo mercenario, vedendo Cerro, spinse da parte l'ostaggio e si portò il fucile alla spalla. Cerro fu più veloce. Prese la mira e sparò: continuò a spararGli anche dopo averlo visto cadere, finché Eddie il Veloce gli si parò davanti e gli coprì la visuale. Solo allora abbassò la bocca del fucile e si girò per vedere qual era il risultato dell'attacco a sorpresa.

I due ostaggi prima appoggiati al muro, erano ancora a terra. Cerro non seppe se erano stati colpiti fino a quando Eddie li raggiunse e gridò loro di tornare nel garage. A destra vide il terzo ostaggio che faticava a rialzarsi da dove lo aveva spinto il mercenario. Lasciò che se ne occupasse Eddie e si diresse al capanno degli attrezzi, raggiungendo la porta con quattro o cinque falcate.

Quando udì lo sparo del fucile di Cerro, seguito dall'esplosione della bomba di Eddie, Kozak si rizzò di scatto. Senza pensarci oltre, spianò il fucile e si mise a correre, gridando ai soldati: "Di corsa, 2° Plotone. Tenete gli occhi aperti e seguitemi!"

Cerro vide che la porta era chiusa con un catenaccio. Mise la bocca del fucile sotto la serratura e stava per sparare quando ebbe un ripensamento. Non poteva sapere dove sarebbero finiti i frammenti del catenaccio frantumato e del proiettile. Indietreggiò un poco, sollevò il piede destro e con la suola dello stivale tirò un calcio alla porta, proprio vicino al catenaccio. Il legno secco cedette e la porta si aprì facendo perdere l'equilibrio a Cerro. Quando sentì entrambi i piedi a terra, entrò e si guardò intorno.

"Signorina Fields, siamo americani. Si trova qui? Sta bene?" In un angolo della stanza, vide qualcosa che si muoveva. Si girò e gli puntò contro il fucile.

Jan fu sopraffatta dall'emozione al vedere sulla porta la nera figura che si stagliava sullo sfondo del furgone in fiamme e al sentire quelle parole. Le ci volle un secondo prima che dalla sua gola secca potesse uscire una voce strozzata: "Sì, sì. Sto bene. Sto bene." Stava quasi per piangere dalla gioia, quando il soldato fermo sulla porta ebbe uno scatto, come spinto da dietro, cadde sulle ginocchia e piombò a terra, mentre il fucile finiva proprio davanti a Jan.

Gli ci volle un po' per superare lo shock di essere stato colpito. Da principio, quando era rimasto sulla porta, tutto ciò che aveva sentito era una sensazione di bruciore ai polpacci e alla schiena. Era come se qualcuno lo avesse punzecchiato con spilli incandescenti. Si rese conto di essere stato ferito solo quando crollò.

Quando tornò in sé, una donna gli urlava qualcosa all'orecchio. La sua faccia era immersa in un liquido appiccicoso. Si sentiva intorpidito: cercò di tirarsi su con le braccia, ma lo sforzo gli causò fitte di dolore tali da farlo urlare e ricadere a terra.

Il secondo tentativo fu più modesto. Rotolò semplicemente sulla schiena. Mentre giaceva sdraiato, sentiva la sparatoria infuriare nel campo. Il furgone in fiamme illuminava il capanno degli attrezzi con una strana luce tremolante. Girò la testa e per la prima volta vide Jan: "Tutto bene, signorina Fields?"

La domanda del capitano colse Jan di sorpresa. Gesù, pensò, che razza di domanda era quella? Ecco un uomo, sdraiato nel suo stesso sangue, e la prima cosa che gli viene in mente è la sicurezza di lei. Era il tipo di reazione che si sarebbe aspettata da Scott. Anch'egli avrebbe detto qualcosa del genere. Lo faceva sempre con lei, cercando di fare il maschio iperprotettivo. Di solito questo comportamento la irritava: era come se la ritenesse incapace di badare a se stessa, trattandola come una bambina.

Ma questa volta, invece di arrabbiarsi e di offendersi, Jan ne fu commossa. Gli prese delicatamente la testa tra le mani e si chinò a baciargli la fronte: "Tutto bene."

Non sapeva perché Jan lo aveva baciato. Era tutto così strano. Sentiva gli spari e gente che gridava, ma non distingueva le parole. Sapeva di dover fare qualcosa, ma non sapeva cosa iniziare a fare. Se non altro, pensò, non sentiva più dolore. Il bruciore acuto era scomparso. Ora si sentiva caldo. Era una bella sensazione, piacevole, come quando si è avvolti in una soffice coperta. Qualsiasi cosa dovesse fare, poteva aspettare.

Dall'edificio accanto al capanno degli attrezzi, Jan sentiva una voce nervosa e ansiosa che chiamava: "Capitano Cerro. Ehi! Capitano Cerro. Sta bene?"

Jan guardò Cerro. Era svenuto. "Il capitano Cerro è ferito."

Ci fu una pausa, seguita da una raffica di fucile, prima che la voce si facesse risentire: "Lei sta bene, signorina?"

"Sì, sto bene. Ma il capitano ha bisogno di aiuto. E subito."

Ci fu un'altra pausa. "Mi dispiace, ma anch'io sono ferito. Mi hanno colpito al braccio. Riesce ad arrivare al garage?"

Jan guardò Cerro. Respirava e adesso era sveglio, ma sembrava assente. Sapeva di non poterlo sollevare e sapeva anche che non lo avrebbe abbandonato. "No, non posso."

La voce che seguì era quella di Joe Bob: "Jan, resta dove sei. Sto arrivando."

Dopo aver allungato a Ed Lewis il fucile che aveva preso al mercenario morto sulla soglia, Joe Bob, alla finestra, guardò il soldato: "Quando mi senti gridare, apri il fuoco e cerca di tenere impegnati quei bastardi. Hai capito?"

Eddie il Veloce pensò che il massiccio cow-boy doveva essere pazzo, ma non fece nulla per fermarlo. Al contrario, si limitò ad annuire: "Sì, farò quel che posso." Si girò e si sistemò nella posizione di tiro più comoda che potesse. Sbirciò fuori attraverso il campo, in direzione del capannone da cui sembrava provenire la maggior parte del fuoco nemico. Alzò il fucile, prese la mira come meglio poteva e sparò raffiche di tre colpi l'una.

Senza aggiungere altro, Joe Bob dalla finestra guardò il capanno degli attrezzi dove si trovava Jan, poi, non appena Eddie il Veloce aprì il fuoco, si sollevò e scavalcò la finestra del garage. Si appiattì contro il muro e si guardò intorno per assicurarsi di non essere stato avvistato. Rassicurato, si alzò e si preparò a coprire i pochi metri che dividevano il garage dal capanno degli attrezzi. Sapeva che era un passo difficile. Quando si sentì pronto, partì.

Con l'attenzione dei mercenari concentrata su Eddie il Veloce e Ed Lewis, Joe Bob saltò fuori dall'ombra e corse verso la porta del capanno. Attirò degli spari, ma erano imprecisi e tardivi. Si era appena gettato a terra vicino a Jan e a Cerro, quando una raffica di colpi partiti dal capannone fece saltare schegge e frammenti tutt'intorno. Il fuoco cessò e Joe Bob, sollevatosi, si guardò intorno prima di girarsi verso Jan. La vide al sicuro e sorrise: "Pensavo avessi bisogno di compagnia."

Con Guajardo che si aggirava come l'angelo della morte, Delapos osservava lo svolgersi della sparatoria. Da dove sedeva, sul versante di una montagnola a sud del campo, vedeva i suoi uomini correre in aiuto dei compagni dal retro del capannone fino all'officina e all'edificio amministrativo. Sapeva che quelli diretti alla mensa non ce l'avrebbero fatta perché, provenienti da est, vedeva le sagome di altri soldati sbucare dall'oscurità. Tutto sarebbe finito non appena quei soldati fossero giunti sul campo.

Ciò che sarebbe successo, comunque, non lo riguardava più. Era evidente che Guajardo voleva qualcosa da lui, altrimenti l'avrebbe già ucciso. Senza distogliere lo sguardo dalla battaglia chiese a Guajardo: "Che cosa intende fare di me?"

In piedi dietro a Delapos, le gambe divaricate e il mitra spianato, Guajardo udì la domanda ma non rispose subito. Anch'egli stava osservando il plotone di Kozak che si affrettava verso il campo. Non sapeva perché il giovane capitano americano avesse iniziato la sparatoria da solo, e non gli interessava saperlo. Aveva fatto bene a lasciare i cow-boy americani al loro gioco prendendo colui che gli stava a cuore. Anche se tutti gli ostaggi americani fossero morti, sapeva di aver ottenuto una grande vittoria.

Guardò Delapos e sorrise: "Che tu viva o muoia, amico mio, non fa alcuna differenza per me. La tua vita non è importante. Lo è ciò che puoi fare per me. Sarai tu a scegliere. Sono sicuro che, quando arriverà il momento, farai la scelta più saggia." Poi guardò il plotone di Kozak scendere nella mischia. Non capiva quale delle figure che correvano fosse quella di Kozak, ma sentiva la voce acuta della donna che urlava i suoi ultimi ordini. "Per adesso, amico mio, rilassati e goditi lo spettacolo."

Stavano raggiungendo il campo e Kozak impartì gli ordini: "Sergente Strange, posizioni la sua squadra sulla destra e protegga il capanno degli attrezzi e il garage. Attenzione agli ostaggi. Sergente Kaszynski, ripulisca la mensa. Sergente Zeigler, posizioni la mitragliatrice e spari sul cortile mentre la sua squadra si occupa del capannone. Sergente Maupin, si unisca alla 3ª Squadra. Io rimarrò con la 1ª."

Per un secondo rimase a guardare la 2ª e la 3ª squadra che, dopo essersi divise, si avviavano verso gli edifici che aveva indicato loro. Soddisfatta si voltò: "Va bene, Kaszynski, andiamo." Di corsa, coprì gli ultimi metri di spazio aperto.

Mentre passava tra la mensa e il capannone, una figura apparve all'improvviso. Sebbene fosse parzialmente rischiarato dalla luce del furgone in fiamme, Kozak, inizialmente, non riuscì a distinguere se si trattava di un amico o di un nemico. Solo dopo aver sentito i passi affrettati degli uomini di Kozak, la figura si voltò verso di lei e il tenente poté vedere che l'arma e l'abbigliamento non erano americani.

Abbassò il fucile e prese la mira, ma non riuscì a sparare. Disperata, ritentò, ma il grilletto si era inceppato. Non c'era tempo per scoprire che cosa non aveva funzionato. Spianò il fucile e lo puntò davanti a sé, i gomiti e le braccia serrati, mirò all'uomo e lo caricò.

Sorpreso dall'improvviso apparire di soldati armati, il mercenario si fermò e gettò il fucile in atto di resa. Appena sentì la baionetta penetrare leggermente sopra l'inguine, spinse con tutta la sua forza il fucile verso l'alto, spostando il corpo a sinistra. Il mercenario gridò e si aggrappò al fucile, poi crollò a terra.

Da dietro, Maupin vide che il suo comandante di plotone era nei guai. Si lanciò in avanti gridando, prima verso destra, poi verso sinistra, perché tutti potessero sentire: "Puntate all'obiettivo e sparate a volontà. Puntate all'obiettivo e sparate a volontà." La terminologia era più adatta a un poligono di tiro, ma i soldati del 2° Plotone capirono ciò che intendeva dire e si misero al lavoro.

Raggiunto l'angolo della mensa, il sergente Strange e la 3ª squadra furono accolti dal fuoco di una mitragliatrice di grosso calibro che sparava sul campo dalla collina alla loro destra. Si gettarono a terra e passò qualche secondo prima che capissero che, chiunque stesse sparando, non li aveva ancora avvistati. Il tiro della mitragliatrice, infatti, era selvaggio e impreciso. Strange ordinò di installare la M-60 al riparo della mensa e di puntare alla mitragliatrice nemica con tiro inclinato. Dubitava che il suo equipaggio fosse in grado di mettere fuori combattimento la mitragliatrice sulla collina, ma, se non altro, l'avrebbero tenuta impegnata mentre il resto della 3ª squadra ripuliva il capanno degli attrezzi e il garage.

Felici di poter finalmente usare la grossa mitragliatrice e le scatole di munizioni che si erano portati appresso, gli uomini di Strange furono pronti a sparare nel giro di pochi secondi. Osservarono i lampi della mitragliatrice nemica: quando furono sicuri di averla localizzata, cominciarono a sparare raffiche di quindici, venti colpi, aggiustando il tiro con l'aiuto di proiettili traccianti. Quando il tiratore fu soddisfatto, cominciò a sparare raffiche più lunghe.

Contento dell'efficacia del loro intervento sul nemico, Strange uscì allo scoperto e gridò alla sua squadra di seguirlo verso il capanno degli attrezzi.

L'improvviso bussare alla parete del capanno, accompagnato da una voce perentoria, fece sussultare Jan e indusse Joe Bob a raccogliere il fucile da terra per puntarlo verso la fonte del rumore. "Capitano Cerro, Eddie, siete qui dentro? Sono il sergente Strange!"

Superato lo spavento, Jan rispose per prima: "Il capitano Cerro è qui, ma è ferito gravemente."

La voce dall'altra parte rispose: "Va bene, signora, resista, sfonderemo il muro."

Jan e Joe Bob si guardarono l'un l'altra, poi Jan gli chiese: "Pensi che useranno degli esplosivi per buttare giù il muro?"

Joe Bob si strinse nelle spalle: "Merda, spero proprio di no."

Invece di usare del C-4, Strange ordinò ai suoi uomini di sfilare le baionette dai fucili e di utilizzarle per forzare una lastra metallica allentata del capanno. Quando fu tolta, Strange ordinò a un tiratore e a un medico di entrare attraverso il passaggio e, prima di andarsene, gridò a Jan: "Resti dov'è, signora. Io vado al garage."

Con una brusca manovra, Blasio puntò il muso del suo elicottero a ovest, in direzione della base orientale dei mercenari. Quando avvistò il campo, raddrizzò l'elicottero e si portò a bassa quota, aumentando contemporaneamente la velocità. Non capiva che cosa non avesse funzionato nel piano, ma aveva la certezza che il colonnello e il suo prigioniero si trovavano laggiù, da qualche parte in mezzo alla sparatoria, in attesa di essere raccolti. Quando il suo secondo pilota gli chiese come faceva a esserne così sicuro, Blasio rispose, in modo piuttosto sbrigativo, che il colonnello Guajardo non avrebbe potuto far altro. Pur senza capire, il secondo pilota fece come Blasio gli aveva ordinato.

Dalla collina a destra, Blasio vide i traccianti della mitragliatrice calibro 50 menzionata dal colonnello americano durante il briefing che, simili a lampi, cadevano sul campo. Sebbene l'altezza e la velocità impedisse a quelle armi di colpire il suo elicottero, Blasio non volle correre rischi. Dopo tutto, si trovava sul lato giusto e un solo colpo calibro cinquanta bastava a uccidere un uomo. Spinse leggermente la leva di comando in basso a sinistra e decise di spostarsi a sud del campo, dove gli edifici avrebbero fatto da scudo contro il fuoco nemico proveniente da nord.

Avevano appena corretto la rotta, quando il comandante degli Apache americani annunciò alla radio che i suoi quattro apparecchi si trovavano a sud della Base Nemica Est, pronti a far fuoco. In questo caso la rotta di Blasio, mentre lo proteggeva dal fuoco nemico proveniente da nord, avrebbe portato lui, il suo equipaggio e il suo elicottero proprio sulla linea di tiro degli Apache americani.

Resosi conto del pericolo, il secondo pilota gridò che era indispensabile cambiar rotta, cercando una nuova via d'approccio. Blasio, senza rispondere, girò leggermente la leva del gas sul collettivo per aumentare la velocità e si concentrò sul percorso. "Tenete gli occhi aperti. Il colonnello ci starà aspettando."

Proveniente dalla parte opposta del cortile, Kozak udì il richiamo di Strange: "Tenente Kozak. Abbiamo gli ostaggi. Il garage e il capanno degli attrezzi sono stati occupati."

Kozak fece capolino dall'angolo della mensa e rispose: "Va bene, rimanga dov'è, sergente Strange." Quindi guardò verso il capannone. Da dove era rannicchiata, appoggiata al muro meridionale della mensa, sentiva gli spari e le esplosioni all'interno del capannone. Mentre fissava l'edificio, la testa di un uomo sbucò dalla finestra alle sue spalle. Billy Bell, l'operatore radio di Kozak, arretrò di qualche passo in modo da poter mirare la testa di quell'uomo. Il sergente Kaszynski ignorò l'arma, quando vide Kozak. "Ehi, tenente. La mensa è occupata."

Senza girarsi, Kozak gli ordinò di rimanere nella mensa con la sua squadra. Poi, mentre la mitragliatrice al suo fianco sparava una lunga raffica contro l'edificio amministrativo, allungò la mano sinistra e chiamò: "Bell!"

Da dietro, Bell le passò il radiomicrofono. "Sky King, qui Alpha due sei. Passo."

La voce gracchiante del comandante degli Apache le rispose: "Alpha due sei, qui Sky King. Che cosa succede laggiù? Siete in contatto con Grunt sei? Passo."

"Sky King, qui due sei. Grunt sei è stato colpito. Stop. Abbiamo occupato il garage, il capanno degli attrezzi, la mensa e stiamo sbarazzando il capannone. Stop. I nemici sono nell'officina, nell'edificio amministrativo e sulle colline a nord. Colpite loro e chiunque si trovi nella Base Nemica Ovest. Passo."

Seguì una pausa prima che il comandante degli Apache rispondesse: "Ricevuto ordine di ripulire officina, edificio amministrativo e Base Nemica Ovest. Passo."

"Qui due sei. Affermativo. Cominciate l'attacco appena siete pronti. Passo."

"Due sei. Qui Sky King. Ricevuto, passo e chiudo."

Kozak, restituito il microfono a Bell, stava per dirigersi verso il capannone quando il sergente Maupin la raggiunse da dietro e le disse che la 2ª squadra lo aveva ripulito. Dopo avergli detto di passar parola sull'imminente attacco degli elicotteri, Maupin salutò, rispose con un "Sì, signora" e partì per diffondere la notizia.

Era appena scomparso nel buio quando un'enorme sagoma rombante le sfrecciò davanti come una locomotiva in fuga. L'acuto lamento dei motori e l'improvvisa folata di vento e sabbia che li investì, scaraventò a terra Bell che gridò: "Gesù Cristo, cosa cazzo è quello?"

Guardando verso il capannone dietro il quale era sparita la visione, Kozak con gesto abituale si scrollò la polvere dall'uniforme e mormorò: "Oh, direi che si tratta di un elicottero HU-I."

Bell, ancora scosso, raccolse le sue armi: "E allora, che cosa diavolo stava facendo?"

Kozak rise: "Oh, direi che stava volando a centocinquanta chilometri orari a un'altezza di mezzo metro."

Lo stesso lamento acuto dei motori che aveva impressionato Bell fece drizzare le orecchie a Guajardo. Orientandosi in base al rumore, prese dalla tasca una torcia a filtro rosso e l'accese. Sapeva che quell'imprudenza poteva attirare il fuoco, ma se non lo avesse fatto, Blasio non l'avrebbe mai trovato. Come gli aveva detto una volta un amico americano: tutto ciò che fai in combattimento, compreso il nulla, attira il fuoco.

"Laggiù, tenente. A sinistra, una luce rossa."

Il secondo pilota ancora non aveva terminato di parlare, che già Blasio aveva diminuito la velocità e si era portato leggermente sulla sinistra. Individuò la luce rossa e guidò l'elicottero fino al luogo in cui era nascosto il colonnello.

Ebbe un momento di panico quando notò che solo due uomini erano saliti a bordo. Il colonnello aveva forse perso l'uomo che stava cercando?

Il saluto di Guajardo, tuttavia, gli disse che non aveva fallito. "Appena in tempo, tenente Blasio. Il mio nuovo amico cominciava ad annoiarsi."

Blasio, approfittando del buonumore del colonnello, e sollevato dal fatto che tutto fosse andato bene, rimbeccò: "Allora, signore, c'è un posto dove possa portarla che sia di suo gradimento?"

Guajardo si voltò verso il capoequipaggio che sistemava Delapos davanti a lui: "Be', forse il signore non lo gradirà, ma, sì, c'è sicuramente un altro viaggetto che dobbiamo fare. Non questa notte, però." Poi, rivolgendosi a Blasio: "Quando vuole, tenente."

Guajardo si rilassò contro lo schienale. Non c'era nient'altro da fare. Il capoequipaggio e la squadra che aveva portato con sé avrebbero sorvegliato Delapos. Il tempo per Blasio di allontanarsi dal campo e raggiungere un'altezza di settecento metri e Guajardo cadde profondamente addormentato.

Per il momento impossibilitata a fare altro, Kozak rimase seduta a guardare la mitragliatrice al suo fianco che sparava raffiche verso l'edificio amministrativo, anche se nessuna risposta arrivava più. Bell le strisciò accanto, poi le chiese: "Che cosa facciamo ora, tenente?"

Kozak non rispose subito e continuò a guardare la mitragliatrice al lavoro. Poi sospirò: "Questa," disse, "è una buona domanda." Con la 3ª squadra occupata a controllare il garage e gli ostaggi, la 1ª al sicuro nella mensa e la 2ª impegnata nel capannone, non rimaneva davvero molto da fare. Rilassata contro il muro della mensa, l'unica cosa che le venne in mente fu che aveva sete. Prese la borraccia e l'aprì. Bevve un lungo sorso d'acqua e tornò a osservare la mitragliatrice.

Mentre la osservava e udiva le voci dei suoi sottufficiali che stavano facendo il proprio dovere, capì finalmente ciò che Cerro aveva cercato di dirle a Fort Hood. Avrebbe potuto raggiungere una delle squadre, ma ciò non sarebbe servito che a darle la falsa impressione di fare qualcosa, mentre non faceva che intralciare il loro operato. No, sapeva che Cerro aveva ragione. I suoi sergenti sapevano quel che facevano e lo facevano bene.

Anche se le cose non si erano svolte come da programma o come se le era immaginate, era soddisfatta del suo plotone e della sua condotta. Anche il piccolo incidente con il mercenario incontrato all'inizio, quando si era dimenticata di togliere la sicura prima di sparare, era poco significativo. Aveva reagito bene e nel modo giusto. Non capiva la differenza tra quell'operazione notturna e le precedenti esperienze, ma si sentiva bene con se stessa.

Guardò prima l'orologio, poi Bell e gli offrì la sua borraccia. "È quasi ora di tornare a casa, Bell. Tutto ciò che ci rimane da fare è attendere che il gallo canti."

Come se avessero obbedito a un ordine, una raffica di razzi altamente esplosivi da 7 mm, sparata dagli Apache che volavano da qualche parte verso sud, colpì l'officina e l'edificio amministrativo. Il bagliore dei razzi e l'esplosione degli edifici colpiti illuminò l'oscurità prima dell'alba, ponendo fine alla battaglia alla Base Nemica Est.

EPILOGO

Veni, vidi, vici.

Giulio Cesare

Palazzo Nazionale, Città del Messico
1 ottobre, ore 11:05

Molina guidò la delegazione americana attraverso i corridoi del Palazzo Nazionale in modo intenzionalmente lento. Voleva concedere loro il tempo di pensare a ciò che aveva detto e anche di ammirare gli affreschi che decoravano le pareti. Forse, pensò, gli americani apprezzeranno la fierezza del nostro popolo e il suo glorioso passato.

Ed Lewis fu molto colpito dalla bellezza degli affreschi. Mentre il segretario di stato e i suoi assistenti seguivano Molina, conversando sottovoce tra di loro, Lewis procedeva con passo tranquillo, osservando la vivacità dei loro colori e i soggetti. Con la loro bellezza, pensò Lewis, stavano tentando di raccontargli una storia, una storia che non conosceva. Arrivato davanti a un affresco che rappresentava un gruppo di uomini, finalmente ne riconobbe uno. Era Pancho Villa. È terribile, pensò, che l'unico messicano famoso del quale riconosco l'effigie, sia considerato da noi un bandito.

Era così assorto, che gli ci volle qualche secondo per accorgersi che non era più solo. Girò la testa e vide il presidente Molina intento a contemplare lo stesso affresco. Molina parlò con tono sommesso, quasi riverente: "Questi affreschi furono dipinti da Diego Rivera tra il 1929 e il 1935. Narrano la storia del nostro paese, dagli Aztechi sino alla fine dalla Rivoluzione. Qui ritrae i padri della Rivoluzione, gli uomini che hanno costruito il Messico moderno."

Lewis stava per chiedere il nome di ognuno di loro ma si rese conto che, in quel momento, sarebbe stato sconveniente. I due governi avevano ancora molte cose da discutere. Il disimpegno delle truppe, la caccia ad Alamán e alla sua rete di informatori, e l'istituzione di una comune guardia di confine, già decisi la settimana precedente, non erano che soluzioni temporanee. Per risolvere i problemi che avevano piagato le loro due nazioni, Lewis sapeva ci sarebbero voluti degli anni. Con un sospiro si rivolse a Molina: "C'è molto, signor presidente, della sua nazione che dobbiamo conoscere. Spero solo che riusciremo a trovare il tempo."

Molina lo guardò e sorrise, poi lo prese sottobraccio e lo condusse lungo il corridoio. "Dobbiamo trovarlo, onorevole Lewis, quel tempo. Dopo tutto siamo uomini. Se non ci sforziamo di imparare come convivere, allora la colpa è nostra," e disse indicando gli affreschi, "non loro."

Isola Grand Cayman
1 ottobre, ore 14:20

Alamán fu piacevolmente sorpreso dall'arrivo di Delapos. C'era molto da fare, disse, ora che gli americani si preparavano a lasciare il Messico. Dopo un caloroso abbraccio, i due uomini, accompagnati da due soci arrivati con Delapos, si incamminarono lungo la spiaggia. I due compagni di Delapos avevano un'aria vagamente familiare, soprattutto il biondo americano, ma Alamán non prestò loro attenzione. Non si preoccupava mai di imparare i nomi dei mercenari.

Ascoltò attentamente mentre Delapos spiegava ciò che era successo, ma non era il passato a interessarlo. Era deluso del loro insuccesso, ma era un uomo d'affari che sapeva accettare le sconfitte. Quando Delapos terminò, cominciò a esporre la sua nuova strategia per il rientro in Messico. Mentre parlavano, raggiunsero una zona appartata sulla spiaggia. Delapos si fermò e chiese ad Alamán perché, potendo vivere in un posto come Grand Cayman, insisteva tanto per ritornare in Messico. "Sono molte le attrattive di un posto come questo," rispose Alamán allargando le braccia, "ma il mio grande amore è sempre stato il Messico."

Delapos annuì: "Sì, il Messico. È come un'amante deliziosa ed esigente."

"Vieni," gli disse Alamán, "smettiamola con questa nostalgia per il Messico. Lo rivedremo presto. Rientriamo in casa e festeggiamo come si deve il tuo ritorno dai morti." Si voltò e si incamminò verso la casa.

Ma Delapos non lo seguì: diede un'ultima occhiata al suo principale e s'incamminò lungo la spiaggia. Quando Alamán si girò vide i due accompagnatori di Delapos avvicinarglisi. Il più alto dei due avanzò, si tolse gli occhiali da sole e si portò la mano destra dietro la nuca. Quando la mano ricomparve, impugnava una pistola con silenziatore.

Fu rabbia e non paura quella che esplose sul viso di Alamán. "Che razza di tradimento è, Delapos? Ora stai cospirando per assassinarmi? Per quale motivo lo fai?"

Delapos non rispose. Al suo posto, rispose l'uomo con la pistola: "Come osi parlare di tradimento e di assassinio? Come osi parlare del Messico con parole tanto affettuose, dopo quello che gli hai fatto?"

Alamán gli chiese chi pensava di essere per rivolgersi a lui in quel modo.

Le sue parole non turbarono l'uomo alto e sembrarono non produrre alcun effetto su di lui. Non un accenno di sorriso comparve sul suo viso mentre rispondeva all'insulto di Alamán: "Se ho ammazzato, l'ho fatto veramente per il popolo messicano. Diversamente da te, io non cerco nulla per me stesso. È per i nostri figli, i figli del Messico, che ho fatto ciò che ho fatto."

Alamán si stava irritando sempre più: "Chi sei tu, bastardo?"

"Io, señor Alamán, sono il colonnello Alfredo Guajardo."

L'ira di Alamán scomparve, sostituita da uno sguardo sbalordito. Come poteva essere, pensò? Il capo dell'Esercito messicano? Lì? Riprese il controllo e indicò il biondo americano al fianco di Guajardo: "E lui?"

L'americano, in uno spagnolo smozzicato, rispose che faceva parte della CIA ed era venuto per consegnarlo alla giustizia.

Alamán tornò a guardare Guajardo e si calmò: "Ah, capisco. Gli americani. Ha venduto l'orgoglio e la gloria del Messico per diventare servo degli americani."

Guajardo, stanco della conversazione, guardò prima l'americano, poi Alamán. La conoscenza che l'americano aveva dello spagnolo era scarsa, perciò parlò ad Alamán nell'antico dialetto messicano: "Señor Alamán, nel nome della Repubblica del Messico e del suo popolo, io la accuso di alto tradimento e assassinio. Come membro del Consiglio dei 13, la giudico colpevole e la condanno a morte."

Incapace di capire ciò che Guajardo stava dicendo, l'uomo della CIA rimase sbalordito quando questi alzò la pistola e sparò tre proiettili a carica cava nel ventre di Alamán. Mentre Alamán cadeva in ginocchio, si voltò verso Guajardo, gli occhi che tradivano la sorpresa, e gridò: "Aveva detto che lo avremmo arrestato! Aveva promesso che ce lo avrebbe consegnato!"

Dopo aver osservato Alamán cadere con la faccia in avanti sulla sabbia bianca, Guajardo si rivolse all'americano: "Ho mentito."

Ponte internazionale numero 2, Laredo, Texas
2 ottobre, ore 17:25

Il tenente Kozak si girò e si sporse dallo sportello del Bradley per guardare un'ultima volta il Messico. Quante cose, pensò, erano cambiate in quell'ultimo mese. Per prima cosa, la visione che aveva del mondo e di se stessa.

Sapeva che era sbagliato dire di essere cresciuta. Era già adulta, in tutti i sensi, prima di andare in Messico, prima di andare in guerra. Ma anche così, era vero che la sua vita non sarebbe mai più stata la stessa.

Ci sarebbe voluto del tempo per capire l'effetto che la guerra aveva avuto su di lei, ma fin da ora si rendeva conto di alcune cose. Il prestigio di essere il primo ufficiale di fanteria donna, per dimostrare che le donne erano capaci di tutto, non la interessava più. Tutto ciò che le importava quel giorno, mentre riconduceva il suo plotone verso nord, negli Stati Uniti, era la consapevolezza di appartenere a quel corpo. Non solo si era guadagnata il diritto di essere chiamata ufficiale di fanteria, ma lo *era* anche.

La colonna con il plotone di Kozak passò il ponte e si mosse verso nord, attraverso la zona interstatale e la città, per raggiungere i punti di raduno. A una svolta Kozak notò una Humvee parcheggiata all'ombra di un albero. Seduti sul cofano, con i piedi sul paraurti, c'erano una donna e un uomo che riconobbe essere il tenente colonnello Dixon. I due bevevano da bicchieri giganti e osservavano la colonna chc passava. Kozak scattò rigida sull'attenti e rese a Dixon un saluto militare, che mantenne fin dopo aver sorpassato la Humvee.

Ricambiato il saluto di Kozak, Dixon raccolse la sua bibita e ne bevve un lungo sorso. Osservò ancora qualche Bradley prima di parlare a Jan, impegnata, a sua volta, con la bevanda. "Così, mi stavi dicendo che il nostro giovane eroe sta facendo impazzire le infermiere."

Jan lasciò che passasse un carro prima di rispondere: "Ciò che ho detto, caro, è che il capitano Cerro ha fatto impazzire le infermiere fino a oggi, quando è arrivata sua moglie in città. Secondo la capoinfermiera, sua moglie lo ha raddrizzato."

Dixon inarcò le sopracciglia: "Intendi dire che sta già abbastanza bene per quello?"

Jan lo guardò: "Abbastanza bene per cosa?"

"Sesso."

"Scott Dixon, non ho parlato di sesso."

"Sì, lo hai fatto. Hai detto che sua moglie lo ha raddrizzato, oggi."

Jan fece una smorfia e non rispose. Rivolse la sua attenzione alla bibita e ai carri armati che passavano. Dopo qualche minuto Dixon sospirò: "A proposito di raddrizzare le cose. Pensi che una dinamica giornalista possa trovare la vera felicità sposandosi con un povero carrista fallito?"

Jan bevve un po' della sua Diet Coke prima di rispondere: "Forse. Perché, conosci qualche povero carrista fallito che si è preso una cotta per una giornalista?"

Dixon la guardò dopo aver bevuto un sorso: "Forse."

Per parecchi minuti nessuno dei due parlò, mentre osservavano la coda della prima colonna di carri armati e l'arrivo di un'altra unità. A ovest, il sole cominciava a calare all'orizzonte, proiettando ovunque i suoi raggi rosso-arancione. Dixon guardò il sole, poi Jan: "Allora?"

"Allora, cosa?"

"Allora, pensi che una giornalista possa essere felice sposata a un carrista fallito come me?"

Jan lo guardò negli occhi: "È una proposta?"

"Forse."

Jan prese la cannuccia e giocherellò con il ghiaccio nel bicchiere. "Hai mai notato quanto ghiaccio ci mettono in queste cose? È da criminali."

Dixon si stava stancando del gioco. Le prese la mano e l'attirò a sé, deciso a farsi dare una risposta precisa: "Dannazione, Jan, sì o no?"

Jan, che lo sapeva al limite della pazienza, decise di continuare ancora un po' con il gioco che Dixon stesso aveva cominciato. Con un finto sguardo confuso, piegò la testa da un lato: "Scusa, qual era la domanda?"

"Jan, vuoi sposarmi?"

Con un sorriso malizioso e una scintilla negli occhi, Jan bevve un altro sorso di Coca prima di guardare Dixon: "Forse."

RINGRAZIAMENTI

Sono molte le persone che hanno reso possibile l'uscita di questo libro. I giudizi e gli incoraggiamenti ricevuti sono stati essenziali perché, senza di loro, questo libro non sarebbe stato scritto. In particolare vorrei ringraziare Jan Ciganick e Chet Burgess per le revisioni e i commenti.

Paul McCarthy, della Pocket Books e distaccato presso la Simon & Schuster per la realizzazione di questo progetto, mi è stato di valido aiuto come editor e come sostenitore, nel corso della stesura del romanzo. I libri non nascono facilmente senza il sostegno di persone come Paul e lo staff editoriale della Simon & Schuster. A tutte le persone di New York coinvolte in questa impresa, molte grazie.

Professionalmente, devo molto a chi ha lavorato con me negli ultimi due anni. Il colonnello Richard M. Swain III, direttore del *Combat Studies Institute* e storico della 3ª Armata durante l'operazione *Tempesta nel Deserto*, è un mentore di prima categoria. Mi ha spiegato aspetti della storia e della filosofia militare che non avevo mai considerato prima e mi ha incoraggiato ad approfondirle. Il tenente generale John J. Yeosock, un comandante della 3ª Armata durante l'operazione *Tempesta nel Deserto*, e il suo vice, generale di brigata (in attesa di promozione) Robert Frix, mi hanno offerto più di un'occasione per estrinsecare le mie attitudini professionali durante la *Tempesta nel deserto*. Insieme ai colonnelli Karl Ernst e Flynn del comando del centro aerotattico della 3ª Armata, mi hanno dimostrato che cosa significa essere un soldato professionista. Mi hanno dato la possibilità di capire il sistema di guerra americano e ricordato che le guerre sono combattute e vinte dagli uomini, non dalle macchine. A tutti voi, e a coloro coi quali ho avuto il piacere di lavorare a Leavenworth e durante il mio servizio in Arabia Saudita, grazie e tanti auguri di buona fortuna in ogni cosa.

Infine, vorrei ringraziare Pat, la mia compagna. Il suo costante incoraggiamento, il suo sostegno, il suo amore e la sua comprensione hanno reso possibile tutto ciò. Coi fatti e con le parole, ella è il vento sotto le mie ali.

Dean R. Koontz

LA VOCE DELLA NOTTE

In Roy Borden il timido, goffo, impacciato Colin ha trovato inaspettatamente il suo migliore amico. Inaspettatamente perché, se Colin pare inadatto alle difficoltà della vita quotidiana, Roy ha invece tutto per piacere e riuscire: la disinvoltura, la tranquilla fiducia in sè, il fascino. Eppure, sotto la superficie della vita tranquilla che i due ragazzi trascorrono nella cittadina di Santa Leona serpeggia un'inquietudine leggera. Forse è il ricordo di un delitto orrendo e incomprensibile commesso vent'anni prima in una casa dalla quale Ray sembra ancora misteriosamente attratto. Forse è la solitudine a cui una famiglia distratta ed egoista ha condannato Colin. Fatto sta che l'amicizia dei due adolescenti assume presto dapprima l'aspetto di un'ossessione, poi quello di una sinistra avventura. Le strade della placida cittadina di Santa Leona si trasformano così nei percorsi di una interminabile fuga dall'orrore, in un incubo diabolico dall'esito imprevedibile. Con la sua consueta abilità Dean Koontz colpisce ancora una volta nel segno creando un thriller indimenticabile, ossessivo e minaccioso. Minaccioso come la voce della notte.

Julie Smith
DELITTO A NEW ORLEANS

Tutti a New Orleans hanno una percezione sbagliata dell'agente Skip Langdon, compresa Skip Langdon. I colleghi ne parlano come di una signorina snob entrata in polizia grazie alle solite raccomandazioni. La famiglia benestante non capisce perché Skip abbia scelto di vestire l'uniforme. Gli amici la ritengono una stravagante. Lei stessa si considera una donna priva di fascino, goffa e sgraziata. Ma quando uno dei maggiorenti della città, il ricco e potente Chauncey St. Amant, viene ucciso nel corso del Carnevale mentre trionfa nel ruolo del re della festa, le cose improvvisamente cambiano. Il capo di Skip decide che la ragazza è l'unica detective in grado di indagare fra le pieghe dell'alta società locale, dove il delitto pare maturato. E l'aria di sufficienza con cui i figli delle famiglie bene locali l'hanno finora guardata si tramuta a seconda dei casi in diffidenza, odio, paura. Perché inoltrarsi nel ginepraio di relazioni e interessi che vortica intorno alla famiglia St. Amant significa inevitabilmente scoprire le miserie, le debolezze e le nevrosi di un intero ambiente. *Delitto a New Orleans* è il romanzo rivelazione di Julie Smith, che grazie ad esso ha vinto nel 1990 il prestigioso Premio Edgar per il giallo.